施工现场业务管理细节大全丛书

质 量 员

第 2 版

邱 东 主编

机械工业出版社

本书第 1 版对 10 余种国家标准、规范进行了修改，故相关章节已不适应发展的需要。修订后的本书第 2 版的内容有：建筑工程项目质量管理、地基基础的质量控制、地下防水工程的质量控制、砌体工程的质量控制、混凝土结构工程的质量控制、钢结构工程的质量控制、建筑屋面工程的质量控制、建筑装饰装修工程的质量控制、室内给水排水及采暖工程的质量控制、建筑电气工程的质量控制、建筑工程质量检查与验收等 11 个章节。本书可供施工单位质量员、工程质量管理人员、相关专业大中专及职业学校的师生学习参考。

图书在版编目（CIP）数据

质量员/邱东主编. —2 版. —北京：机械工业出版社，
2010.10
（施工现场业务管理细节大全丛书）
ISBN 978-7-111-31975-7

Ⅰ.①质…　Ⅱ.①邱…　Ⅲ.①建筑工程—工程质量—
质量控制　Ⅳ.①TU712

中国版本图书馆 CIP 数据核字（2010）第 184591 号

机械工业出版社（北京市百万庄大街 22 号　邮政编码 100037）
策划编辑：何文军　责任编辑：何文军　责任校对：张晓蓉
封面设计：王伟光　责任印制：乔　宇
北京铭成印刷有限公司印刷
2011 年 1 月第 2 版第 1 次印刷
184mm×260mm · 22 印张 · 546 千字
标准书号：ISBN 978-7-111-31975-7
定价：49.00 元

《施工现场业务管理细节大全丛书·质量员》(第2版)

编 写 人 员

主　编　邱　东

参　编　（按姓氏笔画排序）

双　全	王红英	王洪德	王钦秋
王　静	王燕琦	白桂欣	白雅君
卢　玲	孙　元	石云峰	李方刚
刘香燕	刘家兴	刘　捷	刘　磊
陈煜淼	陈洪刚	谷文来	宋砚秋
张　军	张吉文	张　彤	张建铎
张　慧	宫国盛	胡　风	胡　君
胡　俊	姜　雷	姚　鹏	唐　颖
徐芳芳	徐旭伟	袁嘉仑	崔立坤
董文晖	韩实彬	解　华	

第 2 版前言

鉴于《质量管理体系 基础和术语》(GB/T 19000—2008)、《质量管理体系 要求》(GB/T 19001—2008)、《低合金高强度结构钢》(GB/T 1591—2008)、《混凝土外加剂》(GB 8076—2008)、《地下工程防水技术规范》(GB 50108—2008)以及行业标准《民用建筑电气设计规范》(JGJ 16—2008)、《建筑桩基技术规范》(JGJ 94—2008)等 10 余种国家标准、规范进行了修改,本书第 1 版的相关章节已经不能适应发展的需要,故对本书作了修订。

由于编者的水平有限,书中缺陷乃至错误在所难免,望广大读者给予批评、指正。

编　者

2010 年 6 月

第1版前言

使人疲惫不堪的不是远方的高山，而是鞋里的一粒砂子。许多事情的失败，往往是由于在细节上没有尽心尽力而造成的。我们应该始终把握工作细节，而且在做事的细节中，认真求实、埋头苦干，从而使工作走上成功之路。

改革开放以来，我国建筑业发展很快，城镇建设规模日益扩大，建筑施工队伍不断增加，把好质量关成为质量员所肩负的重要职责。工程项目能否高质量、按期完成，施工现场的基层业务管理人员是最终决定因素，而质量员又是其中非常重要的角色，是施工现场能否有序、高效、高质量完成任务的关键。

为了进一步健全和完善施工现场全面质量管理，不断提高质量员素质和工作水平，以更多的建筑精品工程满足日益激烈的建筑市场竞争需求。根据《建筑工程施工质量验收统一标准》（GB 50300—2001）以及《建筑地基基础工程施工质量验收规范》（GB 50202—2002）、《混凝土结构工程施工质量验收规范》（GB 50204—2002）、《钢结构工程施工质量验收规范》（GB 50205—2001）、《建筑给水排水及采暖工程施工质量验收规范》（GB 50242—2002）、《建筑电气工程施工质量验收规范》（GB 50303—2002）等各分项工程相关的最新规范和标准的规定，编写了这本《施工现场业务管理细节大全丛书·质量员》。

本书主要介绍质量员应掌握的施工现场业务管理的细节要求，以及地基基础与地下防水工程、砌体工程、混凝土结构工程、钢结构工程、木结构工程、屋面工程、地面工程、装饰装修工程、建筑给水排水及采暖工程、通风与空调工程、智能建筑工程、建筑电气工程和电梯工程等分项工程的最基本、最实用的专业管理和技术知识。其主要内容都以细节中的要点详细阐述，表现形式新颖，易于理解，便于执行，方便读者抓住主要问题，及时查阅和学习。本书通俗易懂，操作性、实用性强，也可供质量检查人员、现场管理人员、相关专业大中专及职业学校的师生学习参考。

我们希望通过本书的介绍，对施工一线各岗位的人员及广大读者，尤其是质量员均有所帮助。由于编者的经验和学识有限，加之当今我国建筑业施工水平的飞速发展，尽管编者尽心尽力，但内容难免有疏漏或未尽之处，敬请有关专家和广大读者予以批评指正。

编　者

目　　录

1　建筑工程项目质量管理

细节：建筑工程质量的含义

建筑工程质量是指建筑物或构筑物在经济、适用、耐久、美观等方面是否满足人们的需要。这种质量的特性，一般表现在以下几个方面：

1）理化方面：如耐酸、耐碱、耐腐蚀和防水、防火、防寒、防热等。
2）结构方面：如地基基础牢固、结构安全可靠等。
3）使用方面：如布局合理、居住舒适、功能适用、使用方便等。
4）时间方面：如使用年限长等。
5）外观方面：如造型新颖、美观大方等。
6）经济方面：如成本低、维修费用低、使用过程耗能少等。

细节：建筑工程质量的特性

建筑工程作为一种特殊的产品，除具有一般产品共有的质量特性（如：性能、寿命、可靠性、安全性、经济性等）外，还具有特定的内涵。

建设工程质量的特性主要表现在以下六个方面：

1. 适用性

适用性即功能，是指工程满足使用目的的各种性能。包括：理化性能，如：尺寸、规格、保温、隔热、隔声等物理性能；耐酸、耐碱、耐腐蚀、防火、防风化、防尘等化学性能；结构性能，是指地基基础牢固程度，结构的足够强度、刚度和稳定性；使用性能，如民用住宅工程要能使居住者安居，工业厂房要能满足生产活动需要，道路、桥梁、铁路、航道要能通达、便捷等。建设工程的组成部件、配件、水、暖、电、卫生器具、设备也要能满足其使用功能；外观性能，是指建筑物的造型、布置、室内装饰效果、色彩等美观大方、协调等。

2. 耐久性

耐久性即寿命，是指工程在规定的条件下，满足规定功能要求使用的年限，也就是工程竣工后的合理使用寿命周期。由于建筑物本身结构类型不同、质量要求不同、施工方法不同、使用性能不同的个性特点，目前国家对建设工程的合理使用寿命周期还缺乏统一的规定，仅在少数技术标准中，提出了明确要求。

3. 安全性

安全性是指工程建成后在使用过程中保证结构安全、保证人身和环境免受危害的程度。建设工程产品的结构安全度、抗震、耐火及防火能力，人防工程的抗辐射、抗核污染、抗爆炸波等能力，是否能达到特定的要求，都是安全性的重要标志。工程交付使用之后，必须保证人身财产、工程整体都有能免遭工程结构破坏及外来危害的伤害。工程组成部件，如阳台栏杆、楼梯扶手、电器产品漏电保护、电梯及各类设备等，也要保证使用者的安全。

4. 可靠性

可靠性是指工程在规定的时间和规定的条件下完成规定功能的能力。工程不仅要求在交工验收时要达到规定的指标，而且在一定的使用时期内要保持应有的正常功能。如工程上的防洪与抗震能力、防水隔热、恒温恒湿措施、工业生产用的管道防止"跑、冒、滴、漏"等，都属可靠性的质量范畴。

5. 经济性

经济性是指工程从规划、勘察、设计、施工到整个产品使用寿命周期内的成本和消耗的费用。工程经济性具体表现为设计成本、施工成本、使用成本三者之和。包括从征地、拆迁、勘察、设计、采购（材料、设备）、施工、配套设施等建设全过程的总投资和工程使用阶段的能耗、水耗、维护、保养乃至改建更新的使用维修费用。通过分析比较，判断工程是否符合经济性要求。

6. 与环境的协调性

与环境的协调性是指工程与其周围生态环境协调，与所在地区经济环境协调以及与周围已建工程相协调，以适应可持续发展的要求。

上述六个方面的质量特性彼此之间是相互依存的，总体而言，适用、耐久、安全、可靠、经济、与环境适应性，都是必须达到的基本要求，缺一不可。但是对于不同门类、不同专业的工程，如工业建筑、民用建筑、公共建筑、住宅建筑、道路建筑，可根据其所在的特定地域的环境条件、技术经济条件的差异，有不同的侧重面。

细节：建筑工程质量的影响因素

从质量形成的不同阶段可以看出，各个阶段既是质量形成的阶段，又是影响工程质量的主要环节。但是，不论在任何阶段内，都存在着人、设备、工艺、材料和环境诸因素对工程质量的影响，并且还存在着异常性和偶然性。

1. 人员因素

这里所说的"人"是一个总的概括，它包括了三个层次的内容：第一是直接参与建筑工程项目的决策者、指挥者、组织者、领导者等。这些基本上均是领导级别的人员。但是每一位领导人的领导能力、决策能力、调配能力及指挥能力等水平的发挥程度都存在着很大差异；第二是直接参与建筑工程施工的操作者。如工程设计人员、施工操作人员、材料采购人员、工程监理人员、工程技术人员等。这些人员的思想品德、技术素质、体力状况、业务知识、熟练程度，以及受手工操作过程中偶然失误等，均会在操作的各个阶段、各个工种中不可避免地产生技术失误和操作失误，影响建筑工程质量。第三就是建筑工程中的各类检验、检测人员。这些人员由于对质量标准的理解和掌握程度、检验方法、技术运用、抽检数量等方面的差异存在，也会产生由于把关不严、错检、漏检的质量问题。

2. 机械设备

机械设备是保证建筑工程质量的基础和必要的物质条件，是现代企业的象征。这里包括有设计常用的计算机和设计软件；施工机械、办公器具等；还有计算机自动化在质量检测中的应用和超声波探伤检测设备等。这些设备和设施不光是现代化建设中和质量管理中不可缺少的装置，而且它还能有效地降低劳动强度和提高工作效率，提高建筑工程的产品质量。

但是设备不是万能的，由于设备性能的误差和影响，以及工艺参数的设置误差，也照样会影响建筑工程质量。所以，不断地更新设备、检修设备、定期地校核计量器具，保证设备的完好率及准确性，才能使这些设备和设施更好地为建筑工程质量服务。

3. 施工工艺

施工工艺和施工方案，是指导科学施工的措施和方法，它对建筑工程质量影响较大。这里所说的施工工艺，不是单纯指施工阶段中的施工工艺，而且包括了决策艺术、设计程序、施工技术、验评程序、检测方法等。先进的、科学的施工工艺，对建筑结构工程质量的提高会有很大的作用。衡量工艺是否先进的条件就是看其能否提高工作效率，能否提高和改善结构质量，是否能降低生产成本，缩短工作过程，是否有机动的应变能力。

4. 材料因素

在建筑工程中，所用材料品种繁多，常用的主要有钢材、粘结材料、焊接材料、砌体材料、装饰装修材料等，还有许多成品、半成品或大量的建筑构配件。这些材料大多数都是从外厂购进或者是在销售单位处购进。这些材料的质量性能和质量指标一旦达不到产品标准或设计要求，就会影响到建筑工程的结构质量。特别是轻钢结构构件在制作的过程中，还讲究材料的匹配。因此，对建筑结构中的见证检测是保证建筑工程质量的科学手段。

5. 环境因素

由于建筑工程施工工期长，加之露天施工环境的影响，所以它就不可避免地要经过一年四季气候条件的变化。并且大风、暴雨、寒流、冰冻对工程质量都会带来较大影响，材料质量也会随之波动，施工设备不能正常发挥，这些因素会给施工带来一系列的连锁反应，对工程质量的影响尤为突出。

另外，国家政策、各地社会经济发展环境、社会的安定等因素均对建筑工程质量有较大影响。

6. 异常性因素

异常性因素是指那些人为可以避免的，凭借一定的手段或经验完全可以发现与消除的因素。如构件尺寸超过允许值、材料质量不合格、计量器具误差过大等，这些都是影响工程质量的异常性因素。

异常性因素对工程质量的影响较大，因此必须消除异常因素，确保工程质量。

7. 偶然性因素

在工程施工的过程中，尽管是用同一批材料，同样的施工工艺，相同的施工机具和相同的施工环境，但是工程的质量特性值往往并不完全一致，总有或大或小的质量差异。其工程质量的不均匀性主要是受偶然因素或异常因素的影响。

偶然性因素是指对工程质量经常起作用的因素，这一因素是不可避免的，也是不易预防的。所以在一般的情况下，不去考虑偶然因素对工程质量的波动影响。

细节：质量管理体系标准

1. 质量管理体系标准结构

国际标准化组织于1987年3月公布了ISO 9000族质量管理标准，我国从1992年10月等同采用这套标准。1994年国际标准化组织对此套标准修订后，我国又将其转化为国家标准，2008年10月又等同采用了ISO 9000：2005版，形成GB/T 19000—2008版国家标准。

GB/T 19000—2008版质量管理体系标准包括：

1)《质量管理体系 基础和术语》(GB/T 19000—2008)，表述质量管理体系基础知识，并规定质量管理体系术语。

2)《质量管理体系 要求》(GB/T 19001—2008)，规定质量管理体系要求，用于证实组织提供满足顾客要求和适用的法规要求的产品能力，目的在于增进顾客满意。

3)《质量管理体系 业绩改进指南》(GB/T 19004—2000)，提供考虑质量管理体系的有效性和效率两方面的指南，该标准的目的是组织业绩改进和顾客及其他相关方满意。

4)《质量和(或)环境管理体系审核指南》(GB/T 19011—2003)，提供审核质量和环境管理体系指南。

上述标准共同构成一组密切相关的质量管理体系标准。

2. 质量管理与质量体系

质量管理是指"确定质量方针、目标和职责，并在质量体系中通过诸如质量策划、质量控制、质量保证和质量改进，使其实施的全部管理职能的所有活动"。

质量管理是一个组织全部管理职能的一个组成部分。其职能是质量方针、质量目标和质量职责的制定与实施。质量策划、质量控制、质量保证和质量改进是质量管理工作的四大支柱。质量管理是各级管理者的职责，并且需要全员参与，承担相应的义务和责任。

质量体系是指"为实施质量管理所需的组织结构、程序、过程和资源"。质量体系包括：组织结构、程序、过程和资源四个部分。

组织结构，指质量体系的组织和人事保障，是一个组织为行使其职能按某些方式建立的组织机构、职责、权限及相互关系。

程序，是指为进行某项活动所规定的途径，一般分为管理性和技术性两类。

过程，是指将输入转化为输出的相互关联或相互作用的一组活动。

资源，包括人才资源和专业技能、设计和研制设备、制造设备、检验和试验设备、仪器仪表和计算机软件等。

质量体系的建立和运行，要以质量方针和质量目标的展开和实施为依据，是组织经营管理体系的核心部分。

3. 质量体系文件

质量体系文件是质量体系存在的具体体现，其由多层次文件组成。

1)质量手册：向组织内部和外部提供关于质量管理体系的一致信息的文件；是供方的纲领性文件，是对质量体系进行管理的依据。

2)质量计划：表述质量管理体系如何应用于特定产品、项目或合同的文件。

3)规范：阐明要求的文件。

4)指南：阐明推荐的方法或建议的文件。

5)程序、作业指导书：提供如何一致地完成活动和过程的信息的文件。

6)记录：为完成的活动或达到的结果提供客观证据的文件。

质量体系程序文件是质量手册的支持性文件，是对实施质量体系要素所涉及的各职能部门的各项活动所采取方法的具体描述。程序文件通常包括活动目的和范围，做什么，谁来做，何时、何地、如何做，使用何种材料、设备，如何对活动进行控制和记录。

细节：施工项目质量管理的过程

任何工程项目都是由分项工程、分部工程和单位工程所组成的，而工程项目的建设，则是通过一道道工序来完成。所以，施工项目的质量管理是从工序质量到分项工程质量、分部工程质量、单位工程质量的系统控制过程，也是一个从投入原材料的质量控制开始，直到完成工程质量检验为止的全过程的系统过程。

细节：施工项目质量控制阶段

为了加强对施工项目的质量控制，明确各施工阶段质量控制的重点，可把施工项目质量分为事前控制、事中控制和事后控制三个阶段。

1. 事前质量控制

内容是指在正式施工前进行的质量控制，其控制重点是做好施工准备工作，且施工准备工作要贯穿于施工全过程中。

（1）施工准备的范围

1）全场性施工准备，是以整个项目施工现场为对象而进行的各项施工准备。

2）单位工程施工准备，是以一个建筑物或构筑物为对象而进行的施工准备。

3）分项（部）工程施工准备，是以单位工程中的一个分项（部）工程或冬、雨期施工为对象而进行的施工准备。

4）项目开工前的施工准备，是在拟建项目正式开工前所进行的一切施工准备。

5）项目开工后的施工准备，是在拟建项目开工后，每个施工阶段正式开工前所进行的施工准备，如混合结构住宅施工，通常分为基础工程、主体工程和装饰工程等施工阶段，每个阶段的施工内容不同，其所需的物质技术条件、组织要求和现场布置也不同，因此，必须做好相应的施工准备。

（2）施工准备的内容

1）技术准备，包括：项目扩大初步设计方案的审查；熟悉和审查项目的施工图纸；项目建设地点的自然条件、技术经济条件的调查分析；编制项目施工图预算和施工预算；编制项目施工组织设计等。

2）物质准备，包括：建筑材料准备、构配件和制品加工准备、施工机具准备、生产工艺设备的准备等。

3）组织准备，包括：建立项目组织机构；集结施工队伍；对施工队伍进行入场教育等。

4）施工现场准备，包括：控制网、水准点、标桩的测量；"五通一平"；生产、生活临时设施等的准备；组织机具、材料进场；拟定有关试验、试制和技术进步项目计划；编制季节性施工措施；制定施工现场管理制度等。

2. 事中质量控制

内容是指在施工过程中进行的质量控制。事中质量控制的策略是：全面控制施工过程，重点控制工序质量。其具体措施是：工序交接有检查；质量预控有对策；施工项目有方案；技术措施有交底，图纸会审有记录；配制材料有试验；隐蔽工程有验收；计量器具校正有复核；设计变更有手续；钢筋代换有制度；质量处理有复查；成品保护有措施；行使质控有否决（如发现质量异常、隐蔽未经验收、质量问题未处理、擅自变更设计图纸、擅自代换或使用不合格材料、无证上岗、未经资质审查的操作人员等，均应对质量予以否决）；质量文件有档案（凡是与质量有关的技术文件，如水准、坐标位置、测量、放线记录，沉降、变形观测记录，图纸会审记录，材料合格证明、试验报告，施工记录，隐蔽工程记录，设计变更记录，调试、试压运行记录，试车运转记录，竣工图等都要编目建档）。

3. 事后质量控制

内容是指在完成施工过程形成产品的质量控制，其具体工作内容有：

1）组织联动试运转。

2）准备竣工验收资料，组织自检和初步验收。

3）按规定的质量评定标准和办法，对完成的分项、分部工程，单位工程进行质量评定。

4）组织竣工验收。

5）质量文件编目建档。

6）办理工程交接手续。

细节：施工项目质量控制的方法

施工项目质量控制的方法，主要是审核有关技术文件、报告和直接进行现场质量检验或必要的试验等。

1. 审核有关技术文件、报告或报表

对技术文件、报告、报表的审核，是项目管理对工程质量进行全面控制的重要手段，其具体内容有：

1）审核有关技术资质证明文件。

2）审核开工报告，并经现场核实。

3）审核施工方案、施工组织设计和技术措施。

4）审核有关材料、半成品的质量检验报告。

5）审核反映工序质量动态的统计资料或控制图表。

6）审核设计变更、修改图纸和技术核定书。

7）审核有关质量问题的处理报告。

8）审核有关应用新工艺、新材料、新技术、新结构的技术鉴定书。

9）审核有关工序交接检查，分项、分部工程质量检查报告。

10）审核并签署现场有关技术签证、文件等。

2. 现场质量检验

（1）现场质量检验的内容

1）开工前检查。目的是检查是否具备开工条件，开工后能否连续正常施工，能否保证工程质量。

2）工序交接检查。对于重要的工序或对工程质量有重大影响的工序，实行"三检制"，即在自检、互检的基础上，还要组织专职人员进行工序交接检查。

3）隐蔽工程检查。凡是隐蔽工程均应检查认证后方能掩盖。

4）停工后复工前的检查。因处理质量问题或某种原因停工后需复工时，亦应经检查认可后方能复工。

5）分项、分部工程完工后，应经检查认可，签署验收记录后，才允许进行下一工程项目施工。

6）成品保护检查。检查成品有无保护措施，或保护措施是否可靠。

此外，还应经常深入现场，对施工操作质量进行巡视检查。必要时，还应进行跟班或追踪检查。

（2）现场质量检查的方法 现场进行质量检查的方法有目测法、实测法和试验法三种。

1）目测法。可归纳为看、摸、敲、照四个字。

2）实测法。就是通过实测数据与施工规范及质量标准所规定的允许偏差对照，来判别质量是否合格。实测检查法的手段，也可归纳为靠、吊、量、套四个字。

3）试验法。是指必须通过试验手段，才能对质量进行判断的检查方法。

3. 质量控制统计方法

（1）排列图法 又称主次因素分析图法。用来寻找影响工程质量主要因素的一种方法。

（2）因果分析图法 又称树枝图或鱼刺图，是用来寻找某种质量问题的所有可能原因的有效方法。

（3）直方图法 又称频数（或频率）分布直方图，是把从生产工序收集来的产品质量数据，按数量整理分成若干级，画出以组距为底边，以根数为高度的一系列矩形图。通过直方图可以从大量统计数据中找出质量分布规律，分析判断工序质量状态，进一步推算工序总体的合格率，并能鉴定工序能力。

（4）控制图法 又称管理图，是用样本数据为分析判断工序（总体）是否处于稳定状态的有效工具。它的主要作用有二：一是分析生产过程是否稳定，为此，应随机地连续收集数据，绘制控制图，观察数据点子分布情况并评定工序状态；二是控制工序质量，为此，要定时抽样取得数据，将其描在图上，随时进行观察，以发现并及时消除生产过程中的失调现象，预防不合格产生。

（5）散布图法 是用来分析两个质量特性之间是否存在相关关系。即根据影响质量特性因素的各对数据，用点子表示在直角坐标图上，以观察判断两个质量特性之间的关系。

（6）分层法 又称分类法，是将收集的不同数据，按其性质、来源、影响因素等加在分类和分层进行研究的方法。它可以使杂乱的数据和错综复杂的因素系统化、条理化，从而找出主要原因，采取相应措施。

（7）统计分析表法 是用来统计整理数据和分析质量问题的各种表格，一般根据调查项目，可设计出不同格式的统计分析表，对影响质量原因作粗略分析和判断。

细节：质量控制中的统计方法

对建筑工程质量进行管理和控制，是建立在"用数据说话"的基础上的。通过对数据的统计分析，才能发现质量问题，才能及时采取对策和措施，予以纠正和预防质量事故的发生。

质量员应熟悉排列图、因果分析图、直方图和控制图的用途和观察分析方法。

1. 排列图的用途和观察分析

（1）排列图的用途　排列图法是利用排列图寻找影响质量主次因素的一种有效方法。在质量管理过程，通过抽样检查或检验试验所得到的质量问题、偏差、缺陷、不合格等统计数据，以及造成质量问题的原因分析统计数据，均可采用排列图法进行状况描述，它具有直观、主次分明的特点。排列图又称帕累托图或主次因素分析图，它是由两个纵坐标、一个横坐标、几个连起来的直方形和一条曲线所组成。实际应用中，通常按累计频率划分为（0%~80%）、（80%~90%）、（90%~100%）三部分，与其对应的影响因素分别为 A、B、C 三类。A 类为主要因素，B 类为次要因素，C 类为一般因素。

（2）排列图的绘制

1）画横坐标。将横坐标按项目数等分，并按项目频数由大到小顺序从左至右排列。

2）画纵坐标。左侧的纵坐标表示频数，右侧纵坐标表示累计频率。要求总频数对应累计频率100%。

3）画频数直方形。以频数为高，画出各项目的直方形。

4）画累计频率曲线。从横坐标左端点开始，依次连接各项目直方形右边线及所对应的累计频率值的交点，所得的曲线即为累计频率曲线。

5）记录必要的事项。如标题、收集数据的方法和时间等。

（3）排列图的观察与分析

1）观察直方形，大致可看出各项目的影响程度。排列图中的每个直方形都表示一个质量问题或影响因素，影响程度与各直方形的高度成正比。

2）利用 ABC 分类法，确定主次因素。将累计频率曲线按（0%~80%）、（80%~90%）、（90%~100%）分为三部分，各曲线下面所对应的影响因素分别为 A、B、C 三类因素。

（4）排列图的应用　排列图可以形象、直观地反映主次因素。其主要应用有：

1）按不合格品的内容分类，可以分析出造成质量问题的薄弱环节。

2）按生产作业分类，可以找出生产不合格品最多的关键过程。

3）按生产班组或单位分类，可以分析比较各单位技术水平和质量管理水平。

4）将采取提高质量措施前后的排列图对比，可以分析措施是否有效。

5）此外还可以用于成本费用分析、安全问题分析等。

2. 因果分析图的用途和观察分析

（1）因果分析图的用途　因果分析图法是利用因果分析图来系统整理分析某个质量问题（结果）与其产生原因之间关系的有效工具。因果分析图也称特性要因图，又因其形状常被称为树枝图或鱼刺图。

（2）因果分析图基本原理　是对每一个质量特性或问题，逐层深入排查可能原因，确定其中最主要原因，进行有的放矢的处置和管理。

（3）因果分析图作图方法　因果分析图的作图过程是一个判断推理的过程，是从最直接因素起至造成的结果为止，其步骤如下：

1）确定需要解决问题的质量特性。如质量、成本、材料、进度、安全、管理等方面的问题。

2）广泛收集小组成员或有关人员的意见、建议并记录在图上。

3）按因果形式由左向右画出主干线箭头，标明质量问题，以主干线为零线画60°角的大原因直线，并把大原因直线用箭头指向主干线排列于两侧，围绕各大原因直线展开进一步分析，中、小原因直线互相间也构成原因—结果的关系，用长短不等的箭头画在图上，展开到能采取措施为止。

4）讨论分析主要原因。把主要的、关键的原因分别用粗线或其他颜色标出来，或加上框框进行现场验证。在工程施工中，一般影响工程质量的因素往往不一定是五个方面同时存在，因此要灵活运用。

① 人（操作者）：意识、文化素质、技术水平、工作态度等。

② 法（操作方法）：施工程序、工艺标准、施工方式。

③ 料（成品、原材料）：配合比、材料的质量。

④ 机（机械设备）：操作工具、检查器具、运输设备等。

⑤ 环（环境）：室内外、季节施工、工程安排等因素。

（4）使用因果分析图法时应注意的事项

1）一个质量特性或一个质量问题使用一张图分析。

2）通常采用 QC 小组活动的方式进行，集思广益，共同分析。

3）必要时，可以邀请小组以外的有关人员参与，广泛听取意见。

4）分析时，要充分发表意见，层层深入，列出所有可能的原因。

5）在充分分析的基础上，由各参与人员采用投票或其他方式，从中选择 1～5 项多数人达成共识的最主要原因。

3. 直方图的用途和观察分析

（1）直方图的主要用途　直方图法即频率分布直方图法，它是将收集到的质量数据进行分组整理，绘制成频率分布直方图，用以描述质量分布状态的一种分析方法，所以又称质量分布图法。通过直方图的观察分析，可以了解产品质量的波动情况，掌握质量特性的分布规律，以便对质量状况进行分析判断。同时可通过质量数据特征值的计算，估计施工生产过程总体的不合格品率，评价过程能力等。

（2）直方图法的应用　首先是收集当前生产过程质量特性抽检的数据，然后制作直方图进行观察分析，判断生产过程的质量状况和能力。如某工程 10 组试块的抗压强度数据有150 个，但很难直接判断其质量状况是否正常、稳定和受控情况，如将其数据整理后绘制成直方图，就可以根据正态分布的特点进行分析判断。

（3）直方图的观察分析

1）形状观察分析。是指将绘制好的直方图形状与正态分布图的形状进行比较分析，一看形状是否相似，二看分布区间的宽窄。直方图的分布形状及分布区间宽窄是由质量特性统计数据的平均值和标准偏差所决定的。

① 正常直方图呈正态分布，其形状特征是中间高、两边低、成对称，如图 1-1a 所示。正常直方图反应生产过程质量处于正常、稳定状态。

② 异常直方图呈偏态分布，常见的异常直方图有：

a. 折齿形见图 1-1b，直方图出现参差不齐的形状，即频数不是在相邻区间减少，而是隔区间减少，形成了锯齿状。原因主要是绘制直方图时分组过多或测量仪器精度不够而造成的。

b. 陡坡形见图 1-1c，直方图的顶峰偏向一侧，它往往是因计数值或计量值只控制一侧界限或剔除了不合格数据造成。

c. 孤岛形见图 1-1d，在远离主分布中心的地方出现小的直方，形如孤岛，孤岛的存在表明生产过程出现了异常因素。

d. 双峰形见图 1-1e，直方图出现两个中心，形成双峰状。这往往是由于把来自两个总体的数据混在一起作图所造成的。

e. 峭壁形见图 1-1f，直方图的一侧出现陡峭绝壁状。这是由于人为地剔除一些数据，进行不真实的统计造成的。

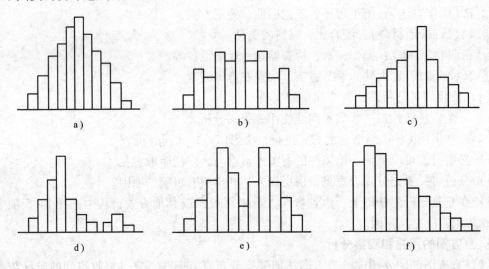

图 1-1 常见的直方图
a）正常形 b）折齿形 c）陡坡形
d）孤岛形 e）双峰形 f）峭壁形

2）位置观察分析。是指将直方图的分布位置与质量控制标准的上下限范围进行比较分析，如图 1-2 所示。

① 生产过程的质量正常、稳定和受控，还必须在公差标准上、下界限范围内达到质量合格的要求。只有这样的正常、稳定和受控才是经济合理的受控状态，如图 1-2a 所示。

② 图 1-2b 中质量特性数据分布偏下限，易出现不合格，在管理上必须提高总体能力。

③ 图 1-2c 中质量特性数据的分布充满上下限，质量能力处于临界状态，易出现不合格，必须分析原因，采取措施。

④ 图 1-2d 中质量特性数据的分布居中且边界与上下限有较大的距离，说明质量能力偏大，不经济。

⑤ 图 1-2e、f 中均已出现超出上下限的数据，说明生产过程存在质量不合格，需要分析原因，采取措施进行纠偏。

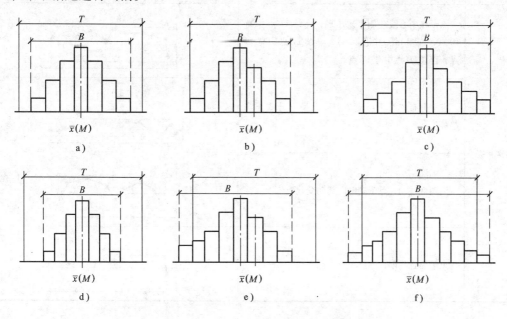

图 1-2 直方图与质量标准上下限

T—表示质量标准要求界限 B—表示实际质量特性分布范围

M—质量标准中心 $\bar{x}$—质量分布中心

4. 控制图的用途和观察分析

（1）控制图的用途 控制图是用样本数据来分析判断生产过程是否处于稳定状态的有效工具。它的用途主要有两个：

1）过程分析。即分析生产过程是否稳定。为此，应随机连续收集数据，绘制控制图，观察数据点分布情况并判定生产过程状态。

2）过程控制。即控制生产过程质量状态。为此，要定时抽样取得数据，将其变为点子描在图上，发现并及时消除生产过程中的失调现象，预防不合格品的产生。

（2）控制图的观察分析 对控制图进行观察分析是为了判断工序是否处于受控状态，以便决定是否有必要采取措施，清除异常因素，使生产恢复到控制状态。分析判断方法见表 1-1。

表 1-1 控制图的分析判断

状 态	规 则	图 形
控制状态	控制图中的点子全部落在控制界限之内，并且点子随机分散在中心线两侧	
异常状态	在中心线出现连续 7 点的形状	

（续）

状　态	规　则	图　形
异常状态	点子在中心线一侧多次出现；连续 11 点中有 10 点，连续 14 点中有 12 点，连续 17 点中有 14 点，连续 20 点中有 17 点	
	点子分布连续 7 点或 7 点以上呈上升或下降趋势	
	周期性波动，点子随时间周期变化	
	点子靠近界限，连续 3 点中有 2 点	

排列图、直方图法是质量控制的静态分析法，反映的是质量在某一段时间里的静止状态。然而产品都是在动态的生产过程中形成的，因此，在质量控制中单用静态分析法显然是不够的，还必须有动态分析法。只有动态分析法才能随时了解生产过程中质量的变化情况，及时采取措施，使生产处于稳定状态，起到预防出现废品的作用。控制图就是典型的动态分析法。

细节：施工项目质量问题的分类

工程质量问题一般分为工程质量缺陷、工程质量通病、工程质量事故。

1. 工程质量缺陷

工程质量缺陷是指工程达不到技术标准允许的技术指标的现象。

2. 工程质量通病

工程质量通病是指各类影响工程结构、使用功能和外形观感的常见性质量损伤，犹如"多发病"一样，而称为质量通病。

3. 工程质量事故

工程质量事故是指在工程建设过程中或交付使用后，对工程结构安全、使用功能和外形观感影响较大、损失较大的质量损伤。如住宅阳台、雨篷倾覆，桥梁结构坍塌，大体积混凝土强度不足，管道、容器爆裂使气体或液体严重泄漏等。它的特点是：

1）经济损失达到较大的金额。

2）有时造成人员伤亡。

3）后果严重，影响结构安全。

4）无法降级使用，难以修复时必须推倒重建。

细节：施工项目质量问题原因分析

施工项目质量问题表现的形式多种多样，诸如建筑结构的错位、变形、倾斜、倒塌、破坏、开裂、渗水、漏水、刚度差、强度不足、截面尺寸不准等，但究其原因，可归纳见下表：

项　目	内　容
违背建设程序	如不经可行性论证，不做调查分析就拍板定案；没有搞清工程地质、水文地质就仓促开工；无证设计，无图施工；任意修改设计，不按图纸施工；工程竣工不进行试运转、不经验收就交付使用等盲干现象，致使不少工程项目留有严重隐患，房屋倒塌事故也常有发生
工程地质勘察原因	未认真进行地质勘察，提供地质资料、数据有误；地质勘察时，钻孔间距太大，不能全面反映地基的实际情况，如当基岩地面起伏变化较大时，软土层厚薄相差亦甚大；地质勘察钻孔深度不够，没有查清地下软土层、滑坡、墓穴、孔洞等地层构造；地质勘察报告不详细、不准确等，均会导致采用错误的基础方案，造成地基不均匀沉降、失稳，使上部结构及墙体开裂、破坏、倒塌
未加固处理好地基	对软弱土、冲填土、杂填土、湿陷性黄土、膨胀土、岩层出露、熔岩、土洞等不均匀地基未进行加固处理或处理不当，均是导致重大质量问题的原因。必须根据不同地基的工程特性，按照地基处理应与上部结构相结合，使其共同工作的原则，从地基处理、设计措施、结构措施、防水措施、施工措施等方面综合考虑治理
设计计算问题	设计考虑不周，结构构造不合理，计算简图不正确，计算荷载取值过小，内力分析有误，沉降缝及伸缩缝设置不当；悬挑结构未进行抗倾覆验算等，都是诱发质量问题的隐患
建筑材料及制品不合格	诸如：钢筋物理力学性能不符合标准，水泥受潮、过期、结块、安定性不良，砂石级配不合理、有害物含量过多，混凝土配合比不准，外加剂性能、掺量不符合要求时，均会影响混凝土强度、和易性、密实性、抗渗性，导致混凝土结构强度不足、裂缝、渗漏、蜂窝、露筋等质量问题；预制构件截面尺寸不准，支承锚固长度不足，未可靠建立预应力值，钢筋漏放、错位，板面开裂等，必然会出现断裂、垮塌
施工和管理问题	许多工程质量问题，往往是由施工和管理所造成。例如： 1）不熟悉图纸，盲目施工；图纸未经会审，仓促施工；未经监理、设计部门同意，擅自修改设计 2）不按图施工。把铰接做成刚接，把简支梁做成连续梁，抗裂结构用光圆钢筋代替变形钢筋等，致使结构裂缝破坏；挡土墙不按图设滤水层，留排水孔，致使土压力增大，造成挡土墙倾覆 3）不按有关施工验收规范施工。如现浇混凝土结构不按规定的位置和方法任意留设施工缝；不按规定的强度拆除模板；砌体不按组砌形式砌筑，留直槎不加拉结条，在小于1m宽的窗间墙上留设脚手眼等 4）不按有关操作规程施工。如用插入式振捣器捣实混凝土时，不按插点均布、快插慢拔、上下抽动、层层扣搭的操作方法，致使混凝土振捣不实，整体性差；又如，砖砌体包心砌筑，上下通缝，灰浆不均匀饱满，游丁走缝，不横平竖直等都是导致砖墙、砖柱破坏、倒塌的主要原因 5）缺乏基本结构知识，施工蛮干。如将钢筋混凝土预制梁倒放安装；将悬臂梁的受拉钢筋放在受压区；结构构件吊点选择不合理，不了解结构使用受力和吊装受力的状态；施工中在楼面超载堆放构件和材料等，均将给质量和安全造成严重的后果 6）施工管理混乱，施工方案考虑不周，施工顺序错误；技术组织措施不当，技术交底不清，违章作业，不重视质量检查和验收工作等，都是导致质量问题的祸根

（续）

项　目	内　容
自然条件影响	施工项目周期长、露天作业多，受自然条件影响大，温度、湿度、日照、雷电、供水、大风、暴雨等都能造成重大的质量事故，施工中应特别重视，采取有效措施予以预防
建筑结构使用问题	建筑物使用不当，亦易造成质量问题。如不经校核、验算，就在原有建筑物上任意加层；使用荷载超过原设计的容许荷载；任意开槽、打洞、削弱承重结构的截面等

细节：施工项目质量问题处理

1. 施工项目质量问题处理的基本要求

1）处理应达到安全可靠，不留隐患，满足生产、使用要求，施工方便，经济合理的目的。

2）重视消除事故的原因。这不仅是一种处理问题的方向，也是防止事故重演的重要措施，如地基由于浸水沉降引起的质量问题，则应消除浸水的原因，制定防治浸水的措施。

3）注意综合治理。既要防止原有事故的处理引发新的事故；又要注意处理方法的综合应用，如结构承载能力不足时，则可采取结构补强、卸荷，增设支撑、改变结构方案等方法的综合应用。

4）正确确定处理范围。除了直接处理事故发生的部位外，还应检查事故对相邻区域及整个结构的影响，以正确确定处理范围。例如，板的承载能力不足进行加固时，往往形成从板、梁、柱到基础均可能要予以加固。

5）正确选择处理时间和方法。发现质量问题后，一般均应及时分析处理。但并非所有质量问题的处理都是越早越好，如裂缝、沉降、变形尚未稳定就匆忙处理，往往不能达到预期的效果，而常会进行重复处理。处理方法的选择，应根据质量问题的特点，综合考虑安全可靠、技术可行、经济合理、施工方便等因素，经分析比较，择优选定。

6）加强事故处理的检查验收工作。从施工准备到竣工，均应根据有关规范的规定和设计要求的质量标准进行检查验收。

7）认真复查事故的实际情况。在事故处理中若发现事故情况与调查报告中所述的内容差异较大时，应停止施工，待查清问题的实质、采取相应的措施后再继续施工。

8）确保事故处理期的安全。事故现场中不安全因素较多，应事先采取可靠的安全技术措施和防护措施，并严格检查、执行。

2. 施工项目质量问题分析处理的程序

1）施工项目质量问题分析、处理的程序，一般可按图1-3所示进行。

2）事故发生后，应及时组织调查处理。调查的主要目的，是要确定事故的范围、性质、影响和原因等，通过调查为事故的分析与处理提供依据，一定要力求全面、准确、客观。调查结果，要整理撰写成事故调查报告，其内容包括：

① 工程概况，重点介绍事故有关部分的工程情况。

② 发生质量事故的时间、地点、事故情况、有关的观测记录、事故发展变化趋势等。

③ 分析确定是结构性问题，还是一般性问题，是否需要采取保护性措施等。

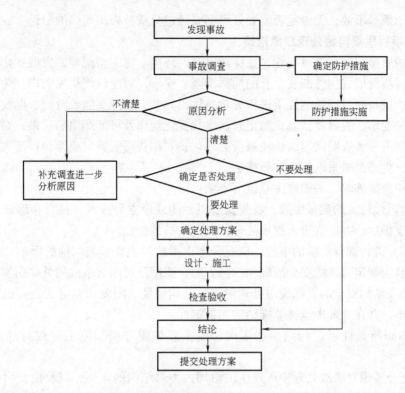

图 1-3　质量问题分析、处理程序框图

④ 分析造成质量事故的主要原因。

⑤ 事故调查中的数据、资料。

⑥ 事故原因的初步判断。

⑦ 质量事故对建筑物的功能、使用、结构承受力、施工安全等的影响评估。

⑧ 事故涉及人员与主要责任者的情况等。

质量事故处理必须具备的资料有：与工程质量事故有关的施工图；与工程施工有关的试验报告、检验记录，各中间产品的检验记录和试验报告、施工记录等。

3）事故的原因分析，要建立在事故情况调查的基础上，避免情况不明就主观分析判断事故的原因。尤其是有些事故，其原因错综复杂，往往涉及勘察、设计、施工、材质、使用管理等几方面，只有对调查提供的数据、资料进行详细分析后，才能去伪存真，找到造成事故的主要原因。

4）工程质量事故产生的原因通常有：

① 由于设计、施工在技术上的失误而造成的技术原因引发的质量事故。

② 由于管理不善或失误而造成的管理原因引发的质量事故。

③ 由于社会、经济因素引起的建设中的错误行为造成的社会、经济原因引发的质量事故。

5）事故的处理要建立在原因分析的基础上，对有些事故一时认识不清时，只要事故不致产生严重的恶化，可以继续观察一段时间，做进一步调查分析，不要急于求成，以免造成同一事故多次处理的不良后果。事故处理的基本要求是：安全可靠，不留隐患，满足建筑功能和使用要求，技术可行，经济合理，施工方便。在事故处理中，还必须加强质量检查和验收。对每一个质量事故，无论是否需要处理都要经过分析，做出明确的结论。

3. 施工项目质量问题处理应急措施

工程中的质量问题具有可变性，往往随时间、环境、施工情况等而发展变化，有的细微裂缝，可能逐步发展成构件断裂；有的局部沉降、变形，可能致使房屋倒塌。为此，在处理质量问题前，应及时对问题的性质进行分析，做出判断，对那些随着时间、温度、湿度、荷载条件变化的变形、裂缝要认真观测记录，寻找变化规律及可能产生的后果；对那些表面的质量问题，要进一步查明问题的性质是否会转化；对那些可能发展成为构件断裂、房屋倒塌的恶性事故，更要及时采取应急补救措施。

在拟定应急措施时，一般应注意以下事项：

1) 对危险性较大的质量事故，首先应予以封闭或设立警戒区，只有在确认不可能倒塌或进行可靠支护后，方准许进入现场处理，以免人员的伤亡。

2) 对需要进行部分拆除的事故，应充分考虑事故对相邻区域结构的影响，以免事故进一步扩大，且应制定可靠的安全措施和拆除方案，要严防对原有事故的处理引发新的事故。

3) 凡涉及结构安全的，都应对处理阶段的结构强度、刚度和稳定性进行验算，提出可靠的防护措施，并在处理中严密监视结构的稳定性。

4) 在不卸荷条件下进行结构加固时，要注意加固方法和施工荷载对结构承载力的影响。

5) 要充分考虑对事故处理中所产生的附加内力对结构的作用，以及由此引起的不安全因素。

4. 施工项目质量问题处理方案

质量问题处理方案，应当在正确分析和判断质量问题原因的基础上进行。对于工程质量问题，通常可以根据质量问题的情况，做出以下四类不同性质的处理方案。

(1) 修补处理　这是最常采用的一类处理方案。通常当工程的某些部分的质量虽未达到规定的规范、标准或设计要求，存在一定的缺陷，但经过修补后还可达到要求的标准，又不影响使用功能或外观要求，在此情况下，可以做出进行修补处理的决定。

属于修补这类方案的具体方案有很多，诸如封闭保护、复位纠偏、结构补强、表面处理等。例如，某些混凝土结构表面出现蜂窝麻面，经调查、分析，该部位经修补处理后，不会影响其使用及外观；某些结构混凝土发生表面裂缝，根据其受力情况，仅作表面封闭保护即可等。

(2) 返工处理　当工程质量未达到规定的标准或要求，有明显的严重质量问题，对结构的使用和安全有重大影响，而又无法通过修补的办法纠正所出现的缺陷情况下，可以做出返工处理的决定。例如，某防洪堤坝的填筑压实后，其压实土的干密度值未达到规定的要求干密度值，核算其将影响土体的稳定和抗渗要求，可以进行返工处理，即挖除不合格土，重新填筑。又如某工程预应力按混凝土规定张力系数为 1.3，但实际仅为 0.8，属于严重的质量缺陷，也无法修补，即需做出返工处理的决定。十分严重的质量事故甚至要做出整体拆除的决定。

(3) 限制使用　当工程质量问题在按修补方案处理无法保证达到规定的使用要求和安全，而又无法返工处理的情况下，不得已时可以做出诸如结构卸荷或减荷以及限制使用的决定。

（4）不做处理 某些工程质量问题虽然不符合规定的要求或标准，但如其情况不严重，对工程或结构的使用及安全影响不大，经过分析、论证和慎重考虑后，也可做出不作专门处理的决定。可以不做处理的情况一般有以下几种：

1）不影响结构安全和使用要求者。例如，有的建筑物出现放线定位偏差，若要纠止则会造成重大经济损失，若其偏差不大，不影响使用要求，在外观上也无明显影响，经分析论证后，可不做处理；又如，某些隐蔽部位的混凝土表面裂缝，经检查分析，属于表面养护不够的干缩微裂，不影响使用及外观，也可不做处理。

2）有些不严重的质量问题，经过后续工序可以弥补的，例如，混凝土的轻微蜂窝麻面或墙面，可通过后续的抹灰、喷涂或刷白等工序弥补，可以不对该缺陷进行专门处理。

3）出现的质量问题，经复核验算，仍能满足设计要求者。例如，某一结构截面做小了，但复核后仍能满足设计的承载能力，可考虑不再处理。这种做法实际上是挖掘设计潜力或降低设计的安全系数，因此需要慎重处理。

5. 施工项目质量问题处理资料

一般质量问题的处理，必须具备以下资料：

1）与事故有关的施工图。

2）与施工有关的资料，如建筑材料试验报告、施工记录、试块强度试验报告等。

3）事故调查分析报告，包括：

① 事故情况：出现事故时间、地点；事故的描述；事故观测记录；事故发展变化规律；事故是否已经稳定等。

② 事故性质：应区分属于结构性问题还是一般性缺陷；是表面性的还是实质性的；是否需要及时处理；是否需要采取防护性措施。

③ 事故原因：应阐明所造成事故的重要原因，如结构裂缝，是因地基不均匀沉降，还是温度变形；是因施工振动，还是由于结构本身承载能力不足所造成。

④ 事故评估：阐明事故对建筑功能、使用要求、结构受力性能及施工安全有何影响，并应附有实测、验算数据和试验资料。

⑤ 事故涉及人员及主要责任者的情况。

4）设计、施工、使用单位对事故的意见和要求等。

6. 施工项目质量问题性质的确定

质量缺陷性质的确定，是最终确定缺陷问题处理方法的首要工作和根本依据。一般通过下列方法来确定缺陷的性质：

方　法	主 要 内 容
了解和检查	是指对有缺陷的工程进行现场情况、施工过程、施工设备和全部基础资料的了解和检查，主要包括调查、检查质量试验检测报告、施工日志、施工工艺流程、施工机械情况以及气候情况等
检测与试验	通过检查和了解可以发现一些表面的问题，得出初步结论，但往往需要进一步的检测与试验来加以验证。检测与试验，主要是检验该缺陷工程的有关技术指标，以便准确找出产生缺陷的原因。例如，若发现石灰土的强度不足，则在检验强度指标的同时，还应检验石灰剂量，石灰与土的物理化学性质，以便发现石灰土强度不足是因为材料不合格、配比不合格或养护不好，还是因为其他如气候之类的原因造成的。检测和试验的结果将作为确定缺陷性质的主要依据

（续）

方　法	主　要　内　容
专门调研	有些质量问题，仅仅通过以上两种方法仍不能确定。如某工程出现异常现象，但在发现问题时，有些指标却无法被证明是否满足规范要求，只能采用参考的检测方法。像水泥混凝土，规范要求的是28d的强度，而对于已经浇筑的混凝土无法再检测，只能通过规范以外的方法进行检测，其检测结果作为参考依据之一。为了得到这样的参考依据并对其进行分析，往往有必要组织有关方面的专家或专题调查组，提出检测方案，对所得到的一系列参考依据和指标进行综合分析研究，找出产生缺陷的原因，确定缺陷的性质。这种专题研究，对缺陷问题的妥善解决作用重大，因此经常被采用

7. 施工项目质量问题处理决策的辅助方法

对质量问题处理的决策，是复杂而重要的工作，它直接关系到工程的质量、费用与工期。所以，要做出对质量问题处理的决定，特别是对需要返工或不做处理的决定，应当慎重对待。在对某些复杂的质量问题做出处理决定前，可采取下表所列方法做进一步论证：

项　目	内　容
试验验证	即对某些有严重质量缺陷的项目，可采取合同规定的常规试验以外的试验方法进一步进行验证，以便确定缺陷的严重程度。例如混凝土构件的试件强度低于标准要求不太大（例如10%以下）时，可进行加载试验，以证明其是否满足使用要求；又如公路工程的沥青面层厚度误差超过了规范允许的范围，可采用弯沉试验，检查路面的整体强度等。根据对试验验证检查的分析、论证再研究处理决策
定期观测	有些工程，在发现其质量缺陷时，其状态可能尚未达到稳定，仍会继续发展，在这种情况下，一般不宜过早做出决定，可以对其进行一段时间的观测，然后再根据情况做出决定。属于这类的质量缺陷，如桥墩或其他工程的基础，在施工期间发生沉降超过预计的或规定的标准；混凝土或高填土发生裂缝，并处于发展状态等。有些有缺陷的工程，短期内其影响可能不十分明显，需要较长时间的观测才能得出结论
专家论证	对于某些工程缺陷，可能涉及的技术领域比较广泛，则可采取专家论证。采用这种办法时，应事先做好充分准备，尽早为专家提供尽可能详尽的情况和资料，以便使专家能够进行较充分、全面和细致的分析、研究，提出切实的意见与建议。实践证明，采取这种方法，对重大的质量问题做出恰当处理的决定十分有益

8. 施工项目质量问题处理的鉴定验收

质量问题处理是否达到预期的目的，是否留有隐患，需要通过检查验收来做出结论。事故处理质量检查验收，必需严格按施工验收规范中有关规定进行，必要时，还要通过实测、实量，荷载试验，取样试压，仪表检测等方法来获取可靠的数据。这样，才可能对事故做出明确的处理结论。

事故处理结论的内容有以下几种：

1）事故已排除，可以继续施工。

2）隐患已经消除，结构安全可靠。

3）经修补处理后，完全满足使用要求。

4）基本满足使用要求，但附有限制条件，如限制使用荷载，限制使用条件等。

5）对耐久性影响的结论。

6）对建筑外观影响的结论。

7）对事故责任的结论等。

此外，对一时难以做出结论的事故，还应进一步提出观测检查的要求。

事故处理后，还必须提交完整的事故处理报告，其内容包括：事故调查的原始资料、测试数据；事故的原因分析、论证；事故处理的依据；事故处理方案、方法及技术措施；检查验收记录；事故无需处理的论证；事故处理结论等。

细节：质量员岗位职责

1）认真学习和贯彻执行国家及建设行政管理部门颁布的有关工程质量控制和保证的各种规范、规程条例。

2）参与施工组织设计（或施工方案）的制定，了解与掌握施工顺序、施工方法和保证工程质量的技术措施；同时，做好开工前的各种质量保证工作。

3）参与图纸会审，督促并检查是否严格按图施工，对任意改变图纸设计的行为应立即制止。

4）对原材料是否按质量要求进行订货、采购、运输、保管等进行监督和检查，对质量低劣或不符合标准者应及时指出。

5）严格执行技术规程和操作规程，坚持对每一道施工工序都按规范、规程施工和验收，发现质量有问题的应提出，不留隐患。

6）分析质量问题产生的各种因素，找出影响质量的主要原因，提出针对性的预防（或控制）措施。

7）坚持"预防为主"的方针，经常组织定期的质量检验活动，将"事先预防"、"事中检查"和"事后把关"结合起来，参与工程竣工的质量检验，并主动提供各种资料。

8）认真积累和整理各种质量控制、质量保证、质量事故等的资料与报表。

9）协助施工队长（项目经理）帮助班组兼职质检员加强质量管理，提高操作质量。

10）协助公司其他部门做好工程交工后的回访和保修工作。

细节：质量员的工作内容及工作程序

1. 参加图纸会审

1）对图纸的质量问题提出意见。

2）对施工中可能出现的技术质量难点提出保证质量的技术措施。

3）对质量"通病"提出预防措施。

2. 提出质量控制计划

1）将质量控制计划向班组进行交底。

2）组织实施控制计划。

3. 对材料进行检验

建筑材料质量的优劣，在很大程度上影响建筑产品质量的好坏。正确合理地使用材料，也是确保建筑安装工程质量的关键。

为了做好这项工作，施工企业要根据实际需要建立和健全材料试验机构，配备人员和仪器。试验机构在企业总工程师及技术部门的领导下，严格遵守国家有关的技术标准、规范和设计要求，并按照有关的试验操作规程进行操作，提出准确可靠的数据，确保试验工作质量。

凡用于施工的建筑材料，必须由供应部门提出合格证明，对那些没有合格证明的或虽有证明但技术领导或质量管理部门认为有必要复验的材料，在使用前必须进行抽查、复验，证明合格后才能使用。为杜绝假冒伪劣产品用于工程中，防止建筑施工中出现质量事故。施工中所用的钢材、水泥必须在使用前作两次检验。

凡在现场配制的各种材料，如混凝土、砂浆等，均需按照有资质的试验机构确定的配合比和操作方法进行配制和施工，施工班组不得擅自改变。初次采用的新材料或特殊材料、代用材料必须经过试验、试制和鉴定，制定出质量标准和操作规程后，才能在工程上使用。

4. 对构件与配件进行检验

由生产提供的构件与配件不参加分部工程质量评定，但构件与配件必须符合合格标准，检查出厂合格证。

构件与配件检验一般分为门窗制作质量和钢筋混凝土预制构件质量检验。门窗制作质量检查数量，按不同规格的框、扇件数各抽查5%，但均不少于3件。

5. 技术复核

在施工过程中，对重要的或影响全工程的技术工作，必须在分项工程正式施工前进行复核，以免发生重大差错，影响工程的质量和使用。

技术复核的项目及内容：

（1）建筑物的项目及高程　包括四角定位轴线桩的坐标位置，各轴线桩的位置及其间距，龙门板上轴线钉的位置，轴线引桩的位置，水平桩上所示室内地面的绝对标高。

（2）地基与基础工程　包括基坑（槽）底的土质，基础中心线的位置，基础的底标高，基础各部分尺寸。

（3）钢筋混凝土工程　包括模板的位置、标高及各部分尺寸，预埋件及预留孔的位置和牢固程度，模板内部的清理及湿润情况，混凝土组成材料的质量情况，现浇混凝土的配合比，预制构件的安装位置及标高、接头情况、起吊时预测强度以及预埋件的情况。

（4）砖石工程　包括墙身中心线位置，皮数杆上砖皮划分及其竖立的标高，砂浆配合比。

（5）屋面工程　是指沥青玛琋脂的配合比。

（6）管道工程　包括采暖、热力、给水、排水、燃气管道的标高及坡度，化粪池检查井的底标高及各部分的尺寸。

（7）电气工程　包括变电、配电装置的位置，高低压供电进出口方向，电缆沟的位置及标高，送电方向。

（8）其他　包括工业设备、仪器仪表的完好程度、数量和规格，以及根据工程需要指定的复核项目。

6. 隐蔽工程验收

隐蔽工程是指那些在施工过程中，上一道工序的工作结果将被下一道工序所掩盖，是否符合质量要求已无法再进行复查的工程部位。例如：钢筋混凝土工程的钢筋，地基与基础工程中的地基土质、基础尺寸及标高，打桩的数量和位置等。为此，这些工程在下一工序施工以前，应由项目质量总监理工程师邀请建设单位、监理单位、设计单位共同进行隐蔽工程检查和验收，并认真办理隐蔽工程验收签证手续。隐蔽工程验收资料是今后各项建筑安装工程的合理使用、维护、改造、扩建的一项重要技术资料，必须归入工程技术档案。

注意，隐蔽工程验收应结合技术复核、质量检查工作进行，重要部位改变时还应摄影，以备查考。

隐蔽工程验收项目与检查内容如下：

1）土方工程：包括基坑（槽）或管沟开挖竣工图，排水盲沟设置情况，填方土料、冻土块含量及填土压实试验记录。

2）地基与基础工程：包括基坑（槽）底土质情况，基底标高及宽度，对不良基土采取的处理情况，地基夯实施工记录、打桩施工记录及桩位竣工图。

3）砖石工程：包括基础砌体，沉降缝、伸缩缝和防震缝，砌体中配筋情况。

4）钢筋混凝土工程：包括钢筋的品种、规格、形状、尺寸、数量及位置，钢筋接头情况，钢筋除锈情况，预埋件数量及其位置，材料代用情况。

5）屋面工程：包括保温隔热层、找平层、防水层的施工记录。

6）地下防水工程：包括卷材防水层及沥青胶结材料防水层的基层；防水层被地面、砌体等掩盖的部位，管道设备穿过防水层的固封处等。

7）地面工程：包括地面下的地基土、各种防护层及经过防腐处理的结构或连接件。

8）装饰工程：是指各类装饰工程的基础情况。

9）管道工程：包括各种给水、排水、暖、卫、暗管道的位置、标高、坡度、试压、通风试验、焊接、防腐与防锈保温，以及预埋件等情况。

10）电气工程：包括各种暗配电气线路的位置、规格、标高、弯度、防腐、接头等情况，电缆耐压绝缘试验记录，避雷针接地电阻试验。

11）包括完工后无法进行检查的工程、重要结构部位和有特殊要求的隐蔽工程。

7. 竣工验收

工程竣工验收是对建筑企业生产、技术活动成果进行的一次综合性检查验收。因此，在工程正式交工验收前，应由施工安装单位进行自检与自验，发现问题及时解决。

建设单位收到工程验收报告后，应由建设单位（项目）负责人组织施工（含分包单位）设计、监理等单位（项目）负责人进行单位（子单位）工程验收。所有工程项目都要严格按照建筑工程施工质量检验统一标准和验收规范办理验收手续，填写竣工验收记录。竣工验收文件要归入工程技术档案。在竣工验收时，施工单位应提供竣工资料。

8. 质量检查评定

建筑安装工程质量检验评定应按分项工程、分部工程及单位工程三个阶段进行。

（1）分项工程质量检查评定程序

1）确定分项工程名称：根据实际情况参照建筑工程分部分项工程名称表、建筑设备安装工程分部分项工程名称表确定该工程的分项工程名称。

2）主控项目检查：按照规定的检查数量，对主控项目各项进行质量情况检查。

3）一般项目检查：按照规定的检查数量，对一般项目各项逐点进行质量情况检查。对允许偏差各测点逐点进行实测。

4）填写分项工程质量检验评定表：将主控项目的质量情况、一般项目的质量情况及允许偏差的实测值逐项填入分项工程质量检验评定表内，并评出主控项目各项的质量。统计允许偏差项目的合格点数，计算其合格率；综合质量结果，对应分项工程质量标准来评定该分项工程的质量。工程负责人、工长(施工员)及班组长签名，专职质量检查员签署核定意见。

(2) 分部工程质量检验评定程序

1) 汇总分项工程：将该分部工程所属的分项工程汇总在一起。

2) 填写分部工程质量评定表：把各分项工程名称、项数、合格项数逐项填入表内，并统计合格率，对应分部工程质量标准评定其质量。最后，由有关技术人员签名。

(3) 单位工程质量检验评定程序

1) 观感质量评分：按照单位工程观感质量评分表上所列项目，对应质量检验评定标准进行观感检查。

各项评定等级填入表内，统计应得分及实得分，计算其得分率。检查人员签名。

2) 填写单位工程质量综合评定表：将分部工程评定汇总、质量保证资料及质量观感评定情况一起填入单位工程质量综合评定表内，根据这3项评定情况对照单位工程质量检验评定标准，评定单位工程质量。单位工程质量综合评定表填好后，在表下盖企业公章，并由企业经理或企业技术负责人签名。业主代表、监理单位、设计单位在该单位工程的负责人或技术负责人栏签名，盖上公章，报政府质监部门备案。

9. 工程技术档案

(1) 工程技术档案的内容　工程技术档案一般由以下两部分组成。

1) 第一部分是有关建筑物合理使用、维护、改建、扩建的参考文件。在工程交工时，随同其他交工资料一并提交建设单位保存。其主要内容包括：施工执照复印件，地质勘探资料，永久水准点的坐标位置，建筑物测量记录，工程技术复核记录，材料试验记录(含出厂证明)，构件、配件出厂证明及检验记录，设备的调整和试运转记录，图纸会审记录及技术核定单，竣工工程项目一览表及其预决算书，隐蔽工程验收记录，工程质量事故的发生和处理记录，建筑物的沉降和变形观测记录，由施工和设计单位提出的建筑物及其设备使用注意事项文件，分项、分部及单位工程质量检验评定表，其他有关该工程的技术决定。

2) 第二部分是系统积累的施工经济技术资料。其主要内容包括：施工组织设计、施工方案和施工经验；新结构、新技术、新材料的试验研究资料，以及施工方法、施工操作专题经验；重大质量和安全事故情况、原因分析及其补救措施的记录；技术革新的建议、试验、采用、改进记录，有关技术管理的经验及重大技术决定；施工日记。

(2) 工程技术档案管理　工程技术档案的建立、汇集和整理工作应当从施工准备开始，直到工程交工为止，贯穿于施工的全过程。

凡是列入工程技术的文件和资料，都必须经各级技术负责人正式审定。所有的文件和资料都必须如实反映情况，不得擅改、伪造或事后补做。

工程技术档案必须严加管理，不得遗失或损坏。人员调动必须办理交接手续。由施工单位保存的工程技术档案，根据工程的性质，确定其保存期限。由建设单位保存的工程技术档案应永久保存，直到该工程拆毁。

2　地基基础的质量控制

细节：土方开挖

1. 质量控制要点

1）在土方工程施工测量中，应对平面位置（包括控制边界线、分界线、边坡的上口线和底口线等）、边坡坡度（包括放坡线、变坡等）和标高（包括各个地段的标高）等经常进行测量，校核是否符合设计要求。

上述施工测量的基准——平面控制桩和水准控制点，也应定期进行复测和检查。

2）挖土堆放不能离基坑上边缘太近。

3）土方开挖应具有一定的边坡坡度，临时性挖方的边坡值应符合表 2-1 的规定。

表 2-1　临时性挖方边坡值

土 的 类 别		边坡值（高:宽）	土 的 类 别		边坡值（高:宽）
砂土（不包括细砂、粉砂）		1:1.25～1:1.50	一般性粘土	软	1:1.50 或更缓
一般性粘土	硬	1:0.75～1:1.00	碎石类土	充填坚硬、硬塑粘性土	1:0.50～1:1.00
	硬、塑	1:1.00～1:1.25		充填砂土	1:1.00～1:1.50

注：1. 设计有要求时，应符合设计标准。
　　2. 如采用降水或其他加固措施，可不受本表限制，但应计算复核。
　　3. 开挖深度，对软土不应超过 4m，对硬土不应超过 8m。

4）为了使建（构）筑物有一个比较均匀的下沉，对地基应进行严格的检验，与地质勘查报告进行核对，检查地基土与工程地质勘查报告、设计图纸是否相符，有无破坏原状土的结构或发生较大的扰动现象。进行验槽的主要方法有：

① 表面检查验槽法：

a. 根据槽壁土层分布情况及走向，初步判明全部基底是否已挖至设计所要求的土层。

b. 检查槽底是否已挖至原（老）土，是否需继续下挖或进行处理。

c. 检查整个槽底土的颜色是否均匀一致；土的坚硬程度是否一样，有否局部过松软或过坚硬的部位；有否局部含水量异常现象，走上去有没有颤动的感觉等。如有异常部位，要会同设计等有关单位进行处理。

② 钎探检查验槽法：基坑挖好后，用锤把钢钎打入槽底的基土内，根据每打入一定深度的锤击次数，来判断地基土质情况。

a. 钢钎的规格和质量：钢钎用直径 22～25mm 的钢筋制成，钎尖呈 60°尖锥状，长度为 1.8～2.0m。配合质量 3.6～4.5kg 铁锤。打锤时，举高离钎顶为 50～70cm，将钢钎垂直打入土中，并记录每打入土层 30cm 的锤击数。

b. 钎孔布置和钎探深度：应根据地基土质的复杂情况和基槽宽度、形状而定，一般可参考表2-2。

表2-2 钎孔布置

槽宽/cm	排列方式及图示	间距/m	钎探深度/m
小于80	中心一排	1~2	1.2
80~200	两排错开	1~2	1.5
大于200	梅花形	1~2	2.0
柱基	梅花形	1~2	≥1.5m,并不浅于短边宽度

注:对于较软弱的新近沉积粘性土和人工杂填土的地基,钎孔间距应不大于1.5m。

c. 钎探记录和结果分析:先绘制基槽平面图,在图上根据要求确定钎探点的平面位置,并依次编号制成钎探平面图。钎探时,按钎探平面图标定的钎探点顺序进行,最后整理成钎探记录表。

d. 全部钎探完成后,逐层分析研究钎探记录,然后逐点进行比较,将锤击数显著过多或过少的钎孔在钎探平面图上做上记号,然后再在该部位进行重点检查,如有异常情况,要认真进行处理。

③ 洛阳铲钎探验槽法:在黄土地区基坑挖好后或大面积基坑挖土前,根据建筑物所在地区的具体情况或设计要求,对基坑底以下的土质、古墓、洞穴用专用洛阳铲进行钎探检查。

a. 探孔的布置:探孔布置见表2-3。

表2-3 探孔布置

基槽宽/mm	排列方式及图示	间距L/m	探孔深度/m
小于2000		1.5~2.0	3.0

（续）

基槽宽/mm	排列方式及图示	间距 L/m	探孔深度/m
大于2000		1.5~2.0	3.0
柱基		1.5~2.0	3.0(荷重较大时为4.0~5.0)
加孔		<2.0(如基础过宽时中间再加孔)	3.0

b. 探查记录和成果分析：先绘制基础平面图，在图上根据要求确定探孔的平面位置，并依次编号，再按编号顺序进行探孔。探查过程中，一般每3~5铲看一下土，查看土质变化和含有物的情况。遇有土质变化或含有杂物情况，应测量深度并用文字记录清楚。遇有墓穴、地道、地窖、废井等时，应在此部位缩小探孔距离（一般为1m左右），沿其周围仔细探查清其大小、深浅、平面形状，并在探孔平面图中标注出来。全部探查完成后，绘制探孔平面图和各探孔不同深度的土质情况表，为地基处理提供完整的资料。探完以后，尽快用素土或灰土将探孔回填。

④ 轻型动力触探法验槽：

a. 遇到下列情况之一时，应在基坑底普遍进行轻型动力触探：

（a）持力层明显不均匀。

（b）浅部有软弱下卧层。

（c）有浅埋的坑穴、古墓、古井等，直接观察难以发现时。

（d）勘察报告或设计文件规定应进行轻型动力触探时。

b. 采用轻型动力触探进行基槽检验时，检验深度及间距按表2-4执行。

表2-4　轻型动力触探检验深度及间距　　　　　　　　　（单位:m）

排列方式	基槽宽度	检验深度	检验间距
中心一排	<0.8	1.2	
两排错开	0.8~2.0	1.5	1.0~1.5m 视地层复杂情况定
梅花形	>2.0	2.1	

2. 质量检查与验收

土方开挖工程的质量检验标准应符合表2-5的规定。

表 2-5　土方开挖工程质量检验标准　　　　　　　　　（单位:mm）

项	序	项 目	允许偏差或允许值					检 验 方 法
			柱基基坑基槽	挖方场地平整		管沟	地(路)面基层	
				人工	机械			
主控项目	1	标高	−50	±30	±50	−50	−50	水准仪
	2	长度、宽度(由设计中心线向两边量)	+200 −50	+300 −100	+500 −150	+100	—	经纬仪,用钢直尺量
	3	边坡	设计要求					观察或用坡度尺检查
一般项目	1	表面平整度	20	20	50	20	20	用2m靠尺和楔形塞尺检查
	2	基底土性	设计要求					观察或土样分析

注：地(路)面基层的偏差只适用于直接在挖、填方上做地(路)面的基层。

细节:土方回填

1) 土方回填前,应清除基底的垃圾、树根等杂物,抽除坑穴积水、淤泥,验收基底标高。如在耕植土或松土上填方,应在基底压实后再进行。

填方基底处理属于隐蔽工程,必须按设计要求施工。如设计无要求时,必须符合以上规定。

2) 填方基底处理应做好隐蔽工程验收,重点内容应画图表示,基底处理经中间验收合格后,才能进行填方和压实。

3) 经中间验收合格的填方区域场地应基本平整,并有 0.2% 坡度,以有利于排水。填方区域有陡于1/5 的坡度时,应控制好阶宽不小于1m 的阶梯形台阶,台阶面口严禁上抬,以免造成台阶上积水。

4) 回填土的含水量控制:土的最佳含水率和最少压实遍数可通过试验求得。土的最佳含水量和最大干密度也可参见表2-6。

表 2-6　土的最佳含水量和最大干密度参考表

土的种类	变 动 范 围		土的种类	变 动 范 围	
	最佳含水量(质量比%)	最大干密度/(g/cm³)		最佳含水量(质量比%)	最大干密度/(g/cm³)
砂土	8 ~ 12	1.80 ~ 1.88	粉质黏土	12 ~ 15	1.85 ~ 1.95
黏土	19 ~ 23	1.58 ~ 1.70	粉土	16 ~ 22	1.61 ~ 1.80

注：1. 表中土的最大密度应根据现场实际达到的数字为准。

　　2. 一般性的回填可不作此项测定。

5) 填土的边坡控制见表2-7。

6) 对填方土料应按设计要求验收后方可填入。

7) 填方施工过程中应检查排水措施,其中包括:每层填筑厚度、含水量控制、压实程度。

表 2-7 填土的边坡控制

土 的 种 类	填方高度/m	边坡坡度	土 的 种 类	填方高度/m	边坡坡度
黏土类土、黄土、类黄土	6	1:1.50	轻微风化、尺寸大于25cm 的石料，边坡用最大石块、分排整齐铺砌	12 以内	1:1.50 ~ 1:0.75
粉质黏土、泥灰岩土	6 ~ 7	1:1.50			
中砂和粗砂	10	1:1.50	轻微风化、尺寸大于40cm 的石料，其边坡分排整齐	5 以内	1:0.50
砾石和碎石土	10 ~ 12	1:1.50		5 ~ 10	1:0.65
易风化的岩土	12	1:1.50		>10	1:1.00
轻微风化、尺寸在 25cm 内的石料	6 以内	1:1.33			
	6 ~ 12	1:1.50			

注：1. 当填方高度超过本表规定限值时，其边坡可做成折线形，填方下部的边坡坡度应为 1:1.75 ~ 1:2.00。

2. 凡永久性填方，土的种类未列入本表者，其边坡坡度不得大于 $\varphi + 45°/2$，φ 为土的自然倾斜角。

8）分层厚度及压实遍数应根据土质、压实系数及所用机具确定。如无试验依据，应符合表 2-8 的规定。

表 2-8　填土施工时的分层厚度及压实遍数

压 实 机 具	分层厚度/mm	每层压实遍数	压 实 机 具	分层厚度/mm	每层压实遍数
平碾	250 ~ 300	6 ~ 8	柴油打夯机	200 ~ 250	3 ~ 4
振动压实机	250 ~ 350	3 ~ 4	人工打夯	<200	3 ~ 4

9）分层压实系数 λ_0 的检查方法按设计规定方法进行。

当设计未规定时，分层压实系数 λ_0 采用环刀取样测定土的干密度，求出土的密实系数（$\lambda_0 = \rho_d/\rho_{dmax}$，$\rho_d$ 为土的控制干密度，ρ_{dmax} 为土的最大干密度）；或用小轻便触探仪直接通过锤击数来检验密实系数；也可用钢筋贯入深度法检查填土地基质量，但必须按击实试验测得的钢筋贯入深度的方法。

环刀取样、小轻便触探仪锤数、钢筋贯入深度法取得的压密系数均应符合设计要求的压密系数。当设计无详细规定时，可参见填方的压实系数（密实度）要求（表 2-9）。

表 2-9　填方的压实系数（密实度）要求

结 构 类 型	填 土 部 位	压实系数 λ_0
砌体承重结构和框架结构	在地基主要持力层范围内	>0.96
	在地基主要持力层范围以下	0.93 ~ 0.96
简支结构和排架结构	在地基主要持力层范围内	0.94 ~ 0.97
	在地基主要持力层范围以下	0.91 ~ 0.93
一般工程	基础四周或两侧一般回填土	0.90
	室内地坪、管道地沟回填土	0.90
	一般堆放物体场地回填土	0.85

注：压实系数 λ_0 为土的控制干密度 ρ_d 与最大干密度 ρ_{dmax} 的比值。控制含水量为 $\omega_{op} \pm 2\%$。

填方的标高、边坡坡度、压实程度应符合表 2-10 填土工程质量标准与检验方法中的规定。

表 2-10　填土工程质量标准与检验方法　　　　　　　　　　（单位:mm）

项	序	项　目	允许偏差或允许值					检 验 方 法
			桩基基坑基槽	场地平整		管沟	地(路)面基础层	
				人工	机械			
主控项目	1	标高	−50	±30	±50	−50	−50	水准仪
	2	分层压实系数	设计要求					按规定方法
一般项目	1	回填土料	设计要求					取样检查或直观鉴别
	2	分层厚度及含水量	设计要求					水准仪及抽样检查
	3	表面平整度	20	20	30	20	20	用靠尺或水准仪

细节：灰土地基

1）灰土土料、石灰或水泥(当水泥替代灰土中的石灰时)等材料及配合比应符合设计要求，灰土应搅拌均匀。

灰土的土料宜用黏土、粉质黏土。严禁采用冻土、膨胀土和盐渍土等活动性较强的土料。

2）施工过程中应检查分层铺设的厚度、分段施工时上下两层的搭接长度、夯实时加水量、夯压遍数、压实系数。

验槽发现有软弱土层或孔穴时，应挖除并用素土或灰土分层填实。最优含水量可通过击实试验确定。灰土最大虚铺厚度可参考表 2-11。

表 2-11　灰土最大虚铺厚度

序	夯 实 机 具	质量/t	厚度/mm	备　　注
1	石夯、木夯	0.04 ~ 0.08	200 ~ 250	人力送夯，落距 400 ~ 500mm，每夯搭接半夯
2	轻型夯实机械	—	200 ~ 250	蛙式或柴油打夯机
3	压路机	机重 6 ~ 10	200 ~ 300	双轮

3）施工结束后，应检验灰土地基的承载力。

4）灰土地基的质量检验标准应符合表 2-12 规定。

表 2-12　灰土地基质量检验标准

项	序	检 查 项 目	允许偏差或允许值		检 查 方 法
			单位	数值	
主控项目	1	地基承载力	设计要求		按规定方法
	2	配合比	设计要求		按拌和时的体积比
	3	压实系数	设计要求		现场实测

（续）

项	序	检 查 项 目	允许偏差或允许值		检 查 方 法
			单位	数值	
一般项目	1	石灰粒径	mm	≤5	筛分法
	2	土料有机质含量	%	≤5	试验室焙烧法
	3	土颗粒粒径	mm	≤15	筛分法
	4	含水量（与要求的最优含水量比较）	%	±2	烘干法
	5	分层厚度偏差（与设计要求比较）	mm	±50	水准仪

细节：注浆地基

1）施工前，应掌握有关技术文件（注浆点位置、浆液配比、注浆施工技术参数、检测要求等）。浆液组成材料的性能符合设计要求，注浆设备应确保正常运转。

为确保注浆加固地基的效果，施工前应进行室内浆液配比试验及现场注浆试验，以确定浆液配方及施工参数。常用浆液类型见表 2-13。

表 2-13　常用浆液类型

浆　液		浆 液 类 型	浆　液		浆 液 类 型
粒状浆液（悬液）	不稳定粒状浆液	水泥浆	化学浆液（溶液）	有机浆液	环氧树脂类
		水泥砂浆			甲基丙烯酸酯类
	稳定粒状浆液	黏土浆			丙烯酰胺类
		水泥黏土浆			木质素类
化学浆液（溶液）	无机浆液	硅酸盐			其他

2）施工中应经常抽查浆液的配比及主要性能指标、注浆的顺序、注浆过程中的压力控制等。

对化学注浆加固的施工顺序宜按以下规定进行：

① 加固渗透系数相同的土层应自上而下进行。

② 如土的渗透系数随深度而增大，应自下而上进行。

③ 如相邻土层的土质不同，应首先加固渗透系数大的土层。

检查时，如发现施工顺序与此有异应及时制止，以确保工程质量。

3）施工结束后，应检查注浆体强度、承载力等。检查孔数为总量的 2%~5%，不合格率大于或等于 20% 时应进行二次注浆。检验应在注浆后 15d（砂土、黄土）或 60d（黏性土）进行。

4）注浆地基的质量检验标准应符合表 2-14 的规定。

表 2-14 注浆地基质量检验标准

项	序	检查项目	允许偏差或允许值		检查方法
			单位	数值	
主控项目	1	原材料检验	水泥	设计要求		查产品合格证书或抽样送检
			注浆用砂：粒径	mm	<2.5	试验室试验
			细度模数		<2.0	
			含泥量及有机物含量	%	<3	
			注浆用黏土：塑性指数		>14	试验室试验
			黏粒含量	%	>25	
			含砂量	%	<5	
			有机物含量	%	<3	
			粉煤灰：细度	不粗于同时使用的水泥		试验室试验
			烧失量	%	<3	
			水玻璃：模数	2.5～3.3		抽样送检
			其他化学浆液	设计要求		查产品合格证书或抽样送检
	2	注浆体强度		设计要求		取样送验
	3	地基承载力		设计要求		按规定方法
一般项目	1	各种注浆材料称量误差		%	<3	抽查
	2	注浆孔位		mm	±20	用钢直尺量
	3	注浆孔深		mm	±100	量测注浆管长度
	4	注浆压力（与设计参数比）		%	±10	检查压力表读数

细节：预压地基

1）施工前应检查施工监测措施，沉降、孔隙水压力等原始数据，排水设施，砂井（包括袋装砂井）、塑料排水带等位置。塑料排水带的质量标准应符合《建筑地基基础工程施工质量验收规范》（GB 50202—2002）附录 B 的规定。

软土的固结系数较小，当土层较厚时，达到工作要求的固结度需时较长，为此，对软土预压应设置排水通道，其长度及间距宜通过试压确定。

2）堆载施工应检查堆载高度、沉降速率。真空预压施工应检查密封膜的密封性能、真空表读数等。

堆载预压必须分级堆载，以确保预压效果并避免坍滑事故。一般每天沉降速率控制在 10～15mm，边桩位移速率控制在 4～7mm。孔隙水压力增量不超过预压荷载增量 60%，以这些参考指标控制堆载速率。

真空预压的真空度可一次抽气至最大，当连续 5d 实测沉降小于每天 2mm 或固结度 ≥ 80%，或符合设计要求时，可停止抽气，降水预压可参考本条。

3）施工结束后，应检查地基土的强度及要求达到的其他物理力学指标，重要建筑物地基应做承载力检验。

一般工程在预压结束后，做十字板抗剪强度或标贯、静力触探试验即可，但重要建筑物地基就应做承载力检验。如设计有明确规定应按设计要求进行检验。

4）预压地基和塑料排水带质量检验标准应符合表 2-15 的规定。

表 2-15 预压地基和塑料排水带质量检验标准

项	序	检查项目	允许偏差或允许值		检查方法
			单位	数值	
主控项目	1	预压载荷	%	≤2	水准仪
	2	固结度（与设计要求比）	%	≤2	根据设计要求采用不同的方法
	3	承载力或其他性能指标	设计要求		按规定方法
一般项目	1	沉降速率（与控制值比）	%	±10	水准仪
	2	砂井或塑料排水带位置	mm	±100	用钢直尺量
	3	砂井或塑料排水带插入深度	mm	±200	插入时用经纬仪检查
	4	插入塑料排水带时回带长度	mm	≤500	用钢直尺量
	5	塑料排水带或砂井高出砂垫层距离	mm	≥200	用钢直尺量
	6	插入塑料排水带的回带根数	%	<5	目测

注：如真空预压，主控项目中预压载荷的检查为真空度降低值<2%。

细节：振冲地基

1）施工前应检查振冲的性能，电流表、电压表的准确度及填料的性能。

为确切掌握好填料量、密实电流和留振时间，使各段桩体都符合规定的要求，应通过现场试成桩确定这些施工参数。填料应选择不溶于地下水，或不受侵蚀影响且本身无侵蚀性和性能稳定的硬粒料。对粒径控制的目的，确保振冲效果及效率。粒径过大，在边振边填过程中难以落入孔内；粒径过细小，在孔中沉入速度太慢，不易振密。

2）施工中应检查密度电流、供水压力、供水量、填料量、孔底留振时间、振冲点位置、振冲器施工参数等（施工参数由振冲试验或设计确定）。

振冲置换造孔的方法有：排孔法，即由一端开始到另一端结束；跳打法，即每排孔施工时隔一孔造一孔，反复进行；帷幕法，即先造外围 2～3 圈孔，再造内圈孔，此时可隔一圈造一圈或依次向中心区推进。振冲施工必须防止漏孔，因此要做好孔位编号并施工复查工作。

3）施工结束后，应在有代表性的地段做地基强度或地基承载力检验。

振冲施工对原土结构造成扰动，强度降低。因此，质量检验应在施工结束后间歇一定时间，对砂土地基间隔 2～3 周。桩顶部位由于周围约束力小，密实度较难达到要求，检验取样应考虑此因素。对振冲密实法加固的砂土地基，如不加填料，质量检验主要是地基的密实度，宜由设计、施工、监理（或业主方）共同确定位置后，再进行检验。

4）振冲地基质量检验标准应符合表 2-16 的规定。

表 2-16 振冲地基质量检验标准

项	序	检 查 项 目	允许偏差或允许值		检 查 方 法
			单位	数值	
主控项目	1	填料粒径	设计要求		抽样检查
	2	密实电流(黏性土)	A	50 ~ 55	电流表读数
		密实电流(砂性土或粉土)	A	40 ~ 50	
		(以上为功率 30kW 振冲器)			
		密实电流(其他类型振冲器)	A_0	1.5 ~ 2.0	电流表读数,A_0 为空振电流
	3	地基承载力	设计要求		按规定方法
一般项目	1	填料含泥量	%	< 5	抽样检查
	2	振冲器喷水中心与孔径中心偏差	mm	≤50	用钢直尺量
	3	成孔中心与设计孔位中心偏差	mm	≤100	用钢直尺量
	4	桩体直径	mm	< 50	用钢直尺量
	5	孔深	mm	±200	量钻杆或重锤测

细节:粉煤灰地基

1)施工前应检查粉煤灰材料,并对基槽清底状况、地质条件予以检验。

粉煤灰材料可用电厂排放的硅铝型低钙粉煤灰。$SiO_2 + Al_2O_3$ 总含量不低于 70%(或 $SiO_2 + Al_2O_3 + Fe_2O_3$ 总含量),烧失量不大于 12%。

2)施工过程中应检查铺筑厚度、碾压遍数、施工含水量控制、搭接区碾压程度、压实系数等。

粉煤灰填筑的施工参数宜试验后确定。每摊铺一层后,先用履带式机具或轻型压路机初压 1 ~ 2 遍,然后用中型、重型振动压路机振碾 3 ~ 4 遍,速度为 2.0 ~ 2.5km/h,再静碾 1 ~ 2 遍。碾压轮迹应相互搭接,后轮必须超过两施工段的接缝。

3)施工结束后,应检验地基的承载力。

4)粉煤灰地基质量检验标准应符合表 2-17 的规定。

表 2-17 粉煤灰地基质量检验标准

项	序	检 查 项 目	允许偏差或允许值		检 查 方 法
			单位	数 值	
主控项目	1	压实系数	设计要求		现场实测
	2	地基承载力	设计要求		按规定方法
一般项目	1	粉煤灰粒径	mm	0.001 ~ 2.000	过筛
	2	氧化铝及二氧化硅含量	%	≥70	试验室化学分析
	3	烧失量	%	≤12	试验室烧结法
	4	每层铺筑厚度	mm	±50	水准仪
	5	含水量(与最优含水量比较)	%	±2	取样后试验室确定

细节：砂桩地基

1）施工前，应检查砂料的含泥量及有机质含量、样桩的位置等。

2）施工中检查每根砂桩的桩体、灌砂量、标高、垂直度等。

砂桩施工应从外围或两侧向中间进行，成孔宜用振动沉管工艺。

3）施工结束后，应检查被加固地基的强度或承载力。

砂桩施工间歇期为7d，在间歇期后才能进行质量检验。

4）砂桩地基的质量检验标准应符合表2-18的规定。

表 2-18 砂桩地基的质量检验标准

项	序	检查项目	允许偏差或允许值		检查方法
			单位	数值	
主控项目	1	灌砂量	%	≥95	实际用砂量与计算体积比
	2	地基强度	设计要求		按规定方法
	3	地基承载力	设计要求		按规定方法
一般项目	1	砂料的含泥量	%	≤3	试验室测定
	2	砂料的有机质含量	%	≤5	焙烧法
	3	桩位	mm	≤50	用钢直尺量
	4	砂桩标高	mm	±150	水准仪
	5	垂直度	%	≤1.5	经纬仪检查桩管垂直度

细节：砂和砂石地基

1）砂、石等原材料质量配合比应符合设计要求，砂、石应搅拌均匀。

原材料宜用中砂、粗砂、砾砂、碎石（卵石）、石屑。细砂应同时掺入25%~35%碎石或卵石。

2）施工过程中必须检查分层厚度、分段施工时搭接部分的压实情况、加水量、压实遍数、压实系数。

砂和砂石地基每层铺筑厚度及最优含水量可参考表2-19。

表 2-19 砂和砂石地基每层铺筑厚度及最优含水量

序	压实方法	每层铺筑厚度/mm	施工时的最优含水量（%）	施工说明	备 注
1	平振法	200~250	15~20	用平板式振捣器往复振捣	不宜使用干细砂或含泥量较大的砂所铺筑的砂地基
2	插振法	振捣器插入深度	饱和	（1）用插入式振捣器 （2）插入点间距可根据机械振幅大小决定 （3）不应插至粘性土层	不宜使用细砂或含泥量较大的砂所铺筑的砂地基

（续）

序	压实方法	每层铺筑厚度/mm	施工时的最优含水量(%)	施 工 说 明	备 注
2	插振法	振捣器插入深度	饱和	(4) 插入振捣完毕后，所留的孔洞，应用砂填实	不宜使用细砂或含泥量较大的砂所铺筑的砂地基
3	水撼法	250	饱和	(1) 注水高度应超过每次铺筑面层 (2) 用钢叉摇撼捣实插入点间距为100mm (3) 钢叉分四齿，齿的间距80mm，长300mm，木柄长90mm	
4	夯实法	150～200	8～12	(1) 用木夯或机械夯 (2) 木夯重40kg，落距400～500mm (3) 一夯压半夯全面夯实	
5	碾压法	250～350	8～12	6～12t压路机往复碾压	适用于大面积施工的砂和砂石地基

注：在地下水位以下的地基，其最下层的铺筑厚度可比上表增加50mm。

3）施工结束后，应检验砂石地基的承载力。

4）砂和砂石地基的质量检验标准应符合表2-20的规定。

表 2-20 砂及砂石地基质量检验标准

项	序	检 查 项 目	允许偏差或允许值		检 查 方 法
			单位	数值	
主控项目	1	地基承载力	设计要求		按规定的方法
	2	配合比	设计要求		检查拌时的体积比或重量比
	3	压实系数	设计要求		现场实测
一般项目	1	砂石料有机质含量	%	≤5	焙烧法
	2	砂石料含泥量	%	≤5	水洗法
	3	石料粒径	mm	≤100	筛分法
	4	含水量(与最优含水量比较)	%	±2	烘干法
	5	分层厚度(与设计要求比较)	mm	±50	水准仪

细节：土工合成材料地基

1）施工前应对土工合成材料的物理性能（单位面积的质量、厚度、密度）、强度、延伸率以及土、砂石料等做检验。土工合成材料以100m² 为一批，每批应抽查5% 。

所用土工合成材料的品种与性能和填料土类，应根据工程特性和地基土条件，通过现场试验确定，垫层材料宜用黏性土、中砂、粗砂、砾砂、碎石等内摩阻力高的材料。如工程要求垫层排水，垫层材料应具有良好的透水性。

2）施工过程中应检查清基、回填料铺设厚度及平整度、土工合成材料的铺设方向、接缝搭接长度或缝接状况、土工合成材料与结构的连接状况等。

土工合成材料如用缝接法或胶接法连接，应保证主要受力方向的连接强度不低于所采用材料的抗拉强度。

3）施工结束后，应进行承载力检验。

4）土工合成材料地基质量检验标准应符合表 2-21 的规定。

表 2-21 土工合成材料地基质量检验标准

项目	序	检查项目	允许偏差或允许值		检查方法
			单位	数值	
主控项目	1	土工合成材料强度	%	≤5	置于夹具上做拉伸试验（结果与设计标准相比）
	2	土工合成材料延伸率	%	≤3	置于夹具上做拉伸试验（结果与设计标准相比）
	3	地基承载力	设计要求		按规定方法
一般项目	1	土工合成材料搭接长度	mm	≥300	用钢直尺量
	2	土石料有机质含量	%	≤5	焙烧法
	3	层面平整度	mm	≤20	用 2m 靠尺
	4	每层铺设厚度	mm	±25	水准仪

细节：高压喷射注浆地基

1）施工前，应检查水泥、外掺剂等的质量，桩位，压力表、流量表的精度或灵敏度，高压喷射设备的性能等。

高压喷射注浆工艺宜用普遍硅酸盐工艺，强度等级不得低于 32.5，水泥用量、压力宜通过试验确定，如无条件可参考表 2-22。

表 2-22 1m 桩长喷射桩水泥用量

桩径/mm	桩长/m	强度为 32.5 普硅水泥单位用量	喷射施工方法		
			单 管	二 重 管	三 管
φ600	1	kg/m	200～250	200～250	—
φ800	1	kg/m	300～350	300～350	—
φ900	1	kg/m	350～400（新）	350～400	—
φ1000	1	kg/m	400～450（新）	400～450（新）	700～800
φ1200	1	kg/m	—	500～600（新）	800～900
φ1400	1	kg/m	—	700～800（新）	900～1000

注："新"系指采用高压水泥浆泵，压力为 36～40MPa，流量为 80～110L/min 的新单管法和二重管法。

水压比为 0.7～1.0 较妥。为确保施工质量，施工机具必须配置准确的计量仪表。

2）施工中应检查施工参数（压力、水泥浆量、提升速度、旋转速度等）及施工程序。

由于喷射压力较大，容易发生窜浆，影响邻孔的质量，应采用间隔跳打法施工，一般二孔间距大于1.5m。

3）施工结束后，应检查桩体强度、平均直径、桩身中心位置、桩体质量及承载力等。桩体质量及承载力应在施工结束后28d进行。

如不做承载力或强度检验，则间歇期可适当缩短。

4）高压喷射注浆地基质量检验标准应符合表2-23的规定。

表2-23 高压喷射注浆地基质量检验标准

| 项 | 序 | 检查项目 | 允许偏差或允许值 | | 检查方法 |
			单位	数值	
主控项目	1	水泥及外掺剂质量	符合出厂要求		查产品合格证书或抽样送检
	2	水泥用量	设计要求		查看流量表及水泥浆水灰比
	3	桩体强度或完整性检验	设计要求		按规定方法
	4	地基承载力	设计要求		按规定方法
一般项目	1	钻孔位置	mm	≤50	用钢直尺量
	2	钻孔垂直度	%	≤1.5	经纬仪测钻杆或实测
	3	孔深	mm	±200	用钢直尺量
	4	注浆压力	按设定参数指标		查看压力表
	5	桩体搭接	mm	>200	用钢直尺量
	6	桩体直径	mm	≤5	开挖后用钢直尺量
	7	桩身中心允许偏差		≤0.2D	开挖后桩顶下500mm处用钢直尺量，D为桩径

细节：水泥土搅拌桩地基

1）施工前，应检查水泥及外掺剂的质量、桩位、搅拌机工作性能及各种计量设备完好程度（主要是水泥浆流量计及其他计量装置）。

水泥土搅拌桩对水泥压力量要求较高，必须在施工机械上配置流量控制仪表，以保证一定的水泥用量。

2）施工中，应检查机头提升速度、水泥浆或水泥注入量、搅拌桩的长度及标高。

水泥土搅拌桩施工过程中，为确保搅拌充分、桩体质量均匀，搅拌机头提速不宜过快，否则会使搅拌桩体局部水泥量不足或水泥不能均匀地拌和在土中，导致桩体强度不一，因此规定了机头提升速度。

3）施工结束后，应检查桩体强度、桩体直径及地基承载力。

4）进行强度检验时，对承重水泥土搅拌桩应取90d后的试件；对支护水泥土搅拌桩应取28d后的试件。

5）水泥土搅拌桩地基质量检验标准应符合表2-24的规定。

表 2-24　水泥土搅拌桩地基质量检验标准

项	序	检 查 项 目	允许偏差或允许值		检 查 方 法
			单位	数值	
主控项目	1	水泥及外掺剂质量	设计要求		查产品合格证书或抽样送检
	2	水泥用量	参数指标		查看流量计
	3	桩体强度	设计要求		按规定方法
	4	地基承载力	设计要求		按规定方法
一般项目	1	机头提升速度	m/min	≤0.5	量机头上升距离及时间
	2	桩底标高	mm	±200	测机头深度
	3	桩顶标高	mm	+100 −50	水准仪（最上部 500mm 不计入）
	4	桩位偏差	mm	<50	用钢直尺量
	5	桩径		≤0.04D	用钢直尺量，D 为桩径
	6	垂直度	%	≤1.5	经纬仪
	7	搭接	mm	>200	用钢直尺量

细节：土和灰土挤密桩复合地基

1）施工前，对土及灰土的质量、桩孔放样位置等做检查。

施工前应在现场进行成孔、夯填工艺和挤密效果试验，以确定填料厚度、最优含水量、夯击次数及干密度等施工参数质量标准。成孔顺序应先外后内，同排桩应间隔施工。填料含水量如过大，宜预干或预湿处理后再填入。

2）施工中应对桩孔直径、桩孔深度、夯击次数、填料的含水量等做检查。

3）施工结束后，应检验成桩的质量及地基承载力。

4）土和灰土挤密桩地基质量检验标准应符合表 2-25 的规定。

表 2-25　土和灰土挤密桩地基质量检验标准

项	序	检 查 项 目	允许偏差或允许值		检 查 方 法
			单位	数　值	
主控项目	1	桩体及桩间土干密度	设计要求		现场取样检查
	2	桩长	mm	+500	测桩管长度或垂球测孔深
	3	地基承载力	设计要求		按规定方法
	4	桩径	mm	−20	用钢直尺量
一般项目	1	土料有机质含量	%	≤5	试验室焙烧法
	2	石灰粒径	mm	≤5	筛分法
	3	桩位偏差		满堂布桩≤0.40D 条基布桩≤0.25D	用钢直尺量，D 为桩径
	4	垂直度	%	≤1.5	用经纬仪测桩管
	5	桩径	mm	−20	用钢直尺量

注：桩径允许偏差负值是指个别断面。

细节：水泥粉煤灰碎石桩复合地基

1）水泥、粉煤灰、砂石碎石等原材料应符合设计要求。

2）施工中应检查桩身混合料的配合比、坍落度和提拔钻杆速度（或提拔套管速度）、成孔深度、混合料灌入量等。

提拔钻杆（或套管）的速度必须与泵入混合料的速度相配，否则容易产生缩颈或断桩，而且不同土层中提拔的速度不一样，砂性土、砂质黏土、黏土中提拔的速度为 1.2 ~ 1.5m/min，在淤泥质土中应当放慢。桩顶标高应高出设计标高 0.5m。由沉管方法成孔后时，应注意新施工桩对已成桩的影响，避免挤桩。

3）施工结束后，应对桩顶标高、桩位、桩体质量、地基承载力以及褥垫层的质量做检查。

复合地基检验应在桩体强度符合试验荷载条件时进行，一般宜在施工结束后 2 ~ 4 周后进行。

4）水泥粉煤灰碎石桩复合地基的质量检验标准应符合表 2-26 的规定。

表 2-26 水泥粉煤灰碎石桩复合地基质量检验标准

项	序	检查项目	允许偏差或允许值		检查方法
			单位	数值	
主控项目	1	原材料	设计要求		查产品合格证书或抽样送检
	2	桩径	mm	-20	用钢直尺量或计算填料量
	3	桩身强度	设计要求		查28d 试块强度
	4	地基承载力	设计要求		按规定方法
一般项目	1	桩身完整性	按桩基检测技术规范		按桩基检测技术规范
	2	桩位偏差	满堂布桩≤0.40D 条基布桩≤0.25D		用钢直尺量，D 为桩径
	3	桩垂直度	%	≤1.5	用经纬仪测桩管
	4	桩长	mm	+100	测桩管长度或垂球测孔深
	5	褥垫层夯填度	≤0.9		用钢直尺量

注：1. 夯填度指夯实后的褥垫层厚度与虚体厚度的比值。

2. 桩径允许偏差负值是指个别断面。

细节：夯实水泥土桩复合地基

1）水泥及夯实用土料的质量应符合设计要求。

2）施工中，应检查孔位、孔深、孔径、水泥和土的配比、混合料含水量等。

3）施工结束后，应对桩体质量及复合地基承载力做检验，褥垫层应检查其夯填度。

承载力检验一般为单桩的载荷试验，对重要的大型工程应进行复合地基载荷试验。

4）夯实水泥土桩复合地基的质量检验标准应符合表 2-27 的规定。

表2-27 夯实水泥土桩复合地基质量检验标准

项	序	检 查 项 目	允许偏差或允许值		检 查 方 法
			单 位	数 值	
主控项目	1	桩径	mm	−20	用钢直尺量
	2	桩长	mm	+500	测桩孔深度
	3	桩体干密度	设计要求		现场取样检查
	4	地基承载力	设计要求		按规定的方法
一般项目	1	土料有机质含量	%	≤5	焙烧法
	2	含水量(与最优含水量比)	%	±2	烘干法
	3	土料粒径	mm	≤20	筛分法
	4	水泥质量	设计要求		查产品质量合格证书或抽样送检
	5	桩位偏差	满堂布桩≤0.40D 条基布桩≤0.25D		用钢直尺量,D为桩径
	6	桩孔垂直度	%	≤1.5	用经纬仪测桩管
	7	褥垫层夯填度	≤0.9		用钢直尺量

注: 1. 夯填度指夯实后的褥垫层厚度与虚体厚度的比值。

2. 桩径允许偏差负值是指个别断面。

细节：桩的分类

按《建筑桩基技术规范》(JGJ 94—2008)(以下简称"规范")的统一分类如下：

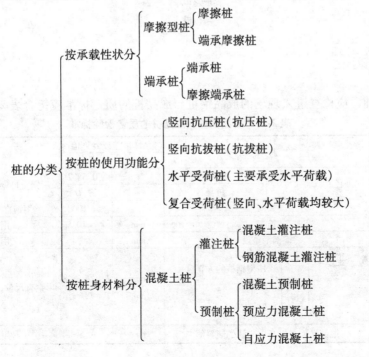

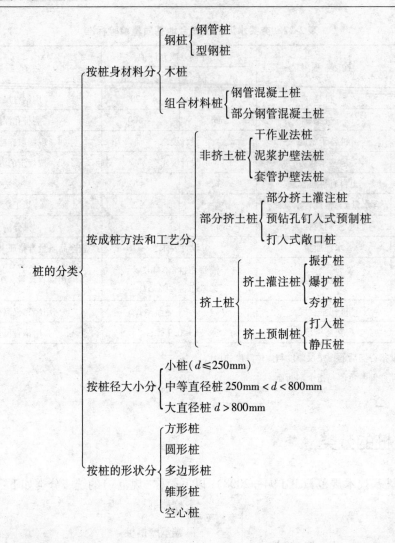

细节：钢桩

1）施工前，应检查进入现场的成品钢桩、成品桩的质量标准应符合表2-28的规定。

表2-28 成品钢桩、成品桩的质量检验标准

项	序	检 查 项 目		允许偏差或允许值		检 查 方 法
				单位	数值	
主控项目	1	外径或截面尺寸	桩端部		±0.5%D	用钢直尺量，D为外径或边长
			桩身		±1D	
	2	矢高			≤l/1000	用钢直尺量，l为桩长
一般项目	1	长度		mm	+10	用钢直尺量
	2	端部平整度		mm	≤2	用水平尺量
	3	H型钢桩的方正度 h>300 h<300		mm mm	T+T' ≤8 T+T' ≤6	用钢直尺量，h、T、T'见图示
	4	端部平面与桩身中心线的倾斜值		mm	≤2	用水平尺量

　　钢桩包括钢管桩、型钢桩等。成品桩也是在工厂生产，应有一套质检标准，但也会因运输堆放造成桩的变形，因此，进场后需再做检验。

　　2）施工中应检查钢桩的垂直度、沉入过程、电焊连接质量、电焊后的停歇时间、桩顶锤击后的完整状况。电焊质量除常规检查外，应做10%的焊缝探伤检查。

　　钢桩的锤击次性能较混凝土桩好，因而锤击次数要高得多，相应对电焊质量要求较高，故对电焊后的停歇时间，桩顶有否局部损坏均应做检查。

　　3）施工结束后应做承载力检验。

　　4）钢桩施工质量检验标准应符合表2-29及表2-30的规定。

表2-29　钢桩施工质量检验标准

项	序	检查项目	允许偏差或允许值		检查方法
			单位	数值	
主控项目	1	桩位偏差	见表2-30		用钢直尺量
	2	承载力	按基桩检测技术规范		按基桩检测技术规范
一般项目	1	电焊接桩焊缝： 1）上下节端部错口			
		钢管桩外径≥700mm	mm	≤3	用钢直尺量
		钢管桩外径<700mm	mm	≤2	用钢直尺量
		2）焊缝咬边深度	mm	≤0.5	焊缝检查仪
		3）焊缝加强层高度	mm	2	焊缝检查仪
		4）焊缝加强层宽度	mm	2	焊缝检查仪
		5）焊缝电焊质量外观	无气孔、无焊瘤、无裂缝		直观
		6）焊缝探伤检验	满足设计要求		按设计要求
	2	电焊结束后的停歇时间	min	>1	秒表测定
	3	节点弯曲矢高		<l/1000	用钢直尺量，l为两节桩长
	4	桩顶标高	mm	±50	水准仪
	5	停锤标准	设计要求		用钢直尺量或沉桩记录

表2-30　预制桩（钢桩）桩位的允许偏差　　　　　　（单位：mm）

项	项　目	允许偏差	项	项　目	允许偏差
1	盖有基础梁的桩： （1）垂直基础梁的中心线 （2）沿基础梁的中心线	100+0.01H 150+0.01H	3	桩数为4~16根桩基中的桩	1/2桩径或边长
			4	桩数大于16根桩基中的桩： （1）最外边的桩 （2）中间桩	1/3桩径或边长 1/2桩径或边长
2	桩数为1~3根桩基中的桩	100			

注：H为施工现场地面标高与桩顶设计标高的距离。

细节：静力压桩

　　1）静力压桩包括锚杆静压桩及其他各种非冲击力沉桩。

静力压桩的方法较多,有锚杆静压、液压千斤顶加压、绳索系统加压等,凡非冲击力沉桩均按静力压桩考虑。

2)施工前,应对成品桩(锚杆静压成品桩一般均由工厂制造,运至现场堆放)做外观及强度检验,按桩用焊条或半成品硫黄胶泥应有产品合格证书,或送有关部门检验,压桩用压力表、锚杆规格及质量也应进行检查,硫黄胶泥半成品应每 100kg 做一组试件(3 件)。

用硫黄胶泥接桩,在大城市因污染空气已较少使用,半成品硫黄胶泥必须在进场后做检验。压桩用压力表必须标定合格方能使用,压桩时的压力数值是判断承载力的依据,也是指导压桩施工的一项重要参数。

3)压桩过程中应检查压力、桩垂直度、接桩间歇时间、桩的连接质量及压入深度。重要工程应对电焊接桩的接头做 10% 的探伤检查。对承受反力的结构应加强观测。

施工中检查压力的目的在于检查压桩是否下沉。接桩间歇时间对硫黄胶泥必须控制,间歇过短,硫黄胶泥强度未达到,容易被压坏,接头处存在薄弱环节,甚至断桩。浇注硫黄泥时间必须快,慢了硫黄胶泥在容器内结硬,浇注入连接孔内不能均匀流淌,质量也不易保证。

4)施工结束后,应做桩的承载力及桩体质量检验。

5)静力压桩质量检验标准应符合表 2-31 的规定。

表 2-31 静力压桩质量检验标准

项	序	检查项目		允许偏差或允许值		检查方法
				单位	数值	
主控项目	1	桩体质量检验		按基桩检测技术规范		按基桩检测技术规范
	2	桩位偏差		见表 2-30		用钢直尺量
	3	承载力		按基桩检测技术规范		按基桩检测技术规范
一般项目	1	成品桩质量:外观		表面平整,颜色均匀,掉角深度 <10mm,蜂窝面积小于总面积的 0.5%		直观
		外形尺寸		见表 2-34		见表 2-34
		强度		满足设计要求		查产品合格证书或钻芯试压
	2	硫磺胶泥质量(半成品)		设计要求		查产品合格证书或抽样送检
	3	接桩	电焊接桩:焊缝质量	见表 2-29		见表 2-29
			电焊结束后的停歇时间	min	>1.0	秒表测定
			硫磺胶泥接桩:胶泥浇注时间	min	<2	秒表测定
			浇注后停歇时间	min	>7	秒表测定
	4	电焊条质量		设计要求		查产品合格证书
	5	压桩压力(设计有要求时)		%	±5	查压力表读数
	6	接桩时上下节平面偏差		mm	<10	用钢直尺量
		接桩时节点弯曲矢高			<l/1000	用钢直尺量,l 为两节桩长
	7	桩顶标高		mm	±50	水准仪

细节：先张法预应力管桩

1）施工前，应检查进入现场的成品桩，接桩用电焊条等产品质量。

先张法预应力管桩均为工厂生产后运到现场施工，工厂生产时的质量检验应由生产的单位负责，但运入工地后，打桩单位有必要对外观、尺寸进行检验并检查产品合格证书。

2）施工过程中应检查桩的贯入情况、桩顶完整状况、电焊接桩质量、桩体垂直度、电焊后的停歇时间。重要工程应对电焊接头做 10% 的焊缝探伤检查。

先张法预应力管桩强度较高，锤击力性能比一般混凝土预制桩好，抗裂性强，因此，总的锤击数较高，相应的电焊接桩质量要求也高，尤其是电焊后有一定间歇时间，不能焊完即锤击，这样容易使接头损伤。为此，对重要工程应对接头做 X 射线拍片检查。

3）施工结束后，应做承载力检验及桩体质量检验。

由于锤击次数多，对桩体质量进行检验是必要的，可检查桩体是否被打裂，电焊接头是否完整。

4）先张法预应力管桩的质量检验应符合表 2-32 的规定。

表 2-32 先张法预应力管桩质量检验标准

项	序	检查项目		允许偏差或允许值		检查方法
				单 位	数 值	
主控项目	1	桩体质量检验		按基桩检测技术规范		按基桩检测技术规范
	2	桩位偏差		见表 2-30		用钢直尺量
	3	承载力		按基桩检测技术规范		按基桩检测技术规范
一般项目	1	成品桩质量	外观	无蜂窝、露筋、裂缝、色感均匀、桩顶处无空隙		直观
			桩径	mm	±5	用钢直尺量
			管壁厚度	mm	±5	用钢直尺量
			桩尖中心线	mm	<2	用钢直尺量
			顶面平整度	mm	10	用水平尺量
			桩体弯曲		<l/1000	用钢直尺量，l 为桩长
	2	接桩： 焊缝质量 电焊结束后停歇时间 上下节平面偏差 节点弯曲矢高		见表 2-29		见表 2-29
				min	>1.0	秒表测定
				mm	<10	用钢直尺量
					<l/1000	用钢直尺量，l 为两节桩长
	3	停锤标准		设计要求		现场实测或查沉桩记录
	4	桩顶标高		mm	±50	水准仪

细节：混凝土预制桩

1）桩在现场预制时，应对原材料、钢筋骨架（见表2-33）、混凝土强度进行质量检查。采用工厂生产的成品桩时，桩进场后应进行外观及尺寸检查。

表 2-33　预制桩钢筋骨架质量检验标准

项	序	检查项目	允许偏差或允许值	检查方法
主控项目	1	主筋距桩顶距离	±5	用钢直尺量
	2	多节桩锚固钢筋位置	5	用钢直尺量
	3	多节桩预埋铁件	±3	用钢直尺量
	4	主筋保护层厚度	±5	用钢直尺量
一般项目	1	主筋间距	±5	用钢直尺量
	2	桩尖中心线	10	用钢直尺量
	3	箍筋间距	±20	用钢直尺量
	4	桩顶钢筋网片	±10	用钢直尺量
	5	多节桩锚固钢筋长度	±10	用钢直尺量

混凝土预制桩可在工厂生产，也可在现场支模预制。对工厂的成品桩虽有产品合格证书，但在运输过程中容易碰坏，为此，进场后应再做检查。

2）施工中应对桩体垂直度、沉桩情况、桩顶完整状况、接桩质量等进行检查，对电焊接桩，重要工程应做10%的焊缝探伤检查。

经常发生接桩时电焊质量较差，从而接头在锤击过程中断开，尤其接头对接的两端面不平整，电焊更不容易保证质量，对重要工程做X射线拍片检查是完全必要的。

3）施工结束后，应对承载力及桩体质量做检验。

4）对长桩或总锤击数超过500击的锤击桩，应符合桩体强度及28d龄期的两项条件才能锤击。

混凝土桩的龄期对抗裂性有影响，这是经过长期试验得出的结果。不到龄期的桩有先天不足的弊端，经长时期锤击或锤击拉应力稍大一些便会产生裂缝，故有强度龄期双控的要求。但对短桩，锤击数又不多，满足强度要求一项应是可行的。有些工程进度较急，桩又不是长桩，可以采用蒸养以求短期内达到强度，即可开始沉桩。

5）钢筋混凝土预制桩的质量检验标准应符合表2-34的规定。

表 2-34　钢筋混凝土预制桩的质量检验标准

项	序	检查项目	允许偏差或允许值		检查方法
			单位	数值	
主控项目	1	桩体质量检验	按基桩检测技术规范		按基桩检测技术规范
	2	桩位偏差	见表2-30		用钢直尺量
	3	承载力	按基桩检测技术规范		按基桩检测技术规范

（续）

项目	序	检查项目	允许偏差或允许值		检查方法
			单位	数值	
一般项目	1	砂、石、水泥、钢材等原材料（现场预制时）	符合设计要求		查出厂质保文件或抽样送检
	2	混凝土配合比及强度（现场预制时）	符合设计要求		检查称量及查试块记录
	3	成品桩外形	表面平整，颜色均匀，掉角深度<10mm，蜂窝面积小于总面积的0.5%		直观
	4	成品桩裂缝（收缩裂缝或起吊、装运、堆放引起的裂缝）	深度<20mm，宽度<0.25mm，横向裂缝不超过边长的一半		裂缝测定仪，该项在地下水有侵蚀地区及锤击数超过500击的长桩不适用
	5	成品桩尺寸： 横截面边长 桩顶对角线差 桩尖中心线 桩身弯曲矢高 桩顶平整度	mm mm mm mm	±5 <10 <10 <l/1000 <2	用钢直尺量 用钢直尺量 用钢直尺量 用钢直尺量，l为桩长 用水平尺量
	6	电焊接桩： 焊缝质量 电焊结束后停歇时间 上下节平面偏差 节点弯曲矢高	见表2-29 min mm	见表2-29 >1.0 <10 <l/1000	见表2-29 秒表测定 用钢直尺量 用钢直尺量，l为两节桩长
	7	硫磺胶泥接桩： 胶泥浇注时间 浇注后停歇时间	min min	<2 >7	秒表测定
	8	桩顶标高	mm	±50	水准仪
	9	停锤标准	设计要求		现场实测或查沉桩记录

细节：混凝土灌注桩

1）施工前，应对水泥、砂、石子（如现场搅拌）、钢材等原材料进行检查。对施工组织设计中制定的施工顺序、监测手段（包括仪器、方法）也应检查。

混凝土灌注桩的质量检验应较其他桩种严格，这是工艺本身要求，再则工程事故也较多，因此，对监测手段要事先落实。

2）施工中，应对成孔、清查、放置钢筋笼、灌注混凝土等进行全过程检查，人工挖孔桩尚应复验孔底持力层土（岩）性。嵌岩桩必须有桩端持力层的岩性报告。

沉渣厚度应在钢筋笼放入后，混凝土浇注前测定。成孔结束后，放钢筋笼、混凝土导管都会造成土体跌落，增加沉渣厚度，因此，沉渣厚度应是二次清孔后的结果。沉渣厚度的检查目前均用重锤，有些地方用较先进的沉渣仪，这种仪器应预先做标定。人工挖孔桩一般对持力层有要求，而且到孔底察看土性是有条件的。

3）施工结束后，应检查混凝土强度，并应做桩体质量及承载力的检验。

4）混凝土灌注桩的质量检验标准应符合表 2-35、表 2-36 的规定。

表 2-35　混凝土灌注桩钢筋笼质量检验标准　　　　　（单位：mm）

项	序	检查项目	允许偏差或允许值	检查方法
主控项目	1	主筋间距	±10	用钢直尺量
	2	钢筋骨架长度	±100	用钢直尺量
一般项目	1	钢筋材质检验	设计要求	抽样送检
	2	箍筋间距	±20	用钢直尺量
	3	直径	±10	用钢直尺量

表 2-36　混凝土灌注桩质量检验标准

项	序	检查项目	允许偏差或允许值		检查方法
			单　位	数　值	
主控项目	1	桩位	见表 2-30		基坑开挖前量护筒，开挖后量桩中心
	2	孔深	mm	+300	只深不浅，用重锤测，可测钻杆、套管长度，嵌岩桩应确保进入设计要求的嵌岩深度
	3	桩体质量检验	按基桩检测技术规范。如钻芯取样，大直径嵌岩桩应钻至桩尖下 500mm		按基桩检测技术规范
	4	混凝土强度	设计要求		试件报告或钻芯取样送检
	5	承载力	按基桩检测技术规范		按基桩检测技术规范
一般项目	1	垂直度	见表 2-37		测套管或钻杆，或用超声波探测，干施工时吊垂球
	2	桩径	见表 2-37		井径仪或超声波检测，干施工时用钢直尺量，人工挖孔桩不包括内衬厚度
	3	泥浆密度（黏土或砂性土中）	1.15~1.2		用比重计测，清孔后在距孔底 50cm 处取样
	4	泥浆面标高（高于地下水位）	m	0.5~1.0	目测
	5	沉渣厚度：端承桩　　　　　摩擦桩	mm	≤50　　≤150	用沉渣仪或重锤测量
	6	混凝土坍落度	mm	160~220	坍落度仪
	7	钢筋笼安装深度	mm	±100	用钢直尺量
	8	混凝土充盈系数	>1		检查每根桩的实际灌注量
	9	桩顶标高	mm	+30 −50	水准仪，需扣除桩顶浮浆层及劣质桩体

表 2-37 灌注桩的平面位置和垂直度的允许偏差

序号	成孔方法		桩径允许偏差/mm	垂直度允许偏差(%)	桩位允许偏差/mm	
					1~3根、单排桩基垂直于中心线方向和群桩基础的边桩	条形桩基沿中心线方向和群桩基础的中间桩
1	泥浆护壁钻孔桩	$D \leqslant 1000mm$	±50	<1	$D/6$,且不大于100	$D/4$,且不大于150
		$D > 1000mm$	±50		$100 + 0.01H$	$150 + 0.01H$
2	套管成孔灌注桩	$D \leqslant 500mm$	−20	<1	70	150
		$D > 500mm$			100	150
3	干成孔灌注桩		−20	<1	70	150
4	人工挖孔桩	混凝土护壁	+50	<0.5	50	150
		钢套管护壁	+50	<1	100	200

注: 1. 桩径允许偏差的负值是指个别断面。

    2. 采用复打、反插法施工的桩,其桩径允许偏差不受上表限制。

    3. H 为施工现场地面标高与桩顶设计标高的距离,D 为设计桩径。

5) 人工挖孔桩、嵌岩桩的质量检验应按本部分执行。

3 地下防水工程的质量控制

细节：地下防水工程的防水设防要求

根据地下工程的重要性和使用中对防水的要求，地下工程的防水等级分为 4 级，各级标准应符合表 3-1 的规定。

表 3-1 地下工程防水标准

防水等级	防水标准
一级	不允许渗水，结构表面无湿渍
二级	不允许漏水，结构表面可有少量湿渍 工业与民用建筑：总湿渍面积不应大于总防水面积（包括顶板、墙面、地面）的 1/1000；任意 100m² 防水面积上的湿渍不超过 2 处，单个湿渍的最大面积不大于 0.1m² 其他地下工程：总湿渍面积不应大于总防水面积的 2/1000；任意 100m² 防水面积上的湿渍不超过 3 处，单个湿渍的最大面积不大于 0.2m²；其中，隧道工程还要求平均渗水量不大于 0.05L/（m²·d），任意 100m² 防水面积上的渗水量不大于 0.15L/（m²·d）
三级	有少量漏水点，不得有线流和漏泥沙 任意 100m² 防水面积上的漏水或湿渍点数不超过 7 处，单个漏水点的最大漏水量不大于 2.5L/d，单个湿渍的最大面积不大于 0.3m²
四级	有漏水点，不得有线流和漏泥沙 整个工程平均漏水量不大于 2L/（m²·d）；任意 100m² 防水面积上的平均漏水量不大于 4L/（m²·d）

不同防水等级的地下工程防水设防要求，应按表 3-2 和表 3-3 选用。

表 3-2 明挖法地下工程防水设防

工程部位		主体结构						施工缝						后浇带					变形缝（诱导缝）				
防水措施		防水混凝土	防水卷材	防水涂料	塑料防水板	膨润土防水材料	防水砂浆	金属防水板	遇水膨胀止水条（胶）	外贴式止水带	中埋式止水带	外抹防水砂浆	外涂防水涂料	水泥基渗透结晶型防水涂料	预埋注浆管	补偿收缩混凝土	外贴式止水带	预埋注浆管	遇水膨胀止水条（胶）	防水密封材料	中埋式止水带	外贴式止水带	可卸式止水带	防水密封材料	外贴防水卷材	外涂防水涂料
防水等级	一级	应选	应选一至二种						应选二种						应选	应选二种					应选	应选一至二种				
	二级	应选	应选一种						应选一至二种						应选	应选一至二种					应选	应选一至二种				

（续）

工程部位		主体结构							施工缝							后浇带						变形缝(诱导缝)				
防水措施		防水混凝土	防水卷材	防水涂料	塑料防水板	膨润土防水材料	防水砂浆	金属防水板	遇水膨胀止水条(胶)	外贴式止水带	中埋式止水带	外抹防水砂浆	外涂防水涂料	水泥基渗透结晶型防水涂料	预埋注浆管	补偿收缩混凝土	外贴式止水带	预埋注浆管	遇水膨胀止水条(胶)	防水密封材料	中埋式止水带	外贴式止水带	可卸式止水带	防水密封材料	外贴防水卷材	外涂防水涂料
防水等级	三级	应选	宜选一种							宜选一至二种							应选	宜选一至二种					应选	宜选一至二种			
	四级	宜选	—							宜选一种							应选	宜选一种					应选	宜选一种			

表3-3　暗挖法地下工程防水设防

工程部位		衬砌结构					内衬砌施工缝						内衬砌变形缝(诱导缝)					
防水措施		防水混凝土	塑料防水板	防水砂浆	防水涂料	防水卷材	金属防水层	外贴式止水带	预埋注浆管	遇水膨胀止水条(胶)	防水密封材料	中埋式止水带	水泥基渗透结晶型防水涂料	中埋式止水带	外贴式止水带	可卸式止水带	防水密封材料	遇水膨胀止水条(胶)
防水等级	一级	必选	应选一至二种				应选一至二种					应选	应选一至二种					
	二级	应选	应选一种				应选一种					应选	应选一种					
	三级	宜选	宜选一种				宜选一种					应选	宜选一种					
	四级	宜选	宜选一种				宜选一种					应选	宜选一种					

细节：地下防水工程质量控制的基本要求

地下防水工程必须由相应资质的专业防水队伍进行施工。主要施工人员应持有建设行政主管部门或其指定单位颁发的执业资格证书。地下防水工程施工前，施工单位应进行图纸会审，掌握工程主体及细部构造的防水技术要求，并编制防水工程的施工方案。施工时，应建立各道工序的自检、交接检和专职人员检查的"三检"制度，并有完整的检查记录。未经建设（监理）单位对上道工序的检查确认，不得进行下道工序的施工。地下防水工程所使用的防水材料，应有产品的合格证书和性能检测报告，材料的品种、规格、性能等应符合现行国家产品标准和设计要求。对进场的防水材料应按规定抽样复验，不合格的材料不得在工程中使用。进行防水结构或防水层施工，现场应做到无水、无泥浆，这是保证地下防水工程施工质量的一个重要条件。因此，在地下防水工程施工期间，必须做好周围环境的排水和降低地下水位的工作。地下防水工程施工期间，明挖法的基坑以及暗挖法的竖井、洞口，必须保持地下水位稳定在基底 0.5m 以下，必要时应采取降水措施。地下防水工程的防水层，严禁在雨天、雪天和五级风及其以上时施工，其施工环境气温条件宜符合表 3-4 的规定。

表 3-4 防水层环境气温条件

防水层材料	施工环境气温	防水层材料	施工环境气温
高聚物改性沥青防水卷材	冷粘法不低于 5℃ 热熔法不低于 -10℃	有机防水涂料	溶剂型 -5 ~ 35℃ 水溶性 5 ~ 35℃
合成高分子防水卷材	冷粘法不低于 5℃ 热风焊接法不低于 -10℃	无机防水涂料	5 ~ 35℃
		防水混凝土、水泥砂浆	5 ~ 35℃

地下防水工程是一个子分部工程，其分项工程的划分应符合表 3-5 的要求。

表 3-5 地下防水工程的分项工程

子分部工程	分项工程
地下防水工程	地下建筑防水工程：防水混凝土，水泥砂浆防水层，卷材防水层，涂料防水层，塑料板防水层，金属板防水层，细部构造
	特殊施工法防水工程：锚喷支护，地下连续墙，复合式衬砌，盾构法隧道
	排水工程：渗排水、盲沟排水，隧道、坑道排水
	注浆工程：预注浆、后注浆，衬砌裂缝注浆

细节：地下工程防水等级标准的依据

地下工程防水等级标准的依据是：

1）防水等级为 1 级的工程，其结构内壁并不是没有地下水渗透现象。由于渗水量极小，且随时被正常的人工通风所带走，通常混凝土结构的散湿量为 $0.012 ~ 0.024L/(m^2 \cdot d)$。当渗透小于蒸发时，结构表面不会留存湿渍，故对此不作定量指标的规定。

2）防水等级为 2 级的工程，不允许有漏水，结构表面可有少量湿渍。过去《地下工程防水技术规范》中曾给出渗漏量为 $0.025 ~ 0.2L/(m^2 \cdot d)$ 的指标，由于这一量值较小，难以准确检测，会给工程验收带来一定的困难。经过对大量观测数据的分析，在通风不好、工程内部湿度较大的情况下，我们得到了一些有价值的数据。多年来，铁道、隧道等部门采用量测任意 $100m^2$ 防水面积上湿渍总面积、单个湿渍的最大面积、湿渍个数的办法来判断，已得到工程界的认可。同样，对工业与民用建筑地下工程也提出不同的量化指标。

3）防水等级为 3 级的工程，允许少量漏水点，但不得有线流和漏泥沙。在地下工程中，顶（拱）的渗漏水一般为滴水，而侧墙则多呈流挂湿渍形式，当侧墙的最大湿渍面积小于 $0.3m^2$ 时，此处的渗漏可认为符合 3 级标准。为便于工程验收，标准中明确规定了湿渍的最大面积、单个漏水点的最大漏水量和漏水点数量。

4）防水等级为 4 级的工程，允许有漏水点，但不得有线流和漏泥沙。标准提到任意 $100m^2$ 防水面积渗漏水量是整个工程渗漏水量的 2 倍，这是根据德国 STUVA 防水等级中的规定，即 100m 区间的渗漏水量是 10m 区间的 1/2，是 1m 区间的 1/4。

细节：地下防水混凝土

1. 材料质量要求

1）水泥品种应按设计要求选用，其强度等级不应低于 42.5 级，不得使用过期或受潮结块水泥。

2）碎石或卵石的粒径宜为 5~40mm，含泥量不得大于 1.0%，泥块含量不得大于 0.5%。砂宜用中砂，含泥量不得大于 3.0%，泥块含量不得大于 1.0%。

3）粉煤灰的组别不应低于二级，掺量不宜大于 20%；硅粉掺量不应大于 3%，其他掺和料的掺量应通过试验确定。

4）外加剂的技术性能，应符合国家标准或行业标准一等品及以上的质量要求。

5）拌制混凝土所用的水，应采用不含有害物质的洁净水。

2. 防水混凝土的配合比规定

1）试配要求的抗渗水压值应比设计值提高 0.2MPa。

2）水泥用量不得少于 $300kg/m^3$；掺有活性掺和料时，水泥用量不得少于 $280kg/m^3$。

3）砂率宜为 35%~45%，灰砂比宜为 1:2~1:2.5。

4）水灰比不得大于 0.55。

5）普通防水混凝土坍落度不宜大于 50mm，泵送时入泵坍落度宜为 100~140mm。

3. 拌制混凝土所用的材料

拌制混凝土所用材料的品种、规格和用量，每工作班检查不应少于两次。每盘混凝土各组成材料计量结果的偏差应符合表 3-6 的规定。

表 3-6　混凝土组成材料计量结果的允许偏差　　　　　　　　　（单位:%）

混凝土组成材料	每盘计量	累计计量	混凝土组成材料	每盘计量	累计计量
水泥、掺和料	±2	±1	水、外加剂	±2	±1
粗、细集料	±3	±2			

注：累计计量仅适用于微机控制计量的搅拌站。

4. 混凝土在浇筑地点的坍落度

混凝土在浇筑地点的坍落度，每工作班至少检查两次。混凝土的坍落度试验应符合现行《普通混凝土拌和物性能试验方法标准》（GB/T 50080—2002）的有关规定。

混凝土实测的坍落度与要求坍落度之间的偏差应符合表 3-7 的规定。

表 3-7　混凝土坍落度允许偏差

要求坍落度/mm	允许偏差/mm	要求坍落度/mm	允许偏差/mm
≤40	±10	≥100	±20
50~90	±15		

5. 防水混凝土抗渗性能

防水混凝土抗渗性能，应采用标准条件下养护混凝土抗渗试件的试验结果评定。试件应在浇筑地点制作。连续浇筑混凝土每 500m³ 应留置一组抗渗试件（一组为 6 个抗渗试件），且每项工程不得少于两组。采用预拌混凝土的抗渗试件，留置组数应视结构的规模和要求而定。抗渗性能试验应符合现行《普通混凝土长期性能和耐久性能试验方法》（GB/T 50082—2009）的有关规定。

6. 防水混凝土质量检验与验收

（1）主控项目　防水混凝土主控项目质量标准及检验方法应符合表 3-8 的规定。

表 3-8　防水混凝土主控项目质量标准及检验方法

检查项目	合格质量标准	检验方法	检验数量
原材料配合比、坍落度	防水混凝土的原材料、配合比及坍落度必须符合设计要求	检查出厂合格证、质量检验报告、计量措施和现场抽样试验报告	按混凝土外露面积每 100m² 抽查一处，每处 10m²，且不得少于 3 处
抗压强度、抗渗压力	防水混凝土的抗压强度和抗渗压力必须符合设计要求	检查混凝土抗压、抗渗试验报告	
细部做法	防水混凝土的变形缝、施工缝、后浇带、穿墙管道、埋设件等设置和构造，均须符合设计要求，严禁有渗漏	观察检查和检查隐蔽工程验收记录	全数检查

（2）一般项目　防水混凝土一般项目质量标准及检验方法应符合表 3-9 的规定。

表 3-9　防水混凝土一般项目质量标准及检验方法

检查项目	合格质量标准	检验方法	检验数量
表面质量	防水混凝土结构表面应坚实、平整，不得有露筋、蜂窝等缺陷；埋设件位置应正确	观察和尺量检查	按混凝土外露面积每 100m² 抽查一处，每处 10m²，且不得少于 3 处
裂缝宽度	防水混凝土结构表面的裂缝宽度不应大于 0.2mm，并不得贯通	用刻度放大镜检查	全数检查
防水混凝土结构厚度及迎水面钢筋保护层厚度	防水混凝土结构厚度不应小于 250mm，其允许偏差为 +15mm、-10mm；迎水面钢筋保护层厚度不应小于 50mm，其允许偏差为 ±10mm	尺量检查和检查隐蔽工程验收记录	按混凝土外露面积每 100m² 抽查一处，每处 10m²，且不得少于 3 处

细节：水泥砂浆防水层

1. 水泥砂浆防水层的质量控制要点

水泥砂浆防水层的质量控制要点如下表：

项 目	质量控制要点
所用材料	1）水泥品种应按设计要求选用，其强度等级不应低于42.5级，不得使用过期或受潮结块水泥 2）砂宜采用中砂，粒径3mm以下，含泥量不得大于1%，硫化物和硫酸盐含量不得大于1% 3）水应采用不含有害物质的洁净水 4）聚合物乳液的外观质量，无颗粒、异物和凝固物 5）外加剂的技术性能应符合国家或行业标准一等品及以上的质量要求
基层质量	1）水泥砂浆铺抹前，基层的混凝土和砌筑砂浆强度应不低于设计值的80% 2）基层表面应坚实、平整、粗糙、洁净，并充分湿润，无积水 3）基层表面的孔洞、缝隙应用与防水层相同的砂浆填塞抹平
施工质量	1）普通水泥砂浆防水层的配合比见表3-10 防水砂浆的配合比和施工方法应符合所掺材料的规定，其中聚合物水泥防水砂浆的用水量应包括乳液中的含水量 2）水泥砂浆防水层应分层铺抹或喷射，铺抹时应压实、抹平，最后一层表面应提浆压光 3）聚合物水泥砂浆拌和后应在规定时间内用完，施工中不得任意加水 4）水泥砂浆防水层各层应紧密贴合，每层宜连续施工；必须留设施工缝时，应采用阶梯坡形槎，但离阴阳角处不得小于200mm 5）水泥砂浆防水层不得在雨天、5级及以上大风中施工。冬季施工时，气温不应低于5℃。夏季不宜在30℃以上或烈日照射下施工
养护	1）水泥砂浆防水层终凝后，应及时进行养护，养护温度不宜低于5℃，并应保持砂浆表面湿润，养护时间不得少于14d 2）聚合物水泥防水砂浆未达到硬化状态时，不得浇水养护或直接受雨水冲刷，硬化后应采用干湿交替的养护方法。潮湿环境中，可在自然条件下养护

表 3-10 普通水泥砂浆防水层的配合比

名 称	配合比（质量比）		水 灰 比	适 用 范 围
	水泥	砂		
水泥浆	1	—	0.55～0.60	水泥砂浆防水层的第一层
水泥浆	1	—	0.37～0.40	水泥砂浆防水层的第三、五层
水泥砂浆	1	1.5～2.0	0.40～0.50	水泥砂浆防水层的第二、四层

2. 水泥砂浆防水层质量检验与验收

（1）主控项目 水泥砂浆防水层主控项目质量标准及检验方法应符合表3-11的规定。

表 3-11 水泥砂浆防水层主控项目质量标准及检验方法

检 查 项 目	合格质量标准	检 验 方 法	检 验 数 量
原材料及配合比	水泥砂浆防水层的原材料及配合比必须符合设计要求	检查出厂合格证、质量检验报告、计量措施和现场抽样试验报告	按施工面积每100m²抽查一处，每处10m²，且不得少于3处
结合牢固	水泥砂浆防水层各层之间必须结合牢固，无空鼓现象	观察和用小锤轻击检查	

（2）一般项目 水泥砂浆防水层一般项目质量标准及检验方法应符合表3-12的规定。

表 3-12 水泥砂浆防水层一般项目质量标准及检验方法

检查项目	合格质量标准	检验方法	检验数量
表面质量	水泥砂浆防水层表面应密实、平整，不得有裂纹、起砂、麻面等缺陷；阴阳角处应做成圆弧形	观察检查	按施工面积每 100m² 抽查一处，每处 10m²，且不得少于 3 处
留槎和接槎	水泥砂浆防水层施工缝留槎位置应正确，接槎应按层次顺序操作，层层搭接紧密	观察检查和检查隐蔽工程验收记录	
厚度	水泥砂浆防水层的平均厚度应符合设计要求，最小厚度不得小于设计值的 85%	观察和尺量检查	

细节：卷材防水层

1. 卷材防水层材料

卷材防水层应采用高聚物改性沥青防水卷材和合成高分子防水卷材。所选用的基层处理剂、胶粘剂、密封材料等配套材料，均应与铺贴的卷材材料相容。高聚物改性沥青防水卷材冷粘法不低于 5℃，热熔法不低于 -10℃；合成高分子防水卷材冷粘法不低于 5℃，热风焊接法不低于 -10℃。

常用沥青卷材防水中，沥青的外观质量要求见表 3-13，沥青配制的沥青玛琋脂的质量要求见表 3-14。

表 3-13 沥青卷材防水层外观质量

项　　目	外观质量要求
孔洞、硌伤	不允许
露胎、涂盖不均	不允许
折纹、折皱	距卷芯 1000mm 以外，长度不应大于 100mm
裂纹	距卷芯 1000mm 以外，长度不应大于 10mm
裂口、缺边	边缘裂口小于 20mm，缺边长度小于 50mm，深度小于 20mm，每卷不应超过四处
接头	每卷不应超过一处

表 3-14 沥青玛琋脂的质量要求

指标 \ 标号	S-60	S-65	S-70	S-75	S-80	S-85
耐热度/℃	用 2mm 厚的沥青玛琋脂粘合两张沥青油毡，在不低于下列温度(℃)，在 1:1 坡度上停放 5h，沥青玛琋脂不应流淌，油毡不应滑动					
	60	65	70	75	80	85
柔韧性/mm	涂在沥青油毡上的 2mm 厚的沥青玛琋脂，在(18±2)℃时，围绕下列直径(mm)的圆棒，用 2s 的时间以均衡速度弯成半周，沥青玛琋脂不应有裂纹					
	10	15	15	20	25	30
粘结力	用手将两张粘贴在一起的油毡慢慢地一次撕开，从油毡和沥青玛琋脂的粘贴面的任何一面的撕开部分，应不大于粘贴面积的 1/2					

2. 施工质量控制要点

卷材防水层的施工有下表所示几项规定：

项　　目	控　制　要　点
基本规定	1）卷材防水层应采用高聚物改性沥青防水卷材和合成高分子防水卷材。所选用的基层处理剂、胶粘剂、密封材料等配套材料，均应与铺贴的卷材材性相容 2）铺贴防水卷材前，应将找平层清扫干净，在基面上涂刷基层处理剂；当基面较潮湿时，应涂刷湿固化型胶粘剂或潮湿界面隔离剂 3）防水卷材厚度选用应符合表 3-15 的规定 4）两幅卷材短边和长边的搭接宽度均不应小于100mm。采用多层卷材时，上下两层和相邻两幅卷材的接缝应错开 1/3 幅宽，且两层卷材不得相互垂直铺贴 5）冷粘法铺贴卷材应符合下列规定： ① 胶粘剂涂刷应均匀，不露底，不堆积 ② 铺贴卷材时应控制胶粘剂涂刷与卷材铺贴的间隔时间，排除卷材下面的空气，并辊压粘结牢固，不得有空鼓 ③ 铺贴卷材应平整、顺直，搭接尺寸正确，不得有扭曲、皱折 ④ 接缝口应用密封材料封严，其宽度不应小于10mm 6）热熔法铺贴卷材应符合下列规定： ① 火焰加热器加热卷材应均匀，不得过分加热或烧穿卷材；厚度小于3mm 的高聚物改性沥青防水卷材，严禁采用热熔法施工 ② 卷材表面热熔后应立即滚铺卷材，排除卷材下面的空气，并辊压粘结牢固，不得有空鼓、皱折 ③ 滚铺卷材时接缝部位必须溢出沥青热熔胶，并应随即刮封接口使接缝粘结严密 ④ 铺贴后的卷材应平整、顺直，搭接尺寸正确，不得有扭曲 7）卷材防水层完工并经验收合格后应及时做保护层。保护层应符合下列规定： ① 顶板的细石混凝土保护层与防水层之间宜设置隔离层 ② 底板的细石混凝土保护层厚度应大于 50mm ③ 侧墙宜采用聚苯乙烯泡沫塑料保护层，或砌砖保护墙（边砌边填实）和镏抹 30mm 厚水泥砂浆
基层要求	1）基层必须牢固，无松动、起砂现象 2）基层表面须平整，其平整度用 2m 长的直尺检查，基层与直尺间的最大空隙不应超过 5mm，且每米长度内不得多于一处，空隙仅允许平缓变化 3）基层表面应清洁干净。基层的阴阳角处，均应做成圆弧形或钝角（圆弧形的半径为 100～150mm）
铺贴卷材的规定	1）基层表面宜干燥。平面铺贴卷材时，卷材可用沥青胶结材料直接铺贴在潮湿的基层上，但应使卷材与基层贴紧；立面铺贴卷材时，基层表面应满涂冷底子油，待冷底子油干燥后，卷材即可铺贴 2）铺贴石油沥青卷材必须用石油沥青胶结材料；铺贴焦油沥青卷材必须用焦油沥青胶结材料 防水层所用沥青，其软化点应较基层及防水层周围介质可能达到的最高温度高出 20～25℃，且不低于 40℃ 3）卷材的搭接长度，长边不应小于 100mm，短边不小于 150mm。上下两层和相邻两幅卷材的接缝应错开，上下层卷材不得相互垂直铺贴 4）在立面与平面的转角处，卷材的接缝应留在平面上距立面不小于 600mm 处。在所有转角处均应铺贴附加层（可用两层同样的卷材或一层抗折强度较高的卷材） 5）粘贴卷材时应展平压实，卷材与基层和各层卷材间必须粘结紧密，搭接缝必须用沥青胶结材料仔细封严。最后一层卷材贴好后，应在其表面上均匀地涂上一层厚度为 1～1.5mm 的热沥青胶结材料 6）采用"内防内贴"或"外防外贴"、"外防内贴"等施工方法完成的卷材防水层，须经检查合格后，才能按规定做好保护层

（续）

项　　目	控　制　要　点
铺贴卷材的规定	7）底板卷材接槎部分甩出后的保护方法，对于沥青卷材，可在底板垫层周边上砌永久保护墙，保护墙高为钢筋混凝土底板厚度加100mm，将转角处的加固层卷材粘贴在保护墙的内面。在保护墙的上面支设钢模板或木模板，在模板面上涂黏土浆，将第一层及其以上的卷材搭接部分临时粘在上面。保护墙底下应干铺沥青卷材一层 8）对于合成高分子卷材，可在底板垫层周边上砌永久保护墙，永久保护墙高度为钢筋混凝土底板厚度加100mm，在永久保护墙上面再砌临时保护墙，临时保护墙用1∶3石灰砂浆砌筑，墙内面抹1∶3石灰砂浆，墙高360mm。转角处附加层粘贴在永久保护墙上，第一层卷材粘贴在临时保护墙上。保护墙底下干铺同类卷材一层
外防外贴法铺贴卷材防水层	1）应先铺平面，后铺立面，交接处应交叉搭接 2）临时性保护墙宜采用石灰砂浆砌筑，内表面宜做找平层 3）从底面折向立面的卷材与永久性保护墙的接触部位，应采用空铺法施工；卷材与临时性保护墙或围护结构模板的接触部位，应将卷材临时贴附在该墙上或模板上，并应将顶端临时固定 4）当不设保护墙时，从底面折向立面的卷材接槎部位应采取可靠的保护措施 5）混凝土结构完成，铺贴立面卷材时，应先将接槎部位的各层卷材揭开，并应将其表面清理干净，如卷材有局部损伤，应及时进行修补；卷材接槎的搭接长度，高聚物改性沥青类卷材应为150mm，合成高分子类卷材应为100mm；当使用两层卷材时，卷材应错槎接缝，上层卷材应盖过下层卷材
外防内贴法铺贴卷材防水层	1）混凝土结构的保护墙内表面应抹厚度为20mm的1∶3水泥砂浆找平层，然后铺贴卷材 2）卷材宜先铺立面，后铺平面；铺贴立面时，应先铺转角，后铺大面

表 3-15　防水卷材厚度

防水等级	设防道数	合成高分子防水卷材	高聚物改性沥青防水卷材
1级	三道或三道以上设防	单层：不应小于1.5mm	单层：不应小于4mm
2级	二道设防	双层：每层不应小于1.2mm	双层：每层不应小于3mm
3级	一道设防	不应小于1.5mm	不应小于4mm
	复合设防	不应小于1.2mm	不应小于3mm

3. 卷材防水层质量检验与验收

（1）主控项目　卷材防水层主控项目质量标准及检验方法应符合表 3-16 的规定。

表 3-16　卷材防水层主控项目质量标准及检验方法

项　　目	质　量　标　准	检　验　方　法
卷材要求	卷材防水层所用卷材及主要配套材料必须符合设计要求	检查出厂合格证、质量检验报告和现场抽样试验报告
细部要求	卷材防水层及其转角处、变形缝、穿墙管道等细部做法均须符合设计要求	观察检查和检查隐蔽工程验收记录

（2）一般项目　卷材防水层一般项目质量标准及检验方法应符合表 3-17 的规定。

表 3-17 卷材防水层一般项目质量标准及检验方法

项 目	质量标准	检验方法
基层要求	卷材防水层的基层应牢固,基面应洁净、平整,不得有空鼓、松动、起砂和脱皮现象;基层阴阳角处应做成圆弧形	观察检查和检查隐蔽工程验收记录
接缝处理	卷材防水层的搭接缝应粘(焊)结牢固,密封严密,不得有皱折、翘边和鼓泡等缺陷	观察检查
保护层与防水层	侧墙卷材防水层的保护层与防水层应粘结牢固,结合紧密,厚度均匀一致	观察检查
允许偏差	卷材搭接宽度的允许偏差为 -10mm	观察和尺量检查

细节:涂料防水层

1. 材料选择及质量要求

有机防水涂料主要包括合成橡胶类、合成树脂类和橡胶沥青类。施工环境气温溶剂型为 -5~35℃,水溶性为 5~35℃。

无机防水涂料主要包括聚合物改性水泥基防水涂料和水泥基渗透结晶型防水涂料。无机防水涂料施工环境气温为 5~35℃。

1)涂料防水层所选用的涂料应符合下列规定:

① 应具有良好的耐水性、耐久性、耐腐蚀性及耐菌性。

② 应无毒、难燃、低污染。

③ 无机防水涂料应具有良好的湿干粘结性和耐磨性,有机防水涂料应具有较好的延伸性及较大适应基层变形能力。

2)无机防水涂料基层表面应干净、平整,无浮浆和明显积水。有机防水涂料基层表面应基本干燥,不应有气孔、凹凸不平、蜂窝、麻面等缺陷。

2. 施工质量控制

1)涂料施工前,基层阴阳角应做成圆弧形。

2)涂料施工前,对阴阳角、预埋件、穿墙管等部位,可用密封材料及胎体增强材料进行密封或加强。然后再大面积施涂。

3)涂料涂刷前,先在基面上涂一层与涂料相容的基层处理剂。

4)涂膜防水涂料应涂刷在地下室结构基层面上,所形成的涂膜防水层能够适应结构变形。

5)涂膜应多遍完成,涂刷应待前遍涂层干燥成膜后进行。

6)每遍涂刷时,应交替改变涂层的涂刷方向。同层涂膜的先后搭接宽度宜为 30~50mm。

7)涂料防水层的施工缝(甩茬)应注意保护,搭接缝宽度应大于 100mm,接涂前应将其甩茬表面处理干净。

8)涂刷程序应先做转角处、穿墙管道、变形缝等部位的涂料加强层,后进行大面积涂刷。

9)涂料防水层中铺贴的胎体增强材料,同层相邻的搭接宽度应大于 100mm,上下层接缝应错开 1/3 幅宽。

防水涂料厚度选用应符合表3-18的规定。

表3-18　防水涂料厚度　　　　　　　　　　　（单位：mm）

防水等级	设防道数	有机涂料			无机涂料	
		反应型	水乳型	聚合物水泥	水泥基	水泥基渗透结晶型
1级	三道或三道以上设防	1.2~2.0	1.2~1.5	1.5~2.0	1.5~2.0	≥0.8
2级	二道设防	1.2~2.0	1.2~1.5	1.5~2.0	1.5~2.0	≥0.8
3级	一道设防	—	—	≥2.0	≥2.0	—
	复合设防	—	—	≥1.5	≥1.5	—

涂料防水层完工并经验收合格后应及时做保护层。

3. 涂料防水层质量检验与验收

（1）主控项目　涂料防水层主控项目质量标准及检验方法应符合表3-19的规定。

表3-19　涂料防水层主控项目质量标准及检验方法

项　目	质量标准	检验方法
材料要求	涂料防水层所用材料及配合比必须符合设计要求	检查出厂合格证、质量检验报告、计量措施和现场抽样试验报告
细部要求	涂料防水层及其转角处、变形缝、穿墙管道等细部做法均须符合设计要求	观察检查和检查隐蔽工程验收记录

（2）一般项目　涂料防水层一般项目质量标准及检验方法应符合表3-20的规定。

表3-20　涂料防水层一般项目质量标准及检验方法

项　目	质量标准	检验方法
基层质量	涂料防水层的基层应牢固，基面应洁净、平整，不得有空鼓、松动、起砂和脱皮现象；基层阴阳角处应做成圆弧形	观察检查和检查隐蔽工程验收记录
表面质量	涂料防水层应与基层粘结牢固，表面平整、涂刷均匀，不得有流淌、皱折、鼓泡、露胎体和翘边等缺陷	观察检查
涂料防水层厚度	涂料防水层的平均厚度应符合设计要求，最小厚度不得小于设计厚度的80%	针测法或割取20mm×20mm实样用卡尺测量
保护层与防水层粘结	侧墙涂料防水层的保护层与防水层粘结牢固，结合紧密，厚度均匀一致	观察检查

细节：塑料板防水层

1. 塑料板防水层材料

塑料防水板的种类很多，从生产工艺上分有吹塑型和挤塑型；从材料种类上分有橡胶型、塑料型和其他化工类产品，幅宽从 1m ~ 7m 不等。

塑料防水板材料应符合下列规定：

1）幅宽宜为 2m ~ 4m。

2）厚度宜不得小于 1.2mm。

3）应具有良好的耐刺穿性、耐久性、耐水性、耐腐蚀性、耐菌性。

塑料防水板主要性能指标应符合表 3-21 的规定。

表 3-21 塑料防水板主要物理性能

项 目	性 能 要 求			
	EVA	ECB	PVC	PE
抗拉强度/MPa≥	15	10	10	10
断裂伸长率(%) ≥	500	450	200	400
不透水性 24h/MPa≥	0.2	0.2	0.2	0.2
低温弯折性/℃ ≤	-35	-35	-20	-35
热处理尺寸变化率(%) ≤	2.0	2.5	2.0	2.0

注：EVA—乙烯醋酸乙烯共聚物；ECB—乙烯共聚物沥青；PVC—聚氯乙烯；PE—聚乙烯。

2. 塑料板防水层的铺设的质量控制要点

1）塑料板的缓冲衬垫应用暗钉圈固定在基层上，塑料板边铺边将其与暗钉圈焊接牢固。

2）两幅塑料板的搭接宽度应为 100mm，下部塑料板应压住上部塑料板。

3）搭接缝宜采用双条焊缝焊接，单条焊缝的有效焊接宽度应不小于 10mm。

塑料板搭接缝应用热风焊枪焊接，焊接后，应充气检查，漏气处应及时补焊。塑料板搭接缝有效焊接宽度应为 10mm × 2 + 空腔宽。

4）复合式衬砌的塑料板铺设与内衬混凝土的施工距离应不小于 5m。

5）铺设质量检查及处理。铺设后应采用放大镜观察，当两层经焊接在一起的防水板呈透明状，无气泡，即熔为一体，表明焊接严密。要确保无纺布和防水板的搭接宽度，并着重检测焊缝质量。检测内容包括：

① 焊缝拉伸强度，应不小于防水板本身强度的 70%。

② 焊缝抗剥离强度，根据实验建议值≥7kg/cm。

③ 采用充气法检查，用 5 号注射用针头插入两条焊缝中间空腔，用人工气筒打气检查。当压力达到 0.10 ~ 0.15MPa 时，保持压力时间不少于 1min，焊缝和材料都不发生破坏，表明焊接质量良好。

3. 塑料板防水层质量检验与验收

（1）主控项目 塑料板防水层主控项目质量标准及检验方法应符合表 3-22 的规定。

表 3-22 塑料板防水层主控项目质量标准及检验方法

项 目	质 量 标 准	检 验 方 法	检 验 数 量
材料要求	防水层所用塑料板及配套材料必须符合设计要求	检查出厂合格证、质量检验报告和现场抽样试验报告	按铺设面积每 100m² 抽查 1 处，每处 10m²，但不少于 3 处
搭接缝焊接	塑料板的搭接缝必须采用热风焊接，不得有渗漏	双焊缝间空腔内充气检查	按焊缝数量抽查 5%，每条焊缝为 1 处，但不少于 3 处

（2）一般项目 塑料板防水层一般项目质量标准及检验方法应符合表3-23的规定。

表3-23 塑料板防水层一般项目质量标准及检验方法

项 目	质量标准	检验方法	检验数量
基层质量	塑料板防水层的基面应坚实、平整、圆顺，无漏水现象；阴阳角处应做成圆弧形	观察和尺量检查	按铺设面积每100m²抽查1处，每处10m²，但不少于3处
塑料板铺设	塑料板的铺设应平顺并与基层固定牢固，不得有下垂、绷紧和破损现象	观察检查	
搭接宽度允许偏差	塑料板搭接宽度的允许偏差为 −10mm	尺量检查	

细节：金属板防水层

1. 材料质量控制要点

1）金属防水层应按设计规定选用材料，一般为 Q235 或 16Mn 钢板，厚度为 3～8mm。所用材料应有出厂合格证、质量检验报告和现场抽样试验报告，其各项性能指标应符合《碳素结构钢》（GB 700—2006）和《低合金高强度结构钢》（GB/T 1591—2008）的要求。

2）金属防水层所用的连接材料，如焊条、焊剂、螺栓、型钢、铁件等，亦应有出厂合格证和质量检验报告，并符合设计及国家标准的规定。

2. 施工质量控制要点

1）当金属板表面有锈蚀、麻点或划痕等缺陷时，其深度不得大于该板材厚度的负偏差值；对于有严重锈蚀、麻点或划痕等缺陷的金属板，均不应用做金属防水层，以避免降低金属防水层的抗渗性。

2）金属板厚度及锚固件确定承受外部水压的金属防水层的金属板厚度及固定金属板的锚固件的个数和截面，应符合设计要求。当设计无特殊要求，施工时可根据静水压力，按下式计算确定：

$$n = \frac{4KP}{\pi d^2 f_{st}} \tag{3-1}$$

式中 n——固定防水钢板锚固件的个数（个/m²）；

K——超载系数；对于水压取 $K = 1.1$；

P——钢板防水层所承受的静水压力（kN/m²）；

d——锚固钢筋的直径（m）；

f_{st}——锚固钢筋的强度设计值（kN/m²）。

承受外部水压的防水层钢板厚度，根据等强原则按下式计算：

$$t_n = \frac{0.25 d f_{st}}{f_v} \tag{3-2}$$

式中 t_n——防水层钢板厚度（m）；

f_v——防水钢板受剪力时的强度，用 Q235 钢时取 100MPa。

其他符号意义同上。

3）金属板的拼接及金属板与建筑结构的锚固件连接应采用焊接。金属板的拼接焊缝应进行外观检查和无损检验。

3. 金属板防水层质量检验与验收

（1）主控项目 金属板防水层主控项目质量标准及检验方法应符合表 3-24 的规定。

表 3-24 金属板防水层主控项目质量标准及检验方法

项 目	质 量 标 准	检 验 方 法	检 验 数 量
金属板及焊条质量	金属防水层所采用的金属板材和焊条（剂）必须符合设计要求	检查出厂合格证或质量检验报告和现场抽样试验报告	按铺设面积每 10m² 抽查 1 处，每处 1m²，且不得少于 3 处
焊工合格证	焊工必须经考试合格并取得相应的执业资格证书	检查焊工执业资格证书和考核日期	全数检查

（2）一般项目 金属板防水层一般项目质量标准及检验方法应符合表 3-25 的规定。

表 3-25 金属板防水层一般项目质量标准及检验方法

项 目	质 量 标 准	检 验 方 法	检 验 数 量
表面质量	金属板表面不得有明显凹面和损伤	观察检查	按铺设面积每 10m² 抽查 1 处，每处 1m²，且不得少于 3 处
焊缝质量	焊缝不得有裂纹、未熔合、夹渣、焊瘤、咬边、烧穿、弧坑、针状气孔等缺陷	观察检查和无损检验	按不同长度的焊缝各抽查 5%，但均不得少于 1 条。长度不小于 500mm 的焊缝，每条检查 1 处；长度 500～2000mm 的焊缝，每条检查 2 处；长度大于 2000mm 的焊缝，每条检查 3 处
焊缝外观及保护涂层	焊缝的焊波应均匀，焊渣和飞溅物应清除干净；保护涂层不得有漏涂、脱皮和反锈现象	观察检查	

细节：细部构造防水

1. 质量控制要点

细部构造防水工程的质量控制要点如下表所示：

项 目	控 制 要 点
材料要求	防水混凝土结构的变形缝、施工缝、后浇带等细部构造，应采用止水带、遇水膨胀橡胶腻子、止水条等高分子防水材料和接缝密封材料
变形缝的防水施工	1）止水带宽度和材质的物理性能均应符合设计要求，且无裂缝和气泡；接头应采用热接，不得叠接，接缝平整、牢固，不得有裂口和脱胶现象 2）中埋式止水带中心线应和变形缝中心线重合，止水带不得穿孔或用铁钉固定 3）变形缝设置中埋式止水带时，混凝土浇筑前应校正止水带位置，表面清理干净，止水带损坏处应修补；顶、底板止水带的下侧混凝土应振捣密实，边墙止水带内外侧混凝土应均匀，保持止水带位置正确、平直，无卷曲现象 4）变形缝处增设的卷材或涂料防水层，应按设计要求施工

（续）

项　目	控　制　要　点
施工缝的防水施工	1）水平施工缝浇筑混凝土前，应将其表面浮浆和杂物清除，铺水泥砂浆或涂刷混凝土界面处理剂并及时浇筑混凝土 2）垂直施工缝浇筑混凝土前，应将其表面清理干净，涂刷混凝土界面处理剂并及时浇筑混凝土 3）施工缝采用遇水膨胀橡胶腻子止水条时，应将止水条牢固地安装在缝表面预留槽内 4）施工缝采用中埋止水带时，应确保止水带位置准确、固定牢靠
后浇带的防水施工	1）后浇带应在其两侧混凝土龄期达到42d后再施工 2）后浇带应采用补偿收缩混凝土，其强度等级不得低于两侧混凝土 3）后浇带混凝土养护时间不得少于28d
穿墙管道的防水施工	1）穿墙管止水环与主管或翼环与套管应连续满焊，并做好防腐处理 2）穿墙管处防水层施工前，应将套管内表面清理干净 3）套管内的管道安装完毕后，应在两管间嵌入内衬填料，端部用密封材料填逢。柔性穿墙时，穿墙内侧应用法兰压紧 4）穿墙管外侧防水层应铺设严密，不留接茬；增铺附加层时，应按设计要求施工
埋设件的防水施工	1）埋设件端部或预留孔（槽）底部的混凝土厚度不得小于250mm；当厚度小于250mm时，必须局部加厚或采取其他防水措施 2）预留地坑、孔洞、沟槽内的防水层，应与孔（槽）外的结构防水层保持连续 3）固定模板用的螺栓必须穿过混凝土结构时，螺栓或套管应满焊止水环或翼环；采用工具式螺栓或螺栓加堵头做法，拆模后应采取加强防水措施将留下的凹槽封堵密实
密封材料的防水施工	1）检查粘结基层的干燥程度以及接缝的尺寸，接缝内部的杂物应清除干净 2）热灌法施工应自下向上进行并尽量减少接头，接头应采用斜茬；密封材料熬制及浇灌温度，应按有关材料要求严格控制 3）冷嵌法施工应分次将密封材料嵌填在缝内，压嵌密实并与缝壁粘结牢固，禁止裹入空气。接头应采用斜槎 4）接缝处的密封材料底部应嵌填背衬材料，外露密封材料上应设置保护层，其宽度不得小于100mm

防水混凝土结构细部构造的施工质量检验应按全数检查。

2. 细部构造工程质量检验与验收

（1）主控项目　细部构造工程主控项目质量标准及检验方法应符合表3-26 的规定。

表3-26　细部构造工程主控项目质量标准及检验方法

项　目	质量标准	检验方法
材料质量	细部构造所用止水带、遇水膨胀橡胶腻子止水条等及接缝密封材料必须符合设计要求	检查出厂合格证、质量检验报告和进场抽样试验报告
细部构造做法	变形缝、施工缝、后浇带、穿墙管道、埋设件等细部构造作法，均须符合设计要求，严禁有渗漏	观察检查和检查隐蔽工程验收记录

（2）一般项目 细部构造工程一般项目质量标准及检验方法应符合表 3-27 的规定。

表 3-27 细部构造工程一般项目质量标准及检验方法

项 目	质量合格标准	检验方法
止水带	中埋式止水带中心线应与变形缝中心线重合，止水带应固定牢靠、平直，不得有扭曲现象	观察检查和检查隐蔽工程验收记录
穿墙管	穿墙管止水环与主管或翼环与套管应连续满焊，并做防腐处理	
接缝	接缝处混凝土表面应密实、洁净、干燥；密封材料应嵌填严密、粘接牢固，不得有开裂、鼓泡和下塌现象	观察检查

细节：锚喷支护法防水

1. 材料质量要求

喷射混凝土所用原材料应符合下列规定：

1）水泥优先选用普通硅酸盐水泥，其强度等级不应低于 32.5 级。

2）细集料。采用中砂或粗砂，细度模数应大于 2.5，使用时的含水率宜为 5%～7%。

3）粗集料。卵石或碎石粒径不应大于 15mm；使用碱性速凝剂时，不得使用活性二氧化硅石料。

4）水。采用不含有害物质的洁净水。

5）速凝剂。初凝时间不应超过 5min，终凝时间不应超过 10min。

2. 施工质量控制要点

1）混合料应搅拌均匀，并符合下列规定：

① 配合比。水泥与砂石质量比宜为 1:4～4.5，砂率宜为 45%～55%，水灰比不得大于 0.45，速凝剂掺量应通过试验确定。

② 原材料称量允许偏差：水泥和速凝剂为 ±2%，砂石为 ±3%。

③ 运输和存放中严防受潮，混合料应随拌随用，存放时间不应超过 20min。

2）在有水的岩面上喷射混凝土时，应采取下列措施：

① 潮湿岩面增加速凝剂掺量。

② 表面渗水、滴水采用导水盲管或盲沟排水。

③ 集中漏水采用注浆堵水。

3）喷射混凝土终凝 2h 后应养护，养护时间不得少于 14d；当气温低于 5℃时不得喷水养护。

4）喷射混凝土试件制作组数应符合下列规定：

① 抗压强度试件。区间或小于区间断面的结构，每 20 延米拱和墙各取一组。车站各取两组。

② 抗渗试件。区间结构每 40 延米取一组；车站每 20 延米取一组。

5）锚杆应进行抗拔试验。同一批锚杆每 100 根应取一组试件，每组 3 根，不足 100 根也取 3 根。同一批试件抗拔力的平均值不得小于设计锚固力，且同一批试件抗拔力的最低值不应小于设计锚固力的 90%。

6）锚喷支护的施工质量检验数量，应按区间或小于区间断面的结构，每20延米检查1处，车站每10延米检查1处，每处10m²，且不得少于3处。

3. 锚喷支护法防水工程质量检验与验收

（1）主控项目　锚喷支护法防水工程主控项目质量标准及检验方法应符合表3-28的规定。

表3-28　锚喷支护法防水工程主控项目质量标准及检验方法

项　　目	质量合格标准	检 验 方 法	检 验 数 量
原材料质量	喷射混凝土所用原材料及钢筋网、锚杆必须符合设计要求	检查出厂合格证、质量检验报告和现场抽样试验报告	按区间或小于区间截面的结构，每20延米检查1处，车站每10延米检查1处，每处10m²，且不得少于3处
混凝土抗压、抗渗、抗拔	喷射混凝土抗压强度、抗渗压力及锚杆抗拔力必须符合设计要求	检查混凝土抗压、抗渗试验报告和锚杆抗拔力试验报告	

（2）一般项目　锚喷支护法防水工程一般项目质量标准及检验方法应符合表3-29的规定。

表3-29　锚喷支护法防水工程一般项目质量标准及检验方法

项　　目	质量合格标准	检 验 方 法	检 验 数 量
喷层与围岩粘结	喷层与围岩及喷层之间应粘结紧密，不得有空鼓现象	用锤击法检查	按区间或小于区间截面的结构，每20延米检查1处，车站每10延米检查1处，每处10m²，且不得少于3处
喷层厚度	喷层厚度有60%不小于设计厚度，平均厚度不小于设计厚度，最小厚度不得小于设计厚度的50%	用针探或钻孔检查	每个独立工程的检查数量不得少于1个截面，每个截面的检查点应从拱部中线起，每2~3m设1个，但1个截面上拱部应不少于3个点，总计应不少于5个点
表面质量	喷射混凝土应密实、平整，无裂缝、脱落、漏喷、露筋、空鼓和渗漏水	观察检查	按区间或小于区间截面的结构，每20延米检查1处，车站每10延米检查1处，每处10m²，且不得少于3处
表面平整度允许偏差及矢弦比	喷射混凝土表面平整度的允许偏差为30mm，且矢弦比不得大于1/6	尺量检查	

细节：地下连续墙防水

1. 质量控制要点

1）地下连续墙应采用掺外加剂的防水混凝土。水泥用量采用卵石时不得少于370kg/m³,

采用碎石时不得少于$400kg/m^3$。坍落度宜为$180 \sim 220mm$。

2）地下连续墙施工时，混凝土应按每一个单元槽段留置一组抗压强度试件，每五个单元槽段留置一组抗渗试件。

3）单元槽段接头不宜设在拐角处。采用复合式衬砌时，内外墙接头宜相互错开。

4）地下连续墙与内衬结构连接处，应凿毛并清理干净，必要时应做特殊防水处理。

5）地下连续墙的施工质量检验数量，应按连续墙每10个槽段抽查1处，每处为1个槽段，且不得少于3处。

2. 地下连续墙质量检验与验收

（1）主控项目 地下连续墙主控项目质量标准及检验方法应符合表3-30的规定。

表3-30 地下连续墙主控项目质量标准及检验方法

项 目	质量合格标准	检 验 方 法	检 验 数 量
原材料质量及配合比要求	防水混凝土所用原材料、配合比以及其他防水材料必须符合设计要求	检查出厂合格证、质量检验报告、计量措施和现场抽样试验报告	按连续墙每10个槽段抽查1处，每处为1个槽段，且不得少于3处
混凝土抗压、防渗试件	地下连续墙混凝土抗压强度和抗渗压力必须符合设计要求	检查混凝土抗压、抗渗试验报告	

（2）一般项目 地下连续墙一般项目质量标准及检验方法应符合表3-31的规定。

表3-31 地下连续墙一般项目质量标准及检验方法

项 目	质量合格标准	检 验 方 法	检 验 数 量
接缝处理	地下连续墙的槽段接缝以及墙体与内衬结构接缝应符合设计要求	观察检查和检查隐蔽工程验收记录	按连续墙每10个槽段抽查1处，每处为1个槽段，且不得少于3处
墙面露筋	地下连续墙墙面的露筋部分应小于1%墙面面积，且不得有露石和夹泥现象	观察检查	
表面平整度允许偏差	地下连续墙墙体表面平整度的允许偏差：临时支护墙体为50mm，单一或复合墙体为30mm	尺量检查	

细节：复合式衬砌防水

1. 质量控制要点

1）初期支护的线流漏水或大面积渗水，应在防水层和缓冲排水层铺设之前进行封堵或引排。

2）防水层和缓冲排水层铺设与内衬混凝土的施工距离均不应小于5m。

3）二次衬砌采用防水混凝土浇筑时，应符合下列规定：

① 混凝土泵送时，入泵坍落度：墙体宜为$100 \sim 150mm$，拱部宜为$160 \sim 210mm$。

② 振捣不得直接触及防水层。

③ 混凝土浇筑至墙拱交界处，应间隔 1~1.5h 后方可继续浇筑。

④ 凝土强度达到 2.5MPa 后方可拆模。

4）复合式衬砌的施工质量检验数量，应按区间或小于区间截面的结构，每 20 延米检查 1 处，车站每 10 延米检查 1 处，每处 10m²，且不得少于 3 处。

2. 复合式衬砌防水工程质量检验与验收

（1）主控项目　复合式衬砌防水工程主控项目质量标准及检验方法应符合表 3-32 的规定。

表 3-32　复合式衬砌防水工程主控项目质量标准及检验方法

项　　目	质量合格标准	检验方法	检验数量
材料质量	塑料防水板、土工复合材料和内衬混凝土原材料必须符合设计要求	检查出厂合格证、质量检验报告和现场抽样试验报告	按区间或小于区间截面的结构，每 20 延米检查 1 处，车站每 10 延米检查 1 处，每处 10m²，且不得少于 3 处
混凝土抗压、抗渗试件	防水混凝土的抗压强度和抗渗压力必须符合设计要求	检查混凝土抗压、抗渗试验报告	
细部构造做法	施工缝、变形缝、穿墙管道、埋设件等设置和构造，均须符合设计要求，严禁有渗漏	观察检查和检查隐蔽工程验收记录	

（2）一般项目　复合式衬砌防水工程一般项目质量标准及检验方法应符合表 3-33 的规定。

表 3-33　复合式衬砌防水工程一般项目质量标准及检验方法

项　　目	质量合格标准	检验方法	检验数量
二次衬砌渗水量	二次衬砌混凝土渗漏水量应控制在设计防水等级要求范围内	观察检查和渗漏水量测	按区间或小于区间截面的结构，每 20 延米检查 1 处，车站每 10 延米检查 1 处，每处 10m²，且不得少于 3 处
二次衬砌质量	二次衬砌混凝土表面应坚实、平整，不得有露筋、蜂窝等缺陷	观察检查	

细节：盾构法隧道防水

1. 质量控制要点

盾构法隧道防水工程的质量控制要点如下表所示：

项　　目	控 制 要 点
钢筋混凝土管片制作	1）混凝土抗压强度和抗渗压力应符合设计要求 2）表面应平整，无缺棱、掉角、麻面和露筋 3）单块管片制作尺寸允许偏差应符合表 3-34 的规定
钢筋混凝土管片检验	钢筋混凝土管片同一配合比每生产 5 环应制作抗压强度试件一组，每 10 环制作抗渗试件一组；管片每生产两环应抽查一块做检漏测试，检验方法按设计抗渗压力保持时间不小于 2h，渗水深度不超过管片厚度的 1/5 为合格。若检验管片中有 25% 不合格时，应按当天生产管片逐块检漏

（续）

项　　目	控 制 要 点
钢筋混凝土管片拼装	1）管片验收合格后方可运至工地，拼装前应编号并进行防水处理 2）管片拼装顺序应先就位底部管片，然后自卜而上左右交叉安装，每环相邻管片应均布摆匀，并控制环面平整度和封口尺寸，最后插入封顶管片成环 3）管片拼装后，螺栓应拧紧，环向及纵向螺栓应全部穿进
钢筋混凝土管片接缝防水	1）管片至少应设置一道密封垫沟槽。粘贴密封垫前，应将槽内清理干净 2）密封垫应粘贴牢固、平整、严密，位置正确，不得有起鼓、超长和缺口现象 3）管片拼装前，应逐块对粘贴的密封垫进行检查，拼装时不得损坏密封垫。有嵌缝防水要求的，应在隧道基本稳定后进行 4）管片拼装接缝连接螺栓孔之间应按设计加设螺孔密封圈。必要时，螺栓孔与螺栓间应采取封堵措施
盾构法方水施工检验	盾构法隧道的施工质量检验数量，应按每连续20环抽查1处，每处为一环，且不得少于3处

表 3-34　单块管片制作尺寸允许偏差

项　　目	允许偏差/mm	项　　目	允许偏差/mm
宽度	±1.0	厚度	+3
弧长、弦长	±1.0		−1

2. 盾构法防水工程质量检验与验收

（1）主控项目　盾构法防水工程主控项目质量标准及检验方法应符合表3-35的规定。

表 3-35　盾构法防水工程主控项目质量标准及检验方法

项　　目	质量合格标准	检验方法	检验数量
防水材料质量	盾构法隧道采用防水材料的品种、规格、性能必须符合设计要求	检查出厂合格证、质量检验报告和现场抽样试验报告	按每连续20环检查1处，每处1环，且不得少于3处
管片抗压、抗渗	钢筋混凝土管片的抗压强度和抗渗压力必须符合设计要求	检查混凝土抗压、抗渗试验报告和单块管片检漏测试报告	

（2）一般项目　盾构法防水工程一般项目质量标准及检验方法应符合表3-36的规定。

表 3-36　盾构法防水工程一般项目质量标准及检验方法

项　　目	质量合格标准	检验方法	检验数量
隧道渗漏水量控制	隧道的渗漏水量应控制在设计的防水等级要求范围内。衬砌接缝不得有线流和漏泥砂现象	观察检查和渗漏水量测	按每连续20环检查1处，每处1环，且不得少于3处
管片拼装接缝	管片拼装接缝防水应符合设计要求	检查隐蔽工程验收记录	
螺栓安装及防腐	环向及纵向螺栓应全部穿进并拧紧，衬砌内表面的外露铁件防腐处理应符合设计要求	观察检查	

细节：渗排水、盲沟排水工程

1. 质量控制要点

渗排水、盲沟排水的质量控制要点如下表所示：

项　目	控　制　要　点
渗排水	1）基坑挖土，应依据结构底面积、渗水墙和保护墙的厚度以及施工工作面，综合考虑确定基坑挖土面积 2）按放线尺寸砌筑结构周围的保护墙 3）凡与基坑土层接触处，宜用 5~10mm 的豆石或粗砂作滤水层，其总厚度一般为 100~150mm 4）沿渗水沟安放渗排水管，管与管相互对接之处应留出 10~15mm 的间隙（打孔管或无孔管均如此），在做渗排水层时将管理实固定。渗排水管的坡度应不小于1%，严禁出现倒流现象 5）分层铺设渗排水层（即 20~40mm 碎石层）至结构底面。渗排水层总厚度一般不小于300mm，分层铺设每层厚度不应大于300mm 渗排水层施工时每层应轻振压实，要求分层厚度及密实度均匀一致，与基坑周围土接触处，均应设粗砂滤水层 6）隔浆层可铺油毡或抹 30~50mm 厚的 1：3 水泥砂浆。水泥砂浆应控制拌和水量，砂浆不要太稀，铺设时可抹实压平，但不要使用振动器。隔浆层可铺抹至保护墙边 7）隔浆层养护凝固后，即可施工需防水结构，此时应注意不要破坏隔浆层，也不要扰动已做好的渗排水层 8）结构墙体外侧模板拆除后，将结构至保护墙之间（即渗水墙部分）的隔浆层除净，再分层施工渗水墙部分的排水层和砂滤水层 9）最后施工渗水墙顶部的混凝土保护层或混凝土散水坡。散水坡应超过渗排水层外缘不小于 400mm
埋管盲沟	1）在基底上按盲沟位置、尺寸放线，然后回填土。盲沟底回填灰土，盲沟壁两侧回填素土至沟顶标高。沟底填灰土应找好坡度 2）按盲沟宽度对回填土切磋，按盲沟尺寸成形，并沿盲沟壁底铺设玻璃丝布。玻璃丝布在两侧沟壁上口留置长度应根据盲沟宽度尺寸并考虑相互搭接不小于10cm确定。玻璃丝布的预留部分应临时固定在沟上口两侧，并注意保护，不要损坏 3）在铺好玻璃丝布的盲沟内铺 17~20cm 厚的石子，这层石子铺设时必须按照排水管的坡度进行找坡，此工序必须按坡度要求做好，严防倒流；必要时应以仪器施测每段管底标高 4）铺设排水管，接头处先用砖垫起，再用 0.2mm 厚铁皮包裹，以铅丝绑牢，并用沥青胶和玻璃丝布涂裹两层，撤去砖，安好管 5）排水管安好后，经测量管道标高符合设计坡度，即可继续铺设石子滤水层至盲沟沟顶。石子铺设应使厚度、密实度均匀一致。施工时不得损坏排水管 6）石子铺至沟顶即可覆盖玻璃丝布，将预先留置的玻璃丝布沿石子表面覆盖搭接，搭接宽度不应小于10cm，并顺水流方向搭接 7）最后进行回填土，注意不要损坏玻璃丝布
无管盲沟	1）按盲沟位置、尺寸放线，挖土，沟底应按设计坡度找坡，严禁倒坡 2）沟底审底、两壁拍平，铺设滤水层。底部开始先铺粗砂滤水层（厚100mm）；再铺小石子滤水层（厚100mm），要同时将小石子滤水层外边缘与土之间的粗砂滤水层铺好；在铺设中间的石子滤水层时，应按分层铺设的方法同时将两侧的小石子滤水层和粗砂滤水层铺好 3）铺设各层滤水层要保持厚度和密实度均匀一致；注意勿使污物、泥土混入滤水层；铺设应按构造层次分明，靠近土的四周应为粗砂滤水层，再向内四周为小石子滤水层，中间为石子滤水层 4）盲沟出水口应设置滤水箅子。为了在使用过程中清除淤塞物，可在盲沟的转角处设置窨井，供清淤时用

（续）

项　目	控　制　要　点
盲沟反滤层材料	1）砂、石粒径 滤水层（贴天然土）塑性指数 I_p≤3（砂性土）时，采用0.1～2mm 粒径砂了；I_p>3（粘性土）时，采用2～5mm 粒径砂子 渗水层塑性指数，I_p≤3（砂性土）时，采用1～7mm 粒径卵石；I_p>3（粘性土）时，采用5～10mm 粒径卵石 2）砂石含泥量不得大于2%
集水管	应采用无砂混凝土管、普通硬塑料管和加筋软管式透水盲管

渗排水、盲沟排水应在地基工程验收合格后进行施工。

渗排水、盲沟排水的施工质量检验数量应按 10% 抽查，其中按两轴线间或 10 延米为 1 处，且不得少于 3 处。

2. 渗排水、盲沟排水工程质量检验与验收

（1）主控项目　渗排水、盲沟排水工程主控项目质量标准及检验方法应符合表 3-37 的规定。

表3-37　渗排水、盲沟排水工程主控项目质量标准及检验方法

项　目	质量合格标准	检验方法	检验数量
反滤层质量	反滤层的砂、石粒径和含泥量必须符合设计要求	检查砂、石试验报告	全数抽查
集水管埋深及坡度	集水管的埋设深度及坡度必须符合设计要求	观察和尺量检查	按 10% 检查，其中按两轴线间或 10 延米为 1 处，且不得少于 3 处

（2）一般项目　渗排水、盲沟排水工程一般项目质量标准及检验方法应符合表 3-38 的规定。

表3-38　渗排水、盲沟排水工程一般项目质量标准及检验方法

项　目	质量合格标准	检验方法	检验数量
渗排水层构造	渗排水层的构造应符合设计要求	检查隐蔽工程验收记录	按 10% 检查，其中按两轴线间或 10 延米为 1 处，且不得少于 3 处
渗排水层铺设	渗排水层的铺设应分层、铺平、拍实	检查隐蔽工程验收记录	
盲沟构造	盲沟的构造应符合设计要求	检查隐蔽工程验收记录	

细节：隧道、坑道排水工程

1. 质量控制要点

1）隧道应设计以下配套的排水系统：

① 洞内纵向排水沟、横向排水坡（沟）。

② 隧道及辅助坑道口设置截水沟、排水沟和其他防排水设施。

③ 必要时，衬砌背后设置各种盲沟、集水钻孔及衬砌背后或衬砌内排水管（槽）等。

④ 当地下水特别发育，含水层深，又有长期补给来源并影响隧道安全时，可采用泄水洞。

⑤ 当洞内涌水量大，设置有平行导坑和横洞施工的隧道，可利用辅助坑道排水。

2）隧道内一般均应设置排水沟，若隧道全长在 100m 及以下（干旱地区 300m 及以下），且常年干燥，可不设洞内排水沟，但应整平隧底，做好纵、横向排水坡。洞内排水沟一般按下列规定设置：

① 水沟坡度应与线路坡度一致。在隧道中的分坡平段范围内和车站内的隧道，排水沟底部应有不小于 1‰ 的坡度。

② 水沟截面应根据水量大小确定，要保证有足够的过水能力，且便于清理和检查。单线隧道水沟截面不应小于 25cm × 40cm（高 × 宽），双线隧道截面一般应不小于 30cm × 40cm（高 × 宽）。

③ 水沟应设在地下水来源一侧。当地下水来源不明时，曲线隧道水沟设在曲线内侧、直线隧道水沟可设在任意一侧；当地下水较多或采用混凝土宽枕道床、整体道床的隧道，宜设双侧水沟，以免大量水流流经道床而导致道床基底发生病害。双线隧道可设置双侧或中心水沟。

④ 洞内水沟均应铺设盖板。

⑤ 根据地下水情况，于衬砌墙脚紧靠盖板底面高程处，每隔一定距离设置一个 10cm × 10cm 泄水孔。墙背泄水孔进口高程以下超挖部分应用同级圬工回填密实，以利泄水。

3）为便于隧道底排水，不设仰拱的隧道应做铺底，其厚度一般为 10cm。当围岩干燥无水、岩层坚硬不易风化时，可不铺底，但应整平隧底。对超挖的炮坑必须用混凝土填平。

4）隧道底部应有不小于 2% 的流向排水沟的横向排水坡度。水沟应适当设置横向进水孔。

5）衬砌背后设置的纵向盲沟的排水坡度一般不小于 5%，在两泄水孔间呈人字形坡向两端排水。

6）洞口仰坡范围的水，可由洞门墙顶水沟排泄，亦可引入路堑侧沟排除。洞外路堑的水不宜流入隧道。当出洞方向路堑为上坡时，宜将洞外侧沟做成与线路坡度相反、且一般不小于 2‰ 的坡度；当隧道全长小于 300m，路堑水量较小，且含泥量少，不易淤积，修建反向侧沟将增加大量土石方和圬工时，路堑侧沟的水可经隧道流出。但应验算隧道水沟断面，不够时应予扩大，并在高端洞口设置沉淀井。

7）贴壁式衬砌围岩渗水，可通过盲沟（管）、暗沟导入底部排水系统。

8）环向排水盲沟（管）设置应符合下列规定：

① 应沿隧道、坑道的周边固定于围岩或初期支护表面。

② 纵向间距宜为 5 ~ 20m，在水量较大或集中出水点应加密布置。

③ 应与纵向排水盲管相连。

④ 盲管与混凝土衬砌接触部位应外包无纺布形成隔浆层。

9）纵向排水盲管的设置应符合下列规定：

① 纵向盲管应设置在隧道(坑道)两侧边墙下部或底部中间。

② 应与环向盲管和导水管相连接。

③ 管径应根据围岩或实际支护的渗水量确定，但不得小于100mm。

④ 纵向排水坡度应与隧道或坑道坡度一致。

10) 横向导水管宜采用带孔混凝土管或硬质塑料管，其设置应符合下列规定：

① 横向导水管应与纵向盲管、排水明沟或中心排水盲沟(管)相连。

② 横向导水管的间距宜为5~25m，坡度宜为2%。

③ 横向导水管的直径应根据排水量大小确定，但内径不得小于50mm。

11) 排水明沟的设置应符合下列规定：

① 排水明沟的纵向坡度应与隧道或坑道坡度一致，但不得小于0.2%。

② 排水明沟应设置盖板和检查井。

③ 寒冷及严寒地区应采取防冻措施。

12) 中心排水盲沟(管)的设置应符合下列要求：

① 中心排水盲沟(管)宜设置在隧道底板以下，其坡度和埋设深度应符合设计要求。

② 隧道底板下与围岩接触的中心盲沟(管)宜采用无砂混凝土或渗水盲管，并应设置反滤层；仰拱以上的中心盲管宜采用混凝土管或硬质塑料管。

③ 中心排水盲管的直径应根据渗排水量大小确定，但不宜小于250mm。

13) 离壁式衬砌的排水应符合下列规定：

① 围岩稳定和防潮要求高的工程可设置离壁式衬砌，衬砌与岩壁间的距离，拱顶上部宜为600~800mm，侧墙处不应小于500mm。

② 衬砌拱部宜作卷材、塑料防水板、水泥砂浆等防水层；拱肩应设置排水沟，沟底应预埋排水管或设置排水孔，直径宜为50~100mm，间距不宜大于6m；在侧墙和拱肩处应设置检查孔。

③ 侧墙外排水沟应做成明沟，其纵向坡度不应小于0.5%。

14) 衬套排水应符合下列规定：

① 衬套外形应有利于排水，底板宜架空。

② 离壁衬套与衬砌或围岩的间距不应小于150mm，在衬套外侧应设置明沟；半离壁衬套应在拱肩处设置排水沟。

③ 衬套应采用防火、隔热性能好的材料制作，接缝宜采用嵌缝、粘结、焊接等方法密封。

15) 隧道或坑道内的排水泵站(房)设置主排水泵站和辅助排水泵站，集水池的有效容积应符合设计规定。

16) 主排水泵站、辅助排水泵站和污水泵房的废水及污水，应分别排入城市雨水和污水管道系统。污水的排放尚应符合国家有关标准的规定。

17) 隧道、坑道排水的施工质量检验数量应按10%抽查，其中按两轴线间或10延米为1处，且不得少于3处。

2. 隧道、坑道排水工程质量检验与验收

(1) 主控项目 隧道、坑道排水工程主控项目质量标准及检验方法应符合表3-39的规定。

表 3-39 隧道、坑道排水工程主控项目质量标准及检验方法

项　目	质量合格标准	检验方法	检验数量
排水系统	隧道、坑道排水系统必须畅通	观察检查	
反滤层材料质量	反滤层的砂、石粒径和含泥量必须符合设计要求	检查砂、石试验报告	按 10% 检查，其中按两轴线间或 10 延米为 1 处，且不得少于 3 处
土工复合材料	土工复合材料必须符合设计要求	检查出厂合格证和质量检验报告	

（2）一般项目　隧道、坑道排水工程一般项目质量标准及检验方法应符合表 3-40 的规定。

表 3-40 隧道、坑道排水工程一般项目质量标准及检验方法

项　目	质量合格标准	检验方法	检验数量
集水盲管、明沟坡度	隧道纵向集水盲管和排水明沟的坡度应符合设计要求	尺量检查	按 10% 检查，其中按两轴线间或 10 延米为 1 处，且不得少于 3 处
导水盲管、排水管间距	隧道导水盲管和横向排水管的设置间距应符合设计要求	尺量检查	
盲沟断面、铺设集水管、检查井	中心排水盲沟的断面尺寸、集水管埋设及检查井设置应符合设计要求	观察和尺量检查	
缓冲排水层	复合式衬砌的缓冲排水层应铺设平整、均匀、连续，不得有扭曲、折皱和重叠现象	观察检查和检查隐蔽工程验收记录	

细节：预注浆、后注浆工程

1. 材料质量要求

1）具有较好的可注性。

2）具有固结收缩小，良好的粘结性、抗渗性、耐久性和化学稳定性。

3）无毒并对环境污染小。

4）注浆工艺简单，施工操作方便，安全可靠。

2. 施工质量控制要点

1）在砂、卵石层中宜采用渗透注浆法；在砂层中宜采用劈裂注浆法；在粘土层中宜采用劈裂或电动硅化注浆法；在淤泥质软土中宜采用高压喷射注浆法。

2）注浆浆液应符合下列规定：

① 预注浆和高压喷射注浆宜采用水泥浆液、粘土水泥浆液或化学浆液。

② 壁后回填注浆宜采用水泥浆液、水泥砂浆或掺有石灰、粘土、粉煤灰等水泥浆液。

③ 注浆浆液配合比应经现场试验确定。

3）注浆过程控制应符合下列规定：

① 根据工程地质、注浆目的等控制注浆压力。

② 回填注浆应在衬砌混凝土达到设计强度的 70% 后进行。衬砌后围岩注浆应在充填注

浆固结体达到设计强度的 70% 后进行。

③ 浆液不得溢出地面和超出有效注浆范围，地面注浆结束后注浆孔应封填密实。

④ 注浆范围和建筑物的水平距离很近时，应加强对临近建筑物和地下埋设物的现场监控。

⑤ 注浆点距离饮用水源或公共水域较近时，注浆施工如有污染应及时采取相应措施。

4）注浆的施工质量检验数量，应按注浆加固或堵漏面积每 $100m^2$ 抽查 1 处，每处 $10m^2$，且不得少于 3 处。

3. 预注浆、后注浆工程质量检验与验收

（1）主控项目 预注浆、后注浆主控项目质量标准及检验方法应符合表 3-41 的规定。

表 3-41 预注浆、后注浆主控项目质量标准及检验方法

项 目	质量合格标准	检 验 方 法	检 验 数 量
原材料及配合比	配制浆液的原材料及配合比必须符合设计要求	检查出厂合格证、质量检验报告、计量措施和试验报告	按注浆加固或堵漏面积每 $100m^2$ 抽查 1 处，每处 $10m^2$，且不得少于 3 处
注浆效果	注浆效果必须符合设计要求	采用钻孔取芯、压水（或空气）等方法	

（2）一般项目 预注浆、后注浆一般项目质量标准及检验方法应符合表 3-42 的规定。

表 3-42 预注浆、后注浆一般项目质量标准及检验方法

项 目	质量合格标准	检 验 方 法	检 验 数 量
注浆孔	注浆孔的数量、布置间距、钻孔深度及角度应符合设计要求	检查隐蔽工程验收记录	按注浆加固或堵漏面积每 $100m^2$ 抽查 1 处，每处 $10m^2$，且不得少于 3 处
压力和进浆量控制	注浆各阶段的控制压力和进浆量应符合设计要求	检查隐蔽工程验收记录	
注浆范围	注浆时，浆液不得溢出地面和超出有效注浆范围	观察检查	
注浆对地面产生的沉降及隆起	注浆对地面产生的沉降量不得超过 30mm，地面的隆起不得超过 20mm	用水准仪测量	

细节：衬砌裂缝注浆工程

1. 材料质量要求

1）裂缝注浆所选用水泥的细度应符合表 3-43 的规定。

表 3-43 裂缝注浆水泥的细度

项 目	普通硅酸盐水泥	磨 细 水 泥	湿磨细水泥
平均粒径（D_{50}, μm）	20~25	8	6
比表面/（cm^2/g）	3250	6300	8200

2）防水混凝土结构出现宽度小于2mm的裂缝应选用化学注浆，注浆材料宜采用环氧树脂、聚氨酯、甲基丙烯酸甲酯等浆液；宽度大于2mm的混凝土裂缝要考虑注浆的补强效果，注浆材料宜采用超细水泥、改性水泥浆液或特殊化学浆液。

2. 质量控制要点

1）裂缝注浆应待衬砌结构基本稳定和混凝土达到设计强度后进行。

2）衬砌裂缝注浆应符合下列规定：

① 浅裂缝应骑槽粘埋注浆嘴，必要时沿缝开凿"V"槽并用水泥砂浆封缝。

② 深裂缝应骑缝钻孔或斜向钻孔至裂缝深部，孔内埋设注浆管，间距应根据裂缝宽度而定，但每条裂缝至少有一个进浆孔和一个排气孔。

③ 注浆嘴及注浆管应设于裂缝的交叉处、较宽处及贯穿处等部位。对封缝的密封效果应进行检查。

④ 采用低压、低速注浆，化学注浆压力宜为0.2~0.4MPa，水泥浆灌浆压力宜为0.4~0.8MPa。

⑤ 注浆后待缝内浆液初凝而不外流时，方可拆下注浆嘴并进行封口抹平。

3）衬砌裂缝注浆的施工质量检验数量，应按裂缝条数的10%抽查，每条裂缝为1处，且不得少于3处。

3. 衬砌裂缝注浆工程质量检验与验收

（1）主控项目　衬砌裂缝注浆主控项目质量标准及检验方法应符合表3-44的规定。

表3-44　衬砌裂缝注浆主控项目质量标准及检验方法

项　　　目	质量合格标准	检 验 方 法	检 验 数 量
材料及配合比	注浆材料及其配合比必须符合设计要求	检查出厂合格证、质量检验报告、计量措施和试验报告	按裂缝条数的10%抽查，每条裂缝为1处，且不得少于3处
注浆效果	注浆效果必须符合设计要求	渗漏水量测，必要时采用钻孔取芯、压水（或空气）等方法检查	

（2）一般项目　衬砌裂缝注浆一般项目质量标准及检验方法应符合表3-45的规定。

表3-45　衬砌裂缝注浆一般项目质量标准及检验方法

项　　　目	质量合格标准	检 验 方 法	检 验 数 量
钻孔埋管孔径和孔距	钻孔埋管的孔径和孔距应符合设计要求	检查隐蔽工程验收记录	全数检查
注浆压力和进浆量	注浆的控制压力和进浆量应符合设计要求		

4 砌体工程的质量控制

细节：砌筑砂浆

1. 材料质量要求

砌筑砂浆的材料质量要求见下表：

项　　目	质　量　要　求
水泥	1）水泥进场使用前，应分批对其强度、安定性进行复验。检验批应以同一生产厂家、同一编号为一批 2）当在使用中对水泥质量有怀疑或水泥出厂超过三个月（快硬硅酸盐水泥超过一个月）时，应复查检验，并按其结果使用 3）不同品种的水泥，不得混合使用
砂	1）砂浆用砂不得含有有害杂物 2）砂浆用砂的含泥量应满足下列要求： ① 对水泥砂浆和强度等级不小于 M5 的水泥混合砂浆，不应超过 5% ② 对强度等级小于 M5 的水泥混合砂浆，不应超过 10% ③ 人工砂、山砂及特细砂，应经试配能满足砌筑砂浆技术条件要求
掺加料	1）配制水泥石灰砂浆时，不得采用脱水硬化的石灰膏。生石灰熟化成石灰膏时，熟化时间不得少于 7d 2）消石灰粉不得直接使用于砌筑砂浆中
水	拌制砂浆用水，水质应符合国家现行标准《混凝土用水标准》（JGJ 63—2006）的规定
外加剂	凡在砂浆中掺入有机塑化剂、早强剂、缓凝剂、防冻剂等，应经检验和试配符合要求后，方可使用。有机塑化剂应有砌体强度的型式检验报告
砂浆	1）砂浆的品种、强度等级必须符合设计要求。砌筑砂浆的强度等级宜采用 M20、M15、M10、M7.5、M5、M2.5 2）砂浆的稠度应符合表 4-1 规定： 3）砂浆的分层度不得大于 30mm 4）水泥砂浆中水泥用量不应小于 200kg/m³；水泥混合砂浆中水泥和掺加料总量宜为 300～350kg/m³。水泥砂浆的密度不宜小于 1900kg/m³；水泥混合砂浆的密度不宜小于 1800kg/m³ 5）具有冻融循环次数要求的砌筑砂浆，经冻融试验后，质量损失率不得大于 5%，抗压强度损失率不得大于 25%

表 4-1　砌筑砂浆的稠度

砌　体　种　类	砂浆稠度/mm
烧结普通砖砌体	70～90
轻集料混凝土小型空心砌块砌体	60～90
烧结多孔砖，空心砖砌体	60～80
烧结普通砖平拱式过梁空斗墙，筒拱普通混凝土小型空心砌块砌体加气混凝土砌块砌体	50～70
石砌体	30～50

2. 砂浆拌制和使用的质量控制

砂浆拌制和使用的质量控制要求见下表：

项 目	内 容
砂浆拌制	1) 砌筑砂浆现场拌制时，各组分材料应采用重量计量 2) 砌筑砂浆应采用机械搅拌，自投料完毕算起，搅拌时间应符合下列规定： ① 水泥砂浆和水泥混合砂浆不得少于 2min ② 水泥粉煤灰砂浆和掺用外加剂的砂浆不得少于 3min ③ 掺用有机塑化剂的砂浆，应为 3~5min 3) 砌筑砂浆通过试配确定配合比，当砂浆的组成材料有变更时，其配合比应重新确定
砂浆使用	1) 砂浆应随拌随用。水泥砂浆和水泥混合砂浆应分别在 3h 和 4h 内使用完毕；当施工期间最高气温超过 30℃时，应分别在拌成后 2h 和 3h 内使用完毕 2) 对掺用缓凝剂的砂浆，其使用时间可根据具体情况延长 3) 水泥混合砂浆不得用于基础等地下潮湿环境中的砌体工程 4) 施工中当采用水泥砂浆代替水泥混合砂浆时，应重新确定砂浆强度等级

3. 砂浆试块

1) 砂浆试块应在砂浆拌和后随机抽取制作，同盘砂浆只应制作一组试块。

2) 砌筑砂浆试块强度验收时其强度合格标准必须符合以下规定：

同一验收批砂浆试块抗压强度平均值必须大于或等于设计强度等级所对应的立方体抗压强度；同一验收批砂浆试块抗压强度的最小一组平均值必须大于或等于设计强度等级所对应的立方体抗压强度的 0.75 倍。

注：① 砌筑砂浆的验收批，同一类型、强度等级的砂浆试块应不少于 3 组。当同一验收批只有一组试块时，该组试块抗压强度的平均值，必须大于或等于设计强度等级所对应的立方体抗压强度。

② 砂浆强度应以标准养护、龄期为 28d 的试块抗压试验结果为准。

抽检数量：每一检验批且不超过 250m³ 砌体的各种类型及强度等级的砌筑砂浆，每台搅拌机应至少制作一组试块（每组 6 块）即抽检一次。

检验方法：在砂浆搅拌机出料口随机取样制作砂浆试块（同盘砂浆只应制作一组试块），最后检查试块强度试验报告单。

3) 当施工中或验收时出现下列情况，可采用现场检验方法对砂浆和砌体强度进行原位检测或取样检测，并判定其强度：

① 砂浆试块缺乏代表性或试块数量不足。

② 对砂浆试块的试验结果有怀疑或有争议。

③ 砂浆试块的试验结果，不能满足设计要求。

细节：砖砌体工程

1. 材料质量要求

（1）砖的品种、强度等级　砖的品种、强度等级必须符合设计要求。用于清水墙、柱表面的砖，应边角整齐、色泽均匀。砖应提前 1~2d 浇水湿润。烧结普通砖、多孔砖含水率宜为 10% ~ 15% ；灰砂砖、粉煤灰砖含水率宜为 5% ~ 8% 。施工中可将砖砍断，看其断面四周的吸水深度达 10 ~ 20mm 即可。

砖进场后应进行复验，复验抽样数量为在同一生产厂家、同一品种、同一强度等级的普通砖 15 万块、多孔砖 5 万块、灰砂砖或粉煤灰砖 10 万块中各抽查 1 组。

砌筑时，蒸压灰砂砖、粉煤灰砖的产品龄期不得少于 28d。

砌筑砖砌体时，砖应提前 1 ~ 2d 浇水湿润。普通砖、多孔砖的含水率宜为 10% ~ 15% ；灰砂砖、粉煤灰砖含水率宜为 5% ~ 8% （含水率以水重占干砖重量的百分率计）。施工现场抽查砖的含水率的简化方法可采用现场断砖，砖截面四周融水深度为 15 ~ 20mm 视为符合要求。

（2）砂浆　砂浆的材料要求如下表所示：

项　　目	质量要求
水泥	水泥进场使用前，应分批对其强度、安定性进行复验。检验批应以同一生产厂家、同一编号为一批 当在使用中对水泥质量有怀疑或水泥出厂超过三个月（快硬性硅酸盐水泥超过一个月）时，应复查试验，并按其结果使用。不同品种、强度等级的水泥不得混合使用。水泥砂浆采用的水泥，其强度等级不宜大于 32.5 级；水泥混合砂浆采用水泥，其强度等级不宜大于 42.5 级
砂	宜采用中砂，不得含有有害杂质。砂中含泥量，对水泥砂浆和强度等级不小于 M5 的水泥混合砂浆，不得超过 5% ；对强度等级小于 M5 的水泥混合砂浆，不应超过 10% ；人工砂、山砂及特细砂，经试配能满足砌筑砂浆技术条件要求
水	水质应符合国家现行标准《混凝土用水标准》（JGJ 63—2006）的规定
掺和料	拌制水泥混合砂浆用的石灰膏、粉煤灰和磨细石灰粉等掺和料应符合下列要求： 生石灰熟化成石灰膏时，应用孔洞不大于 3mm×3mm 网过滤，熟化期不得少于 7d；对于磨细生石灰粉，其熟化时间不得少于 2d。沉淀池中贮存的石灰膏，应防止干燥、冻结和污染。不得采用脱水硬化的石灰膏 消石灰粉不得直接使用于砌筑砂浆中 粉煤灰应符合国家标准《用于水泥和混凝土中的粉煤灰》（GB/T 1596—2005）规定
外加剂	凡在砂浆中掺入有机塑化剂、早强剂、缓凝剂、防冻剂等，应经检验和试配符合要求后，方可使用。有机塑化剂应有砌体强度的型式检验报告

2. 施工质量控制要点

施工阶段的质量控制要点如下表所示：

项　　目	质量控制要点
放线和皮数杆	1）建筑物的标高，应引自标准水准点或设计指定的水准点。基础施工前，应在建筑物的主要轴线部位设置标志板。标志板上应标明基础、墙身和轴线的位置及标高。外形或构造简单的建筑物，可用控制轴线的引桩代替标志板 2）砌筑前，弹好墙基大放脚外边沿线、墙身线、轴线、门窗洞口位置线，并必须用钢直尺校核放线尺寸 3）砌筑基础前，应校核放线尺寸，允许偏差应符合表 4-2 的规定 4）按设计要求，在基础及墙身的转角及某些交接处立好皮数杆，其间距每隔 10 ~ 15m 立一根，皮数杆上划有每皮砖和灰缝厚度及门窗洞口、过梁、楼板等竖向构造的变化位置，控制楼层及各部位构件的标高。砌筑完每一楼层（或基础）后，应校正砌体的轴线和标高

（续）

项　目	质量控制要点
砌体工作段的划分	1）相邻工作段的分段位置，宜设在伸缩缝、沉降缝、防震缝构造柱或门窗洞口处 2）相邻工作段的高度差，不得超过一个楼层的高度，且不得大于4m 3）砌体临时间断处的高度差，不得超过一步脚手架的高度 4）砌体施工时，楼面堆载不得超过楼板允许荷载值 5）尚未安装楼板或屋面的墙和柱，当可能遇到大风时，其允许自由高度不得超过表4-3的规定。如超过规定，必须采取临时支撑等有效措施，以保证墙或柱在施工中的稳定性
砌体留槎和拉结筋	1）砖砌体接槎时，必须将接槎处的表面清理干净，浇水湿润，填实砂浆并保持灰缝平直 2）多层砌体结构中，后砌的非承重砌体隔墙，应沿墙高每隔500mm配置2根φ6mm的钢筋与承重墙或柱拉结，每边伸入墙内不应小于500mm。抗震设防烈度为8度和9度区，长度大于5m的后砌隔墙的墙顶，尚应与楼板或梁拉结。隔墙砌至梁板底时，应留一定空隙，间隔一周后再补砌挤紧
砖砌体灰缝	1）水平灰缝砌筑方法宜采用"三一"砌砖法，即"一铲灰、一块砖、一揉挤"的操作方法。竖向灰缝宜采用挤浆法或加浆法，使其砂浆饱满，严禁用水冲浆灌缝。如采用铺浆法砌筑，铺浆长度不得超过750mm。施工期间气温超过30℃时，铺浆长度不得超过500mm。水平灰缝的砂浆饱满度不得低于80%；竖向灰缝不得出现透明缝、瞎缝和假缝 2）清水墙面不应有上、下二皮砖搭接长度小于25mm的通缝，不得有三分头砖，不得在上部随意变活乱缝 3）空斗墙的水平灰缝厚度和竖向灰缝宽度一般为10mm，但不应小于7mm，也不应大于13mm 4）筒拱砌体灰缝应全部用砂浆填满，拱底灰缝宽度宜为5~8mm，筒拱的纵向缝应与拱的横截面垂直。筒拱的纵向两端，不宜砌入墙内 5）为保持清水墙面立缝垂直一致。当砌至一步架子高时，水平间距每隔2m，在丁砖竖缝位置弹两道垂直立线，控制游丁走缝 6）清水墙勾缝应采用加浆勾缝，勾缝砂浆宜采用细砂拌制的1:1.5水泥砂浆。勾凹缝时深度为4~5mm，多雨地区或多孔砖可采用稍浅的凹缝或平缝 7）砖砌平拱过梁的灰缝应砌成楔形缝。灰缝宽度，在过梁底面不应小于5mm；在过梁的顶面不应大于15mm。拱脚下面应伸入墙内不小于20mm，拱底应有1%起拱 8）砌体的伸缩缝、沉降缝、防震缝中，不得夹有砂浆、碎砖和杂物等
砖砌体预留孔洞和预埋件	1）设计要求的洞口、沟槽、管道，应在砌筑时按要求预留或预埋。未经设计同意，不得打凿墙体和在墙体上开凿水平沟槽。超过300mm的洞口上部应设过梁 2）砌体中的预埋件应作防腐处理，预埋木砖的木纹应与钉子垂直 3）在墙上留置临时施工洞口，其侧边离高楼处墙面不应小于500mm，洞口净宽度不应超过1m，洞顶部应设置过梁 抗震设防烈度为9度的地区建筑物的临时施工洞口位置，应会同设计单位确定。临时施工洞口应做好补砌 4）不得在下列墙体或部位设置脚手眼： ① 120mm厚墙、料石清水墙和独立柱 ② 过梁上与过梁成60°角的三角形范围及过梁净跨度1/2的高度范围内 ③ 宽度小于1m的窗间墙 ④ 砌体门窗洞口两侧200mm（石砌体为300mm）和转角处450mm（石砌体为600mm）范围内 ⑤ 梁或梁垫下及其左右500mm范围内 ⑥ 设计不允许设置脚手眼的部位 5）预留外窗洞口位置应上下挂线，保持上下楼层洞口位置垂直；洞口尺寸应准确

表 4-2 放线尺寸的允许偏差

长度 L、宽度 B 的尺寸/m	允许偏差/mm	长度 L、宽度 B 的尺寸/m	允许偏差/mm
L(或 B)≤30	±5	60 < L(或 B)≤90	±15
30 < L(或 B)≤60	±10	L(或 B) >90	+20

表 4-3 墙和柱的允许自由高度 （单位:m）

墙(柱)厚 /mm	砌体密度 >1600(kg/m³)			砌体密度 1300 ~ 1600(kg/m³)		
	风载/(kN/m²)			风载/(kN/m²)		
	0.3 (约 7 级风)	0.4 (约 8 级风)	0.6 (约 9 级风)	0.3 (约 7 级风)	0.4 (约 8 级风)	0.6 (约 9 级风)
190	—	—	—	1.4	1.1	0.7
240	2.8	2.1	1.4	2.2	1.7	1.1
370	5.2	3.9	2.6	4.2	3.2	2.1
490	8.6	6.5	4.3	7.0	5.2	3.5
620	14.0	10.5	7.0	11.4	8.6	5.7

注: 1. 本表适用于施工处相对标高(H)在 10m 范围内的情况。如 10m < H≤15m、15m < H≤20m 时，表中的允许自由高度应分别乘以 0.9、0.8 的系数；如 H >20m 时，应通过抗倾覆验算确定其允许自由高度。

2. 当所砌筑的墙，有横墙和其他结构与其连接，而且间距小于表列限值的 2 倍时，砌筑设计可不受本表规定的限制。

3. 砖砌体质量检验与验收

（1）主控项目 砖砌体主控项目质量标准及检验方法应符合表 4-4 的规定。

表 4-4 砖砌体主控项目质量标准及检验方法

项 目	质量合格标准	检 验 方 法	抽 检 数 量
砖和砂浆强度等级	砖和砂浆的强度等级必须符合设计要求	查砖和砂浆试块试验报告	每一生产厂家的砖到现场后，按烧结砖 15 万块、多孔砖 5 万块、灰砂砖及粉煤灰砖 10 万块各为一验收批，抽检数量为 1 组 砂浆试块：每一检验批且不超过 250m³ 砌体的各种类型及强度等级的砌筑砂浆，每台搅拌机应至少抽检一次
水平灰缝砂浆饱满度	砌体水平灰缝的砂浆饱满度不得小于 80%	用百格网检查砖底面与砂浆的粘结痕迹面积。每处检测 3 块砖，取其平均值	每检验批抽查应不少于 5 处
斜槎留置	砖砌体的转角处和交接处应同时砌筑，严禁无可靠措施的内外墙分砌施工。对不能同时砌筑而又必须留置的临时间断处应砌成斜槎，斜槎水平投影长度应不小于高度的 2/3	观察检查	每检验批抽 20% 接槎，且应不少于 5 处

（续）

项　目	质量合格标准	检 验 方 法	抽 检 数 量
直槎拉结筋及接槎处理	非抗震设防及抗震设防烈度为6度、7度地区的临时间断处，当不能留斜槎时，除转角处外，可留直槎，但直槎必须做成凸槎。留直槎处应加设拉结钢筋，拉结钢筋的数量为每120mm墙厚放置1φ6拉结钢筋，间距沿墙高不应超过500mm；埋入长度从留槎处算起每边均应不小于500mm，对抗震设防烈度6度、7度的地区，应不小于1000mm；末端应有90°弯钩（图4-1） 合格标准：留槎正确，拉结钢筋设置数量、直径正确，竖向间距偏差不超过100mm，留置长度基本符合规定	观察和尺量检查	每检验批抽20%接槎，且应不少于5处
砖砌体位置及垂直度允许偏差	砖砌体的位置及垂直度允许偏差应符合表4-5的规定	见表4-5	轴线查全部承重墙柱；外墙垂直度全高查阳角，应不少于4处，每层每20m查一处；内墙按有代表性的自然间抽10%，但应不少于3间，每间应不少于2处，柱不少于5根

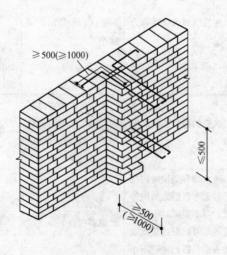

图 4-1　拉接钢筋埋设

表 4-5　砖砌体的位置及垂直度允许偏差

项　目			允许偏差/mm	检　验　方　法
轴线位置偏移			10	用经纬仪和尺检查或用其他测量仪器检查
垂直度	每层		5	用2m托线板检查
	全高	≤10m	10	用经纬仪、吊线和尺检查，或用其他测量仪器检查
		>10m	20	

（2）一般项目　砖砌体一般项目质量标准及检验方法应符合表4-6的规定。

表 4-6　砖砌体一般项目质量标准及检验方法

项　目	质量合格标准	抽检数量	检验方法
组砌方法	砖砌体组砌方法应正确，上、下错缝，内外搭砌，砖柱不得采用包心砌法 合格标准：除符合本条要求外，清水墙、窗间墙无通缝；混水墙中长度大于或等于300mm的通缝每间不超过3处，且不得位于同一面墙体上	外墙每20m抽查一处，每处3～5m，且应不少于3处；内墙按有代表性的自然间抽10%，且应不少于3间	观察检查
灰缝质量要求	砖砌体的灰缝应横平竖直，厚薄均匀。水平灰缝厚度宜为10mm，但应不小于8mm，也应不大于12mm	每步脚手架施工的砌体，每20m抽查1处	用尺量10皮砖砌体高度折算
砖砌体一般尺寸允许偏差	砖砌体的一般尺寸允许偏差应符合表4-7的规定	见表4-7	见表4-7

砖砌体一般尺寸允许偏差应符合表4-7规定。

表 4-7　砖砌体一般尺寸允许偏差

项　目		允许偏差/mm	检　验　方　法	抽　检　数　量
基础顶面和楼面标高		±15	用水平仪和尺检查	不应少于5处
表面平整度	清水墙、柱	5	用2m靠尺和楔形塞尺检查	有代表性自然间10%，但不应少于3间，每间不应少于2处
	混水墙、柱	8		
门窗洞口高、宽（后塞口）		±5	用尺检查	检验批洞口的10%，且不应少于5处
外墙上、下窗口偏移		20	以底层窗口为准，用经纬仪或吊线检查	检验批的10%，且不应少于5处
水平灰缝平直度	清水墙	7	拉10m线和尺检查	有代表性自然间10%，但不应少于3间，每间不应少于2处
	混水墙	10		
清水墙游丁走缝		20	吊线和尺检查，以每层第一皮砖为准	有代表性自然间10%，但不应少于3间，每间不应少于2处

细节：混凝土小型砌体工程

1. 材料质量要求

1) 小砌块包括普通混凝土小型空心砌块和轻集料混凝土小型空心块，施工时所用的小砌块的产品龄期不应小于28d。

2) 砌筑小砌块时，应清除表面污物和芯柱用小砌块孔洞底部的毛边，剔除外观质量不合格的小砌块。

3) 普通小砌块砌筑时，可为自然含水率；当天气干燥炎热时，可提前洒水湿润。轻集料小砌块，因吸水率大，宜提前一天浇水湿润。当小砌块表面有浮水时，为避免游砖，不应进行砌筑。

4) 施工时所用的砂浆，宜选用专用的小砌块砌筑砂浆。

2. 质量控制要点

（1）小砌块砌筑

1) 小砌块砌筑前应预先绘制砌块排列图，并应确定皮数。不够主规格尺寸的部位，应采用辅助规格小砌块。

2) 小砌块砌筑墙体时应对孔错缝搭砌；当不能对孔砌筑时，搭接长度不得小于90mm；当个别部位不能满足时，应在水平灰缝中设置拉结钢筋网片，网片两端距竖缝长度均不得小于300mm。竖向通缝（搭接长度小于90mm）不得超过两皮。

3) 小砌块砌筑应将底面（壁、肋稍厚一面）朝上反砌于墙上。

4) 常温下，普通混凝土小砌块日砌高度控制在1.8m以内；轻集料混凝土小砌块日砌高度控制在2.4m以内。

5) 需要移动砌体中的小砌块或砌体被撞动后，应重新铺砌。

6) 厕浴间和有防水要求的楼面，墙底部浇筑高度不宜小于200mm的混凝土坎。

7) 雨天砌筑应有防雨措施，砌筑完毕应对砌体进行遮盖。

（2）小砌块砌体灰缝

1) 小砌块砌体铺灰长度不宜超过两块主规格块体的长度。

2) 小砌块清水墙的勾缝应采用加浆勾缝，当设计无具体要求时宜采用平缝形式。

（3）混凝土芯柱

1) 砌筑芯柱（构造柱）部位的墙体，应采用不封底的通孔小砌块，砌筑时要保证上、下孔通畅且不错孔，确保混凝土浇筑时不侧向流窜。

2) 在芯柱部位，每层楼的第一皮块体，应采用开口小砌块或U形小砌块砌出操作孔，操作孔侧面宜预留连通孔；砌筑开口小砌块或U形小砌块时，应随时刮去灰缝内凸出的砂浆，直至一个楼层高度。

3) 浇筑芯柱的混凝土，宜选用专用的小砌块灌孔混凝土，当采用普通混凝土时，其坍落度不应小于90mm。

4) 浇筑芯柱混凝土，应遵守下列规定：

① 清除孔洞内的砂浆等杂物，并用水冲洗。

② 砌筑砂浆强度大于1MPa时，方可浇灌芯柱混凝土。

③ 在浇筑芯柱混凝土前，应先注入适量与芯柱混凝土相同的去石水泥砂浆，再浇筑混凝土。

3. 质量验收

（1）主控项目 混凝土小型空心砌块砌体主控项目质量标准及检验方法应符合表 4-8 的规定。

表 4-8 混凝土小型空心砌块砌体主控项目质量标准及检验方法

项 目	质量合格标准	抽 检 数 量	检 验 方 法
小砌块和砂浆的强度等级	小砌块和砂浆的强度等级必须符合设计要求	每一生产厂家，每 1 万块小砌块至少应抽检一组。用于多层以上建筑基础和底层的小砌块抽检数量应不少于 2 组 砂浆试验：每一检验批且不超过 250m³ 砌体的各种类型及强度等级的砌筑砂浆，每台搅拌机应至少抽检一次	查小砌块和砂浆试块试验报告
砌体灰缝	砌体水平灰缝的砂浆饱满度，应按净面积计算不得低于 90%；竖向灰缝饱满度不得小于 80%，竖缝凹槽部位应用砌筑砂浆填实；不得出现瞎缝、透明缝	每检验批应不少于 3 处	用专用百格网检测小砌块与砂浆粘结痕迹，每处检测 3 块小砌块，取其平均值
砌筑留槎	墙体转角处和纵横墙交接处应同时砌筑。临时间断处应砌成斜槎，斜槎水平投影长度应不小于高度的 2/3	每检验批抽 20% 接槎，且应不少于 5 处	观察检查
轴线与垂直度控制	砌体的轴线偏移和垂直度偏差应按表 4-5 的规定执行	轴线查全部承重墙柱；外墙垂直度全高查阳角，应不少于 4 处，每层每 20m 查一处；内墙按有代表性的自然间抽 10%，但应不少于 3 间，每间应不少于 2 处，柱不少于 5 根	见表 4-5

（2）一般项目 混凝土小型空心砌块砌体一般项目质量标准及检验方法应符合表 4-9 的规定。

表 4-9 混凝土小型空心砌块砌体一般项目质量标准及检验方法

项 目	质量合格标准	抽 检 数 量	检 验 方 法
墙体灰缝尺寸	墙体的水平灰缝厚度和竖向灰缝宽度宜为 10mm，但应不大于 12mm，也应不小于 8mm	每层楼的检测点应不少于 3 处	用尺量 5 皮小砌块的高度和 2m 砌体长度折算
墙体一般尺寸允许偏差	小砌块墙体的一般尺寸允许偏差应按表 4-7 中 1～5 项的规定执行	见表 4-7	见表 4-7

细节：配筋砌体工程

1. 材料质量要求

1）用于砌体工程的钢筋品种、强度等级必须符合设计要求。并应有产品合格证书和性能检测报告，进场后应进行复验。

2）设置在潮湿或有化学侵蚀性介质环境中的砌体灰缝内的钢筋，应采用镀锌钢材、不锈钢或有色金属材料，或对钢筋表面涂刷防腐涂料或防锈剂。

2. 施工质量控制要点

配筋砌体工程的施工质量控制要点见下表：

项　目	质量控制要点
配筋砖砌体配筋	1）砌体水平灰缝中钢筋的锚固长度不宜小于50d，且其水平或垂直弯折段长度不宜小于20d和150mm；钢筋的搭接长度不应小于55d 2）配筋砌块砌体剪力墙的灌孔混凝土中竖向受拉钢筋，钢筋搭接长度不应小于35d且不小于300mm 3）砌体与构造柱、芯柱的连接处应设2ϕ6拉结筋或ϕ4钢筋网片，间距沿墙高不应超过500mm（小砌块为600mm）；埋入墙内长度每边不宜小于600mm；对抗震设防地区不宜小于1m；钢筋末端应有90°弯钩 4）钢筋网可采用连弯网或方格网。钢筋直径宜采用3~4mm；当采用连弯网时，钢筋的直径不应大于8mm 5）钢筋网中钢筋的间距不应大于120mm，并不应小于30mm
构造柱、芯柱	1）构造柱浇灌混凝土前，必须将砌体留槎部位和模板浇水湿润，将模板内的落地灰、砖渣和其他杂物清理干净，并在结合面处注入适量与构造柱混凝土相同的去石水泥砂浆。振捣时，应避免触碰墙体，严禁通过墙体传震。配筋砌块芯柱在楼盖处应贯通，并不得削弱芯柱截面尺寸 2）配筋砌块芯柱在楼盖处应贯通，并不得削弱芯柱截面尺寸 3）构造柱纵筋应穿过圈梁，保证纵筋上下贯通；构造柱箍筋在楼层上下各500mm范围内应进行加密，间距宜为100mm 4）墙体与构造柱连接处应砌成马牙槎，从每层柱脚起，先退后进，马牙槎的高度不应大于300mm；并应先砌墙后浇混凝土构造柱 5）小砌块墙中设置构造柱时，与构造柱相邻的砌块孔洞，当设计未具体要求时，6度（抗震设防烈度，下同）时宜灌实，7度时应灌实，8度时应灌实并插筋
构造柱、芯柱中箍筋	1）当纵向钢筋的配筋率大于0.25%，且柱承受的轴向力大于受压承载力设计值的25%时，柱应设箍筋；当配筋率等于或小于0.25%时，或柱承受的轴向力小于受压承载力设计值的25%时，柱中可不设置箍筋 2）箍筋直径不宜小于6mm 3）箍筋的间距不应大于16倍的纵向钢筋直径、48倍箍筋直径及柱截面短边尺寸中较小者 4）箍筋应做成封闭式，端部应弯钩 5）箍筋应设置在灰缝或灌孔混凝土中

3. 配筋砌块工程质量检验与验收

（1）主控项目　配筋砌体主控项目质量标准及检验方法应符合表4-10的规定。

表4-10 配筋砌体主控项目质量标准及检验方法

项　目	质量合格标准	检查数量	检验方法
钢筋品种、规格和数量	钢筋的品种、规格和数量应符合设计要求	全数检查	检查钢筋的合格证书、钢筋性能试验报告、隐蔽工程记录
混凝土、砂浆强度	构造柱、芯柱、组合砌体构件、配筋砌体剪力墙构件的混凝或砂浆的强度等级应符合设计要求	各类构件每一检验批砌体至少应做一组试块	检查混凝土或砂浆试块试验报告
马牙槎拉结筋	构造柱与墙体的连接处应砌成马牙槎，马牙槎应先退后进，预留的拉结钢筋应位置正确，施工中不得任意弯折 　　合格标准：钢筋竖向移位不应超过100mm，每一马牙槎沿高度方向尺寸不应超过300mm。钢筋竖向位移和马牙槎尺寸偏差每一构造柱不应超过2处	每检验批抽20%构造柱，且不少于3处	观察检查
构造柱位置及垂直度允许偏差	构造柱位置及垂直度的允许偏差应符合表4-11的规定	每检验批抽10%，且应不少于5处	见表4-11
芯柱	对配筋混凝土小型空心砌块砌体，芯柱混凝土应在装配式楼盖处贯通，不得削弱芯柱截面尺寸	每检验批抽10%，且应不少于5处	观察检查

表4-11 构造柱尺寸允许偏差

项　目			允许偏差/mm	抽检方法
柱中心线位置			10	用经纬仪和尺检查或用其他测量仪器检查
柱层间错位			8	用经纬仪和尺检查或用其他测量仪器检查
柱垂直度	每层		10	用2m托线板检查
	全高	≤10m	15	用经纬仪、吊线和尺检查，或用其他测量仪器检查
		>10m	20	

（2）一般项目　配筋砌体一般项目质量标准及检验方法应符合表4-12的规定。

表4-12 配筋砌体一般项目质量标准及检验方法

项　目	质量合格标准	检查数量	检验方法
水平灰缝钢筋	设置在砌体水平灰缝内的钢筋，应居中置于灰缝中。水平灰缝厚度应大于钢筋直径4mm以上。砌体外露面砂浆保护层的厚度应不小于15mm	每检验批抽检3个构件，每个构件检查3处	观察检查，辅以钢直尺检测
钢筋防腐	设置在潮湿环境或有化学侵蚀性介质的环境中的砌体灰缝内的钢筋应采取防腐措施 　　合格标准：防腐涂料无漏刷（喷浸），无起皮脱落现象	每检验批抽检10%的钢筋	观察检查

（续）

项　目	质量合格标准	检查数量	检验方法
网状配筋及放置间距	网状配筋砌体中，钢筋网及放置间距应符合设计规定 合格标准：钢筋沿砌体高度位置超过设计规定一皮砖厚不得多于1处	每检验批抽检10%，且应不少于5处	钢筋规格检查钢筋网成品，钢筋网放置间距局部剔缝观察，或用探针刺入灰缝内检查，或用钢筋位置测定仪测定
组合砌体拉结筋	组合砖砌体构件，竖向受力钢筋保护层应符合设计要求，距砖砌体表面距离应不小于5mm；拉结筋两端应设弯钩，拉结筋及箍筋的位置应正确 合格标准：钢筋保护层符合设计要求；拉结筋位置及弯钩设置80%及以上符合要求，箍筋间距超过规定者，每件不得多于2处，且每处不得超过一皮砖	每检验批抽检10%，且应不少于5处	支模前观察与尺量检查
砌块砌体钢筋搭接	配筋砌块砌体剪力墙中，采用搭接接头的受力钢筋搭接长度应不小于35d，且应不少于300mm	每检验批每类构件抽20%（墙、柱、连梁），且应不少于3件	尺量检查

细节：填充墙砌体工程

1. 材料质量要求

1）蒸压加气混凝土砌块、轻集料混凝土小型空心砌块砌筑时，其产品龄期应超过28d。

2）空心砖、蒸压加气混凝土砌块、轻集料混凝土小型空心砌块等在运输、装卸过程中，严禁抛掷和倾倒。进场后，应按品种、规格分别堆放整齐，堆置高度不宜超过2m。加气混凝土砌块应防止雨淋。

3）填充墙砌体砌筑前，块材应提前2d浇水湿润。蒸压加气混凝土砌块砌筑时，应向砌筑面适量浇水。

4）加气混凝土砌块不得在以下部位砌筑：

① 建筑物底层地面以下部位。

② 长期浸水或经常干湿交替部位。

③ 受化学环境侵蚀部位。

④ 经常处于80℃以上高温环境中。

2. 施工质量控制要点

1）砌块、空心砖应提前2d浇水湿润；加气砌块砌筑时，应向砌筑面适量洒水；当采用粘结剂砌筑时不得浇水湿润。用砂浆砌筑时的含水率：轻集料小砌块宜为5%～8%，空心砖宜为10%～15%，加气砌块宜小于15%，对于粉煤灰加气混凝土制品宜小于20%。

2）轻集料小砌块、加气砌块和薄壁空心砖（如三孔砖）砌筑时，墙底部应砌筑烧结普通砖、多孔砖、普通小砖块（采用混凝土灌孔更好）或烧筑混凝土，其高度不宜小于200mm。

3）厕浴间和有防水要求的房间，所有墙底部 200mm 高度内均应浇筑混凝土坎台。

4）轻集料小砌块和加气砌块砌体，由于干缩值大（是烧结黏土砖的数倍），不应与其他块材混砌。但对于因构造需要的墙底部、顶部、门窗固定部位等，可局部适量镶嵌其他块材。不同砌体交接处可采用构造柱连接。

5）填充墙的水平灰缝砂浆饱满度均应不小于 80%；小砌块、加气砌块砌体的竖向灰缝也不应小于 80%，其他砖砌体的竖向灰缝应填满砂浆，并不得有透明缝、瞎缝、假缝。

6）填充墙砌筑时应错缝搭砌。单排孔小砌块应对孔错缝砌筑，当不能对孔时，搭接长度不应小于 90mm，加气砌块搭接长度不小于砌块长度的 1/3；当不能满足时，应在水平灰缝中设置钢筋加强。

7）填充墙砌至梁、板底部时，应留一定空隙，至少间隔 7d 后再砌筑、挤紧；或用坍落度较小的混凝土或水泥砂浆填嵌密实。在封砌施工洞口及外墙井架洞口时，尤其应严格控制，千万不能一次到顶。

8）钢筋混凝土结构中砌筑填充墙时，应沿框架柱（剪力墙）全高每隔 500mm（砌块模数不能满足时可为 600mm）设 2ϕ6 拉结筋，拉结筋伸入墙内的长度应符合设计要求。当设计未具体要求时，非抗震设防及抗震设防烈度为 6 度、7 度时；不应小于墙长的 1/5 且不小于 700mm；烈度为 8 度、9 度时，宜沿墙全长贯通。

3. 填充墙砌体工程质量检验与验收

（1）主控项目 填充墙砌体主控项目质量标准及检验方法应符合表 4-13 的规定。

表 4-13 填充墙砌体主控项目质量标准及检验方法

项 目	合格质量标准	抽 检 数 量	检 验 方 法
砖、砌块和砌筑砂浆的强度等级	砖、砌块和砌筑砂浆的强度等级应符合设计要求	全数检查	检查砖或砌块的产品合格证书、产品性能检测报告和砂浆试块试验报告

（2）一般项目 填充墙砌体一般项目质量标准及检验方法应符合表 4-14 的规定。

表 4-14 填充墙砌体一般项目质量标准及检验方法

项 目	合格质量标准	抽 检 数 量	检 验 方 法
填充墙砌体一般尺寸允许偏差	填充墙砌体一般尺寸的允许偏差应符合表 4-15 的规定	1）对表 4-15 中 1、2 项，在检验批的标准间中随机抽查 10%，但应不少于 3 间。大面积房间和楼道按两个轴线或每 10 延长米按一标准间计数。每间检验应不少于 3 处 2）对表 4-15 中 3、4 项，在检验批中抽检 10%，且应不少于 5 处	见表 4-15
无混砌现象	蒸压加气混凝土砌块砌体和轻集料混凝土小型空心砌块砌体不应与其他块材混砌	在检验批中抽检 20%，且应不少于 5 处	外观检查
砂浆饱满度	填充墙砌体的砂浆饱满度及检验方法应符合表 4-16 的规定	每步架子不少于 3 处，且每处应不少于 3 块	见表 4-16

（续）

项　　目	合格质量标准	抽检数量	检验方法
拉结钢筋网片位置	填充墙砌体留置的拉结钢筋或网片的位置应与块体皮数相符合。拉结钢筋或网片应置于灰缝中，埋置长度应符合设计要求，竖向位置偏差不应超过一皮高度	在检验批中抽检20%，且应不少于5处	观察和用尺检查
错缝搭砌	填充墙砌筑时应错缝搭砌，蒸压加气混凝土砌块搭砌长度应不小于砌块长度的1/3；轻集料混凝土小型空心砌块搭砌长度应不小于90mm；竖向通缝应不大于2皮	在检验批的标准间中抽查10%，且应不少于3间	观察和用尺检查
填充墙灰缝	填充墙砌体的灰缝厚度和宽度应正确。空心砖、轻集料混凝土小型空心砌块的砌体灰缝应为8~12mm。蒸压加气混凝土砌块砌体的水平灰缝厚度及竖向灰缝宽度分别宜为15mm和20mm	在检验批的标准间中抽查10%，且应不少于3间	用尺量5皮空心砖或小砌块的高度和2m砌体长度折算
梁底砌法	填充墙砌至接近梁、板底时，应留一定空隙，待填充墙砌筑完并应至少间隔7d后，再将其补砌挤紧	每验收批抽10%填充墙片（每两柱间的填充墙为一墙片），且应不少于3片墙	观察检查

表4-15　填充墙砌体一般尺寸允许偏差

项次	项　　目		允许偏差/mm	检　验　方　法
1	轴线位移		10	用尺检查
	垂直度	小于或等于3m	5	用2m托线板或吊线、尺检查
		大于3m	10	
2	表面平整度		8	用2m靠尺和楔形塞尺检查
3	门窗洞口高、宽(后塞口)		±5	用尺检查
4	外墙上、下窗口偏移		20	用经纬仪或吊线检查

表4-16　填充墙砌体的砂浆饱满度及检验方法

砌体分类	灰　缝	饱满度及要求	检　验　方　法
空心砖砌体	水平	≥80%	采用百格网检查块材底面砂浆的粘结痕迹面积
	垂直	填满砂浆，不得有透明缝、瞎缝、假缝	
加气混凝土砌块和轻集料混凝土小砌块砌体	水平	≥80%	
	垂直	≥80%	

5 混凝土结构工程的质量控制

细节：模板的安装

1. 模板工程的一般要求

1）模板及其支架应根据工程结构形式、荷载大小、地基土类别、施工设备和材料供应等条件进行设计。模板及其支架应具有足够的承载能力、刚度和稳定性，能可靠地承受浇筑混凝土的重量、侧压力以及施工荷载。

2）在浇筑混凝土之前，应对模板工程进行验收。模板安装和浇筑混凝土时，应对模板及其支架进行观察和维护。发生异常情况时，应按施工技术方案及时进行处理。

3）模板及其支架拆除的顺序及安全措施应按施工技术方案执行。

4）对模板及其支架应定期维修，特别是反复使用的钢模板要不断进行整修，防止锈蚀，保证其楞角顺直、平整。

2. 模板安装的质量控制要点

模板安装的质量控制要点见下表：

项　　目	质量控制要点
组合钢模板部件	组合钢模板的部件，主要由钢模板、连接件和支承件组成。钢模板主要有平面模板（P）、阴角模板（E）、阳角模板（Y）和连接角模（S）等。平板模板可用于基础、墙体、梁、柱和板等各种结构的平面部位。阳角模板、阴角模板及连接角模统称为转角模板，转角模板主要用于结构的转角部位。其中阴角模板用墙体（梁）和各种构件的内（凹）角的转角部位；阳角模板和连接角模用于梁、柱和墙体等外（凸）角的转角部位。如果没有特殊要求，可以用连接角模代替阳角模板。连接件包括：U形卡、L形插销、钩头螺栓、对拉螺栓、紧固螺栓和扣件等。支承件包括：柱箍、钢楞、支架、斜撑、梁托架、圈梁卡等
配板原则	配制的模板，应优先选用通用、大块模板，使其种类块数最少，木模镶拼量少 为了增加模板的整体刚度，模板长向拼接宜错开布置 对于钢模板尽量采用横排或竖排，尽量不用横竖兼排方式，因为这样会使支承系统布置困难 模板的支承系统应根据模板的荷载和部件的刚度进行合理布置
模板安装一般要求	1）模板的接缝不应漏浆；在浇筑混凝土前，木模板应浇水湿润，但模板内不应有积水 2）模板与混凝土的接触面应清理干净并涂刷隔离剂，但不得采用影响结构性能或妨碍装饰工程施工的隔离剂 3）竖向模板和支架的支承部分必须坐落在坚实的基土上，且要求接触面平整 4）安装过程中应多检查，注意垂直度、中心线、标高及各部分的尺寸，保证结构部分的几何尺寸和相邻位置的正确 5）浇筑混凝土前，模板内的杂物应清理干净 6）模板安装应按编制的模板设计文件和施工技术方案施工。在浇筑混凝土前，应对模板工程进行验收

（续）

项　目	质量控制要点
模板安装偏差	1）模板轴线放线时，应考虑建筑装饰装修工程的厚度尺寸，留出装饰厚度 2）模板安装的根部及顶部应设标高标记，并设限位措施，确保标高尺寸准确。支模时应拉水平通线，设竖向垂直度控制线，确保横平竖直，位置正确 3）基础的杯芯模板应刨光直拼，并钻有排气孔，减少浮力；杯口模板中心线应准确，模板钉牢，防止浇筑混凝土时芯模上浮；模板厚度应一致，搁栅面应平整，搁栅木料要有足够强度和刚度。墙模板的穿墙螺栓直径、间距及垫块规格应符合设计要求 4）柱子支模前必须先校正钢筋位置。成排柱支模时应先立两端柱模，在底部弹出通线，定出位置并兜方找中，校正与复核位置无误后，顶部拉通线，再立中间柱模。柱箍间距按柱截面大小及高度决定，一般控制在500～1000cm，根据柱距选用剪刀撑、水平撑及四面斜撑撑牢，保证柱模板位置准确 5）梁模板上口应设临时撑头，侧模下口应贴紧底模或墙面，斜撑与上口钉牢，保持上口呈直线；深梁应根据梁的高度及核算的荷载及侧压力适当加以横档 6）梁柱节点连接处一般下料尺寸略缩短，采用边模包底模，拼缝应严密，支撑牢靠，及时错位并采取有效、可靠措施予以纠正
模板支架要求	1）支放模板的地坪、胎膜等应保持平整光洁，不得产生下沉、裂缝、起砂或起鼓等现象 2）支架的立柱底部应铺设合适的垫板，支承在疏松土质上时，基土必须经过夯实，并应通过计算，确定其有效支承面积，并应有可靠的排水措施 3）立柱与立柱之间的带锥销横杆，应用锤子敲紧，防止立柱失稳，支撑完毕应设专人检查 4）安装现浇结构的上层模板及其支架时，下层楼板应具有承受上层荷载的承载能力或加设支架支撑，确保有足够的刚度和稳定性。多层楼板支架系统的立柱应安装在同一垂直线上
模板的变形要求	1）超过3m高度的大型模板的侧模应留门子板；模板应留清扫口 2）浇筑混凝土高度应控制在允许范围内，浇筑时应均匀、对称下料，避免局部侧压力过大造成胀模 3）控制模板起拱高度，消除在施工中因结构自重、施工荷载作用引起的挠度。对跨度不小于4m的现浇钢筋混凝土梁、板，其模板应按设计要求起拱；当设计无具体要求时，起拱高度宜为跨度的1/1000～3/1000

3. 模板工程安装的质量检验与验收

（1）主控项目　模板安装主控项目质量标准及检验方法应符合表5-1的规定。

表5-1　模板安装主控项目质量标准及检验方法

项　目	合格质量标准	抽检数量	检验方法
模板支撑、立柱位置和垫板	安装现浇结构的上层模板及其支架时，下层楼板应具有承受上层荷载的承载能力，或加设支架。上、下层支架的立柱应对准，并铺设垫板	对照模板设计文件和施工技术方案观察	全数检查
避免隔离剂沾污	在涂刷模板隔离剂时，不得沾污钢筋和混凝土接槎处	观察	全数检查

（2）一般项目　模板安装一般项目质量标准及检验方法应符合表5-2的规定。

表 5-2　模板安装一般项目质量标准及检验方法

项　目	合格质量标准	抽检数量	检验方法
模板安装要求	模板安装应满足下列要求： ① 模板的接缝不应漏浆；在浇筑混凝土前，木模板应浇水湿润，但模板内不应有积水 ② 模板与混凝土的接触面应清理干净并涂刷隔离剂，但不得采用影响结构性能或妨碍装饰工程施工的隔离剂 ③ 浇筑混凝土前，模板内的杂物应清理干净 ④ 对清水混凝土工程及装饰混凝土工程，应使用能达到设计效果的模板	观察	全数检查
用作模板的地坪、胎模质量	用作模板的地坪、胎模等应平整光洁，不得产生影响构件质量问题的下沉、裂缝、起砂或起鼓	观察	全数检查
模板起拱高度	对跨度不小于 4m 的现浇钢筋混凝土梁、板，其模板应按设计要求起拱；当设计无具体要求时，起拱高度宜为跨度的 1/1000～3/1000	水准仪或拉线、钢直尺检查	在同一检验批内，对梁，应抽查构件数量的 10%，且不少于 3 件；对板，应按有代表性的自然间抽查 10%，且不少于 3 间；对大空间结构，板可按纵、横轴线划分检查面，抽查 10%，且不少于 3 面
预埋件、预留孔和预留洞允许偏差	固定在模板上的预埋件、预留孔和预留洞均不得遗漏，且应安装牢固，其偏差应符合表 5-3 的规定	钢直尺检查	在同一检验批内，对梁、柱和独立基础，应抽查构件数量的 10%，且不少于 3 件；对墙和板，应按有代表性的自然间抽查 10%，且不少于 3 间；对大空间结构，墙可按相邻轴线间高度 5m 左右划分检查面，板可按纵横轴线划分检查面，抽查 10%，且不少于 3 面
模板安装允许偏差	现浇结构模板安装的偏差应符合表 5-4 的规定	—	
	预制构件模板安装的允许偏差应符合表 5-5 的规定	—	首次使用及大修后的模板应全数检查；使用中的模板应定期检查，并根据使用情况不定期抽查

表 5-3　预埋件和预留孔洞的允许偏差

项　目		允许偏差/mm	项　目		允许偏差/mm
预埋钢板中心线位置		3	预埋螺栓	中心线位置	2
预埋管、预留孔中心线位置		3		外露长度	+10 0
插筋	中心线位置	5	预留洞	中心线位置	10
	外露长度	+10 0		尺寸	+10 0

注：检查中心线位置时，应沿纵、横两个方向量测，并取其中的较大值。

表5-4　现浇结构模板安装的允许偏差及检验方法

项　目		允许偏差/mm	检 验 方 法
轴线位置		5	钢直尺检查
底模上表面标高		±5	水准仪或拉线、钢直尺检查
截面内部尺寸	基础	±10	钢直尺检查
	柱、墙、梁	+4 −5	钢直尺检查
层高垂直度	不大于5m	6	经纬仪或吊线、钢直尺检查
	大于5m	8	经纬仪或吊线、钢直尺检查
相邻两板表面高低差		2	钢直尺检查
表面平整度		5	2m靠尺和塞尺检查

注：检查轴线位置时，应沿纵、横两个方向量测，并取其中的较大值。

表5-5　预制构件模板安装的允许偏差及检验方法

项　目		允许偏差/mm	检 验 方 法
长度	板、梁	±5	钢直尺量两角边，取其中较大值
	薄腹梁、桁架	±10	
	柱	0 −10	
	墙板	0 −5	
宽度	板、墙板	0 −5	钢直尺量一端及中部，取其中较大值
	梁、薄腹梁、桁架、柱	+2 −5	
高(厚)度	板	+2 −3	钢直尺量一端及中部，取其中较大值
	墙板	0 −5	
	梁、薄腹梁、桁架、柱	+2 −5	
侧向弯曲	梁、板、柱	$l/1000$ 且 $\leqslant 15$	拉线、钢直尺量最大弯曲处
	墙板、薄腹梁、桁架	$l/1500$ 且 $\leqslant 15$	
板的表面平整度		3	2m靠尺和塞尺检查
相邻两板表面高低差		1	钢直尺检查
对角线差	板	7	钢直尺量两个对角线
	墙板	5	
翘曲	板、墙板	$l/1500$	调平尺在两端量测
设计起拱	薄腹梁、桁架、梁	±3	拉线、钢直尺量跨中

注：l 为构件长度(mm)。

细节：模板的拆除

1. 质量控制要点

1）模板及其支架的拆除时间和顺序应事先在施工技术方案中确定。拆模必须按拆模顺序进行，一般是后支的先拆，先支的后拆；先拆非承重部分，后拆承重部分。重大复杂的模板拆除，按专门制定的拆模方案执行。

2）现浇楼板采用早拆模施工时，经理论计算复核后将大跨度楼板改成支模形式为小跨度楼板（≤2m），当浇筑的楼板混凝土实际强度达到50%的设计强度标准值，可拆除模板，保留支架，严禁调换支架。

3）多层建筑施工，当上层楼板正在浇筑混凝土时，下一层楼板的模板支架不得拆除，再下一层楼板的支架，仅可拆除一部分。跨度4m及4m以上的梁下均应保留支架，其间距不得大于3m。

4）高层建筑梁、板的模板，当完成一层结构，其底模及其支架的拆除时间控制，应对所用混凝土的强度发展情况分层进行核算，确保下层梁及楼板混凝土能承受上层全部荷载。

5）拆除时应先清理脚手架上的垃圾杂物，再拆除连接杆件，经检查安全可靠后可按顺序拆除。拆除时，要有统一指挥、专人监护，设置警戒区，防止交叉作业。拆下物品及时清运、整修、保养。

6）后张法预应力结构构件，侧模宜在预应力张拉前拆除；底模及支架的拆除应按施工技术方案，当无具体要求时，应在结构构件建立预应力之后拆除。

7）后浇带模板的拆除和支顶方法应按施工技术方案执行。

2. 模板工程拆除的质量检验与验收

（1）主控项目　模板拆除主控项目质量标准及检验方法应符合表5-6的规定。

表5-6　模板拆除主控项目质量标准及检验方法

项　　目	合格质量标准	抽检数量	检验方法
底模及支架拆除时要求	底模及其支架拆除时的混凝土强度应符合设计要求；当设计无具体要求时，混凝土强度应符合表5-7的规定	全数检查	检查同条件养护试件强度试验报告
后张法预应力混凝土结构构件模板拆除	对后张法预应力混凝土结构构件，侧模宜在预应力张拉前拆除；底模支架的拆除应按施工技术方案执行，当无具体要求时，不应在结构构件建立预应力前拆除	全数检查	观察
后浇带模板	后浇带模板的拆除和支顶应按施工技术方案执行	全数检查	观察

表5-7　底膜拆除时的混凝土强度要求

构件类型	构件跨度/m	达到设计的混凝土立方体抗压强度标准值的百分率（%）
板	≤2	≥50
	>2 ≤8	≥75
	>8	≥100
梁拱、壳	≤8	≥75
	>8	≥100
悬臂构件	—	≥100

（2）一般项目　模板拆除一般项目质量标准及检验方法应符合表5-8的规定。

表5-8 模板拆除一般项目质量标准及检验方法

项 目	合格质量标准	抽检数量	检验方法
侧模拆除	侧模拆除时的混凝土强度应能保证其表面及棱角不受损伤	全数检查	观察
模板拆除时具体要求	模板拆除时,不应对楼层形成冲击荷载。拆除的模板和支架宜分散堆放并及时清运	全数检查	观察

细节:钢筋原材料的质量要求

1. 钢筋工程基本要求

1)按施工现场平面图规定的位置,将钢筋堆放场地进行清理、平整。有相应的排水措施,准备好垫木,按钢筋加工、绑扎顺序分类堆放,并将锈蚀进行清理。

2)当钢筋的品种、级别或规格需作变更时,应办理设计变更文件。在施工过程中,当施工单位缺乏设计所要求的钢筋品种、级别或规格时,可进行钢筋代换。为了保证对设计意图的理解不产生偏差,规定当需要作钢筋代换时应办理设计变更文件,以确保满足原结构设计的要求,并明确钢筋代换由设计单位负责。本条为强制性条文,应严格执行。

3)为了确保受力钢筋等的加工、连接和安装满足设计要求,并在结构中发挥其应有的作用,在浇筑混凝土之前,应进行钢筋隐蔽工程验收,其内容包括:

① 纵向受力钢筋的品种、规格、数量、位置等。

② 钢筋的连接方式、接头位置、接头数量、接头面积百分率等。

③ 箍筋、横向钢筋的品种、规格、数量、间距等。

④ 预埋件的规格、数量、位置等。

2. 材料质量要求

钢筋原材料的质量要求见下表:

项 目	质 量 要 求
采购	钢筋采购时,混凝土结构所采用的热轧钢筋、热处理钢筋、碳素钢丝、刻痕钢丝和钢绞线的质量,应分别符合现行国家标准的规定: 1)《钢筋混凝土用钢 第2部分:热轧带肋钢筋》国家标准第1号修改单(GB 1499.2—2007/XG1—2009) 2)《钢筋混凝土用钢 第1部分:热轧光圆钢筋》(GB 1499.1—2008) 3)《钢筋混凝土用余热处理钢筋》(GB 13014—1991)
进场检查验收	1)检查产品合格证、出厂检验报告钢筋出厂,应具有产品合格证书、出厂试验报告单,作为质量的证明材料,所列出的品种、规格、型号、化学成分、力学性能等,必须满足设计要求,符合有关的现行国家标准的规定。当用户有特别要求时,还应列出某些专门的检验数据 2)进场的每捆(盘)钢筋均应有标牌,按炉罐号、批次及直径分批验收,分类堆放整齐,严防混料,并应对其检验状态进行标识,防止混用 3)钢筋逐批检查,表面不得有裂纹、折叠、结疤及夹杂。盘条允许有压痕及局部的凸块、凹块、划痕、麻面,但其深度或高度(从实际尺寸算起)不得大于0.20mm;带肋钢筋表面凸块,不得超过横肋高度,钢筋表面上其他缺陷的深度和高度不得大于所在部位尺寸的允许偏差,冷拉钢筋不得有局部缩颈;钢筋表面氧化铁皮(铁锈)质量不大于16kg/t 4)带肋钢筋表面标志清晰明了,标志包括强度级别、厂名(汉语拼音字头表示)和直径(mm)数字

（续）

项　目	质　量　要　求
取样与试验	钢筋进场时，应按现行国家标准《钢筋混凝土用钢　第2部分:热轧带肋钢筋》国家标准第1号修改单（GB 1499.2—2007/XG1—2009）的有关规定抽取试件作力学性能检验，其质量符合有关标准规定的钢筋，可在工程中应用。检查数量按进场的批次和产品的抽样检验方案确定。有关标准中对进场检验数量有具体规定的，应按标准执行，如果有关标准只对产品出厂检验数量有规定的，检查数量可按下列情况确定： 1）当一次进场的数量大于该产品的出厂检验批量时，应划分为若干个出厂检验批量，然后按出厂检验的抽样方案执行 2）当一次进场的数量小于或等于该产品的出厂检验批量时，应作为一个检验批量，然后按出厂检验的抽样方案执行 3）对连续进场的同批钢筋，当有可靠依据时，可按一次进场的钢筋处理
钢筋代换	钢筋代换时，应办理设计变更文件，并应符合下列要求： 1）不同种类钢筋代换时，应按抗拉强度设计值相等的原则 2）对重要受力构件，如吊车梁、木桁架下弦等，不宜用Ⅰ级光面钢筋代换变形钢筋，以免裂缝开展过大 3）钢筋代换后，应满足规范中所规定的钢筋间距、锚固长度、最小钢筋直径、根数等要求 4）当构件受裂缝宽度或挠度控制时，代换后应进行刚度、裂缝验算 5）有抗震要求的梁、柱和框架，不宜以强度等级较高的钢筋代换原设计中的钢筋 6）梁的纵向受力钢筋与弯起钢筋应分别代换 7）预制构件的吊环，必须采用未经冷拉的Ⅰ级热轧钢筋制作，严禁以其他钢筋代换

细节：钢筋配料加工

1. 质量控制要点

1）仔细查看结构施工图，把不同构件的配筋数量、规格、间距、尺寸弄清楚，抓好钢筋翻样，检查配料单的准确性。

2）钢筋加工严格按照配料单进行，在制作加工中发生断裂的钢筋，应进行抽样做化学分析，防止其力学性能合格而化学含量有问题，保证钢材材质的安全合格性。

3）钢筋加工所用施工机械必须经试运转并调整正常后，才可正式使用。

2. 钢筋配料的质量检验与验收

（1）主控项目　钢筋配料主控项目质量标准及检验方法应符合表5-9的规定。

表5-9　钢筋配料主控项目质量标准及检验方法

项　目	质量合格标准	检查数量	检验方法
力学性能检验	钢筋进场时，应按现行国家标准《钢筋混凝土用钢　第2部分:热轧带肋钢筋》国家标准第1号修改单（GB 1499.2—2007/XG1—2009）等的规定抽取试件作力学性能检验，其质量必须符合有关标准的规定	按进场的批次和产品的抽样检验方案确定	检查产品合格证、出厂检验报告和进场复验报告

（续）

项 目	质量合格标准	检 查 数 量	检 验 方 法
抗震用钢筋强度实测值	对有抗震设防要求的框架结构，其纵向受力钢筋的强度应满足设计要求；当设计无具体要求时，对一、二级抗震等级，检验所得的强度实测值应符合下列规定： 1）钢筋的抗拉强度实测值与屈服强度实测值的比值应不小于1.25 2）钢筋的屈服强度实测值与强度标准值的比值应不大于1.3	按进场的批次和产品的抽样检验方案确定	检查进场复验报告
化学成分等专项检验	当发现钢筋脆断、焊接性能不良或力学性能显著不正常等现象时，应对该批钢筋进行化学成分检验或其他专项检验	按产品的抽样检验方案确定	检查化学成分等专项检验报告
受力钢筋的弯钩和弯折	受力钢筋的弯钩和弯折应符合下列规定： 1）HPB235级钢筋末端应做180°弯钩，其弯弧内直径应不小于钢筋直径的2.5倍，弯钩的弯后平直部分长度应不小于钢筋直径的3倍 2）当设计要求钢筋末端需做135°弯钩时，HRB335级、HRB400级钢筋的弯弧内直径应不小于钢筋直径的4倍，弯钩的弯后平直部分长度应符合设计要求 3）钢筋做不大于90°的弯折时，弯折处的弯弧内直径应不小于钢筋直径的5倍	按每工作班同一类型钢筋、同一加工设备抽查应不少于3件	钢直尺检查
箍筋弯钩形式	除焊接封闭环式箍筋外，箍筋的末端应作弯钩，弯钩形式应符合设计要求；当设计无具体要求时，应符合下列规定： 1）箍筋弯钩的弯弧内直径除应满足上述表项4的规定外，尚应不小于受力钢筋直径 2）箍筋弯钩的弯折角度：对一般结构不小于90°；对有抗震等要求的结构应为135° 3）箍筋弯后平直部分长度：对一般结构，不宜小于箍筋直径的5倍；对有抗震等要求的结构，应不小于箍筋直径的10倍		

（2）一般项目　钢筋配料一般项目质量标准及检验方法应符合表5-10的规定。

表5-10　钢筋配料一般项目质量标准及检验方法

项 目	质量合格标准	检 查 数 量	检 验 方 法
外观质量	钢筋应平直、无损伤，表面不得有裂纹、油污、颗粒状或片状老锈	进场时和使用前全数检查钢筋调直	观察
钢筋调直	钢筋调直宜采用机械方法，也可采用冷拉方法。当采用冷拉方法调直钢筋时，HPB235级钢筋的冷拉率不宜大于4%，HRB335级、HRB400级和RRB400级钢筋的冷拉率不宜大于1%	按每工作班同一类型钢筋、同一加工设备抽查应不少于3件	观察、钢直尺检查
钢筋加工的形状、尺寸	钢筋加工的形状、尺寸应符合设计要求，其偏差应符合表5-11的规定		钢直尺检查

表 5-11　钢筋加工的允许偏差

项　目	允许偏差/mm	项　目	允许偏差/mm
受力钢筋顺长度方向全长的净尺寸	±10	箍筋内净尺寸	±5
弯起钢筋的弯折位置	±20		

细节：钢筋的连接

1. 钢筋连接的质量控制要点

钢筋连接的质量控制要点见下表：

项　目	质量控制要点
一般规定	1）钢筋连接方法有：机械连接、焊接、绑扎搭接等。钢筋连接的外观质量和接头的力学性能，在施工现场，均应按国家现行标准《钢筋机械连接技术规程》(JGJ 107—2010) 和《钢筋焊接及验收规程》(JGJ 18—2003) 的规定抽取试件进行检验，其质量应符合规程的相关规定
	2）进行钢筋机械连接和焊接的操作人员必须经过专业培训，持考试合格证上岗
	3）钢筋连接所用的焊剂、套筒等材料必须符合检验认定的技术要求，并具有相应的出厂合格证
力学性能检验	1）力学性能检验时，应在接头外观检查合格后随机抽取试件进行试验。试验方法应按现行行业标准《钢筋焊接接头试验方法标准》(JGJ/T 27—2001) 有关规定执行。试验报告应包括下列内容： ① 工程名称、取样部位 ② 批号、批量 ③ 钢筋牌号、规格 ④ 焊接方法 ⑤ 焊工姓名及考试合格证编号 ⑥ 施工单位 ⑦ 力学性能试验结果 2）钢筋闪光对焊接头、电弧焊接头、电渣压力焊接头、气压焊接头拉伸试验结果均应符合下列要求： ① 3 个热轧钢筋接头试件的抗拉强度均不得小于该牌号钢筋规定的抗拉强度；RRB400 钢筋接头试件的抗拉强度均不得小于 570N/mm² ② 至少应有 2 个试件断于焊缝之外，并应呈延性断裂 当达到上述两项要求时，应评定该批接头为抗拉强度合格 3）当试验结果有 2 个试件抗拉强度小于钢筋规定的抗拉强度，或 3 个试件均在焊缝或热影响区发生脆性断裂时，则一次判定该批接头为不合格品 4）当试验结果有 1 个试件的抗拉强度小于规定值，或 2 个试件在焊缝或热影响区发生脆性断裂，其抗拉强度均小于钢筋规定抗拉强度的 1.10 倍时，应进行复验。复验时，应再切取 6 个试件。复验结果当仍有 1 个试件的抗拉强度小于规定值，或有 3 个试件断于焊缝或热影响区，呈脆性断裂，其抗拉强度小于钢筋规定抗拉强度的 1.10 倍时，应判定该批接头为不合格品 5）闪光对焊接头、气压焊接头进行弯曲试验时，应将受压面的金属毛刺和镦粗凸起部分消除，且应与钢筋的外表齐平 6）弯曲试验可在万能试验机、手动或电动液压弯曲试验器上进行，焊缝应处于弯曲中心点，弯心直径和弯曲角应符合表 5-12 的规定 7）当弯至 90°试验结果有 2 个或 3 个试件外侧（含焊缝和热影响区）未发生破裂，应评定该批接头弯曲试验合格

（续）

项　目	质量控制要点
力学性能检验	8）当3个试件均发生破裂，则一次判定该批接头为不合格品。当有2个试件发生破裂，应进行复验。复验时，应再切取6个试件。复验结果，当有3个试件发生破裂时，应判定该批接头为不合格品
钢筋焊接骨架和焊接网	1）焊接骨架和焊接网的质量检验按下列规定抽取试件： ① 凡钢筋牌号、直径及尺寸相同的焊接骨架和焊接网应视为同一类型制品，且每300件作为一批，一周内不足300件的亦应按一批计算 ② 外观检查应按同一类型制品分批检查，每批抽查5%，且不得少于5件 ③ 力学性能检验的试件，应从每批成品中切取；切取过试件的制品，应补焊同牌号、同直径的钢筋，其每边的搭接长度应不小于2个孔格的长度 ④ 由几种直径钢筋组合的焊接骨架或焊接网，应对每种组合的焊点作力学性能检验 ⑤ 热轧钢筋的焊点应作剪切试验，试件应为3件；冷轧带肋钢筋焊点除作剪切试验外，尚应对纵向和横向冷轧带肋钢筋作拉伸试验，试件应各为1件 ⑥ 焊接网剪切试件应沿同一横向钢筋随机切取 ⑦ 切取剪切试件时，应使制品中的纵向钢筋成为试件的受拉钢筋 2）焊接骨架外观质量检查结果，应符合下列要求： ① 每件制品的焊点脱落、漏焊数量不得超过焊点总数的4%，且相邻两焊点不得有漏焊及脱落 ② 应量测焊接骨架的长度和宽度，并应抽查纵、横方向3~5个网格的尺寸，其允许偏差应符合表5-13的规定 ③ 当外观检查结果不符合上述要求时，应逐件检查，并剔出不合格品。对不合格品经整修后，可提交二次验收 3）焊接网外形尺寸检查和外观质量检查结果，应符合下列要求： ① 焊接网的长度、宽度及网格尺寸的允许偏差均为±10mm；网片两对角线之差不得大于10mm；网格数量应符合设计规定 ② 焊接网交叉点开焊数量不得大于整个网片交叉点总数的1%，并且任一根横筋上开焊点数不得大于该根横筋交叉点总数的1/2；焊接网最外边钢筋上的交叉点不得开焊 ③ 焊接网组成的钢筋表面不得有裂纹、折叠、结疤、凹坑、油污及其他影响使用的缺陷；但焊点处可有不大的毛刺和表面浮锈 4）冷轧带肋钢筋试件拉伸试验结果，其抗拉强度不得小于550N/mm² 5）当拉伸试验结果不合格时，应再切取双倍数量试件进行复检；复验结果均合格时，应评定该批焊接制品焊点拉伸试验合格
钢筋闪光对焊接头	1）闪光对焊接头的质量检验按下列规定抽取试件： ① 在同一台班内，由同一焊工完成的300个同牌号、同直径钢筋焊接接头应作为一批。当同一台班内焊接的接头数量较少，可在一周之内累计计算；累计仍不足300个接头时，应按一批计算 ② 力学性能检验时，应从每批接头中随机切取6个接头，其中3个做拉伸试验，3个做弯曲试验 ③ 焊接等长的预应力钢筋(包括螺丝端杆与钢筋)时，可按生产时同等条件制作模拟试件 ④ 螺纹端杆接头可只做拉伸试验 ⑤ 封闭环式箍筋闪光对焊接头，以600个同牌号、同规格的接头作为一批，只做拉伸试验 2）闪光对焊接头外观检查结果，应符合下列要求： ① 接头处不得有横向裂纹 ② 与电极接触处的钢筋表面不得有明显烧伤 ③ 接头处的弯折角不得大于3° ④ 接头处的轴线偏移不得大于钢筋直径的0.1倍，且不得大于2mm 3）当模拟试件试验结果不符合要求时，应进行复验。复验应从现场焊接接头中切取，其数量和要求与初始试验相同

（续）

项　目	质量控制要点
钢筋电弧焊接头	1）电弧焊接头的质量检验按下列规定抽取试件： ① 在现浇混凝土结构中，应以 300 个同牌号钢筋、同形式接头作为一批；在房屋结构中，应在不超过二楼层中 300 个同牌号钢筋、同形式接头作为一批。每批随机切取 3 个接头，做拉伸试验 ② 在装配式结构中，可按生产条件制作模拟试件，每批 3 个，做拉伸试验 ③ 钢筋与钢板电弧搭接焊接头可只进行外观检查 注：在同一批中若有几种不同直径的钢筋焊接接头，应在最大直径钢筋接头中切取 3 个试件。以下电渣压力焊接头、气压焊接头取样均同 2）电弧焊接头外观检查结果，应符合下列要求： ① 焊缝表面应平整，不得有凹陷或焊瘤 ② 焊接接头区域不得有肉眼可见的裂纹 ③ 咬边深度、气孔、夹渣等缺陷允许值及接头尺寸的允许偏差，应符合表 5-14 的规定 ④ 坡口焊、熔槽帮条焊和窄间隙焊接头的焊缝余高不得大于 3mm 3）当模拟试件试验结果不符合要求时，应进行复验。复验应从现场焊接接头中切取，其数量和要求与初始试验时相同
钢筋电渣压力焊接头	1）电渣压力焊接头的质量检验按下列规定抽取试件： 在现浇钢筋混凝土结构中，应以 300 个同牌号钢筋接头作为一批；在房屋结构中，应在不超过二楼层中 300 个同牌号钢筋接头作为一批；当不足 300 个接头时，仍应作为一批。每批随机切取 3 个接头做拉伸试验 2）电渣压力焊接头外观检查结果，应符合下列要求： ① 四周焊包凸出钢筋表面的高度不得小于 4mm ② 钢筋与电极接触处，应无烧伤缺陷 ③ 接头处的弯折角不得大于 3° ④ 接头处的轴线偏移不得大于钢筋直径的 0.1 倍，且不得大于 2mm
钢筋气压焊接头	1）气压焊接头的质量检验按下列规定抽取试件： ① 在现浇钢筋混凝土结构中，应以 300 个同牌号钢筋接头作为一批；在房屋结构中，应在不超过二楼层中 300 个同牌号钢筋接头作为一批；当不足 300 个接头时，仍应作为一批 ② 在柱、墙的竖向钢筋连接中，应从每批接头中随机切取 3 个接头做拉伸试验；在梁、板的水平钢筋连接中，应另切取 3 个接头做弯曲试验 2）气压焊接头外观检查结果，应符合下列要求： ① 接头处的轴线偏移 e 不得大于钢筋直径的 0.15 倍，且不得大于 4mm；当不同直径钢筋焊接时，应按较小钢筋直径计算；当大于上述规定值，但在钢筋直径的 0.30 倍以下时，可加热矫正；当大于 0.30 倍时，应切除重焊 ② 接头处的弯折角不得大于 3°；当大于规定值时，应重新加热矫正 ③ 镦粗直径 d_c，不得小于钢筋直径的 1.4 倍，当小于上述规定值时，应重新加热镦粗 ④ 镦粗长度 L_c 不得小于钢筋直径的 1.0 倍，且凸起部分平缓圆滑；当小于上述规定值时，应重新加热镦长
纵向受力钢筋的最小搭接长度	1）当纵向受拉钢筋的绑扎搭接接头面积百分率不大于 25% 时，其最小搭接长度应符合表 5-15 的规定 2）当纵向受拉钢筋搭接接头面积百分率大于 25%，但不大于 50% 时，其最小搭接长度应按表 5-15 中的数值乘以系数 1.2 取用；当接头面积百分率大于 50% 时，应按表 5-15 中的数值乘以系数 1.35 取用 3）当符合下列条件时，纵向受拉钢筋的最小搭接长度应根据上述 1）条至 2）条确定后，按下列规定进行修正：

（续）

项　　目	质量控制要点
纵向受力钢筋的最小搭接长度	① 当带肋钢筋的直径大于25mm时，其最小搭接长度应按相应数值乘以系数1.1取用 ② 对环氧树脂涂层的带肋钢筋，其最小搭接长度应按相应数值乘以系数1.25取用 ③ 当在混凝土凝固过程中受力钢筋易受扰动时（如滑模施工），其最小搭接长度应按相应数值乘以系数1.1取用 ④ 对末端采用机械锚固措施的带肋钢筋，其最小搭接长度可按相应数值乘以系数0.7取用 ⑤ 当带肋钢筋的混凝土保护层厚度大于搭接钢筋直径的3倍且配有箍筋时，其最小搭接长度可按相应数值乘以系数0.8取用 ⑥ 对有抗震设防要求的结构构件，其受力钢筋的最小搭接长度对一、二级抗震等级应按相应数值乘以系数1.15采用；对三级抗震等级应按相应数值乘以系数1.05采用 　在任何情况下，受拉钢筋的搭接长度应不小于300mm 　4）纵向受压钢筋搭接时，其最小搭接长度应根据上述1）条至3）条的规定确定相应数值后，乘以系数0.7取用。在任何情况下，受压钢筋的搭接长度应不小于200mm

表5-12 接头弯曲试验指标

钢筋牌号	弯心直径	弯曲角（°）	钢筋牌号	弯心直径	弯曲角（°）
HPB235	$2d$	90	HRB400、RRB400	$5d$	90
HRB335	$4d$	90	HRB500	$7d$	90

注：1. d 为钢筋直径（mm）。
　　2. 直径大于25mm的钢筋焊接接头，弯心直径应增加1倍钢筋直径

表5-13 焊接骨架的允许偏差

项　　目		允许偏差/mm	项　　目		允许偏差/mm
焊接骨架	长度	±10	骨架箍筋间距		±10
	宽度	±5	受力主筋	间距	±15
	高度	±5		排距	±5

表5-14 钢筋电弧焊接头尺寸偏差及缺陷允许值

名　　称	单　位	接头型式		
		帮条焊	搭接焊钢筋与钢板搭接焊	坡口焊窄间隙焊熔槽帮条焊
帮条沿接头中心线的纵向偏移	mm	$0.3d$	—	—
接头处弯折角	°	3	3	3
接头处钢筋轴线的偏移	mm	$0.1d$	$0.1d$	$0.1d$
焊缝厚度	mm	$+0.05d$ 0	$+0.05d$ 0	—
焊缝宽度	mm	$+0.1d$ 0	$+0.1d$ 0	—
焊缝长度	mm	$-0.3d$	$-0.3d$	—
横向咬边深度	mm	0.5	0.5	0.5

（续）

名 称		单 位	接 头 型 式		
			帮条焊	搭接焊钢筋与钢板搭接焊	坡口焊窄间隙焊熔槽帮条焊
在长 2d 焊缝表面上的气孔及夹渣	数量	个	?	2	—
	面积	mm²	6	6	—
在全部焊缝表面上的气孔及夹渣	数量	个	—	—	2
	面积	mm²	—	—	6

表 5-15　纵向受拉钢筋的最小搭接长度

钢筋类型		混凝土强度等级			
		C15	C20 ~ C25	C30 ~ C35	≥C40
光圆钢筋	HPB235 级	45d	35d	30d	25d
带肋钢筋	HRB335 级	55d	45d	35d	30d
	HRB400 级、RRB400 级	—	55d	40d	35d

注：两根直径不同钢筋的搭接长度，以较细钢筋的直径计算。

2. 钢筋连接的质量检验与验收

（1）主控项目　钢筋连接主控项目质量标准及检验方法应符合表 5-16 的规定。

表 5-16　钢筋连接主控项目质量标准及检验方法

项 目	质量合格标准	检 查 数 量	检 验 方 法
纵向受力钢筋的连接方式	纵向受力钢筋的连接方式应符合设计要求	全数检查	观察
钢筋机械连接和焊接接头的力学性能	在施工现场，应按国家现行标准《钢筋机械连接技术规程》（JGJ 107—2010）、《钢筋焊接及验收规程》（JGJ 18—2003）的规定抽取钢筋机械连接接头、焊接接头试件作力学性能检验，其质量应符合规程的有关规定	按国家现行标准《钢筋机械连接技术规程》（JGJ 107—2010）、《钢筋焊接及验收规程》（JGJ 18—2003）的规定抽取	检查产品合格证、接头力学性能试验报告

（2）一般项目　钢筋连接一般项目质量标准及检验方法应符合表 5-17 的规定。

表 5-17　钢筋连接一般项目质量标准及检验方法

项 目	质量合格标准	检 查 数 量	检验方法
接头位置和数量	钢筋的接头宜设置在受力较小处。同一纵向受力钢筋不宜设置两个或两个以上接头。接头末端至钢筋弯起点的距离应不小于钢筋直径的 10 倍	全数检查	观察、钢直尺检查
钢筋机械连接焊接的外观质量	在施工现场，应按国家现行标准《钢筋机械连接技术规程》（JGJ 107—2010）、《钢筋焊接及验收规程》（JGJ 18—2003）的规定对钢筋机械连接接头、焊接接头的外观进行检查，其质量应符合有关规程的规定	全数检查	观察

（续）

项　目	质量合格标准	检查数量	检验方法
纵向受力钢筋机械连接、焊接的接头面积百分率	当受力钢筋采用机械连接接头或焊接接头时，设置在同一构件内的接头宜相互错开 纵向受力钢筋机械连接接头及焊接接头连接区段的长度为 $35d$（d 为纵向受力钢筋的较大直径）且不小于 500mm，凡接头中点位于该连接区段长度内的接头均属于同一连接区段。同一连接区段内，纵向受力钢筋机械连接及焊接的接头面积百分率为该区段内有接头的纵向受力钢筋截面面积与全部纵向受力钢筋截面面积的比值；同一连接区段内，纵向受力钢筋的接头面积百分率应符合设计要求；当设计无具体要求时，应符合下列规定： 1）在受拉区不宜大于 50% 2）接头不宜设置在有抗震设防要求的框架梁端、柱端的箍筋加密区；当无法避开时，对等强度高质量机械连接接头，应不大于 50% 3）直接承受动力荷载的结构构件中，不宜采用焊接接头；当采用机械连接接头时，应不大于 50%	在同一检验批内，对梁、柱和独立基础，应抽查构件数量的 10%，且不少于 3 件；对墙和板，应按有代表性的自然间抽查 10%，且不少于 3 间；对大空间结构，墙可按相邻轴线间高度 5m 左右划分检查面，板可按纵横轴线划分检查面，抽查 10%，且均不少于 3 面	观察、钢直尺检查
纵向受拉钢筋搭接接头面积百分率和最小搭接长度	同一构件中相邻纵向受力钢筋的绑扎搭接接头宜相互错开。绑扎搭接接头中钢筋的横向净距应不小于钢筋直径，且应不小于 25mm 钢筋绑扎搭接接头连接区段的长度为 $1.3l$（l 为搭接长度），凡搭接接头中点位于该连接区段长度内的搭接接头均属于同一连接区段。同一连接区段内，纵向钢筋搭接接头面积百分率为该区段内有搭接接头的纵向受力钢筋截面面积与全部纵向受力钢筋截面面积的比值（图 5-1） 同一连接区段内，纵向受拉钢筋搭接接头面积百分率应符合设计要求；当设计无具体要求时，应符合下列规定： 1）对梁类、板类及墙类构件，不宜大于 25% 2）对柱类构件，不宜大于 50% 3）当工程中确有必要增大接头面积百分率时，对梁类构件，应不大于 50%；对其他构件，可根据实际情况放宽		
搭接长度范围内的箍筋	在梁、柱类构件的纵向受力钢筋搭接长度范围内，应按设计要求配置箍筋。当设计无具体要求时，应符合下列规定： 1）箍筋直径应不小于搭接钢筋较大直径的 0.25 倍 2）受拉搭接区段的箍筋间距应不大于搭接钢筋较小直径的 5 倍，且应不大于 100mm 3）受压搭接区段的箍筋间距应不大于搭接钢筋较小直径的 10 倍，且应不大于 200mm 4）当柱中纵向受力钢筋直径大于 25mm 时，应在搭接接头两个端面外 100mm 范围内各设置两个箍筋，其间距宜为 50mm		

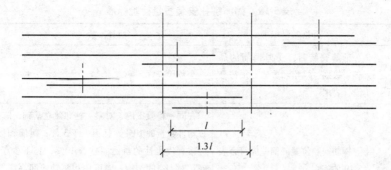

图 5-1 钢筋绑扎搭接接头连接区段及接头面积百分率

注：图中所示搭接接头同一连接区段内的搭接钢筋为两根，
当各钢筋直径相同时，接头面积百分率为50%。

细节：钢筋绑扎安装

1. 绑扎安装的质量控制要点

1）钢筋绑扎时，钢筋级别、直径、根数和间距应符合设计图纸的要求。

2）柱子钢筋的绑扎，主要是抓住搭接部位和箍筋间距（尤其是加密区箍筋间距和加密区高度），这对抗震地区尤为重要。若竖向钢筋采用焊接，要做抽样试验，从而保证钢筋接头的可靠性。

3）对梁钢筋的绑扎，主要抓住锚固长度和弯起钢筋的弯起点位置。对抗震结构则要重视梁柱节点处，梁端箍筋加密范围和箍筋间距。

4）对楼板钢筋，主要抓好防止支座负弯矩钢筋被踩塌而失去作用；再就是垫好保护层垫块。

5）对墙板的钢筋，要抓好墙面保护层和内外皮钢筋间的距离，撑好撑铁。防止两皮钢筋向墙中心靠近，对受力不利。

6）对楼梯钢筋，主要抓梯段板的钢筋的锚固，以及对钢筋变折方向不要弄错；防止弄错后在受力时出现裂缝。

7）钢筋规格、数量、间距等在作隐蔽验收时一定要仔细核实。如规格不易辨认时，应用尺量或卡尺卡。保证钢筋配置的准确，也就保证了结构的安全。

8）钢筋安装完毕后，应做下列检查：

① 根据施工图检查钢筋的钢号、直径、形状、尺寸、根数、间距和锚固长度是否正确，特别要注意检查负筋的位置。

② 检查钢筋接头的位置及搭接长度是否符合规定。

③ 检查混凝土保护层是否符合要求。

④ 检查钢筋绑扎是否牢固，有无松动、变形现象。

⑤ 钢筋表面不允许有油渍、漆污和颗粒状（片状）铁锈。

2. 质量检查与验收

钢筋绑扎安装质量检验标准应符合表 5-18 的规定。

表 5-18 钢筋绑扎安装质量检验标准

项　目	合格质量标准	抽检数量	检验方法
受力钢筋的品种、级别、规格和数量	钢筋安装时，受力钢筋的品种、级别、规格和数量必须符合设计要求	全数检查	观察，钢直尺检查
钢筋安装允许偏差	钢筋安装位置的偏差应符合表5-19的规定	在同一检验批内，对梁、柱和独立基础，应抽查构件数量的10%，且不少于3件；对墙和板，应按有代表性的自然间抽查10%，且不少于3间；对大空间结构，墙可按相邻轴线间高度5m左右划分检查面，板可按纵横轴线划分检查面，抽查10%，且均不少于3面	—

表 5-19 钢筋安装位置的允许偏差和检验方法

项　目			允许偏差/mm	检验方法
绑扎钢筋网	长、宽		±10	钢直尺检查
	网眼尺寸		±20	钢直尺量连续三档，取最大值
绑扎钢筋骨架	长		±10	钢直尺检查
	宽、高		±5	钢直尺检查
受力钢筋	间距		±10	钢直尺量两端、中间各一点，取最大值
	排距		±5	
	保护层厚度	基础	±10	钢直尺检查
		柱、梁	±5	钢直尺检查
		板、墙、壳	±3	钢直尺检查
绑扎箍筋、横向钢筋间距			±20	钢直尺量连续三档，取最大值
钢筋弯起点位置			20	钢直尺检查
预埋件	中心线位置		5	钢直尺检查
	水平高差		+3 0	钢直尺和塞尺检查

注：1. 检查预埋件中心线位置时，应沿纵、横两个方向量测，并取其中的较大值。

2. 表中梁类、板类构件上部纵向受力钢筋保护层厚度的合格点率应达到90%及以上，且不得有超过表中数值1.5倍的尺寸偏差。

细节：混凝土工程材料及其配合比

1. 材料质量要求

1）水泥进场后，必须按照施工总平面图放入指定的防潮仓内，临时露天堆放，应用防雨篷布遮盖。

2）混凝土配合比设计要满足混凝土结构设计的强度要求和各种使用环境下的耐久性要求。对特殊要求的工程，还应满足抗冻性、抗渗性等要求。

3）进行混凝土配合比试配时所用的各种原材料应采用工程中实际使用的原材料，且搅拌方法宜同于生产时使用的方法。

2. 质量检查与检验

混凝土工程材料的质量检验见表5-20。

表5-20　混凝土工程材料质量检验表

项　目	合格质量标准	抽检数量	检验方法
水泥进场检查	水泥进场时应对其品种、级别、包装或散装仓号、出厂日期等进行检查，并应对其强度、安定性及其他必要的性能指标进行复验，其质量必须符合现行国家标准《通用硅酸盐水泥》国家标准第1号修改单(GB 175—2007/XG1—2009)等的规定 当在使用中对水泥质量有怀疑或水泥出厂超过三个月(快硬硅酸盐水泥超过一个月)时，应进行复验，并按复验结果使用 钢筋混凝土结构、预应力混凝土结构中，严禁使用含氯化物的水泥	按同一生产厂家、同一等级、同一品种、同一批号且连续进场的水泥，袋装不超过200t为一批，散装不超过500t为一批，每批抽样不少于一次	检查产品合格证、出厂检验报告和进场复验报告
外加剂	混凝土中掺用外加剂的质量及应用技术应符合现行国家标准《混凝土外加剂》(GB 8076—2008)、《混凝土外加剂应用技术规范》(GB 50119—2003)和有关环境保护的规定 预应力混凝土结构中，严禁使用含氯化物的外加剂。钢筋混凝土结构中，当使用含氯化物的外加剂时，混凝土中氯化物的总含量应符合现行国家标准《混凝土质量控制标准》(GB 50164—1992)的规定	按进场的批次和产品的抽样检验方案确定	检查产品合格证、出厂检验报告和进场复验报告
混凝土配合比	混凝土应按国家现行标准《普通混凝土配合比设计规程》(JGJ 55—2000)的有关规定，根据混凝土强度等级、耐久性和工作性等要求进行配合比设计 对有特殊要求的混凝土，其配合比设计尚应符合国家现行有关标准的专门规定	—	检查配合比设计资料
混凝土中氯化物和碱的总含量	混凝土中氯化物和碱的总含量应符合现行国家标准《混凝土结构设计规范》(GB 50010—2002)和设计的要求	—	检查原材料试验报告和氯化物、碱的总含量计算书
矿物掺和料	混凝土中掺用矿物掺和料的质量应符合现行国家标准《用于水泥和混凝土中的粉煤灰》(GB 1596—2005)的规定，矿物掺和料的掺量应通过试验确定	按进场的批次和产品的抽样检验方案确定	检查出厂合格证和进场复验报告
粗、细集料	普通混凝土所用的粗、细集料的质量应符合国家现行标准《普通混凝土用砂、石质量及检验方法标准》(JGJ 52—2006)的规定	按进场的批次和产品的抽样检验方案确定	检查进场复验报告

（续）

项　　目	合格质量标准	抽 检 数 量	检 验 方 法
拌制混凝土用水	拌制混凝土宜采用饮用水；当采用其他水源时，水质应符合国家现行标准《混凝土用水标准》（JGJ 63—2006）的规定	同一水源检查不应少于一次	检查水质试验报告
首次使用的混凝土配合比	首次使用的混凝土配合比应进行开盘鉴定，其工作性应满足设计配合比的要求。开始生产时，应至少留置一组标准养护试件，作为验证配合比的依据	—	检查开盘鉴定资料和试件强度试验报告
混凝土拌制前	混凝土拌制前，应测定砂、石含水率并根据测试结果调整材料用量，提出施工配合比	每工作班检查一次	检查含水率测试结果和施工配合比通知单

细节：混凝土工程

1. 混凝土工程的一般要求

1）结构构件的混凝土强度应按现行国家标准《混凝土强度检验评定标准》（GBJ 107—1987）的规定分批检验评定。当混凝土中掺用矿物掺和料时，确定混凝土强度时的龄期可按现行国家标准《粉煤灰混凝土应用技术规范》（GBJ 146—1990）等的规定取值。

2）对采用蒸汽法养护的混凝土结构构件，其混凝土试件应先随同结构构件同条件蒸汽养护，再转入标准条件养护共28d。

3）检验评定混凝土强度用的混凝土试件的尺寸及强度的尺寸换算系数应按表 5-21 取用；其标准成形方法、标准养护条件及强度试验方法应符合普通混凝土力学性能试验方法标准的规定。

表 5-21　混凝土试件尺寸及强度的尺寸换算系数

集料最大粒径/mm	试件尺寸/mm	强度的尺寸换算系数
≤31.5	$100 \times 100 \times 100$	0.95
≤40	$150 \times 150 \times 150$	1.00
≤63	$200 \times 200 \times 200$	1.05

注：对强度等级为 C60 及以上的混凝土试件，其强度的尺寸换算系数可通过试验确定。

混凝土试件强度的试验方法应符合普通混凝土力学性能试验方法标准的规定。混凝土试件的尺寸应根据集料的最大粒径确定。当采用非标准尺寸的试件时，其抗压强度应乘以相应的尺寸换算系数。

4）结构构件拆模、出池、出厂、吊装、张拉、放张及施工期间临时负荷时的混凝土强度，应根据同条件养护的标准尺寸试件的混凝土强度确定。

由于同条件养护试件具有与结构混凝土相同的原材料、配合比和养护条件，能有效代表结构混凝土的实际质量。在施工过程中，根据同条件养护试件的强度来确定结构构件拆模、出池、出厂、吊装、张拉、放张及施工期间临时负荷时的混凝土强度，是行之有效的方法。

5）当混凝土试件强度评定不合格时，可根据国家现行有关标准采用回弹法超声回弹综合法、钻芯法、后装拔出法等推定结构的混凝土强度。应指出，通过检测得到的推定强度可作为判断结构是否需要处理的依据。

6）室外日平均气温连续5d稳定低于5℃时，混凝土分项工程应采取冬期施工措施，具体要求应符合国家现行标准《建筑工程冬期施工规程》（JGJ 104—1997）的有关规定。

2. 质量控制要点

混凝土工程的质量控制要点见下表：

项　目	质量控制要点
混凝土原材料称量	1）在混凝土每一工作班正式称量前，应先检查原材料质量，必须使用合格材料；各种衡器应定期校核，每次使用前进行零点校核，保持计量准确 2）施工中应测定集料的含水率，当雨天施工含水率有显著变化时，应增加测定系数，依据测试结果及时调整配合比中的用水量和集料用量
混凝土搅拌	1）全轻混凝土宜采用强制式搅拌机搅拌，砂轻混凝土可采用自落式搅拌机搅拌，但搅拌时间应延长60～90s；当掺有外加剂时，搅拌时间应适当延长 2）采用强制式搅拌机搅拌轻集料混凝土的加料顺序是：当轻集料在搅拌前预湿时，先加粗、细集料和水泥搅拌30s，再加水继续搅拌；当轻集料在搅拌前未预湿时，先加1/2的总用水量和粗、细集料搅拌60s，再加水泥和剩余用水量继续搅拌 3）当采用其他形式的搅拌设备时，搅拌的最短时间应按设备说明书的规定或经试验确定 4）混凝土的搅拌时间，每一工作班至少抽查两次 5）混凝土搅拌完毕后应在搅拌地点和浇筑地点分别取样检测坍落度，每一工作班不应少于两次，评定时应以浇筑地点的测值为准
混凝土运输	1）混凝土运输过程中，应控制混凝土不离析、不分层、组成成分不发生变化，并保证卸料及输送通畅。如混凝土拌和物运送至浇筑地点出现离析或分层现象，应对其进行二次搅拌 2）泵送混凝土时，应遵守以下规定： ① 操作人员应持证上岗，并能及时处理操作过程中出现的故障 ② 泵机与浇筑点应有联络工具，信号要明确 ③ 泵送前应先用水灰比为0.7的水泥砂浆湿润导管，需要量约为0.1m³/m。新换节管也应先润滑、后接驳 ④ 泵送过程严禁加水，严禁泵空 ⑤ 开泵后，中途不要停歇，并应有备用泵机 ⑥ 应有专人巡视管道，发现漏浆漏水，应及时修理 3）管道清洗，应按以下规定进行： ① 泵送将结束时，应考虑管内混凝土数量，掌握泵送量；避免管内的混凝土浆过多 ② 洗管前应先行反吸，以降低管内压力 ③ 洗管时，可从进料口塞入海绵球或橡胶球，按机种用水或压缩空气将存浆推出 ④ 洗管时，布料杆出口前方严禁站人 ⑤ 应预先备好排浆沟管，不得将洗管残浆灌入已浇筑好的工程上 ⑥ 冬期施工下班前，应将全部水排清，并将泵机活塞擦洗拭干，防止冻坏活塞环
混凝土浇筑	1）混凝土浇筑前应对模板、支架、钢筋和预埋件的质量、数量、位置等逐一检查，并做好记录，符合要求后方能浇筑混凝土；对模板内的杂物和钢筋上的油污等清理干净，将模板的缝隙、孔洞堵严，并浇水湿润；在地基或基土上浇筑混凝土时，应清除淤泥和杂物，并应有排水和防水措施；在干燥的非粘性土，应用水湿润；对未风化的岩石，应用水清洗，但其表面不得留有积水

（续）

项　　目	质量控制要点
混凝土浇筑	2）混凝土自高处倾落的自由高度，不应超过2m。当浇筑高度超过3m时，应采用串筒、溜管或振动溜管使混凝土下落 3）采用振捣器捣实混凝土应符合下列规定： ① 每一振点的振捣延续时间，应使混凝土表面呈现浮浆和不再沉落 ② 当采用插入式振捣器时，捣实普通混凝土的移动间距，不宜大于振捣器作用半径的1.5倍；捣实轻集料混凝土的移动间距，不宜大于其作用半径；振捣器与模板的距离，不应大于其作用半径的0.5倍，并应避免碰撞钢筋、模板、芯管、吊环、预埋件或空心胶囊等；振捣器插入下层混凝土内的深度应不小于50mm ③ 当采用表面振动器时，其移动间距应保证振动器的平板能覆盖已振实部分的边缘 ④ 当采用附着式振动器时，其设置间距应通过试验确定，并应与模板紧密连接 ⑤ 当采用振动台振实干硬性混凝土和轻集料混凝土时，宜采用加压振动的方法，压力为1~3kN/m² ⑥ 当混凝土量小，缺乏设备机具时，亦可用人工借钢钎捣实 4）在浇筑与柱和墙连成整体的梁和板时，应在柱和墙浇筑完毕后停歇1~1.5h，再继续浇筑；梁和板宜同时浇筑混凝土；拱和高度大于1m的梁等结构，可单独浇筑混凝土 5）大体积混凝土的浇筑应合理分段分层进行，使混凝土沿高度均匀上升；浇筑应在室外气温较低时进行，混凝土浇筑温度不宜超过28℃（混凝土浇筑温度系指混凝土振捣后，在混凝土50~100mm深处的温度） 6）施工缝的留置应符合以下规定： ① 柱，宜留置在基础的顶面、梁或吊车梁牛腿的下面、吊车的上面、无梁楼板柱帽的下面 ② 与板连成整体的大截面梁，留置在板底面以下20~30mm处，当板下有梁托时，留置在梁托下部 ③ 单向板，留置在平行于板的短边的任何位置 ④ 有主次梁的楼板宜顺着次梁方向浇筑，施工缝应留置在次梁跨度的中间1/3范围内 ⑤ 墙，留置在门洞口过梁跨中1/3范围内，也可留在纵横墙的交接处 ⑥ 双向受力楼板、大体积混凝土结构、拱、穹拱、薄壳、蓄水池、斗仓、多层刚架及其他结构复杂的工程，施工缝的位置应按设计要求留置 7）施工缝的处理应按施工技术方案执行。在施工缝处继续浇筑混凝土时，应符合下列规定： ① 已浇筑的混凝土，其抗压强度不应小于1.2N/mm² ② 在已硬化的混凝土接缝面上，清除水泥薄膜、松动石子以及软弱混凝土层，并用水冲洗干净，且不得积水 ③ 在浇筑混凝土前，铺一层厚度10~15mm的与混凝土内成分相同的水泥砂浆 ④ 新浇筑的混凝土应仔细捣实，使新旧混凝土紧密结合 ⑤ 混凝土后浇带的留置位置应按设计要求和施工技术方案确定。后浇带混凝土浇筑应按施工技术方案进行
混凝土养护	1）混凝土浇筑完毕后，应按施工技术方案及时采取有效的养护措施 2）混凝土的养护用水应与拌制用水相同 3）若混凝土的表面不便洒水或使用塑料布养护时，宜涂刷保护层，防止混凝土内部水分蒸发 4）混凝土的冬期施工应符合国家现行标准《建筑工程冬期施工规程》（JGJ 104—1997）和施工技术方案的规定

3. 混凝土工程的质量检验与验收

（1）主控项目　混凝土工程主控项目质量标准及检验方法应符合表 5-22 的规定。

表 5-22　混凝土工程主控项目质量标准及检验方法

项　目	合格质量标准	抽检数量	检验方法
混凝土强度等级、试件的取样和留置	结构混凝土的强度等级必须符合设计要求。用于检查结构构件混凝土强度的试件，应在混凝土的浇筑地点随机抽取。取样与试件留置应符合下列规定： 　1）每拌制 100 盘且不超过 100m³ 的同配合比的混凝土，取样不得少于一次 　2）每工作班拌制的同一配合比的混凝土不足 100 盘时，取样不得少于一次 　3）当一次连续浇筑超过 1000m³ 时，同一配合比的混凝土每 200m³ 取样不得少于一次 　4）每一楼层、同一配合比的混凝土，取样不得少于一次 　5）每次取样应至少留置一组标准养护试件，同条件养护试件的留置组数应根据实际需要确定	—	检查施工记录及试件强度试验报告
混凝土抗渗、试件取样和留置	对有抗渗要求的混凝土结构，其混凝土试件应在浇筑地点随机取样。同一工程、同一配合比的混凝土，取样不应少于一次，留置组数可根据实际需要确定	—	检查试件抗渗试验报告
原材料每盘称量的允许偏差	混凝土原材料每盘称量的允许偏差应符合表 5-23 的规定	每工作班抽查不应少于一次	复称
混凝土初凝时间控制	混凝土运输、浇筑及间歇的全部时间不应超过混凝土的初凝时间。同一施工段的混凝土应连续浇筑，并应在底层混凝土初凝之前将上一层混凝土浇筑完毕 当底层混凝土初凝后浇筑上一层混凝土时，应按施工技术方案中对施工缝的要求进行处理	全数检查	观察，检查施工记录

表 5-23　原材料每盘称量的允许偏差

材料名称	允许偏差	材料名称	允许偏差
水泥、掺和料	±2%	水、外加剂	±2%
粗、细集料	±3%		

注：1. 各种衡器应定期校验，每次使用前应进行零点校核，保持计量准确。
　　2. 当遇雨天或含水率有显著变化时，应增加含水率检测次数，并及时调整水和集料的用量。

（2）一般项目　混凝土工程一般项目质量标准及检查方法应符合表 5-24 的规定。

表 5-24　混凝土工程一般项目质量标准及检验方法

项　目	合格质量标准	抽检数量	检验方法
施工缝的位置及处理	施工缝的位置应在混凝土浇筑前按设计要求和施工技术方案确定。施工缝的处理应按施工技术方案执行	全数检查	观察，检查施工记录

（续）

项　目	合格质量标准	抽检数量	检验方法
后浇带的位置及处理	后浇带的留置位置应按设计要求和施工技术方案确定。后浇带混凝土浇筑应按施工技术方案进行	全数检查	观察，检查施工记录
混凝土养护	混凝土浇筑完毕后，应按施工技术方案及时采取有效的养护措施，并应符合下列规定： 1）应在浇筑完毕后的12h以内对混凝土加以覆盖并保湿养护 2）混凝土浇水养护的时间：对采用硅酸盐水泥、普通硅酸盐水泥或矿渣硅酸盐水泥拌制的混凝土，不得少于7d；对掺用缓凝型外加剂或有抗渗要求的混凝土，不得少于14d 3）浇水次数应能保持混凝土处于湿润状态；混凝土养护用水应与拌制用水相同 4）采用塑料布覆盖养护的混凝土，其敞露的全部表面应覆盖严密，并应保持塑料布内有凝结水 5）混凝土强度达到1.2N/mm² 前，不得在其上踩踏或安装模板及支架 注：① 当日平均气温低于5℃时，不得浇水 ② 当采用其他品种水泥时，混凝土的养护时间应根据所采用水泥的技术性能确定 ③ 混凝土表面不便浇水或使用塑料布时，宜涂刷养护剂 ④ 对大体积混凝土的养护，应根据气候条件按施工技术方案采取控温措施	全数检查	观察，检查施工记录

细节：预应力工程原材料的质量要求

1. 质量要求

1）预应力筋进场时，必须按规定进行复验，做力学性能试验。

2）预应力筋用锚具、夹具和连接器进场时，主要作静载试验，并按出厂检验报告所列指标核对其材质和机加工尺寸。

3）预应力筋张拉机具设备及仪表，应定期维护和校验。张拉设备应配套标定，并配套使用。张拉设备的标定期限不应超过半年。当在使用过程中出现反常现象时或在千斤顶检修后，应重新标定。

4）张拉设备标定时，千斤顶活塞的运行方向应与实际张拉工作状态一致。

5）压力表的精度不应低于1.5级，标定张拉设备用的试验机或测力计精度不应低于±2%。

2. 预应力工程原材料的质量检验与验收

（1）主控项目　预应力工程原材料主控项目质量标准及检验方法应符合表5-25的规定。

表5-25　预应力工程原材料主控项目质量标准及检验方法

项　目	合格质量标准	检验方法	检验数量
预应力筋力学性能检验	预应力筋进场时，应按现行国家标准《预应力混凝土用钢绞线》（GB/T 5224—2003）等的规定抽取试件作力学性能检验，其质量必须符合有关标准的规定	检查产品合格证、出厂检验报告和进场复验报告	按进场的批次和产品的抽样检验方案确定

（续）

项　目	合格质量标准	检 验 方 法	检 验 数 量
无粘结预应力筋的涂包质量	无粘结预应力筋的涂包质量应符合无粘结预应力钢绞线标准的规定	观察，检查产品合格证、出厂检验报告和进场复验报告	每60t为一批，每批抽取一组试件
锚具、夹具和连接器的性能	预应力筋用锚具、夹具和连接器应按设计要求采用，其性能应符合现行国家标准《预应力筋用锚具、夹具和连接器》（GB/T 14370—2007）等的规定	检查产品合格证、出厂检验报告和进场复验报告 注：对锚具用量较少的一般工程，如供货方提供有效的试验报告，可不作静载锚固性能试验	按进场批次和产品的抽样检验方案确定
孔道灌浆用水泥和外加剂	孔道灌浆用水泥应采用普通硅酸盐水泥，其质量应符合表5-20中"水泥进场检查"的规定。孔道灌浆用外加剂的质量应符合表5-20中"外加剂"的规定	检查产品合格证、出厂检验报告和进场复验报告 注：对孔道灌浆用水泥和外加剂用量较少的一般工程，当有可靠依据时，可不作材料性能的进场复验	按进场批次和产品的抽样检验方案确定

（2）一般项目　预应力工程原材料一般项目质量标准及检查方法应符合表5-26 的规定。

表 5-26　预应力工程原材料一般项目质量标准及检验方法

项　目	合格质量标准	检 验 方 法	检 验 数 量
预应力筋外观质量	预应力筋使用前应进行外观检查，其质量应符合下列要求： 1）有粘结预应力筋展开后应平顺，不得有弯折，表面不应有裂缝、小刺、机械损伤、氧化铁皮和油污等 2）无粘结预应力筋护套应光滑、无裂缝，无明显褶皱	观察 注：无粘结预应力筋护套轻微破损者应外包防水塑料胶带修补，严重破损者不得使用	全数检查
锚具、夹具和连接器的外观	预应力筋用锚具、夹具和连接器使用前应进行外观检查，其表面应无污物、锈蚀、机械损伤和裂纹	观察	全数检查
金属螺旋管的尺寸和性能	预应力混凝土用金属螺旋管的尺寸和性能应符合国家现行标准《预应力混凝土用金属波纹管》（JG 225—2007）的规定	检查产品合格证、出厂检验报告和进场复验报告 注：对金属螺旋管用量较少的一般工程，当有可靠依据时，可不作径向刚度、抗渗漏性能的进场复验	按进场批次和产品的抽样检验方案确定
金属螺旋管的外观质量	预应力混凝土用金属螺旋管在使用前应进行外观检查，其内外表面应清洁，无锈蚀，不应有油污、孔洞和不规则的褶皱，咬口不应有开裂或脱扣	观察	全数检查

细节：预应力筋制作与安装

1. 质量要求

1）预应力筋的下料长度应由计算确定，加工尺寸要求严格，以确保预加应力均匀一致。

2）固定成孔管道的钢筋马凳间距：对钢管不宜大于1.5m；对金属螺旋管及波纹管不宜大于1.0m；对胶管不宜大于0.5m；对曲线孔道宜适当加密。

3）预应力筋的保护层厚度应符合设计及有关规范的规定。无粘结预应力筋成束布置时，其数量及排列形状应能保证混凝土密实，并能够握裹住预应力筋。

2. 质量检验与验收

（1）主控项目 预应力筋制作与安装的主控项目质量标准及检验方法应符合表5-27的规定。

表 5-27　预应力筋制作与安装的主控项目质量标准及检验方法

项　目	合格质量标准	抽检数量	检 验 方 法
预应力筋品种、级别、规格、数量	预应力筋安装时，其品种、级别、规格、数量必须符合设计要求	全数检查	观察，钢直尺检查
模板隔离剂	先张法预应力施工时应选用非油质类模板隔离剂，并应避免沾污预应力筋	全数检查	观察
预应力筋受损伤情况	施工过程中应避免电火花损伤预应力筋；受损伤的预应力筋应予以更换	全数检查	观察

（2）一般项目 预应力筋制作与安装的一般项目质量标准及检查方法应符合表5-28的规定。

表 5-28　预应力筋制作与安装的一般项目质量标准及检验方法

项　目	合格质量标准	抽 检 数 量	检 验 方 法
预应力筋下料	预应力筋下料应符合下列要求： 1）预应力筋应采用砂轮锯或切断机切断，不得采用电弧切割 2）当钢丝两端采用镦头锚具时，同一束中各根钢丝长度的极差不应大于钢丝长度的1/5000，且不应大于5mm。当成组张拉长度不大于10m的钢丝时，同组钢丝长度的极差不得大于2mm	每工作班抽查预应力筋总数的3%，且不少于3束	观察，钢直尺检查
预应力筋端部锚具的制作质量	预应力筋端部锚具的制作质量应符合下列要求： 1）挤压锚具制作时，压力表油压应符合操作说明书的规定，挤压后预应力筋外端应露出挤压套筒1~5mm 2）钢绞线压花锚成形时，表面应清洁、无油污，梨形头尺寸和直线段长度应符合设计要求 3）钢丝镦头的强度不得低于钢丝强度标准值的98%	对挤压锚，每工作班抽查5%，且不应少于5件；对压花锚，每工作班抽查3件；对钢丝镦头强度，每批钢丝检查6个镦头试件	观察，钢直尺检查，检查镦头强度试验报告

（续）

项　目	合格质量标准	抽 检 数 量	检 验 方 法
后张法有粘结预应力筋预留孔道	后张法有粘结预应力筋预留孔道的规格、数量、位置和形状除应符合设计要求外，尚应符合下列规定： 1）预留孔道的定位应牢固，浇筑混凝土时不应出现移位和变形 2）孔道应平顺，端部的预埋锚垫板应垂直于孔道中心线 3）成孔用管道应密封良好，接头应严密且不得漏浆 4）灌浆孔的间距：对预埋金属螺旋管不宜大于30m；对抽芯成形孔道不宜大于12m 5）在曲线孔道的曲线波峰部位应设置排气兼泌水管，必要时可在最低点设置排水孔 6）灌浆孔及泌水管的孔径应能保证浆液畅通	全数检查	观察，钢直尺检查
预应力筋束形控制点的竖向位置偏差	预应力筋束形控制点的竖向位置允许偏差应符合表5-29的规定	在同一检验批内，抽查各类构件预应力筋总数的5%，且对各类型构件不小于5束，每束不应少于5处	钢直尺检查
无粘结预应力筋的铺设	无粘结预应力筋的铺设除应符合"预应力筋束形控制点的竖向位置偏差"的规定外，尚应符合下列要求： 1）无粘结预应力筋的定位应牢固，浇筑混凝土时不应出现移位和变形 2）端部的预埋锚垫板应垂直于预应力筋 3）内埋式固定垫板不应重叠，锚具与垫板应贴紧 4）无粘结预应力筋成束布置时，应能保证混凝土密实并能裹住预应力筋 5）无粘结预应力筋的护套应完整，局部破损处应采用防水胶带缠绕紧密	全数检查	观察
预应力筋防锈措施	浇筑混凝土前穿入孔道的后张法有粘结预应力筋，宜采取防止锈蚀的措施	全数检查	观察

表5-29　束形控制点的竖向位置允许偏差

截面高（厚）度/mm	$h \leqslant 300$	$300 < h \leqslant 1500$	$h > 1500$
允许偏差/mm	±5	±10	±15

细节：预应力筋张拉、放张、灌浆及封锚

1. 质量控制要点

预应力筋张拉、放张、灌浆及封锚的质量控制要点见下表：

项　目	控　制　要　点
资质审查	后张法预应力工程的施工应由具有相应资质等级的预应力专业施工单位承担。同时对该专业的分包应得到监理单位同意
张拉和放张	1）安装张拉设备时，直线预应力筋应使张拉力的作用线与孔道中心线重合；曲线预应力筋应使张拉力的作用线与孔道中心线末端的切线重合 2）预应力筋的张拉力、张拉或放张顺序及张拉工艺应符合设计及施工技术方案的要求 3）在预应力筋锚固过程中，由于锚具零件之间和锚具与预应力筋之间的相对移动和局部塑性变形造成的回缩量，张拉端预应力筋的内回缩量应符合设计要求
灌浆及封锚	1）孔道灌浆前应进行水泥浆配合比设计 2）严格控制水泥浆的稠度和泌水率，以获得饱满密实的灌浆效果。对空隙大的孔道，也可采用砂浆灌浆，水泥浆或砂浆的抗压强度标准值不应小于30N/mm²，当需要增加孔道灌浆密实度时，也可掺入对预应力筋无腐蚀的外加剂 3）灌浆前孔道应湿润、洁净。灌浆顺序宜先下层孔道 4）灌浆应缓慢均匀地进行，不能中断，直至出浆口排出的浆体稠度与进浆口一致。灌满孔道后，应再继续加压0.5~0.6MPa，稍后封闭灌浆孔。不掺外加剂的水泥浆，可采用二次灌浆法。封闭顺序是沿灌筑方向依次封闭 5）灌浆工作应在水泥浆初凝前完成。每人工作班留一组边长为70.7mm的立方体试件，标准养护28d，作抗压强度试验。抗压强度为一组6个试件组成，当一组试件中抗压强度最大值或最小值与平均值相差20%时，应取中间4个试件强度的平均值 6）锚固后的外露部分宜采用机械方法切割。外露长度不宜小于预应力筋直径的1.5倍，且不小于30mm 7）预应力筋的外露锚具必须有严格的密封保护措施，应采取防止锚具受机械损伤或遭受腐蚀的有效措施

2. 质量检验与验收

（1）主控项目　预应力筋张拉、放张、灌浆及封锚的主控项目质量标准及检验方法应符合表5-30的规定。

表5-30　预应力筋张拉、放张、灌浆及封锚的主控项目质量标准及检验方法

项　目	合格质量标准	抽检数量	检验方法
张拉或放张时的混凝土强度	预应力筋张拉或放张时，混凝土强度应符合设计要求；当设计无具体要求时，不应低于设计的混凝土立方体抗压强度标准值的75%	全数检查	检查同条件养护试件试验报告
预应力筋的张拉力、张拉或放张顺序及张拉工艺	预应力筋的张拉力、张拉顺序及张拉工艺应符合设计及施工技术方案的要求，并应符合下列规定： 1）当施工需要超张拉时，最大张拉力不应大于国家现行标准《混凝土结构设计规范》（GB 50010—2002）的规定 2）张拉工艺应能保证同一束中各根预应力筋的应力均匀一致 3）当预应力筋是逐根或逐束张拉时，应保证各阶段不出现对结构不利的应力状态 4）当采用应力控制张拉方法时，应校核预应力筋的伸长值。实际伸长值与设计计算理论伸长值的相对允许偏差为±6%	全数检查	检查张拉记录

（续）

项目	合格质量标准	抽检数量	检验方法
实际预应力值控制	预应力筋张拉锚固后实际建立的预应力值与工程规定检验值的相对允许偏差为 ±5%	对先张法施工，每工作班抽查预应力筋总数的1%，且不少于3根；对后张法施工，在同一检验批内，抽查预应力筋总数的3%，且不少于5束	对先张法施工，检查预应力筋应力检测记录；对后张法施工，检查见证张拉记录
预应力筋断裂或滑脱	张拉过程中应避免预应力筋断裂或滑脱；当发生断裂或滑脱，对后张法预应力结构构件，断裂或滑脱的数量严禁超过同一截面预应力筋总根数的3%，且每束钢丝不得超过一根；对多跨双向连续板，其同一截面应按每跨计算	全数检查	观察，检查张拉记录
孔道灌浆	后张法有粘结预应力筋张拉后应尽早进行孔道灌浆，孔道内水泥浆应饱满、密实	全数检查	观察，检查灌浆记录
锚具封闭保护	锚具的封闭保护应符合设计要求；当设计无具体要求时，应符合下列规定： 1）应采取防止锚具腐蚀和遭受机械损伤的有效措施 2）凸出式锚固端锚具的保护层厚度不应小于50mm 3）外露预应力筋的保护层厚度：处于正常环境时，不应小于20mm；处于易受腐蚀的环境时，不应小于50mm	在同一检验批内，抽查预应力筋总数的5%，且不少于5处	观察，钢直尺检查

（2）一般项目　预应力筋张拉、放张、灌浆及封锚的一般项目质量标准及检查方法应符合表5-31的规定。

表5-31　预应力筋张拉、放张、灌浆及封锚的一般项目质量标准及检验方法

项目	合格质量标准	抽检数量	检验方法
锚固阶段张拉端预应力筋的内缩量	锚固阶段张拉端预应力筋的内缩量应符合设计要求；当设计无具体要求时，应符合表5-32的规定	每工作班抽查预应力筋总数的3%，且不少于3束	钢直尺检查
先张法预应力筋张拉后与设计位置偏差	先张法预应力筋张拉后与设计位置的偏差不得大于5mm，且不得大于构件截面短边边长的4%	每工作班抽查预应力筋总数的3%，且不少于3束	钢直尺检查
后张法预应力筋锚固后外露部分处理	后张法预应力筋锚固后的外露部分应用机械方法切割，其外露长度不宜小于其直径的1.5倍，且不宜小于30mm	在同一检验批内，抽查预应力筋总数的3%，且不少于5束	观察，钢直尺检查
灌浆用水泥浆的水灰比	灌浆用水泥浆的水灰比不应大于0.45，搅拌后3h泌水率不宜大于2%，且不应大于3%。泌水应能在24h内全部重新被水泥浆吸收	同一配合比检查一次	检查水泥浆性能试验报告
灌浆用水泥浆抗压强度	灌浆用水泥浆的抗压强度不应小于30N/mm²	每工作班留置一组边长为70.7mm的立方体试件	检查水泥浆试件强度试验报告

表5-32 张拉端预应力筋的内缩量限值

锚具类别		内缩量限值/mm
支承式锚具(镦头锚具等)	螺母缝隙	1
	每块后加垫板的缝隙	1
锥塞式锚具		5
夹片式锚具	有顶压	5
	无顶压	6～8

细节：现浇结构混凝土工程

1. 质量控制要点

1) 现浇结构混凝土工程的外观质量缺陷，应由监理(建设)单位、施工单位等各方根据其对结构性能和使用功能影响的严重程度，按表5-33确定。

表5-33 现浇结构混凝土工程的外观质量缺陷

名 称	现 象	一般缺陷	严重缺陷
露筋	构件内钢筋未被混凝土包裹而外露	其他钢筋有少量露筋	纵向受力钢筋有露筋
蜂窝	混凝土表面缺少水泥砂浆而形成石子外露	其他部位有少量蜂窝	构件主要受力部位有蜂窝
孔洞	混凝土中孔穴深度和长度均超过保护层厚度	其他部位有少量孔洞	构件主要受力部位有孔洞
夹渣	混凝土中夹有杂物且深度超过保护层厚度	其他部位有少量夹渣	构件主要受力部位有夹渣
疏松	混凝土中局部不密实	其他部位有少量疏松	构件主要受力部位有疏松
裂缝	缝隙从混凝土表面延伸至混凝土内部	构件主要受力部位有影响结构件能或使用功能的裂缝	其他部位有少量不影响结构性能或使用功能的裂缝
连接部位缺陷	构件连接处混凝土缺陷及连接钢筋、连接件松动	连接部位有基本不影响结构传力性能的缺陷	连接部位有影响结构传力性能的缺陷
外形缺陷	缺棱掉角、棱角不直、翘曲不平、飞边凸肋等	其他混凝土构件有不影响使用功能的外形缺陷	清水混凝土构件有影响使用功能或装饰效果的外形缺陷
外表缺陷	构件表面有麻面、掉皮、起砂、玷污等	其他混凝土构件有不影响使用功能的外表缺陷	具有重要装饰效果的清水混凝土构件有外表缺陷

2) 现浇混凝土结构拆模后，施工单位应及时会同监理(建设)单位对混凝土外观质量和尺寸偏差进行检查，并作出记录。不论何种缺陷都应及时进行处理，并重新检查验收。

3) 现浇混凝土结构尺寸的允许偏差和检验方法见表5-34。

表 5-34 现浇混凝土结构尺寸的允许偏差和检验方法

项 目			允许偏差/mm	检 验 方 法
轴线位置	基础		15	钢直尺检查
	独立基础		10	
	墙、柱、梁		8	
	剪力墙		5	
垂直度	层高	≤5m	8	经纬仪或吊线、钢直尺检查
		>5m	10	
	全高(H)		H/1000 且 ≤30	经纬仪、钢直尺检查
标高	层高		±10	水准仪或拉线、钢直尺检查
	全高		±30	
截面尺寸			+8 −5	钢直尺检查
电梯井	井筒长、宽对定位中心线		+25 0	钢直尺检查
	井筒全高(H)垂直度		H/1000 且 ≤30	经纬仪、钢直尺检查
表面平整度			8	2m 靠尺和塞尺检查
预埋设施中心线位置	预埋件		10	钢直尺检查
	预埋螺栓		5	
	预埋管		5	
预留洞中心线位置			15	钢直尺检查

注：检查轴线、中心线位置时，应沿纵、横两个方向量测，并取其中的较大值。

4）混凝土设备基础尺寸的允许偏差和检验方法见表 5-35。

表 5-35 混凝土设备基础尺寸的允许偏差和检验方法

项 目		允许偏差/mm	检 验 方 法
坐标位置		20	钢直尺检查
不同平面的标高		0 −20	水准仪或拉线、钢直尺检查
平面外形尺寸		±20	钢直尺检查
凸台上平面外形尺寸		0 −20	钢直尺检查
凹穴尺寸		+20 0	钢直尺检查
平面水平度	每米	5	水平尺、塞尺检查
	全长	10	水准仪或拉线、钢直尺检查
垂直度	每米	5	经纬仪或吊线、钢直尺检查
	全高	10	
预埋地脚螺栓	标高(顶部)	+20 0	水准仪或拉线、钢直尺检查
	中心距	±2	钢直尺检查

（续）

项　　目		允许偏差/mm	检 验 方 法
预埋地脚螺栓孔	中心线位置	10	钢直尺检查
	深度	+20 0	钢直尺检查
	孔垂直度	10	吊线、钢直尺检查
预埋活动地脚螺栓锚板	标高	+10 0	水准仪或拉线、钢直尺检查
	中心线位置	5	钢直尺检查
	带槽锚板平整度	5	钢直尺、塞尺检查
	带螺纹孔锚板平整度	2	钢直尺、塞尺检查

注：检查坐标、中心线位置时，应沿纵、横两个方向量测，并取其中的较大值。

2. 质量检验与验收

（1）外观质量　现浇结构混凝土外观质量检验标准及检验方法应符合表 5-36 的规定。

表 5-36　现浇结构混凝土外观质量检验标准及检验方法

检 查 项 目	合格质量标准	检 验 方 法	检查数量
外观质量	现浇结构的外观质量不应有严重缺陷 　对已经出现的严重缺陷，应由施工单位提出技术处理方案，并经监理（建设）单位认可后进行处理。对经处理的部位，应由行政机关检查验收	观察，检查技术处理方案	全数检查
外观质量一般缺陷	现浇结构的外观质量不宜有一般缺陷 　对已经出现的一般缺陷，应由施工单位按技术处理方案进行处理，并重新检查验收	观察，检查技术处理方案	全数检查

（2）尺寸偏差　现浇混凝土结构尺寸偏差质量标准及检查方法应符合表 5-37 的规定。

表 5-37　现浇混凝土结构尺寸偏差质量标准及检查方法

检 查 项 目	合格质量标准	检查方法	检 查 数 量
过大尺寸偏差处理及验收	现浇结构不应有影响结构性能和使用功能的尺寸偏差。混凝土设备基础不应有影响结构性能和设备安装的尺寸偏差 　对超过尺寸允许偏差且影响结构性能和安装、使用功能的部位，应由施工单位提出技术处理方案，并经监理（建设）单位认可后进行处理。对经处理的部位，应重新检查验收	量测，检查技术处理方案	全数检查
现浇混凝土结构和设备基础尺寸的允许偏差及检验方法	现浇混凝土结构和设备基础拆模后的尺寸偏差应符合表 5-34、表 5-35 的规定		按楼层、结构缝或施工段划分检验批。在同一检验批内，对梁、柱和独立基础，应抽查构件数量的 10%，且不少于 3 件；对墙和板，应按有代表性的自然间抽查 10%，且不少于 3 间；对大空间结构，墙可按相邻轴线间高度 5m 左右划分检查面，板可按纵、横轴线划分检查面，抽查 10%，且均不少于 3 面；对电梯井，应全数检查。对设备基础，应全数检查

细节：装配式结构混凝土工程

1. 质量控制要点

1) 预制构件应按标准图或设计要求的试验参数及检验指标进行结构性能检验。

① 检验内容：钢筋混凝土构件和允许出现裂缝的预应力混凝土构件进行承载力、挠度和裂缝宽度检验；不允许出现裂缝的预应力混凝土构件进行承载力、挠度和抗裂检验；预应力混凝土构件中的非预应力杆件按钢筋混凝土构件的要求进行检验。对设计成熟、生产数量较少的大型构件，当采取加强材料和制作质量检验的措施时，可仅作挠度、抗裂或裂缝宽度检验；当采取上述措施并有可靠的实践经验时，可不作结构性能检验。

② 检验数量：对成批生产的构件，应按同一工艺正常生产的不超过 1000 件且不超过 3个月的同类型产品为一批。当连续检验 10 批且每批的结构性能检验结果均符合《混凝土结构工程施工质量验收规范》（GB 50204—2002）规定的要求时，对同一工艺正常生产的构件，可改为不超过 2000 件且不超过 3 个月的同类型产品为一批。在每批中应随机抽取一个构件作为试件进行检验。

③ 检验方法：采用短期静力加载检验。

注：“加强材料和制作质量检验的措施”包括下列内容：

1) 钢筋进场检验合格后，在使用前再对用作构件受力主筋的同批钢筋按不超过 5t 抽取一组试件，并经检验合格；对经逐盘检验的预应力钢丝，可不再抽样检查。

2) 受力主筋焊接接头的力学性能，应按国家现行标准《钢筋焊接及验收规程》（JGJ 18—2003）检验合格后，再抽取一组试件，并经检验合格。

3) 混凝土按 5m³ 且不超过半个工作班生产的相同配合比的混凝土，留置一组试件，并经检验合格。

4) 受力主筋焊接接头的外观质量、入模后的主筋保护层厚度、张拉预应力总值和构件的截面尺寸等，应逐件检验合格。

2) “同类型产品”是指同一钢种、同一混凝土强度等级、同一生产工艺和同一结构形式的构件。对同类型产品进行抽样检验时，试件宜从设计荷载最大、受力最不利或生产数量最多的构件中抽取。对同类型的其他产品，也应定期进行抽样检验。

① 预制底部构件与后浇混凝土层的连接质量，对叠合结构的受力性能有重要影响，叠合面应按设计要求进行处理。

② 装配式结构与现浇结构在外观质量、尺寸偏差等方面的质量要求一致。

③ 预制构件的允许偏差及检验方法见表 5-38。

表 5-38 预制构件尺寸的允许偏差及检验方法

项　　目		允许偏差/mm	检 验 方 法
长度	板、梁	+10 −5	钢直尺检查
	柱	+5 −10	
	墙板	±5	
	薄腹梁、桁架	+15 −10	

（续）

项　目		允许偏差/mm	检验方法
宽度、高(厚)度	板、梁、柱、墙板、薄腹梁、桁架	±5	钢直尺量一端及中部，取其中较大值
侧向弯曲	梁、柱、板	$l/750$ 且≤20	拉线、钢直尺量最大侧向弯曲处
	墙板、薄腹梁、桁架	$l/1000$ 且≤20	
预埋件	中心线位置	10	钢直尺检查
	螺栓位置	5	
	螺栓外露长度	+10 −5	
预留孔	中心线位置	5	钢直尺检查
预留洞	中心线位置	15	钢直尺检查
主筋保护层厚度	板	+5 −3	钢直尺或保护层厚度测定仪量测
	梁、柱、墙板、薄腹梁、桁架	+10 −5	
对角线差	板、墙板	10	钢直尺量两个对角线
表面平整度	板、墙板、柱、梁	5	2m靠尺和塞尺检查
预应力构件预留孔道位置	梁、墙板、薄腹梁、桁架	3	钢直尺检查
翘曲	板	$l/750$	调平尺在两端量测
	墙板	$l/1000$	

注：1. l 为构件长度(mm)。

2. 检查中心线、螺栓和孔道位置时，应沿纵、横两个方向量测，并取其中的较大值。

3. 对形状复杂或有特殊要求的构件，其尺寸偏差应符合标准图或设计的要求。

2. 装配式结构工程质量检验与验收

装配式结构中首先要对预制构件的结构性能进行检验，结构性能不合格的预制构件不得用于混凝土结构。

（1）主控项目　装配式结构工程主控项目质量标准及检验方法应符合表5-39的规定。

表5-39　装配式结构工程主控项目质量标准及检验方法

过　程	项　目	合格质量标准	检验方法	检查数量
预制构件	标明事项	预制构件应在明显部位标明生产单位、构件型号、生产日期和质量验收标志。构件上的预埋件、插筋和预留孔洞的规格、位置和数量应符合标准图或设计的要求	观察	全数检查
	外观检查	预制构件的外观质量不应有严重缺陷。对已经出现的严重缺陷，应按技术处理方案进行处理，并重新检查验收	观察，检查技术处理方案	全数检查
	偏差要求	预制构件不应有影响结构性能和安装、使用功能的尺寸偏差。对超过尺寸允许偏差且影响结构性能和安装、使用功能的部位，应按技术处理方案进行处理，并重新检查验收	量测，检查技术处理方案	全数检查

（续）

过 程	项 目	合格质量标准	检 验 方 法	检查数量
结构件能检验	承载力、挠度、裂缝宽度	预制构件应按标准图或设计要求的试验参数及检验指标进行结构性能检验。承载力、挠度、裂缝宽度的检验必须符合规范要求	规范要求	规范要求
施工过程	外观检查	进入现场的预制构件，其外观质量、尺寸偏差及结构性能应符合标准图或设计的要求	检查构件合格证	按批检查
	连接要求	预制构件与结构之间的连接应符合设计要求 连接处钢筋或埋件采用焊接或机械连接时，接头质量应符合国家现行标准《钢筋焊接及验收规程》（JGJ 18—2003）、《钢筋机械连接技术规程》（JGJ 107—2010）的要求	观察，检查施工记录	全数检查
	接头拼缝的强度要求	承受内力的接头和拼缝，当其混凝土强度未达到设计要求时，不得吊装上一层结构构件；当设计无具体要求时，应在混凝土强度不小于 10N/mm² 或具有足够的支承时方可吊装上一层结构构件 已安装完毕的装配式结构，应在混凝土强度到达设计要求后，方可承受全部设计荷载	检查施工记录及试件强度试验报告	全数检查

（2）一般项目 装配式结构工程一般项目质量标准及检验方法应符合表 5-40 的规定。

表 5-40 装配式结构工程一般项目质量标准及检验方法

过 程	项 目	合格质量标准	检 验 方 法	检 查 数 量
预制构件	外观要求	预制构件的外观质量不宜有一般缺陷。对已经出现的一般缺陷，应按技术处理方案进行处理，并重新检查验收	观察，检查技术处理方案	全数检查
	尺寸偏差	预制构件的尺寸偏差应符合表 5-38 的规定	见表 5-38	同一工作班生产的同类型构件，抽查5%，且不少于3件
施工过程	堆放运输	预制构件码放和运输时的支承位置和方法应符合标准图或设计的要求	观察检查	全数检查
	吊装准备	预制构件吊装前，应按设计要求在构件和相应的支承结构上标志中心线、标高等控制尺寸，按标准图或设计文件校核预埋件及连接钢筋，并作出标志	观察，钢直尺检查	全数检查
	吊装	预制构件应按标准图或设计的要求吊装。起吊时绳索与构件水平面的夹角不宜小于45°，否则应采用吊架或经算确定	观察检查	全数检查
	就位	预制构件安装就位后，应采取保证构件稳定的临时固定措施，并应根据水准点和轴线校正位	观察，钢直尺检查	全数检查

（续）

过　程	项　目	合格质量标准	检 验 方 法	检 查 数 量
施工过程	接头和拼缝要求	装配式结构中的接头和拼缝应符合设计要求；当设计无具体要求时，应符合下列规定： 1）对承受内力的接头和拼缝应采用混凝土浇筑，其强度等级应比构件混凝土强度等级提高一级 2）对不承受内力的接头和拼缝应采用混凝土或砂浆浇筑，其强度等级不应低于 C15 或 M15 3）用于接头和拼缝的混凝土或砂浆，宜采取微膨胀措施和快硬措施。在浇筑过程中应振捣密实，并应采取必要的养护措施	检查施工记录及试件强度试验报告	全数检查

6 钢结构工程的质量控制

细节：原材料及成品进场

1. 钢材

（1）主控项目

1）钢材、钢铸件的品种、规格、性能等应符合现行国家产品标准和设计要求。进口钢材产品的质量应符合设计和合同规定标准的要求。

检查数量：全数检查。

检验方法：检查质量合格证明文件、中文标志及检验报告等。

近些年，钢铸件在钢结构（特别是大跨度空间钢结构）中的应用逐渐增加，故对其规格和质量提出明确规定是完全必要的。另外，各国进口钢材标准不尽相同，所以规定对进口钢材应按设计和合同规定的标准验收。

2）对属于下列情况之一的钢材，应进行抽样复验，其复验结果应符合现行国家产品标准和设计要求：

① 国外进口钢材。

② 钢材混批。

③ 板厚等于或大于40mm，且设计有Z向性能要求的厚板。

④ 建筑结构安全等级为一级，大跨度钢结构中主要受力构件所采用的钢材。

⑤ 设计有复验要求的钢材。

⑥ 对质量有疑义的钢材。

检查数量：全数检查。

检验方法：检查复验报告。

在工程实际中，对于哪些钢材需要复验，本条规定了六种情况应进行复验，且应是见证取样、送样的试验项目。

① 对国外进口的钢材，应进行抽样复验，当具有国家进出口质量检验部门的复验商检报告时，可以不再进行复验。

② 由于钢材经过转运、调剂等方式供应到用户后容易产生混炉号，而钢材是按炉号和批号发材质合格证，因此对于混批的钢材应进行复验。

③ 厚钢板存在各向异性（X、Y、Z三个方向的屈服点、抗拉强度、伸长率、冷弯、冲击韧度等各指标，以Z向试验最差，尤其是塑性和冲击吸收功值），因此当板厚等于或大于4mm，且承受沿板厚方向拉力时，应进行复验。

④ 对大跨度钢结构来说，弦杆或梁用钢板为主要受力构件，应进行复验。

⑤ 当设计提出对钢材的复验要求时，应进行复验。

⑥ 对质量有疑义主要是指：

a. 对质量证明文件有疑义时的钢材。

b. 质量证明文件不全的钢材。

c. 质量证明书中的项目少于设计要求的钢材。

（2）一般项目

1）钢板厚度及允许偏差应符合其产品标准的要求。

检查数量：每一品种、规格的钢板抽查5处。

检验方法：用游标卡尺量测。

2）型钢的规格尺寸及允许偏差应符合其产品标准的要求。

检查数量：每一品种、规格的型钢抽查5处。

检验方法：用钢直尺和游标卡尺量测。

3）钢材的表面外观质量除应符合国家现有关标准的规定外，尚应符合下列规定：

① 当钢材的表面有锈蚀、麻点或划痕等缺陷时，其深度不得大于该钢材厚度负允许偏差值的1/2。

② 钢材表面的锈蚀等级应符合现有国家标准《涂装前钢材表面锈蚀等级和除锈等级》（GB 8923—1988）规定的 C 级及 C 级以上。

③ 钢材端边或断口处不应有分层、夹渣等缺陷。

检查数量：全数检查。

检验方法：观察检查。

2. 焊接材料

（1）主控项目

1）焊接材料的品种、规格、性能等应符合现行国家产品标准和设计要求。

检查数量：全数检查。

检验方法：检查焊接材料的质量合格证明文件、中文标志及检验报告等。

焊接材料对焊接质量的影响重大，因此，钢结构工程中所采用的焊接材料应按设计要求选用，同时产品应符合相应的国家现行标准要求。

2）重要钢结构采用的焊接材料应进行抽样复验，复验结果应符合现行国家产品标准和设计要求。

检查数量：全数检查。

检验方法：检查复验报告。

由于不同的生产批号质量往往存在一定的差异，本条对用于重要的钢结构工程的焊接材料的复验作出了明确规定。该复验应为见证取样、送样检验项目。本条中"重要"是指：

① 建筑结构安全等级为一级的一、二级焊缝。

② 建筑结构安全等级为二级的一级焊缝。

③ 大跨度结构中一级焊缝。

④ 重级工作制吊车梁结构中一级焊缝。

⑤ 设计要求。

（2）一般项目

1）焊钉及焊接瓷环的规格、尺寸及偏差应符合现行国家标准《电弧螺柱焊用圆柱头焊钉》（GB/T 10433—2002）中的规定。

检查数量：按量抽查 1%，且不应少于 10 套。

检验方法：用钢直尺和游标卡尺量测。

2）焊条外观不应有药皮脱落、焊芯生锈等缺陷，焊剂不应受潮结块。

检查数量：按量抽查 1%，且不应少于 10 包。

检验方法：观察检查。

焊条、焊剂保管不当，容易受潮，不仅影响操作的工艺性能，而且会对接头的理化性能造成不利影响。对于外观不符合要求的焊接材料，不应在工程中采用。

3. 连接用紧固标准件

（1）主控项目

1）钢结构连接用高强度大六角头螺栓连接副、扭剪型高强度螺栓连接副、钢网架用高强度螺栓、普通螺栓、铆钉、自攻钉、拉铆钉、射钉、锚栓（机械型和化学试剂型）、地脚锚栓等紧固标准件及螺母、垫圈等标准配件，其品种、规格、性能等应符合现行国家产品标准和设计要求。高强度大六角头螺栓连接副和扭剪型高强度螺栓连接副出厂时，应分别随箱带有扭矩系数和紧固轴力（预拉力）的检验报告。

检查数量：全数检查。

检验方法：检查产品的质量合格证明文件、中文标志及检验报告等。

2）高强度大六角头螺栓连接副应按《钢结构工程施工质量验收规范》（GB 50205—2001）附录 B 的规定检验其扭矩系数，其检验结果应符合《钢结构工程施工质量验收规范》（GB 50205—2001）附录 B 的规定。

检查数量：见《钢结构工程施工质量验收规范》（GB 50205—2001）附录 B。

检验方法：检查复验报告。

3）扭剪型高强度螺栓连接副应按《钢结构工程施工质量验收规范》（GB 50205—2001）附录 B 的规定检验预拉力，其检验结果应符合《钢结构工程施工质量验收规范》（GB 50205—2001）附录 B 的规定。

检查数量：见《钢结构工程施工质量验收规范》（GB 50205—2001）附录 B。

检验方法：检查复验报告。

（2）一般项目

1）高强度螺栓连接副，应按包装箱配套供货，包装箱上应标明批号、规格、数量及生产日期。螺栓、螺母、垫圈外观表面应涂油保护，不应出现生锈和沾染脏物，螺纹不应损伤。

检查数量：按包装箱数抽查 5%，且不应少于 3 箱。

检验方法：观察检查。

2）对建筑结构安全等级为一级，跨度为 40m 及以上的螺栓球节点钢网架结构，其连接高强度螺栓应进行表面硬度试验。对 8.8 级的高强度螺栓，其硬度应为 HRC21~29，10.9 级高强度螺栓，其硬度应为 HRC32~36，且不得有裂纹或损伤。

检查数量：按规格抽查 8 只。

检验方法：硬度计、10 倍放大镜或磁粉探伤。

螺栓球节点钢网架结构中高强度螺栓，其抗拉强度是影响节点承载力的主要因素，表面硬度与其强度存在着一定的内在关系，是通过控制硬度来保证螺栓的质量。

4. 焊接球

（1）主控项目

1）焊接球及制造焊接球所采用的原材料，其品种、规格、性能等应符合现行国家产品标准和设计要求。

检查数量：全数检查。

检验方法：检查产品的质量合格证明文件、中文标志及检验报告等。

2）焊接球焊缝应进行无损检验，其质量应符合设计要求，当设计无要求时应符合《钢结构工程施工质量验收规范》（GB 50205—2001）中规定的二级质量标准。

检查数量：每一规格按数量抽查 5%，且不应少于 3 个。

检验方法：超声波探伤或检查检验报告。

（2）一般项目

1）焊接球直径、圆度、壁厚减薄量等尺寸及允许偏差应符合《钢结构工程施工质量验收规范》（GB 50205—2001）的规定。

检查数量：每一规格按数量抽查 5%，且不应少于 3 个。

检验方法：用卡尺和测厚仪检查。

2）焊接球表面应无明显波纹及局部凹凸不平不大于 1.5mm。

检查数量：每一规格按数量抽查 5%，且不应少于 3 个。

检验方法：用弧形套模、卡尺和观察检查。

5. 螺栓球

（1）主控项目

1）螺栓球及制造螺栓球节点所采用的原材料，其品种、规格、性能等应符合现行国家产品标志和设计要求。

检查数量：全数检查。

检验方法：检查产品的质量合格证明文件、中文标志及检验报告等。

2）螺栓球不得有过烧、裂纹及褶皱。

检查数量：每种规格抽查 5%，且不应少于 5 只。

检验方法：用 10 倍放大镜观察和表面探伤。

（2）一般项目

1）螺栓球螺纹尺寸应符合现行国家标准《普通螺纹 基本尺寸》（GB/T 196—2003）中粗牙螺纹的规定，螺纹公差必须符合现行国家标准《普通螺纹 公差》（GB/T 197—2003）中 6H 级精度的规定。

检查数量：每种规格抽查 5%，且不应少于 5 只。

检验方法：用标准螺纹规。

2）螺栓球直径、圆度、相邻两螺栓孔中心线间夹角等尺寸及允许偏差应符合《钢结构工程施工质量验收规范》（GB 50205—2001）的规定。

检查数量：每种规格抽查 5%，且不应少于 3 只。

检验方法：用卡尺和分度头仪检查。

6. 封板、锥头和套筒

1）封板、锥头和套筒及制造封板、锥头和套筒所采用的原材料，其品种、规格、性能等应符合现行国家产品标准和设计要求。

检查数量：全数检查。

检验方法：检查产品的质量合格证明文件、中文标志及检验报告等。

2）封板、锥头、套筒外观不得有裂纹、过烧及氧化皮。

检查数量：每种规格抽查5%，且不应少于10只。

检验方法：用放大镜观察检查和表面探伤。

7. 金属压型板

（1）主控项目

1）金属压型板及制造金属压型板所采用的原材料，其品种、规格、性能等应符合现行国家产品标准和设计要求。

检查数量：全数检查。

检验方法：检查产品的质量合格证明文件、中文标志及检验报告等。

2）压型金属泛水板、包角板和零配件的品种、规格以及防水密封材料的性能应符合现行国家产品标准和设计要求。

检查数量：全数检查。

检验方法：检查产品的质量合格证明文件、中文标志及检验报告等。

（2）一般项目

压型金属板的规格尺寸及允许偏差、表面质量、涂层质量等应符合设计要求和《钢结构工程施工质量验收规范》（GB 50205—2001）的规定。

检查数量：每种规格抽查5%，且不应少于3件。

检验方法：观察和用10倍放大镜检查及尺量。

8. 涂装材料

（1）主控项目

1）钢结构防腐涂料、稀释剂和固化剂等材料的品种、规格、性能等符合现行国家产品标准和设计要求。

检查数量：全数检查。

检验方法：检查产品的质量合格证明文件、中文标志及检验报告等。

2）钢结构防火涂料的品种和技术性能应符合设计要求，并应经过具有资质的检测机构检测符合国家现行有关标准的规定。

检查：全数检查。

检验方法：检查产品的质量合格证明文件、中文标志、及检验报告等。

（2）一般项目

防腐涂料和防火涂料的型号、名称、颜色及有效期应与其质量证明文件相符。开启后，不应存在结皮、结块、凝胶等现象。

检查数量：每种规格抽查5%，且不应少于3桶。

检验方法：观察检查。

9. 其他

1）钢结构用橡胶垫的品种、规格、性能等应符合现行国家产品标准和设计要求。

检查数量：全数检查。

检验方法：检查产品的质量合格证明文件、中文标志及检验报告等。

2）钢结构工程所涉及的其他特殊材料，其品种、规格、性能等应符合现行国家产品标准和设计要求。

检查数量：全数检查。

检验方法：检查产品的质量合格证明文件、中文标志及检验报告等。

细节：钢结构焊接工程

1. 一般规定

1）本部分适用于钢结构制作和安装中的钢构件焊接和焊钉焊接的工程质量验收。

2）钢结构焊接工程可按相应的钢结构制作或安装工程检验批的划分为一个或若干个检验批。

3）碳素结构应在焊缝冷却到环境温度、低合金结构钢应在完成焊接24h以后，进行焊缝探伤检验。

4）焊缝施焊后，应在工艺规定的焊缝及部位打上焊工钢印。

2. 钢构件焊接工程

（1）主控项目

1）焊条、焊丝、焊剂、电渣焊熔嘴等焊接材料与母材的匹配应符合设计要求及国家现行行业标准《建筑钢结构焊接技术规程》（JGJ 81—2002）的规定。焊条、焊剂、药芯焊丝、熔嘴等在使用前，应按其产品说明书及焊接工艺文件的规定进行烘焙和存放。

检查数量：全数检查。

检验方法：检查质量证明书和烘焙记录。

2）焊工必须经考试合格并取得合格证书。持证焊工必须在其考试合格项目及其认可范围内施焊。

检查数量：全数检查。

检验方法：检查焊工合格证及其认可范围、有效期。

3）施工单位对其首次采用的钢材、焊接材料、焊接方法、焊后热处理等，应进行焊接工艺评定，并应根据评定报告确定焊接工艺。

检查数量：全数检查。

检验方法：检查焊接工艺评定报告。

4）设计要求全焊透的一、二级焊缝应采用超声波探伤进行内部缺陷的检验，超声波探伤不能对缺陷作出判断时，应采用射线探伤，其内部缺陷分级及探伤方法应符合现行国家标准《钢焊缝手工超声波探伤方法和探伤结果分级》（GB 11345—1989）或《金属熔化焊焊接接头射线照相》（GB/T 3323—2005）的规定。

焊接球节点网架焊缝、螺栓球节点网架焊缝及圆管T、K、Y形节点相贯线焊缝，其内部缺陷分级及探伤方法应分别符合国家现行标准《钢结构超声波探伤及质量分级法》（JG/T 203—2007）、《建筑钢结构焊接技术规程》（JGJ 81—2002）的规定。

一级、二级焊缝的质量等级及缺陷分级应符合表6-1的规定。

表6-1　一、二级焊缝质量等级及缺陷分级

焊缝质量等级		一级	二级	焊缝质量等级		一级	二级
内部缺陷超声波探伤	评定等级	Ⅱ	Ⅲ	内部缺陷射线探伤	评定等级	Ⅱ	Ⅲ
	检验等级	B级	B级		检验等级	AB级	AB级
	探伤比例	100%	20%		探伤比例	100%	20%

注：探伤比例的计数方法应按以下原则确定：

　　1. 对工厂制作焊缝，应按每条焊缝计算百分率，且探伤长度应不小于200mm，当焊缝长度不足200mm时，应对整条焊缝进行探伤。

　　2. 对现场安装焊缝，应按同一类型、同一施焊条件的焊缝条数计算百分率，探伤长度应不小于200mm，并应不少于1条焊缝。

　　检查数量：全数检查。

　　检验方法：检查超声波或射线探伤记录。

　　5）T形接头、十字接头、角接接头等要求熔透的对接和角对接组合焊缝，其焊脚尺寸不应小于 $t/4$，设计有疲劳验算要求的吊车梁或类似构件的腹板与上翼缘连接焊缝的焊脚尺寸为 $t/2$，如图6-1所示，且不应小于10mm。焊脚尺寸的允许偏差为 0~4mm。

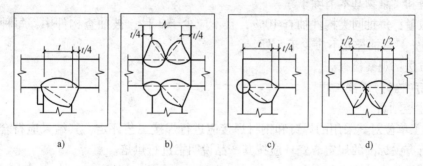

图6-1　焊脚尺寸

　　检查数量：资料全数检查，同类焊缝抽查10%，且不应少于3条。

　　检验方法：观察检查，用焊缝量规抽查测量。

　　6）焊缝表面不得有裂纹、焊瘤等缺陷。一级、二级焊缝不得有表面气孔、夹渣、弧坑裂纹、电弧擦伤等缺陷。且一级焊缝不许有咬边、未焊满、根部收缩等缺陷。

　　检查数量：每批同类构件抽查10%，且不应少于3件；被抽查构件中，每一类型焊缝按条数抽查5%，且不应少于1条；每条检查1条，总抽查数不应少于10处。

　　检验方法：观察检查或使用放大镜、焊缝量规和钢直尺检查。当存在疑义时，采用渗透或磁粉探伤检查。

　　（2）一般项目

　　1）对于需要进行焊前预热或焊后热处理的焊缝，其预热温度或后热温度应符合国家现行有关标准的规定或通过工艺试验确定。预热区在焊道两侧，每侧宽度均应大于焊件厚度的1.5倍以上，且不应小于100mm，后热处理应在焊后立即进行，保温时间应根据板厚按每25mm板厚1h确定。

　　检查数量：全数检查。

　　检验方法：检查预热、后热施工记录和工艺试验报告。

2）二级、三级焊缝外质量标准应符合《钢结构工程施工质量验收规范》（GB 50205—2001）附录 A 中表 A.0.1 的规定。三级对接缝应按二级焊缝标准进行外观质量检验。

检查数量：每批同类构件抽查 10%，且不应少于 3 件；被抽查构件中，每一类型焊缝按条数抽查 5%，且不应少于 1 条；每条检查 1 条，总抽查数不应少于 10 条。

检验方法：观察检查或使用放大镜、焊缝量规和钢直尺检查。

3）焊缝尺寸允许偏差应符合《钢结构工程施工质量验收规范》（GB 50205—2001）附录 A 中表 A.0.2 的规定。

检查数量：每批同类构件抽查 10%，且不应少于 3 件；被抽查构件中，每种焊缝按条数各抽查 5%，但不应少于 1 条；每条检查 1 条，总抽查数不应少于 10 处。

检验方法：用焊缝量规检查。

4）焊出凹形的角焊缝，焊缝金属与母材间应平缓过渡，加工成凹形的角焊缝，不得在其表面留下切痕。

检查数量：每批同类构件抽查 10%，且不应少于 3 件。

检验方法：观察检查。

5）焊缝感观应达到：外形均匀、成形较好，焊道与焊道、焊道与基本金属间过渡比较平滑，焊渣和飞溅物基本清除干净。

检查数量：每批同类构件抽查 10%，且不应少于 3 件；被抽查构件中，每种焊缝按数量各抽查 5%，总抽查处不应少于 5 处。

检验方法：观察检查。

3. 焊钉(栓钉)焊接工程

（1）主控项目

1）施工单位对其采用的焊钉和钢材焊接应进行焊接工艺评定，其结果应符合设计要求和国家现行有关标准的规定。瓷环应按其产品说明书进行烘焙。

检查数量：全数检查。

检验方法：检查焊接工艺评定报告和烘焙记录。

2）焊钉焊接后应进行弯曲试验检查，其焊缝和热影响区不应有肉眼可见的裂纹。

检查数量：每批同类构件抽查 10%，且不应少于 10 件；被抽查构件中，每件检查焊钉数量的 1%，但不应少于 1 个。

检验方法：焊钉弯曲 30° 后用角尺检查和观察检查。

（2）一般项目

焊钉根部焊脚应均匀，焊脚立面的局部未熔合或不足 360° 的焊脚应进行修补。

检查数量：按总焊钉数量抽查 1%，且不应少于 10 个。

检验方法：观察检查。

细节：紧固件连接工程

1. 一般规定

1）本部分适用于钢结构制作和安装中的普通螺栓、扭剪型高强度螺栓、高强度大八角头螺栓、钢网架螺栓球节点用高强度螺栓及射钉、自攻钉、拉铆钉等连接工程的质量验收。

2）紧固件连接工程可按相应的钢结构制作或安装工程检验批的划分原则划分为一个或若干个检验批。

2. 普通紧固件连接

（1）主控项目

1）普通螺栓作为永久性连接螺栓时，当设计有要求或对其质量有疑义时，应进行螺栓实物最小拉力载荷复验，试验方法见《钢结构工程施工质量验收规范》（GB 50205—2001）附录 B，其结果应符合现行国家标准《紧固件机机械性能　螺栓、螺钉和螺柱》（GB/T 3098.1—2000）的规定。

检查数量：每一规格螺栓抽查 8 个。

检验方法：检查螺栓实物复验报告。

2）连接薄钢板采用的自攻螺栓、拉铆钉、射钉等，其规格尺寸应与连接钢板相匹配，其间距、边距等应符合设计要求。

检查数量：按连接节点数抽查 1%，且不应少于 3 个。

检验方法：观察和尺量检查。

（2）一般项目

1）永久普通螺栓紧固应牢固、可靠，外露螺纹不应少于 2 扣。

检查数量：按连接节点数抽查 10%，且不应少于 3 个。

检验方法：观察和用小锤敲击检查。

2）自攻螺栓、钢拉铆钉、射钉等与连接钢板应紧固密贴，外观排列整齐。

检查数量：按连接节点数抽查 10%，且不应少于 3 个。

检验方法：观察或用小锤敲击检查。

3. 高强度螺栓连接

（1）主控项目

1）钢结构制作和安装单位应按《钢结构工程施工质量验收规范》（GB 50205—2001）附录 B 的规定、分别进行高强度螺栓连接、摩擦面的抗滑移系数试验和复验，现场处理的构件摩擦应单独进行摩擦面抗滑移系数试验，其结果应符合设计要求。

检查数量：见《钢结构工程施工质量验收规范》（GB 50205—2001）附录 B。

检验方法：检查摩擦面抗滑移系数试验报告和复验报告。

2）高强度大六角头螺栓连接副终拧完成 1h 后、48h 内应进行终拧扭矩检查，检查结果应符合《钢结构工程施工质量验收规范》（GB 50205—2001）附录 B 的规定。

检查数量：按节点数检查 10%，且不应少于 10 个，每个被抽查节点按螺栓数抽查 10%，且不应少于 2 个。

检验方法：见《钢结构工程施工质量验收规范》（GB 50205—2001）附录 B。

3）扭剪型高强度螺栓连接副终拧后，除因构造原因无法使用专用扳手终拧掉梅花头者外，未在终拧中拧掉梅花头的螺栓数不应大于该节点螺栓数的 5%。对所有梅花头未拧掉的扭剪型高强度螺栓连接副，应采用扭矩法或转角法进行终拧并用以标记，且按 2）的规定进行拧扭矩检查。

检查数量：按节点数抽查 10%，但不应少于 10 个节点，被抽查节点中梅花头未拧掉的扭剪型高强度螺栓连接副全数进行终拧扭矩检查。

检验方法：观察检查及《钢结构工程施工质量验收规范》（GB 50205—2001）附录 B。

（2）一般项目

1）高强度螺栓连接副的施拧顺序和初拧、复拧扭矩应符合设计要求和国家现行行业标准《钢结构高强度螺栓连接的设计施工及验收规程》（JGJ 82—1991）的规定。

检查数量：全数检查资料。

检验方法：检查扭矩扳手标定记录和螺栓施工记录。

2）高强度螺栓连接副拧后，螺栓螺纹外露应为2～3扣，其中允许有10%的螺栓螺纹外露1扣或4扣。

检查数量：按节点数抽查5%，且不应少于10个。

检验方法：观察检查。

3）高强度螺栓连接摩擦面应保持干燥、整洁，不应有飞边、毛刺、焊接飞溅物、焊疤、氧化铁皮、污垢等，除设计要求外，摩擦面不应涂漆。

检查数量：全数检查。

检验方法：观察检查。

4）高强度螺栓应自由穿入螺栓孔。高强度螺栓孔不应采用气割扩孔，扩孔数量应征得设计同意，扩孔后的孔径不应超过 $1.2d$（d 为螺栓直径）。

检查数量：被扩螺栓孔全数检查。

检验方法：观察检查及用卡尺检查。

5）螺栓球节点网架总拼完成后，高强度螺栓与球节点应紧固连接。高强度螺栓拧入螺栓球内的螺纹长度不应小于 $1.0d$（d 为螺栓直径），连接处不应出现有间隙、松动等未拧紧情况。

检查数量：按节点数抽查5%，且不应少于10个。

检验方法：普通扳手及尺量检查。

细节：钢零件及钢部件加工工程

1. 一般规定

1）本部分适用于钢结构制作及安装中钢零件及钢部件加工的质量验收。

2）钢零件及钢部件加工工程，可按相应的钢结构制作工程或钢结构安装工程检验批的划分原则划分为一个或若干个检验批。

2. 切割

（1）主控项目

钢材切割面或剪切面应无裂纹、夹渣、分层和大于 1mm 的缺棱。

检查数量：全数检查。

检验方法：观察或用放大镜及百分尺检查，有疑义时做渗透、磁粉或超声波探伤检查。

（2）一般项目

1）气割的允许偏差应符合表 6-2 的规定。

表 6-2　气割的允许偏差　（单位：mm）

项　目	允许偏差	项　目	允许偏差
零件宽度、长度	±3.0	割纹深度	0.3
切割面平面度	0.05t，且不应大于 2.0	局部缺口深度	1.0

注：t 为切割面厚度。

检查数量：按切割面数抽查 10%，且不应少于 3 个。

检验方法：观察检查或用钢直尺、塞尺检查。

2）机械剪切的允许偏差应符合表 6-3 的规定。

表 6-3 机械剪切的允许偏差 （单位：mm）

项 目	允 许 偏 差	项 目	允 许 偏 差
零件宽度、长度	±3.0	型钢端部垂直度	2.0
边缘缺棱	1.0		

检查数量：按切割面数抽查 10%，且不应少于 3 个。

检验方法：观察检查或用钢直尺、塞尺检查。

3. 矫正和弯曲

（1）主控项目

1）碳素结构钢在环境温度低于 −16℃、低合金结构钢在环境温度低于 −12℃时，不应进行冷矫正和冷弯曲。碳素结构钢和低合金结构在加热矫正时，加热温度不应超过 900℃。低合金结构钢在加热矫正后应自然冷却。

检查数量：全数检查。

检验方法：检查制作工艺报告和施工记录。

2）当零件采用热加工成形时，加热温度应控制在 900~1000℃；碳素结构钢和低合金结构钢在温度分别下降到 700℃和 800℃之前时，应结束加工；低合金结构钢应自然冷却。

检查数量：全数检查。

检验方法：检查制作工艺报告和施工记录。

（2）一般项目

1）矫正后的钢材表面，不应有明显的凹面或损伤，划痕深度不得大于 0.5mm，且不应大于该钢材厚度负允许偏差的 1/2。

检查数量：全数检查。

检验方法：观察检查和实测检查。

2）型钢冷矫正和冷弯曲的最小曲率半径和最大弯曲矢高应符合表 6-4 的规定。

表 6-4 型钢冷矫正和冷弯曲的最小曲率半径和最大弯曲矢高 （单位：mm）

钢材类别	图 例	对 应 轴	矫 正		弯 曲	
			r	f	r	f
钢板、扁钢		$x-x$	$50t$	$\dfrac{l^2}{400t}$	$25t$	$\dfrac{l^2}{200t}$
		$y-y$（仅对扁钢轴线）	$100b$	$\dfrac{l^2}{800b}$	$50b$	$\dfrac{l^2}{400b}$
角钢		$x-x$	$90b$	$\dfrac{l^2}{720b}$	$45b$	$\dfrac{l^2}{360b}$

（续）

钢材类别	图　例	对应轴	矫　正		弯　曲	
			r	f	r	f
槽钢		$x-x$	$50h$	$\dfrac{l^2}{400h}$	$25h$	$\dfrac{l^2}{200h}$
		$y-y$	$90b$	$\dfrac{l^2}{720b}$	$45b$	$\dfrac{l^2}{360b}$
工字钢		$x-x$	$50h$	$\dfrac{l^2}{400h}$	$25h$	$\dfrac{l^2}{200h}$
		$y-y$	$50b$	$\dfrac{l^2}{400b}$	$25b$	$\dfrac{l^2}{200b}$

注：r 为曲率半径；f 为弯曲矢高；l 为弯曲弦长；t 为钢板厚度。

检查数量：按冷矫正和冷弯曲的件数抽查 10%，且不少于 3 个。

检验方法：观察检查和实测检查。

3）钢材矫正后的允许偏差，应符合表 6-5 的规定。

表 6-5　钢材矫正后的允许偏差　　　　　　　（单位：mm）

项　目		允　许　偏　差	图　例
钢板的局部平面度	$t \le 14$	1.5	
	$t > 14$	1.0	
型钢弯曲矢高		$l/1000$ 且不应大于 5.0	
角钢肢的垂直度		$b/100$ 双肢栓接角钢的角度不得大于 90°	
槽钢翼缘对腹板的垂直度		$b/80$	
工字钢、H 型钢翼缘对腹板的垂直度		$b/100$ 且不大于 2.0	

检查数量：按矫正件数抽查 10%，且不应少于 3 件。

检验方法：观察检查和实测检查。

4. 边缘加工

（1）主控项目

气割或机械剪切的零件需要进行边缘加工时其刨削量不应小于 2.0mm。

检查数量：全数检查。

检验方法：检查工艺报告和施工记录。

（2）一般项目

钢零部件边缘加工允许偏差应符合表 6-6 的规定。

表 6-6 钢零部件边缘加工的允许偏差 （单位：mm）

项　目	允许偏差	项　目	允许偏差
零件宽度、长度	±1.0	加工面垂直度	$0.025t$，且不应大于 0.5
加工边直线度	$l/3000$，且不应大于 2.0	加工面表面粗糙度	$\sqrt{}$ 50
相邻两边夹角	±6′		

检查数量：按加工面数抽查 10% 且不应少于 3 件。

检验方法：观察检查和实测检查。

5. 管、球加工

（1）主控项目

1）螺栓球成形后，不应有裂纹、褶皱、过烧。

检查数量：每种规格抽查 10%，且不应少于 5 个。

检验方法：10 位放大镜观察检查或表面探伤。

2）钢板压成半圆球后，表面不应有裂纹、褶皱。焊接球其对接坡口应采用机械加工，对接焊缝表面应打磨平整。

检查数量：每种规格抽查 10%，且不少于 5 个。

检验方法：10 倍放大镜观察检查或表面探伤。

（2）一般项目

1）螺栓球加工的允许偏差应符合表 6-7 的规定。

表 6-7 螺栓球加工的允许偏差 （单位：mm）

项　目		允许偏差	检验方法
圆度	$d \leqslant 120$	1.5	用卡尺和游标卡尺检查
	$d > 120$	2.5	
同一轴线上两铣平面平行度	$d \leqslant 120$	0.2	用百分表、V 形块检查
	$d > 120$	0.3	
铣平面距球中心距离		±0.2	用游标卡尺检查
相邻两螺栓孔中心线夹角		±30′	用分度头检查
两铣平面与螺栓孔轴线垂直度		$0.005r$	用百分表检查

（续）

项　目		允许偏差	检验方法
球毛坯直径	$d \leqslant 120$	+2.0 -1.0	用卡尺和游标卡尺检查
	$d > 120$	+3.0 -1.5	

检查数量：每种规格抽查 10%，且不应少于 5 个。

检验方法：见表 6-7。

2) 焊接球加工的允许偏差应符合表 6-8 的规定。

表 6-8　焊接球加工的允许偏差　　　　　　　（单位：mm）

项　目	允许偏差	检验方法	项　目	允许偏差	检验方法
直径	$\pm 0.005d$ ± 2.5	用卡尺和游标卡尺检查	壁厚减薄量	0.13t，且不应大于 1.5	用卡尺和测厚仪检查
圆度	2.5	用卡尺和游标卡尺检查	两半球对口错边	1.0	用套模和游标卡尺检查

注：t 为球壁厚度。

检查数量：每种规格抽查 10%，且不应少于 5 个。

检验方法：见表 6-8。

3) 钢网架（桁架）用钢管杆件加工的允许偏差应符合表 6-9 的规定。

表 6-9　钢网架（桁架）用钢管杆件加工的允许偏差　　（单位：mm）

项　目	允许偏差	检验方法	项　目	允许偏差	检验方法
长度	± 1.0	用钢直尺和百分表检查	管口曲线	1.0	用套模和游标卡尺检查
端面对管轴的垂直度	0.005r	用百分表、V 形块检查			

注：r 为曲率半径。

检查数量：每种规格抽查 10%，且不应少于 5 根。

检验方法：见表 6-9。

6. 制孔

(1) 主控项目

A、B 级螺栓孔（Ⅰ类孔）应具有 H12 的精度，孔壁表面粗糙度 R_a 不应该大于 12.5μm。其孔径允许偏差应符合表 6-10 的规定。

表 6-10　A、B 级螺栓孔径的允许偏差　　　　　（单位：mm）

序号	螺栓公称直径、螺栓孔直径	螺栓公称直径允许偏差	螺栓孔直径允许偏差	序号	螺栓公称直径、螺栓孔直径	螺栓公称直径允许偏差	螺栓孔直径允许偏差
1	10~18	0.00 -0.21	+0.18 0.00	3	30~50	0.00 -0.25	+0.25 0.00
2	18~30	0.00 -0.21	+0.21 0.00				

C 级螺栓孔（Ⅱ类孔），孔壁表面粗糙度 R_a 不应大于 $25\mu m$，其允许偏差应符合表 6-11 的规定。

表 6-11 C 级螺栓孔的允许偏差 （单位：mm）

项　目	允许偏差	项　目	允许偏差
直径	+1.0 0.0	圆度	2.0
		垂直度	0.3t，且不应大于 2.0

注：t 为连接板的厚度。

检查数量：按钢构件数量抽查 10%，且不应少于 3 件。

检验方法：用游标卡尺或孔径量规检查。

（2）一般项目

1）螺栓孔孔距的允许偏差应符合表 6-12 的规定。

表 6-12 螺栓孔孔距允许偏差 （单位：mm）

螺栓孔孔距范围	≤500	501～1200	1201～3000	>3000	螺栓孔孔距范围	≤500	501～1200	1201～3000	>3000
同一组内任意 两孔间距离	±1.0	±1.5	—	—	相邻两组的 端孔间距离	±1.5	±2.0	±2.5	±3.0

注：1. 在节点中连接板与一根杆件相连的所有螺栓孔为一组。

　　2. 对接接头在拼接板一侧的螺栓孔为一组。

　　3. 在两相邻节点或接头间的螺栓孔为一组，但不包括上述两款所规定的螺栓孔。

　　4. 受弯构件翼缘上的连接螺栓孔，每米长度范围内的螺栓孔为一组。

检查数量：按钢构件数量抽查 10%，且不应少于 3 件。

检验方法：用钢直尺检查。

2）螺栓孔孔距的允许偏差超过表中规定的允许偏差时，应采用与母材材质相匹配的焊条补焊后重新制孔。

检查数量：全数检查。

检验方法：观察检查。

细节：钢构件组装工程

1. 一般规定

1）本部分适用于钢结构制作中心构件组装的质量验收。

2）钢构件组装工程可按钢结构制作工程检验批的划分原则划分为一个或若干个检验批。

2. 焊接 H 型钢

一般项目

1）焊接 H 型钢的翼缘板拼接缝和腹板拼接缝的间距不应小于 200mm。翼缘板拼接长度不应小于 2 倍板宽，腹板拼接宽度不应小于 300mm，长度不应小于 600mm。

检查数量：全数检查。

检验方法：观察和用钢直尺检查。

2）焊接 H 型钢的允许偏差应符合《钢结构工程施工质量验收规范》（GB 50205—2001）附录 C 中表 C. 0. 1 的规定。

检查数量：按钢构件数抽查 10% ，宜不应少于 3 件。

检验方法：用钢直尺、角尺、塞尺等检查。

3. 组装

（1）主控项目

吊车梁和吊车桁架不应下挠。

检查数量：全数检查。

检验方法：构件直立，在两端支承后，用水准仪和钢直尺检查。

（2）一般项目

1）焊接连接组装的允许偏差应符合《钢结构工程施工质量验收规范》（GB 50205—2001）附录 C 中表 C. 0. 2 的规定。

检查数量：按构件数抽查 10% ，且不应少于 3 个。

检验方法：用钢直尺检验。

2）顶紧触面应有 75% 以上的面积紧贴。

检查数量：按接触面的数量抽查 10% ，且不少于 10 个。

检验方法：用 0. 3mm 塞尺检查，且塞入面积应小于 25% ，边缘间隙应不应大于 0. 8mm。

3）桁架结构杆件轴件交点错位的允许偏差不得大于 3. 0mm。

检查数量：按构件数抽查 10% ，且不应少于 3 个，每个抽查构件按节点数抽查 10% ，且不少于 3 个节点。

检验方法：尺量检查。

4. 端部铣平及安装焊缝坡口

（1）主控项目

端部铣平的允许偏差应符合表 6-13 的规定。

表 6-13 端部铣平的允许偏差 （单位:mm）

项　目	允许偏差	项　目	允许偏差
两端铣平时构件长度	±2. 0	铣平面的平面度	0. 3
两端铣平时零件长度	±0. 5	铣平面对轴线的垂直度	$l/1500$

注: l 为零件长度。

检查数量：按铣平面数量抽查 10% ，且不应少于 3 个。

检验方法：用钢直尺、角尺、塞尺等检查。

（2）一般项目

1）安装焊缝坡口的允许偏差应符合表 6-14 的规定。

表 6-14 安装焊缝坡口的允许偏差

项　目	允许偏差	项　目	允许偏差
坡口角度	±5°	钝边	±1. 0mm

检查数量：按坡口数量抽查 10%，且不少于 3 条。

检验方法：用焊缝量尺检查。

2）外露铣平面应防锈保护。

检查数量：全数检查。

检验方法：观察检查。

5. 钢构件外形尺寸

（1）主控项目

钢构件外形尺寸主控项目的允许偏差应符合表 6-15 的规定。

表 6-15　钢构件外形尺寸主控项目的允许偏差　　（单位:mm）

项　目	允许偏差	项　目	允许偏差
单层柱、梁、桁架受力支托（支承面）表面至第一个安装孔距离	±1.0	构件连接处的截面几何尺寸	±3.0
		柱、梁连接处的腹板中心线偏移	2.0
多节柱铣平面至第一个安装孔距离	±1.0	受压构件（杆件）	$l/1000$，
实腹梁两端最外侧安装孔距离	±3.0	弯曲矢高	且不应大于 10.0

注：l 为杆长度。

检查数量：全数检查。

检验方法：用钢直尺检查。

（2）一般项目

钢构件外形尺寸一般项目的允许偏差应符合《钢结构工程施工质量验收规范》（GB 50205—2001）附录 C 中表 C.0.3～表 C.0.9 的规定。

检查数量：按构件数量抽查 10%，且不应少于 3 件。

检验方法：见《钢结构工程施工质量验收规范》（GB 50205—2001）附录 C 中表 C.0.3～表 C.0.9。

细节：钢构件预拼装工程

1. 一般规定

1）本部分适用于钢构件预拼装工程的质量验收。

2）钢构件预拼装工程可按钢结构制作工程检验批的划分原则划分为一个或若干个检验批。

3）预拼装所用的支承凳或平台应测量找平，检查时应拆除全部临时固定和拉紧装置。

4）进行预拼装的钢构件，其质量应符合设计要求和《钢结构工程施工质量验收规范》（GB 50205—2001）合格质量标准的规定。

2. 预拼装

（1）主控项目

高强度螺栓和普通螺栓连接的多层叠板，应采用试孔器进行检查，并应符合下列规定：

1）当采用比孔公称直径小 1.0mm 的试孔器检查时，每组孔的通过率不应小于 85%。

2）当采用比螺栓公称直径大 0.3mm 的试孔器检查时，通过率应为 100%。

检查数量：按预拼装单元全数检查。

检验方法：采用试孔器检查。

（2）一般项目

预拼装的允许偏差应符合《钢结构工程施工质量验收规范》（GB 50205—2001）附录 D 表 D 的规定。

检查数量：按预拼装单元全数检查。

检验方法：见《钢结构工程施工质量验收规范》（GB 50205—2001）附录 D 表 D。

细节：单层钢结构安装工程

1. 一般规定

1）本部分适用于单层钢结构的主体结构、地下钢结构、檩条及墙架等次要构件、钢平台钢梯、防护栏杆等安装工程的质量验收。

2）单层钢结构安装工程可按变形缝或空间刚度单元等划分成一个或若干个检验批。地下钢结构可按不同地下层划分检验批。

3）钢结构安装检验批应在进场验收和焊接连接、紧固件连接、制作等分项工程验收合格的基础上进行验收。

4）安装的测量校正、高强度螺栓安装、负温度下施工及焊接工艺等，应在安装前进行工艺试验或评定，并应在此基础上制定相应的施工工艺或方案。

5）安装偏差的检测，应在结构形成空间刚度单元并连接固定后进行。

6）安装时，必须控制屋面、楼面、平台等的施工荷载，施工荷载和冰雪荷载等严禁超过梁、桁架、楼面板、屋面板、平台辅板等的承载能力。

7）在形成空间刚度单元后，应及时对柱底板和基础顶面的空隙进行细石混凝土、灌浆料等二次浇灌。

8）吊车梁或直接承受动力荷载的梁，其受拉翼缘、吊车桁架或直接承受动力荷载的桁架，其受拉弦杆上不得焊接悬挂物和卡具等。

2. 基础和支承面

（1）主控项目

1）建筑物的定位轴线、基础轴线和标高、地脚螺栓的规格及其紧固件应符合设计要求。

检查数量：按柱基数抽查10%，且不应少于3个。

检验方法：用经纬仪、水准仪、全站仪和钢直尺现场实测。

2）基础顶面直接作为柱的支承面和基础顶面预埋钢板或支座作为柱的支承面时，其支承面、地脚螺栓（锚栓）位置的允许偏差应符合表6-16的规定。

表 6-16 支承面、地脚螺栓（锚栓）位置的允许偏差 （单位：mm）

项　目		允许偏差	项　目		允许偏差
支承面	标高	±3.0	地脚螺栓（锚栓）	螺栓中心偏移	5.0
	水平度	$l/1000$		预留孔中心偏移	10.0

注：l 为支承面长度。

检查数量：按柱基数抽查 10%，且不应少于 3 个。

检验方法：用经纬仪、水准仪、全站仪、水平尺和钢直尺实测。

3）采用坐浆垫板时，坐浆垫板的允许偏差应符合表 6-17 的规定。

表 6-17 坐浆垫板的允许偏差　　　　　　　　（单位：mm）

项　目	允许偏差	项　目	允许偏差
顶面标高	0.0 -3.0	水平度	$l/1000$
		位置	20.0

注：l 为垫板长度。

检查数量：资料全数检查。按柱基数抽查 10%，且不应少于 3 个。

检验方法：用水准仪、全站仪、水平尺和钢直尺现场实测。

4）采用杯口基础时，杯口尺寸的允许偏差应符合表 6-18 的规定。

表 6-18 杯口尺寸的允许偏差　　　　　　　　（单位：mm）

项　目	允许偏差	项　目	允许偏差
底面标高	0.0 -5.0	杯口垂直度	$H/100$，且不应大于 10.0
		位置	10.0
杯口深度 H	±5.0		

检查数量：按基础数抽查 10%，且不应少于 4 处。

检验方法：观察及尺量检查。

（2）一般项目

地脚螺栓（锚栓）尺寸的偏差应符合表 6-19 的规定。地脚螺栓（锚栓）的螺纹应受到保护。

表 6-19 地脚螺栓（锚栓）尺寸的允许偏差　　　　　　　　（单位：mm）

项　目	允许偏差	项　目	允许偏差
螺栓（锚栓）露出长度	+30.0 0.0	螺纹长度	+30.0 0.0

检查数量：按柱基数抽查 10%，且不应少于 3 个。

检验方法：用钢直尺现场实测。

3. 安装和校正

（1）主控项目

1）钢构件应符合设计要求和《钢结构工程施工质量验收规范》（GB 50205—2001）的规定。运输、堆放和吊装等造成钢构件变形及涂层脱落时，应进行矫正和修补。

检查数量：按构件数抽查 10%，且不应少于 3 个。

检验方法：用拉线、钢直尺现场实测或观察。

2）设计要求顶紧的节点，接触面不应少于 70% 紧贴，且边缘最大间隙不应大于 0.8mm。

检查数量：按节点数抽查 10%，且不应少于 3 个。

检验方法：用钢直尺及 0.3mm 和 0.8mm 厚的塞尺现场实测。

3）钢屋(托)架、桁架、梁及受压杆件的垂直度和侧向弯曲矢高的允许偏差应符合表6-20的规定。

表6-20　钢屋(托)架、桁架、梁及受压杆件垂直度和侧向弯曲矢高的允许偏差　（单位：mm）

项　目	允许偏差	图　例
跨中的垂直度	$h/250$，且不应大于15.0	
侧向弯曲矢高 f	$l \leqslant 30m$　$l/1000$，且不应大于10.0	
	$30m < l \leqslant 60m$　$l/1000$，且不应大于30.0	
	$l > 60m$　$l/1000$，且不应大于50.0	

检查数量：按同类构件数抽查10%，且不少于3个。

检验方法：用吊线、拉线、经纬仪和钢直尺现场实测。

4）单层钢结构主体结构的整体垂直度和整体平面弯曲的允许偏差应符合表6-21的规定。

表6-21　整体垂直度和整体平面弯曲的允许偏差　（单位：mm）

项　目	允许偏差	图　例	项　目	允许偏差	图　例
主体结构的整体垂直度	$H/1000$，且不应大于25.0		主体结构的整体平面弯曲	$l/1500$，且不应大于25.0	

检查数量：对主要立面全部检查。对每个所检查的立面，除两列角柱外，尚应至少选取一列中间柱。

检验方法：采用经纬仪、全站仪等测量。

（2）一般项目

1）钢柱等主要构件的中心线及标高基准点等标记应齐全。

检查数量：按同类构件数抽查 10%，且不应少于 3 件。

检验方法：观察检查。

2）当钢桁架（或梁）安装在混凝土柱上时，其支座中心对定位轴线的偏差不应大于10mm，当采用大型混凝土屋面板时，钢桁架（或梁）间距的偏差不应该大于 10mm。

检查数量：按同类构件数抽查 10%，且不应少于 3 榀。

检验方法：用拉线和钢直尺现场实测。

3）钢柱安装的允许偏差应符合《钢结构工程施工质量验收规范》（GB 50205—2001）附录 E 中表 E. 0. 1 的规定。

检查数量：按钢柱数抽查 10%，且不应少于 3 件。

检验方法：见《钢结构工程施工质量验收规范》（GB 50205—2001）附录 E 中表 E. 0. 1。

4）钢吊车梁或直接承受动力荷载的类似构件，其安装的允许偏差应符合《钢结构工程施工质量验收规范》（GB 50205—2001）附录 E 中表 E. 0. 2 的规定。

检查数量：按钢吊车梁抽查 10%，且不应少于 3 榀。

检验方法：见《钢结构工程施工质量验收规范》（GB 50205—2001）附录 E 中表 E. 0. 2。

5）檩条、墙架等构件安装的允许偏差应符合《钢结构工程施工质量验收规范》（GB 50205—2001）附录 E 中表 E. 0. 3 的规定。

检查数量：按同类构件数抽查 10%，且不应少于 3 件。

检验方法：见《钢结构工程施工质量验收规范》（GB 50205—2001）附录 E 中表 E. 0. 3。

6）钢平台、钢梯、栏杆安装应符合现行国家标准《固定式钢梯及平台安全要求 第 1 部分：钢直梯》（GB 4053.1—2009）、《固定式钢梯及平台安全要求 第 2 部分：钢斜梯》（GB 4053.2—2009）和《固定式钢梯及平台安全要求 第 3 部分：工业防护栏杆及钢平台》（GB 4053.3—2009）的规定。钢平台、钢梯和防护栏杆安装的允许偏差应符合《钢结构工程施工质量验收规范》（GB 50205—2001）附录 E 中表 E. 0. 4 的规定。

检查数量：按钢平台总数抽查 10%，栏杆、钢梯按总长度各抽查 10%，但钢平台不应少于 1 个，栏杆不应少于 5m，钢梯不应少于 1 跑。

检验方法：见《钢结构工程施工质量验收规范》（GB 50205—2001）附录 E 中表 E. 0. 4。

7）现场焊缝组对间隙的允许偏差应符合表 6-22 的规定。

表 6-22 现场焊缝组对间隙的允许偏差 （单位：mm）

项 目	允 许 偏 差	项 目	允 许 偏 差
无垫板间隙	+3.0 0.0	有垫板间隙	+3.0 -2.0

检查数量：按同类节点数抽查 10%，且不应少于 3 个。

检验方法：尺量检查。

8）钢结构表面应干净，结构主要表面不应有疤痕、泥沙等污垢。

检查数量：按同类构件数抽查 10%，且不应少于 3 件。

检验方法：观察检查。

细节：多层及高层钢结构安装工程

1. 一般规定

1）本部分适用于多层及高层钢结构的主体结构、地下钢结构、檩条及墙架等次要构件、钢平台、钢梯、防护栏杆等安装工程的质量验收。

2）多层及高层钢结构安装工程可按楼层或施工段等划分为一个或若干个检验批。地下钢结构可按不同地下层划分检验批。

3）柱、梁、支撑等构件的长度尺寸应包括焊接收缩余量等变形值。

4）安装柱时，每节柱的定位轴线应从地面控制轴线直接引上，不得从下层柱的轴线引上。

5）结构的楼层标高可按相对标高或设计标高进行控制。

6）钢结构安装检验批应在进场验收和焊接连接、紧固件连接、制作等分项工程验收合格的基础上进行验收。

7）多层及高层结构安装应遵照"细节：单层钢结构安装工程"中"一般规定"4）~8）的规定。

2. 基础和支承面

（1）主控项目

1）建筑物的定位轴线、基础上柱的定位轴线和标高、地脚螺栓（锚栓）的规格和位置、地脚螺栓（锚栓）紧固应符合设计要求。当设计无要求时，应符合表6-23的规定。

表6-23　建筑物定位轴线、基础上柱的定位轴线和标高、地脚螺栓（锚栓）的允许偏差　（单位：mm）

项　目	允许偏差	图　例	项　目	允许偏差	图　例
建筑物定位轴线	$l/20000$，且不应大于3.0		基础上柱底标高	±2.0	
基础上柱的定位轴线	1.0		地脚螺栓（锚栓）位移	2.0	

检查数量：按柱基数抽查10%，且不应少于3个。

检验方法：采用经纬仪、水准仪、全站仪和钢直尺实测。

2）多层建筑以基础顶面直接作为柱的支承面，或以基础顶面预埋钢板或支座作为柱的支承面时，其支承面、地脚螺栓（锚栓）位置的允许偏差应符合表5-16的要求。

检查数量：按柱基数抽查10%，且不应少于3个。

检验方法：用经纬仪、水准仪、全站仪、水平尺和钢直尺实测。

3）多层建筑采用坐浆垫板时，坐浆垫板的允许偏差应符合表 6-17。

检查数量：资料全数检查。按柱基数抽查 10%，且不应少于 3 个。

检验方法：用水准仪、全站仪、水平尺和钢直尺实测。

4）当采用杯口基础时，杯口尺寸的允许偏差应符合表 6-18 的要求。

检查数量：按基础数抽查 10%，且不应少于 4 处。

检验方法：观察及尺量检查。

（2）一般项目

地脚螺栓（锚栓）尺寸的允许偏差应符合表 6-19 的规定。地脚螺栓（锚栓）的螺纹应受保护。

检查数量：按柱基数抽查 10%，且不应少于 3 个。

检验方法：用钢直尺现场实测。

3. 安装和校正

（1）主控项目

1）钢构件应符合设计要求和规范。运输、堆放和吊装等造成的钢构件变形及涂层脱落，应进行矫正和修补。

检查数量：按构件数检查 10%，且不应少于 3 个。

检验方法：用拉线、钢直尺现场实测或观察。

2）柱子安装的允许偏差应符合表 6-24 的规定。

表 6-24 柱子安装的允许偏差　　　　　　　　　　　　（单位：mm）

项　　目	允许偏差	图　　例	项　　目	允许偏差	图　　例
底层柱柱底轴线对定位轴线偏移	3.0		单节柱的垂直度	$h/1000$，且不应大于 10.0 h—柱高	
柱子定位轴线	1.0				

检查数量：标准柱全部检查，非标准柱抽查 10%，且不应少于 3 根。

检验方法：用全站仪或激光经纬仪和钢直尺实测。

3）设计要求顶紧的节点，接触面不应少于 70% 紧贴，且边缘最大间隙不应大于 0.8mm。

检查数量：按节点数抽查 10%，且不应少于 3 个。

检验方法：用钢直尺及 0.3mm 和 0.8mm 厚的塞尺现场实测。

4）钢主梁、次梁及受压杆件的垂直度和侧向弯曲矢高的允许偏差应符合表 6-20 中有关钢屋(托)架允许偏差的规定。

检查数量：按同类构件数抽查10%，且不应少于3个。

检验方法：用吊线、拉线、经纬仪和钢直尺现场实测。

5）多层及高层钢结构主体结构的整体垂直度和整体平面弯曲矢高的允许偏差应符合表6-21的规定。

检查数量：对主要立面全部检查。对每个所检查的立面，除两列角柱外，尚应至少选取一列中间柱。

检验方法：对于整体垂直度，可采用激光经纬仪、全站仪测量，也可根据各节柱的垂直度允许偏差累计(代数和)计算。对于整体平面弯曲，可按产生的允许偏差累计(代数和)计算。

(2) 一般项目

1）钢结构表面应干净，结构主要表面不应有疤痕、泥沙等污垢。

检查数量：按同类构件数抽查10%，且不应少于3件。

检验方法：观察检查。

2）钢柱等主要构件的中心线及标高基准点等标记应齐全。

检查数量：按同类构件数抽查10%，且不应少于3件。

检验方法：观察检查。

3）钢构件安装的允许偏差应符合《钢结构工程施工质量验收规范》(GB 50205—2001)附录E中表E.0.5的规定。

检查数量：按同类构件或节点数抽查10%。其中柱和梁各不应少于3件，主梁与次梁连接节点不应少于3个，支承压型金属板的钢梁长度不应少于5mm。

检验方法：见《钢结构工程施工质量验收规范》(GB 50205—2001)附录E中表E.0.5。

4）主体结构总高度的允许偏差应符合《钢结构工程施工质量验收规范》(GB 50205—2001)附录E中表E.0.6的规定。

检查数量：按标准柱列数抽查10%，且不应少于4列。

检验方法：采用全站仪、水准仪和钢直尺实测。

5）当钢构件安装在混凝土柱上时，其支座中心对定位轴线的偏差不应大于10mm。当采用大型混凝土屋面板时，钢梁(或桁架)间距的偏差不应大于10mm。

检查数量：按同类构件数抽查10%，且不应少于3榀。

检验方法：用拉线和钢直尺现场实测。

6）多层及高层钢结构中钢吊车梁或直接承受动力荷载的类似构件，其安装的允许偏差应符合《钢结构工程施工质量验收规范》(GB 50205—2001)附录E.0.2的规定。

检查数量：按钢吊车梁数抽查10%，且不应少于3榀。

检验方法：见《钢结构工程施工质量验收规范》(GB 50205—2001)附录E.0.2。

7）多层及高层钢结构中檩条、墙架等次要构件安装的允许偏差应符合《钢结构工程施工质量验收规范》(GB 50205—2001)附录E.0.3。

检查数量：按同类构件数抽查10%，且不应少于3件。

检验方法：见《钢结构工程施工质量验收规范》(GB 50205—2001)附录E.0.3。

8）多层及高层钢结构中钢平台、钢梯、栏杆安装应符合现行国家标准《固定式钢梯及

平台安全要求 第 1 部分:钢直梯》(GB 4053.1—2009)、《固定式钢梯及平台安全要求 第 2 部分:钢斜梯》(GB 4053.2—2009)和《固定式钢梯及平台安全要求 第 3 部分:工业防护栏杆及钢平台》(GB 4053.3—2009)的规定。钢平台、钢梯和防护栏杆安装的允许偏差应符合《钢结构工程施工质量验收规范》(CB 50205 2001)附录 E 中表 E.0.4 的规定。

检查数量:按钢平台总数抽查 10%,栏杆、钢梯按总长度各抽查 10%,但钢平台不应少于 1 个,栏杆不应少于 5mm,钢梯不应少于 1 跑。

检验方法:见《钢结构工程施工质量验收规范》(GB 50205—2001)附录 E 中表 E.0.4。

9)多层及高层多结构中现场焊缝组对间隙的允许偏差应符合表 6-22 中的规定。

检查数量:按同类节点数抽查 10%,且不应少于 3 个。

检验方法:尺量检查。

细节:钢网架结构安装工程

1. 一般规定

1)本部分适用于建筑工程中的平板型钢网格结构(简称钢网架结构)安装工程的质量验收。

2)钢网架结构安装工程可按变形缝、施工段或空间刚度单元划分成一个或若干检验批。

3)钢网架结构安装检验批应在进场验收和焊接连接、紧固件连接、制作等分项工程验收合格的基础上进行验收。

4)钢网架结构安装应遵照"细节:单层钢结构安装工程"中"一般规定"4)~6)的规定。

2. 支承面顶板和支承垫块

(1)主控项目

1)钢网架结构支座定位轴线的位置、支座锚栓的规格应符合设计要求。

检查数量:按支座数抽查 10%,且不应少于 4 处。

检验方法:用经纬仪和钢直尺实测。

2)支承面顶板的位置、标高、水平度以及支座锚栓位置的允许偏差应符合表 6-25 的规定。

表 6-25 支承面顶板、支座锚栓位置的允许偏差 (单位:mm)

项 目		允 许 偏 差	项 目		允 许 偏 差
支承面顶板	位置	15.0	支承面顶板	顶面水平度	$l/1000$
	顶面标高	0 -3.0	支座锚栓	中心偏移	±5.0

检查数量:按支座数抽查 10%,且不应少于 4 处。

检验方法:用经纬仪、水准仪、水平尺和钢直尺实测。

3)支承垫块的种类、规格、摆放位置和朝向,必须符合设计要求和国家现行有关标准的规定。橡胶垫块与刚性垫块之间或不同类型刚性垫块之间不得互换使用。

检查数量：按支座数抽查10%，且不应少于4处。

检验方法：观察和用钢直尺实测。

4）网架支座锚栓的紧固应符合设计要求。

检查数量：按支座数抽查10%，且不应少于4处。

检验方法：观察检查。

（2）一般项目

支座锚栓的紧固允许偏差应符合表6-19规定。支座锚栓的螺纹应受到保护。

检查数量：按支座数抽查10%，且不应少于4处。

检验方法：用钢直尺实测。

3. 总拼与安装

（1）主控项目

1）小拼单元的允许偏差应符合表6-26的规定。

表 6-26　小拼单元的允许偏差　（单位：mm）

项　目		允 许 偏 差	项　目		允 许 偏 差
节点中心偏移		2.0	平面桁架型小拼单元	跨长 ≤24m	+3.0 / −7.0
焊接球节点与钢管中心的偏移		1.0		跨长 >24m	+5.0 / −10.0
杆件轴线的弯曲矢高		$L_1/1000$，且不应大于5.0		跨中高度	±3.0
锥体型小拼单元	弦杆长度	±2.0		跨中拱度 设计要求起拱	±L/5000
	锥体高度	±2.0		跨中拱度 设计未要求起拱	+10.0
	上弦杆对角线长度	±3.0			

注：1. L_1 为杆件长度。

　　2. L 为跨长。

检查数量：按单元数抽查5%，且不应少于5个。

检验方法：用钢直尺和拉线等辅助量具实测。

2）中拼单元的允许偏差应符合表6-27的规定。

表 6-27　中拼单元的允许偏差　（单位：mm）

项　目		允 许 偏 差	项　目		允 许 偏 差
单元长度≤20m，拼接长度	单跨	±10.0	单元长度>20m，拼接长度	单跨	±20.0
	多跨连接	±5.0		多跨连接	±10.0

检查数量：全数检查。

检验方法：用钢直尺和辅助量具实测。

3）对建筑结构安全等级为一级，跨度40m及以上的公共建筑钢网架结构，且设计有要求时，应按下列项目进行节点承载力试验，其结果应符合以下规定：

①焊接球节点应按设计指定规格的球及其匹配的钢管焊接成试件，进行轴心拉、压承载力试验，其试验破坏荷载值大于或等于1.6倍设计承载力为合格。

②螺栓球节点应按设计指定规格的球最大螺栓孔螺纹进行抗拉强度保证荷载试验，当

达到螺栓的设计承载力时，螺孔、螺纹及封板仍完好无损为合格。

检查数量：每项试验做 3 个试件。

检验方法：在万能试验机上进行检验，检查试验报告。

4）钢网架结构总拼完成后及屋面工程完成应分别测量其挠度值，且所测的挠度值不应超过相应设计值的 1.15 倍。

检查数量：跨度 24m 及以下钢网架结构测量下弦中央一点，跨度 24m 以上钢网架结构测量下弦中央一点及各向下弦跨度的四等分点。

检验方法：用钢直尺和水准仪实测。

（2）一般项目

1）钢网架结构安装完成后，其节点及杆件表面应干净，不应有明显的疤痕、泥沙和污垢。螺栓球节点应将所有接缝用油腻子填嵌严密，并应将多余螺孔封口。

检查数量：按节点及杆件数量抽查 5%，且不应少于 10 个节点。

检验方法：观察检查。

2）钢网架结构安装完成后，其安装的允许偏差应符合表 6-28 的规定。

表 6-28　钢网架结构安装的允许偏差　　　　　（单位：mm）

项　目	允许偏差	检验方法	项　目	允许偏差	检验方法
纵向、横向长度	$L/2000$，且不应大于 30.0 $-L/2000$，且不应大于 -30.0	用钢直尺实测	周边支承网架相邻支座高差	$L/400$，且不应大于 15.0	用钢直尺和水准仪实测
支座中心偏移	$L/3000$，且不应大于 30.0	用钢直尺和经纬仪实测	支座最大高差	30.0	
			多点支承网架相邻支座高差	$L_1/800$，且不应大于 30.0	

注：1. L 为纵向、横向长度。
　　2. L_1 为相邻支座间距。

检查数量：全数检查。

检验方法：见表 6-28。

细节：压型金属板安装

1. 一般规定

1）本部分适用于压型金属板的施工现场制作和安装工程质量验收。

2）压型金属板的制作和安装工程可按变形缝、楼层、施工段或屋面、墙面、楼面等划分为一个或若干个检验批。

3）压型金属板安装、应在钢结构安装工程检验批质量合格后进行。

2. 压型金属制作

（1）主控项目

1）压型金属板成形后，其基板不应有裂纹。

检查数量：按计件数抽查 5%，且不应少于 10 件。

检验方法：观察和用 10 倍放大镜检查。

2）有涂层、镀层压型金属板成形后，涂、镀层不应有肉眼可见的裂纹、剥落和擦痕等缺陷。

检查数量：按计件数抽查5%，且不应少于10件。

检验方法：观察检查。

（2）一般项目

1）压型金属板的尺寸允许偏差应符合表6-29的规定。

表6-29　压型金属板的尺寸允许偏差　　　　　（单位：mm）

项　　目		允许偏差		项　　目		允许偏差
波距		±2.0	波高	压型钢板	截面高度>70	±2.0
波高	压型钢板 截面高度≤70	±1.5	侧向弯曲	在测量长度 l_1 的范围内		20.0

注：l_1 为测量长度，指板长扣除两端各0.5m后的实际长度（小于10m）或扣除后任选的10m长度。

检查数量：按计件数抽查5%，且不应少于10件。

检验方法：用拉线和钢直尺检查。

2）压型金属板成形后，表面应干净，不应有明显凹凸和皱褶。

检查数量：按计件数抽查5%，且不应少于10件。

检验方法：观察检查。

3）压型金属板施工现场制作的允许偏差应符合表6-30的规定。

表6-30　压型金属板施工现场制作的允许偏差　　　　　（单位：mm）

项　　目		允许偏差	项　　目		允许偏差
压型金属板的覆盖宽度	截面高度≤70	+10.0 −2.0	横向剪切偏差		6.0
	截面高度>70	+6.0 −2.0	泛水板、包角板尺寸	板长	±6.0
				折弯面宽度	±3.0
板长		±9.0		折弯面夹角	2°

检查数量：按计件数抽查5%，且不应少于10件。

检验方法：用钢直尺、角尺检查。

3. 压型金属板安装

（1）主控项目

1）压型金属板、泛水板和包角板等应固定可靠、牢固，防腐涂料涂刷和密封材料敷设应完好，连接件数量、间距应符合设计要求和国家现行有关标准规定。

检查数量：全数检查。

检验方法：观察检查及尺量。

2）压型金属板应在支承构件上可靠搭接，搭接长度应符合设计要求，且不应小于表6-31所规定的数值。

表6-31 压型金属板在支承构件上的搭接长度　　　　　（单位：mm）

项　　目		搭接长度	项　　目		搭接长度
截面高度>70		375	截面高度≤70	屋面坡度≥1/10	200
截面高度≤70	屋面坡度<1/10	250	墙面		120

检查数量：按搭接部位总长度抽查10%，且不少于10m。

检验方法：观察和用钢直尺检查。

3）组合楼板中，压型钢板与主体结构（梁）的锚固支承长度应符合设计要求，且不应小于50mm，端部锚固件连接可靠，设置位置应符合设计要求。

检查数量：沿连接纵向长度抽查10%，且不应少于10m。

检验方法：观察和用钢直尺检查。

（2）一般项目

1）压型金属板安装应平整、顺直，板面不应有施工残留和污物。檐口和墙下端应呈直线，不应有未经处理的错钻孔洞。

检查数量：按面积抽查10%，且不应少于$10m^2$。

检验方法：观察检查。

2）压型金属板安装的允许偏差应符合表6-32的规定。

表6-32 压型金属板安装的允许偏差 （单位：mm）

项 目		允许偏差	项 目		允许偏差
屋面	檐口与屋脊的平行度	12.0	墙面	墙板波纹线的垂直度	$H/800$，且不应大于25.0
	压型金属板波纹线对屋脊的垂直度	$L/800$，且不应大于25.0		墙板包角板的垂直度	$H/800$，且不应大于25.0
	檐口相邻两块压型金属板端部错位	6.0		相邻两块压型金属板的下端错位	6.0
	压型金属板卷边板件最大波浪高	4.0			

注：1. L为屋面半坡或单坡长度。

   2. H为墙面高度。

检查数量：檐口与屋脊的平行度按长度抽查10%，且不应少于10m；其他项目每20m长度应抽查1处，不应少于两处。

检验方法：用拉线、吊线和钢直尺检查。

细节：钢结构涂装

1. 一般规定

1）本节适用于钢结构的防腐涂料（油漆类）涂装和防火涂料涂装工程的施工质量验收。

2）钢结构涂装工程，可按钢结构制作或钢结构安装工程检验批的划分原则划分成一个或若干个检验批。

3）钢结构普通涂料涂装工程，应在钢结构构件组装、预拼装或钢结构安装工程检验的施工质量验收合格后进行。钢结构防火涂料涂装工程应在钢结构安装工程检验批和钢结构普通涂料涂装检验批的施工质量验收合格后进行。

4）涂装时的环境温度和相对湿度应符合涂料产品说明书的要求。当产品说明书无要求时，环境温度宜在5~38℃之间，相对湿度不应大于85%。涂装时，构件表面不应有结露，涂装后4h内应保护免受雨淋。

本条规定涂装时的温度以5~38℃为宜,但这个规定只适合在室内无阳光直接照射的情况。一般来说,钢材表面温度要比周围气温高2~3℃,如果在阳光直接照射下,钢材表面温度能比气温高8~12℃。涂装时,漆膜的耐热性只能在40℃以下,当超过43℃时,钢材表面上涂装的漆膜就容易产生气泡而局部鼓起,使附着力降低。

气温低于0℃时,在室外钢材表面涂装容易使漆膜冻结而不易固化;湿度超过85%时,钢材表面有露点凝结,漆膜附着力差。最佳涂装时间是当日出3h之后,这时附在钢材表面的露点基本干燥,日落后3h之内停止(室内作业不限),此时空气中的相对湿度尚未回升,钢材表面尚存的温度不会导致露点形成。

涂层在4h之内,漆膜表面尚未固化,容易被雨水冲坏,故规定在4h之内不得淋雨。

2. 钢结构防腐涂料涂装

(1)主控项目

1)涂装前,钢材表面除锈应符合设计要求和国家现行有关标准和规定。处理后的钢材表面不应有焊渣、焊疤、灰尘、油污、水和毛刺等。当设计无要求时,钢材表面除锈等级应符合表6-33的规定。

表6-33　各种底漆或防锈漆要求最低的除锈等级

涂料品种	除锈等级	涂料品种	除锈等级
油性酚醛、醇酸等底漆或防锈漆	St2	无机富锌、有机硅、过氯乙烯等底漆	$Sa2\frac{1}{2}$
高氯化聚乙烯、氯化橡胶、氯磺化聚乙烯、环氧树脂、聚氨酯等底漆或防锈漆	Sa2		

检查数量:按构件数量抽查10%,且同类构件不应少于3件。

检验方法:用铲刀检查和用现行国家标准《涂装前钢材表面锈蚀等级和除锈等级》(GB 8923—1988)规定的图片对照观察检查。

目前国内各大、中型钢结构加工企业一般都具备喷射除锈的能力,所以应将喷射除锈作为首选的除锈方法,而手工和动力工具除锈仅作为喷射除锈的补充手段。

2)漆料、涂装遍数、涂层厚度均应符合设计要求。当设计对涂层厚度无要求时,涂层干漆膜总厚度:室外应为150μm,室内应为125μm,其允许偏差 -25μm。每遍涂层干漆膜厚度的允许偏差 -5μm。

检查数量:按构件数抽查10%,且同类构件不应少于3件。

检验方法:用干漆膜测量厚仪检查。每个构件检测5处,每处的数值为3个相距50mm测点涂层干漆膜厚度的平均值。

(2)一般项目

1)构件表面不应误涂、漏涂,涂层不应有脱皮和返锈等。涂层应均匀、无明显皱皮、流坠、针眼和气泡等。

检查数量:全数检查。

检验方法:观察检查。

实验证明,在涂装后的钢材表面施焊,焊缝的根部会出现密集气孔,影响焊缝质量。误涂后,用火焰吹烧或用焊条引弧吹烧都不能彻底清除油漆,焊缝根部仍然会有孔产生。

2)当钢结构处在有腐蚀介质环境或外露且设计有要求时,应进行涂层附着力测试。在检测处范围内，当涂层完整程度达到 70% 以上时，涂层附着力达到合格质量标准的要求。

检查数量：按构件数抽查 1%，且不应少于 3 件，每件测 3 处。

检验方法：按照现行国家标准《漆膜附着力测定法》（GB 1720—1979）或《色漆和清漆、漆膜的划格试验》（GB 9286—1998）执行。

涂层附着力是反映涂装质量的综合性指标，其测试方法简单易行，故增加该项检查以便综合评价整个涂装工程质量。

3）涂装完成后，构件的标志、标记和编号应清晰完整。

检查数量：全数检查。

检验方法：观察检查。

对于安装单位来说，构件的标志、标记和编号（对于重大构件应标注构件质量和起吊位置）是构件安装的重要依据，故要求全数检查。

3. 钢结构防火涂料涂装

（1）主控项目

1）防火漆料涂装前，钢材表面除锈及防锈底漆涂装应符合设计要求和国家现行有关标准的规定。

检查数量：按构件数抽查 10%，且同类构件不应少于 3 件。

检验方法：表面除锈用铲刀检查和用现行国家标准《涂装前钢材表面锈蚀等级和除锈等级》（GB 8923—1988）规定的图片对照观察检查。底漆涂装用干漆膜测厚仪检查，每个构件检测 5 处，每处的数值为 3 个相距 50mm 测点涂层干漆膜厚度的平均值。

2）钢结构防火漆料的粘结强度、抗压强度应符合国家现行标准《钢结构防火漆料应用技术规程》CECS24：90 规定。检验方法应符合现行国家标准《建筑构件防火喷涂材料性能试验方法》（GB 9978.1~9—2008）的规定。

检查数量：每使用 100t 或不足 100t 薄涂型防火涂料应抽检一次粘结强度；每使用 500t 或不足 500t 厚涂型防火涂料应抽检一次粘结强度和抗压强度。

检验方法：检查复检报告。

3）薄涂型防火涂料的涂层厚度应符合有关耐火极限的设计要求。厚漆型防火涂料涂层的厚度，80% 及以上面积应符合有关耐火极限的设计要求，且最薄处厚度不应低于设计要求的 85%。

检查数量：按同类构件数抽查 10%，且均不应少于 3 件。

检验方法：用涂层厚度测量仪、测针和钢直尺检查。测量方法应符合国家现行标准《钢结构防火漆料应用技术规程》CECS24：90 的规定及《钢结构工程施工质量验收规范》（GB 50205—2001）附录 F。

4）薄涂型防火漆料漆层表面裂纹宽度不应大于 0.5mm，厚涂型防火漆料涂层表面裂宽度不应大于 1mm。

检查数量：按同类构件数量抽查 10%，且均不应少于 3 件。

检验方法：观察和用尺量检查。

（2）一般项目

1）防火漆料漆装基层不应有油污、灰尘和泥沙等污垢。

检查数量：全数检查。

检验方法：观察检查。

2）防火漆料不应有误涂、漏涂，涂层应闭合无脱层、空鼓、明显凹陷、粉化松散和浮浆等外观缺陷，乳突已剔除。

检查数量：全数检查。

检验方法：观察检查。

7　建筑屋面工程的质量控制

细节：屋面找平层

1. 质量控制要点

屋面找平层的质量控制要点见下表：

项　目	质量控制要点
基本要求	1）找平层的厚度和技术要求应符合表 7-1 的规定 2）找平层的基层采用装配式钢筋混凝土板时，应符合下列规定： ① 板端、侧缝应用细石混凝土灌缝，其强度等级不应低于 C20 ② 板缝宽度大于 40mm 或上窄、下宽时，板缝内应设置构造钢筋 ③ 板端缝应进行密封处理 3）找平层的排水坡度应符合设计要求。平屋面采用结构找坡不应小于 3%，采用材料找坡宜为 2%；天沟、檐沟纵向找坡不应小于 1%，沟底水落差不得超过 200mm 4）基层与突出屋面结构（女儿墙、山墙、天窗壁、变形缝、烟囱等）的交接处和基层的转角处，找平层均应做成圆弧形，圆弧半径应符合表 7-2 的要求。内部排水的水落口周围，找平层应做成略低的凹坑
基层处理	1）水泥砂浆、细石混凝土找平层的基层，施工前必须先清理干净和浇水湿润 2）沥青砂浆找平层的基层，施工前必须干净、干燥。满涂冷底子油 1~2 道，要求薄而均匀，不得有气泡和空白
分格缝留设	1）找平层宜设分格缝，并嵌填密封材料。分格缝应留设在板端缝处，其纵、横缝的最大间距：水泥砂浆或细石混凝土找平层不宜大于 6m；沥青砂浆找平层不宜大于 4m 2）按照设计要求，应先在基层上弹线标出分格缝位置。若基层为预制屋面板，则分格缝应与板缝对齐 3）安放分格缝的木条应平直、连续，其高度与找平层厚度一致，宽度应符合设计要求，截面为上宽、下窄，便于取出
找平层施工	1）水泥砂浆找平层表面应压实，无脱皮、起砂等缺陷；沥青砂浆找平层的铺设：在干燥的基层上满涂冷底子油 1~2 道，干燥后再铺设沥青砂浆，滚压后表面应平整、密实、无蜂窝、无压痕 2）水泥砂浆、细石混凝土找平层，在收水后，应作二次压光，确保表面坚固密实和平整。终凝后，应采取浇水、覆盖浇水、喷养护剂等养护措施，保证水泥充分水化，确保找平层质量。同时，严禁过早堆物、上人和操作。特别应注意：在气温低于 0℃ 或终凝前可能下雨的情况下，不宜进行施工 3）沥青砂浆找平层施工，应在冷底子油干燥后，开始铺设。虚铺厚度一般应按 1.3~1.4 倍压实厚度的要求控制。对沥青砂浆在拌制、铺设、滚压过程中的温度，必须按规定准确控制，常温下沥青砂浆的拌制温度为 140~170℃，铺设温度为 90~120℃。待沥青砂浆铺设于屋面并刮平后，应立即用火滚子进行滚压（夏天温度较高时，滚筒可不生火），直至表面平整、密实、无蜂窝和压痕为止。滚压后的温度为 60℃。火滚子滚压不到的地方，可用烙铁烫压。施工缝应留斜槎，继续施工时，接槎处应刷热沥青一道，然后再铺设

（续）

项　目	质量控制要点
找平层施工	4）内部排水的水落口杯应牢固地固定在承重结构上，均应预先清除铁锈，并涂上专用底漆（锌磺类或磷化底漆等）。水落口杯与竖管承口的连接处，应用沥青与纤维材料拌制的填料或油膏填塞 5）准确设置转角圆弧。对各类转角处的找平层宜采用细石混凝土或沥青砂浆，做出圆弧形。施工前，可按照设计规定的圆弧半径，采用木材、铁板或其他光滑材料制成简易圆弧操作工具，用于压实、拍平和抹光，并统一控制圆弧形状和半径

表 7-1　找平层的厚度和技术要求

类　别	基层种类	厚度/mm	技术要求
水泥砂浆找平层	整体混凝土	15～20	1:2.5～1:3（水泥:砂）体积比，水泥强度等级不低于32.5级
	整体或板状材料保温层	20～25	
	装配式混凝土板，松散材料保温层	20～30	
细石混凝土找平层	松散材料保温层	30～35	混凝土强度等级不低于C20
沥青砂浆找平层	整体混凝土	15～20	1:8（沥青:砂）质量比
	装配式混凝土板，整体或板状材料保温层	20～25	

表 7-2　转角处圆弧半径

卷材种类	圆弧半径/mm	卷材种类	圆弧半径/mm
沥青防水卷材	100～150	合成高分子防水卷材	20
高聚物改性沥青防水卷材	50		

2. 屋面找平层质量检验及验收

（1）主控项目　屋面找平层主控项目质量标准及检验方法应符合表7-3的规定。

表 7-3　屋面找平层主控项目质量标准及检验方法

项　目	合格质量标准	检验方法	检验数量
材料质量及配合比	找平层的材料质量及配合比，必须符合设计要求	检查出厂合格证、质量检验报告和计量措施	按屋面面积每100m² 抽查1处，每处10m²，且不得少于3处
排水坡度	屋面（含天沟、檐沟）找平层的排水坡度，必须符合设计要求	用水平仪（水平尺）、拉线和尺量检查	

（2）一般项目　屋面找平层一般项目质量标准及检验方法应符合表7-4的规定。

表 7-4　屋面找平层一般项目质量标准及检验方法

项　目	合格质量标准	检验方法	检验数量
交接处的转角处细部处理	基层与突出屋面结构的交接处和基层的转角处，均应做成圆弧形，且整齐平顺	观察和尺量检查	按屋面面积每100m² 抽查1处，每处10m²，且不得少于3处
表面质量	水泥砂浆、细石混凝土找平层应平整、压光，不得有酥松、起砂、起皮现象；沥青砂浆找平层不得有拌和不匀、蜂窝现象	观察检查	

（续）

项　目	合格质量标准	检验方法	检验数量
分格缝位置和间距	找平层分格缝的位置和间距应符合设计要求	观察和尺量检查	按屋面面积每100m²抽查1处，每处10m²，且不得少于3处
表面平整度允许偏差	找平层表面平整度的允许偏差为5mm	用2m靠尺和楔形塞尺检查	

细节：屋面保温层

1. 质量控制要点

屋面保温层的质量控制要点见下表：

项　目	质量控制要点
基本规定	1）铺设保温层的基层应平整、干燥和干净 2）保温层应干燥，封闭式保温层的含水率应相当于该材料在当地自然风干状态下的平衡含水率。屋面保温层干燥有困难时，应采用排汽措施 3）倒置式屋面应采用吸水率小、长期浸水不腐烂的保温材料。保温层上应用混凝土等块材、水泥砂浆或卵石做保护层；卵石保护层与保温层之间，应干铺一层无纺聚酯纤维布做隔离层
松散材料保温层	1）保温层含水率应符合设计要求 2）松散保温材料应分层铺设并压实，每层虚铺厚度不宜大于150mm；压实的程度与厚度必须经试验确定；压实后不得直接在保温层上行车或堆物 3）保温层施工完成后，应及时进行找平层和防水层的施工；雨期施工时，保温层应采取遮盖措施
板状材料保温层	1）干铺的板状保温材料，一要紧靠基层表面；二要分层铺设的板块上下层接缝错开；三要板间缝隙应采用同类材料嵌填密实 2）板状保温材料的粘贴应符合下列要求： ① 当采用玛琋脂及其他胶结材料粘贴时，板状保温材料相互之间及基层之间应满涂胶结材料，以便相互粘牢。热玛琋脂的加热温度不应高于240℃，使用温度不宜低于190℃。熬制好的玛琋脂宜在本工作班内用完 ② 当采用水泥砂浆粘贴板状保温材料时，板间缝隙应采用保温灰浆填实并勾缝。保温灰浆的配比宜为1:1:10（水泥:石灰膏:同类保温材料的碎粒,体积比）
整体现浇（喷）保温层	1）沥青膨胀蛭石、沥青膨胀珍珠岩宜用机械搅拌，并应色泽一致，无沥青团；压实程度根据试验确定，其厚度应符合设计要求，表面应平整 2）硬质聚酯泡沫塑料应按配比准确计量，发泡厚度均匀一致 3）整体沥青膨胀蛭石、沥青膨胀珍珠岩保温层施工须符合下列规定： ① 沥青加热温度不应高于240℃。膨胀蛭石或膨胀珍珠岩的预热温度宜为100～120℃ ② 宜采用机械搅拌 ③ 压实程度必须根据试验确定 ④ 倒置式屋面当保护层采用卵石铺压时，卵石铺设应防止过量，以免加大屋面荷载，致使结构开裂或变形过大，甚至造成结构破坏

2. 屋面保温层质量检验及验收

（1）主控项目 屋面保温层主控项目质量标准及检验方法应符合表 7-5 的规定。

表 7-5 屋面保温层主控项目质量标准及检验方法

项 目	合格质量标准	检验方法	检验数量
材料质量	保温材料的堆积密度或表观密度、热导率以及板材的强度、吸水率，必须符合设计要求	检查出厂合格证、质量检验报告和现场抽样复验报告	按屋面面积每 100m² 抽查 1 处，每处 10m²，且不得少于 3 处
保温层含水率	保温层的含水率必须符合设计要求	检查现场抽样检验报告	

（2）一般项目 屋面保温层一般项目质量标准及检验方法应符合表 7-6 的规定。

表 7-6 屋面保温层一般项目质量标准及检验方法

项 目	合格质量标准	检验方法	检验数量
保温层铺设	保温层的铺设应符合下列要求： 1）松散保温材料：分层铺设，压实适当，表面平整，找坡正确 2）板状保温材料：紧贴（靠）基层，铺平垫稳，拼缝严密，找坡正确 3）整体现浇保温层：拌和均匀，分层铺设，压实适当，表面平整，找坡正确	观察检查	按屋面面积每 100m² 抽查 1 处，每处 10m²，且不得少于 3 处
保温层厚度允许偏差	保温层厚度的允许偏差：松散保温材料和整体现浇保温层 +10%，−5%；板状保温材料为 ±5%，且不得大于 4mm	用钢针插入和尺量检查	
倒置式屋面保护层	当倒置式屋面保护层采用卵石铺压时，卵石应分布均匀，卵石的质（重）量应符合设计要求	观察检查和按堆积密度计算其质（重）量	

细节：卷材防水层

1. 材料质量要求

卷材防水层应采用高聚物改性沥青防水卷材、合成高分子防水卷材或沥青防水卷材。具体要求见下表：

材 料	具 体 要 求
高聚物改性沥青防水卷材	外观质量：不允许有断裂、皱折、空洞和剥离现象；卷材不应有明显的边缘不整齐，砂砾不均匀现象；不允许有涂盖不均匀、胎体未浸透和露胎现象 贮存与保管：不同品种、规格的产品应分别堆放，贮存于阴凉通风的室内，避免日晒雨淋，要远离火源；不得与化学介质及有机溶剂等有害物质接触；卷材要直立堆放，高度不超过两层；如必须横放，其高度不应超过 1m 高聚物改性沥青防水卷材物理性能见表 7-7

（续）

材　料	具 体 要 求
合成高分子防水卷材	外观质量：每卷内折痕不应超过两处，总长度不超过 20mm；不允许有大于 0.5mm 的杂质颗粒；每卷内胶块不超过 6 处，每处面积不大于 4mm²；每卷缺胶不超过 6 处，每处不大于 7mm²，深度不超过本身厚度的 30% 贮存与保管：同高聚物改性沥青防水卷材 合成高分子防水卷材物理性能见表 7-8
沥青防水卷材	外观质量：不允许有孔洞、烙伤、露胎和涂盖不均匀等现象；不允许在卷芯 1000mm 以外有 100mm 以上的折纹和折皱，以及 10mm 以上的裂纹；深 20mm 以内的缺胶不得超过 4 处；每卷中接头不得超过一处 贮存与保管：不同品种、规格的产品应分别堆放。贮存时严禁接近火源，避免日晒雨淋，并注意通风。要直立堆放，高度不超过两层 沥青防水卷材物理性能见表 7-9
胶粘剂	按其组成材料可分为改性沥青胶粘剂和合成高分子胶粘剂。改性沥青胶粘剂的粘结剥离强度不应小于 8N/10mm；合成高分子胶粘剂的粘结剥离强度不应小于 15N/10mm；浸水后，粘结剥离强度保持率不应小于 70% 胶粘剂由卷材生产厂家配套供应

表 7-7　高聚物改性沥青防水卷材物理性能

项　目		性 能 要 求		
		聚酯毡胎体	玻纤毡胎体	聚乙烯胎体
拉力/(N/50mm)		≥450	纵向≥350 横向≥250	≥100
延伸率(%)		最大拉力时≥30	—	断裂时≥200
耐热度(℃,2h)		SBS 卷材 90，APP 卷材 110，无滑动、流淌、滴落		PEE 卷材 90，无流淌、起泡
低温柔度/℃		SBS 卷材-18，APP 卷材-5，PEE 卷材-10		
		3mm 厚，$r=15$mm；4mm 厚，$r=25$mm；3s，弯 180°无裂纹		
不透水性	压力/MPa	≥0.3	≥0.2	≥0.3
	保持时间/min	≥30		

注：SBS 卷材——弹性体改性沥青防水卷材。

APP 卷材——塑性体改性沥青防水卷材。

PEE 卷材——改性沥青聚乙烯胎防水卷材。

表 7-8　合成高分子防水卷材物理性能

项　目	性 能 要 求			
	硫化橡胶类	非硫化橡胶类	树　脂　类	纤维增强类
断裂拉伸强度/MPa	≥6	≥3	≥10	≥9
扯断伸长率(%)	≥400	≥200	≥200	≥10
低温弯折/℃	-30	-20	-20	-20

（续）

项 目		性 能 要 求			
		硫化橡胶类	非硫化橡胶类	树 脂 类	纤维增强类
不透水性	压力/MPa	≥0.3	≥0.2	≥0.3	≥0.3
	保持时间/min	≥30			
加热收缩率(%)		<1.2	<2.0	<2.0	<1.0
热老化保持率 (80℃,168h)	断裂拉伸强度	≥80%			
	扯断伸长率	≥70%			

表 7-9　沥青防水卷材物理性能

项 目	性 能 要 求		项 目		性 能 要 求	
	350 号	500 号			350 号	500 号
纵向拉力 [(25±2)℃时]/N	≥340	≥440	柔度(18±2℃)		绕φ20mm圆棒无裂纹	绕φ25mm圆棒无裂纹
耐热度 [(85±2)℃,2h]	不流淌，无集中性气泡		不透水性	压力/MPa	≥0.10	≥0.15
				保持时间/min	≥30	≥30

2. 质量控制要点

1）卷材防水层应采用高聚物改性沥青防水卷材、合成高分子防水卷材或沥青防水卷材。所选用的基层处理剂、接缝胶粘剂、密封材料等配套材料应与铺贴的卷材材性相容。

2）在坡度大于 25% 的屋面上采用卷材做防水层时，应采取固定措施，固定点应密封严密。

3）铺设屋面隔汽层和防水层前，基层必须干净、干燥。干燥程度的简易检验方法，是将 1m² 卷材平坦地干铺在找平层上，静置 3～4h 后掀开检查，找平层覆盖部位与卷材上未见水印即可铺设。

4）冷底子油涂刷应符合下列规定：

① 冷底子油的配合成分和技术性能应符合设计规定。

② 冷底子油的干燥时间应视其用途定为：

a. 在水泥基层上涂刷的慢挥发性冷底子油为 12～48h。

b. 在水泥基层上涂刷的快挥发性冷底子油为 5～10h。

③ 在熬好的沥青中加入慢挥发性溶剂时，沥青的温度不得超过 140℃，如加入快挥发性溶剂，则沥青温度不应超过 110℃。

④ 涂刷冷底子油的找平层表面，要求平整、干净、干燥。如个别地方较潮湿，可用喷灯烘烤干燥。

⑤ 涂刷冷底子油的品种应视铺贴的卷材而定，不可错用。焦油沥青低温油毡，应用焦油沥青冷底子油。

⑥ 涂刷冷底子油要薄而匀，无漏刷、麻点、气泡。过于粗糙的找平层表面，宜先刷一

遍慢挥发性冷底子油，待其初步干燥后，再刷一遍快挥发性冷底子油。涂刷时间宜在铺毡前 1~2d 进行。如采取湿铺工艺，冷底子油需在水泥砂浆找平层终凝后，能上人时涂刷。

5）卷材铺贴方向应符合下列规定：

① 屋面坡度小丁 3% 时，卷材宜平行屋脊铺贴。

② 屋面坡度为 3%~15% 时，卷材可平行或垂直屋脊铺贴。

③ 屋面坡度大于 15% 或屋面受振动时，沥青防水卷材应垂直屋脊铺贴。高聚物改性沥青防水卷材和合成高分子防水卷材可平行或垂直屋脊铺贴。

④ 上下层卷材不得相互垂直铺贴。

6）卷材厚度选用应符合表 7-10 的规定。

表 7-10 卷材厚度选用

屋面防水等级	设 防 道 数	合成高分子防水卷材	高聚物改性沥青防水卷材	沥青防水卷材
Ⅰ级	三道或三道以上设防	不应小于 1.5mm	不应小于 3mm	—
Ⅱ级	二道设防	不应小于 1.2mm	不应小于 3mm	—
Ⅲ级	一道设防	不应小于 1.2mm	不应小于 4mm	三毡四油
Ⅳ级	一道设防	—	—	二毡三油

7）铺贴卷材采用搭接法时，上下层及相邻两幅卷材的搭接缝应错开。各种卷材搭接宽度应符合表 7-11 的要求。

表 7-11 卷材搭接宽度 （单位:mm）

铺贴方法 卷材种类		短 边 搭 接		长 边 搭 接	
		满 粘 法	空铺、点粘、条粘法	满 粘 法	空铺、点粘、条粘法
沥青防水卷材		100	150	70	100
高聚物改性沥青防水卷材		80	100	80	100
自粘聚合物改性沥青防水卷材		60	—	60	—
合成高分子防水卷材	胶粘剂	80	100	80	100
	胶粘带	50	60	50	60
	单缝焊	60，有效焊接宽度不小于 25			
	双缝焊	80，有效焊接宽度 10×2 + 空腔宽			

8）冷粘法铺贴卷材应符合下列规定：

① 胶粘剂涂刷应均匀，不露底，不堆积。

② 根据胶粘剂的性能，应控制胶粘剂涂刷与卷材铺贴的间隔时间。

③ 铺贴卷材下面的空气应排尽，并辊压粘接牢固。

④ 铺贴卷材应平整顺直，搭接尺寸准确，不得扭曲、皱折。

⑤ 接缝口应用密封材料封严，宽度不应小于 10mm。

9）热熔法铺贴卷材应符合下列规定：

① 火焰加热器加热卷材应均匀，不得过分加热或烧穿卷材；厚度小于3mm的高聚物改性沥青防水卷材严禁采用热熔法施工。

② 卷材表面热熔后应立即滚铺卷材，卷材下面的空气应排尽，并辊压粘接牢固，不得空鼓。

③ 卷材接缝部位必须溢出热熔的改性沥青胶。

④ 铺贴的卷材应平整顺直，搭接尺寸准确，不得扭曲、皱折。

10) 自粘法铺贴卷材应符合下列规定：

① 铺贴卷材前，基层表面应均匀涂刷基层处理剂，干燥后应及时铺贴卷材。

② 铺贴卷材时，应将自粘胶底面的隔离纸全部撕净。

③ 卷材下面的空气应排尽，并辊压粘接牢固。

④ 铺贴的卷材应平整顺直，搭接尺寸准确，不得扭曲、皱折。搭接部位宜采用热风加热，随即粘贴牢固。

⑤ 接缝口应用密封材料封严，宽度不应小于10mm。

11) 卷材热风焊接施工应符合下列规定：

① 焊接前卷材的铺设应平整顺直，搭接尺寸准确，不得扭曲、皱折。

② 卷材的焊接面应清扫干净，无水滴、油污及附着物。

③ 焊接时，应先焊长边搭接缝，后焊短边搭接缝。

④ 控制热风加热温度和时间，焊接处不得有漏焊、跳焊、焊焦或焊接不牢现象。

⑤ 焊接时不得损害非焊接部位的卷材。

12) 沥青玛瑞脂的配制和使用应符合下列规定：

① 配制沥青玛瑞脂的配合比应视使用条件、坡度和当地历年极端最高气温，并根据所用的材料经试验确定；施工中应按确定的配合比严格配料，每工作班应检查软化点和柔韧性。

② 热沥青玛瑞脂的加热温度不应高于240℃，使用温度不应低于190℃。

③ 冷沥青玛瑞脂使用时应搅匀，稠度太大时可加少量溶剂稀释搅匀。

④ 沥青玛瑞脂应涂刮均匀，不得过厚或堆积。

粘结层厚度：热沥青玛瑞脂宜为1~1.5mm，冷沥青玛瑞脂宜为0.5~1mm。

面层厚度：热沥青玛瑞脂宜为2~3mm，冷沥青玛瑞脂宜为1~1.5mm。

13) 天沟、檐沟、檐口、泛水和立面卷材收头的端部应裁齐，塞入预留凹槽内，用金属压条钉压固定，最大钉距不应大于900mm，并用密封材料嵌填封严。

14) 卷材防水层完工并经验收合格后，应做好成品保护。保护层的施工应符合下列规定：

① 绿豆砂应清洁、预热、铺撒均匀，并使其与沥青玛瑞脂粘接牢固，不得残留未粘接的绿豆砂。

② 云母或蛭石保护层不得有粉料，撒铺应均匀，不得露底，多余的云母或蛭石应清除。

③ 水泥砂浆保护层的表面应抹平压光，并设表面分格缝，分格面积宜为1m²。

④ 块体材料保护层应留设分格缝，分格面积不宜大于100m²，分格缝宽度不宜小于20mm。

⑤ 细石混凝土保护层，混凝土应密实，表面抹平压光，并留设分格缝，分格面积不大

于 $36m^2$ 。

⑥ 浅色涂料保护层应与卷材粘接牢固，厚薄均匀，不得漏涂。

⑦ 水泥砂浆、块材或细石混凝土保护层与防水层之间应设置隔离层。

⑧ 刚性保护层与女儿墙、山墙之间应预留宽度为 30mm 的缝隙，并用密封材料嵌填严密。

3. 卷材防水屋面质量检验与验收

（1）主控项目　卷材防水屋面的主控项目质量标准与检验方法应符合表 7-12 的规定。

表 7-12　卷材防水屋面的主控项目质量标准与检验方法

项　目	合格质量标准	检验方法	检验数量
卷材及配套材料质量	卷材防水层所用卷材及其配套材料，必须符合设计要求	检查出厂合格证、质量检验报告和现场抽样复验报告	按屋面面积每 $100m^2$ 抽查 1 处，每处 $10m^2$，且不得少于 3 处
卷材防水层	卷材防水层不得有渗漏或积水现象	雨后或淋水、蓄水检验	
防水细部构造	卷材防水层在天沟、檐沟、檐口、水落口、泛水、变形缝和伸出屋面管道的防水构造，必须符合设计要求	观察检查和检查隐蔽工程验收记录	

（2）一般项目　卷材防水屋面的一般项目质量标准与检验方法应符合表 7-13 的规定。

表 7-13　卷材防水屋面的一般项目质量标准与检验方法

项　目	合格质量标准	检验方法	检验数量
卷材搭接缝与收头质量	卷材防水层的搭接缝应粘（焊）接牢固，密封严密，不得有皱折、翘边和鼓泡等缺陷；防水层的收头应与基层粘接并固定牢固，缝口封严，不得翘边	观察检查	按屋面面积每 $100m^2$ 抽查 1 处，每处 $10m^2$，且不得少于 3 处
卷材保护层	卷材防水层上的撒布材料和浅色涂料保护层应铺撒或涂刷均匀，粘接牢固；水泥砂浆、块材或细石混凝土保护层与卷材防水层间应设置隔离层；刚性保护层的分格缝留置应符合设计要求	观察检查	
排汽屋面孔道留置	排汽屋面的排汽道应纵横贯通，不得堵塞。排汽管应安装牢固，位置正确封闭严密	观察检查	
卷材铺贴方向及搭接宽度允许偏差	卷材的铺贴方向应正确，卷材搭接宽度的允许偏差为 -10mm	观察和尺量检查	

细节：涂膜防水屋面

1. 材料质量要求

防水涂料应采用高聚物改性沥青防水涂料、合成高分子防水涂料。

（1）高聚物改性沥青防水涂料　高聚物改性沥青防水涂料的要求见下表：

项　目	具体要求
常用品种	水乳型阳离子氯丁胶乳改性沥青防水涂料、溶剂型氯丁胶改性沥青防水涂料、再生胶改性沥青防水涂料、SBS(APP)改性沥青防水涂料等
物理性能	高聚物改性沥青防水涂料的物理性能应符合表7-14的规定
贮运和保管	包装容器必须密封，容器上应注明涂料名称、生产厂名、生产日期和有效期 溶剂型涂料应盛于金属或塑料容器内。贮运中不得渗漏，严禁曝晒，远离火源，避免碰撞。贮存库房应有消防设备 水乳型涂料可盛于金属或塑料容器中，贮运和保管的环境温度不低于0℃

表7-14　高聚物改性沥青防水涂料的物理性能

项　目	性能要求	项　目		性能要求
固体含量(%)	≥43	不透水性	压力/MPa	≥0.1
耐热度(80℃,5h)	无流淌、起泡和滑动		保持时间/min	≥30
柔性(-10℃)	3mm厚，绕φ20mm圆棒无裂纹、断裂	延伸[(20±2)℃拉伸]/mm		≥4.5

（2）合成高分子防水涂料　合成高分子防水涂料的要求见下表：

项　目	具体要求
品种	有聚合物水泥防水涂料、丙烯酸酯防水涂料、单组分(双组分)聚氨酯防水涂料等
物理性能	合成高分子防水涂料的物理性能应符合表7-15的要求
贮运、保管	包装必须严密，容器表面应有明显标志，标明材料名称、生产厂名、生产日期。双组分涂料应配分分别包装，并有明显的区别标志 贮运的环境温度不宜低于0℃，避免曝晒、碰撞。保管于室内，并应干燥、通风、阴凉、远离火源 胎体增强材料的外观应均匀，无团状，无折皱。其质量应符合表7-16的规定

表7-15　合成高分子防水涂料的物理性能

项　目	性能要求		
	反应固化型	挥发固化型	聚合物水泥涂料
固体含量(%)	≥94	≥65	≥65
拉伸强度/MPa	≥1.65	≥1.5	≥1.2
断裂延伸率(%)	≥350	≥300	≥200
柔性/℃	-30，弯折无裂纹	-20，弯折无裂纹	-10，绕φ10mm棒无裂纹
不透水性　压力/MPa	≥0.3		
保持时间/min	≥30		

表 7-16 胎体增强材料质量要求

项 目		质 量 要 求		
		聚酯无纺布	化纤无纺布	玻纤网布
外观		均匀，无团状，平整无折皱		
拉力/ （N/50mm）	纵向	≥150	≥45	≥90
	横向	≥100	≥35	≥50
延伸率(%)	纵向	≥10	≥20	≥3
	横向	≥20	≥25	≥3

2. 施工质量控制要点

涂膜防水屋面的施工质量控制要点见下表：

项 目	控 制 要 点
基本规定	1）防水涂料应采用高聚物改性沥青防水涂料、合成高分子防水涂料 2）涂膜厚度选用应符合表 7-17 的规定 3）屋面基层的干燥程度应视所用涂料特性确定。当采用溶剂型涂料时，屋面基层应干燥 4）多组分涂料应按配合比准确计量，搅拌均匀，并应根据有效时间确定使用量 5）天沟、檐沟、檐口、泛水和立面涂膜防水层的收头，应用防水涂料多遍涂刷或用密封材料封严 6）涂膜防水层完工并经验收合格后，应做好成品保护
防水涂膜施工	1）涂膜应根据防水涂料的品种分层分遍涂布，不得一次涂成 2）应待先涂的涂层干燥成膜后，方可涂后一遍涂料 3）需铺设胎体增强材料时，屋面坡度小于 15% 时可平行屋脊铺设，屋面坡度大于 15% 时应垂直于屋脊铺设 4）胎体长边搭接宽度不应小于 50mm，短边搭接宽度不应小于 70mm 5）采用二层胎体增强材料时，上下层不得相互垂直铺设，搭接缝应错开，其间距不应小于幅宽的 1/3
涂膜防水工程施工要求	1）防水工程完工后不得有渗漏和积水现象 2）工程所用材料必须符合国家有关质量标准和设计要求，并按规定抽样复查合格 3）节点、构造细部等处做法应符合设计要求，封固严密，不得开缝翘边。密封材料必须与基层粘接牢固，密封部位应平直、光滑，无气泡、龟裂、空鼓、起壳、塌陷，尺寸符合设计要求；底部放置背衬材料但不与密封材料粘接；保护层应覆盖严密 4）涂膜防水层表面应平整、均匀，不应有裂纹、脱皮、流淌、鼓泡、露胎体、皱皮等现象；涂膜厚度应符合设计要求 5）涂膜表面上的松散材料保护层、涂料保护层或泡沫塑料保护层等，应覆盖均匀，粘接牢固 6）在屋面涂膜防水工程中的架空隔热层、保温层、蓄水屋面和种植屋面等，应符合设计要求和有关技术规范规定

表 7-17 涂膜厚度选用表

屋面防水等级	设 防 道 数	高聚物改性沥青防水涂料	合成高分子防水涂料和聚合物水泥防水涂料
Ⅰ级	三道或三道以上设防	—	不应小于 1.5mm
Ⅱ级	二道设防	不应小于 3mm	不应小于 1.5mm
Ⅲ级	一道设防	不应小于 3mm	不应小于 2mm
Ⅳ级	一道设防	不应小于 2mm	—

3. 涂膜防水质量的检验与验收

（1）主控项目 涂膜防水屋面的主控项目质量标准与检验方法应符合表7-18的规定。

表7-18 涂膜防水屋面的主控项目质量标准与检验方法

项　目	合格质量标准	检验方法	检验数量
涂料及膜体质量	防水涂料和胎体增强材料必须符合设计要求	检查出厂合格证、质量检验报告和现场抽样复验报告	按屋面面积每100m² 抽查 1 处，每处 10m²，且不得少于 3 处
涂膜防水层质量	涂膜防水层不得有渗漏或积水现象	雨后或淋水、蓄水检验	
防水细部构造	涂膜防水层在天沟、檐沟、檐口、水落口、泛水、变形缝和伸出屋面管道的防水构造，必须符合设计要求	观察检查和检查隐蔽工程验收记录	

（2）一般项目 涂膜防水屋面的一般项目质量标准与检验方法应符合表7-19的规定。

表7-19 涂膜防水屋面的一般项目质量标准与检验方法

项　目	合格质量标准	检验方法	检验数量
涂膜施工	涂膜防水层与基层应粘接牢固，表面平整，涂刷均匀，无流淌、皱折、鼓泡、露胎体和翘边等缺陷	观察检查	全数检查
涂膜保护层	涂膜防水层上的撒布材料或浅色涂料保护层应铺撒或涂刷均匀，粘接牢固；水泥砂浆、块材或细石混凝土保护层与涂膜防水层间应设置隔离层；刚性保护层的分格缝留置应符合设计要求	观察检查	按屋面面积每100m² 抽查 1 处，每处 10m²，且不得少于 3 处
涂膜厚度及最小厚度	涂膜防水层的平均厚度应符合设计要求，最小厚度不应小于设计厚度的80%	针测法或取样量测	

细节：密封材料嵌缝

1. 质量控制要点

密封材料嵌缝施工的质量控制要点见下表：

项　目	控制要点
基本规定	1）密封材料的品种、性能、质量标准必须符合设计要求和有关标准的规定 2）非成品密封材料的配合比，必须通过试验确定，并符合施工规范规定 3）密封防水部位的基层质量应符合下列要求： ① 基层应牢固，表面应平整、密实，不得有蜂窝、麻面、起皮和起砂现象 ② 嵌填密封材料的基层应干净、干燥 4）密封防水处理连接部位的基层，应涂刷与密封材料相配套的基层处理剂。基层处理剂应配比准确，搅拌均匀。采用多组分基层处理剂时，应根据有效时间确定使用量 5）接缝处的密封材料底部应填放背衬材料，外露的密封材料上应设置保护层，其宽度不应小于200mm 6）密封材料嵌填完成后不得碰损及污染，固化前不得踩踏

（续）

项　目	控　制　要　点
板面裂缝治理	板面裂缝的治理方法为裂缝封闭法，可用防水油膏、二布三油或环氧树脂进行密封处理，处理过程如下： 1）将裂缝周围50mm宽的界面清洗干净；将裂缝周边的浮渣或不牢的灰浆清除 2）用腻子刀或喷枪将密封膏挤入其中 3）在嵌缝材料上覆盖一层保护层 具体施工可按图7-1进行
建筑接缝密封的维护	接缝密封胶及埋入的定型密封材料一般寿命较长，但并非一劳永逸，很少能同结构寿命等同。由于日光、大气、雨雪、高低温及腐蚀介质的侵蚀，风沙、伸缩位移应力的作用及意外损伤，接缝密封材料的性能将逐渐劣化，发生软化、硬化、龟裂、剥离或破裂，造成接缝密封失效，为了保证在建筑使用期内接缝有效密封，建筑定期检修、清洗或为其他目的进行检查时，注意密封失效的先兆，安排专业人员对接缝密封状态进行检查和维护。当接缝密封已经呈现失效特征——粉化、变软、发硬、微裂纹、边界剥脱现象（尽管未发生渗漏）时，应提前安排局部修复或进行重新密封或定期更换，若当建筑发生渗漏时才维修，不仅维修难度大，而且损失大、代价高

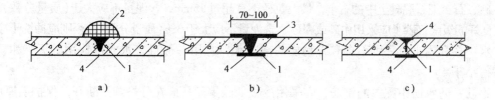

图7-1　板面裂缝治理

a）准缝　b）贴缝　c）闭缝

1—裂缝　2—防水油膏　3——布二油或二布三油　4—环氧树脂

2. 质量检查与验收

（1）主控项目　密封材料嵌缝的主控项目质量标准与检验方法应符合表7-20的规定。

表7-20　密封材料嵌缝的主控项目质量标准与检验方法

项　目	合格质量标准	检验方法	检验数量
密封材料质量	密封材料的质量必须符合设计要求	检查产品出厂合格证、配合比和现场抽样复验报告	每50m应抽查1处，每处5m，且不得少于3处
嵌缝施工质量	密封材料嵌填必须密实、连续、饱满，粘接牢固，无气泡、开裂、脱落等缺陷	观察检查	

（2）一般项目　密封材料嵌缝的一般项目质量标准与检验方法应符合表7-21的规定。

表7-21　密封材料嵌缝的一般项目质量标准与检验方法

项　目	合格质量标准	检验方法	检验数量
嵌缝基层处理	嵌填密封材料的基层应牢固、干净、干燥，表面应平整、密实	观察检查	每50m应抽查1处，每处5m，且不得少于3处

（续）

项　　目	合格质量标准	检 验 方 法	检 验 数 量
接缝宽度允许偏差	密封防水接缝宽度的允许偏差为±10%，接缝深度为宽度的0.5~0.7倍	尺量检查	每50m应抽查1处，每处5m，且不得少于3处
外观质量	嵌填的密封材料表面应平滑，缝边应顺直，无凹凸不平现象	观察检查	

细节：细石混凝土防水层

1. 材料质量要求

水泥：宜使用普通硅酸盐水泥或硅酸盐水泥；如采用矿渣硅酸盐水泥，应采取减少泌水性的措施。不得使用火山灰质水泥。

水泥贮存时应防止受潮，对存放期超过三个月的水泥，应重新检验强度等级。

不得混用不同品种的水泥。水泥应有出厂合格证明，质量应符合国家有关的标准规定。

砂、石：细石混凝土中的石子，最大粒径不宜超过15mm，含泥量不应大于（质量分数）1%，应有良好的级配；砂子应采用中砂或粗砂，含泥量不应大于3%（质量分数），否则应冲洗干净。

水：拌和用水应采用不含有害物质的洁净水，宜用一般自来水或可饮用的天然水。pH值不得小于4。

钢筋：防水层中配置的钢筋，宜采用冷拔低碳钢丝，应在分格缝处断开，保护层厚度不小于10mm。

外加剂：防水层细石混凝土使用的膨胀剂、减水剂、防水剂等外加剂，应根据不同品种的适用范围、技术要求选定。外加剂应分类保管，不得混杂，并应存放于阴凉、干燥、通风处，运输时应避免雨淋、日晒、受潮。

块体材料：块体材料应无裂缝、无石灰颗粒、无灰浆水泥面、无缺棱掉角，要求质地密实，表面平整。

密封材料、防水涂料、防水卷材：用于密封处理和柔性防水处理的密封材料、防水涂料、防水卷材，应符合屋面密封防水、涂膜防水和卷材防水材料的要求。

2. 质量控制要点

细石混凝土防水层的质量控制要点见下表：

项　　目	具 体 内 容
基本规定	1）细石混凝土配合比由试验室试配确定，施工中严格按配合比计量，并按规定制作试块 2）混凝土中掺加膨胀剂、减水剂、防水剂等外加剂时，应按配合比准确计量，投料顺序得当，并应用机械搅拌，机械振捣 3）细石混凝土防水层的分格缝，应设在屋面板的支承端、屋面转折处、防水层与突出屋面结构的交接处，其纵、横间距不宜大于6m。分格缝内应嵌填密封材料 4）细石混凝土防水层的厚度不应小于40mm，并应配置双向钢筋网片。钢筋网片在分格缝处应断开，其保护层厚度不应小于10mm 5）细石混凝土防水层与立墙及突出屋面结构等交接处，均应做柔性密封处理；细石混凝土防水层与基层间宜设置隔离层

（续）

项　目	具　体　内　容
施工过程控制	1）屋面预制板缝用 C20 细石混凝土灌缝，养护不少于 7d 2）在结构层与防水层之间增加一层隔离作用层（一般可用低强度砂浆、卷材等） 3）细石混凝土防水层，分格缝应设置在装配式结构层屋面板的支承端、屋面转折处（如屋脊）、防水层与突出屋面结构的交接处，并与板缝对齐，其纵、横间距一般不大于 6m，分格缝上口宽为 30mm，下口宽为 20mm。分格缝可用油膏嵌封，屋脊和平行于流水方向的分格缝，也可做成泛水，用盖瓦覆盖，盖瓦单边座灰固定 4）按设计要求铺设钢筋网。设计无规定时，一般配置 φ4mm、间距为 100～200mm 的双向钢筋网片，保护层厚度不小于 10mm。用绑扎时，端头要有弯钩，搭接长度要大于 250mm；焊接、搭接长度不小于 25 倍钢筋直径，在一个网片的同一截面内接头不得超过钢筋截面积的 1/4。分格缝处钢筋要断开 5）现浇细石混凝土防水层厚度应均匀一致。混凝土以分格缝分块，每块一次浇捣，不留施工缝。浇捣混凝土时，应振捣密实平整，压实抹光，无起砂、起皮等缺陷 6）屋面泛水应按设计要求施工。如设计无明确要求时，泛水高度不应低于 120mm，并与防水层一次浇捣完成，泛水转角处，要做成圆弧或钝角 7）细石混凝土终凝后养护不少于 14d
施工检验	1）基层找平层和刚性防水层的平整度，用 2m 直尺检查，直尺与面层间的最大空隙不超过 5mm。空隙应平缓变化，每米长度内不得多于 1 处 2）刚性屋面防水工程的每道防水层完成后，应由专人进行检查，合格后方可进行下一道防水层施工 3）刚性防水屋面施工后，应进行 24h 蓄水试验，或持续淋水 24h 或雨后观察，看屋面排水系统是否畅通，有无渗漏水、积水现象 4）防水工程的细部构造处理，各种接缝、保护层及密封防水部位等均应进行外观检验和防水功能检验，合格后方可隐蔽

3. 细石混凝土防水层质量检验与验收

（1）主控项目　细石混凝土防水层的主控项目质量标准与检验方法应符合表 7-22 的规定。

表 7-22　细石混凝土防水层的主控项目质量标准与检验方法

项　目	合格质量标准	检验方法	检验数量
材料质量及配合比	细石混凝土的原材料及配合比必须符合设计要求	检查出厂合格证、质量检验报告、计量措施和现场抽样复验报告	按屋面面积每 100m² 抽查 1 处，每处 10m²，且不得少于 3 处
细石混凝土防水层质量	细石混凝土防水层不得有渗漏或积水现象	雨后或淋水、蓄水检验	
细部防水构造	细石混凝土防水层在天沟、檐沟、檐口、水落口、泛水、变形缝和伸出屋面管道的防水构造，必须符合设计要求	观察检查和检查隐蔽工程验收记录	

（2）一般项目　细石混凝土防水层的一般项目质量标准与检验方法应符合表 7-23 的规定。

表 7-23　细石混凝土防水层的一般项目质量标准与检验方法

项　目	合格质量标准	检验方法	项　目	合格质量标准	检验方法
防水层施工表面质量	细石混凝土防水层应表面平整、压实抹光，不得有裂缝、起壳、起砂等缺陷	观察检查	分格缝的位置和间距	细石混凝土分格缝的位置和间距应符合设计要求	观察和尺量检查
防水层厚度和钢筋位置	细石混凝土防水层的厚度和钢筋位置应符合设计要求	观察和尺量检查	表面平整度的允许偏差	细石混凝土防水层表面平整度的允许偏差为 5mm	用 2m 靠尺和楔形塞尺检查

细节：平瓦屋面

1. 质量控制要点

1）平瓦屋面与立墙及突出屋面结构等交接处，均应做泛水处理。天沟、檐沟的防水层，应采用合成高分子防水卷材、高聚物改性沥青防水卷材、沥青防水卷材、金属板材或塑料板材等材料铺设。

2）脊瓦在两坡面瓦上的搭盖宽度，每边不小于 40mm。

3）瓦伸入天沟、檐沟的长度为 50 ~ 70mm。

4）天沟、檐沟的防水层伸入瓦内宽度不小于 150mm。

5）瓦头挑出封檐板的长度为 50 ~ 70mm。

6）突出屋面的墙或烟囱的侧面瓦伸入泛水的宽度不小于 50mm。

2. 平瓦屋面质量检验与验收

（1）主控项目　平瓦屋面的主控项目质量标准与检验方法应符合表 7-24 的规定。

表 7-24　平瓦屋面的主控项目质量标准与检验方法

项　目	合格质量标准	检验方法	检验数量
平瓦与脊瓦的质量	平瓦及其脊瓦的质量必须符合设计要求	观察检查和检查出厂合格证或质量检验报告	按屋面面积每 100m² 抽查 1 处，每处 10m²，且不得少于 3 处
平瓦铺置	平瓦必须铺置牢固。地震设防地区或坡度大于 50% 的屋面，应采取固定加强措施	观察和手扳检查	

（2）一般项目　平瓦屋面的一般项目质量标准与检验方法应符合表 7-25 的规定。

表 7-25　平瓦屋面的一般项目质量标准与检验方法

项　目	合格质量标准	检验方法	检验数量
挂瓦条、铺瓦质量	挂瓦条应分档均匀，铺钉平整、牢固；瓦面平整，行列整齐，搭接紧密，檐口平直	观察检查	按屋面面积每 100m² 抽查 1 处，每处 10m²，且不得少于 3 处
脊瓦搭盖	脊瓦应搭盖正确，间距均匀，封固严密；屋脊和斜脊应顺直，无起伏现象	观察或手扳检查	
泛水做法	泛水做法应符合设计要求，顺直整齐，结合严密，无渗漏	观察检查和雨后或淋水检验	

细节：油毡瓦屋面

1. 质量控制要点

油毡瓦屋面铺设的质量控制要点见下表：

项　　目	控　制　要　点
基本规定	1）油毡瓦屋面与立墙及突出屋面结构等交接处，均应做泛水处理 2）油毡瓦的基层应牢固平整。如为混凝土基层，油毡瓦应以专用水泥钢钉与冷沥青玛瑞脂粘接固定在混凝土基层上；如为木基层，铺瓦前应在木基层上铺设一层沥青防水卷材垫毡，用油毡钉铺钉，钉帽应盖在垫毡下面 3）油毡瓦屋面的有关尺寸应符合下列要求： ① 脊瓦与两坡面油毡瓦搭盖宽度每边不小于100mm ② 脊瓦与脊瓦的压盖面不小于脊瓦面积的1/2 ③ 油毡瓦在屋面与突出屋面结构的交接处铺贴高度不小于250mm
油毡瓦的铺设	1）在有屋面板的屋面上，铺瓦前铺钉一层油毡，其搭接宽度为100mm。油毡用顺水条（间距一般为500mm）钉在屋面板上 2）挂瓦条一般用截面为30mm×30mm的木条，铺钉时上口要平直，接头在檩条上并要错开，同一檩条上不得连续超过三个接头。其间距根据瓦长，一般为280～330mm，挂瓦条应铺钉平整、牢固，上棱应成一线。封檐要比挂瓦条高20～30mm 3）瓦应铺成整齐的行列，彼此紧密搭接，沿口应成一直线，瓦头挑出檐口一般为50～70mm 4）斜脊、斜沟瓦应先盖好瓦，沟瓦要搭盖泛水宽度不小于150mm，然后弹黑线编号，将多余的瓦面锯掉后按号码次序挂上，斜脊同样处理，但要保证脊瓦搭盖在二坡面瓦上至少各40mm，间距应均匀 5）脊瓦与坡面瓦的缝隙应用麻刀混合砂浆嵌严刮平。屋脊和斜脊应平直，无起伏现象。平脊的接头口要顺主导风向。斜脊的接头口向下（即由下向上铺设） 6）沿山墙挑檐一行瓦，宜用1:2.5的水泥砂浆做出披水线，将瓦封固 7）天沟、斜沟和檐沟一般用镀锌薄钢板制作时，其厚度应为0.45～0.75mm，薄钢板伸入瓦下面不应少于150mm。镀锌薄钢板应经风化或涂刷专用的底漆（锌磺类或磷化底漆等）后再涂刷罩面漆两度；如用薄钢板时，应将表面铁锈、油污及灰尘清理干净，其两面均应涂刷两度防锈底漆（红丹油等）再涂刷罩面漆两度 8）天沟和斜沟如用油毡铺设，层数不得小于三层，底层油毡应用带有垫圈的钉子钉在木基层上，其余各层油毡施工应符合有关规定

2. 油毡瓦屋面质量检验与验收

（1）主控项目　油毡瓦屋面的主控项目质量标准与检验方法应符合表7-26的规定。

表7-26　油毡瓦屋面的主控项目质量标准与检验方法

项　　目	合格质量标准	检　验　方　法	检　验　数　量
油毡瓦质量	油毡瓦的质量必须符合设计要求	检查出厂合格证和质量检验报告	按屋面面积每100m²抽查1处，每处10m²，且不得少于3处
油毡瓦固定	油毡瓦所用固定钉必须钉平、钉牢，严禁钉帽外露于油毡瓦表面	观察检查	

（2）一般项目　油毡瓦屋面的一般项目质量标准与检验方法应符合表7-27的规定。

表7-27　油毡瓦屋面的一般项目质量标准与检验方法

项　目	合格质量标准	检验方法	检验数量
油毡瓦铺设方法	油毡瓦的铺设方法应正确；油毡瓦之间的对缝，上下层不得重合	观察检查	按屋面面积每100m²抽查1处，每处10m²，且不得少于3处
油毡瓦与基层连接	油毡瓦应与基层紧贴，瓦面平整，檐口顺直	观察检查	
泛水做法	泛水做法应符合设计要求，顺直整齐，结合严密，无渗漏	观察检查和雨后或淋水检验	

细节：金属板材屋面

1. 质量控制要点

金属板材屋面铺设的质量控制要点见下表：

项　目	控　制　要　点
基本规定	1）金属板材屋面与立墙及突出屋面结构等交接处，均应做泛水处理。两板间应放置通长密封条；螺栓拧紧后，两板的搭接口处应用密封材料封严 2）压型板应采用带防水垫圈的镀锌螺栓（螺钉）固定，固定点应设在波峰上。所有外露的螺栓（螺钉），均应涂抹密封材料保护 3）压型板屋面的有关尺寸应符合下列要求： ① 压型板的横向搭接不小于一个波，纵向搭接不小于200mm ② 压型板挑出墙面的长度不小于200mm ③ 压型板伸入檐沟内的长度不小于150mm ④ 压型板与泛水的搭接宽度不小于200mm
波形薄钢板屋面	1）波形薄钢板、镀锌波形薄钢板按规定涂刷防锈漆、底漆、罩面漆，且涂刷应均匀、无脱皮、漏刷 2）搭接宽度一般为一个半波至两个波，不得少于一个波。上下排搭接长度不应少于80mm，搭接要顺主导风向，搭接缝应严实 3）波瓦须用螺栓和弯钩螺栓将波瓦锁牢在檩子上，螺栓中距为300～450mm，上下排接头必须位于檩条上。上下接头的螺栓每隔三个凸陇栓一根。在木檩条上应用带防水垫圈的镀锌螺栓固定。在金属和钢筋混凝土檩条上应用带防水垫圈的镀锌弯钩螺栓固定、螺栓应设在波峰上。螺栓的数量在瓦四周的每一搭接边上，均不宜少于3个，波中央必须放一个 4）在靠高出屋面山墙处，波瓦最少要卷起180mm，弯成"Z"形伸入墙体预留槽内并用水泥砂浆抹平。若山墙不出屋面时，应靠山墙剪齐波瓦，用砂浆封山抹檐 5）屋脊、斜脊、天沟和屋面与突出屋面结构连接处的泛水，均应用铁皮，与波瓦搭接不少于150mm 6）薄钢板的搭接缝和其他可能浸水的部位，应用铅油、麻丝或油灰封固

（续）

项　　目	控　制　要　点
薄钢板屋面	1）薄钢板应按规定涂刷防锈漆、罩面漆，且应涂刷均匀，无脱皮及漏刷 2）薄钢板在安装前应预制成拼板，其长度应按设计要求根据屋面坡长和运输吊装条件而定 3）先安装檐口薄钢板，以檐口为准，檐口要挑出封檐板，伸入檐沟边 50mm；无檐沟者挑出 120mm；无组织排水屋面檐口薄钢板挑出距墙至少为 200mm 4）檐口薄钢板宜固定在 T 形铁板上（图 7-2）。用钉子将 T 形铁板钉在檐口垫板上，间距不宜大于 700mm，若做钢板包檐时应带有向外弯的滴水线 5）垂直于流水方向的平咬口，应位于檩条上，每张板顺长度方向至少钉三个钢板带，间距不大于 600mm 6）钉子不得直接钉在咬口上。上行弯边应在下行弯边之上，沿顺水方向盖叠，与屋脊垂直方向的接合缝用单咬口，折叠方向一致，单咬口、双咬口应顺流水方向。在屋面的同一坡面上，相邻两薄钢板咬口接合缝均应错开 50mm 以上，立咬口折边必须折向顺主导风向。屋面坡度大于 30% 的垂直流水方向的拼缝宜用单平咬口。天沟、斜沟的薄钢板拼板及其与坡面薄钢板的连接处，宜用双平咬口，并用油灰嵌缝 7）屋面薄钢板与突出屋面墙的连接处，薄钢板应向上弯起伸入墙的预留槽中，高度不宜小于 150mm。用钉子钉在槽内预埋木砖上，然后用掺有麻刀的混合砂浆将槽抹平做成泛水 8）有钉眼露于屋面时，应进行处理。爬脊薄钢板，有爬脊木或脊檩的，用人字薄钢板盖压，无爬脊木的用立式咬口 9）为防止屋面被风刮起，大风地区每隔三个立口应设方木加固

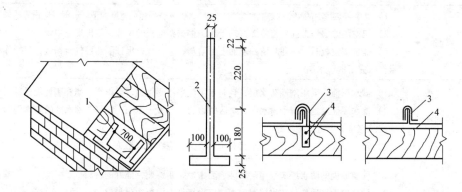

图 7-2　T 形铁板固定及钢板带固定薄钢板方法

1—T 形铁板安装　2—T 形铁板大样　3—钢板带　4—钉子

2. 金属板材屋面质量检验与验收

（1）主控项目　金属板材屋面的主控项目质量标准与检验方法应符合表 7-28 的规定。

表 7-28　金属板材屋面的主控项目质量标准与检验方法

项　　目	合格质量标准	检　验　方　法	检　验　数　量
板材及辅助材料质量	金属板材及辅助材料的规格和质量，必须符合设计要求	检查出厂合格证和质量检验报告	按屋面面积每 100m² 抽查 1 处，每处 10m²，且不得少于 3 处
连接和密封	金属板材的连接和密封处理必须符合设计要求，不得有渗漏现象	观察检查和雨后或淋水检验	

（2）一般项目　金属板材屋面的一般项目质量标准与检验方法应符合表7-29的规定。

表7-29　金属板材屋面的一般项目质量标准与检验方法

项　目	合格质量标准	检验方法	检验数量
金属板材铺设	金属板材屋面应安装平整，固定方法正确，密封完整；排水坡度应符合设计要求	观察和尺量检查	按屋面面积每100m²抽查1处，每处10m²，且不得少于3处
檐口线及泛水做法	金属板材屋面的檐口浅、泛水段应顺直，无起伏现象	观察检查	

细节：隔热屋面

1. 架空隔热制品材料

非上人屋面的粘土砖强度等级不应低于 MU7.5；上人屋面的粘土砖强度等级不应低于 MU10。

混凝土板的强度等级不应低于 C20，板内宜加放钢丝网片。

2. 质量控制要点

金属板材屋面铺设的质量控制要点见下表：

项　目	控 制 要 点
架空屋面	1）架空隔热屋面的架空隔热高度宜为：100~300mm，当屋面宽度大于10m时，应设置通风屋脊 2）架空隔热层施工前先将屋面打扫干净，根据架空板的尺寸，放出支座中线 3）铺置架空板时，应随时清扫屋面上的落灰、杂物，以保证隔热层气流畅通，但操作时不得损伤已完工的防水层
蓄水屋面	1）蓄水屋面应采用刚性防水层，且防水层应采用耐腐蚀、耐霉烂、耐穿刺性能好的材料 2）蓄水屋面应划分若干蓄水区，每区的边长不宜大于10m，且每个蓄水区的防水混凝土应一次浇筑完毕，不得留施工缝 3）蓄水屋面所设排水管、溢水管和给水管等，应在防水层施工前安装完毕
种植屋面	1）种植屋面的防水层应采用耐腐蚀、耐霉烂、耐穿刺性能好的材料 2）种植屋面采用卷材防水层时，上部应设置细石混凝土保护层 3）种植屋面应有1%~3%的坡度。种植屋面四周应设挡墙，挡墙下部应设泄水孔，孔内侧放置疏水粗细集料

3. 隔热屋面质量检验与验收

（1）架空屋面　架空屋面的质量标准与检验方法应符合表7-30的规定。

表7-30　架空屋面的质量标准与检验方法

项　目	合格质量标准	检验方法	检验数量
板材及辅助材料质量	架空隔热制品的质量必须符合设计要求，严禁有断裂和露筋等缺陷	观察检查和检查构件合格证或试验报告	按屋面面积每100m²抽查1处，每处10m²，且不得少于3处

（续）

项 目	合格质量标准	检验方法	检验数量
架空隔热制品铺设	架空隔热制品的铺设应平整、稳固，缝隙勾填应密实；架空隔热制品距山墙或女儿墙不得小于250mm，架空层中不得堵塞，架空高度及变形缝做法应符合设计要求	观察和尺量检查	按屋面面积每100m² 抽查1处，每处10m²，且不得少于3处
隔热板相邻高低差	相邻两块隔热制品的高低差不得大于3mm	用直尺和楔形塞尺检查	

（2）蓄水、种植屋面　蓄水、种植屋面的质量标准与检验方法应符合表7-31的规定。

表7-31　蓄水、种植屋面的质量标准与检验方法

项 目	合格质量标准	检验方法	检验数量
蓄水屋面溢水口、过水孔等设置	蓄水屋面上设置的溢水口、过水孔、排水管、溢水管，其大小、位置、标高的留设必须符合设计要求	观察和尺量检查	按屋面面积每100m² 抽查1处，每处10m²，且不得少于3处
蓄水屋面防水层质量	蓄水屋面防水层施工必须符合设计要求，不得有渗漏现象	蓄水至规定高度观察检查	
种植屋面泄水孔设置	种植屋面挡墙泄水孔的留设必须符合设计要求，并不得堵塞	观察和尺量检查	
种植屋面防水层质量	种植屋面防水层施工必须符合设计要求，不得有渗漏现象	蓄水至规定高度观察检查	

（3）建筑防水工程材料现场抽样复验　建筑防水工程材料现场抽样复验见表7-32。

表7-32　建筑防水工程材料现场抽样复验项目

序	材料名称	现场抽样数量	外观质量检验	物理性能检验
1	高聚物改性沥青防水卷材	大于1000卷抽5卷，每500～1000卷抽4卷，100～499卷抽3卷，100卷以下抽2卷，进行规格尺寸和外观质量检验。在外观质量检验合格的卷材中，任取一卷作物理性能检验	断裂、皱折、孔洞、剥离、边缘不整齐、胎体露白、未浸透、撒布材料粒度、颜色，每卷卷材的接头	拉力，最大拉力时延伸率，低温柔度，不透水性
2	合成高分子防水卷材		折痕、杂质、胶块、凹痕，每卷卷材的接头	断裂拉伸强度，扯断伸长率，低温弯折，不透水性
3	沥青基防水涂料	每工作班生产量为1批抽样	搅匀和分散在水溶液中，无明显沥青丝团	固含量，耐热度，柔性，不透水性，延伸率
4	无机防水涂料	每10t为一批，不足10t按一批抽样	包装完好无损，且标明涂料名称、生产日期、生产厂家、产品有效期	抗折强度，粘结强度，抗渗性
5	有机防水涂料	每5t为一批，不足5t按一批抽样		固体含量，拉伸强度，断裂延伸率，柔性，不透水性
6	胎体增强材料	每3000m²为一批，不足3000m²按一批抽样	均匀，无团状，平整，无折皱	拉力，延伸率

（续）

序	材料名称	现场抽样数量	外观质量检验	物理性能检验
7	改性石油沥青密封材料	每2t为一批，不足2t按一批抽样	黑色均匀膏状，无结块和未浸透的填料	低温柔性，拉伸粘接性，施工度
8	合成高分子密封材料		均匀膏状物，无结皮、凝结或不易分散的固体团块	拉伸粘接性，柔性
9	止水带	每月同标记的止水带产量为一批抽样	尺寸公差；开裂，缺胶，海绵状，中心孔偏心；凹痕，气泡，杂质，明疤	拉伸强度，扯断伸长率，撕裂强度
10	遇水膨胀橡胶	每月同标记的膨胀橡胶产量为一批抽样	尺寸公差；开裂，缺胶，海绵状，凹痕，气泡，杂质，明疤	拉伸强度，扯断伸长率，体积膨胀倍率

细节：屋面细部构造防水

1. 基本规定

1）用于细部构造处理的防水卷材、防水涂料和密封材料的质量，均应符合有关规定的要求。

2）卷材或涂膜防水层在天沟、檐沟与屋面交接处、泛水、阴阳角等部位，应增加卷材或涂膜附加层。

3）天沟、檐沟的防水构造应符合下列要求：

① 沟内附加层在天沟、檐沟与屋面交接处宜空铺，空铺的宽度不应小于200mm。

② 卷材防水层应由沟底翻上至沟外檐顶部，卷材收头应用水泥钉固定，并用密封材料封严。

③ 涂膜收头应用防水涂料多遍涂刷或用密封材料封严。

④ 在天沟、檐沟与细石混凝土防水层的交接处，应留凹槽并用密封材料嵌填严密。

4）檐口的防水构造应符合下列要求：

① 铺贴檐口800mm范围内的卷材应采取满粘法。

② 卷材收头应压入凹槽，采用金属压条钉压，并用密封材料封口。

③ 涂膜收头应用防水涂料多遍涂刷或用密封材料封严。

④ 檐口下端应抹出鹰嘴和滴水槽。

5）女儿墙泛水的防水构造应符合下列要求：

① 铺贴泛水处的卷材应采取满粘法。

② 砖墙上的卷材收头可直接铺压在女儿墙压顶下，压顶应做防水处理；也可压入砖墙凹槽内固定密封，凹槽距屋面找平层不应小于250mm，凹槽上部的墙体应做防水处理。

③ 涂膜防水层应直接涂刷至女儿墙的压顶下，收头处理应用防水涂料多遍涂刷封严，压顶应做防水处理。

④ 混凝土墙上的卷材收头应采用金属压条钉压，并用密封材料封严。

6）水落口的防水构造应符合下列要求：

① 水落口杯上口的标高应设置在沟底的最低处。

② 防水层贴入水落口杯内不应小于50mm。

③ 水落口周围直径 500mm 范围内的坡度不应小于 5%，并采用防水涂料或密封材料涂封，其厚度不应小于 2mm。

④ 水落口杯与基层接触处应留宽 20mm、深 20mm 的凹槽，并嵌填密封材料。

7）变形缝的防水构造应符合下列要求：

① 变形缝的泛水高度不应小于 250mm。

② 防水层应铺贴到变形缝两侧砌体的上部。

③ 变形缝内应填充聚苯乙烯泡沫塑料，上部填放衬垫材料，并用卷材封盖。

④ 变形缝顶部应加扣混凝土盖板或金属盖板，混凝土盖板的接缝应用密封材料嵌填。

8）伸出屋面管道的防水构造应符合下列要求：

① 管道根部直径 500mm 范围内，找平层应抹出高度不小于 30mm 的圆台。

② 管道周围与找平层或细石混凝土防水层之间，应预留 20mm×20mm 的凹槽，并用密封材料嵌填严密。

③ 管道根部四周应增设附加层，宽度和高度均不应小于 300mm。

④ 管道上的防水层收头处应用金属箍紧固，并用密封材料封严。

2. 屋面细部构造防水施工的质量控制要点

1）在檐口、斜沟、泛水、屋面和突出屋面结构的连接处以及水落口四周，均应加铺一层卷材附加层；天沟宜加 1~2 层卷材附加层；内部排水的水落口四周，还宜再加铺一层沥青麻布油毡或再生胶油毡。

2）内部排水的水落口应用铸铁制品，水落口杯应牢固地固定在承重结构上，全部零件应预先除净铁锈，并涂刷防锈漆。

与水落口连接的各层卷材，均应粘贴在水落口杯上，并用漏斗罩。底盘压紧宽度至少为 100mm，底盘与卷材间应涂沥青胶结材料，底盘周围应用沥青胶结材料填平。

3）水落口杯与竖管承口的连接处，用沥青麻丝堵塞，以防漏水。

4）混凝土檐口宜留凹槽，卷材端部应固定在凹槽内，并用玛琦脂或油膏封严。

5）屋面与突出屋面结构的连接处，贴在立面上的卷材高度应 ≥250mm。如用薄钢板泛水覆盖时，应用钉子将泛水卷材层的上端钉在预埋的墙内木砖上，泛水上部与墙间的缝隙应用沥青砂浆填平，并将钉帽盖住。薄钢板泛水长向接缝处应焊牢。如用其他泛水时，卷材上端应用沥青砂浆或水泥砂浆封严。

6）在砌变形缝的附加墙以前，缝口应用伸缩片覆盖，并在墙砌好后，在缝内填沥青麻丝；上部应用钢筋混凝土盖板或可伸缩的镀锌薄钢板盖住。钢筋混凝土盖板的接缝，可用油膏嵌实封严。

3. 质量检查与验收

屋面细部构造防水检查标准和检验方法见表 7-33。

表 7-33 屋面细部构造防水检查标准和检验方法

项 目	质量合格标准	检验方法
天沟、檐沟排水坡度	天沟、檐沟的排水坡度，必须符合设计要求	用水平仪（水平尺）、拉线和尺量检查
防水构造	天沟、檐沟、檐口、水落口、泛水、变形缝和伸出屋面管道的防水构造，必须符合设计要求	观察检查和检查隐蔽工程验收记录

8　建筑装饰装修工程的质量控制

细节：抹灰砂浆的主要技术要求

抹面砂浆（也称抹灰砂浆）是指涂抹在建筑物表面保护墙体、具有一定装饰性的一类砂浆的统称。抹面砂浆与砌筑砂浆的组成材料基本相同。但为了避免抹面砂浆表层开裂，有时需加入适量的纤维材料，如麻刀、纸筋、玻璃纤维等；有时为了满足某些功能性要求需加入一些特殊的集料或掺和料，如保温砂浆、防辐射砂浆等。

抹面砂浆的技术性质包括和易性和粘接力。和易性的概念及检测与砌筑砂浆相同；粘接力主要是靠增加胶凝性材料的用量来实现。

1. 普通抹面砂浆

普通抹面砂浆有内用和外用两种，可以保护建筑物免遭各种自然因素（如雨、雪、霜等）的侵蚀，提高建筑物的耐久性，并使制品表面平整美观。

为了使表面平整，不容易脱落，应分两层或三层施工。各层砂浆所用砂的最大粒径以及砂浆稠度见表8-1。

表8-1　砂浆的材料及稠度选择表　　　（单位：mm）

抹面层	沉入度	砂子的最大粒径	抹面层	沉入度	砂子的最大粒径
底层	100~120	2.5	面层	70~80	1.2
中层	70~90	2.5			

普通抹面砂浆的配合比可用质量比，也可用体积比。常用普通抹面砂浆的配合比及适用范围见表8-2。

表8-2　常用普通抹面砂浆配合比及适用范围

砂浆品种	配合比(体积比)	适用范围
石灰：砂浆	(1:2)~(1:4)	用于砖石墙表面 （檐口、勒脚、女儿墙及潮湿房间的墙除外）
石灰：石膏：砂	(1:1:4)~(1:1:3)	用于不潮湿房间的墙及天花板
石灰：石膏：砂	(1:2:2)~(1:2:4)	用于不潮湿房间的线脚及其他装饰工程
石灰：水泥：砂	(1:0.5:4.5)~(1:1:5)	用于檐口、勒脚、女儿墙以及比较潮湿的部位
水泥：砂	(1:3)~(1:2.5)	用于浴室、潮湿房间的墙裙、勒脚或地面基层
水泥：砂	(1:2)~(1:1.5)	用于地面、顶棚、防火墙面面层
水泥：砂	(1:0.5)~(1:1)	用于混凝土地面面层
白灰：麻刀	100:2.5(质量比)	用于板条的底层抹灰
石灰膏：麻刀	100:1.3(质量比)	用于板条的面层抹灰
水泥：白石子	(1:2)~(1:1)	用于水磨石（打底用1:2.5水泥砂浆）
水泥：白石子	1:1.5	用于斩假石[打底用(1:2)~(1:2.5)]水泥砂浆

2. 防水砂浆

防水砂浆是具有显著的防水性能和防潮性能的一类砂浆的统称。一般依靠特定的施工工艺或在普通水泥砂浆中加入防水剂、膨胀剂、聚合物等配制而成，适用于不受振动或埋置深度不大、具有一定刚度的防水工程；不适用于易受振动或发生不均匀沉降的部位。

防水砂浆的组成材料如下：

1）水泥选用强度等级 32.5 以上的微膨胀水泥或普通水泥，配制时适当增加水泥的用量。

2）采用级配良好的中砂，水泥与砂的质量比不宜大于 1:2.5，水灰比应控制在 0.5 ~ 0.55 范围内。

3）常用的防水剂有无机铝盐类、氯化物金属盐类、金属皂化物类及聚合物类。

4）防水砂浆应分 4 ~ 5 层分层涂抹在基层上，每层涂抹约厚 5mm，总厚度为 20 ~ 30mm。每层在初凝前压实一遍，最后一遍要压光，并应精心养护。

细节：一般抹灰工程

本部分适用于石灰砂浆、水泥砂浆、水泥混合砂浆、聚合物水泥砂浆和麻刀石灰、纸筋石灰、石膏灰等一般抹灰工程的质量验收。一般抹灰工程分为普通抹灰和高级抹灰，当设计无要求时，按普通抹灰验收。

由于普通抹灰和中级抹灰的主要工序和表面质量基本相同，故将原中级抹灰的主要工序和表面质量作为普通抹灰的要求。抹灰等级应由设计单位按照国家有关规定，根据技术、经济条件和装饰美观的需要来确定，并在施工图中注明。

1. 主控项目

1）抹灰前，基层表面的尘土、污垢、油渍等应清除干净，并应洒水润湿。

检验方法：检查施工记录。

2）一般抹灰所用材料的品种和性能应符合设计要求。水泥的凝结时间和安定性复验应合格。砂浆的配合比应符合设计要求。

检验方法：检查产品合格证书、进场验收记录、复验报告和施工记录。

材料质量是保证抹灰工程质量的基础，因此，抹灰工程所用材料如水泥、砂、石灰膏、石膏、有机聚合物等应符合设计要求及国家现行产品标准的规定，并应有出厂合格证。材料进场时应进行现场验收，不合格的材料不得用在抹灰工程上，对影响抹灰工程质量与安全的主要材料的某些性能，如水泥的凝结时间和安定性进行现场抽样复验。

3）抹灰工程应分层进行。当抹灰总厚度大于或等于 35mm 时，应采取加强措施。不同材料基体交接处表面的抹灰，应采取防止开裂的加强措施，当采用加强网时，加强网与各基体的搭接宽度不应小于 100mm。

检验方法：检查隐蔽工程验收记录和施工记录。

抹灰厚度过大时，容易产生起鼓、脱落等质量问题，不同材料基体交接处，由于吸水和收缩性不一致，接缝处表面的抹灰层容易开裂，上述情况均应采取加强措施，以切实保证抹灰工程的质量。

4）抹灰层与基体之间及各抹灰层之间必须粘接牢固，抹灰层应无脱层、空鼓，面层应无爆灰和裂缝。

检验方法：观察；用小锤轻击检查、检查施工记录。

抹灰工程的质量关键是粘接牢固，无开裂、空鼓与脱落。如果粘接不牢，出现空鼓、开裂、脱落等缺陷，会降低对墙体的保护作用，且影响装饰效果。经调研分析，抹灰层之所以出现开裂、空鼓和脱落等质量问题，主要原因是基体表面清理不干净，如：基体表面尘埃及疏松物、脱模剂和油渍等影响抹灰粘接牢固的物质未彻底清除干净；基体表面不光滑，抹灰前未做毛化处理；抹灰前基体表面浇水不透，抹灰后砂浆中的水分很快被基体吸收，使砂浆质量不好，使用不当；一次抹灰过厚，干缩率较大等，都会影响抹灰层与基体的粘接牢固性。

2. 一般项目

1）一般抹灰工程的表面质量应符合下列规定：

① 普通抹灰表面应光滑、洁净、接槎平整，分格缝应清晰。

② 高级抹灰表面应光滑、洁净、颜色均匀、无抹纹，分格缝和灰线应清晰美观。

检验方法：观察、手摸检查。

2）护角、孔洞、槽、盒周围的抹灰表面应整齐、光滑，管道后面的抹灰表面应平整。

检验方法：观察。

3）抹灰层的总厚度应符合设计要求；水泥砂浆不得抹在石灰砂浆层上；罩面石膏灰不得抹在水泥砂浆层上。

检验方法：检查施工记录。

4）抹灰分格缝的设置应符合设计要求，宽度和深度应均匀，表面应光滑，棱角应整齐。

检验方法：观察、尺量检查。

5）有排水要求的部位应做滴水线（槽）。滴水线（槽）应整齐顺直，滴水线应内高外低，滴水槽宽度和深度均不应小于10mm。

检验方法：观察、尺量检查。

6）一般抹灰工程质量的允许偏差和检验方法应符合表8-3的规定。

表8-3 一般抹灰工程的允许偏差和检验方法

项 次	项 目	允许偏差/mm		检验方法
		普通抹灰	高级抹灰	
1	立面垂直度	4	3	用2m垂直检测尺检查
2	表面平整度	4	3	用2m靠尺和塞尺检查
3	阴阳角方正	4	3	用直角检测尺检查
4	分格条（缝）直线度	4	3	拉5m线，不足5m拉通线，用钢直尺检查
5	墙裙、勒脚上口直线度	4	3	拉5m线，不足5m拉通线，用钢直尺检查

注：1. 普通抹灰，本表第3项阴角方正可不检查。

2. 顶棚抹灰，本表第2项表面平整度可不检查，但应平顺。

细节：装饰抹灰工程

本部分适用于水刷石、斩假石、干粘石、假面砖等装饰抹灰工程的质量验收。

1. 主控项目

1）抹灰前基层表面的尘土、污垢、油渍等应清除干净，并应洒水润湿。

检验方法：检查施工记录。

2）装饰抹灰工程所用材料的品种和性能应符合设计要求。水泥的凝结时间和安定性复验应合格。砂浆的配合比应符合设计要求。

检验方法：检查产品合格证书、进场验收记录、复验报告和施工记录。

3）抹灰工程应分层进行。当抹灰总厚度大于或等于35mm时，应采取加强措施。不同材料基体交接处表面的抹灰，应采取防止开裂的加强措施，当采用加强网时，加强网与各基体的搭接宽度不应小于100mm。

检验方法：检查隐蔽工程验收记录和施工记录。

4）各抹灰层之间及抹灰层与基体之间必须粘接牢固，抹灰层应无脱层、空鼓和裂缝。

检验方法：观察、用小锤轻击检查；检查施工记录。

2. 一般项目

1）装饰抹灰工程的表面质量应符合下列规定：

① 水刷石表面应石粒清晰、分布均匀、紧密平整、色泽一致，应无掉粒和接槎痕迹。

② 斩假石表面剁纹应均匀顺直、深浅一致，应无漏剁处，阳角处应横剁并留出宽窄一致的不剁边条，棱角应无损坏。

③ 干粘石表面应色泽一致、不露浆、不漏粘，石粒应粘接牢固、分布均匀，阳角处应无明显黑边。

④ 假面砖表面应平整、沟纹清晰、留缝整齐、色泽一致，应无掉角、脱皮、起砂等缺陷。

检验方法：观察、手摸检查。

2）装饰抹灰分格条（缝）的设置应符合设计要求，宽度和深度应均匀，表面应平整光滑，棱角应整齐。

检验方法：观察。

3）有排水要求的部位应做滴水线（槽）。滴水线（槽）应整齐顺直，滴水线应内高外低，滴水槽的宽度和深度均不应小于10mm。

检验方法：观察、尺量检查。

4）装饰抹灰工程质量的允许偏差和检验方法应符合表8-4的规定。

表8-4 装饰抹灰工程质量的允许偏差和检验方法

项　　目	允许偏差/mm				检验方法
	水刷石	斩假石	干粘石	假面砖	
立面垂直度	5	4	5	5	用2m垂直检测尺检查
表面平整度	3	3	5	4	用2m靠尺和塞尺检查

（续）

项 目	允许偏差/mm				检 验 方 法
	水刷石	斩假石	干粘石	假面砖	
阴阳角方正	3	3	4	4	用直角检测尺检查
分格条（缝）直线度	3	3	3	3	拉5m线，不足5m拉通线，用钢直尺检查
墙裙、勒脚上口直线度	3	3	—	—	拉5m线，不足5m拉通线，用钢直尺检查

细节：清水砌体勾缝工程

本部分适用于清水砌体砂浆勾缝和原浆勾缝工程的质量验收。

1. 主控项目

1）清水砌体勾缝所用水泥的凝结时间和安定性复验应合格。砂浆的配合比应符合设计要求。

检验方法：检查复验报告和施工记录。

2）清水砌体勾缝应无漏勾。勾缝材料应粘接牢固、无开裂。

检验方法：观察。

2. 一般项目

1）清水砌体勾缝应横平竖直，交接处应平顺，宽度和深度应均匀，表面应压实抹平。

检验方法：观察、尺量检查。

2）灰缝应颜色一致，砌体表面应洁净。

检验方法：观察。

细节：金属门窗安装工程

本部分适用于钢门窗、铝合金门窗、涂色镀锌钢板门窗等金属门窗安装工程质量的验收。

1. 主控项目

1）金属门窗的品种、类型、规格、尺寸、性能、开启方向、安装位置、连接方式及铝合金门窗的型材壁厚应符合设计要求。金属门窗的防腐处理及填嵌、密封处理应符合设计要求。

检验方法：观察，尺量检查，检查产品合格证书、性能检测报告、进场验收记录和复验报告，检查隐蔽工程验收记录。

2）金属门窗框和副框的安装必须牢固。预埋件的数量、位置、埋设方式、与框的连接方式必须符合设计要求。

检验方法：手扳检查、检查隐蔽工程验收记录。

3）金属门窗扇必须安装牢固，并应开关灵活、关闭严密，无倒翘。推拉门窗必须有防脱落措施。

检验方法：观察、开启和关闭检查、手扳检查。

推拉门窗扇意外脱落容易造成安全方面的伤害，对高层建筑情况更为严重，故规定推拉门窗扇必须有防脱落措施。

4）金属门窗配件的型号、规格、数量应符合设计要求，安装应牢固，位置应正确，功能应满足使用要求。

检验方法：观察、开启和关闭检查、手扳检查。

2. 一般项目

1）金属门窗表面应洁净、平整、光滑、色泽一致，无锈蚀。大面应无划痕、碰伤。漆膜或保护层应连续。

检验方法：观察。

2）铝合金门窗推拉门窗扇开关力应不大于100N。

检验方法：用弹簧秤检查。

3）金属门窗框与墙体之间的缝隙应填嵌饱满，并采用密封胶密封。密封胶表面应光滑、顺直，无裂纹。

检验方法：观察、轻敲门窗框检查、检查隐蔽工程验收记录。

4）金属门窗扇的橡胶密封条或毛毡密封条应安装完好，不得脱槽。

检验方法：观察、开启和关闭检查。

5）有排水孔的金属门窗，排水孔应畅通，位置和数量应符合设计要求。

检验方法：观察。

6）钢门窗安装的留缝限值、允许偏差和检验方法应符合表8-5的规定。

表8-5 钢门窗安装的留缝限值、允许偏差和检验方法

项 目		留缝限值/mm	允许偏差/mm	检 验 方 法
门窗槽口宽度、高度	≤1500mm	—	2.5	用钢直尺检查
	>1500mm	—	3.5	
门窗槽口对角线长度差	≤2000mm	—	5	用钢直尺检查
	>2000mm	—	6	
门窗框的正、侧面垂直度		—	3	用1m垂直检测尺检查
门窗横框的水平度		—	3	用1m水平尺和塞尺检查
门窗横框标高		—	5	用钢直尺检查
门窗竖向偏离中心		—	4	用钢直尺检查
双层门窗内外框间距		—	5	用钢直尺检查
门窗框、扇配合间隙		≤2	—	用塞尺检查
无下框时，门扇与地面间留缝		4~8	—	用塞尺检查

7）铝合金门窗安装的允许偏差和检验方法应符合表8-6的规定。

表8-6 铝合金门窗安装的允许偏差和检验方法

项 目		允许偏差/mm	检 验 方 法
门窗槽口宽度、高度	≤1500mm	1.5	用钢直尺检查
	>1500mm	2	
门窗槽口对角线长度差	≤2000mm	3	用钢直尺检查
	>2000mm	4	

（续）

项 目	允许偏差/mm	检验方法
门窗框的正、侧面垂直度	2.5	用垂直检测尺检查
门窗横框的水平度	2	用1m水平尺和塞尺检查
门窗横框标高	5	用钢直尺检查
门窗竖向偏离中心	5	用钢直尺检查
双层门窗内外框间距	4	用钢直尺检查
推拉门窗扇与框搭接量	1.5	用钢直尺检查

8）涂色镀锌钢板门窗安装的允许偏差和检验方法应符合表8-7的规定。

表8-7 涂色镀锌钢板门窗安装的允许偏差和检验方法

项 目		允许偏差/mm	检验方法
门窗槽口宽度、高度	≤1500mm	2	用钢直尺检查
	>1500mm	3	
门窗槽口对角线长度差	≤2000mm	4	用钢直尺检查
	>2000mm	5	
门窗框的正、侧面垂直度		3	用垂直检测尺检查
门窗横框的水平度		3	用1m水平尺和塞尺检查
门窗横框标高		5	用钢直尺检查
门窗竖向偏离中心		5	用钢直尺检查
双层门窗内外框间距		4	用钢直尺检查
推拉门窗扇与框搭接量		2	用钢直尺检查

细节：塑料门窗安装工程

本部分适用于塑料门窗安装工程的质量验收。

1. 主控项目

1）塑料门窗的品种、类型、规格、尺寸、开启方向、安装位置、连接方式及填嵌密封处理应符合设计要求，内衬增强型钢的壁厚及设置应符合国家现行产品标准的质量要求。

检验方法：观察，尺量检查，检查产品合格证书、性能检测报告、进场验收记录和复验报告，检查隐蔽工程验收记录。

2）塑料门窗框、副框和扇的安装必须牢固。固定片或膨胀螺栓的数量与位置应正确，连接方式应符合设计要求。固定点应距窗角、中横框、中竖框150~200mm，固定点间距应不大于600mm。

检验方法：观察、手扳检查、检查隐蔽工程验收记录。

3）塑料门窗拼樘料内衬增加型钢的规格、壁厚必须符合设计要求，型钢应与型材内腔紧密吻合，其两端必须与洞口固定牢固。窗框必须与拼樘料连接紧密，固定点间距应不大于 600mm。

检验方法：观察、手扳检查、尺量检查、检查进场验收记录。

拼樘料的作用不仅是连接多樘窗，而且起着重要的固定作用。故《建筑装饰装修工程质量验收规范》（GB 50210—2001）从安全角度，对拼樘料作出了严格要求。

4）塑料门窗扇应开关灵活、关闭严密，无倒翘。推拉门窗扇必须有防脱落措施。

检验方法：观察、开启和关闭检查、手扳检查。

5）塑料门窗配件的型号、规格、数量应符合设计要求，安装应牢固，位置应正确，功能应满足使用要求。

检验方法：观察、手扳检查、尺量检查。

6）塑料门窗框与墙体间缝隙应采用闭孔弹性材料填嵌饱满，表面应采用密封胶密封。密封胶应粘接牢固，表面应光滑、顺直、无裂纹。

检验方法：观察、检查隐蔽工程验收记录。

塑料门窗的线胀系数较大，由于温度升降易引起门窗变形或在门窗框与墙体间出现裂缝，为了防止上述现象，特规定塑料门窗框与墙体间缝隙应采用伸缩性能较好的闭孔弹性材料填嵌，并用密封胶密封。采用闭孔材料则是为了防止材料吸水导致连接件锈蚀，影响安装强度。

2. 一般项目

1）塑料门窗表面应洁净、平整、光滑，大面应无划痕、碰伤。

检验方法：观察。

2）塑料门窗扇的密封条不得脱槽。旋转窗间隙应基本均匀。

3）塑料门窗扇的开关力应符合下列规定：

① 平开门窗扇平铰链的开关力应不大于 80N，滑撑铰链的开关力应不大于 80N，并不小于 30N。

② 推拉门窗扇的开关力应不大于 100N。

检验方法：观察；用弹簧秤检查。

4）玻璃密封条与玻璃槽口的接缝应平整，不得卷边、脱槽。

检验方法：观察。

5）排水孔应畅通，位置和数量应符合设计要求。

检验方法：观察。

6）塑料门窗安装的允许偏差和检验方法应符合表 8-8 的规定。

表 8-8 塑料门窗安装的允许偏差和检验方法

项　　目		允许偏差/mm	检　验　方　法
门窗槽口宽度、高度	≤1500mm	2	用钢直尺检查
	>1500mm	3	
门窗槽口对角线长度差	≤2000mm	3	用钢直尺检查
	>2000mm	5	
门窗框的正、侧面垂直度		3	用 1m 垂直检测尺检查
门窗横框的水平度		3	用 1m 水平尺和塞尺检查

（续）

项　　目	允许偏差/mm	检 验 方 法
门窗横框标高	5	用钢直尺检查
门窗竖向偏离中心	5	用钢直尺检查
双层门窗内外框间距	4	用钢直尺检查
同樘平开门窗相邻扇高度差	2	用钢直尺检查
平开门窗铰链部位配合间隙	+2 -1	用塞尺检查
推拉门窗扇与框搭接量	+1.5 -2.5	用钢直尺检查
推拉门窗扇与竖框平行度	2	用1m水平尺和塞尺检查

细节：特种门安装工程

本部分适用于防火门、防盗门、自动门、全玻门、旋转门、金属卷帘门等特种门安装工程的质量验收。

1. 主控项目

1）特种门的质量和各项性能应符合设计要求。

检验方法：检查生产许可证、产品合格证书和性能检测报告。

2）特种门的品种、类型、规格、尺寸、开启方向、安装位置及防腐处理应符合设计要求。

检验方法：观察、尺量检查、检查进场验收记录和隐蔽工程验收记录。

3）带有机械装置、自动装置或智能化装置的特种门，其机械装置、自动装置或智能化装置的功能应符合设计要求和有关标准的规定。

检验方法：起动机械装置、自动装置或智能化装置，观察。

4）特种门的安装必须牢固。预埋件的数量、位置、埋设方式、与框的连接方式必须符合设计要求。

检验方法：观察、手扳检查、检查隐蔽工程验收记录。

5）特种门的配件应齐全，位置应正确，安装应牢固，功能应满足使用要求和特种门的各项性能要求。

检验方法：观察；手扳检查；检查产品合格证书、性能检测报告和进场验收记录。

2. 一般项目

1）特种门的表面装饰应符合设计要求。

检验方法：观察。

2）特种门的表面应洁净，无划痕、碰伤。

检验方法：观察。

3）推拉自动门安装的留缝限值、允许偏差和检验方法应符合表8-9的规定。

表 8-9 推拉自动门安装的留缝限值、允许偏差和检验方法

项 目		留缝限值/mm	允许偏差/mm	检 验 方 法
门窗槽口宽度、高度	≤1500mm	—	1.5	用钢直尺检查
	>1500mm	—	2	
门窗槽口对角线长度差	≤2000mm	—	2	用钢直尺检查
	>2000mm	—	2.5	
门框的正、侧面垂直度		—	1	用1m垂直检测尺检查
门构件装配间隙		—	0.3	用塞尺检查
门梁导轨水平度		—	1	用1m水平尺和塞尺检查
下导轨与门梁导轨平行度		—	1.5	用钢直尺检查
门扇与侧框间留缝		1.2 ~ 1.8	—	用塞尺检查
门扇对口缝		1.2 ~ 1.8	—	用塞尺检查

4）推拉自动门的感应时间限值和检验方法应符合表 8-10 的规定。

表 8-10 推拉自动门的感应时间限值和检验方法

项 目	感应时间限值/s	检 验 方 法	项 目	感应时间限值/s	检 验 方 法
开门响应时间	≤0.5	用秒表检查	门扇全开启后保持时间	13 ~ 17	用秒表检查
堵门保护延时	16 ~ 20	用秒表检查			

5）旋转门安装的允许偏差和检验方法应符合表 8-11 的规定。

表 8-11 旋转门安装的允许偏差和检验方法

项 目	允许偏差/mm		检 验 方 法
	金属框架玻璃旋转门	木质旋转门	
门扇正、侧面垂直度	1.5	1.5	用1m垂直检测尺检查
门扇对角线长度差	1.5	1.5	用钢直尺检查
相邻扇高度差	1	1	用钢直尺检查
扇与圆弧边留缝	1.5	2	用塞尺检查
扇与上顶间留缝	2	2.5	用塞尺检查
扇与地面间留缝	2	2.5	用塞尺检查

细节：木门窗制作与安装工程

本部分适用于木门窗制作与安装工程的质量验收。

1. 主控项目

1）木门窗的木材品种、材质等级、规格、尺寸、框扇的线型及人造木板的甲醛含量应符合设计要求。设计未规定材质等级时，所用木材的质量应符合《建筑装饰装修工程质量验收规范》（GB 50210—2001）附录 A 的规定。

检验方法：观察、检查材料进场验收记录和复验报告。

2）木门窗应采用烘干的木材，含水率应符合《建筑木门、木窗》（JG/T 122—2000）的规定。

检验方法：检查材料进场验收记录。

3）木门窗的防火、防腐、防虫处理应符合设计要求。

检验方法：观察、检查材料进场验收记录。

4）门窗的结合处和安装配件处不得有木节或已填补的木节。木门窗如有允许限值以内的死节及直径较大的虫眼时，应用同一材质的木塞加胶填补。对于清漆制品，木塞的木纹和色泽应与制品一致。

检验方法：观察。

5）门窗框和厚度大于50mm的门窗扇应用双榫连接。榫槽应采用胶料严密嵌合，并应用胶楔加紧。

检验方法：观察、手扳检查。

6）胶合板门、纤维板门和模压门不得脱胶。胶合板不得刨透表层单板，不得有戗槎。制作胶合板门、纤维板门时，边框和横楞应在同一平面上，面层、边框及横楞应加压胶接。横楞和上、下冒头应各钻两个以上的透气孔，透气孔应通畅。

检验方法：观察。

7）木门窗的品种、类型、规格、开启方向、安装位置及连接方式应符合设计要求。

检验方法：观察、尺量检查、检查成品门的产品合格证书。

8）木门窗框的安装必须牢固。预埋木砖的防腐处理、木门窗框固定点的数量、位置及固定方法应符合设计要求。

检验方法：观察、手扳检查、检查隐蔽工程验收记录和施工记录。

9）木门窗扇必须安装牢固，并应开关灵活，关闭严密，无倒翘。

检验方法：观察、开启和关闭检查、手扳检查。

在正常情况下，当门窗关闭时，门窗扇的上端本应与下端同时或上端略早于下端贴紧门窗的上框。所谓"倒翘"通常是指当门窗扇关闭时，门窗扇的下端已经贴紧门窗下框，而门窗扇的上端由于翘曲未能与门窗的上框贴紧，尚有离缝的现象。

10）木门窗配件的型号、规格、数量应符合设计要求，安装应牢固，位置应正确，功能应满足使用要求。

检验方法：观察、开启和关闭检查、手扳检查。

考虑到材料的发展，《建筑装饰装修工程质量验收规范》（GB 50210—2001）将门窗五金件统一称为配件。门窗配件不仅影响门窗功能，也有可能影响安全，故《建筑装饰装修工程质量验收规范》（GB 50210—2001）将门窗配件的型号、规格、数量及功能列为主控项目。

2. 一般项目

1）木门窗表面应洁净，不得有刨痕、锤印。

检验方法：观察。

2）木门窗的割角、拼缝应严密平整。门窗框、扇裁口应顺直，刨面应平整。

检验方法：观察。

3）木门窗上的槽、孔应边缘整齐，无毛刺。

检验方法：观察。

4）木门窗与墙体间缝隙的填嵌材料应符合设计要求，填嵌应饱满。寒冷地区外门窗（或门窗框）与砌体间的空隙应填充保温材料。

检验方法：轻敲门窗框检查；检查隐蔽工程验收记录和施工记录。

5）木门窗批水、盖口条、压缝条、密封条安装应顺直，与门窗结合应牢固、严密。

检验方法：观察、手扳检查。

6）木门窗制作的允许偏差和检验方法应符合表8-12的规定。

表8-12　木门窗制作的允许偏差和检验方法

项　　目	构 件 名 称	允许偏差/mm		检 验 方 法
		普通	高级	
翘曲	框	3	2	将框、扇平放在检查平台上，用塞尺检查
	扇	2	2	
对角线长度差	框、扇	3	2	用钢直尺检查，框量裁口里角，扇量外角
表面平整度	扇	2	2	用1m靠尺和塞尺检查
高度、宽度	框	0 −2	0 −1	用钢直尺检查，框量裁口里角，扇量外角
	扇	+2 0	+1 0	
裁口、线条结合处高低差	框、扇	1	0.5	用钢直尺和塞尺检查
相邻榀子两端间距	扇	2	1	用钢直尺检查

表中允许偏差栏中所列数值，凡注明正负号的，表示《建筑装饰装修工程质量验收规范》（GB 50210—2001）对此偏差的不同方向有不同要求，应严格遵守。凡没有注明正负号的，即使其偏差可能具有方向性，但《建筑装饰装修工程质量验收规范》（GB 50210—2001）并未对这类偏差的方向性作出规定，故检查时对这些偏差可以不考虑方向性要求。

7）木门窗安装的留缝限值、允许偏差和检验方法应符合表8-13的规定。

表8-13　木门窗安装的留缝限值、允许偏差和检验方法

项　　目	留缝限值/mm		允许偏差/mm		检 验 方 法
	普通	高级	普通	高级	
门窗槽口对角线长度差	—	—	3	2	用钢直尺检查
门窗框的正、侧面垂直度	—	—	2	1	用1m垂直检测尺检查
框与扇、扇与扇接缝高低差	—	—	2	1	用钢直尺和塞尺检查
门窗扇对口缝	1~2.5	1.5~2	—	—	用塞尺检查
工业厂房双扇大门对口缝	2~5	—	—	—	用塞尺检查
门窗扇与上框间留缝	1~2	1~1.5	—	—	
门窗扇与侧框间留缝	1~2.5	1~1.5	—	—	
窗扇与下框间留缝	2~3	2~2.5	—	—	
门扇与下框间留缝	3~5	3~4	—	—	

（续）

项　目		留缝限值/mm		允许偏差/mm		检验方法
		普通	高级	普通	高级	
双层门窗内外框间距		—	—	4	3	用钢直尺检查
无下框时门扇与地面间留缝	外门	4~7	5~6	—	—	用塞尺检查
	内门	5~8	6~7	—	—	
	卫生间门	8~12	8~10	—	—	
	厂房大门	10~20	—	—	—	

表中除给出允许偏差外，对留缝尺寸等给出了尺寸限值。考虑到所给尺寸限值是一个范围，故不再给出允许偏差。

细节：门窗玻璃安装工程

本部分适用于平板、吸热、反射、中空、夹层、夹丝、磨砂、钢化、压花玻璃等玻璃安装工程的质量验收。

1. 主控项目

1）玻璃的品种、规格、尺寸、色彩、图案和涂膜朝向应符合设计要求。单块玻璃大于1.5m² 时应使用安全玻璃。

检验方法：观察，检查产品合格证书、性能检测报告和进场验收记录。

2）门窗玻璃裁割尺寸应正确。安装后的玻璃应牢固，不得有裂纹、损伤和松动。

检验方法：观察、轻敲检查。

3）玻璃的安装方法应符合设计要求。固定玻璃的钉子或钢丝卡的数量、规格应保证玻璃安装牢固。

检验方法：观察、检查施工记录。

4）镶钉木压条接触玻璃处，应与裁口边缘平齐。木压条应互相紧密连接，并与裁口边缘紧贴，割角应整齐。

检验方法：观察。

5）密封条与玻璃、玻璃槽口的接触应紧密、平整。密封胶与玻璃、玻璃槽口的边缘应粘接牢固、接缝平齐。

检验方法：观察。

6）带密封条的玻璃压条，其密封条封条必须与玻璃全部贴紧，压条与型材之间应无明显缝隙，压条接缝应不大于0.5mm。

检验方法：观察、尺量检查。

2. 一般项目

1）玻璃表面应洁净，不得有腻子、密封胶、涂料等污渍。中空玻璃内外表面均应洁净，玻璃中空层内不得有灰尘和水蒸气。

检验方法：观察。

2）门窗玻璃不应直接接触型材。单面镀膜玻璃的镀膜层及磨砂玻璃的磨砂面应朝向室内。中空玻璃的单面镀膜玻璃应在最外层，镀膜层应朝向室内。

检验方法：观察。

为防止门窗的框、扇型材胀缩、变形时导致玻璃破碎，门窗玻璃不应直接接触型材。为保护镀膜玻璃上的镀膜层及发挥镀膜层的作用，单面镀膜玻璃的镀膜层应朝向室内。双层玻璃的单面镀膜玻璃应在最外层，镀膜层应朝向室内

3）腻子应填抹饱满、粘接牢固，腻子边缘与裁口应平齐。固定玻璃的卡子不应在腻子表面显露。

检验方法：观察。

细节：门窗工程验收文件

对门窗工程进行验收时，应检查下列文件资料。

1）门窗工程的施工图、设计说明及其他设计文件。

2）门窗所用材料的产品合格证、"三性"检测报告、进场验收记录。主要有金属门窗和塑料门窗所有的型材合格证、塑料型材中的加强材合格证、各类五金件合格证、门窗的产品合格证、玻璃产品合格证等。

3）特种门窗及其附件的生产许可文件。

4）隐蔽工程的验收记录。

5）施工记录。主要是检查预埋件和锚固件、螺栓等的规格数量、位置、间距、埋设方式、与框的连接方式、防腐处理、缝隙的嵌填、密封材料的粘接等。

6）各种类型门窗安装工程检验批验收记录等。

细节：暗龙骨吊顶工程

本部分适用于以轻钢龙骨、铝合金龙骨、木龙骨等为骨架，以石膏板、金属板、矿棉板、木板、塑料板或格栅等为饰面材料的暗龙骨吊顶工程的质量验收。

1. 主控项目

1）吊顶标高、尺寸、起拱和造型应符合设计要求。

检验方法：观察、尺量检查。

2）饰面材料的材质、品种、规格、图案和颜色应符合设计要求。

检验方法：观察，检查产品合格证书、性能检测报告、进场验收记录和复验报告。

3）暗龙骨吊顶工程的吊杆、龙骨和饰面材料的安装必须牢固。

检验方法：观察、手扳检查、检查隐蔽工程验收记录和施工记录。

4）吊杆、龙骨的材质、规格、安装间距及连接方式应符合设计要求。金属吊杆、龙骨应经过表面防腐处理，木吊杆、龙骨应进行防腐、防火处理。

检验方法：观察，尺量检查，检查产品合格证书、性能检测报告、进场验收记录和隐蔽工程验收记录。

5）石膏板的接缝应按其施工工艺标准进行板缝防裂处理。安装双层石膏板时，面层板与基层板的接缝应错开，并不得在同一根龙骨上接缝。

检验方法：观察。

2. 一般项目

1）饰面材料表面应洁净、色泽一致，不得有翘曲、裂缝及缺损。压条应平直、宽窄一致。

检验方法：观察、尺量检查。

2）饰面板上的灯具、烟感器、喷淋头、风口箅子等设备的位置应合理、美观，与饰面板的交接应吻合、严密。

检验方法：观察。

3）金属吊杆、龙骨的接缝应均匀一致，角缝应吻合，表面应平整，无翘曲、锤印。木质吊杆、龙骨应顺直，无劈裂、变形。

检验方法：检查隐蔽工程验收记录和施工记录。

4）吊顶内填充吸声材料的品种和铺设厚度应符合设计要求，并应有防散落措施。

检验方法：检查隐蔽工程验收记录和施工记录。

5）暗龙骨吊顶工程安装的允许偏差和检验方法应符合表8-14的规定。

表8-14 暗龙骨吊顶工程安装的允许偏差和检验方法

项　目	允许偏差/mm				检 验 方 法
	纸面石膏板	金属板	矿棉板	木板、塑料板、格栅	
表面平整度	3	2	2	2	用2m靠尺和塞尺检查
接缝直线度	3	1.5	3	3	拉5m线，不足5m拉通线，用钢直尺检查
接缝高低差	1	1	1.5	1	用钢直尺和塞尺检查

细节：明龙骨吊顶工程

本部分适用于以轻钢龙骨、铝合金龙骨、木龙骨等为骨架，以石膏板、金属板、矿棉板、塑料板、玻璃板或格栅等饰面材料的明龙骨吊顶工程的质量验收。

1. 主控项目

1）吊顶标高、尺寸、起拱和造型应符合设计要求。

检验方法：观察、尺量检查。

2）饰面材料的材质、品种、规格、图案和颜色应符合设计要求。当饰面材料为玻璃板时，应使用安全玻璃或采取可靠的安全措施。

检验方法：观察，检查产品合格证书、性能检测报告和进场验收记录。

3）饰面材料的安装应稳固严密，饰面材料与龙骨的搭接宽度应大于龙骨受力面宽度的2/3。

检验方法：观察、手扳检查、尺量检查。

4）吊杆、龙骨的材质、规格、安装间距及连接方式应符合设计要求。金属吊杆、龙骨应进行表面防腐处理，木龙骨应进行防腐、防火处理。

检验方法：观察，尺量检查，检查产品合格证书、进场验收记录和隐蔽工程验收记录。

5）明龙骨吊顶工程的吊杆和龙骨安装必须牢固。

检验方法：手扳检查、检查隐蔽工程验收记录和施工记录。

2. 一般项目

1）饰面材料表面应洁净、色泽一致，不得有翘曲、裂缝及缺损。饰面板与明龙骨的搭接应平整、吻合，压条应平直、宽窄一致。

检验方法：观察、尺量检查。

2）饰面板上的灯具、烟感器、喷淋头、风口箅子等设备的位置应合理、美观，与饰面板的交接应吻合、严密。

检验方法：观察。

3）金属龙骨的接缝应平整、吻合、颜色一致，不得有划伤、擦伤等表面缺陷。木质龙骨应平整、顺直，无劈裂。

检验方法：观察。

4）吊顶内填充吸声材料的品种和铺设厚度应符合设计要求，并应有防散落措施。

检验方法：检查隐蔽工程验收记录和施工记录。

5）明龙骨吊顶工程安装的允许偏差和检验方法应符合表8-15的规定。

表8-15 明龙骨吊顶工程安装的允许偏差和检验方法

项　　目	允许偏差/mm				检 验 方 法
	石膏板	金属板	矿棉板	塑料板、玻璃板	
表面平整度	3	2	3	2	用2m靠尺和塞尺检查
接缝直线度	3	2	3	3	拉5m线，不足5m拉通线，用钢直尺检查
接缝高低差	1	1	2	1	用钢直尺和塞尺检查

细节：吊顶工程质量验收文件

吊顶工程验收时应检查下列文件和记录。

1）吊顶工程的施工图、设计说明及其他设计文件。

2）材料的产品合格证书、性能检测报告、进场验收记录和复验报告。特别是有关人造板、胶粘剂的甲醛、苯含量的检测报告。

3）隐蔽工程验收记录。主要内容有：

① 吊顶内管道、设备的安装及水管试压。

② 木龙骨防腐、防火处理。

③ 预埋件或拉结筋。

④ 吊杆和龙骨安装。

⑤ 填充材料的设置。

4）施工质量检验批验收记录。

细节：板材隔墙工程

1）本部分适用于复合轻质墙板、石膏空心板、预制或现制的钢丝网水泥板等板材隔墙工程的质量验收。

板材隔墙是指不需设置隔墙龙骨，由隔墙板材自承重，将预制或现制的隔墙板材直接固定于建筑主体结构上的隔墙工程。目前这类轻质隔墙的应用范围很广，使用的隔墙板材通常分为复合板材、单一材料板材、空心板材等类型。常见的隔板材如金属夹芯板、预制或现制的钢丝网水泥板、石膏夹芯板、石膏水泥板、石膏空心板、泰柏板（舒乐舍板）、增强水泥聚苯板（GRC板）、加气混凝土条板、水泥陶粒板等。随着建材行业的技术进步，这类轻质隔墙板材的性能会不断提高，板材的品种也会不断变化。

2）板材隔墙工程的检查数量应符合下列规定：

每个检验批应至少抽查10%，并不得少于3间，不足3间时应全数检查。

1. 主控项目

1）隔墙板材的品种、规格、性能、颜色应符合设计要求。有隔声、隔热、阻燃、防潮等特殊要求的工程，板材应有相应性能等级的检测报告。

检验方法：观察，检查产品合格证书、进场验收记录和性能检测报告。

2）安装隔墙板材所需预埋件、连接件的位置、数量及连接方法应符合设计要求。

检验方法：观察、尺量检查、检查隐蔽工程验收记录。

3）隔墙板材安装必须牢固。现制钢丝网水泥隔墙与周边墙体的连接方法应符合设计要求，并应连接牢固。

检验方法：观察、手扳检查。

4）隔墙板材所用接缝材料的品种及接缝方法应符合设计要求。

检验方法：观察、检查产品合格证书和施工记录。

2. 一般项目

1）隔墙板材安装应垂直、平整、位置正确，板材不应有裂缝或缺损。

检验方法：观察、尺量检查。

2）板材隔墙表面应平整光滑、色泽一致、洁净，接缝应均匀、顺直。

检验方法：观察、手摸检查。

3）隔墙上的孔洞、槽、盒应位置正确、套割方正、边缘整齐。

检验方法：观察。

4）板材隔墙安装的允许偏差和检验方法应符合表8-16的规定。

表8-16　板材隔墙安装的允许偏差和检验方法

项　目	允许偏差/mm				检验方法
	复合轻质墙板		石膏空心板	钢丝网水泥板	
	金属夹芯板	其他复合板			
立面垂直度	2	3	3	3	用2m垂直检测尺检查
表面平整度	2	3	3	3	用2m靠尺和塞尺检查
阴阳角方正	3	3	3	4	用直角检测尺检查
接缝高低差	1	2	2	3	用钢直尺和塞尺检查

细节：骨架隔墙工程

1）本部分适用于以轻钢龙骨、木龙骨等为骨架，以纸面石膏板、人造木板、水泥纤维板等为墙面板的隔墙工程的质量验收。

骨架隔墙是指在隔墙龙骨两侧安装墙面板以形成墙体的轻质隔墙。这一类隔墙主要是由龙骨作为受力骨架固定于建筑主体结构上。目前大量应用的轻钢龙骨石膏板隔墙就是典型的骨架隔墙。龙骨骨架中根据隔声或保温设计要求可以设置填充材料，根据设备安装要求安装一些设备管线等。龙骨常见的有轻钢龙骨系列、其他金属龙骨以及木龙骨。墙面板常见的有纸面石膏板、人造木板、防火板、金属板、水泥纤维板以及塑料板等。

2）骨架隔墙工程的检查数量应符合下列规定：

每个检验批应至少抽查10%，并不得少于3间，不足3间时应全数检查。

1. 主控项目

1）骨架隔墙所用龙骨、配件、墙面板、填充材料及嵌缝材料的品种、规格、性能和木材的含水率应符合设计要求。有隔声、隔热、阻燃、防潮等特殊要求的工程，材料应有相应性能等级的检测报告。

检验方法：观察，检查产品合格证书、进场验收记录、性能检测报告和复验报告。

2）骨架隔墙工程边框龙骨必须与基体结构连接牢固，并应平整、垂直、位置正确。

检验方法：手扳检查、尺量检查、检查隐蔽工程验收记录。

龙骨体系沿地面、顶棚设置的龙骨及边框龙骨，是隔墙与主体结构之间重要的传力构件，要求这些龙骨必须与基体结构连接牢固，垂直和平整，交接处平直，位置准确。由于这是骨架隔墙施工质量的关键部位，故应作为隐蔽工程项目加以验收。

3）骨架隔墙中龙骨间距和构造连接方法应符合设计要求。骨架内设备管线的安装、门窗洞口等部位的加强龙骨应安装牢固、位置正确，填充材料的设置应符合设计要求。

检验方法：检查隐蔽工程验收记录。

目前我国的轻钢龙骨主要有两大系列，一种是仿日本系列，一种是仿欧美系列。这两种系列的构造不同，仿日本龙骨系列要求安装贯通龙骨并在竖向龙骨竖向开口处安装支撑卡，以增强龙骨的整体性和刚度。而仿欧美系列则没有这项要求。在对龙骨进行隐蔽工程验收时，可根据设计选用不同龙骨系列的有关规定进行检验，并符合设计要求。

骨架隔墙在有门窗洞口、设备管线安装或其他受力部位，应安装加强龙骨，增强龙骨骨架的强度，以保证在门窗开启使用或受力时隔墙的稳定。

一些有特殊结构要求的墙面，如曲面、斜面等，应按照设计要求进行龙骨安装。

4）木龙骨及木墙面板的防火和防腐处理必须符合设计要求。

检验方法：检查隐蔽工程验收记录。

5）骨架隔墙的墙面板应安装牢固，无脱层、翘曲、折裂及缺损。

检验方法：观察、手扳检查。

6）墙面板所用接缝材料的接缝方法应符合设计要求。

检验方法：观察。

2. 一般项目

1）骨架隔墙表面应平整光滑、色泽一致、洁净、无裂缝，接缝应均匀、顺直。

检验方法：观察、手摸检查。

2）骨架隔墙上的孔洞、槽、盒应位置正确、套割吻合、边缘整齐。

检验方法：观察。

3）骨架隔墙内的填充材料应干燥，填充应密实、均匀、无下坠。

检验方法：轻敲检查、检查隐蔽工程验收记录。

4）骨架隔墙安装的允许偏差和检验方法应符合表8-17的规定。

表8-17 骨架隔墙安装的允许偏差和检验方法

项　　目	允许偏差/mm		检 验 方 法
	纸面石膏板	人造木板、水泥纤维板	
立面垂直度	3	4	用2m垂直检测尺检查
表面平整度	3	3	用2m靠尺和塞尺检查
阴阳角方正	3	3	用直角检测尺检查
接缝直线度	—	3	拉5m线，不足5m拉通线，用钢直尺检查
压条直线度	—	3	拉5m线，不足5m拉通线，用钢直尺检查
接缝高低差	1	1	用钢直尺和塞尺检查

细节：活动隔墙工程

1）本部分适用于各种活动隔墙工程的质量验收。

活动隔墙是指推拉式活动隔墙、可拆装的活动隔墙等。这一类隔墙大多使用成品板材及其金属框架、附件在现场组装而成，金属框架及饰面板一般不需再作饰面层。也有一些活动隔墙不需要金属框架，完全是使用半成品板材现场加工制作成活动隔墙。

2）活动隔墙工程的检查数量应符合下列规定：

每个检验批应至少抽查20%，并不得少于6间，不足6间时应全数检查。

活动隔墙在大空间多功能厅室中经常使用，由于这类内隔墙是重复及动态使用，必须保证使用的安全性和灵活性。因此，每个检验批抽查的比例有所增加。

1. 主控项目

1）活动隔墙所用墙板、配件等材料的品种、规格、性能和木材的含水率应符合设计要求。有阻燃、防潮等特性要求的工程，材料应有相应性能等级的检测报告。

检验方法：观察，检查产品合格证书、进场验收记录、性能检测报告和复验报告。

2）活动隔墙轨道必须与基体结构连接牢固，并应位置正确。

检验方法：尺量检查、手扳检查。

3）活动隔墙用于组装、推拉和制动的构配件必须安装牢固、位置正确，推拉必须安全、平稳、灵活。

检验方法：尺量检查、手扳检查、推拉检查。

推拉式活动隔墙在使用过程中，经常会由于滑轨推拉制动装置的质量问题而使得推拉使用不灵活，这是一个带有普遍性的质量问题，本条规定了要进行推拉开启检查，应该推拉平稳、灵活。

4）活动隔墙制作方法、组合方式应符合设计要求。

检验方法：观察。

2. 一般项目

1）活动隔墙表面应色泽一致、平整光滑、洁净，线条应顺直、清晰。

检验方法：观察、手摸检查。

2）活动隔墙上的孔洞、槽、盒应位置正确，套割吻合、边缘整齐。

检验方法：观察、尺量检查。

3）活动隔墙推拉应无噪声。

检验方法：推拉检查。

4）活动隔墙安装的允许偏差和检验方法应符合表 8-18 的规定。

表 8-18 活动隔墙安装的允许偏差和检验方法

项 目	允许偏差/mm	检 验 方 法	项 目	允许偏差/mm	检 验 方 法
立面垂直度	3	用 2m 垂直检测尺检查	接缝高低差	2	用钢直尺和塞尺检查
表面平整度	2	用 2m 靠尺和塞尺检查	接缝宽度	2	用钢直尺检查
接缝直线度	3	拉 5m 线，不足 5m 拉通线，用钢直尺检查			

细节：玻璃隔墙工程

1）本部分适用于玻璃砖、玻璃板隔墙工程的质量验收。

近年来，装饰装修工程中用钢化玻璃作内隔墙、用玻璃砖砌筑内隔墙日益增多，为适应这类隔墙工程的质量验收，特制定本部分内容。

2）玻璃墙工程的检查数量应符合下列规定：

每个检验批应至少抽查 20%，并不得少于 6 间，不足 6 间时应全数检查。

玻璃隔墙或玻璃砖砌筑隔墙在轻质隔墙中用量一般不是很大，但是有些玻璃隔墙的单块玻璃面积比较大，其安全性就很突出，因此，要对涉及安全性的部位和节点进行检查，而且每个检验批抽查的比例也有所提高。

1. 主控项目

1）玻璃隔墙工程所用材料的品种、规格、性能、图案和颜色应符合设计要求。玻璃板隔墙应使用安全玻璃。

检验方法：观察，检查产品合格证书、进场验收记录和性能检测报告。

2）玻璃砖隔墙的砌筑或玻璃板隔墙的安装方法应符合设计要求。

检验方法：观察。

3）玻璃砖隔墙砌筑中埋设的拉结筋必须与基体结构连接牢固，并应位置正确。

检验方法：手扳检查、尺量检查、检查隐蔽工程验收记录。

玻璃砖砌筑隔墙中应埋设拉结筋，拉结筋要与建筑主体结构或受力杆件有可靠的连接。

玻璃板隔墙的受力边也要与建筑主体结构或受力杆件有可靠的连接，以充分保证其整体稳定性，保证墙体的安全。

4）玻璃板隔墙的安装必须牢固。玻璃隔墙胶垫的安装应正确。

检验方法：观察、手推检查、检查施工记录。

2. 一般项目

1）玻璃隔墙表面应色泽一致、平整洁净、清晰美观。

检验方法：观察。

2）玻璃隔墙接缝应横平竖直，玻璃应无裂痕、缺损和划痕。

检验方法：观察。

3）玻璃板隔墙嵌缝及玻璃砖隔墙勾缝应密实平整、均匀顺直、深浅一致。

检验方法：观察。

4）玻璃隔墙安装的允许偏差和检验方法应符合表 8-19 的规定。

表 8-19　玻璃隔墙安装的允许偏差和检验方法

项　　目	允许偏差/mm		检 验 方 法
	玻璃砖	玻璃板	
立面垂直度	3	2	用 2m 垂直检测尺检查
表面平整度	3	—	用 2m 靠尺和塞尺检查
阴阳角方正		2	用直角检测尺检查
接缝直线度	—	2	拉 5m 线，不足 5m 拉通线，用钢直尺检查
接缝高低差	3	2	用钢直尺和塞尺检查
接缝宽度	—	1	用钢直尺检查

细节：隔墙工程验收文件

轻质隔墙工程验收时应检查下列文件和记录：

1）轻质隔墙工程的施工图、设计说明及其他设计文件。

2）各种材料的产品合格证书、性能检测报告、进场验收记录和复验报告。

3）隐蔽验收记录，包括下列内容：

① 骨架隔墙中设备管线的安装及水管试压。

② 木龙骨防火、防腐处理。

③ 预埋件或拉结筋。

④ 龙骨安装和填充材料的设置。

4）施工记录。

细节：饰面材料的质量要求

1. 天然石饰面板

1）天然石饰面板是从天然岩体中开采出来的经加工成块状或板状的一种面层装饰板。

常用的主要为天然大理石饰面板、花岗石饰面板。

2）天然大理石饰面板主要用于室内的墙面、楼地面处的装饰。要求表面不得有隐伤、风化等缺陷；表面应平整，无污染颜色，边缘整齐，棱角不得损坏，并应具有产品合格证和放射性指标的复试报告。

3）花岗石饰面板可用于室内、外的墙面、楼地面。花岗石饰面板要求棱角方正。颜色一致，无裂纹、风化、隐伤和缺角等缺陷。

2. 人造石饰面板

1）人造石饰面板主要有：人造大理石饰面板、预制水磨石或水刷石饰面板。

2）人造石饰面板应表面平整，几何尺寸准确，面层石粒均匀、洁净，颜色一致。

3. 饰面砖

1）饰面砖主要有各类外墙面砖、釉面砖、陶瓷锦砖（马赛克）、玻璃锦砖（玻璃马赛克）等。

2）饰面砖应表面平整、边缘整齐，棱角不得损坏，并具有产品合格证。外墙釉面砖、无釉面砖，表面应光洁，质地坚固，尺寸、色泽一致，不得有暗痕和裂纹，其性能指标均应符合现行国家标准的规定，并具有复试报告。

4. 其他

1）安装饰面板用的铁制锚固件、连接件，应镀锌或经防锈处理。镜面和光面的大理石、花岗石饰面板，应用铜或不锈钢的连接件。

2）安装装饰板（砖）所使用的水泥，体积安定性必须合格，其初凝不得早于45min，终凝不得迟于12h。砂要求颗粒坚硬、洁净，含泥量不得大于3%。石灰膏不得含有未熟化颗粒。施工所用的其他胶结材料的品种、掺和比例应符合设计要求。

细节：饰面板安装工程

本部分适用于内墙饰面板安装工程和高度不大于24m、抗震设防烈度不大于7度的外墙饰面板安装工程的质量验收。

1. 主控项目

1）饰面板的品种、规格、颜色和性能应符合设计要求，木龙骨、木饰面板和塑料饰面板的燃烧性能等级应符合设计要求。

检验方法：观察，检查产品合格证书、进场验收记录和性能检测报告。

2）饰面板孔、槽的数量、位置和尺寸应符合设计要求。

检验方法：检查进场验收记录和施工记录。

3）饰面板安装工程的预埋件（或后置埋件）、连接件的数量、规格、位置、连接方法和防腐处理必须符合设计要求。后置埋件的现场拉拔强度必须符合设计要求。饰面板安装必须牢固。

检验方法：手扳检查，检查进场验收记录、现场拉拔检测报告、隐蔽工程验收记录和施工记录。

2. 一般项目

1）饰面板表面应平整、洁净、色泽一致，无裂痕和缺损。石材表面应无泛碱等污染。

检验方法：观察。

2）饰面板嵌缝应密实、平直，宽度和深度应符合设计要求，嵌填材料色泽应一致。

检验方法：观察、尺量检查。

3）采用湿作业法施工的饰面板工程，石材应进行了防碱背涂处理。饰面板与基体之间的灌注材料应饱满、密实。

检验方法：用小锤轻击检查、检查施工记录。

采用传统的湿作业法安装天然石材时，由于水泥砂浆在水化时析出大量的氢氧化钙泛到石材表面，产生不规则的花斑，俗称泛碱现象，严重影响建筑物室内外石材饰面的装饰效果。因此，在天然石材安装前，应对石材饰面采用"防碱背涂剂"进行背涂处理。

4）饰面板上的孔洞应套割吻合，边缘应整齐。

检验方法：观察。

5）饰面板安装的允许偏差和检验方法应符合表8-20的规定。

表8-20　饰面板安装的允许偏差和检验方法

项　　目	允许偏差/mm							检 验 方 法
	石材			瓷板	木材	塑料	金属	
	光面	剁斧石	蘑菇石					
立面垂直度	2	3	3	2	1.5	2	2	用2m垂直检测尺检查
表面平整度	2	3	—	1.5	1	3	3	用2m靠尺和塞尺检查
阴阳角方正	2	4	4	2	1.5	3	3	用直角检测尺检查
接缝直线度	2	4	4	2	1	1	1	拉5m线，不足5m拉通线，用钢直尺检查
墙裙、勒脚上口直线度	2	3	3	2	2	2	2	拉5m线，不足5m拉通线，用钢直尺检查
接缝高低差	0.5	3	—	0.5	0.5	1	1	用钢直尺和塞尺检查
接缝宽度	1	2	2	1	1	1	1	用钢直尺检查

细节：饰面砖粘贴工程

本部分适用于挡风墙饰面砖粘贴工程和高度不大于100m、抗震设防烈度不大于8度、采用满粘法施工的外墙饰面砖粘贴工程的质量验收。

1. 主控项目

1）饰面砖的品种、规格、图案颜色和性能应符合设计要求。

检验方法：观察，检查产品合格证书、进场验收记录、性能检测报告和复验报告。

2）饰面砖粘贴工程的找平、防水、粘接和勾缝材料及施工方法应符合设计要求及国家现行产品标准和工程技术标准的规定。

检验方法：检查产品合格证书、复验报告和隐蔽工程验收记录。

3）饰面砖粘贴必须牢固。

检验方法：检查样板件粘接强度检测报告和施工记录。

4）满粘法施工的饰面砖工程应无空鼓、裂缝。

检验方法：观察、用小锤轻击检查。

2. 一般项目

1）饰面砖表面应平整、洁净、色泽一致，无裂痕和缺损。

检验方法：观察。

2）阴阳角处搭接方式、非整砖使用部位应符合设计要求。

检验方法：观察。

3）墙面突出物周围的饰面砖应整砖套割吻合，边缘应整齐。墙裙、贴脸突出墙面的厚度应一致。

检验方法：观察、尺量检查。

4）饰面砖接缝应平直、光滑，填嵌应连续、密实，宽度和深度应符合设计要求。

检验方法：观察、尺量检查。

5）有排水要求的部位应做滴水线（槽）。滴水线（槽）应顺直，流水坡向应正确，坡度应符合设计要求。

检验方法：观察、用水平尺检查。

6）饰面砖粘贴的允许偏差和检验方法应符合表 8-21 的规定。

表 8-21　饰面砖粘贴的允许偏差和检验方法

项　　目	允许偏差/mm		检 验 方 法
	外墙面砖	内墙面砖	
立面垂直度	3	2	用 2m 垂直检测尺检查
表面平整度	4	3	用 2m 靠尺和塞尺检查
阴阳角方正	3	3	用直角检测尺检查
接缝直线度	3	2	拉 5m 线，不足 5m 拉通线，用钢直尺检查
接缝高低差	1	0.5	用钢直尺和塞尺检查
接缝宽度	1	1	用钢直尺检查

细节：玻璃幕墙工程

本部分适用于建筑高度不大于 150m、抗震设防烈度不大于 8 度的隐框玻璃幕墙、半隐框玻璃幕墙、明框玻璃幕墙、全玻璃幕墙及点支承玻璃幕墙工程的质量验收。

1. 主控项目

1）玻璃幕墙工程所使用的各种材料、构件和组件的质量，应符合设计要求及国家现行产品标准和工程技术规范的规定。

检验方法：检查材料、构件、组件的产品合格证书、进场验收记录、性能检测报告和材料的复验报告。

2）玻璃幕墙的造型和立面分格应符合设计要求。

检验方法：观察、尺量检查。

3）玻璃幕墙使用的玻璃应符合下列规定：

① 幕墙应使用安全玻璃，玻璃的品种、规格、颜色、光学性能及安装方向应符合设计要求。

② 幕墙玻璃的厚度不应小于6.0mm，全玻璃幕墙肋玻璃的厚度不应小于12mm。

③ 幕墙的中空玻璃应采用双道密封，明框幕墙的中空玻璃应采用聚硫密封胶及丁基密封胶，隐框和半隐框幕墙的中空玻璃应采用硅酮结构密封胶及丁基密封胶，镀膜面应在中空玻璃的第2面或第3面上。

④ 幕墙的夹层玻璃应采用聚乙烯醇缩丁醛（PVB）胶片干法加工夹层玻璃，点支承玻璃幕墙夹层胶片（PVB）厚度不应小于0.76mm。

⑤ 钢化玻璃表面不得有损伤，8.0mm以下的钢化玻璃应进行引爆处理。

⑥ 所有幕墙玻璃均应进行边缘处理。

检验方法：观察、尺量检查、检查施工记录。

幕墙应使用安全玻璃，安全玻璃是指夹层玻璃和钢化玻璃，但不包括半钢化玻璃。夹层玻璃是一种性能良好的安全玻璃，它的制作方法是用聚乙烯醇缩丁醛胶片（PVB）将两块玻璃牢固地粘接起来，受到外力冲击时，玻璃碎片粘在PVB胶片上，可以避免玻璃片飞溅伤人。钢化玻璃是普通玻璃加热后急速冷却形成的，被打破时变成很多细小无锐角的碎片，不会造成割伤。半钢化玻璃虽然强度也比较大，但其破碎时仍然会形成锐利的碎片，因而不属于安全玻璃。

4）玻璃幕墙与主体结构连接的各种预埋件、连接件、紧固件必须安装牢固，其数量、规格、位置、连接方法和防腐处理应符合设计要求。

检验方法：观察、检查隐蔽工程验收记录和施工记录。

5）各种连接件、紧固件的螺栓应有防松动措施，焊接连接应符合设计要求和焊接规范的规定。

检验方法：观察、检查隐蔽工程验收记录和施工记录。

6）隐框或半隐框玻璃幕墙，每块玻璃下端应设置两个铝合金或不锈钢托条，其长度不应小于100mm，厚度不应小于2mm，托条外端应低于玻璃外表面2mm。

检验方法：观察、检查施工记录。

7）明框玻璃幕墙的玻璃安装应符合下列规定：

① 玻璃槽口与玻璃的配合尺寸应符合设计要求和技术标准的规定。

② 玻璃与构件不得直接接触，玻璃四周与构件凹槽底部应保持一定的空隙，每块玻璃下部应至少放置两块宽度与槽口宽度相同、长度不小于100mm的弹性定位垫块，玻璃两边嵌入量及空隙应符合设计要求。

③ 玻璃四周橡胶条的材质、型号应符合设计要求，镶嵌应平整，橡胶条长度应比边框内槽长1.5%~2.0%。橡胶条在转角处应以斜面断开，并应用粘接剂粘接牢固后嵌入槽内。

检验方法：观察、检查施工记录。

8）高度超过4m的全玻璃幕墙应吊挂在主体结构上，吊夹具应符合设计要求，玻璃与玻璃，玻璃与玻璃肋之间的缝隙，应采用硅酮结构密封胶填嵌严密。

检验方法：观察、检查隐蔽工程验收记录和施工记录。

9）支承玻璃幕墙应采用带万向头的活动不锈钢爪，其钢爪间的中心距应大于250mm。

检验方法：观察、尺量检查。

10）玻璃幕墙四周、玻璃幕墙内表面与主体结构之间的连接节点、各种变形缝、墙角的连接节点应符合设计要求和技术标准的规定。

检验方法：观察、检查隐蔽工程验收记录和施工记录。

11）玻璃幕墙应无渗漏。

检验方法：在易渗漏部位进行淋水检查。

12）玻璃幕墙结构胶和密封胶的填注应饱满、密实、连续、均匀、无气泡，宽度和厚度应符合设计要求和技术标准的规定。

检验方法：观察、尺量检查、检查施工记录。

13）玻璃幕墙开启窗的配件应齐全，安装应牢固。安装位置和开启方向、角度应正确，开启应灵活，关闭应严密。

检验方法：观察、手扳检查、开启和关闭检查。

14）玻璃幕墙的防雷装置必须与主体结构的防雷装置可靠连接。

检验方法：观察、检查隐蔽工程验收记录和施工记录。

2. 一般项目

1）玻璃幕墙表面应平整、洁净；整幅玻璃的色泽应均匀一致；不得有污染和镀膜损坏。

检验方法：观察。

2）每平方米玻璃的表面质量和检验方法应符合表 8-22 的规定。

表 8-22 每平方米玻璃的表面质量和检验方法

项　目	质量要求	检验方法	项　目	质量要求	检验方法
明显划伤和长度 >100mm 的轻微划伤	不允许	观察	长度≤100mm 的轻微划伤	≤8 条	用钢直尺检查
			擦伤总面积	≤500mm^2	用钢直尺检查

3）一个分格铝合金型材的表面质量和检验方法应符合表 8-23 的规定。

表 8-23 一个分格铝合金型材的表面质量和检验方法

项　目	质量要求	检验方法	项　目	质量要求	检验方法
明显划伤和长度 >100mm 的轻微划伤	不允许	观察	长度≤100mm 的轻微划伤	≤2 条	用钢直尺检查
			擦伤总面积	≤500mm^2	用钢直尺检查

4）明框玻璃幕墙的外露框或压条应横平竖直，颜色、规格应符合设计要求，压条安装应牢固。单元玻璃幕墙的单元拼缝或隐框玻璃幕墙的分格玻璃拼缝应横平竖直、均匀一致。

检验方法：观察、手扳检查、检查进场验收记录。

5）玻璃幕墙的密封胶缝应横平竖直、深浅一致、宽窄均匀、光滑顺直。

检验方法：观察、手摸检查。

6）防火、保温材料填充应饱满、均匀，表面应密实、平整。

检验方法：检查隐蔽工程验收记录。

7）玻璃幕墙隐蔽节点的遮封装修应牢固、整齐、美观。

检验方法：观察、手扳检查。

8）明框玻璃幕墙安装的允许偏差和检验方法应符合表8-24的规定。

表8-24　明框玻璃幕墙安装的允许偏差和检验方法

项　　目		允许偏差/mm	检 验 方 法
幕墙垂直度	幕墙高度≤30m	10	用经纬仪检查
	30m＜幕墙高度≤60m	15	
	60m＜幕墙高度≤90m	20	
	幕墙高度＞90m	25	
幕墙水平度	幕墙幅宽≤35m	5	用水平仪检查
	幕墙幅宽＞35m	7	
构件直线度		2	用2m靠尺和塞尺检查
构件水平度	构件长度≤2m	2	用水平仪检查
	构件长度＞2m	3	
相邻构件错位		1	用钢直尺检查
分格框对角线长度差	对角线长度≤2m	3	用钢直尺检查
	对角线长度＞2m	4	

9）隐框、半隐框玻璃幕墙安装的允许偏差和检验方法应符合表8-25的规定。

表8-25　隐框、半隐框玻璃幕墙安装的允许偏差和检验方法

项　　目		允许偏差/mm	检 验 方 法
幕墙垂直度	幕墙高度≤30m	10	用经纬仪检查
	30m＜幕墙高度≤60m	15	
	60m＜幕墙高度≤90m	20	
	幕墙高度＞90m	25	
幕墙水平度	层高≤3m	3	用水平仪检查
	层高＞3m	5	
幕墙表面平整度		2	用2m靠尺和塞尺检查
板材立面垂直度		2	用垂直检测尺检查
板材上沿水平度		2	用1m水平尺和钢直尺检查
相邻板材板角错位		1	用钢直尺检查
阳角方正		2	用直角检测尺检查
接缝直线度		3	拉5m拉线，不足5m拉通线，用钢直尺检查
接缝高低差		1	用钢直尺和塞尺检查
接缝宽度		1	用钢直尺检查

细节：金属幕墙工程

本部分适用于建筑高度不大于150m的金属幕墙工程的质量验收。

1. 主控项目

1）金属幕墙工程所使用的各种材料和配件，应符合设计要求及国家现行产品标准和工程技术规范的规定。

检验方法：检查产品合格证书、性能检测报告、材料进场验收记录和复验报告。

金属幕墙工程所使用的各种材料、配件大部分都有国家标准，应按设计要求严格检查材料产品合格证书及性能检测报告、材料进场验收记录、复验报告。不符合规定要求的严禁使用。

2）金属幕墙的造型和立面分格应符合设计要求。

检验方法：观察、尺量检查。

3）金属面板的品种、规格、颜色、光泽及安装方向应符合设计要求。

检验方法：观察、检查进场验收记录。

4）金属幕墙主体结构上的预埋件、后置埋件的数量、位置及后置埋件的拉拔力必须符合设计要求。

检验方法：检查拉拔力检测报告和隐蔽工程验收记录。

5）金属幕墙的金属框架立柱与主体结构预埋件的连接、立柱与横梁的连接、金属面板的安装必须符合设计要求，安装必须牢固。

检验方法：手扳检查、检查隐蔽工程验收记录。

6）金属幕墙的防火、保温、防潮材料的设置应符合设计要求，并应密实、均匀、厚度一致。

检验方法：检查隐蔽工程验收记录。

7）金属框架及连接件的防腐处理应符合设计要求。

检验方法：检查隐蔽工程验收记录和施工记录。

8）金属幕墙的防雷装置必须与主体结构的防雷装置可靠连接。

检验方法：检查隐蔽工程验收记录。

金属幕墙结构自上而下的防雷装置与主体结构的防雷装置相互可靠连接十分重要，导线与主体结构连接时应除掉表面的保护层与金属直接连接。幕墙的防雷装置应由建筑设计单位认可。

9）各种变形缝、墙角的连接节点应符合设计要求和技术标准的规定。

检验方法：观察、检查隐蔽工程验收记录。

10）金属幕墙的板缝注胶应饱满、密实、连续、均匀、无气泡，宽度和厚度应符合设计要求和技术标准的规定。

检验方法：观察、尺量检查、检查施工记录。

11）金属幕墙应无渗漏。

检验方法：在易渗漏部位进行淋水检查。

2. 一般项目

1）金属板表面应平整、洁净、色泽一致。

检验方法：观察。

2）金属幕墙的压条应平直、洁净、接口严密、安装牢固。

检验方法：观察、手扳检查。

3）金属幕墙的密封胶缝应横平竖直、深浅一致、宽窄均匀、光滑顺直。

检验方法：观察。

4）金属幕墙上的滴水线、流水坡向应正确、顺直。

检验方法：观察、用水平尺检查。

5）每平方米金属板的表面质量和检验方法应符合表8-26的规定。

表8-26 每平方米金属板的表面质量和检验方法

项目	质量要求	检验方法	项目	质量要求	检验方法
明显划伤和长度>100mm的轻微划伤	不允许	观察	长度≤100mm的轻微划伤	≤8条	用钢直尺检查
			擦伤总面积	≤500mm²	用钢直尺检查

6）金属幕墙安装的允许偏差和检验方法应符合表8-27的规定。

表8-27 金属幕墙安装的允许偏差和检验方法

项目		允许偏差/mm	检验方法
幕墙垂直度	幕墙高度≤30m	10	用经纬仪检查
	30m<幕墙高度≤60m	15	
	60m<幕墙高度≤90m	20	
	幕墙高度>90m	25	
幕墙水平度	层高≤3m	3	用水平仪检查
	层高>3m	5	
幕墙表面平整度		2	用2m靠尺和塞尺检查
板材立面垂直度		3	用垂直检测尺检查
板材上沿水平度		2	用1m水平尺和钢直尺检查
相邻板材板角错位		1	用钢直尺检查
阳角方正		2	用直角检测尺检查
接缝直线度		3	拉5m拉线，不足5m拉通线，用钢直尺检查
接缝高低差		1	用钢直尺和塞尺检查
接缝宽度		1	用钢直尺检查

细节：石材幕墙工程

本部分适用于建筑高度不大于100m、抗震设防烈度不大于8度的石材幕墙工程的质量验收。

1. 主控项目

1）石材幕墙工程所用材料的品种、规格、性能等级，应符合设计要求及国家现行产品标准和工程技术规范的规定。石材的抗弯强度不应小于8.0MPa，吸水率应小于0.8%。石材幕墙的铝合金挂件厚度不应小于4.0mm，不锈钢挂件厚度不应小于3.0mm。

检验方法：观察，尺量检查，检查产品合格证书、性能检测报告、材料进场验收记录和复验报告。

石材幕墙所用的主要材料如石材的抗弯强度、金属框架杆件和金属挂件的壁厚应经过设计计算确定。本条款规定了最小限值，如计算值低于最小限值时，应取最小限值，这是为了保证石材幕墙安全而采取的双控措施。

2）石材幕墙的造型、立面分格、颜色、光泽、花纹和图案应符合设计要求。

检验方法：观察。

由于石材幕墙的饰面板大都是选用天然石材，同一品种的石材在颜色、光泽和花纹上容易出现很大的差异；在工程施工中，又经常出现石材排版放样时，石材幕墙的立面分格与设计分格有很大的出入；这些问题都不同程度地降低了石材幕墙整体的装饰效果。本条要求石材幕墙的石材样品和石材的施工分格尺寸放样图应符合设计要求并取得设计的确认。

3）石材孔、槽的数量、深度、位置、尺寸应符合设计要求。

检验方法：检查进场验收记录或施工记录。

石板上用于安装的钻孔或开槽是石板受力的主要部位，加工时容易出现位置不正、数量不足、深度不够或孔槽壁太薄等质量问题，本条要求对石板上孔或槽的位置、数量、深度以及孔或槽的壁厚进行进场验收。如果是现场开孔或开槽，监理单位和施工单位应对其进行抽检，并做好施工记录。

4）石材幕墙主体结构上的预埋件和后置埋件的位置、数量及后置埋件的拉拔力必须符合设计要求。

检验方法：检查拉拔力检测报告和隐蔽工程验收记录。

5）石材幕墙的金属框架立柱与主体结构预埋件的连接、立柱与横梁的连接、连接件与金属框架的连接、连接件与石材面板的连接必须符合设计要求，安装必须牢固。

检验方法：手扳检查、检查隐蔽工程验收记录。

6）金属框架的连接件和防腐处理应符合设计要求。

检验方法：检查隐蔽工程验收记录。

7）石材幕墙的防雷装置必须与主体结构防雷装置可靠连接。

检验方法：观察、检查隐蔽工程验收记录和施工记录。

8）石材幕墙的防火、保温、防潮材料的设置应符合设计要求，填充应密实、均匀、厚度一致。

检验方法：检查隐蔽工程验收记录。

9）各种结构变形缝、墙角的连接节点应符合设计要求和技术标准的规定。

检验方法：检查隐蔽工程验收记录和施工记录。

10）石材表面和板缝的处理应符合设计要求。

检验方法：观察。

目前，石材幕墙在石材表面处理上有不同做法，有些工程设计要求在石材表面涂刷保护剂，形成一层保护膜；有些工程设计要求石材表面不作任何处理，以保持天然石材本色的装饰效果。在石材板缝的做法上也有开缝和密封缝的不同做法，在施工质量验收时应符合设计要求。

11）石材幕墙的板缝注胶应饱满、密实、连续、均匀、无气泡，板缝宽度和厚度应符合设计要求和技术标准的规定。

检验方法：观察、尺量检查、检查施工记录。

12）石材幕墙应无渗漏。

检验方法：在易渗漏部位进行淋水检查。

2. 一般项目

1）石材幕墙表面应平整、洁净，无污染、缺损和裂痕。颜色和花纹应协调一致，无明显色差，无明显修痕。

检验方法：观察。

石材幕墙要求石板不能有影响其抗弯强度的裂缝。石板进场安装前应进行参拼，拼对石材表面花纹纹路，以保证幕墙整体观感无明显色差，石材表面纹路协调美观。天然石材的修痕应力求与石材表面质感和光泽一致。

2）石材幕墙的压条应平直、洁净、接口严密、安装牢固。

检验方法：观察、手扳检查。

3）石材接缝应横平竖直、宽窄均匀；阴阳角石板压向应正确，板边合缝应顺直；凸凹线出墙厚度应一致，上下口应平直；石材面板上洞口、槽边应套割吻合，边缘应整齐。

检验方法：观察、尺量检查。

4）石材幕墙的密封胶缝应横平竖直、深浅一致、宽窄均匀、光滑顺直。

检验方法：观察。

5）石材幕墙上的滴水线、流水坡向应正确、顺直。

检验方法：观察、用水平尺检查。

6）每平方米石材的表面质量和检验方法应符合表8-28的规定。

表8-28 每平方米石材的表面质量和检验方法

项 目	质量要求	检验方法	项 目	质量要求	检验方法
明显划伤和长度>100mm的轻微划伤	不允许	观察	长度≤100mm 的轻微划伤	≤8 条	用钢直尺检查
			擦伤总面积	≤500mm²	用钢直尺检查

7）石材幕墙安装的允许偏差和检验方法应符合表8-29的规定。

表8-29 石材幕墙安装的允许偏差和检验方法

项 目		允许偏差/mm		检验方法
		光面	麻面	
幕墙垂直度	幕墙高度≤30m	10		用经纬仪检查
	30m<幕墙高度≤60m	15		
	60m<幕墙高度≤90m	20		
	幕墙高度>90m	25		
幕墙水平度		3		用水平仪检查
板材立面垂直度		3		用水平仪检查

（续）

项　目	允许偏差/mm		检 验 方 法
	光面	麻面	
板材上沿水平度	2		用1m水平尺和钢直尺检查
相邻板材板角错位	1		用钢直尺检查
幕墙表面平整度	2	3	用垂直检测尺检查
阳角方正	2	4	用直角检测尺检查
接缝直线度	3	4	拉5m拉线，不足5m拉通线，用钢直尺检查
接缝高低差	1	—	用钢直尺和塞尺检查
接缝宽度	1	2	用钢直尺检查

细节：幕墙工程质量验收文件

幕墙工程验收时应检查下列资料：

1）幕墙工程的施工图、结构计算书、设计说明书及其他设计文件。

2）幕墙工程所用的各种材料、五金配件、构件及组件的产品合格证书、性能检测报告、进场验收记录和复验报告。

3）工程中所用的硅酮结构胶的认定证书和抽查合格证明；石材用密封胶的耐污染性试验报告，以及各类试验报告。

4）后置埋件的现场拉拔强度检测报告。

5）幕墙的抗风压性能、空气渗透性能、雨水渗漏性能及平面变形性能检测报告。

6）注胶、养护环境的温度、湿度记录；双组分硅酮结构胶的混匀性试验记录及拉断试验记录。

7）防雷装置的测试记录。

8）隐蔽工程验收记录。包括有如下内容：

① 预埋件或后置埋件。

② 构件的连接点。

③ 变形缝及墙面转角处的构造节点。

④ 幕墙的防雷装置。

⑤ 幕墙的防火构造。

9）幕墙构件和组件加工制作记录；幕墙安装施工记录。

10）石材的抗弯强度、室内用花岗石的放射性、石材用结构胶的粘接强度、石材用密封胶的污染性的复验报告。

细节：水性涂料涂饰工程

本部分适用于乳液型涂料、无机涂料、水溶性涂料等水性涂料涂饰工程的质量验收。

1. 主控项目

1）水性涂料涂饰工程所用涂料的品种、型号和性能应符合设计要求。

检验方法：检查产品合格证书、性能检测报告和进场验收记录。

2）水性涂料涂饰工程的颜色、图案应符合设计要求。

检验方法：观察。

3）水性涂料涂饰工程应涂饰均匀、粘接牢固，不得漏涂、透底、起皮和掉粉。

检验方法：观察、手摸检查。

4）水性涂料涂饰工程的基层处理应符合《建筑装饰装修工程质量验收规范》（GB 50210—2001）第10.1.5条的要求。

检验方法：观察、手摸检查、检查施工记录。

2. 一般项目

1）薄涂料的涂饰质量和检验方法应符合表8-30的规定

表8-30　薄涂料的涂饰质量和检验方法

项　　目	普通涂饰	高级涂饰	检验方法
颜色	均匀一致	均匀一致	观察
泛碱、咬色	允许少量轻微	不允许	
流坠、疙瘩	允许少量轻微	不允许	
砂眼、刷纹	允许少量轻微砂眼，刷纹通顺	无砂眼，无刷纹	
装饰线、分色线直线度允许偏差/mm	2	1	拉5m拉线，不足5m拉通线，用钢直尺检查

2）厚涂料的涂饰质量和检验方法应符合表8-31的规定。

表8-31　厚涂料的涂饰质量和检验方法

项　　目	普通涂饰	高级涂饰	检验方法
颜色	均匀一致	均匀一致	观察
泛碱、咬色	允许少量轻微	不允许	
点状分布	—	疏密均匀	

3）复合涂料的涂饰质量和检验方法应符合表8-32的规定。

表8-32　复合涂料的涂饰质量和检验方法

项　　目	质　量　要　求	检　验　方　法
颜色	均匀一致	观察
泛碱、咬色	允许少量轻微	
喷点疏密程度	均匀，不允许连片	

4）涂层与其他装修材料和设备衔接处应吻合，界面应清晰。

检验方法：观察。

细节：溶剂型涂料涂饰工程

本部分适用于丙烯酸酯涂料、聚氨酯丙烯酸涂料、有机硅丙烯酸涂料等溶剂型涂料涂饰工程的质量验收。

1. 主控项目

1）溶剂型涂料涂饰工程所选用涂料的品种、型号和性能应符合设计要求。

检验方法：检查产品合格证书、性能检测报告和进场验收记录。

2）溶剂型涂料涂饰工程的颜色、光泽、图案应符合设计要求。

检验方法：观察。

3）溶剂型涂料涂饰工程应涂饰均匀、粘接牢固，不得漏涂、透底、起皮和反锈。

检验方法：观察、手摸检查。

4）溶剂型涂料涂饰工程的基层处理应符合《建筑装饰装修工程质量验收规范》（GB 50210—2001）第10.1.5条的要求。

检验方法：观察、手摸检查、检查施工记录。

2. 一般项目

1）色漆的涂饰质量和检验方法应符合表8-33的规定。

表8-33 色漆的涂饰质量和检验方法

项 目	普通涂饰	高级涂饰	检 验 方 法
颜色	均匀一致	均匀一致	观察
光泽、光滑	光泽基本均匀 光滑无挡手感	光泽均匀一致 光滑	观察、手摸检查
刷纹	刷纹通顺	无刷纹	观察
裹棱、流坠、皱皮	明显处不允许	不允许	观察
装饰线、分色线直线度允许偏差/mm	2	1	拉5m拉线，不足5m拉通线，用钢直尺检查

注：无光色漆不检查光泽。

2）清漆的涂饰质量和检验方法应符合表8-34的规定。

表8-34 清漆的涂饰质量和检验方法

项 目	普通涂饰	高级涂饰	检 验 方 法
颜色	基本一致	均匀一致	观察
木纹	棕眼刮平、木纹清楚	棕眼刮平、木纹清楚	观察
光泽、光滑	光泽基本均匀 光滑无挡手感	光泽均匀一致 光滑	观察、手摸检查
刷纹	无刷纹	无刷纹	观察
裹棱、流坠、皱皮	明显处不允许	不允许	观察

3）涂层与其他装修材料和设备衔接处应吻合，界面应清晰。

检验方法：观察。

细节：美术涂饰工程

本部分适用于套色涂饰、滚花涂饰、仿花纹涂饰等室内、外美术涂饰工程的质量验收。

1. 主控项目

1）美术涂饰所用材料的品种、型号和性能应符合设计要求。

检验方法：观察，检查产品合格证书、性能检测报告和进场验收记录。

2）美术涂饰工程应涂饰均匀、粘接牢固，不得有漏涂、透底、起皮、掉粉和反锈。

检验方法：观察、手摸检查。

3）美术涂饰工程的基层处理应符合《建筑装饰装修工程质量验收规范》（GB 50210—2001）第10.1.5条的要求。

检验方法：观察、手摸检查、检查施工记录。

4）美术涂饰的套色、花纹和图案应符合设计要求。

检验方法：观察。

2. 一般项目

1）美术涂饰表面应洁净，不得有流坠现象。

检验方法：观察。

2）仿花纹涂饰的饰面应具有被模仿材料的纹理。

检验方法：观察。

3）套色涂饰的图案不得移位，纹理和轮廓应清晰。

检验方法：观察。

细节：裱糊工程

1. 质量控制要点

1）壁纸、墙布的种类、规格、图案、颜色和燃烧性能等级必须符合设计要求及国家现行标准的有关规定。同一房间的壁纸、墙布应用同一批料。即使同一批料，当有色差时，也不应贴在同一墙面上。

2）裱糊前应以1:1的108胶水溶液等作底胶涂刷基层。对附着牢固、表面平整的旧溶剂型涂料墙面，裱糊前应打平处理。

3）在深暗墙面上粘贴易透底的壁纸、玻璃纤维墙布时，需加刷溶剂型浅色油漆一遍，以达到较好的质量效果。

4）在湿度较大的房间和经常潮湿的墙体表面裱糊，应采用具有防水性能的壁纸和胶粘剂等材料。

5）裱糊前，应将突出基层表面的设备或附件卸下。钉帽应进入基层表面，钉眼用油腻子填平。

6）裁纸(布)时，长度应有一定余量，剪口应考虑对花并与边线垂直、裁成后卷拢，横向存放。不足幅宽的窄幅，应贴在较暗的阴角处。窄条下料时，应考虑对缝和搭缝关系，手裁的一边只能搭接不能对缝。

7）胶粘剂应集中调制，并通过 400 孔/cm^2 筛子过滤，调制好的胶粘剂应当天用完。

8）裱糊第一幅前，应弹垂直线，作为裱糊时的基准线。

9）墙面应采用整幅裱糊，并统一设置对缝，阳角处不得有接缝，阳角处接缝应搭接。

10）无花纹的壁纸，可采用两幅间重叠 2cm 的搭线。有花纹的壁纸，则采取两幅间壁纸花纹重叠对准，然后用钢直尺压在重叠处，用刀切断，撕去余纸，粘贴压实。

11）裱糊普通壁纸，应先将壁纸浸水湿润 3~5min（视壁纸性能而定），取出静置 20min。裱糊时，基层表面和壁纸背面同时涂刷胶粘剂（壁纸刷胶后应静置 5min 再上墙）。

12）裱糊玻璃纤维墙布，应先将墙布背面清理干净。裱糊时，应在基层表面涂刷胶粘剂。

13）裱糊后各幅拼接应横平竖直，拼接处花纹，图案应吻合，不离缝，不搭接，不显拼缝；粘贴牢固，不得有漏贴、补贴、脱层、空鼓和翘边。

14）裱糊后的壁纸，墙布表面应平整，色泽应一致，不得有波纹起伏、气泡、裂缝、皱折及斑污，斜视时应无胶痕；复合压花壁纸的压痕及发泡壁纸的发泡层应无损坏；壁纸，墙布与各种装饰线，设备线盒应交接严密；壁纸、墙布边缘应平直整齐，不得有纸毛、飞刺；壁纸、墙布阴角处搭接应顺光、阳角处应无接缝。

15）裱糊过程中和干燥前，应防止穿堂风和温度的突然变化。

16）裱糊工程完成后，应有可靠的产品保护措施。

2. 裱糊工程的质量检验与验收

（1）主控项目　裱糊工程的主控项目质量标准及检验方法应符合表 8-35 的规定。

表 8-35　裱糊工程的主控项目质量标准及检验方法

项　　目	质　量　要　求	检　验　方　法
材料质量	壁纸、墙布的种类、规格、图案、颜色和燃烧性能等级必须符合设计要求及国家现行标准的有关规定	观察；检查产品合格证书、进场验收记录和性能检测报告
基层处理	裱糊工程基层处理质量应符合《建筑装饰装修工程质量验收规范》（GB 50210—2001）第 11.1.5 条的要求	观察；手摸检查；检查施工记录
各幅拼接	裱糊后各幅拼接应横平竖直，拼接处花纹、图案应吻合，不离缝，不搭接，不显拼缝	观察；拼缝检查距离墙面 1.5m 处正视
壁纸、墙布粘贴	壁纸、墙布应粘贴牢固，不得有漏贴、补贴、脱层、空鼓和翘边	观察；手摸检查

（2）一般项目　裱糊工程的一般项目质量标准及检验方法应符合表 8-36 的规定。

表 8-36　裱糊工程的一般项目质量标准及检验方法

项　　目	质　量　要　求	检　验　方　法
裱糊表面质量	裱糊后的壁纸、墙布表面应平整，色泽应一致，不得有波纹起伏、气泡、裂缝、皱折及斑污，斜视时应无胶痕	观察；手摸检查
壁纸压痕及发泡层	复合压花壁纸的压痕及发泡壁纸的发泡层应无损坏	观察
与装饰线、设备线盒交接	壁纸、墙布与各种装饰线、设备线盒交接严密	观察
壁纸、墙布边缘	壁纸、墙布边缘应平直整齐，不得有纸毛、飞刺	观察
壁纸、墙布阴、阳角	壁纸、墙布阴角处搭接应顺光，阳角处应无接缝	观察

细节：软包工程

1. 质量控制要点

1）软包面料、内衬材料及边框的材质、颜色、图案、燃烧性能等级和木材的含水率应符合设计要求及国家现行标准的有关规定。

检验方法：观察；检查产品合格证书、进场验收记录和性能检测报告。

2）同一房间的软包面料，应一次进足同批号货，以防色差。

3）当软包面料采用大的网格型或大花型时，在房间的对应部位应注意对格对花，确保软包装饰效果。

4）软包应尺寸准确，单块软包面料不应有接缝、毛边，四周应绷压严密。

5）软包在施工中不应污染，完成后应做好产品保护。

2. 质量检查与验收

（1）主控项目　软包工程的主控项目质量标准及检验方法应符合表 8-37 的规定。

表 8-37　软包工程的主控项目质量标准及检验方法

项　目	质量要求	检验方法
安装位置、构造做法	软包工程的安装位置及构造做法应符合设计要求	观察；尺量检查；检查施工记录
龙骨、衬板、边框安装	软包工程的龙骨、衬板、边框应安装牢固，无翘曲，拼缝应平直	观察；手扳检查
单块面料	单块软包面料不应有接缝，四周应绷压严密	观察；手摸检查

（2）一般项目　软包工程的一般项目质量标准及检验方法应符合表 8-38 的规定。

表 8-38　软包工程的一般项目质量标准及检验方法

项　目	质量要求	检验方法
软包表面质量	软包工程表面应平整、洁净，无凹凸不平及皱折；图案应清晰、无色差，整体应协调美观	观察
边框安装质量	软包边框应平整、顺直、接缝吻合。其表面涂饰质量应符合"涂饰工程"的有关规定	观察；手摸检查
清漆涂饰	清漆涂饰木制边框的颜色、木纹应协调一致	观察
安装允许偏差	软包工程安装的允许偏差和检验方法应符合表 8-39 的规定	见表 8-39

表 8-39　软包工程的安装允许偏差和检验方法

项　目	允许偏差/mm	检验方法	项　目	允许偏差/mm	检验方法
垂直度	3	用1m垂直检测尺检查	对角线长度差	3	用钢直尺检查
边框宽度、高度	0 -2	用钢直尺检查	裁口、线条接缝高低差	1	用钢直尺和塞尺检查

9 室内给水排水及采暖工程的质量控制

细节：室内给水设备安装

1. 质量控制要点

给水设备安装的质量控制要点见下表：

项　　目	质量控制要点
离心水泵安装	1）基础复查及处理： ① 泵就位前，应复查基础的尺寸、位置、标高及螺栓孔位置是否符合设计要求，并按图纸位置要求在基础上放出安装基准线。安装应在混凝土强度达到设计要求后才能进行 ② 设备就位前，必须将设备底座底面的油污、泥土等脏物或地脚螺栓孔中的杂物除去，灌浆处的基础表面凿成麻面，并应凿去被沾污的混凝土 2）设备就位及找正、找平应符合下述要求： ① 地脚螺栓安放时，底端不应碰孔底，地脚螺栓离孔边应大于15mm，螺栓应保持垂直，其垂直度偏差不应超过10/1000 ② 泵的找平应以水平中开面、轴的外伸部分，底座的水平加工面等处为基准，用水平仪进行测量，泵体的水平度偏差每米不得超过0.1mm ③ 离心水泵联轴器同心度的找正，用水准仪、百分表或测微螺钉或塞尺进行测量和校正，使水泵轴心与电动机轴心保持同轴度，其轴向倾斜每米不得超过0.8mm，径向位移不得超过0.1mm ④ 找正找平时，应采用垫铁调整安装精度 3）二次灌浆和地脚螺栓紧固： ① 灌浆处应清洗清洁、灌浆宜用细石混凝土（或水泥砂浆），其标号应比基础混凝土高一级，灌浆时应捣固密实，并不应使地脚螺栓歪斜和影响设备安装精度 ② 拧紧地脚螺栓应在灌筑的混凝土达到规定强度的75%后进行，拧紧螺栓后，螺母与垫圈间和垫圈与设备底座间的接触均应良好，螺栓必须露出螺母1.5~5螺纹 4）水泵进出水管连接必须达到如下要求： ① 管道与水泵法兰之间的连接应是无应力连接，即法兰平行度良好，管道质量不支承在泵体上 ② 水泵吸水管的连接应有上平下斜的异径管，从吸水喇叭口接向泵的水平管应有上升坡度，使吸水管内不积存空气、利于吸水 ③ 泵的出水管上应安装异径管、止回阀和闸阀，并安装压力表
离心水泵的试运转	1）泵试运转前应作全面检查： ① 所有管道系统应保持畅通 ② 盘车应灵活、正常，电动机旋转方向符合泵的转向要求 ③ 各紧固连接部件不应松动，安全保护装置应灵敏、可靠 ④ 如注润滑油的规格、质量、数量应符合设备技术文件规定 2）泵在起动前，入口阀应全开，出口阀应全闭，待起动后才慢慢打开出水阀 3）泵在设计负荷下连续运行应不小于2h，轴承的温度应符合如下规定：滚动轴承的温度不应高于75℃，滑动轴承的温度不应高于70℃。试运转时，对轴承温度的测试应做好记录

（续）

项　目	质量控制要点
水箱安装	1）敞口水箱安装前应做满水试验，以不漏为合格。密闭水箱安装前应以工作压力的1.5倍做水压试验，但试验压力不得小于0.4MPa，以不漏为合格。试验应做好记录 2）水箱支架及水箱安装应符合下述要求： ①　水箱支架及底座的尺寸及安装位置应符合设计要求，埋设应平整牢固 ②　水箱与支架的接触应紧密，水箱安装的允许偏差，坐标位置偏移15mm，标高±5mm，垂直度每米不超过1mm
允许偏差	1）室内给水设备安装的允许偏差和检验方法见表9-1 2）管道及设备保温的允许偏差和检验方法见表9-2

表9-1　室内给水设备安装的允许偏差和检验方法

项　目		允许偏差/mm	检验方法
静置设备	坐标	15	用经纬仪或拉线、尺量检查
	标高	±5	用水准仪、拉线和尺量检查
	垂直度（每米）	5	吊线和尺量检查
离心式水泵	立式泵体垂直度（每米）	0.1	水平尺和塞尺检查
	卧式泵体水平度（每米）	0.1	
联轴器同心度	轴向倾斜（每米）	0.8	在联轴器互相垂直的四个位置上用水准仪、百分表或测微螺钉和塞尺检查
	径向位移	0.1	

表9-2　管道及设备保温的允许偏差和检验方法

项　目		允许偏差/mm	检验方法
厚度		$+0.1\delta$ -0.05δ	用钢针刺入
表面平整度	卷材	5	用2m靠尺和楔形塞尺检查
	涂抹	10	

注：δ为保温层厚度。

2. 质量检查与验收

（1）主控项目　室内给水设备安装的主控项目质量标准及检验方法应符合表9-3的规定。

表9-3　室内给水设备安装的主控项目质量标准及检验方法

检查项目	合格质量标准	检验方法
水泵基础	水泵就位前的基础混凝土强度、坐标、标高、尺寸和螺栓孔位置必须符合设计规定	对照图纸用仪器和尺量检查
水泵试运转轴承温升	水泵试运转的轴承温升必须符合设备说明书的规定	温度计实测检查
水箱满水试验或水压试验	敞口水箱的满水试验和密闭水箱（罐）的水压试验必须符合设计与规范的规定	满水试验静置24h观察，不渗不漏；水压试验在试验压力下10min压力不降，不渗不漏

（2）一般项目　室内给水设备安装的一般项目质量标准及检验方法应符合表9-4的规定。

表9-4　室内给水设备安装的一般项目质量标准及检验方法

检查项目	合格质量标准	检验方法
水箱支架或底座安装	水箱支架或底座安装，其尺寸及位置应符合设计规定，埋设平整牢固	对照图纸，尺量检查
水箱溢流管和泄放管安装	水箱溢流管和泄放管应设置在排水地点附近，但不得与排水管直接连接	观察检查
立式水泵减振装置	立式水泵的减振装置不应采用弹簧减振器	
安装允许偏差	室内给水设备安装的允许偏差应符合表9-1的规定	见表9-1
保温层允许偏差	管道及设备保温层的厚度和平整度的允许偏差应符合表9-2的规定	见表9-2

细节：室内给水管道及配件安装

1. 材料及其质量要求

1）室内地下给水管道安装所需材料有：

① 管材、管件及附件镀锌钢管、给水铸铁管、硬聚氯乙烯管、各种镀锌管件、铸铁承插及法兰连接件、带硬塑螺纹或承插的硬聚氯乙烯附件及连接管件、阀门等。

② 接口材料。青铅、水泥、石棉、膨胀水泥、石膏、油麻、铅油、线麻、橡胶板、聚四氟乙烯胶带、氯化钙、焊条等。

③ 附属材料槽钢、角钢、圆钢、石笔、钢锯、氧气、乙炔气、电焊条、沥青、沥青涂料、防锈涂料汽油、玻璃丝布、镀锌铁丝等。

2）室内给水管道安装所需材料有：

① 管材、管件及附件。镀锌钢管、碳素钢管、塑料管、复合管、铜管及其匹配的管件、阀门等。

② 附属材料。铅油、石棉绳、线麻、聚四氟乙烯胶带、橡胶板、防锈涂料、银粉膏等。

室内给水系统管材应符合设计要求。给水管道必须采用与管材相适应的管件。

生活给水系统所涉及的材料必须达到饮用水卫生标准。

管材及阀门应有符合国家或部门现行标准的技术质量鉴定文件或产品合格证。

对给水铸铁管的选择。工作压力为0.45MPa以下，应选用低压管；工作压力为0.45~0.75MPa应选用普压管；工作压力为0.75~1MPa应选用高压管。如果一条管线上的压力不同，应按高值压力选管。同一条管线上不宜用两种压力等级的给水铸铁管。

阀门。管径DN小于或等于50mm，宜采用截止阀J11X-10（DN15~65）或J11T-16（DN15~65）；管径大于50mm宜采用闸阀，即内螺纹暗杆楔式闸阀ZT15T-010或暗杆楔式闸阀Z45T~10（DN50~450）。

3）管道、管件、配件和阀件在使用前应进行外观检查：

① 对于钢管，要求其表面无裂纹、缩孔、夹渣、折叠、重皮等缺陷，管壁不能有麻点

及超过壁厚负偏差的锈蚀或凹陷。

② 铸铁管内外表面不得有裂纹、冷隔、瘪陷和错位等缺陷，且承插口部位不得有粘砂及凸起，承口根部不得有凹陷，其他部分不得有大于2mm厚的粘砂及大于5mm的凸起或凹陷。

③ 铜管的纵向划痕深度不大于0.3mm，横向的凸出高度或凹入深度不大于0.35mm，面积不超过管子表面积的0.5%。

④ 镀锌钢管用螺纹法兰，其规格及压力等级应符合铸铁螺纹法兰标准，法兰材质为灰口铸铁，法兰表面应光滑，不得有气泡、裂纹、斑点、毛刺及其他降低法兰强度和连接可靠性的缺陷。法兰端面应垂直于螺纹中心线。

⑤ 塑料管和复合管的管材和管件的内外壁应光滑平整，无气泡、裂口、裂纹、脱皮，且色泽基本一致。

⑥ 水表表壳铸造规矩，无砂眼、裂纹，表玻璃盖无损坏，铅封完整。

⑦ 阀门安装前，应做强度和严密性试验。试验应以每批（同牌号、同规格、同型号）数量中抽查10%，且不少于一个。对于安装在主干管上起切断作用的闭路阀门，应逐个做强度和严密性试验。

2. 质量控制要点

室内给水管道安装的质量控制要点如下表所示：

项　　目	质量控制要点
镀锌钢管螺纹加工	1）管螺纹加工前应检查绞板，板牙应完好，四块板牙安装顺序应正确，绞板后部的三脚卡爪中心应能汇集在一点。并检查管子外径及端面切口，管子外径应符合要求，端部必须圆整，切割平齐 2）切削过程必须注意以下几点： ① 管子应放置平整、垫实，绞板卡爪应夹紧，使管子中心线与绞板中心保持一致，防止绞出歪牙 ② 控制切削量，不论手工套丝或机械套丝，应根据管径大小确定切削次数，管径大于25mm的，切不可一次套成，应分2~3次套成 ③ 套丝时应用全损耗系统用油（机油）等冷液对螺纹充分冷却，以防止烂牙 ④ 采用机械套丝时，宜采用低速切削；手工套丝时应用力均匀，不能有冲击力 ⑤ 套丝结束前应慢慢放松板牙，以保持螺纹锥度，保证连接紧密 3）对加工的螺纹质量应进行检查，螺纹质量应符合国家标准《55°非密封管螺纹量规》（GB/T 10922—2006）的规定。螺纹加工长度应包括完整螺纹、不完整螺纹及螺尾，其长度应符合表9-5的要求。螺纹应清洁、规整，断丝或缺扣不大于全螺纹数的10%
镀锌钢管螺纹连接	1）连接前，用手将管件拧上检查管螺纹松紧程度。用手拧上后，管螺纹应留有足够的装配余量可供拧紧，否则应选用合适管件或加工螺纹时调整螺纹切削量 2）应正确地缠绕填料及上紧管件： ① 填料应顺时针方向薄而均匀地紧贴缠绕在外螺纹上，上管件时应使填料吃进螺纹间隙内，不得将填料挤出 ② 应使用合适的管子钳，使螺纹的连接紧密牢固。螺纹应一次上紧，不应倒回，拧紧后螺纹根部应有外露螺尾。一般管径50mm以下为2~3牙，管径65mm以上为4~5牙 ③ 螺纹连接后，应进行外观检查，清除外露油麻，对被破坏的镀锌层应进行防腐处理，可涂二度防锈漆后再涂二度银粉 ④ 镀锌钢管螺纹连接时，不得使用非镀锌的管件，镀锌钢管不得采用焊接

（续）

项　目	质量控制要点
镀锌钢管螺纹法兰连接	1）安装前，检查法兰规格应符合设计要求，并清除内螺纹及法兰密封面上的铁锈、油污及灰尘，把密封面上的密封线剔清楚 2）装上的管螺纹法兰应与管子中心线保持垂直，两片法兰间应相互平行 3）正确地安放垫片及拧紧螺栓： ① 垫片不得采用斜垫和多层垫，垫片尺寸应与法兰密封面相同 ② 法兰连接时应采用同规格的螺栓，安装方向一致，即螺母在同一侧。拧紧螺栓时应对称均匀，松紧一致，拧紧后的螺纹露出螺母的外露长度不大于螺杆直径的1/2 4）法兰连接不得直接埋在地下，必须埋地时应设检查井。法兰及螺栓应涂漆防腐
支（吊、托）架及管座安装	1）支架型式、尺寸、规格应符合设计要求，支架孔、眼应一律采用电钻或冲床加工，其孔径应比管卡或吊杆直径大1~2mm。管卡的尺寸与管子的配合应能达到接触紧密的要求 2）管道支架的设置位置应符合设计要求，支架应均匀布置，直线管道上的支架应采用拉线检查的方法使支架保持同一直线，以便使管道排列整齐，管道与支架之间紧密接触 3）钢管水平安装的支架间距应不大于表9-6的规定 4）采暖、给水及热水供应系统的塑料管及复合管垂直或水平安装的支架间距应符合表9-7的规定。采用金属制作的管道支架，应在管道与支架间加衬非金属垫或套管 5）铜管垂直或水平安装的支架间距应符合表9-8的规定 6）立管管卡安装，层高小于或等于5m，每层须安装一个；层高大于5m，每层不得少于2个 7）支架和管座必须设在牢固的结构物上： ① 墙内埋设的支架，埋入墙内部分一般不得小于120mm，且应开脚。埋入前，应将墙洞内清理干净，并用水浇湿，用1:2水泥砂浆和适量石子将其填实紧密 ② 采用膨胀螺栓锚固时，膨胀螺栓距结构物边缘的尺寸，螺栓间距及螺栓的承载能力应符合设计要求 ③ 在预埋铁件上焊接支架时，焊缝长度及高度应符合设计要求 ④ 埋地管道的支座（墩），必须设置在坚实老土上，松土地基必须夯实。严禁将管墩浇筑在冻土或未经处理的松土上
给水阀门安装	1）阀门规格及安装位置应正确： ① 安装前应检查阀门的型号、规格，检查有否损坏，并清洗干净。安装时应将阀门关闭，以免杂物落入影响阀门严密性 ② 阀门安装位置应符合设计要求，进出口方向应符合介质流向。对于安装时有方向位置要求的阀门，如升降式止回阀，升降的阀瓣的轴心一定要呈垂直方向 2）阀门的连接应紧密，螺纹连接与法兰连接的要求与前述镀锌钢管螺纹连接及法兰连接的要求相同，但螺纹连接时，管道加工的外螺纹有效长度应与阀门上铸有的外螺纹长度相适应。一般应稍短于管件连接时的螺纹长度，以防止连接时将阀门的螺纹壳体胀裂 3）安装完的阀门应符合其使用功能要求。阀杆与阀芯的连接应灵活、可靠，阀门的启闭应灵活，阀杆的安装朝向应合理，要有利于操作维修，又不影响交通或其他设施的工作
管道安装	1）管道安装时定位尺寸应正确。明装管道安装时，一般管外皮与抹灰面的净距离为20~30mm（承口连接以承口外皮计）。当管径小于或等于32mm时为20~25mm，大于32mm时为25~30mm。安装前应了解土建抹灰层厚度

（续）

项　目	质量控制要点
管道安装	2) 管道敷设时，横管应根据设计要求设置坡度，一般引入横管，应有 0.002 ~ 0.005 的坡度坡向泄水装置。自动喷洒及水幕消防系统的管道应有坡度，使水都能从立管上的排水阀排泄出去。其坡度，充水系统应不小于 0.002，充气系统和分支管应不小于 0.004。安装时，横管坡度的正负偏差值不超过设计要求坡度值的 1/3 3) 管道应进行调直，安装时应进行拉线及吊线检查，使管道的纵横方向弯曲及立管垂直度等的偏差值不超过规定数值
管道水压试验	1) 室内给水管道试验压力不应小于 0.6MPa，生活饮用水和生产、消防合用的管道，试验压力应为工作压力的 1.5 倍，但不得超过 1.0MPa。水压试验时，在 10min 内压力降不大于 0.05MPa，然后将试验压力降至工作压力做外观检查，以不漏为合格。试验时应充分排除系统中空气，试压用的压力表应在校验有效期内 2) 水压试验时应做好水压试验记录
给水系统的吹洗	给水管道的吹洗一般采用饮用水。吹洗时，水在管内的流速应不小于 1.5m/s，吹洗工作应连续进行。吹洗的合格标准，在设计无特殊规定的情况下，通常只需以肉眼观察进、出口水的透明度趋向一致即可认为合格
明装分户水表安装	1) 表外壳距墙外表面的净距为 10 ~ 30mm，表前后直管超过 300mm 时，应煨弯使超出管段沿墙敷设 2) 水表前应有阀门，两边与管道连接应有活络接头。水表安装应牢固平整，不得歪斜 3) 水表安装标高应符合设计要求
给水配件安装	1) 给水配件安装的标高应符合设计要求 2) 安装镀铬给水配件应使用扳手，不得使用管子钳，以保护镀铬表面完好无损。接口应严密、牢固、不漏水 3) 镶接卫生器具的铜管，弯管时弯曲应均匀，弯管椭圆度应小于 8%，并不得有凹凸现象 4) 给水配件应安装端正，表面洁净并清除外露油麻 5) 给水配件的启闭部分应灵活，必要时应调整阀杆压盖螺母及填料

表 9-5　圆锥管螺纹的加工长度

公称直径/mm	螺纹加工长度/mm	螺纹牙数/个
15	15	8
20	17	9
25	19	8
32	22	9
40	22	9
50	26	11
65	29	12
80	31	23
100	38	16

表 9-6　钢管管道支架的最大间距

公称直径/mm		15	20	25	32	40	50	70	80	100	125	150	200	250	300
支架的最大间距/m	保温管	2	2.5	2.5	2.5	3	3	4	4	4.5	6	7	7	8	8.5
	不保温管	2.5	3	3.5	4	4.5	5	6	6	6.5	7	8	9.5	11	12

表 9-7　塑料管及复合管管道支架的最大间距

管径/mm		12	14	16	18	20	25	32	40	50	63	75	90	110
最大间距/m	立管	0.5	0.6	0.7	0.8	0.9	1.0	1.1	1.3	1.6	1.8	2.0	2.2	2.4
	水平管　冷水管	0.4	0.4	0.5	0.5	0.6	0.7	0.8	0.9	1.0	1.1	1.2	1.35	1.55
	水平管　热水管	0.2	0.2	0.25	0.3	0.3	0.35	0.4	0.5	0.6	0.7	0.8	—	—

表 9-8　铜管管道支架的最大间距

公称直径/mm		15	20	25	32	40	50	65	80	100	125	150	200
最大间距/m	垂直管	1.8	2.4	2.4	3.0	3.0	3.0	3.5	3.5	3.5	3.5	4.0	4.0
	水平管	1.2	1.8	1.8	2.4	2.4	2.4	3.0	3.0	3.0	3.0	3.5	3.5

3. 室内给水工程质量检验与验收

（1）主控项目　给水管道及配件安装的主控项目质量标准和检验方法应符合表 9-9 的规定。

表 9-9　给水管道及配件安装的主控项目质量标准和检验方法

检查项目	合格质量标准	检验方法
给水管道水压试验	室内给水管道的水压试验必须符合设计要求。当设计未注明时，各种材质的给水管道系统试验压力均为工作压力的 1.5 倍，但不得小于 0.6MPa	金属及复合管给水管道系统在试验压力下观测 10min，压力降应不大于 0.02MPa，然后降到工作压力进行检查，应不渗不漏；塑料管给水系统应在试验压力下稳压 1h，压力降不得超过 0.05MPa，然后在工作压力的 1.15 倍状态下稳压 2h，压力降不得超过 0.03MPa，同时检查各连接处不得渗漏
给水系统通水试验	给水系统交付使用前必须进行通水试验并做好记录	观察和开启阀门、水嘴等放水
生活给水系统管道冲洗和消毒	生活给水系统管道在交付使用前必须冲洗和消毒，并经有关部门取样检验，符合国家《生活饮用水标准检验方法》（GB/T 5750—2006）方可使用	检查有关部门提供的检测报告
直埋金属给水管道防腐	室内直埋给水管道（塑料管道和复合管道除外）应做防腐处理。埋地管道防腐层材质和结构应符合设计要求	观察或局部解剖检查

（2）一般项目　给水管道及配件安装的一般项目质量标准和检验方法应符合表 9-10 的规定。

表 9-10　给水管道与配件安装的一般项目质量标准和检验方法

检查项目	合格质量标准	检验方法
给水管道敷设净距	给水引入管与排水排出管的水平净距不得小于 1m。室内给水与排水管道平行敷设时，两管间的最小水平净距不得小于 0.5m；交叉铺设时，垂直净距不得小于 0.15m。给水管应铺在排水管上面，若给水管必须铺在排水管的下面时，给水管应加套管，其长度不得小于排水管管径的 3 倍	尺量检查

（续）

检查项目	合格质量标准	检验方法
金属给水管道及管件焊接质量	管道及管件焊接的焊缝表面质量应符合下列要求： 1）焊缝外形尺寸应符合图纸和工艺文件的规定，焊缝高度不得低于母材表面，焊缝与母材应圆滑过渡 2）焊缝及热影响区表面应无裂纹、未熔合、未焊透、夹渣、弧坑和气孔等缺陷	观察检查
给水水平管道坡度坡向	给水水平管道应有2‰~5‰的坡度坡向泄水装置	水平尺和尺量检验
管道与吊架	管道的支、吊架安装应平整牢固，其间距应符合表9-6~表9-8的规定	观察、尺量及手扳检查
水表安装	水表应安装在便于检修、不受曝晒、污染和冻结的地方。安装螺翼式水表，表前与阀门应有不小于8倍水表接口直径的直线管段。表外壳距墙表面净距为10~30mm；水表进水口中心标高按设计要求，允许偏差为±10mm	观察和尺量检查
给水管道和阀门安装允许偏差	给水管道和阀门安装的允许偏差应符合表9-11的规定	见表9-11

表9-11　给水管道和阀门安装的允许偏差和检验方法

项　目			允许偏差/mm	检验方法
水平管道纵横方向弯曲	钢管	每米 （全长25m以上）	1 ≤25	用水平尺、直尺、拉线和尺量检查
	塑料管、复合管	每米 （全长25m以上）	1.5 ≤25	
	铸铁管	每米 （全长25m以上）	2 ≤25	
立管垂直度	钢管	每米(5m以上)	3 ≤8	吊线和尺量检查
	塑料管、复合管	每米(5m以上)	2 ≤8	
	铸铁管	每米(5m以上)	3 ≤10	
成排管段和成排阀门		在同一平面上间距	3	尺量检查

细节：室内消火栓系统安装

1. 室内消火栓材料

消防设施安装所需材料有：

1）管材、管件及附件消防栓、水枪、水龙带、控制阀、信号网等。

2）附属材料角钢、焊条、铅油、麻丝等。

2. 质量控制要点

（1）箱式消火栓安装 箱式消火栓安装应符合下列规定：

1）室内消火栓，栓口应朝外，阀门中心距地面为 1.1m，允许偏差为 20mm，阀门距箱侧面为 140mm，距箱后表面为 100mm，允许偏差 5mm。

2）消防水龙带与水枪和快速接头的绑扎应紧密牢固，扎好后应根据箱内构造，将水龙带卷折，挂在箱内托盘或挂钩上。

3）若当地消防主管部门对消火栓安装尺寸及水龙带安装方式有统一规定时，应服从当地消防主管部门的统一规定。

（2）管道、箱类和金属支架涂漆 管道、箱类和金属支架涂漆应满足下列要求：

1）油漆前应清除金属表面的铁锈、焊渣及污垢，露出金属本身光泽。禁止一边除锈，一边涂漆。油漆应涂在干燥的金属表面上。涂漆应在水压试验后进行。

2）油漆的种类应符合设计要求，除锈后应涂防锈漆，再刷面漆。禁止直接刷面漆，涂漆遍数应符合设计要求，必须在第一遍干燥后再涂第二遍，刷漆时颜色应一致，所刷油漆应薄而均匀，附着良好，以免发生流淌。所刷油漆应无脱皮、起泡或漏涂。

3. 质量检查与验收

室内消火栓系统安装的质量标准和检验方法应符合表 9-12 的规定。

表 9-12 室内消火栓系统安装的质量标准和检验方法

项　　目	质量合格标准	检查数量	检验方法
室内消火栓试射试验	室内消火栓系统安装完成后应取屋顶层（或水箱间内）试验消火栓和首层取两处消火栓做试射试验，达到设计要求为合格	选取有代表性的三处：屋顶（北方一般在屋顶水箱间等室内）试验消火栓和首层取两处消火栓	实地试射检查
消火栓水龙带安放	安装消火栓水龙带，水龙带与水枪和快速接头绑扎好后，应根据箱内构造将水龙带挂放在箱内的挂钉、托盘或支架上	全数检查	观察检查
箱式消火栓安装	箱式消火栓的安装应符合下列规定： 1）栓口应朝外，并不应安装在门轴侧 2）栓口中心距地面为 1.1m，允许偏差为 ±20mm 3）阀门中心距箱侧面为 140mm，距箱后内表面为 100mm，允许偏差为 ±5mm 4）消火栓箱体安装的垂直度允许偏差为 3mm	全数检查	观察和尺量检查

细节：卫生器具安装

1. 卫生器具安装材料

卫生器具安装材料见下表。

卫 生 器 具	材　　料
地漏	各类型地漏、焊接钢管、水泥、砂子、碎石、铅油、油麻、防水卷材、防水胶结材料

（续）

卫生器具	材　料
坐式便器	各类型坐便器、低位水箱及配件、冲洗管及配件、锁紧螺母、截止阀、镀锌活接头（以上各器件应相匹配）、橡胶板、铅板、膨胀螺栓、油灰、铅油、润滑油、水泥
蹲式便器	蹲式便器、存水弯管、高位水箱及配件、钢管、截止阀、活接头（以上各器件应匹配）、油灰、水泥、砂子、炉渣、14号铜线
浴盆	浴盆及配套的排水、给水附件、水泥、砂子、红砖
墙架式洗脸盆	洗脸盆、水嘴、阀门、水封存水管、排水栓、托架、镀锌钢管、镀锌管箍、弯头、三通、活接头、橡胶板、油灰、铅油、全损耗系统用油（机油）、水泥、线麻
挂斗式小便器	挂斗式小便器、水封存水弯、小便器角阀、镀锌钢管、管箍、弯头、铅板、油灰、铅油、线麻、石棉绳、机油、水泥

2. 安装质量控制要点

（1）安装质量控制

1）卫生器具的型号、规格、质量必须符合设计要求，并有出厂产品合格证。

2）卫生器具表面应平整、光滑、无裂纹、排水口尺寸正确，支架固定孔及给排水管连接孔良好。

3）卫生器具镶接应与土建配合应掌握好时机和做好产品保护：

① 与土建装饰施工配合的时机应恰当，如浴盆安装必须在抹灰底层以后，贴瓷砖之前就位，台式面盆必须与土建大理石台面的安装工作配合进行。其他卫生器具的安装大多需在粉刷完成后进行。

② 对卫生器具都应做好产品保护。例如在浴盆上糊牛皮纸防止污染，遮盖木屑板防止敲坏卫生器具，临时堵塞好排水口，不让水泥浆和施工垃圾进入管道，以免管道堵塞。

4）卫生器具与排水管的连接，凡不用下水栓而直接由卫生器具排水口与排水承口直接连接的，一般以纸筋水泥或油灰做密封填料。在器具排水口均匀地涂抹，然后按划线正确就位。安装完后应用水冲洗器具，冲去可能进入管内的多余填料。

5）卫生器具安装前应进行检查，器具应完好无损，并应清除器具内杂物。安装器具的支架需作防锈、防腐处理，木砖应用沥青浸透，预埋木砖应凹进净墙面10mm。卫生器具支、托架须平正、牢固，器具应放置平稳，支架与器具接触应紧密。安装好的器具应保持洁净、美观。

6）排水栓和地漏安装应符合下列要求：

① 瓷盆的排水栓下应涂油灰，盆底应垫好橡胶圈，用紧锁螺母紧固使排水栓与瓷盆连接牢固且密封。水泥制作的盆槽，应将排水口仔细凿平，并在排水栓外涂上纸筋石灰水泥，在水槽下部用紧锁螺母锁紧。排水栓应低于盆槽底表面2mm，低于地表面5mm。

② 地漏应安装在地面最低处，其箅子顶应低于地面5mm。地漏与地坪之间的孔洞应用细石混凝土仔细补洞，防止地面漏水。

③ 地面排水栓及地漏安装后，应采取措施将口密封，防止建筑垃圾落入，堵塞管道。

（2）地漏安装　地漏安装后，应低于安装处排液表面5mm，有水房间内坡向水沟或地漏的地面坡度应为1%~2%。

根据地漏到楼板下(或地下)排水横支管甩头端口的距离,测出与地漏盒连接管的长度,选用与接口规格相匹配的管材、下料、套丝、抹油、缠麻,与地漏盒拧紧。

安装地漏,先将承口杯粘牢在承重结构上,再将防水卷材铺贴在承口内,涂刷胶结剂,用插口压紧。使接口密合,再满刷胶结料,最后放漏勺。

地漏连接应严密、不得有渗漏。

(3) 坐式便器 带水箱连体式坐便器后侧距墙应不大于 20mm。分体挂水箱安装高度为水箱盖面离地约 0.80m。

坐便器安装时,应将坐便器的排放管与排水管甩头中心线对准。调整同轴后,用油灰将环隙周边封严,然后将坐便器调平整。

安装低位水箱时,应将其标高和平整度找准,然后在水箱背面垫橡胶垫(或石棉板)。

固定螺栓应用直径 6mm 以上的膨胀螺栓,若采用木螺钉,应预埋木砖,木砖应作防腐处理,并应凹进墙面 10mm。排水口填料应用油灰或石灰膏水泥,禁止用水泥砂浆。

(4) 蹲式便器 安装"P"形水封存水弯管,应在厕所地面做防水前进行。水封存水弯管进口中心线应对准便器排出口中心线,弯管的出口接入预留的排水支管甩口。

安装"N"形水封存水弯管,应用水泥砂浆把存水弯管底座稳住,使底座的标高控制在室内地面的同一高度,水封存水弯管的插口插入到已预留的排水支管甩头内,插入深度不小于 40mm。

冲洗管与便器出水口用橡胶碗连接时,应用 14 号铜线错开拧紧,绑扎不少于两道。

(5) 小便器 小便器安装时,应与墙面紧贴,且竖直中心线垂直,水平中心线横向平直。成排安装时,水平中心线应一致。

小便器排水管水封存水弯管上承口的周围应填充油灰,下插口应缠油灰石棉绳,上承口、下插口连接处应紧密,严禁有渗漏。

小便器冲水管连接后,角型阀的冲洗立管应垂直端正,且位于小便器进水口中心。

(6) 浴盆 浴盆支座的位置、标高应根据已确定的浴盆中心线、标高线严格控制。浴盆支座应留出豁口,以不影响盆下地面的顺水线,保证盆下存水顺利排出。

浴盆排水管接入室内排水管的水封存水弯或存水盒应有足够深度,管道接头处应用油麻、腻子缠封抹严。

冷、热水管并行安装时,热水管应安在面向的左侧。冷、热水管间距应为 1.50mm。

混合龙头离浴盆面高度为 150mm。固定淋浴器离地高度为 2.35m。软管移动式淋浴器挂钩离地面高度为 1.5m。

裙板浴缸安装时,若侧板无检修孔,应在端部或楼板开孔设检查孔;无裙板浴缸安装时,浴缸面离地面标高为 0.48m。

(7) 洗脸盆、洗涤盆(槽)、化验盆 核对给水管甩头和排水管甩头的管径、坐标、标高,以及托架的位置、标高。

有冷、热给水管在同一平面上下平行设置时,热水管应装于冷水管之上;竖向设置时,热水管应在面向的左侧。角阀与龙头连接可用软管,连接管煨弯应一致,不得有弯扁、凹凸现象。

安装 P 式排水时,预埋排水口离地高度为 0.4m,且应位于盆中心。排水栓应低于盆底部,且不得凸出;有溢水孔的器具应与排水栓溢流孔相通。

落地式污水池器具高度一般为 0.5m，给水标高为 0.8m。架空安装时，器具标高为 0.8m，龙头标高为 1.0m。

3. 质量检查与验收

（1）卫生器具给水配件安装　卫生器具给水配件安装的主控项目检查标准和检验方法见表9-13。

表9-13　卫生器具给水配件安装的主控项目检查标准和检验方法

检查项目	合格质量标准	检验方法
卫生器具满水试验和通水试验	卫生器具交工前应做满水和通水试验	满水后各连接件不渗不漏；通水试验给水、排水畅通
排水栓与地漏安装	排水栓和地漏的安装应平正、牢固，低于排水表面，周边无渗漏。地漏水封高度不得小于50mm	试水观察检查
卫生器具给水配件	卫生器具给水配件应完好无损伤，接口严密，启闭部分灵活	观察及手扳检查

卫生器具给水配件安装的一般项目检查标准和检验方法见表9-14。

表9-14　卫生器具给水配件安装的一般项目检查标准和检验方法

检查项目	合格质量标准	检验方法
卫生器具安装允许偏差	卫生器具安装的允许偏差应符合表9-15的规定	见表9-15
给水配件安装允许偏差	卫生器具给水配件安装标高的允许偏差应符合表9-16的规定	尺量检查
浴盆检修门、小便槽冲洗管安装	有饰面的浴盆，应留有通向浴盆排水口的检修门 小便槽冲洗管采用镀锌钢管或硬质塑料管。冲洗孔应斜向下方安装，冲洗水流同墙面呈45°角。镀锌钢管钻孔后应进行二次镀锌	观察检查
卫生器具的支、托架	卫生器具的支、托架必须防腐良好，安装平整、牢固，与器具接触紧密、平稳	观察和手扳检查
浴盆、淋浴器挂钩高度	浴盆软管淋浴器挂钩的高度，如设计无要求，应距地面1.8m	尺量检查

表9-15　卫生器具安装的允许偏差和检验方法

项目		允许偏差/mm	检验方法
坐标	单独器具	10	拉线、吊线和尺量检查
	成排器具	5	
标高	单独器具	±15	
	成排器具	±10	
器具水平度		2	用水平尺和尺量检查
器具垂直度		3	吊线和尺量检查

表 9-16　卫生器具给水配件的安装标高的允许偏差和检验方法

项　　目	允许偏差/mm	检验方法
大便器高、低水箱角阀及截止阀	±10	
水嘴	±10	尺量检查
淋浴器喷头下沉	±15	
浴盆软管淋浴器挂钩	±20	

（2）卫生器具排水管道安装　卫生器具排水管道安装的主控项目检查标准和检验方法见表 9-17。

表 9-17　卫生器具排水管道安装的主控项目检查标准和检验方法

检查项目	合格质量标准	检验方法
器具受水口与主管；管道与楼板接合	与排水横管连接的各卫生器具的受水口和立管均应采取妥善可靠的固定措施；管道与楼板的接合部位应采取牢固可靠的防渗、防漏措施	观察和手扳检查
排水管接口，其支托架安装	连接卫生器具的排水管道接口应紧密不漏，其固定支架、管卡等支撑位置应正确、牢固，与管道的接触应平整	观察及通水检查

卫生器具排水管道安装的一般项目检查标准和检验方法见表 9-18。

表 9-18　卫生器具排水管道安装的一般项目检查标准和检验方法

检查项目	合格质量标准	检验方法
安装允许偏差	卫生器具排水管道安装的允许偏差应符合表 9-19 的规定	见表 9-19
排水管最小坡度	连接卫生器具的排水管管径和最小坡度，如设计无要求时，应符合表 9-20 的规定	用水平尺和尺量检查

表 9-19　卫生器具排水管道安装的允许偏差及检验方法

检查项目		允许偏差	检验方法
横管弯曲度	每1m长	2	用水平尺量检查
	横管长度≤10m，全长	<8	
	横管长度>10m，全长	10	
卫生器具的排水管口及横支管的纵横坐标	单独器具	10	用尺量检查
	成排器具	5	
卫生器具的接口标高	单独器具	±10	用水平尺和尺量检查
	成排器具	±5	

表 9-20　连接卫生器具的排水管管径和最小坡度

卫生器具名称	排水管管径/mm	管道的最小坡度(‰)
污水盆(池)	50	25
单、双格洗涤盆(池)	50	25

（续）

卫生器具名称		排水管管径/mm	管道的最小坡度(‰)
洗手盆、洗脸盆		32~50	20
浴盆		50	20
淋浴器		50	20
大便器	高、低水箱	100	12
	自闭式冲洗阀	100	12
	拉管式冲洗阀	100	12
小便器	手动、自闭式冲洗阀	40~50	20
	自动冲洗水箱	40~50	20
化验盆(无塞)		40~50	20
净身器		40~50	20
饮水器		20~50	10~20
家用洗衣机		50(软管为30)	—

细节：室内排水管道及配件安装

1. 室内排水管道安装材料

1）管材、管件及附件：生活污水管道系统常规使用排水铸铁管、钢管、塑料管、缸瓦管等，以及与其匹配的管件附件。

雨水管道常规使用排水铸铁管、钢管、石棉水泥管、钢筋混凝土管、塑料管等。

2）接口材料：水泥、膨胀水泥、石膏、石棉、氧化钙、油麻、青铅、塑料胶接剂、胶圈、塑料焊条、钢焊条等。

3）附属材料：沥青、防锈涂料、沥青涂料、汽油、白线、砂纸、石笔、乙炔气、氧气等。

排水铸铁管件的名称与规格见表9-21。

表9-21 排水铸铁管件的名称和规格

名　称	内径尺寸/mm
承插直管	50, 75, 100, 125, 150, 200
双承直管	
承插弯曲管	75, 100, 125, 150, 200
正四通	50, 75, 100, 125, 150, 200
斜四通	
90°弯头	
45°Y形三通	
90°T形三通	
90°TY形三通	

（续）

名　　称	内径尺寸/mm
异径四通	75×100，100×50，125×50，150×50，100×75，125×75，150×75，
TY 形异径三通	125×100，150×100，150×125
T 形异径三通	
管箍（套筒）	50，75，100，125，150，200
异径管箍	75×50，100×50，100×75，125×50，125×100，150×100，150×125，200×150
Y 形异径三通	
45°弯头	50，75，100，125，150，200
承插扫除口	50，75，100，125，150
S 形存水弯	50，75，100，125
P 形存水弯	50，75，100，125
地漏	50，75，100，125，150
透气帽	50，75，100，150

2. 安装质量控制要点

1）排水管道的材质、规格必须符合设计要求，材料应有出厂合格证。其产品主要性能指标应符合有关的技术标准。

2）承插式柔性接口排水铸铁管应采用离心浇注工艺生产，不得采用砂型立模浇注工艺生产。

3）管材、管件在使用前应进行外观检查：

① 塑料管的管材和管件的内外壁应光洁平整，无气泡、裂口、裂纹、脱皮，且色泽基本一致。

② 铸铁管的管材和管件内外表面应光洁平整，不应有裂纹、冷隔、错位、蜂窝及其他妨碍使用的缺陷；承口法兰盘轮廓应清晰，不得有裂缝、冷隔等缺陷。

4）金属管道的承插和套箍接口应符合下列要求：

① 承插和套箍接口环缝间隙应均匀，填料应先用麻丝填充，其填充量约占整个水泥接口深度的 1/3。再用水泥或石棉水泥捻口。应检查使用材料是否正确。

② 填料捻口应敲打密实、饱满，填料凹入承口边缘不大于 5mm。灰口应平整、光滑，用湿润的麻丝箍在接口处养护。不得用水泥砂浆抹口。

5）塑料管承插粘接接口应满足下列要求：

① 各地工厂生产的聚氯乙烯管都有其各自适用的配套胶粘剂，使用前应检查其是否配套。

② 粘接连接前，应先进行清洁处理，清除接口处油污，然后用刷子把胶粘剂涂于承插口连接面，在 5～15s 内立即将管子插入承口。胶粘剂固化时间约 1min，因此须注意在插入后应有稍长于 1min 的定位时间，待其固化后才能松手。

6）塑料排水管的伸缩接头安装。伸缩节间距的设置不大于 4m，一般宜逐层设置。扫除口带伸缩节的可设置在每层地面以上 1m 的位置。安装伸缩节时，应按制造厂说明书要求设置好固定管卡，在伸缩节中安放好橡胶密封圈，在管子承插口粘接固定后，应拆除限位装置，以利热胀冷缩。

7）铸铁排水管检查口、清扫口安装。污水管道应按设计要求和规范规定设置检查口和清扫口，具体安装时还应符合下述规定：

① 立管上的检查口安装高度由地面至检查口中心为1m，允许偏差为±20mm，并应高于该层卫生器具上边缘150mm。检查口的朝向应便于检修。

② 污水横管上的清扫口，可设在上一层楼地面上。污水管起点清扫口与管道相垂直的墙面距离不得小于200mm，若污水管起点设置堵头代替清扫口，与墙面距离不得小于400mm。

③ 生活污水铸铁管道的坡度应符合表9-22的规定。

8）排水管道的通水试验应符合下列规定：

① 排水系统竣工后的通水试验，按给水系统1/3配水点同时开放，检查各排水点是否畅通，接口有无渗漏。

② 通水试验应根据管道布置，采取分层、分区段做通水试验，先从下层开始局部通水，再做系统通水。通水时在浴缸、面盆等处放满水，然后同时排水，观察排水情况，以不堵不漏、排水畅通为合格。试验时应做好通水试验记录。

9）生活污水塑料管道的坡度应符合表9-23的规定。

表 9-22　生活污水铸铁管道的坡度

项次	管径/mm	标准坡度(‰)	最小坡度(‰)
1	50	35	25
2	75	25	15
3	100	20	12
4	125	15	10
5	150	10	7
6	200	8	5

表 9-23　生活污水塑料管道的坡度

项次	管径/mm	标准坡度(‰)	最小坡度(‰)
1	50	25	12
2	75	15	8
3	100	12	6
4	125	10	5
5	160	7	4

3. 质量检查与验收

室内排水管道及配件安装的主控项目检查标准与检验方法见表9-24。

表 9-24　室内排水管道及配件安装的主控项目检查标准与检验方法

检查项目	合格质量标准	检验方法
排水管道灌水试验	隐蔽或埋地的排水管道在隐蔽前必须做灌水试验，其灌水高度应不低于底层卫生器具的上边缘或底层地面高度	满水15min水面下降后，再灌满观察5min，液面不降，管道及接口无渗漏为合格
生活污水铸铁管及塑料管坡度	生活污水铸铁管道的坡度必须符合设计或表9-22的规定 生活污水塑料管道的坡度必须符合设计或表9-23的规定	水平尺、拉线和尺量检查
排水塑料管安装伸缩节	排水塑料管必须按设计要求及位置装设伸缩节。如设计无要求时，伸缩节间距不得大于4m 高层建筑中明设排水塑料管道应按设计要求设置阻火圈或防火套管	观察检查

（续）

检查项目	合格质量标准	检验方法
排水主管及水平干管涌球试验	排水立管及水平干管管道均应做通球试验，通球球径不小于排水管道管径的2/3，通球率必须达到100%	通球检查

室内排水管道及配件安装的一般项目检查标准与检验方法见表9-25。

表9-25　室内排水管道及配件安装的一般项目检查标准与检验方法

检查项目	合格质量标准	检验方法
生活污水管道上检查口或清扫口设置	在生活污水管道上设置的检查口或清扫口，当设计无要求时应符合下列规定： 1）在立管上应每隔一层设置一个检查口，但在最底层和有卫生器具的最高层必须设置。如为两层建筑时，可仅在底层设置立管检查口；如有乙字弯管时，则在该层乙字弯管的上部设置检查口。检查口中心高度距操作地面一般为1m，允许偏差为±20mm；检查口的朝向应便于检修。暗装立管，在检查口处应安装检修门 2）在连接2个及2个以上大便器或3个及3个以上卫生器具的污水横管上应设置清扫口。当污水管在楼板下悬吊敷设时，可将清扫口设在上一层楼地面上，污水管起点的清扫口与管道相垂直的墙面距离不得小于200mm；若污水管起点设置堵头代替清扫口时，其与墙面距离不得小于400mm 3）在转角小于135°的污水横管上，应设置检查口或清扫口 4）污水横管的直线管段，应按设计要求的距离设置检查口或清扫口，埋在地下或地板下的排水管道的检查口，应设在检查井内。井底表面标高与检查口的法兰相平，井底表面应有5%坡度，坡向检查口	
金属管和塑料管支、吊架安装	金属排水管道上的吊钩或卡箍应固定在承重结构上。固定件间距；横管不大于2m；立管不大于3m。楼层高度小于或等于4m，立管可安装1个固定件。立管底部的弯管处应设支墩或采取固定措施 排水塑料管道支、吊架间距应符合表9-26的规定	观察和尺量检查
排水通气管安装	排水通气管不得与风道或烟道连接，且应符合下列规定： 1）通气管应高出屋面300mm，但必须大于最大积雪厚度 2）在通气管出口4m以内有门、窗时，通气管应高出门、窗顶600mm或引向无门、窗一侧 3）在经常有人停留的平屋顶上，通气管应高出屋面2m，并应根据防雷要求设置防雷装置 4）屋顶有隔热层应从隔热层板面算起	
医院污水处理和饮食业工艺排水	安装未经消毒处理的医院含菌污水管道，不得与其他排水管道直接连接。饮食业工艺设备引出的排水管及饮用水水箱的溢流管不得与污水管道直接连接，并应留出不小于100mm的隔断空间	
室内排水管道安装	通向室外的排水管，穿过墙壁或基础必须下返时，应采用45°三通和45°弯头连接，并应在垂直管段顶部设置清扫口 由室内通向室外排水检查井的排水管，井内引入管应高于排出管或两管顶相平，并有不小于90°的水流转角，如跌落差大于300mm可不受角度限制 用于室内排水的水平管与水平管、水平管与立管的连接，应采用45°三通或45°四通和90°斜三通或90°斜四通。立管与排出管端部的连接，应采用两个45°弯头或曲率半径不小于4倍管径的90°弯头	
安装允许偏差	室内排水管道安装的允许偏差应符合表9-27的相关规定	见表9-27

表 9-26 排水塑料管道支、吊架最大间距 （单位：m）

管径/mm	50	75	110	125	160
立管	1.2	1.5	2.0	2.0	2.0
横管	0.5	0.75	1.10	1.30	1.6

表 9-27 室内排水管道安装的允许偏差和检验方法

项　目			允许偏差/mm	检验方法
坐标			15	
标高			±15	
横管纵横方向弯曲	铸铁管	每米	≤1	用水准仪（水平尺）、直尺、拉线和尺量检查
		全长(25m以上)	≤25	
	钢管	每米　管径小于或等于100mm	1	
		管径大于100mm	1.5	
		全长(25m以上)　管径小于或等于100mm	≤25	
		管径大于100mm	≤308	
	塑料管	每米	1.5	
		全长(25m以上)	≤38	
	钢筋混凝土管、混凝土管	每米	3	
		全长(25m以上)	≤75	
立管垂直度	铸铁管	每米	3	吊线和尺量检查
		全长(5m以上)	≤15	
	钢管	每米	3	
		全长(5m以上)	≤10	
	塑料管	每米	3	
		全长(5m以上)	≤15	

细节：雨水管道及配件安装

雨水管道及配件材料要求同排水管道安装。

1. 质量控制要点

1）管道应使用塑料管、铸铁管、镀锌和非镀锌钢管或混凝土管等。目前较为常用的为塑料管、铸铁管、镀锌和非镀锌钢管。但室外塑料雨水管应为专用产品，具有防紫外线的功能。

2）悬吊式雨水管道应选用钢管、铸铁管或塑料管。易受震动的雨水管道（如锻造车间等）应使用钢管。

3）管材为硬质聚氯乙烯（UPVC）。所用粘接剂应是同一厂家配套产品，应与卫生洁具连接相适宜，并有产品合格证及说明书。

4）管材内外表层应光滑，无气泡、裂纹，管壁薄厚均匀，色泽一致。直管段挠度不大于1%。管件造型应规矩、光滑，无毛刺。承口应有梢度，并与插口配套。

5）水落斗制作及安装应符合下列要求：

① 形状根据设计要求，一般用料不低于26号镀锌铁皮。常用水落斗规椿为280mm×200mm，高200mm，接水落管的头高110mm，头的截面尺寸不应大于水落管的小头尺寸。

② 落斗底依水落管的形状而定，焊接时要使斗底的落水口在水斗的中间。落水口与水斗背面之间的距离一般为15～20mm，底的高度一般为100mm。水斗底及落水头的焊接缝应放在水斗的背面。

③ 焊水落斗线脚，在水斗的正面上口三面焊接，焊接时线脚和水斗的上口应平齐，上下满焊。面宽一致，线角垂直。接缝无开焊，咬口无开缝。

④ 依据落水头子高低和中线及落水弯管长度，定水落斗位置。安装时必须做到横平竖直。每只水落斗用两只木榫，钉牢在墙面上。

6）水落管制作及安装应符合下列规定：

① 水落管用料一般不低于26号镀锌铁皮。一般规格是方形为75mm×100mm，圆形为ϕ100mm。方形的大小头相差2mm，圆形大小头相差1.5mm（指直径），以便套接。

② 咬口要紧密，无开缝，平直。

③ 水落管的位置应依据落水头的中心线在墙上弹线后进行。水落管距离墙面不应小于20mm，水落管的咬口线安装时要放在靠墙的一边。

④ 水落管各节管之间连接必须紧密，其承插方向不应呛水，接头的承插长度不应小于40mm。水落管每节至少应设一个管箍（室外当采用铸铁管时应用铸铁管箍），管箍的最大间距不宜大于1200mm，最下一管箍应在末端水落管口上100mm处，水落管正、侧视应顺直。管箍应固定牢固。

⑤ 水落管经过带形线脚、檐口线等墙面突出部位处宜用直管，线脚、檐口线等应预留缺口或孔洞，如必须采用弯管绕过时，弯管的结合角度应为钝角。

⑥ 最下一节水落管必须在勒脚、明沟完成后安装。水落管在最下一节下面应装135°弯头，其接头必须锡焊。排水口距散水坡的高度不应大于200mm。

⑦ 水斗、水落管必须除锈干净，按规定涂刷防锈漆，并应均匀，无脱皮和漏刷。如采用薄钢板时，两面均应涂刷两度防锈底漆；采用镀锌薄钢板、镀锌铁皮时还应涂刷专用底漆（锌磺类或磷化底漆）。

7）排水管灌水试验应满足下列要求：

① 埋地的排水管道，严禁铺设在冻土和未经处理的松土上。松土应逐层夯实后再铺设管道，以防止管道下沉。地基状况应填写在隐蔽工程记录中。

② 暗装或埋地的排水管道，在隐蔽前必须做灌水试验，其灌水高度必须不低于底层地面高度。试验时，灌水15min后，再灌满延续5min，液面不下降为合格。试验合格后做好灌水试验记录，而后方可进行回填土。

③ 雨水管道安装后，应做灌水试验。灌水高度必须到每根立管最上部的雨水漏斗。

8）地下埋设雨水排水管道的最小坡度见表9-28。

表 9-28　地下埋设雨水排水管道的最小坡度

项　次	管径/mm	最小坡度(‰)	项　次	管径/mm	最小坡度(‰)
1	50	20	4	125	6
2	75	15	5	150	5
3	100	8	6	200 ~ 400	4

9) 悬吊管检查口间距见表9-29。

表 9-29　悬吊管检查口间距

项次	悬吊管直径/mm	检查口间距/m	项次	悬吊管直径/mm	检查口间距/m
1	≤150	≤15	2	≥200	≤20

10) 钢管管道焊口允许偏差和检验方法见表9-30。

表 9-30　钢管管道焊口允许偏差和检验方法

项　目			允许偏差	检验方法
焊口平直度	管壁厚10mm 以内		管壁厚1/4	焊接检验尺和游标深度尺检查
焊缝加强面	高度		+1mm	
	宽度			
咬边	深度		小于 0.5mm	直尺检查
	长度	连续长度	25mm	
		总长度(两侧)	小于焊缝长度的10%	

2. 质量检查与验收

雨水管道及配件安装的主控项目检查标准与检验方法见表9-31所示。

表 9-31　雨水管道及配件安装的主控项目检查标准与检验方法

检查项目	合格质量标准	检验方法
室内雨水管道灌水试验	安装在室内的雨水管道安装后应做灌水试验,灌水高度必须到每根立管上部的雨水斗	灌水试验持续1h,不渗不漏
塑料雨水管安装伸缩节	雨水管道如采用塑料管,其伸缩节安装应符合设计要求	对照图纸检查
埋地雨水管道最小坡度	悬吊式雨水管道的敷设坡度不得小于5‰;埋地雨水管道的最小坡度,应符合表9-28的规定	水平尺、拉线和尺量检查

雨水管道及配件安装一般项目检查标准与检验方法见表9-32所示。

表 9-32　雨水管道及配件安装的一般项目检查标准与检验方法

检查项目	合格质量标准	检验方法
雨水管道不得与生活污水管道相连接	雨水管道不得与生活污水管道相连接	观察检查

（续）

检查项目	合格质量标准	检验方法
雨水斗安装	雨水斗管的连接应固定在屋面承重结构上。雨水斗边缘与屋面相连处应严密不漏。连接管管径当设计无要求时，不得小于100mm	观察和尺量检查
三通间距	悬吊式雨水管道的检查口或带法兰堵口的三通的间距不得大于表9-29的规定	拉线、尺量检查
焊缝允许偏差	雨水钢管管道焊接的焊口允许偏差应符合表9-30的规定	见表9-30
雨水管道安装允许偏差	雨水管道安装的允许偏差应符合表9-27的规定	见表9-27

细节：室内采暖管道及配件安装

1. 采暖系统安装附件及材料

室内热水、采暖管道安装所需附件及材料有：

钢管及配件、截止阀、减压阀、疏水阀、闸阀、自动排气阀、旋塞、伸缩器、除污器、集气罐、支托架、吊架。

管卡、石棉垫、石棉绳、石棉橡胶垫、聚四氟乙烯胶带、麻丝、润滑油、铅油、汽油、焊条、焊丝、石笔、小白线。

常用单管悬臂式滑动支架所用型钢规格及尺寸见表9-33。

表9-33 单管悬臂式滑动支架型钢规格及尺寸

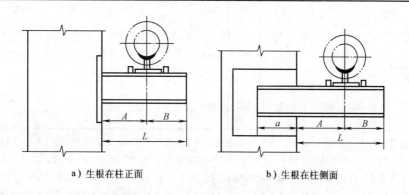

a）生根在柱正面　　　　　b）生根在柱侧面

公称直径 DN /mm	不保温单管						保温单管					
	悬臂梁的型钢规格	生根在柱正面或墙面时的主要尺寸/mm			生根在柱侧面时的主要尺寸/mm		悬臂梁的型钢规格	生根在柱正面或墙面时的主要尺寸/mm			生根在柱侧面时的主要尺寸/mm	
		A	B	L	A、B、L	a	L+a		A	B	L	A、B、L	a	L+a
25	∟40×40×4	100	50	150	同左	60	210	∟40×40×4	140	65	205	同左	60	265

（续）

公称直径 DN /mm	不保温单管						保温单管					
	悬臂梁的型钢规格	生根在柱正面或墙面时的主要尺寸/mm			生根在柱侧面时的主要尺寸/mm			悬臂梁的型钢规格	生根在柱正面或墙面时的主要尺寸/mm			生根在柱侧面时的主要尺寸/mm		
		A	B	L	A、B、L	a	L+a		A	B	L	A、B、L	a	L+a
32	∟40×40×4	110	60	170	同左	60	230	∟40×40×4	150	70	220	同左	60	280
40	∟40×40×4	115	65	180	同左	60	240	∟40×40×4	155	75	230	同左	60	290
50	∟50×50×4	120	70	190	同左	60	250	∟50×50×4	160	80	240	同左	60	300
65	∟50×50×4	130	80	210	同左	60	270	∟56×56×5	175	95	270	同左	60	330
80	∟56×56×5	145	95	240	同左	60	300	∟63×63×5	185	105	290	同左	70	360
100	∟63×63×5	155	105	260	同左	60	320	∟70×70×6	195	115	310	同左	70	380
125	∟70×70×6	170	120	290	同左	70	3600	[8（轻型）	210	130	340	同左	70	410
150	[6.5（轻型）	180	130	310	同左	70	380	[10（轻型）	225	145	370	同左	70	440
200	[8（轻型）	210	160	370	同左	70	440	[12（轻型）	260	130	440	同左	90	530
250	[12（轻型）	235	185	420	同左	100	520							

注：1. 本表管架的垂直荷载计算条件为：不保温管的跨度，DN≥50mm 时，按6m 计，DN=25～40mm 时，按3m 计；管内介质为密度 1.5g/cm³ 的矿浆；附加荷载包括两对法兰和一个阀门；除管内介质外均乘以荷载系数 1.2。保温管的跨度，DN≤100mm 时，按3m 计；DN≥125mm 时，按6m 计，管内介质为密度 1.2g/cm³ 的矿浆；主要保温层质量密度按450kg/m³ 计；附加荷载为一对法兰：除管内介质外，均乘以荷载系数 1.2。

2. 本表管架的水平荷载均按上述垂直荷载乘以摩擦因数0.3；未考虑风荷载。

3. 生根在柱正面或柱侧面者，均焊在柱上的预埋钢板上；生根在墙面者，墙上砌有带钢板的混凝土预制砌块；安装时将支架焊在砌块的钢板上。

4. 用于腐蚀性较强的环境中时，型钢规格应加大，例如∟50×50×4 可加大为∟50×50×5，[8（轻型）可加大为[8（普通）。

同径双管悬臂式滑动支架型钢规格及尺寸见表9-34。

表9-34 同径双管悬臂式滑动支架型钢规格及尺寸

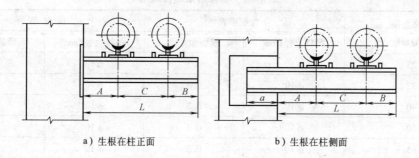

　　　a）生根在柱正面　　　　　　　　　　b）生根在柱侧面

公称直径 DN /mm	不保温单管							保温单管						
	悬臂梁的型钢规格	生根在柱正面或墙面时的主要尺寸/mm				生根在柱侧面时的主要尺寸/mm		悬臂梁的型钢规格	生根在柱正面或墙面时的主要尺寸/mm				生根在柱侧面时的主要尺寸/mm	
		A	C	B	L	A、C、B、L	a	L+a		A	C	B	L	A、C、B、L	a	L+a
25	∟40×40×4	100	100	50	250	同左	60	310	∟50×50×4	140	180	65	385	同左	60	445
32	∟40×40×4	110	120	60	290	同左	60	350	∟56×56×5	150	190	70	410	同左	60	470
40	∟40×40×4	115	130	65	310	同左	60	370	∟63×63×5	155	200	75	430	同左	60	490
50	∟63×63×5	120	140	70	330	同左	70	400	∟70×70×6	160	210	80	450	同左	70	520
65	∟70×70×6	130	160	80	370	同左	70	440	[6.5（轻型）	175	240	90	510	同左	70	580
80	[6.5（轻型）	145	185	95	425	同左	70	495	[8（轻型）	185	260	105	550	同左	90	640
100	[8（轻型）	155	205	105	465	同左	90	555	[12（轻型）	195	280	115	590	同左	100	690
125	[10（轻型）	170	235	120	525	同左	100	625	][10（轻型，双肢）	210	310	130	650	—	—	—
150	[12（轻型）	180	260	130	570	同左	100	670	][12（轻型，双肢）	225	340	145	710	—	—	—
200	][12（轻型，双肢）	210	315	160	685	—	—	—								

单管吊架构件规格见表9-35。

表9-35 单管吊架构件规格

公称直径	不保温单管		保温单管	
DN/mm	吊杆直径/mm	螺旋扣号码	吊杆直径/mm	螺旋扣号码
25	φ10	0.3	φ10	0.3
32	φ10	0.3	φ10	0.3
40	φ10	0.3	φ10	0.3
50	φ10	0.3	φ10	0.3
65	φ10	0.3	φ10	0.3
80	φ10	0.3	φ12	0.3
100	φ12	0.4	φ12	0.4
125	φ12	0.4	φ16	0.8
150	φ14	0.8	φ18	1.3
200	φ16	1.3	φ20	1.3
250	φ18	1.3	φ22	1.7
300	φ20	1.7	φ24	2.4
350	φ24	1.9	φ27	3.0

同径双管吊架构件规格见表9-36。

表9-36 同径双管吊架构件规格

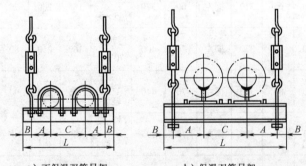

a）不保温双管吊架　　　b）保温双管吊架

公称直径 DN /mm	不保温双管							保温双管						
	横梁的主要尺寸/mm				横梁的型钢规格	吊杆直径/mm	螺旋扣号码	横梁的主要尺寸/mm				横梁的型钢规格	吊杆直径/mm	螺旋扣号码
	A	C	B	L				A	C	B	L			
25	100	100	50	400	∟40×40×4	M10	0.3	140	180	50	560	∟40×40×4	M10	0.3
32	110	120	50	440	∟40×40×4	M10	0.3	150	190	50	500	∟40×40×4	M10	0.3
40	115	130	50	460	∟40×40×4	M10	0.3	155	200	50	610	∟40×40×4	M10	0.3

（续）

公称直径 *DN* /mm	不保温双管							保温双管						
	横梁的主要尺寸/mm				横梁的型钢规格	吊杆直径/mm	螺旋扣号码	横梁的主要尺寸/mm				横梁的型钢规栺	吊杆直径/mm	螺旋扣号码
	A	*C*	*B*	*L*				*A*	*C*	*B*	*L*			
50	120	140	50	480	∟50×50×4	M10	0.3	160	210	50	630	∟50×50×4	M10	0.3
65	130	160	50	520	∟50×50×4	M12	0.3	175	240	50	690	∟56×56×5	M12	0.3
80	145	185	50	575	∟56×56×5	M12	0.3	185	260	50	730	∟63×63×5	M12	0.3
100	155	205	60	635	∟63×63×5	M14	0.3	195	280	60	790	∟70×70×6	M14	0.4
125	170	235	60	695	∟70×70×6	M14	0.4	210	310	60	850	∟80×80×7	M14	0.8
150	180	260	60	740	[70×70×6	M14	0.8	225	340	60	910	[80×80×7	M16	1.3
200	210	315	60	855	[80×80×7	M16	0.8	260	410	60	1050	[10（轻型）	M16	1.3

2. 质量控制要点

室内采暖管道及配件安装的质量控制要点见下表：

项　目	质量控制要点
钢管焊接连接	1）管道附件及管道的焊缝上，不得开孔或连接支管。管道的对口焊接距离弯管的起弯点不得小于管子外径，且不得小于 100mm，焊缝离支架边缘必须大于 50mm 2）钢管的焊接连接，可采用氧-乙炔气焊或电弧焊。*DN*50 以下的管子可使用氧-乙炔气焊。大于 *DN*50 的管子宜使用电弧焊 3）管壁厚度大于或等于 3mm 必须坡口，按 V 形坡口的组对要求，应留有 1.5～2mm 对口间隙，以保证焊透。气割的坡口应除去表面氧化皮，并将影响焊接质量的高低不平处打磨平整 4）管子对口时，应使两根管子中心线在同一直线上，且不准强行对口焊接。管子对口时的错口偏差，应不超过管壁厚度 20%，且不超过 2mm 5）距管端 15～20mm 范围内的油污、铁锈等应清除干净
焊接法兰连接	1）法兰应垂直于管子中心线，用角尺找正法兰与管子垂直。管端插入法兰，插入深度为法兰厚度的 1/2。法兰的内外面均需焊接，法兰内侧的焊缝不得凸出密封面 2）法兰焊接后应将毛刺及熔渣清除干净，内孔应光滑，法兰面应无飞溅物 3）法兰装配时，两法兰应相互平行，不得将不平行的法兰强制对口
伸缩器安装	1）伸缩器规格应符合设计要求，应能满足管道热伸长的补偿量。伸缩器安装时应进行预拉伸，方形伸缩器一般取管道伸长量的 50%。伸缩器安装时的预拉伸应做好预拉伸记录 2）伸缩器安装位置应符合设计要求，并应按伸缩器种类，设置好固定支架、滑动支架和导向支架 3）方形伸缩器安装在两个固定支架的中间，水平安装时应与管道坡度一致；垂直安装时，热水管道应有排气装置，蒸汽管道应有疏水装置 4）方形伸缩器两侧的第一只支架应为活动支架，不得设置导向支架，但在离起弯点 6m 以后，应设置至少一只导向支架 5）套管式伸缩器应按管道中心线安装，不得偏斜，其两侧的管道支架应采用导向支架。套管伸缩器的预拉伸量应符合设计规定
允许偏差	采暖管道安装的允许偏差应符合表 9-37 的规定

表 9-37　采暖管道安装的允许偏差和检验方法

项　目			允许偏差	检验方法
横管道纵、横方向弯曲/mm	每米	管径≤100mm	1	用水平尺、直尺、拉线和尺量检查
		管径>100mm	1.5	
	全长(25m 以上)	管径≤100mm	≤13	
		管径>100mm	≤25	
立管垂直度/mm	每米		2	吊线和尺量检查
	全长(5m 以上)		≤10	
弯管	椭圆率 $\dfrac{D_{max} - D_{min}}{D_{max}}$	管径≤100mm	10%	用外卡钳和尺量检查
		管径>100mm	8%	
	褶皱不平度/mm	管径≤100mm	4	
		管径>100mm	5	

注: D_{max}, D_{min} 分别为管子最大外径及最小外径。

3. 质量检查与验收

室内采暖管道及配件安装的主控项目检查标准与检验方法见表 9-38 所示。

表 9-38　室内采暖管道及配件安装的主控项目检查标准与检验方法

检查项目	合格质量标准	检验方法
管道安装坡度	管道安装坡度,当设计未注明时,应符合下列规定: 1)气、水同向流动的热水采暖管道和汽、水同向流动的蒸汽管道及凝结水管道,坡度应为 3‰,不得小于 2‰ 2)气、水逆向流动的热水采暖管道和汽、水逆向流动的蒸汽管道,坡度应不小于 5‰ 3)散热器支管的坡度应为 1%,坡向应利于排气和泄水	观察,水平尺、拉线、尺量检查
采暖系统水压试验	采暖系统安装完毕,管道保温之前应进行水压试验。试验压力应符合设计要求。当设计未注明时,应符合下列规定: 1)蒸汽、热水采暖系统,应以系统顶点工作压力加 0.1MPa 做水压试验,同时在系统顶点的试验压力不小于 0.3MPa 2)高温热水采暖系统,试验压力应为系统顶点工作压力加 0.4MPa 3)使用塑料管及复合管的热水采暖系统,应以系统顶点工作压力加 0.2MPa 作水压试验,同时在系统顶点的试验压力不小于 0.4MPa	使用钢管及复合管的采暖系统应在试验压力下 10min 内压力降不大于 0.02MPa,降至工作压力后检查应不渗、不漏 使用塑料管的采暖系统应在试验压力下 1h 内压力降不大于 0.05MPa,然后降压至工作压力的 1.15 倍,稳压 2h,压力降不大于 0.03MPa,同时各连接处不渗、不漏
采暖系统冲洗、试运行和调试	系统试压合格后,应对系统进行冲洗并清扫过滤器及除污器 系统冲洗完毕应充水、加热,进行试运行和调试	现场观察,直至排出水不含泥沙、铁屑等杂质,且水色不浑浊为合格 观察、测量室温应满足设计要求

（续）

检查项目	合格质量标准	检验方法
补偿器的制作、安装及预拉伸	补偿器的型号、安装位置及预拉伸和固定支架的构造及安装位置应符合设计要求 根据设计图纸的要求进行检查、核对： 1）L形伸缩器的长臂 L 的长度应为 $20 \sim 50m$，否则会使短臂移动量过大而失去作用 2）Z形补偿器的长度，应控制在 $40 \sim 50m$ 的范围内 3）S形伸缩器安装应进行隐蔽验收，记录伸缩器在拉伸前及拉伸后的长度值。监理（建设）单位现场专业人员应签认	对照图纸，现场观察，并查验预拉伸记录
	方形补偿器制作时，应用整根无缝钢管弯制，如需要接口，其接口应设在垂直臂的中间位置，且接口必须焊接 方形补偿器应水平安装，并与管道的坡度一致；如其臂长方向垂直安装必须设排气及泄水装置	观察检查
平衡阀、调节阀、减压阀安装	平衡阀及调节阀型号、规格、公称压力及安装位置应符合设计要求。安装完毕后，应根据系统平衡要求进行调试并做出标志	对照图纸，查验产品合格证，并现场查看
	蒸汽减压阀和管道及设备上安全阀的型号、规格、公称压力及安装位置应符合设计要求。安装完毕后，应根据系统工作压力进行调试，并做出标志	对照图纸，查验产品合格证及调试结果证明书

室内采暖管道及配件安装的一般项目检查标准与检验方法见表9-39。

表 9-39　室内采暖管道及配件安装的一般项目检查标准与检验方法

检查项目	合格质量标准	检验方法
热量表、疏水器、除污器、过滤器及阀门	热量表、疏水器、除污器、过滤器及阀门的型号、规格、公称压力及安装位置应符合设计要求	对照图纸查验产品合格证
钢管焊接	钢管管道焊口尺寸的允许偏差应符合表9-30的规定	见9-30
采暖系统入口及分户计量入户装置安装	采暖系统入口装置及分户热计量系统入户装置，应符合设计要求。安装位置应便于检修、维护和观察	现场观察
散热器支管及管道连接	散热器支管长度超过1.5m时，应在支管上安装管卡 上供下回式系统的热水干管变径应顶平偏心连接，蒸汽干管变径应底平偏心连接	尺量和观察检查
	在管道干管上焊接垂直或水平分支管时，干管开孔所产生的钢渣及管壁等废弃物不得残留在管内，且分支管在焊接时不得插入干管内 膨胀水箱的膨胀管及循环管上不得安装阀门	观察检查
散热器支管及管道连接	当采暖热媒为 $110 \sim 130℃$ 的高温水时，管道可拆卸件应使用法兰，不得使用长螺纹和活接头。法兰垫料应使用耐热橡胶板	观察和查验进料单
	焊接钢管管径大于32mm的管道转弯，在作为自然补偿时应使用揻弯。塑料管及复合管除必须使用直角弯头的场合外应使用管道直接弯曲转弯	观察检查

（续）

检查项目	合格质量标准	检验方法
管道及金属支架的防腐	管道、金属支架和设备的防腐和涂漆应附着良好，无脱皮、起泡、流淌和漏涂缺陷	现场观察检查
管道安装允许偏差	采暖管道安装的允许偏差应符合表9-37的规定	见表9-37
管道保温允许偏差	管道和设备保温的允许偏差应符合表9-2的规定	见表9-2

细节：低温热水地板辐射采暖系统安装

材料的选用参见室内采暖管道与配件安装。

1. 安装质量控制要点

低温热水地板辐射采暖系统盘管的材质应符合设计要求。如设计无要求时，可根据工作压力和热媒温度选用非硬质塑料管及复合管。

分、集水器型号、规格、公称压力及安装位置、高度等应符合设计要求。

地面下敷设的盘管埋地部分不应有接头。

2. 质量检查与验收

低温热水地板辐射采暖系统安装的主控项目检查标准与检验方法见表9-40。

表9-40　低温热水地板辐射采暖系统安装的主控项目检查标准与检验方法

检查项目	合格质量标准	检验方法
加热盘管埋地	地面下敷设的盘管埋地部分不应有接头	隐蔽前现场查看
加热盘管水压试验	盘管隐蔽前必须进行水压试验，试验压力为工作压力的1.5倍，但不小于0.6MPa	稳压1h内压力降不大于0.05MPa，且不渗不漏
加热盘管曲率半径	加热盘管弯曲部分不得出现硬折弯现象。曲率半径应符合下列规定 1）塑料管：应不小于管道外径的8倍 2）复合管：应不小于管道外径的5倍	尺量检查

低温热水地板辐射采暖系统安装的一般项目检查标准与检验方法见表9-41。

表9-41　低温热水地板辐射采暖系统安装的一般项目检查标准与检验方法

检查项目	合格质量标准	检验方法
分、集水器规格及安装	分、集水器型号、规格、公称压力及安装位置、高度等应符合设计要求	对照图纸及产品说明书，尺量检查
加热盘管安装	加热盘管管径、间距和长度应符合设计要求。间距偏差不大于±10mm	拉线和尺量检查
防潮层、防水层、隔热层、伸缩缝	防潮层、防水层、隔热层及伸缩缝应符合设计要求	填充层浇灌前观察检查
填充层混凝土强度	填充层强度标号应符合设计要求	做试块抗压试验

细节：辅助设备、散热器及金属辐射板安装

材料的选用参见室内采暖管道与配件安装。

1. 安装质量控制要点

散热器的型号、规格、使用压力必须符合设计要求，并有出厂合格证；散热器不得有眼、对口面不平、偏口、裂缝和上下口中心距不一致等现象。翼型散热器片完好。钢串片翼片不得松动、卷曲、碰损。钢制散热器应造型美观、螺纹端正，松紧适宜，油漆完好，整组片不翘楞。

散热器支、吊、托架安装。散热器支托架的安装位置应正确，并符合下列要求：

1）片数相等的散热器支、托架的安装位置应相同。

2）支、托架的排列应整齐、美观，尽可能对称布置。

3）所有支、托架与散热器接触应紧密，不允许有不接触现象。

4）散热设备安装在支、吊、托架上应平稳、牢固，不能有动摇现象。

辐射板的材质应符合设计要求。

对有保温层的辐射板，应检查保温层质量。保温层应紧贴在辐射板上，严禁有空隙，可用小锤轻击或解体进行检查。

水平安装的辐射板应有不小于5‰的坡度坡向回水管。

辐射板管道及带状辐射板之间的连接，应使用法兰连接。

组对后的散热器平直度允许偏差见表9-42。

表9-42 组对后的散热器平直度允许偏差

散热器类型	片　数	允许偏差/mm	散热器类型	片　数	允许偏差/mm
长翼型	2~4	4	铸铁片式	3~15	4
	5~7	6	钢制片式	16~25	6

散热器支架、托架数量见表9-43。

表9-43 散热器支架、托架数量

散热器类型	安装方式	每组片数	上部托钩或卡架数	下部托钩或卡架数	合　计
长翼型	挂墙	2~4	1	2	3
		5	2	2	4
		6	2	3	5
		7	2	4	6
柱型柱翼型	挂墙	3~8	1	2	3
		9~12	1	3	4
		13~16	2	4	6
		17~20	2	5	7
		21~25	2	6	8

（续）

散热器类型	安装方式	每组片数	上部托钩或卡架数	下部托钩或卡架数	合　计
柱型 柱翼型	带足落地	3~8	1	—	1
		8~12	1	—	1
		13~16	2	—	2
		17~20	2	—	2
		21~25	2	—	2

散热器安装允许偏差和检验方法见表9-44。

表9-44　散热器安装允许偏差和检验方法

项　目	允许偏差/mm	检验方法
散热器背面与墙内表面距离	3	尺量
与窗中心线或设计定位尺寸	20	
散热器垂直度	3	吊线和尺量

2. 质量检查与验收

辅助设备、散热器及金属辐射板安装的主控项目检查标准与检验方法见表9-45。

表9-45　辅助设备、散热器及金属辐射板安装的主控项目检查标准与检验方法

检查项目	合格质量标准	检验方法
散热器水压试验	散热器组对后，以及整组出厂的散热器在安装之前应作水压试验。试验压力如设计无要求时应为工作压力的1.5倍，但不小于0.6MPa	试验时间为2~3min，压力不降且不渗不漏
金属辐射板水压试验	辐射板在安装前应作水压试验，如设计无要求时，试验压力应为工作压力1.5倍，但不得小于0.6MPa	试验压力下2~3min，压力下降且不渗不漏
金属辐射板安装	水平安装的辐射板应有不小于5‰的坡度坡向回水管	水平尺、拉线和尺量检查
	辐射板管道及带状辐射板之间的连接，应使用法兰连接	观察检查
水泵、水箱安装	水泵、水箱、热交换器等辅助设备安装的质量检验与验收应按本章有关规定执行	—

辅助设备、散热器及金属辐射板安装的一般项目检查标准与检验方法见表9-46。

表9-46　辅助设备、散热器及金属辐射板安装的一般项目检查标准与检验方法

检查项目	合格质量标准	检验方法
散热器组队	散热器组对应平直紧密，组对后的平直度应符合表9-42规定	拉线和尺量
	组对散热器的垫片应符合下列规定： 1）组对散热器垫片应使用成品，组对后垫片外露应不大于1mm 2）散热器垫片材质当设计无要求时，应采用耐热橡胶	观察和尺量检查

（续）

检查项目	合格质量标准	检验方法
散热器安装	散热器支架、托架安装位置应准确，埋设牢固。散热器支架、托架数量应符合设计或产品说明书要求。如设计未注明，则应符合表9-43的规定 散热器背面与装饰后的墙内表面安装距离，应符合设计或产品说明书要求。如设计未注明，应为30mm	现场清点检查，尺量检查
散热器表面防腐涂漆质量	铸铁或钢制散热器表面的防腐及面漆应附着良好，色泽均匀，无脱落、起泡、流淌和漏涂缺陷	现场观察
散热器允许偏差	散热器安装允许偏差应符合表9-44的规定	见表9-44

细节：室内热水供应管道及配件安装

1. 安装质量控制要点

室内热水供应管道及配件安装的质量控制要点见下表：

项目	质量控制要点
热水供应系统	1）热水供应系统的管道应采用塑料管、复合管、镀锌钢管和铜管 2）补偿器的型式、规格必须符合设计要求，并应有出厂合格证。现场组装的方形补偿器，其弯管的曲率半径应大于 $4D$。其悬臂长度偏差不应大于10mm。平面扭曲偏差不得大于3mm/m，且全长不得大于10mm
支（吊、托）架安装	1）必须按设计位置设置好固定支架，在两个伸缩器中间应设固定支架，利用弯管作自然补偿时应设固定支架。固定支架的结构应符合设计要求，以保证固定牢固，使管子不能移动 2）活动支架应保证管子能自由伸缩： ① 管子下垫有滑托时，滑托与管子间应焊牢，焊接时要注意防止咬肉及烧穿管子 ② 导向支架滑托与滑槽两侧间应留有 3～5mm 间隙 ③ 滑托在支架上的安装位置应向膨胀的反方向留有一定的偏移量 ④ 有热伸长管道的吊杆，也应向热膨胀的反方向偏移 3）支架安装应牢固，与管子接触紧密，支架安装要求同室内给水管道安装
管道附件安装	1）减压器安装前，应核对其规格，调压范围应符合规定，安装后应调压至设计规定的使用压力，并做好调试后的标志和调试记录 2）除污器安装，热介质应从管板孔的网格外进入，进行系统试压或清扫后，应将除污器打开，清除垃圾 3）疏水器前宜安装过滤器，疏水器应安装在管道和设备的排水线以下。如凝结水管高于蒸汽管道或设备排水线，疏水器后应安装止回阀 4）蒸汽喷射器的喷嘴与混合室、扩压管的中心线必须一致，出口后的直管段一般长为2～3m 5）减压器、除污器、疏水器、蒸汽喷射器的几何尺寸（指其成组安装的长、宽、高组对尺寸）的允许偏差为10mm
补偿器安装	1）补偿器规格应符合设计要求，应能满足管道热伸长的补偿量。进行预拉伸，方形补偿器一般取管道伸长量的50％。补偿器安装时的预拉伸应做好预拉伸记录 2）补偿器与支架设置应符合下列要求： ① 补偿器安装位置应符合设计要求，并应按补偿器种类，设置好固定支架、滑动支架和导向支架 ② 方形补偿器安装在两个固定支架的中间，水平安装时应与管道坡度一致；垂直安装时，热水管道应有排气装置，蒸汽管道应有疏水装置 ③ 套管式补偿器应按管道中心线安装，不得偏斜，其两侧的管道支架应采用导向支架

（续）

项　　目	质量控制要点
管道安装	1）采暖与热水管道的安装应有坡度： ① 热水采暖、热水供应管道及汽水同向流动的蒸汽管道，坡度为3‰，不得小于2‰ ② 汽水逆向流动的蒸汽管道，坡度不得小于5‰ ③ 连接散热器的支管坡度，当支管全长小于或等于500mm。坡度值为5mm，大于500mm为10mm；当一根立管接往两根支管，任其一根超过500mm，其坡度值均为10mm 2）干管与立管的连接应有利于热胀冷缩，一般宜有两只以上的弯头连接，干管上三通不宜直接与立管连接 3）管道安装应整齐美观，排列有序，以利于检修： ① 明装的管径小于或等于32mm不保温采暖双立管道，两管道中心距为80mm，允许偏差为5mm，送水或送汽管应置于面向的右侧 ② 散热器立管与支管相交，32mm以下的立管应煨弯绕过支管
套管安装	1）套管安装应牢固不松动。套管比管道大二号，套管与管道之间间隙应均匀，以利管道自由地热胀冷缩 2）安装在楼板内的套管，其顶部应高出地面20mm，底面应与楼板面相平。安装在墙壁内的套管，其两端应与饰面相平
热水系统管道吹洗	1）蒸汽吹洗前，应缓慢升温暖管，且恒温1h后进行吹扫，然后自然降温至环境温度；再升温暖管、恒温进行第二次吹扫，如此反复，一般不少于三次 2）需保温的管道吹洗工作宜在保温前进行，必要时可采取局部人体防烫措施 3）蒸汽吹洗检查，可用刨光木板置于排汽口处检查。板上应无铁锈、脏物为合格 4）吹洗合格后，应做好吹洗记录
管道保温	1）湿法施工的保温工程，宜在环境温度不低于+5℃时施工。如低于+5℃，应采取防冻措施 2）保温材料及结构应符合设计要求，松散材料的压实密度应符合要求，湿法砌筑填料应饱满，层间应错缝搭接。保温层的厚度应符合要求，保护层表面应平整、美观

2. 质量检查与验收

室内热水供应管道及配件安装的主控项目检查标准与检验方法见表9-47。

表9-47　室内热水供应管道及配件安装的主控项目检查标准与检验方法

检查项目	合格质量标准	检验方法
热水供应系统管道水压试验	热水供应系统安装完毕，管道保温之前应进行水压试验。试验压力应符合设计要求。当设计未注明时，热水供应系统水压试验压力应为系统顶点的工作压力加0.1MPa，同时在系统顶点的试验压力不小于0.3MPa	钢管或复合管道系统试验压力下10min内压力降不大于0.02MPa，然后降至工作压力检查，压力应不降，且不渗、不漏；塑料管道系统在试验压力下稳压1h，压力降不得超过0.05MPa，然后在工作压力1.15倍状态下稳压2h，压力降不得超过0.03MPa，连接处不得渗漏
热水供应系统管道补偿器安装	热水供应管道应尽量利用自然弯补偿热伸缩，直线段过长则应设置补偿器。补偿器的形式、规格、位置应符合设计要求，并按有关规定进行预拉伸	对照设计图纸检查
热水供应系统管道冲洗	热水供应系统竣工后必须进行冲洗	现场观察检查

室内热水供应管道及配件安装的一般项目检查标准与检验方法见表 9-48。

表 9-48 室内热水供应管道及配件安装的一般项目检查标准与检验方法

检查项目	合格质量标准	检验方法
管道安装坡度	管道安装坡度应符合设计规定	水平尺、拉线和尺量检查
温度控制器和阀门安装	温度控制器及阀门应安装在便于观察和维护的位置	观察检查
管道安装允许偏差	热水供应管道和阀门安装的允许偏差应符合表 9-11 的规定	—
保温层允许偏差	热水供应系统管道应保温（浴室内明装管道除外），保温材料、厚度、保护壳等应符合设计规定。保温层厚度和平整度的允许偏差应符合表 9-2 的规定	—

细节：室内热水供应辅助设备安装

1. 质量控制要点

太阳能热水器、水泵等设备的型号、规格必须符合设计要求，设备及材料必须具有出厂合格证。

集热器的材料要求如下：

1）透明罩要求对短波太阳辐射的透过率高，对长波热辐射的反射和吸收率高，耐热性好，质轻，并有一定强度，宜采用 3～5mm 厚的钢化玻璃。

2）集热板和集热管表面应为黑色涂料，应具有耐气候性，附着力大，强度高。

3）集热管要求热导率高，内壁光滑，不易锈蚀，不污染水质，强度高，耐久性好。

4）集热板应有良好的导热性和耐久性，不易锈蚀。

5）集热器应有保温层和外壳。

热水箱安装应符合下列规定：

1）热水应从水箱上部留出，接管高度一般比上循环管进口低 50～100mm，为保证水箱内的水能全部使用，应在水箱底部接出管与上部热水管并联。

2）上循环管接至水箱上部，一般比水箱顶低 200mm 左右，但要保证正常循环时淹没在水面以下，并使浮球阀安装后工作正常。

3）下循环管接至水箱下部，为防止水箱沉积物进入集热器，出水口宜高出水箱底 50mm 以上。

4）水箱应设有泻水管、透气管、溢流管和需要的仪表装置。

自然循环配水管路安装应符合下列规定：

1）为减少循环水头损失，应尽量缩短上、下循环管道的长度和减少弯头数量，应采用大于 4 倍曲率半径、内壁光滑的弯头和顺流三通。

2）管路上不宜设置阀门。

3）在设置几台集热器时，为保证循环流量均匀分布，防止短路和滞留，循环管路要对称安装。

4）循环管路最高点应设通气管或自动排气阀。最低点应加泄水阀。

5）每台集热器出口应加温度计。

机械循环系统管道安装要求与自然循环基本相同，还应在间接加热系统高点加设膨胀管或膨胀水箱。

2. 质量检查与验收

室内热水供应辅助设备安装的主控项目检查标准与检验方法见表9-49所示。

表9-49　室内热水供应辅助设备安装的主控项目检查标准与检验方法

检查项目	合格质量标准	检验方法
太阳能热水器、热交换器和水箱等水压和灌水试验	在安装太阳能集热器玻璃前，应对集热排管和上、下集管做水压试验，试验压力为工作压力的1.5倍	试验压力下10min内压力不降，不渗不漏
	热交换器应以工作压力的1.5倍作水压试验。蒸汽部分应不低于蒸汽供汽压力加0.3MPa；热水部分应不低于0.4MPa	
	敞口水箱的满水试验和密闭水箱(罐)的水压试验必须符合设计的规定	满水试验静置24h，观察不渗不漏；水压试验在试验压力下10min，压力不降，不渗不漏
水泵基础	水泵就位前的基础混凝土强度、坐标、标高、尺寸和螺栓孔位置必须符合设计要求	对照图纸，用仪器和尺量检查
水泵试运转轴承温升	水泵试运转的轴承温升必须符合设备说明书的规定	温度计实测检查

室内热水供应辅助设备安装的一般项目检查标准与检验方法见表9-50所示。

表9-50　室内热水供应辅助设备安装的一般项目检查标准与检验方法

检查项目	合格质量标准	检验方法
太阳能热水器安装	安装固定式太阳能热水器，朝向应朝正南。如受条件限制时，其偏移角不得大于15°。集热器的倾角，对于春、夏、秋三个季节使用的，应采用当地纬度为倾角；若以夏季为主，可比当地纬度减少10°	观察和分度仪检查
循环管道坡度	由集热器上、下集管接往热水箱的循环管道，应有不小于5‰的坡度	尺量检查
水箱底部与上集水管间距	自然循环的热水箱底部与集热器上集管之间的距离为0.3～1.0m	
集热排管安装紧固	制作吸热钢板凹槽时，其圆度应准确，间距应一致。安装集热排管时，应用卡箍和钢丝紧固在钢板凹槽内	手扳和尺量检查
热水器最低处安装泄水装置	太阳能热水器的最低处应安装泄水装置	观察检查
管道保温、防冻	热水箱及上、下集管等循环管道均应保温 凡以水作介质的太阳能热水器，在0℃以下地区使用，应采取防冻措施	
设备安装允许偏差	热水供应辅助设备安装的允许偏差应符合表9-1的规定	见表9-1

（续）

检查项目	合格质量标准	检验方法
太阳能热水器安装允许偏差	太阳能热水器安装的允许偏差应符合表9-51的规定	尺量和分度仪检查

表9-51 太阳能热水器安装的允许偏差和检验方法

项 目			允许偏差	检验方法
板式直管太阳能热水器	标高	中心线距地面/mm	±20	尺量
	固定安装朝向	最大偏移角	不大于15°	分度仪检查

10 建筑电气工程的质量控制

细节：架空线路及杆上电器设备安装

1. 材料质量要求

架空线路安装所需材料有：

预应力钢筋混凝土电杆、铝绞线、钢芯铝线、铜绞线、绝缘导线、针式绝缘子、蝶式绝缘子、悬式绝缘子、铁横担等。

横担截面应符合表 10-1 的规定，其长度应符合表 10-2 的规定。

表 10-1　横担截面选择

导线截面面积 /mm²	低压直线杆 规格	低压承力杆		高压直线杆	高压承力杆
		二线	四线及以上		
16 25 35 50	∟50×5	2×∟50×5	2×∟63×5	∟63×6	2×∟63×6
70 95 120	∟63×5	2×∟63×5	2×∟70×5		2×∟75×6

注：表中承力杆系指终端杆、分支杆及 30 度以上的转角杆。

表 10-2　横担长度选择　　　　　　　　（单位:mm）

材料＼线路	低压线路			高压线路		
	二线	四线	六线	二线	水平排列四线	陶瓷横担头部铁
铁横担	700	1500	2300	1500	(2400) 2240	800

注：(2400)横担仅适用于大城市及沿海地区。

架空线路常用金属配件有：抱箍、M 形抱铁、耐张线夹、并沟线夹、U 形挂环、球头挂环、直角挂板、碗头挂板等。

电杆拉线用金属配件有：心形环、双拉线联板、U 形拉线挂环、拉线抱箍、楔形线夹、双眼板、花篮螺栓、可调式 UT 线夹等。

铁拉板规格应符合表 10-3 的规定。

表 10-3 铁拉板规格 （单位：mm）

类 别	铁 拉 板	上下层横担间共用联板
高压四线横担支持铁拉板	40×6×1030，孔距970	40×6×820（1030）孔距770（970）
高压一线横担支持铁拉板	40×6×1030，孔距970	
低压六线横担支持铁拉板	40×6×830，孔距770	40×6×660 孔距600
低压四线横担支持铁拉板	40×6×830，孔距770	40×6×660 孔距600
高压悬垂铁拉板	40×4×230，孔距180	
高压蝶式绝缘子铁拉板	40×6×300，孔距250	
低压蝶式绝缘子铁拉板	40×6×250，孔距200	

注：括号内的数字为上层横担分歧时，上下层横担间共用联板。

直线杆、终端杆、耐张杆及承力杆用的绝缘子、横担种类与数量应符合表 10-4 的规定。

表 10-4 线路用绝缘子、横担种类

杆 型	角 度	横担组装型式
直线	0°~15°	单横担单针式绝缘子
终端		双横担悬式绝缘子
直线耐张		双横担悬式绝缘子
转角耐张	15°~30°	双横担双针式绝缘子
	30°~45°	双横担悬式绝缘子
	45°~90°	井字横担悬式绝缘子

注：表中悬式绝缘子，如为高压线路采用悬式绝缘子与耐张线夹的组合。导线截面面积在 70mm² 及以下时，也可采用悬式绝缘子与蝶式绝缘子的组合；如为低压线路采用低压蝶式绝缘子。

2. 质量控制要点

架空线路及杆上电气设备安装的质量控制要点，详见下表：

项 目	质量控制要点
电杆组立	1) 直线杆的横向位移不应大于50mm，电杆的倾斜位移应使杆梢的位移小于杆梢直径的1/2，直线杆顺线路方向位移不得超过设计的电杆档距5%。转角杆应向外角预偏置，待紧线后回正，终端杆应向拉线侧预偏置，待紧线后回正。双杆竖立后应平直，双杆中心线与中心桩之间横向位移小于50mm，两杆高低差小于20mm 2) 回填土的电杆坑应有防沉台，台高度应超过地面300mm。杆坑底要铲平夯实，一般用9m以上电杆或承力杆时，应采用底盘。采用底盘的坑底表面应保持水平，埋土时应分层夯实
横担	1) 导线为水平排列时，上层横担距杆顶距离应大于200mm。直线杆单横担应装于受电侧，90°转角杆及终端杆单横担应装于拉线侧 2) 横担端部上下歪斜、左右扭斜偏差均不得大于20mm 3) 横担上螺栓顺线路方向穿入者，双面构件由内向外，单面构件由送电侧向受电侧；横线路方向穿入者，两侧由内向外，中间面向受电侧，垂直方向则由下向上。螺栓紧固后，单螺母螺纹露出长度不应少于2扣，双螺母露出长度可以平扣
钢圈连接焊口、坡口、焊缝	1) 焊口缝隙应为2~5mm，钢圈厚度大于6mm时应采用V形剖口，焊缝中严禁用焊条或其他金属堵塞 2) 在焊缝处应有经过考试合格的焊工所打上钢印的代号。多层焊缝拉应错开，收口处熔池应填满。焊缝表面无折皱、间断、漏焊及未焊满的陷槽，不应有裂缝；咬边深度不应大于0.5mm，当钢材厚度超过10mm时，不应大于1.0mm

（续）

项 目	质量控制要点
拉线、撑杆、拉桩杆	1) 拉线（撑杆）与电杆的夹角不应小于45°，终端杆的拉线与线路方向对正，分角拉线应与线路方向垂直。拉线穿过公路时，对路面中心的垂直距离不应小于6m 2) 合股组成的镀锌铁线绞合应均匀，受力相等，合股股数不应大于三股。单股直径不应小于4.0mm。拉线最小截面为25mm²，拉线两端应设置心形环，入地部分拉线应比地面上拉线多一股 3) 当一电杆装设多条拉线时，各拉线不应有过松、过紧、受力不均等现象 4) 混凝土电杆拉线从导线之间穿过时，应装设拉线绝缘子，绝缘子距地面高度应大于2.5m 5) 拉桩杆应向张力反方向倾斜15°～20°，拉桩坠线上端固定点的位置距拉桩杆顶为0.25m而距地面不应小于4.5m，拉桩坠线与拉桩夹角不应小于30°，拉桩杆埋设深度不应小于杆长的1/6 6) 拉杆坑回填土后应设有防沉土台，其高度应高出地面300mm
导线连接	1) 同一档距内，同一根导线的接头不得超过一个，不同金属、不同规格、不同绞向的导线严禁在档距内连接 2) 铜芯线连接时须采用搪锡法处理，小截面铜芯线应采用绞线接法连接，大截面铜芯线应采用压接、绞接、复卷、统卷法进行连接，其搭接长度不应小于导线直径的25倍 3) 导线发现如下情况应给予更换。在同一截面内，损坏面积超过导线导电部分截面的17%；钢芯铝绞线的钢芯断裂一股；导线膨起直径超过1.5倍导线直径；金钩破股已形成永久变形 4) 压接后的接续管弯曲度，不应大于管长的2%，大于2%时应给予校直。压接或校直后的接续管不应有裂纹。导线端头绑扣线钳压后不应拆除，露出长度不应小于20mm
导线架设	1) 架空线路应沿道路平行敷设，并宜避免通过各种起重机频繁活动地区。应尽可能减少同其他设施的交叉和跨越建筑物 2) 架空线路导线的最小截面为： 6kV～10kV线路： 铝绞线 居民区35mm²；非居民区25mm² 钢芯铝绞线 居民区25mm²；非居民区16mm² 铜绞线 居民区16mm²；非居民区16mm² 1kV以下线路： 铝绞线 16mm² 钢芯铝绞线 16mm² 钢绞线 10mm²（线直径3.2mm） 但1kV以下线路与铁路交叉跨越档处，铝绞线最小截面应为35mm² 3) 6～10kV接户线的最小截面为： 铝绞线 25mm² 铜绞线 16mm² 4) 接户线对地距离，不应小于下列数值： 6～10kV接户线 4.5m 低压绝缘接户线 2.5m 5) 跨越道路的低压接户线，至路中心的垂直距离，不应小于下列数值： 通车道路 6m 通车困难道路、人行道 3.5m 6) 架空线路的导线与建筑物之间的距离，不应小于表10-5所列数值 7) 架空线路的导线与道路行道树间的距离，不应小于表10-6所列数值 8) 架空线路的导线与地面的距离，不应小于表10-7所列数值 9) 架空线路的导线与山坡、峭壁、岩石之间的距离，在最大计算风偏情况下，不应小于表10-8所列数值

（续）

项　目	质量控制要点
导线架设	10）架空线路与甲类火灾危险的生产厂房，甲类物品库房及易燃、易爆材料堆场，以及可燃或易燃液（气）体贮罐的防火间距，不应小于电杆高度的 1.5 倍 11）在离海岸 5km 以内的沿海地区或工业区，视腐蚀性气体和尘埃产生腐蚀作用的严重程度，选用不同防腐性能的防腐型钢芯铝绞线
杆上电气设备安装	1）变压器导管表面应光洁，不应有裂纹、破损等现象，一、二次引线应排列整齐，绑扎牢固。变压器外壳应可靠接地 2）跌落式熔断器的瓷件、铸件不应有裂纹、砂眼，排列应整齐、高低一致，熔管轴线与地面的垂线夹角为 15°～30°，上下引线与导线的连接应紧密可靠 3）不得用线材代替保险丝（片），安装时接触应紧密，不应出现弯折、压扁等现象 4）杆上油断器水平倾斜度不应大于托架长度的 1/100。引线的绑扎连接处应留有防水弯，绑扎长度不应小于 150mm，绑扎紧密，外壳应可靠接地 5）杆上隔离开关安装后，操作机构动作应灵活，与引线连接应紧密可靠
工序交接确认	架空线路及杆上电气设备安装应遵守以下程序： 1）线路方向和杆位及拉线坑位测量埋桩后，经检查确认，方可挖掘杆坑和拉线坑 2）杆坑、拉线坑的深度和坑型经检查确认后，方可立杆和埋设拉线盘 3）杆上高压电气设备交接试验合格才能通电 4）架空线路做绝缘检查，且经单相冲击试验合格，方可通电 5）架空线路的相位经检查确认，方可与接户线连接

表 10-5　导线与建筑物间的最小距离　　　　　（单位：m）

线路经过地区	线路电压	
	6kV～10kV	<1kV
线路跨越建筑物垂直距离	3	2.5
线路边线与建筑物水平距离	1.5	1

注：架空线不应跨越屋顶为易燃材料的建筑物，对于耐火屋顶的建筑物也不宜跨越。

表 10-6　导线与街道行道树间的最小距离　　　　（单位：m）

线路经过地区	线路电压	
	6kV～10kV	<1kV
线路跨越行道树在最大弧垂情况的最小垂直距离	1.5	1
线路边线在最大风偏情况与行道树的最小水平距离	2	1

表 10-7　导线与地面的最小距离　　　　　　（单位：m）

线路经过地区	线路电压		线路经过地区	线路电压	
	1kV～10kV	<1kV 以下		1kV～10kV	<1kV 以下
居民区	6.5	6	交通困难地区	4.5	4
非居民区	5.5	5			

注：1. 居民区指工业企业地区、港口、码头、市镇等人口密集地区。

2. 非居民区指居民区以外的地区，均属非居民区。有时虽有人、有车到达，但房屋稀少，亦属非居民区。

3. 交通困难地区指车辆不能到达的地区。

表 10-8　导线与山坡、峭壁、岩石间的最小净空距离　　　（单位：m）

线路经过地区	线 路 电 压	
	6kV ~ 10kV	<1kV
步行可以到达的山坡	4.5	3
步行可以到达的峭壁和岩石	1.5	1

3. 质量检查与验收

（1）主控项目　架空线路及杆上电气设备安装的主控项目质量标准及检查方法应符合表 10-9 的规定。

表 10-9　架空线路及杆上电气设备安装的主控项目质量标准及检查方法

项 目 名 称	合格质量标准	检 验 方 法	检 验 数 量
变压器中性点的接地及接地电阻值测试	变压器中性点应与接地装置引出干线直接连接，接地装置的接地电阻值必须符合设计要求	查阅试验记录或试验时旁站	全数检查
杆上高压电器设备的交接试验	杆上变压器和高压绝缘子、高压隔离开关、跌落式熔断器、避雷器等必须交接试验合格		
杆上低压配电装置和馈电线路的交接实验	杆上低压配电箱的电气装置和馈电线路交接试验应符合下列规定： 1）每路配电开关及保护装置的规格、型号，应符合设计要求 2）相间和相对地间的绝缘电阻值应大于 0.5MΩ 3）电气装置的交流工频耐压试验电压为 1kV，当绝缘电阻值大于 10MΩ 时，可采用 2500V 兆欧表遥测替代，试验持续时间为 1min，无击穿闪络现象		
电杆坑、拉线坑深度允许偏差	电杆坑、拉线坑的深度允许偏差应不深于设计坑深 100mm、不浅于设计坑深 50mm	用钢直尺测量	
架空导线的弧垂值的允许偏差及水平排列的同档导线间的弧垂值偏差	架空导线的弧垂值允许偏差为设计弧垂值的 ±5%，水平排列的同档导线间弧垂值偏差为 ±50mm	用塔尺测量	抽查 10%，少于 5 档，全数检查

（2）一般项目　架空线路及杆上电气设备安装的一般项目质量标准及检查方法应符合表 10-10 的规定。

表 10-10　架空线路及杆上电气设备安装的一般项目质量标准及检查方法

项 目 名 称	合格质量标准	检 验 方 法	检 验 数 量
拉线及其绝缘子、金具安装	拉线的绝缘子及金具应齐全，位置正确，承力拉线应与线路中心线方向一致，转角拉线应与线路分角线方向一致。拉线应收紧，收紧程度与杆上导线数量规格及弧垂值相适配	目测或用适配仪表测量	抽查 10%，少于 5 副，全数检查
电杆组立	电杆组立应正直，直线杆横向位移应不大于 50mm，杆梢偏移应不大于梢径的 1/2，转角杆紧线后不向内角倾斜，内外角倾斜应不大于 1 个梢径	钢直尺或用适配仪表测量	抽查 10%，少于 5 组，全数检查，其中转角杆应全数检查

（续）

项 目 名 称	合格质量标准	检验方法	检验数量
横担安装及防腐处理	直线杆单横担应装于受电侧，终端杆、转角杆的单横担应装于拉线侧。横担的上下歪斜和左右扭斜，从横担端部测量应不大于20mm。横担等镀锌制品应热浸镀锌	用钢直尺测量	抽查10%，少于5副，全数检查
导线架设	导线无断股、扭绞和死弯，与绝缘子固定可靠，金具规格应与导线规格适配	目测检查	
线路安全距离	线路的跨接线、过引线、接户线的线间和线对地间的安全距离，电压等级为6～10kV的应大于300mm；电压等级为1kV的应大于150mm。用绝缘导线架设的线路，绝缘破口处应修补完整		
杆上电气设备安装	杆上电气设备安装应符合下列规定： 1）固定电气设备的支架、紧固件为热浸镀锌制品，紧固件及防松零件齐全 2）变压器油位正常，附件齐全，无渗油现象，外壳涂层完整 3）跌落式熔断器安装的相间距离不小于500mm；熔管试操动能自然打开旋下 4）杆上隔离开关分、合操动灵活，操动机构机械锁定可靠，分合时三相同期性好，分闸后，刀片与静触头间空气间隙距离应不小于200mm；地面操作杆的接地（PE）可靠，具有标识 5）杆上避雷器排列整齐，相间距离不小于350mm，电源侧引线铜线截面积不小于16mm²，铝线截面积不小于25mm²；接地侧引线铜线截面积不小于25mm²，铝线截面积不小于35mm²。与接地装置引出线连接可靠	钢直尺测量和目测	全数检查

细节：变压器、箱式变电所安装

变压器、箱式变电所安装应按以下程序进行：

1）变压器、箱式变电所的基础验收合格，且对埋入基础的电线导管、电缆导管和变压器进、出线预留孔及相关预埋件进行检查，才能安装变压器、箱式变电所。

2）杆上变压器的支架紧固检查后，方可吊装变压器，且就位固定。

3）变压器及接地装置交接试验合格，方可通电。

1. 质量控制要点

变压器、箱式变电所安装的质量控制要点见下表：

项 目	质量控制要点
变压器本体安装	1）变压器位置。变压器基础的轨道应水平，轮距与轨距应配合；当必须与封闭母线连接时，低压套管中心线应与封闭母线安装中心线相符。装有气体继电器的变压器顶盖沿气体继电器的气流方向应有1%～1.5%的升高坡度（厂家规定不要求气体坡度除外）

（续）

项　　目	质量控制要点
变压器本体安装	2）注油情况。冷却装置安装前应用合格变压器油进行循环冲洗；安装完后即注油，注油量应准确。油面线与贮油柜相应线持平，油的油位指示器应装在便于检查一侧，并有监视线 3）变压器接地。变压器中性接地线应固定；接地引下线应与箱体散热管绝缘；变压器底座铁板，每条一点，应有两点可靠接地
变压器附件安装	1）变压器的所有法兰，连接面应平整、清洁；耐油橡胶密封垫圈安放位置应准确，压缩量不宜超过其厚度的三分之一 2）传动机构应固定牢靠，连接位置正确，操作灵活、无卡阻现象，摩擦部分应涂适合当地气候条件的润滑脂；调换开关触头及铜编织线应完好，接触良好，限流电阻无断裂现象；动作顺序正确，符合产品要求，指示器指示正确 3）温度计安装前应进行校验，信号接点连接正确，膨胀式温度计细金属软管弯曲半径不得小于50mm，不得压扁或急剧扭曲。呼吸器应与油枕紧密连接，干燥剂使用浸氯化钴硅胶，一般显蓝色，如受潮则变为红色 4）大型变压器的风扇电动机及叶片安装应牢固并应转动灵活、无卡阻现象，配线整齐、接线正确，温度报警装置与自动起动装置动作应可靠。试转时，应无振动、过热；叶片应无扭曲变形或与风筒擦碰等情况发生；电动机的电源配线应采用具有耐油性能的绝缘导线；靠近箱壁的绝缘导线应用金属软管保护
变压器与线路连接	1）变压器一、二次引线施工，不应使变压器的套管直接承受应力 2）变压器工作零线与中性接地线，应分别敷设，工作零线宜用绝缘导线。变压器零线沿器身向下接至接地装置的线段，应固定牢靠 3）所有螺栓应紧固，连接螺栓的锁紧装置应齐全，固定牢固 4）器身各附件间连接的导线，连接牢固，并应有保护措施。与变压器连接的母线、支架、保护管、接零线均应便于拆卸，便于变压器检修，各连接螺栓的螺纹应露出螺母2~3扣 5）所有支架防腐应齐全、完整 6）油浸变压器附件的控制线，宜用具有耐油性能的绝缘导线，靠近箱壁的导线，应加金属软管保护
变压器试验	试验项目有： 1）测量线圈连同套管的直流电阻 2）检查所有分接头的变压比 3）检查三相变压器的结线组别和单相变压器引出线的极性 4）测量线圈连同套管的绝缘电阻和吸收比 5）测量线圈连同套管介质损失角正切值 $\tan\delta$ 6）测量线圈连同套管直流泄漏电流 7）线圈连同套管交流耐压试验 8）测量与铁心绝缘的各紧固件及铁心接地线引出套管对外壳的绝缘电阻 9）非纯瓷套管试验 10）绝缘油试验 11）有载调压切换装置的检查和试验 12）冲击合闸试验 13）相位检查 1600kVA以上的油浸式电力变压器按全部项目进行。1600kVA及以下油浸式电力变压器的试验可按上述1）~4）、7）、9）~12）项的规定进行；干式变压器，可按上述1）~4）、7）、9）、12）~13）项的规定进行；变流、整流变压器的试验，可按上述1）~4）、7）、9）、11）~13）项的规定进行；电炉变压器的试验，可按上述1）~4）、7）、9）、10）~13）项的规定进行

（续）

项　目	质量控制要点
变压器器身检查	1）器身检查时，周围空气温度不宜低于0℃，器身温度不宜低于周围空气温度，否则应加热器身，使器身温度应高于周围空气温度10℃。相对湿度不超过75％时，器身暴露在空气中时间不得超过16h 　2）器身检查应观察所有螺栓紧固，并有防松措施，绝缘螺栓无损坏；铁心应无变形，铁轭与夹件间的绝缘垫完好 　3）打开夹件与铁轭接地片后，铁轭螺杆与铁心、铁轭与夹件、螺杆与夹件间的绝缘应良好，铁心与油箱绝缘应良好，接地点无多点接地现象；绕组绝缘层应完整，无缺损、变位现象；各绕组应排列整齐，间隙均匀，油路无堵塞；绕组的压钉应紧固，防松螺栓应锁紧 　4）检查强油循环管路与下轮绝缘接口部位的密封情况；检查各部位应无油泥、水污和金属屑末等杂物 　5）绝缘围屏绑扎牢固，线圈引出处密封良好；引出线绝缘包扎紧固、支架坚固、焊接良好、接线正确 　6）切换装置各分接点与线圈连接正确、接触紧密，所有接触到部用塞尺检查，应塞不进去，指示位置正确，动作部件灵活，密封良好；防磁隔板固定牢固，无松动

2. 质量检查与验收

（1）主控项目　变压器、箱式变电所安装的主控项目的质量检查标准和检验方法见表10-11。

表10-11　变压器、箱式变电所安装的主控项目的质量检查标准和检验方法

项目名称	合格质量标准	检验方法
变压器安装及外观检查	变压器安装的位置正确，附件齐全，油浸变压器油位正常，无渗油现象	目测检查
变压器中性点、箱式变电所N和PE母线的接地连接及支架或外壳接地	接地装置引出的接地干线与变压器的低压侧中性点直接连接；接地干线与箱式变电所的N母线和PE母线直接连接；变压器箱体、干式变压器的支架或外壳应接地（PE）。所有连接应可靠，紧固件及防松零件齐全	目测和用适配仪表测量
变压器交接试验	变压器必须交接试验合格	查阅试验记录或试验时旁站
箱式变电所及落地配电箱的固定及箱体接地或接零	箱式变电所接落地式配电箱的基础应高于室外地坪，周围排水通畅。用地脚螺栓固定的螺母齐全，拧紧牢固；自由安放的应垫平放正。金属箱式变电所及落地式配电箱，箱体应接地（PE）或接零（PEN）可靠，且有标识	用铁水平尺测量或目测
箱式变电所的交接试验	箱式变电所的交接试验，必须符合下列规定： 　1）由高压成套开关柜、低压成套开关柜和变压器三个独立单元组合成的箱式变电所高压电气设备部分，按交接试验合格 　2）高压开关、熔断器等与变压器组合在同一个密闭油箱内的箱式变电所，交接试验按产品提供的技术文件要求执行 　3）低压成套配电柜交接试验必须合格	查阅试验记录或试验时旁站

（2）一般项目　变压器、箱式变电所安装的一般项目的质量检查标准和检验方法见表10-12。

表 10-12　变压器、箱式变电所安装的一般项目的质量检查标准和检验方法

项 目 名 称	合格质量标准	检 验 方 法
有载调压开关检查	有载调压开关的传动部分润滑应良好,动作灵活,点动给定位置与开关实际位置一致,自动调节符合产品的技术文件要求	查阅实验记录或试验时旁站
绝缘件和测温仪表检查	绝缘件应无裂纹、缺损和瓷件瓷釉损坏的缺陷,外表清洁,测温仪表指示准确	目测检查
装有转件的变压器固定	装有滚轮的变压器就位后,应将滚轮用能拆卸的制动部件固定	目测检查或查阅施工记录
变压器的器身检查	变压器应按产品技术文件要求进行检查器身,当满足下列条件之一时,可不检查器身: 1)制造厂规定不检查器身者 2)就地生产仅做短途运输的变压器,且在运输过程中有效监督,无紧急制动、剧烈振动、冲撞或严重颠簸等异常情况者	目测检查
箱式变电所内外涂层和通风口检查	箱式变电所内外涂层完整,无损伤,有通风口的风口防护网完好	
箱式变电所柜内接线和线路标记	箱式变电所的高低压柜内部接线完整、低压每个输出回路标记清晰,回路名称准确	
装有气体继电器的变压器顶盖坡度	装有气体继电器的变压器顶盖,沿气体继电器的气流方向有1.0%~1.5%的升高坡度	用铁水平尺测量

细节：成套配电柜、控制柜和动力、照明配电箱(盘)安装

1. 设备质量要求

1)产品应有出厂合格证,柜、屏、台、箱、盘上应有铭牌。型号、规格及电压等级须符合设计要求,随带技术文件齐全。实行生产许可证和安全认证制度的产品,有许可证编号和安全认证标志。不间断电源柜有出厂试验记录。

2)柜、屏、台、箱、盘器面应涂层完整、无损伤和明显碰撞凹陷,尺寸正确无变形,柜内元器件无损坏丢失,接线无脱落脱焊。

3)柜(盘)运到现场应存放在室内,或放在干燥的、能避雨雪、风沙的场所。对有特殊保管要求的电气元件,则按产品规定妥善保管。

4)蓄电池柜内电池壳体无碎裂、漏液,充油、充气设备无泄漏情况。

5)高压瓷件表面严禁有裂纹、缺损等缺陷。

2. 成套柜安装技术要点

基础型钢安装前,应按批查验合格证和材质证明书,检查外观,型钢表面应无严重锈蚀,无过度扭曲、弯折变形等缺陷。

型钢安装前,应除锈并校直校平。设备安装前应刷二度防锈漆和面漆。

基础型钢一般用焊接或膨胀螺栓固定,安装的允许偏差见表 10-13 的规定。

表 10-13 基础型钢安装的允许偏差

项　　目	允 许 偏 差		项　　目	允 许 偏 差	
	mm/m	mm/全长		mm/m	mm/全长
直线度	1	5	平行度	—	5
水平度	1	5			

基础型钢应与接地干线可靠连接，相邻型钢间的接地不得串联连接，安装成套柜的型钢至少有两处与接地干线连接。

成套配电柜、控制柜(屏、台)和动力、照明配电箱(盘)安装前与土建工序交接时应做到：

1) 埋设的基础型钢和柜、屏、台下的电缆沟等相关建筑物应检查合格。

2) 室内外落地动力配电箱的基础验收应合格，并检查埋入基础的电线导管、电缆导管。

3) 检查墙上明装的动力、照明配电箱的预埋件；检查暗装的动力、照明配电箱的预留孔和动力、照明配线的线盒及电线导管等，经检查合格后，方可安装配电箱。

成套柜安装前，应查验合格证和随带技术文件；实行安全许可证和安全认证的产品，应有许可证编号和安全认证标志。安装前，应仔细核对型号、规格、排列顺序，检查成套柜的外观质量。

成套柜与基础型钢连接时，应用镀锌螺栓连接，且防松零件齐全。与基础型钢间的接地连接导线应为黄、绿双色，截面积不应小于 $4mm^2$。接地线应直接与 PE 排连接，当与柜内接地螺栓连接时，最多不能超过两根，当超过两根时，应加装 PE 排。柜与基础型钢应一柜一接地。不得在柜与基础型钢的固定螺栓上连接 PE 线。

柜内接线时，相位排列和导线分色应正确，导线绑扎间距应一致，接线端子应编号，端子上接线宜为一根，防松垫圈零件齐全，导线接线处应无机械应力。

低压成套柜(配电柜、控制柜、动力配电箱、照明配电箱等)应有可靠的电击保护，其柜内保护导体应有裸露的连接外部保护导体的端子，当设计无要求时，其保护导体最小截面积不应小于表 10-14 的规定。

表 10-14 保护导体的最小截面积

相线的截面积 S/mm^2	相应保护导体的最小截面积 S_p/mm^2	相线的截面积 S/mm^2	相应保护导体的最小截面积 S_p/mm^2
$S \leqslant 16$	S	$400 < S \leqslant 800$	200
$16 < S \leqslant 35$	16	$S > 800$	$S/4$
$35 < S \leqslant 400$	$S/2$		

注：S 指柜(屏、台、箱、盘)电源进线相线截面积，且两者(S、S_p)材质相同。

成套柜、屏、台、箱、盘安装时，其垂直度允许偏差为 1.5‰，相互间接缝不大于 2mm，成列安装的盘面偏差不大于 5mm。照明配电箱安装时，底边距地面为 1.5m，照明配电板底边距地面不小于 1.8m。

成套柜、屏、台、箱、盘间配线时，二次回路连线应成束绑扎，不同电压等级、交流、直流线路及计算机控制线路应分别绑扎，并有标识。固定后，不应妨碍手车开关或抽出式部件的推拉。

连接柜、屏、台、箱、盘面板上的电器及控制台、板等可动部位的电线应采用多股铜心软线，线束有外套塑料管等加强绝缘保护层，敷设长度应有适当裕量。与电器连接时，端部绞紧，且有不开口的终端端子或搪锡。

成套柜接地（PE）或接零（PEN）连接完成后，应核对柜、屏、台、箱、盘内的元件规格、型号，且交接试验合格后，方可试运行。

3. 工程质量控制要点

1）柜（盘）内电气设备排列应整齐，固定牢靠；信号装置回路的信号灯、光字牌、电铃等应显示准确，工作可靠；各电气设备、端子排应标明编号、名称、用途和操作位置。

2）二次回路接线应正确，连接牢靠，电缆芯线所配导线端部均应标明回路编号，字迹清晰，不易脱色；配线整齐、美观、无损伤；每个端子板每侧接线一般为一根，不得超过两根；进出柜（盘）线应排列整齐，避免交叉，不使端子板受到机械应力，橡胶线应套塑料管保护；线头与端子连接时，应弯成与螺栓拧紧方向一致的圆圈，导线与螺栓间应有垫圈压紧。

3）基础底座槽钢应接地（接零），柜（盘）活动门应用导线接地（接零），钢带电缆铠装带应接地，屏蔽电缆应按设计要求设有专用接地线。

4）抽屉式配电柜抽屉应推拉灵活轻便，无卡阻碰撞现象；触头中心线应一致，触头接触紧密；抽屉的机械联锁或电气联锁装置应动作正确可靠，断路器分闸后，隔离触头才能分开；抽屉与柜体间的接地触头应接触紧密，推入时，接地触头应比主触头先接触，拉出时程序应相反。

5）手车式柜安装。手车式柜推拉应轻便，无卡阻碰撞现象，触头接触紧密；动触头顶部与静触头底部的间隙应符合产品规定；二次回路辅助开关切换接点应动作准确。

4. 质量检查与验收

（1）主控项目 成套控制柜、配电箱安装的主控项目质量标准及检验方法应符合表 10-15的规定。

表 10-15 成套控制柜、配电箱安装的主控项目质量标准及检验方法

项 目	质量合格标准	检 验 方 法	检 查 数 量
接地或接零	柜、屏、台、箱、盘的金属框架及基础型钢必须接地（PE）或接零（PEN）可靠；装有电器的可开启门，门和框架的接地端子间应用裸编织铜线连接，且有标识	查阅测试记录或测试时旁站或用适配仪表进行揣测	全数检查
低压柜电击保护	低压成套配电柜、控制柜（屏、台）和动力、照明配电箱（盘）应有可靠的电击保护。柜内保护导体应有裸露的连接外部保护导体的端子。当设计无要求时，柜内保护导体最小截面积不应小于表 10-14 的规定	尺量检查	全数检查
手车抽出或成套配电柜安装	配电柜推拉应灵活，无卡阻碰撞现象。动触头与静触头的中心线应一致，且触头接触紧密，投入时，接地触头接触；退出时，接地触头后于主触头脱开	观察；操作检查	抽查 10%，少于 5 台，全数检查

（续）

项 目	质量合格标准	检 验 方 法	检 查 数 量
高压成套配电柜交接试验	高压成套配电柜必须交接试验合格，且应符合下列规定： 1）继电保护元器件、逻辑元件、变送器和控制用计算机等单体校验合格，整组试验动作正确，整定参数符合设计要求 2）凡经法定程序批准，进入市场投入使用的新高压电气设备和继电保护装置，按产品技术文件要求交接试验	查阅试验记录或试验时旁站	全数检查
低压成套配电柜交接试验	低压成套配电柜交接试验必须符合下列规定： 1）每路配电开关及保护装置的规格、型号应符合设计要求 2）相间和相对地间的绝缘电阻值应大于 0.5MΩ 3）电气装置的交流工频耐压试验电压为 1kV，当绝缘电阻值大于 10MΩ 时，可采用 2500V 兆欧表摇测替代试验，持续时间为 1min，无击穿闪络现象	观察；测试检查	抽查 10%，少于 5 台，全数检查
线间绝缘电阻	柜、屏、台、箱、盘间线路的线间和线对地间绝缘电阻值，馈电线路必须大于 0.5MΩ；二次回路必须大于 1MΩ	查阅测试记录或测试时旁站或用适配仪表进行揣测	
二次回路交流工频耐压试验	柜、屏、台、箱、盘间二次回路交流工频耐压试验，当绝缘电阻值大于 10MΩ 时，用 2500V 兆欧表摇测 1min，应无闪络击穿现象；当绝缘电阻值在 1~10MΩ 时，做 1000V 交流工频耐压试验，时间为 1min，应无闪络击穿现象	测试检查	
直流屏试验	直流屏试验，应将屏内电子器件从线路上退出，检测主回路线间和线对地间绝缘电阻值应大于 0.5MΩ，直流屏所附蓄电池组的充、放电应符合产品技术文件要求；整流器的控制调整和输出特性试验应符合产品技术文件要求		
照明配电箱（盘）安装	1）箱内配线整齐，无绞接现象。导线连接紧密，不伤芯线，不断股。垫圈下螺栓两侧压的导线截面积相同，同一端子上导线连接不多于两根，防松垫圈等零件齐全 2）箱内开关动作灵活可靠，带有漏电保护的回路，漏电保护装置动作电流不大于 30mA，动作时间不大于 0.1s 3）箱内分别设置零线（N）和保护地线（PE 线）汇流排，零线和保护地线经汇流排配出	观察；试操作检查	全数检查

（2）一般项目　成套控制柜、配电箱安装的一般项目质量标准及检查方法应符合表 10-16 的规定。

表 10-16 成套控制柜、配电箱安装的一般项目质量标准

项　　目	质量合格标准	检验方法	检查数量
基础型钢安装	基础型钢安装允许偏差应符合表 10-13 的规定	尺量检查	全数检查
柜间连接	柜、屏、台、箱、盘相互间或与基础型钢应用镀锌螺栓连接，且防松零件齐全	用钢直尺和线锤吊线尺量	
柜、箱安装	柜、屏、台、箱、盘安装垂直度允许偏差为 15‰，相互间接缝不应大于 2mm，成列盘面偏差不应大于 5mm	吊线尺量检查	
照明配电箱（盘）安装	1）位置正确、部件齐全，箱体开孔与导管管径适配，暗装配电箱箱盖紧贴墙面，箱（盘）涂层完整 2）箱内接线整齐，回路编号齐全，标识正确 3）箱（盘）不采用可燃材料制作 4）箱（盘）安装牢固，垂直度允许偏差为 1.5‰：底边距地面为 1.5m，照明配电板底边距地面不小于 1.8m	观察、吊线、尺量检查	
柜、箱间配线	电流回路应采用额定电压不低于 750V、芯线截面积不小于 2.5mm² 的铜芯绝缘电线或电缆；除电子元件回路或类似回路外，其他回路的电线应采用额定电压不低于 750V、芯线截面不小于 1.5mm² 的铜芯绝缘电线或电缆 二次回路连线应成束绑扎，不同电压等级、交流、直流线路及计算机控制线路应分别绑扎，且标识固定后不应妨碍手车开关或抽出式部件的拉出或推入	观察检查	抽查 10%，少于 5 台，全数检查
可动部件电线连接	连接柜、屏、台、箱、盘面板上的电器及控制台、板等可动部位的电线应符合下列规定： 1）采用多股铜芯软电线，敷设长度留有适当裕量 2）线束有外套塑料管等加强绝缘保护层 3）与电器连接时，端部绞紧，且有不开口的终端端子或搪锡，不松散、断股 4）可转动部位的两端用卡子固定		
柜、箱内检查试验	1）控制开关及保护装置的规格、型号符合设计要求 2）闭锁装置动作准确、可靠 3）主开关的辅助开关切换动作与主开关动作一致 4）柜、屏、台、箱、盘上的标识器件应标明被控设备编号及名称或操作位置，接线端子有编号，且清晰、工整、不易脱色 5）回路中的电子元件不应参加交流工频耐压试验；48V 及以下回路可不做交流工频耐压试验	观察；试操作检查	
低压电器组合	1）发热元件安装在散热良好的位置 2）熔断器的熔体规格、断路器的整定值符合设计要求	观察；试通电检查	

细节：低压电动机、电加热器及电动执行机构检查接线

1. 质量控制要点

低压电动机、电加热器及电动执行机构检查接线的质量控制要点见下表：

项 目	质量控制要点
电动机安装	电动机安装质量控制要点如下： 　电动机安装前，应对电动机本身及其保护设备的绝缘电阻进行测试。对笼型异步电动机，应测定其定子绕组对地和各相之间的绝缘电阻；对绕线转子异步电动机，应测定其定子绕组对地和各相间的绝缘电阻，定子绕组与转子绕组间的绝缘电阻，电刷对地的绝缘电阻。测定时，应用1000V绝缘电阻测定仪表；其绝缘电阻不得小于0.5MΩ 　电动机与低压配电设备带电部分的安全距离不得小于1m，常规安装，电动机应按单机设单独开关 　电动机安装时，根据其底座和地脚螺栓位置确定垫铁位置，并砸出大于垫铁尺寸的麻面。每组垫铁一般不超过三块。安装时垫铁与机座、电动机间的接触面不得小于垫铁面积的50%，配对斜铁长度不应小于全长的3/4，相互斜角不大于30° 　电动机就位后，应校正电动机及其传动装置，使其位于同一中心线上 　当电动机额定电压为220V/380V，配电线路电压是380V时，应将电动机的三相绕组接成星形；当配电线路电压为220V时，则应接成三角形，如图10-1所示 　配电线路靠近电动机的导线，应用金属软管或塑料管加以保护。电动机安装时，应做好有效接地或接零 　电动机的旋转部分与机械相连接的耦合器、带轮等部位应装防护罩 　电动机试运行时，应检查电动机转动方向、换向器、油杯及电刷的工作情况。空载试运行时间一般为2h，运行时，电动机温度不应有过热现象，滑动轴承温升不超过45℃，滚动轴承温升不超过60℃，并应做好空载运行记录 图 10-1　电动机接线 a）星形接线　b）三角形接线 　交流电动机在空载状态下可起动次数及间隔时间应符合产品技术条件的要求；无要求时，连续起动2次的时间间隔不应小于5min，再次起动应在电动机冷却至常温下 　空载状态运行，应记录电流、电压、温度、运行时间等有关数据，且应符合建筑设备或工艺装置的空载状态运行要求
绝缘电阻测试	在触头断开位置时，测量部位接在同极的进线与出线端之间；在触头闭合位置时，测量部位接在不同极的带电部件之间，以测量各带电部分与金属外壳间的绝缘电阻值
低压电器安装	1）低压电器宜用支架或垫板固定在墙上或柱上；落地安装的电器，其底面一般应高出地面50～100mm，操作手柄中心距地面一般为1200～1500mm，侧面操作的手柄距离建筑物或其他设备不宜小于200mm 2）成排安装的低压电器应排列整齐，便于操作和维护。有防振要求的电器应加装减振装置。螺栓紧固应有防松措施。室外安装的低压电器应有防止雨、雪、风沙侵入的措施
操动机构	1）断路器操动机构的操作手柄或传动杠杆的开、合位置应正确，操作力不应大于产品允许的规定值 2）电动操作机构的接线应正确，在合闸过程中开关不应跳跃，开关合闸后，限制电动机或电磁铁通电时间的联锁装置应及时动作，使电磁铁或电动机通电时间不超过产品允许规定值 3）触头接触面应平整，合闸后接触应紧密，在闭合、断开过程中，可动部分与灭弧室的零件不应有卡阻现象 4）有脱扣装置的断路器，脱扣装置动作应可靠；铁心表面应无锈斑及油垢，衔铁吸合后无异常响声

（续）

项　目	质量控制要点
接线	1）接线应接在电器的接线端子上，电器内部不应受到额外压力；一般情况，电源侧导线应连接在进线端（固定触点端），负荷侧导线应接在出线端；接线螺栓应采用镀层保护 2）母线与刀片直接连接时，母线固定端必须牢固，母线与电器连接时，接触面要求应符合硬母线安装连接的规定： ① 额定电压不大于500V时，不同母线间最小净距为10mm ② 额定电压在500～1200V之间时，不同母线间最小净距应为14mm
接触器、起动器安装	接触器与起动器须垂直安装，以利线圈依靠自重准确动作。不能横装与卧装；油浸式起动器的油面不得低于标定的油面线；减压抽头应按负荷要求进行调整，但起动时间不得超过自耦减压起动器的最大允许起动时间
熔断器、断路器安装	1）有熔断指示的熔芯，其指示器的方向应装在便于观察侧 2）瓷质熔断器在金属底板上安装时，底座应垫以软绝缘衬垫；螺旋式熔断器，其电源进线应接在中心触点的端子上，负荷接线在螺纹外壳端子上。安装位置及相互间距应便于更换熔体 3）一般应垂直安装，灭弧室内绝缘衬件应完好，电弧通道应畅通
控制器、电阻器、变阻器安装	1）控制器操作手柄或手轮的动作方向应尽量与机械装置动作方向一致，控制器的触头压力应均匀，转动部分及齿轮减速器应润滑良好 2）直接叠装的电阻器不宜超过三箱，超过时要用支架固定；多层叠加电阻器，引出导线也应用支架固定，垂直布置时，电阻器应安装在其他电器的上方，电阻器与电阻元件间的连接线应用裸导线 3）变阻器滑动触头与固定触头接触应有一定压力，可用0.05mm×10mm塞尺检查，塞不进去为合格
按钮、行程开关、转换开关安装	1）按钮箱倾斜安装时，与水平面的倾角不宜小于30°。按钮应装在起动器的右边，按钮的底边与起动器底取齐，两者留一定宽度间距；"紧急"按钮应有鲜明的标记 2）行程开关安装位置应不阻碍机械部件的运动，限位用行程开关应与机械装置配合调整可靠后投入使用 3）转换开关的手柄位置指示应与相应的接触片位置对应，定位机构应可靠
接地	金属外壳或框架应可靠接地（接零），接地线应接在规定的接地端子上，接地线应采用镀锌紧固件以免腐蚀

2. 质量检查与验收

（1）主控项目　低压电动机、电加热器及电动执行机构检查接线的主控项目的质量检查标准与检验方法见表10-17。

表10-17　低压电动机、电加热器及电动执行机构检查接线的主控项目的质量检查标准与检验方法

项　目	合格质量标准	检验方法	检验数量
可接近的裸露导体接地或接零	电动机、电加热器及电动执行机构的可接近裸露导体必须接地（PE）或接零（PEN）	目测检查	全数检查

（续）

项　目	合格质量标准	检验方法	检验数量
绝缘电阻值测试	电动机、电加热器及电动执行机构绝缘电阻值应大于0.5MΩ	用适配仪表抽测	抽查30%，少于5台，全数检查
100kW以上的电动机直流电阻测试	100kW以上的电动机，应测量各相直流电阻值，相互差不应大于最小值的2%；无中性点引出的电动机，测量线间直流电阻值，相互差不应大于最小值的1%	查阅测试记录或测试时旁站或用适配仪表抽测	全数检查

（2）一般项目

低压电动机、电加热器及电动执行机构检查接线的一般项目的质量检查标准与检验方法见表10-18。

表10-18　低压电动机、电加热器及电动执行机构检查接线的一般项目的质量检查标准与检验方法

项　目	合格质量标准	检验方法	检验数量
设备安装和防水防潮处理	电气设备安装应牢固，螺栓及防松零件齐全，不松动。防水防潮电气设备的接线入口及接线盒盖等应做密封处理	目测检查或用适配工具做拧动试验	抽查30%，少于5处，全数检查
电动机抽心检查前的条件确认	除电动机随带技术文件说明不允许在施工现场抽心检查外，有下列情况之一的电动机，应抽心检查： 1）出厂时间已超过制造厂保证期限，无保证期限的已超过出厂时间一年以上 2）外观检查、电气试验、手动盘转和试运转，有异常情况	查阅试验记录和电动机出厂合格证	全数检查
电动机的抽心检查	电动机抽心检查应符合下列规定： 1）线圈绝缘层完好、无伤痕，端部绑线不松动，槽楔固定、无断裂，引线焊接饱满，内部清洁，通风孔道无堵塞 2）轴承无锈斑，注油（脂）的型号、规格和数量正确，转子平衡块紧固，平衡螺栓锁紧，风扇叶片无裂纹 3）连接用紧固件的防松零件齐全完整 4）其他指标符合产品技术文件的特有要求	抽心旁站或查阅抽心检查记录	抽查30%，少于5台（处），全数检查
接线盒内裸露导线的距离，防护措施	在设备接线盒内裸露的不同相导线间和导线对地间最小距离应大于8mm，否则应采取绝缘防护措施	直尺量测	全数检查

细节：柴油发电机组安装

1. 安装程序

柴油发电机组安装应按以下程序进行：

1）基础验收合格，才能安装机组。

2）地脚螺栓固定的机组经初平、螺栓孔灌浆、精平、紧固地脚螺栓、二次灌浆等机械安装程序；安放式的机组将底部垫平、垫实。

3）油、气、水冷、风冷、烟气排放等系统和隔振防噪声设施安装完成；按设计要求配置的消防器材齐全到位；发电机静态试验、随机配电盘控制柜接线检查合格，才能空载试运行。

4）发电机空载试运行和试验调整合格，才能负荷试运行。

5）在规定时间内，连续无故障负荷试运行合格才能投入备用状态。

2. 安装质量要求

（1）发电机房设备布置

1）位置选择要点。机房宜靠近大容量的应急负荷或与变电所的低压配电室毗邻。机房应有良好的自然通风和采光，若机房设在地下设备层时须注意通风、防潮及机组的散热和冷却，并结合当地消防部门要求作好消防措施。机房的布置要根据机组容量大小和台数而定。机组容量较大，可把机房和控制室分开布置，小容量机组一般机电一体，不用设控制室。

2）机房设备布置。机房内主要设备有柴油发电机组、操作台、控制屏、电力及照明配电柜、起动蓄电池、存油箱、冷却系统，进、排风系统等，机房设备布置应符合机组运行要求，力求紧凑、经济合理、保证安全及便于维护。机组布置应符合下列规定：

① 机组宜横向布置，当受建筑场地限制时，也可纵向布置。

② 机房与控制室、配电室贴邻布置时，发电机出线端与电缆沟宜布置在靠控制室、配电室侧。

③ 机组之间、机组外廓至墙的净距应满足设备运输、就地操作、维护检修或布置辅助设备的需要，并不应小于表10-19及图10-2的规定。

表 10-19　机组之间及机组外廓与墙壁的净距　（单位：m）

项　　目	容量/kW	64 以下	75～150	200～400	500～1500	1600～2000
机组操作面	a	1.5	1.5	1.5	1.5～2.0	2.0～2.5
机组背面	b	1.5	1.5	1.5	1.8	2.0
柴油机端	c	0.7	0.7	1.0	1.0～1.5	1.5
机组间距	d	1.5	1.5	1.5	1.5～2.0	2.5
发电机端	e	1.5	1.5	1.5	1.8	2.0～2.5
机房净高	h	2.5	3.0	3.0	4.0～5.0	5.0～7.0

注：当机组按水冷却方式设计时，柴油机端距离可适当缩小；当机组需要做消声工程时，尺寸应另外考虑。

④ 当不需设控制室时，控制屏和配电屏宜布置在发电机端或发电机侧，其操作维护通道应符合下列规定：

a. 屏前距发电机端不宜小于2.0m。

b. 屏前距发电机侧不宜小于1.5m。

⑤ 辅助设备宜布置在柴油机侧或靠机房侧墙，蓄电池宜靠近所属柴油机。

（2）柴油发电机房的通风与降温

1）一般要求：

① 柴油机房的温度起动前不低于5℃，寒冷地区

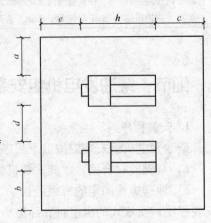

图 10-2　机组布置图

的机房应进行采暖。

② 机组起动后因设备散热而使机房温度升高，则需采取通风降温措施，使机房温度、湿度不会过高，通常机房温度不宜超过 35℃，相对湿度不大于 80%。

柴油发电机组运行后，机房内的一氧化碳(CO)、一氧化氮(NO)、二氧化氮(NO_2)、二氧化硫(SO_2)、四氧化二氮(N_2O_4)，以及机油和柴油遇热挥发出的甲醛、丙烯醛(败脂酸)等有害气体会不断增加。其中以一氧化碳及丙烯醛对人体的危害较大，在空气中的允许浓度分别为 0.03mg/L 和 0.002mg/L。所以柴油发电机房必须进行机械(或自然)通风，以排除有害气体，使其降至允许浓度以下。

对于设在地面的机房，机房的门、窗直接与室外大气相通，可采用自然通风或在机房墙上设排风扇的方法来满足通风降温的要求。如果柴油发电机房为封闭机房，如机房设在地下室内，机房需经过一段相当长的距离与室外大气相通，这种机房需设置单独的进排风系统及机房降温设备。柴油发电机房的通风降温应按排除机房的余热和有害气体，并满足柴油机所需的燃烧空气量。

2) 机组热风管及进风口设置原则如下：

① 热风出口宜靠近且正对柴油机散热器。

② 热风管与柴油机散热器连接处，应采用软接头。

③ 热风出口的面积不宜小于柴油机散热器面积的 1.5 倍。

④ 热风出口不宜设在主导风向一侧，当有困难时，应增设挡风墙。

⑤ 当机组设在地下层，热风管无法平直敷设需拐弯引出时，其热风管弯头不宜超过两处。

⑥ 进风口宜设在正对发电机端或发电机端两侧。

⑦ 进风口面积不宜小于柴油机散热器面积的 1.6 倍。

⑧ 当周围对环境噪声要求高时，进风口宜做消声处理。

3) 机组排烟管敷设原则如下：

① 机组的排烟阻力不应超过柴油机的背压要求。当排烟管较长时，应采用自然补偿段，并加大排烟管直径。当无条件设置自然补偿段时，应装设补偿器。

② 排烟管与柴油机排烟口连接处应装设弹性波纹管。

③ 排烟管墙应加装保护套。伸出屋面时，出口端应加防雨帽。

④ 排烟气系统的压降为管路、消声器、防雨帽等各部分压降之和，总的压降以不超过 6720Pa 为宜。

⑤ 每台柴油机的排烟管应单独引至排烟道，宜架空敷设，也可敷设在地沟中。水平架空敷设的优点是转弯少，阻力小，其缺点增加室内散热量，使机房内温度升高。地沟敷设的优点是在地沟内散热量小，对湿热带尤为适宜，其缺点是排烟管转弯多，阻力比架空敷设大。排烟管弯头不宜过多，并应能自由位移。水平敷设的排烟管宜设坡外排烟道 0.3%~0.5% 的坡度，并应在排烟管最低点装设排污阀。

⑥ 排烟管温度一般为 350~550℃。为防止烫伤和减少辐射热，排烟管宜进行保温处理，以减少排烟管的热量散到房间内增高机房温度。机房内的排烟管采用架空敷设时，室内部分应敷设隔热保护层。

(3) 柴油发电机房噪声治理

1）排烟噪声：排烟噪声在柴油机总噪声中属于最强烈的一种噪声，其频谱是连续的，排烟噪声的强度最高可达110～130dB，而对机房和周围环境有较大的影响，所以机房设计时应采取机组消声及机房隔声的综合治理措施，治理后环境噪声不宜超过表10-20的规定。

表10-20　城市区域环境噪声标准　　　　　（单位：dBA）

类　别	适用区域	昼　间	夜　间
0	疗养、高级别墅、高级宾馆区	50	40
1	以居住、文教机关为主的区域	55	45
2	居住、商业、工业混杂区	60	50
3	工业区	65	55
4	城市中的道路交通干线两侧区域	70	55

2）机房内设备噪声：为降低机房内噪声，机房内设吸声材料和消声措施。通常对进风采用两级消声，排气采用三级消声、排烟采用两级消声（一级为自带消声器，一级为消烟池）。为减少烟色的黑度，可在机房内（或机房外）设置消烟池（即为封闭小室），池的大小与机组容量关系见表10-21。

表10-21　消烟池大小与机组容量的关系

机组容量/kW	200	250	300	400	500	800	1000
烟池体积/m³	3	3.5	4.5	8	10	14	20

消烟、消声池底部约有300mm高的水位，全池封闭，排烟管从池顶部朝下喷烟，池水经高速烟气喷射后池内弥漫着雾状水汽，通过水汽对黑烟的过滤和吸声，排出的烟速缓慢，声强稳定，烟色为灰白色，可达到环保要求。消烟、消声池如图10-3所示。

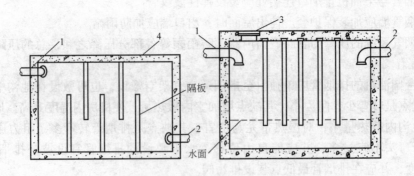

图10-3　消烟、消声池示意图
1、2—排烟管　3—人孔　4—池壁

3. 质量检查与验收

（1）主控项目　柴油发电机组安装的主控项目的质量检查标准和检验方法见表10-22。

表 10-22 柴油发电机组安装的主控项目的质量检查标准和检验方法

项 目	质量合格要求	检验方法	检验数量
电气交接试验	发电机交接试验必须符合表 10-23 的规定		
馈电线路的绝缘电阻测试和耐压试验	发电机组至低压配电柜馈电线路的相间、相对地间的绝缘电阻值应大于 0.5MΩ；塑料绝缘电缆馈电线路直流耐压试验为 2.4kV，时间为 15min，泄漏电流稳定，无击穿现象	查阅试验记录	全数检查
相序检查	柴油发电机馈电线路连接后，两端的相序必须与原供电系统的相序一致	目测检查	
中性线与接地干线的连接	发电机中性线（工作零线）应与接地干线直接连接，螺栓防松零件齐全，且有标识		

表 10-23 发电机交接试验

部位	内容	试 验 内 容	试 验 结 果
静态试验	定子电路	测量定子绕组的绝缘电阻和吸收比	绝缘电阻值大于 0.5MΩ 沥青浸胶及烘卷云母绝缘吸收比大于 1.3，环氧粉云母绝缘吸收比大于 1.6
		在常温下，绕组表面温度与空气温度差在 ±3℃范围内测量各相直流电阻	各相直流电阻值相间差值不得大于最小值2%，与出厂值在同温度下比差值不大于2%
		交流工频耐压试验 1min	试验电压为 $1.5U_n + 750V$，无闪络击穿现象，U_n 为发电机额定电压
	转子电路	用 1000V 兆欧表测量转子绝缘电阻	绝缘电阻值大于 0.5MΩ
		在常温下，绕组表面温度与空气温度差在 ±3℃范围内测量绕组直流电阻	数值与出厂值在同温度下比差值不大于2%
		交流工频耐压试验 1min	用 2500V 兆欧表测量绝缘电阻替代
	励磁电路	退出励磁电路电子器件后，测量励磁电路的线路设备的绝缘电阻	绝缘电阻值大于 0.5MΩ
		退出励磁电路电子器件后，进行交流工频耐压试验 1min	试验电压 1000V，无击穿闪络现象
	其他	有绝缘轴承的用 1000V 兆欧表测量轴承绝缘电阻	绝缘电阻值大于 0.5MΩ
		测量体温计（埋入式）绝缘电阻，校验检温计精度	用 250V 兆欧表检测不短路，精度符合出厂规定
		测量灭磁电组，自同步电阻器的直流电阻	与铭牌相比较，其差值为 ±10%
运转试验		发电机空载特性试验	按与设备说明书对比
		测量相序	相序与出线标识相符
		测量空载和负荷后轴电压	按与设备说明书比对，符合要求

（2）一般项目 柴油发电机组安装的一般项目的质量检查标准和检验方法见表 10-24。

表10-24　柴油发电机组安装的一般项目的质量检查标准和检验方法

项　目	质量合格要求	检 验 方 法	检 验 数 量
随带控制柜的检查	发电机组随带的控制柜接线应正确，紧固件紧固状态良好，无遗漏脱落。开关、保护装置的型号、规格正确，验证出厂试验的锁定标记应无位移，有位移应重新按制造厂要求试验标定	目测检查	全数检查
可接近裸露导体的接地或接零	发电机本体和机械部分的可接近裸露导体应接地（PE）或接零（PEN）可靠，且有标识	目测或查阅测试记录	
受电侧低压配电柜的试验和机组整体负荷试验	受电侧低压配电柜的开关设备、自动或手动切换装置和保护装置等试验合格，应按设计的自备电源使用分配预案进行负荷试验，机组连续运行12h无故障	查阅试验记录	

细节：不间断电源安装

1. 质量控制要点

1）蓄电池组应安装在专用的蓄电池室内。

2）蓄电池室应为防酸、防火、防爆建筑。室内严禁装设开关、熔断器、插座、电炉和电动机等；照明应采用防爆灯具。

3）蓄电池室应有良好的通风和采暖设施，通风机的排气量（m^3/h）由下式决定：

$$V = 0.07I_{c.\,max}n \tag{10-1}$$

式中　$I_{c.\,max}$——最大充电电流，A；

　　　n——蓄电池组的电池个数。

4）通风系统应有独立的排气管，不可将通风管道引至烟道中或引入建筑物总通风系统中。进风口应装设空气过滤设备。

5）蓄电池室应经常保持适当的温度（10~30℃）。在没有取暖设备的地区，如选择蓄电池容量时已考虑了允许降低容量，则最低温度可以低于10℃。取暖设备与蓄电池的距离不应小于750mm。

6）蓄电池室附近应有上下水道。蓄电池室地面应有适当坡度以便于排水。

7）为了便于运行人员通行，蓄电池室内应有走道。若在走道两侧均装有蓄电池时，则走道宽度应在1m以上；若只有一侧装蓄电池时，则走道宽度应在0.8m以上。

8）蓄电池导电部分间的距离，当其两部分间的正常电压（非充电时）超过65V但不高于250V时，不应小于0.8m；电压超过250V时，则不应小于1m。

9）相邻裸导线间，以及导线与建筑物或与其他接地体之间的距离，不应小于50mm。母线支持点间的距离不应大于2m。

2. 安装质量控制

（1）固定式铅蓄电池安装

1）蓄电池须设在专用室内，室内的门窗、墙、木架、通风设备等须涂有耐酸油漆保护，地面须铺耐酸砖，并保持一定温度。室内应有上、下水道。

2）电池室内应保持严密，门窗上的玻璃应为毛玻璃或涂以白色油漆。

3）照明灯具的装设位置，需考虑维修方便，所用导线或电缆应具有耐酸性能。采用防爆型灯具和开关。

4）取暖设备，在室内不准有法兰连接和气门，距离电池不得小于750mm。

5）风道口应设有过滤网，并有独立的通风道。

6）充电设备不准设在电池室内。

7）固定型开口式铅蓄电池木台架的安装应符合下列要求：

① 台架应由干燥、平直、无大木节及贯穿裂缝的多树脂木材（如红松）制成，台架的连接不得用金属固定。

② 台架应涂耐酸漆或焦油沥青。

③ 台架应与地面绝缘，可采用绝缘子或绝缘垫。

④ 台架的安装应平直，不得歪斜。

（2）防酸隔爆型铅蓄电池安装

1）安装前应对蓄电池进行检查。

① 蓄电池槽应无裂纹、损伤，槽盖应密封良好。

② 蓄电池的正、负端柱应极性正确，并应无变形。

③ 防酸隔爆栓等部件和零配件应齐全，无损伤。防酸隔爆栓的孔应无堵塞。

④ 对透明的蓄电池槽，应检查极板有无严重受潮和变形现象，槽内部件应齐全无损伤。

⑤ 连接条、螺栓及螺母应齐全。

2）安装就位：蓄电池槽就位于台架上的绝缘瓷瓶上，槽和瓷瓶之间要加橡胶垫或铅垫。安装蓄电池时，应使内部装有温度计和比重计的一面朝向便于观察的一侧。

3）电池连接：蓄电池安装间距应按制造厂的说明书规定，一般为25mm。正负极用连接条、连接螺栓串联时，应在连接的螺栓上涂以中性凡士林油；螺栓连接应紧固。

4）圆铜母线连接：圆铜母线与蓄电池连接时，可在母线端部焊一块铜接线板，用螺栓连接。铜接线板应搪锡。

5）电缆敷设：蓄电池引出线采用电缆时，除应符合"电缆敷设"有关条款外，尚应满足下列要求：

① 宜采用塑料外护套电缆；当采用裸铠装电缆时，其室内部分应剥掉铠装。

② 电缆的引出线应用塑料相色带表明正、负极的相色。

③ 电缆穿出蓄电池室的孔洞及保护管的管口处，应用耐酸材料密封。

6）蓄电池槽：由合成树脂制作的槽，不得沾有芳香烃、煤油等有机溶剂。如需去除槽壁污垢时，可用脂肪烃、酒精等擦拭。

（3）固定型开口式铅蓄电池安装

1）安装前检查。

① 蓄电池玻璃槽应透明，厚度均匀，无裂纹及直径5mm以上的气泡，并应无渗漏现象。

② 蓄电池的极板应平直，无弯曲、受潮及剥落现象。

③ 隔板及隔棒应完整、无破裂，销钉应齐全。

2）蓄电池安装。

① 蓄电池槽与台架之间应用绝缘子隔开，并在槽与绝缘了之间垫有铅质或耐酸材料的

软质垫片。

② 绝缘子应按台架中心线对称安置，并尽可能靠近槽的四角。

③ 极板的焊接不得有虚焊、气孔；焊接后不得有弯曲、歪斜及破损现象。

④ 极板之间的距离应相等，并相互平行，边缘对齐。

⑤ 隔板上端应高出极板，下端应低于极板。

⑥ 蓄电池极板组两侧的铅弹簧(或耐酸的弹性物)的弹力应充足，以便压紧极板。

⑦ 组装极板时，每只电池的正、负极片数，应符合产品的技术要求。

⑧ 注酸前应彻底清除槽内的污垢、焊渣等杂物。

⑨ 每个蓄电池均应有略小于槽顶面的磨砂玻璃盖板。

3）母线安装。蓄电池室内裸硬母线的安装，除应符合"硬母线安装"的有关条款外，尚应符合下列要求：

① 母线支持点的间距不应大于 2m。

② 母线的连接应用焊接；母线和电池正、负柱连接时，接触应平整紧密；母线端头应搪锡；母线表面应涂以中性凡士林。

③ 当母线用绑线与绝缘子固定时，铜母线应用铜绑线，绑线截面面积不应小于 2.5mm²；钢母线应用铁绑线，绑线截面不宜小于 14 号钢丝。绑扎应牢固，绑线应涂以耐酸漆。

④ 母线应排列整齐平直，弯曲度应一致；母线间、母线与建筑物或其他接地部分之间的净距不应小于 50mm。

⑤ 母线应沿其全长涂以耐酸相色油漆，正极为赭色，负极为蓝色；钢母线尚应在耐酸涂料外再涂一层凡士林；穿墙接线板上应有注明"＋"极的标号。

4）电缆敷设。同"防酸隔爆型铅蓄电池安装"要求。

(4) 碱性镉镍蓄电池安装

1）安装前检查。

① 电池槽表面应无损坏、裂缝和变形，并应检查气塞橡胶套管的弹性。

② 正、负柱应无松动，端柱接触面应擦拭干净，并涂上中性凡士林油。

③ 注液孔上的自动阀或螺塞应完好，孔道应畅通，无堵塞。

2）电池安装。

① 安装前应将槽体擦拭干净。

② 安装在台架上的电池要排列整齐，两电池间的距离不小于 50mm，并应注意相邻电池正负极交替的正确性。电池槽下应垫以瓷垫。

③ 母线连接。母线与电池极柱连接时接触应平整紧密，母线接触面应涂中性凡士林。

(5) 注液 灌注电解液时，应符合下列规定：

1）酸性蓄电池。向蓄电池灌注电解液时，应遵守下列规定：

① 电解液温度不宜高于 30℃。

② 注入蓄电池的电解液面高度：防酸隔爆式蓄电池液面应在高低液面标志线之间。

③ 全部灌注工作应在 2h 内完成。

2）碱性蓄电池。向蓄电池灌注电解液时，应遵守下列规定：

① 配制好的电解液应静置 4h，使其澄清后使用。

② 往电池槽中灌注电解液时，电解液温度不得超过 +30℃。注入电池后的液面应高出极板 5~12mm。为防止二氧化碳进入电解液内，应在每只蓄电池中加入数滴液态石蜡，使电解液表面形成保护层。蓄电池静置 2h 后检查每只蓄电池的电压，若无电压，可再静置 10h，如仍无电压，则该蓄电池应换掉。

（6）蓄电池充放电

1）蓄电池充放电：

① 初充电及首次放电应按产品技术文件的技术要求进行，不应过充或过放。初充电期间，应保证电源可靠。在初充电开始后 25h 内，应保证连续充电，电源不可中断。

② 充电前，应复查蓄电池内电解液的液面高度。

③ 电解液注入蓄电池后，应静置 3~5h，待液温冷却到 30℃ 以下时，方可充电，但自电解液注入蓄电池内开始至充电之间的放置时间（当产品无要求时），一般不宜超过 12h。

④ 碱性镉镍蓄电池注入电解液后，应静置 2h，经检查全部电池上出现电压（大于 0.5V），方可充电。

2）酸性蓄电池充电：

① 初充电。新电池、干藏后或大修（包括极板曾从容器中抽出）后的蓄电池的第一次充电，称为初充电。初充电的好坏直接影响蓄电池容量的大小和寿命的长短，故必须按照制造厂或专业标准规定的方法进行。

初充电前，加液后应让电池静置若干小时（容量较小的静置 2~4h，较大的静置 3~8h），使极板充分吸收电液。静置期间，电解液的温度先升后降，待降至室温（通常低于 35℃）即可充电。充电末期应随时调整电解液的密度和液位，使充电结束时达到规定值（通常液位应高出保护板 10~20mm，视不同类型而异）。蓄电池电解液液面产生强烈气泡（沸腾）、单体蓄电池电压 ≥2.5V 和电解液密度符合规定值且连续若干小时无明显变化，则可认为充电结束。

② 正常充电。正常充电是使用期间的定期充电、经常充电。充入的安培小时数大约为放出安培小时数的 1.3~1.5 倍。正常充电可以以恒流方式或恒压方式进行。以固定型蓄电池为例，恒流充电时的充电电流常取 10h 率放电电流 I_{10}（$= C_{10}/10$）和 $0.5I_{10}$，并分阶段进行，括号中 C_{10} 为蓄电池 10h 率的额定容量。判断充电是否完成的方法同上。各制造厂对正常充电的方法通常也有规定。

③ 均衡充电。均衡充电是消除蓄电池之间差别使全组电池均衡所进行的充电。均衡充电不能过于频繁，应针对实际情况进行。勿使电池过充电，对不能同步充电终了的电池可单独处理。均衡充电过程中应做好充电电流、时间和异常情况的记录；充电宜采用较小的电流充电，如 $0.5I_{10}$ 甚至更小一些。

④ 浮充电。浮充电是蓄电池与浮充电机并联运行的一种工作方式。正常情况下，浮充电机既向直流负荷供电，又对蓄电池浮充电，补充电池自放电损失，使其处于充满电的状态；当负荷突然增加或停电时，蓄电池则开始向负荷供电。但要避免蓄电池过充电。

3）碱性蓄电池充电：镉镍、铁镍蓄电池一般采用 0.2C 或 0.1C 等恒定电流充电。对容量已放完的电池，用计算充电时间的方法控制充电的终止，如以 0.2C 对镉镍电池充电 7~8h，或以 0.1℃ 充电 14h。对已使用过但不知还剩多少容量的电池，用测量充电电压的方法来控制充电的终止（1.5~1.6V）/个。急需时可用 4h 快速充电制充电，前 2h 以 0.5C 充电，后 2h 以 0.2C 充电。初充电或过放电、反充电（极性接反）后，应采用过充制充电。锌银蓄电池不可过充电，当电压充至 12.05V 时即应停充。

浮充电和均衡充电常采用恒电压制。

蓄电池充电通常在 $(20±10)$ ℃ 的环境中进行，低于 5℃ 或高于 35℃ 不宜充电。

碱性电池常以 5h 率放电为标准。典型的镉镍电池以不同放电制放电所对应的终止电压和放电时间见表 10-25。

表 10-25 不同放电制的终止电压和放电时间

放 电 制 度	放电电流/A	终止电压/V	放 电 时 间
5h 率	0.2C	1.0	≥5h
2h 率	0.5C	1.0	≥1h54min
1h 率	1C	1.0	≥54min
$\frac{1}{2}$h 率	2C	1.0	≥25min
$\frac{1}{5}$h 率	5C	1.0	≥8min
$\frac{1}{10}$h 率	10C	0.9	≥2min

放电时的电液温度一般不要超过 40℃。放电以终止电压或记录的放电量来确定是否终了。放电终了后应及时充电。镉镍、铁镍电池耐过放电；而锌银电池不可过放电，当电池电压降至 1.3~1.0V 时必须停止放电。

(7) 铅焊接 电池组装完成后，在两个电池连接处的正负极耳上，放上铅连接条(或铅过桥——主要指固定铅酸蓄电池)，正负极耳和铅连接条事先都应将其面层氧化膜打磨干净，然后装上焊接卡具，逐一进行焊接。

(8) 蓄电池组试验

1) 充电和浮充电装置检查要求如下：

① 检查充电用的晶闸管整流装置或其他直流电源装置，应符合有关规定。

② 检查充电和浮充电系统的接线和极性应正确。在充电或浮充电时，有关仪表和继电器的接线、指示和动作正确。

2) 蓄电池组电压切换器检查要求如下：

① 检查蓄电池组各抽头与切换器的连接应正确，切换器的可动触头与固定端的接触在全范围内应良好，且移动灵活，有足够的压力。

② 检查切换器的放电电阻，应在切换时接入；切换器进行切换时，应无短路和开路现象。

3) 检查蓄电池的绝缘电阻及绝缘监测装置时，应注意以下几点：

① 绝缘电阻应不小于以下数值：

48V 蓄电池组，0.1MΩ。

110V 蓄电池组，0.1MΩ。

220V 蓄电池组，0.2MΩ。

② 检查绝缘监测装置，在正常和故障情况下，其指示均应符合要求。

4) 蓄电池组的维护和浮充电：

① 蓄电池组的初充电与放电工作，一般由电气安装人员进行，电调人员配合；在充放

电过程中, 应核对其放电容量是否符合设计。

②　在充放电后和调试工作中, 调试人员应经常注意维护, 及时检测各瓶的电压、比重与液面, 必要时进行调配和补充充电, 使符合产品规定要求。

③　一般在使用中应经常对蓄电池组进行浮充电, 不应有过放电现象, 浮充电电流应符合产品规定。

3. 不间断电源设备安装布置

1) 符合下列情况之一时, 应设置 UPS 装置:

①　当用电负荷不允许中断供电时。

②　允许中断供电时间为毫秒级的重要场所的应急备用电源。

2) UPS 装置的选择, 应按负荷性质、负荷容量、允许中断供电时间等要求确定, 并应符合下列规定:

①　UPS 装置宜用于电容性和电阻性负荷。

②　对电子计算机供电时, UPS 装置的额定输出功率应大于计算机各设备额定功率总和的 1.2 倍, 对其他用电设备供电时, 其额定输出功率应为最大计算负荷的 1.3 倍。

③　蓄电池组容量应由用户根据具体工程允许中断供电时间的要求选定。

④　不间断电源装置的工作制, 宜按连续工作制考虑。

3) 当 UPS 装置容量较大时, 宜在电源侧采取高次谐波的治理措施。

4) UPS 配电系统各级保护装置之间, 应有选择性配合。

5) UPS 系统的交流输入电源应符合《民用建筑电气设计规范》(JGJ 16—2008) 第 6.2.5 条的规定。

在 TN-S 供电系统中, UPS 装置的交流输入端宜设置隔离变压器或专用变压器; 当 UPS 输出端的隔离变压器为 TN-S、TT 接地形式时, 中性点应接地。

4. 质量检查与验收

(1) 主控项目　不间断电源安装的主控项目质量检查标准及检验方法见表 10-26。

表 10-26　不间断电源安装的主控项目质量检查标准及检验方法

项目名称	合格质量标准	检验方法	检验数量
核对电源及附件规格、型号和接线检查	不间断电源的整流装置、逆变装置和静态开关装置的规格、型号必须符合设计要求。内部结线连接正确, 紧固件齐全, 可靠、不松动, 焊接连接无脱落现象	目测检查和查阅出厂合格证、装箱单及设计文件	全数检查
电气交接试验及调整	不间断电源的输入、输出各级保护系统和输出的电压稳定性、波形畸变系数、频率、相位、静态开关的动作等各项技术性能指标试验调整必须符合产品技术文件要求, 且符合设计文件要求	查阅试验记录或试验时旁站	
电源装置间连线的绝缘电阻值测试	不间断电源装置间连线的线间、线对地面间绝缘电阻值应大于 0.5MΩ	查阅试验记录或试验时旁站或用适配仪表抽测	
输出端中性线的重复接地	不间断电源输出端的中性线 (N 极), 必须与由接地装置直接引来的接地干线相连接, 做重复接地	目测或查阅导通性测试记录	

(2) 一般项目　不间断电源安装的一般项目质量检查标准及检验方法见表 10-27。

表 10-27　不间断电源安装的一般项目质量检查标准及检验方法

项目名称	合格质量标准	检验方法	检验数量
主回路和控制电线、电缆敷设及连接	引入或引出不间断电源装置的主回路电线、电缆和控制电线、电缆应分别穿保护管敷设，在电缆支架上平行敷设应保持150mm的距离；电线、电缆的屏蔽护套接地连接可靠，与接地干线就近链接，紧固件齐全	目测或用钢直尺测量或用适配工具做拧动试验	抽查10%，少于5条回路，全数检查
可接近裸露导体的接地或接零	不间断电源装置的可接近裸露导体应接地（PE）或接零（PEN）可靠，且有标识	目测或查阅测试记录	全数检查
运行时噪声的检查	不间断电源正常运行时产生的5A声级噪声，应不大于45dB；输出额定电流为5A及以下的小型不间断电源噪声，应不大于30dB	查阅测试记录或用适配仪表测量	
机架组装要求及水平度、垂直度偏差	安放不间断电源的机架组装应横平竖直，水平度、垂直度允许偏差应不大于0.15%，紧固件安全	用铁水平尺和线锤拉线检查	

细节：低压电气动力设备试验和试运行

1. 设备质量要求及控制要点

（1）设备质量要求

1）产品规格应符合设计要求，附件、备件齐全，电器的技术文件齐全，并有合格证铭牌和出厂试验记录。

2）低压电器的外壳、漆层、手柄无损伤或变形，内部仪表、灭弧罩、瓷件等无裂纹或伤痕。

3）电器安装牢固、平正，符合设计及产品技术文件的要求。

4）电器的接零、接地可靠。

5）电器的连接线排列整齐、美观。

6）绝缘电阻值符合要求。

7）活动部件动作灵活、可靠，联锁传动装置动作正确。

8）标志齐全完好、字迹清晰。

9）通电后，应符合下列要求：

① 操作时动作应灵活、可靠。

② 电磁器件应无异常响声。

③ 线圈及接线端子的温度应不超过规定。

④ 触头压力、接触电阻应不超过规定。

（2）设备质量检查　运到现场的电机，其型号、规格与电压等级均应符合设计要求。外观检查时，应检查电机完好程度，定子和转子分箱装运的电机其铁心、转子和轴颈应完整无锈蚀现象。电机的备件、附件应齐全。

当发现出厂日期超过制造厂保证期限时，或外观经电气试验发现质量有问题时，或开启式电机经过端部检查有可疑时，都应进行抽心检查。

（3）质量控制要点

1）绝缘电阻值不应小于 0.5MΩ；所测量用的兆欧表对 100~1000V 的电气设备或回路，宜使用 500V 或 1000V 的兆欧表。

2）设备的可接近裸露导体接地（PE）或接零（PEN）连接完成，经检查合格，才能进行试验。

3）动力成套配电（控制）柜、屏、台、箱、盘的交流工频耐压试验、保护装置的动作试验合格，才能通电。

4）控制回路模拟动作试验合格，盘车或手动操作，电气部分与机械部分的转动或动作协调一致，经检查确认，才能空载试运行。

2. 安装控制要点

（1）低压电器的安装

1）用支架或垫板固定在墙或柱子上。

2）落地安装的电气设备，其底面一般应高出地面 50~100mm。

3）操作手柄中心距离地面一般为 1200~1500mm，侧面操作的手柄距离建筑物或其他设备不宜小于 200mm。

4）成排或集中安装的低压电器应排列整齐，便于操作和维护。

5）电器内部不应受到额外应力。

6）有防震要求的电器要加设减震装置。紧固螺栓应有防松措施。

（2）设备接线

1）根据电器接线端头标志接线。

2）电源侧导线应连接在进线端（固定触头接线端），负荷侧的导线应接在出线端（可动触头接线端）。

3）电器接线螺栓及螺钉应采取防锈措施，连接时螺钉应拧牢固。

4）母线与电器的连接，连接处不同相母线的最小净距应不小于表 10-28 的规定。

表 10-28 不同相母线的最小净距

额定电压/V	最小电气间隙/mm	额定电压/V	最小电气间隙/mm
$U \leqslant 500$	10	$500 < U \leqslant 1200$	14

5）封闭式负荷开关的电源进出线不能接反，遵循 60A 以上开关的电源进线座在上方，60A 以下开关的电源进线座在下方的原则，外壳必须有可靠的接地或接零。

6）电阻器与电阻元件间的连线采用裸导线，保证在电阻元件允许发热条件下，能可靠接触。

（3）操作机构检查

1）断路器操作机构的操作手柄或传动杠杆的开、合位置应正确，操作力不应大于产品允许的规定值。

2）电动操作机构的接线应正确，在合闸过程中开关不应跳跃。开关合闸后，限制电动机或电磁铁通电时间的联锁装置应及时动作，使电磁铁或电动机通电时间不超过产品允许规定值。

3）触头接触面应平整，合闸后接触应紧密，在闭合、断开过程中，可动部分与灭弧室的零件不应有卡阻现象。

4）有脱扣装置的断路器，脱扣装置动作应可靠。

5）铁心表面应无锈斑及油垢，衔铁吸合后无异常响声。

（4）设备试验和试运行　低压动力设备试验和试运行应按以下程序进行：

1）设备的可接近裸露导体接地（PE）或接零（PEN）连接完成，经检查合格，才能进行试验。

2）动力成套配电（控制）柜、屏、台、箱、盘的交流工频耐压试验、保护装置的动作试验合格，才能通电。

3）控制回路模拟动作试验合格，盘车或手动操作，电气部分与机械部分的转动或动作协调一致，经检查确认，才能空载试运行。

（5）绝缘电阻测试　仪表测试线用绝缘良好的多股软线，两根线不能绞合在一起，否则造成测试数据不准确。

1）测试前，应检查仪器是否工作正常，把表水平放置，转动摇把，试验表的指针是否指在"∞"处，再慢慢地转动摇把，短接两个测试棒（线），看指针是否指在"O"处，若能指在"O"处，说明表是好的，否则不能使用。

2）在测试时，按顺时针转动兆欧表的发电机摇把，摇把的转数应由慢而快，待调速器发生滑动后，要保持转速均匀稳定，不要时慢时快，一般来讲转速每分钟120转左右，发电机应达到额定输出电压。当发电机转速稳定后，表盘上的指针也稳定下来，这时表针指示的数值，就是所测得的绝缘电阻值。

3）测试线路绝缘电阻时，需切断电源，所测的线路上应无人工作，并需卸下电路里所有的用电器，合上各用电器的开关（也可保留用电器，断开用电器开关）。然后用兆欧表两根测试棒（线），接触在分回路或总回路开关负荷侧接线桩头上。若接触在两相线接线桩头上，量出的是相线与相线间的绝缘电阻，即L1、L2；L3；L2、L3、L1之间的绝缘电阻。如果接触在某相线与中性线的接线桩头上，量出的是相线对中性线间的绝缘电阻，即L1、N；L2、N；L3、N之间的绝缘电阻。若一测试棒（线）接触在相线接线桩头上，另一测试棒（线）接触在接地体（线）（或与接地体连接的用电器的金属外壳）上，量出的是相线对地的绝缘电阻。需指出的是中性线重复接地和保护接地（零），共同一组接地体时，不需再测试相线对地的绝缘电阻，但需测试工作零线与保护线间的绝缘电阻。如果是在中性线不接地系统中，尚需测量中性线对地的绝缘电阻。测试时要注意：测试棒（线）与测试点要保持良好的接触，否则测出的是接触电阻和绝缘电阻之和，不能真实反映线路绝缘电阻的情况。

4）测试的线路绝缘电阻值不应低于 $0.5M\Omega$。否则需要寻找原因，但查找影响绝缘电阻的原因不是一件容易的事，所以在安装时就应注意防患于未然。

（6）断路器操作机构试验　断路器操作机构试验具体内容见下表：

合闸操作	1）当操作电压、液压在表10-29范围内时，操动机械应可靠动作 2）弹簧、液压操动机构的合闸线圈以及电磁操动机构的合闸接触器动作要求，均应符合上项的规定
脱扣操作	1）直流或交流的分闸电磁铁，在其线圈端钮处测得的电压大于额定值的65%时，应可靠地分闸；当此电压小于额定值的30%时，不应分闸 2）附装失压脱扣器的，其动作特性应符合表10-30的规定 3）附装过流脱扣器的，其额定电流规定不小于2.5A脱扣电流的等级范围及其准确度，应符合表10-31的规定

（续）

模拟操动试验	1）当具有可调电源时，可在不同电压、液压条件下，对断路器进行就地或远控操作，每次操作断路器均应正确可靠地动作，其联锁及闭锁装置回路的动作应符合产品及设计要求；当无可调电源时，只在额定电压下进行试验 2）直流电磁或弹簧机构的操动试验，应按表10-32 的规定进行；液压机构的操动试验，应按表10-33 的规定进行

表 10-29　断路器操动机合闸操作试验电压、液压范围

电　　　压		液　　压
直　　流	交　　流	
$(85 \sim 110)\% U_n$	$(85 \sim 110)\% U_n$	按产品规定的最低及最高值

注：对电磁机构，当断路器关合电流峰值小于50kA 时，直流操作电压范围为$(85 \sim 110)\% U_n$。U_n额定电源电压。

表 10-30　附装失压脱扣器的脱扣试验

电源电压与额定电源电压的比值	小于35% *	大于65%	大于85%
失压脱扣器的工作状态	铁心应可靠地释放	铁心不得释放	铁心应可靠地吸合

*　当电压缓慢下降至规定比值时，铁心应可靠地释放。

表 10-31　附装过流脱扣器的脱扣试验

过流脱扣器的种类	延时动作的	瞬时动作的
脱扣电流等级范围/A	2.5 ~ 10	2.5 ~ 15
每级脱扣电流的准确度	±10%	
同一脱扣器各级脱扣电流准确度	±5%	

注：对于延时动作的过流脱扣器，应按制造厂提供的脱扣电流与动作时延的关系曲线进行核对。另外，还应检查在预定时延终了前主回路电流降至返回值时，脱扣器不应动作。

表 10-32　直流电磁或弹簧机构的操动试验

操作类别	操作线圈端钮电压与额定电源电压的比值（%）	操作次数
合、分	110	3
合闸	85(80)	3
分闸	65	3
合、分、重合	100	3

注：括号内数字适用于装有自动重合闸装置的断路器及表10-29 "注"的情况。

表 10-33　液压机构的操动试验

操作类别	操作线圈端钮电压与额定电源电压的比值（%）	操作液压	操作次数
合、分	110	产品规定的最高操作压力	3
合、分	100	额定操作压力	3
合	85(80)	产品规定的最低操作压力	3

（续）

操作类别	操作线圈端钮电压与额定电源电压的比值(%)	操作液压	操作次数
分	65	产品规定的最低操作压力	3
合、分、重合	100	产品规定的最低操作压力	3

注：1. 括号内数字适用于装有自动重合闸装置的断路器。

2. 模拟操动试验应在液压的自动控制回路能准确、可靠动作状态下进行。

3. 操动时，液压的压降允许值应符合产品技术条件的规定。

3. 质量检查与验收

（1）主控项目 低压电气动力设备试验和试运行的主控项目的质量检查标准和检验方法见表10-34。

表10-34 低压电气动力设备试验和试运行的主控项目的质量检查标准和检验方法

项目名称	合格质量标准	检验方法	检验数量
试运行电气设备和线路的试验	试运行前，相关电气设备和线路应按规定试验合格	查阅试验记录或试验时旁站	功率40kW及以上全数检查 功率小于40kW，抽查20%，少于5台（件），全数检查
现场单独安装的低压电器交接试验	现场单独安装的低压电器交接试验项目应符合表10-35的规定		

表10-35 低压电器交接试验

试验内容	试验标准或条件
绝缘电阻	用500V兆欧表遥测，绝缘电阻值≥1MΩ；潮湿场所，绝缘电阻值≥0.5MΩ
低压电器动作情况	除产品另有规定外，电压、液压或气压在额定值的85%~110%范围内能可靠动作
脱扣器的整定值	整定值误差不得超过产品技术条件的规定
电阻器和变阻器的直流电阻差	符合产品技术条件规定

（2）一般项目 低压电气动力设备试验和试运行的一般项目的质量检查标准和检验方法见表10-36。

表10-36 低压电气动力设备试验和试运行的一般项目的质量检查标准和检验方法

项目名称	合格质量标准	检验方法	检验数量
交流电动机空载起动机及运行状态记录	交流电动机在空载状态下（不投料）可起动次数及间隔时间应符合产品技术条件的要求；无要求时，连续起动2次的时间间隔应不小于5min，再次起动应在电动机冷却至常温下。空载状态（不投料）运行，应记录电流、电压、温度、运行时间等有关数据，且应符合建筑设备或工艺装置的空载状态运行（不投料）要求	查阅试验记录或试验时旁站	功率40kW及以上全数检查；功率小于40kW，抽查20%，少于5台（件），全数检查
大容量（630A及以上）导线或母线连接处的温升检查	大容量（630A及以上）导线或母线连接处，在设计计算负荷运行情况下应作温度抽测记录，温升值稳定且不大于设计值	查阅检查记录或用适配仪表抽测	

（续）

项目名称	合格质量标准	检验方法	检验数量
电动机执行机构的动作方向及指示检查	电动机执行机构的动作方向及指示，应与工艺装置的设计要求保持一致	目测检查	功率40kW及以上全数检查；功率小于40kW，抽查20%，少于5台（件），全数检查
运行电压、电流及其指示仪表检查	成套配电（控制）柜、台、箱、盘的运行电压、电流应正常，各种仪表指示正常	目测检查或查阅巡检记录	
电动机试通电检查	电动机应试通电，检查转向和机械转动有无异常情况；可空载试运行的电动机，时间一般为2h，记录空载电流，且检查机身和轴承的温升	查阅试运转巡检记录，或用适配仪表抽测	

细节：裸母线、封闭母线、插接式母线安装

1. 质量控制要点

裸母线、封闭母线、插接式母线安装的质量控制要点见下表：

项目	质量控制要点
绝缘子安装	1）母线固定金具与支持绝缘子的固定应平整牢固，不应使其所支持的母线受到额外应力 2）安装在同一平面或垂直面上的支柱绝缘子或穿墙套管的顶面，应位于同一平面上，中心线位置应符合设计要求，母线直线段的支柱绝缘子安装中心线应在同一直线上 3）电压在10kV及以上时，母线穿墙时应装有穿墙套管，套管孔径应比嵌入部分至少大5mm；套管垂直安装时，法兰应在上，从上向下安装 4）套管水平安装时，法兰应在外，从外向内安装；在同一室内，套管应从供电侧向受电侧方向安装 5）支柱绝缘子和穿墙套管的底座或法兰盘均不得埋入混凝土或抹灰层内，支柱绝缘子的底座、套管的法兰及保护罩（网）等不带电的金属构件，均应接地
母线固定	1）母线的固定装置应无显著的棱角，以防尖端放电 2）当母线工作电流大于1500A时，每相交流母线的固定金具或其他支持金具都不应构成闭合磁路，否则应采取非磁性固定金具等措施 3）金属夹板厚度不应小于3mm，当母线为二片以上时，母线本身应给予固定 4）变电所母线支架间距不小于1.5m，支架与绝缘子瓷件之间应有缓冲软垫片，金属构件应进行镀锌或其他防腐处理，不应有锈及镀层和漆层脱落等缺陷。金属构件的安装螺孔不得采用气割方式
母线紧固件	1）连接母线用紧固件应采用镀锌的螺栓、螺母和垫圈 2）当母线平置时，螺栓应由下向上贯穿，螺栓长度应以能露出螺母螺纹2~3扣为宜，在其他状态下，螺母应置于维护侧，螺栓两侧均应垫有垫圈，相邻垫圈之间应有3mm以上的净距，螺母侧还应装有弹簧垫圈或锁紧螺母 3）母线在螺母旋紧时应受力均匀
母线搭接接触面	1）母线接触面应紧密、洁净 2）当不同规格母线搭接时，应按小规格母线要求进行，母线宽度在63mm及以上者用0.05mm×10mm塞尺检查时塞入深度应小于6mm；母线宽度在56mm及其以下者，塞入深度应小于4mm 3）母线排之间应涂以中性凡士林或复合脂

（续）

项　目	质量控制要点
母线弯曲	1）母线应减少弯曲。一般宜进行冷弯。如需热弯时，对铜加热温度不宜超过350℃，铝不超过250℃，钢不超过600℃。弯曲后不得有裂纹及显著的折皱 2）母线平面扭弯90°时，其扭转部分长度不应小于母线宽度的2.5倍；母线开始弯曲处距最近绝缘子的支持夹板边缘≤0.25倍的母线两支持点之间的距离，但不得小于50mm；母线开始弯曲处距母线连接位置不应小于30mm；弯曲处不应有搭接头 3）多片母线的弯曲程度应一致
母线焊接	1）焊接人员只有经考试合格才能上岗焊接母线。考试用试样的材料、接头形式、焊接位置、工艺均应与实际施工相同，焊后还得在所焊试件中任取一件做检验，当其中有一项不合格时，则加倍取样重复试验，如仍不合格时，则认为考试不合格 2）母线焊接用填充材料，其物理性能和化学性能与原材料应一致 3）对口焊接的母线，应有35°～40°坡口，1.5～2mm的钝边；对口应平直，其弯折偏差不应大于1/500，中心线偏移不得大于0.5mm；还应将对口两侧表面各20mm范围内清刷干净，不得有油垢、斑疵及氧化膜等杂物 4）母线对接焊缝上部应有2～4mm的加强高度；气焊、碳弧焊的对接焊缝在其下部也应凸起2～4mm；焊口两侧则各凸出4～7mm的高度。管形母线应采用氩弧焊焊接 5）焊缝应一次焊完，除瞬时断弧外不准停焊；焊缝焊完未冷却前，不得移动或受外力 6）焊后试样应作表面断口检查，直流电阻测定检查，抗拉试验检查 7）焊缝不得有任何裂缝、未熔合、未焊或根部未焊透等现象；焊缝表面不得有肉眼可见的裂缝、凹陷、气孔、缺肉、夹渣等缺陷；在通流垂直方向的面积总和不得超过母线横截面的2%，亦可采用X光射线进行无损探伤 8）母线对焊接焊缝离支持绝缘子母线夹板边缘不小于50mm，同一片母线上应减少对接焊缝；两焊缝间的距离应不小于200mm。同相母线不同片上的直线段的对接焊缝，其错开位置不小于50mm，且焊缝处不应煨弯
母线安装	1）母线应矫正平直，切断面应平整。母线应按设计要求装补偿器，补偿器不得有裂纹、折皱或断股，组装后总截面不应小于母线截面的1.2倍 2）多片矩形母线间应保持与厚度相同的间隙；两相邻母线衬垫的垫圈间应有3mm以上的间隙，不得相互碰触 3）裸母线相间中心距离为250mm，相母线中心距墙为200mm。在车间柱、梁、屋架处敷设母线时，支架间距不应超过6m，两支架间还应加装固定夹板，夹板应进行绝缘处理 4）采用拉紧装置的车间低压母线安装，如设计无规定时，应在终端或中间拉紧支架上装有调节螺栓的拉线，拉线的固定点应能承受拉力或张力。在每一终端应安装有两个拉紧绝缘子 5）相色油漆应涂在单片母线的所有各面，多片、槽形、管形母线的所有可见面，钢母线的所有表面，封闭母线在两端和中点的适当部位 6）对供携带型接地线连接用的接触面上，不刷色部分的总长应为母线的宽度或直径，但不应小于50mm，并应以宽度为10mm的黑色带子与母线相色部分隔开

2. 质量检查与验收

（1）主控项目　裸母线、封闭母线、插接式母线安装的主控项目的质量检查标准和检验方法见表10-37。

表 10-37　裸母线、封闭母线、插接式母线安装的主控项目的质量检查标准和检验方法

项目名称	合格质量标准	检验方法	检验数量
可接近裸露导体的接地或接零	绝缘子的底座、套管的法兰、保护网（罩）及母线支架等可接近裸露导体应接地（PE）或接零（PEN）可靠，不应作为接地（PE）或接零（PEN）的接续导体	目测检查	抽查 10 处，少于 10 处，全数检查
母线与母线、母线与电器接线端子的螺栓搭接	母线与母线或母线与电器接线端子，当采用螺栓搭接连接时，应符合下列规定： 1）母线的各类搭接连接的钻孔直径和搭接长度符合表 10-38 的规定，用力矩扳手拧紧钢制连接螺栓的力矩值符合表 10-39 的规定 2）母线接触面保持清洁，涂电力复合脂，螺栓孔周边无毛刺 3）链接螺栓两侧有平垫圈，相邻垫圈间有大于 3mm 的间隙，螺母侧装有弹簧垫圈或锁紧螺母 4）螺栓受力均匀，不使电器的接线端子受额外应力	目测检查或用适配工具做拧动试验	
封闭、插接式母线的组对连接	封闭、插接式母线安装应符合下列规定： 1）母线与外壳同心，允许偏差为 ±5mm 2）当段与段连接时，两相邻段母线及外壳对准，连接后不使用母线及外壳受额外应力 3）母线的连接方法符合产品技术文件要求	目测检查或查阅施工记录	
室内裸母线的最小安全净距	室内裸母线的最小安全净距离应符合表 10-40 的规定	拉线尺量	
高压母线交流工频耐压试验	高压母线交流工频耐压试验必须按交接试验合格	查阅试验记录或试验时旁站	全数检查
低压母线交接试验	低压母线交接试验应合格		

表 10-38　母线螺栓搭接尺寸

搭接形式	类别	序号	连接尺寸/mm			钻孔要求		螺栓规格
			b_1	b_2	a	ϕ/mm	个数	
	直线连接	1	125	125	b_1 或 b_2	21	4	M20
		2	100	100	b_1 或 b_2	17	4	M16
		3	80	80	b_1 或 b_2	13	4	M12
		4	63	63	b_1 或 b_2	11	4	M10
		5	50	50	b_1 或 b_2	9	4	M8
		6	45	45	b_1 或 b_2	9	4	M8
	直线连接	7	40	40	80	13	2	M12
		8	31.5	31.5	63	11	2	M10
		9	25	25	50	9	2	M8

（续）

搭接形式	类别	序号	连接尺寸/mm			钻孔要求		螺栓规格
			b_1	b_2	a	ϕ/mm	个数	
	垂直连接	10	125	125	—	21	4	M20
		11	125	100~80	—	17	4	M16
		12	125	63	—	13	4	M12
		13	100	100~80	—	17	4	M16
		14	80	80~63	—	13	4	M12
		15	63	63~50	—	11	4	M10
		16	50	50	—	9	4	M8
		17	45	45	—	9	4	M8
	垂直连接	18	125	50~40	—	17	2	M16
		19	100	63~40	—	17	2	M16
		20	80	63~40	—	15	2	M14
		21	63	50~40	—	13	2	M12
		22	50	45~40	—	11	2	M10
		23	63	31.5~25	—	11	2	M10
		24	50	31.5~25	—	9	2	M8
	垂直连接	25	125	31.5~25	60	11	2	M10
		26	100	31.5~25	50	9	2	M8
		27	80	31.5~25	50	9	2	M8
	垂直连接	28	40	40~31.5	—	13	1	M12
		29	40	25	—	11	1	M10
		30	31.5	31.5~25	—	11	1	M10
		31	25	22	—	9	1	M8

表 10-39 母线搭接螺栓的拧紧力矩

螺栓规格	力矩值/(N·m)	螺栓规格	力矩值/(N·m)
M8	8.8~10.8	M16	78.5~98.1
M10	17.7~22.6	M18	98.0~127.4
M12	31.4~39.2	M20	156.9~196.2
M14	51.0~60.8	M24	274.6~343.2

表 10-40 室内裸母线最小安全净距 （单位：mm）

序 号	适 用 范 围	图 号	额定电压/kV			
			0.4	1~3	6	10
A_1	1）带电部分至接地部分之间 2）网状和板状遮拦向上延伸线距地 2.3m 处与遮拦上方带电部分之间	图 10-4	20	75	100	125
A_2	1）不同相的带电部分之间 2）断路器和隔离开关的断口两侧带电部分之间	图 10-4	20	75	100	125
B_1	1）栅状遮拦至带电部分之间 2）交叉的不同时停电检修的无遮拦带电部分	图 10-4 图 10-5	800	825	850	875
B_2	网状遮拦至带电部分之间	图 10-4	100	175	200	225
C	无遮拦裸导体至地（楼）面之间	图 10-4	2300	2375	2400	2425
D	平行的不同时停电检修的无遮拦裸导体之间	图 10-4	1875	1875	1900	1925
E	通向室外的出现套管至室外通道的路面	图 10-5	3650	4000	4000	4000

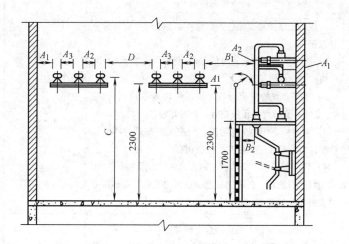

图 10-4 室内 A_1、A_2、B_1、B_2、C、D 值校验

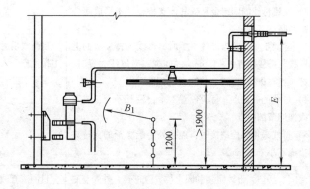

图 10-5 室内 B_1、E 值校验

（2）一般项目 裸母线、封闭母线、插接式母线安装的一般项目的质量检查标准和检验方法见表10-41。

表10-41 裸母线、封闭母线、插接式母线安装的一般项目的质量检查标准和检验方法

项　　目	合格质量标准	检 验 方 法	检 验 数 量
母线支架的固定	母线的支架与预埋铁件采用焊接固定时，焊缝应饱满；采用膨胀螺栓固定时，选用的螺栓应适配，连接应牢固	目测或用适配工具做拧动试验	
母线与母线、母线与电器接线端子搭接面处理	母线与母线、母线与电器接线端子搭接，搭接面的处理应符合下列规定： 1）铜与铜：室外、高温且潮湿的室内，搭接面搪锡；干燥的室内，不搪锡 2）铝与铝：搭接面不做涂层处理 3）钢与钢：搭接面搪锡或镀锌 4）铜与铝：在干燥的室内，铜导体搭接面搪锡；在潮湿场所，铜导体搭接面搪锡，且采用铜铝过渡板与铝导体连接 5）钢与铜或铝：钢搭接面搪锡	目测检查	抽查10%，少于5处，全数检查
母线的相序排列及涂色	母线的相序排列及涂色，当设计无要求时，应符合下列规定： 1）上、下布置的交流母线，由上至下排列为A、B、C相；直流母线正极在上，负极在下 2）水平布置的交流母线，由盘后向盘前排列为A、B、C相；直流母线正极在后，负极在前 3）面对引下线的交流母线，由左至右排列为A、B、C相；直流母线正极在左，负极在右 4）母线的涂色：交流，A相为黄色、B相为绿色、C相为红色；直流，正极为赭色、负极为蓝色；在连接处或支持件边缘两侧10mm以内不涂色		
母线在绝缘子上的固定	母线在绝缘子上安装应符合下列规定： 1）金具与绝缘子间的固定平整牢固，不使母线受额外应力 2）交流母线的固定金具或其他支持金具不形成闭合铁磁回路 3）除固定点外，当母线平置时，母线支持夹板的上部压板与母线间有1～1.5mm的间隙；当母线立置时，上部压板与母线间有1.5～2mm的间隙 4）母线的固定点，每段设置1个，设置于全长或两母线伸缩节的中点 5）母线采用螺栓搭接时，连接处距绝缘子的支持夹板边缘不小于50mm	目测或用适配工作抽检	
封闭、插接式母线的组装和固定	封闭、插座式母线组装和固定位置应正确，外壳与底座间、外壳各连接部位和母线的连接螺栓应按产品技术文件要求选择正确，连接紧固	目测或查阅施工记录或用适配工具做拧动试验	

细节：电缆桥架安装和桥架内电缆敷设

1. 电缆材料要求

建筑电缆线路安装工程适用于电压为 10kV 及以下电力系统的电缆安装。常用电缆分为电力电缆和控制电缆两类。

电缆型号的符号与含义见表 10-42。

表 10-42　电缆型号的符号与含义

绝缘种类		导电线芯		内护层		派生结构		外护层	
代号	含意	代号	含意	代号	含意	代号	含意	代号	含意
Z	纸	L	铝芯	H	橡套	D	不滴流	0	裸金属铠装（无外被层）
V	聚氯乙烯	T(省略)	铜芯	HF	非燃性护套	F	分相	1	无金属铠装仅有麻被层
X	橡皮			V	聚氯乙烯护套	G	高压	2	铜带铠装
XD	丁基橡胶			Y	聚乙烯护套	P	滴干绝缘	3	单层细钢丝铠装
Y	聚乙烯			L	铝包	P	屏蔽	4	双层细钢丝铠装
YJ	交联聚乙烯			Q	铅包	Z	直流	5	单层粗钢丝铠装
								6	双层粗钢丝铠装
YJ	交联聚乙烯							1	一级防腐，在金属铠装代号前一位
								2	二级防腐，在金属铠装代号前一位
								9	金属铠装层外加聚氯乙烯护套

注：阻燃电缆暂在前面加 ZR 代号。

电缆型号由电缆结构各部分代号组成，其排列顺序为：

绝缘种类—导线材料—内护层—其他特点—外护层

如：ZLQ20-10，3×95　表示铝芯、纸绝缘、铅包、裸钢带铠装、额定电压 10kV、三芯、截面积为 95mm^2 的电力电缆。

2. 质量控制要点

1）在桥架内，电力电缆的总截面（包括外护层）不应大于桥架有效横截面的 40%，控制电缆不应大于 50%。

2）室内电缆桥架布线时，为了防止发生火灾时火焰蔓延，电缆不应有黄麻或其他易燃材料外护层。

3）电缆桥架内敷设的电缆，应在电缆的首端、尾端、转弯及每隔 50m 处，设有编号、型号及起止点等标记，标记应清晰齐全，挂装整齐无遗漏。

4）桥架内电缆敷设完毕后，应及时清理杂物。有盖的可盖好盖板，并进行最后调整。

3. 质量检查与验收

（1）主控项目　电缆桥架安装和桥架内电缆敷设的主控项目的质量检查标准和检验方法见表 10-43。

（2）一般项目　电缆桥架安装和桥架内电缆敷设的一般项目的质量检查标准和检验方法见表 10-44。

表 10-43 电缆桥架安装和桥架内电缆敷设的主控项目的质量检查标准和检验方法

项 目 名 称	合格质量标准	检 验 方 法	检 验 数 量
金属电缆桥架、支架和引入或引出的金属管道的接地或接零	金属电缆桥架及其支架和引入或引出的金属电缆导管必须接地(PE)或接零(PEN)可靠，且必须符合下列规定： 1）金属电缆桥架及其支架全长应不少于2处与接地(PE)或接零(PEN)干线相连接 2）非镀锌电缆桥架间连接板的两端跨接铜芯接地线，接地线最小允许截面积不小于4mm² 3）镀锌电缆桥架间连接板的两端不跨接接地线，但连接板两端不少于2个有防松螺母或防松垫圈的连接固定螺栓	目测检查或查阅测试记录	与接地干线连接处，全数检查，其余抽查20%，少于5处，全数检查
电缆敷设检查	电缆敷设严禁有绞拧、铠装压扁、户层断裂和表面严重划伤的等缺陷	目测检查	抽查全长的10%

表 10-44 电缆桥架安装和桥架内电缆敷设的一般项目的质量检查标准和检验方法

项 目 名 称	合格质量标准	检 验 方 法	检 验 数 量
电缆桥架检查	电缆桥架安装应符合下列规定： 1）直线段钢制电缆桥架长度超过30m、铝合金或玻璃钢制电缆桥架长度超过15m设有伸缩节；电缆桥架跨越建筑物变形缝处设置补偿装置 2）电缆桥架转弯处的弯曲半径，不小于桥架内电缆最小允许弯曲半径，电缆最小允许弯曲半径见表10-45 3）当设计无要求时，电缆桥架水平安装的支架间距是1.5～3m；垂直安装的支架间距不大于2m 4）桥架与支架间螺栓、桥架连接板螺栓固定紧固无遗漏，螺母位于桥架外侧；当铝合金桥架与钢支架固定时，有互相间绝缘的防电化腐蚀措施 5）电缆桥架敷设在易燃易爆气体管道和热力管道的下方，当设计无要求时，与管道的最小净距，符合表10-46的规定 6）敷设在竖井内或穿越不同防火区的桥架，按设计要求位置有防火隔堵措施 7）支架与预埋件焊接固定时，焊缝饱满；膨胀螺栓固定时，选用螺栓适配，连接牢固，防松零件齐全	目测检查和拉线尺量或用适配工具做拧动试验	抽查10%，少于5处，全数检查
桥架内电缆敷设和固定	桥架内设电缆敷设应符合下列规定： 1）大于45°倾斜敷设的电缆每隔2m处设固定点 2）电缆出入的电缆沟、竖井、建筑物、柜(盘)、台处以及管子管口处等做密封处理 3）电缆敷设排列整齐，水平敷设的电缆，首尾两端、转弯两侧及每隔5～10m处设固定点；敷设于垂直桥架内的电缆固定点间距，不大于表10-47的规定	目测检查或查阅施工记录	
标志牌的设立	电缆的首端、末端和分支处应设标志牌	目测检查	

表 10-45 电缆最小允许弯曲半径

电 缆 种 类	最小允许弯曲半径	电 缆 种 类	最小允许弯曲半径
无铅包钢铠护套的橡皮绝缘电力电缆	10D	聚氯乙烯绝缘电力电缆	10D
		交联聚氯乙烯绝缘电力电缆	15D
有钢铠护套的橡皮绝缘电力电缆	20D	多芯控制电缆	10D

注：D 为电缆外径。

表 10-46 与管道的最小净距
（单位：m）

管道类别		平行距离	交叉净距
一般工艺管道		0.4	0.3
易燃易爆气体管道		0.5	0.5
热力管道	有保温层	0.5	0.3
	无保温层	1.0	0.5

表 10-47 电缆固定点的间距
（单位：mm）

电 缆 种 类		固定点间距
电力电缆	全塑型	1000
	除全塑型外的电缆	1500
控制电缆		1000

细节：电缆沟内和电缆竖井内电缆敷设

电缆材料要求同电缆桥架安装和桥架内的电缆敷设。

1. 质量控制要点

电缆沟内和电缆竖井内电缆敷设的质量控制要点见下表：

项　目	质量控制要点
敷设程序	1）电缆沟、电缆竖井内的施工临时设施、模板及建筑废料等应清除，测量定位，才能安装支架 2）电缆沟、电缆竖井内支架安装及电缆导管敷设结束，接地（PE）或接零（PEN）连接完成，应检查确认，才能敷设电缆 3）电缆敷设前绝缘测试应合格，才能敷设 4）电缆交接试验合格，且对接线去向、相位和防火隔堵措施等应检查确认，才能通电 5）直埋电缆沟宽、深度、坐标、标高符合设计要求
坐标、标高	1）电缆离建筑物基础（边线）距离≥0.6m；严禁将电缆平行敷设于管道的上面或下面 2）电缆的上、下须铺以不少于100mm厚的软土或沙层，并盖以混凝土保护板，其覆盖宽度应超过电缆两侧各50mm
电缆沟宽、深度	1）电缆沟深度一般大于0.7m，穿越农田时不应小于1m 2）电缆敷设时作波浪形敷设，备用长度为全长的1.5%～2%，在电缆终端头与电缆头附近，还需留有备用长度。并联运行的电力电缆，其长度应相等 3）电缆敷设完毕并经绝缘测试合格后，再进行回填土
标志桩、标志牌	1）在直线段每50m处，或在电缆转弯处、进建筑物地点树立一标志桩 2）在直线段每隔25m应挂一标志牌，电缆标志牌上应写明电缆编号、型号、电压等级和日期，电缆起始端设备代号。电缆标志牌应能防腐，而且挂装应牢固 3）在电缆终端头处、电缆接头处，隧道及竖井两端处、入井处、电缆改变方向的转角处、电缆从一水平面跨越到另一水平面处以及穿过基础楼板、墙和在间隔隐蔽部分的两侧处都应挂置标志牌

2. 质量检查与验收

（1）主控项目 电缆沟内和电缆竖井内电缆敷设的主控项目的质量检查标准和检验方法见表10-48。

表10-48 电缆沟内和电缆竖井内电缆敷设的主控项目的质量检查标准和检验方法

项　目	合格质量标准	检验方法	检验数量
金属支架、导管的接地或接零	金属电缆支架、电缆导管必须接地（PE）或接零（PEN）可靠	目测检查或查阅导通测试记录	抽查20%，少于10处，全数检查
电缆敷设检查	电缆敷设严禁有绞拧、铠装压扁、护层断裂和表面严重划伤等缺陷	目测检查	

（2）一般项目 电缆沟内和电缆竖井内电缆敷设的一般项目的质量检查标准和检验方法见表10-49。

表10-49 电缆沟内和电缆竖井内电缆敷设的一般项目的质量检查标准和检验方法

项　目	合格质量标准	检验方法	检验数量
电缆支架安装	电缆支架安装应符合下列规定： 1）当设计无要求时，电缆支架最上层至竖井顶部或楼板的距离不小于150～200mm，电缆支架最下层至沟底或地面的距离不小于50～100mm 2）当设计无要求时，电缆支架层间最小允许距离符合表10-50的规定 3）支架与预埋件焊接固定时，焊缝饱满；用膨胀螺栓固定时，选用螺栓适配，连接紧固，防松零件齐全	拉线尺量或用适配工具做拧动试验	抽查10%，少于5处，全数检查
电缆的弯曲半径	电缆在支架上敷设，转弯处的最小允许弯曲半径应符合表10-45的规定	拉线尺量或用适配工具抽测	
电缆敷设固定和防火措施	电缆敷设固定应符合下列规定： 1）垂直敷设或大于45°倾斜敷设的电缆在每个支架上固定 2）交流单芯电缆或分相后的每相电缆固定用的夹具和支架，不形成闭合铁磁回路 3）电缆排列整齐，少交叉；当设计无要求时，电缆支持点间距，不大于表10-51的规定 4）当设计无要求时，电缆与管道的最小净距，符合表10-46的规定，且敷设在易燃易爆气体管道和热力管道的下方 5）敷设电缆的电缆沟和竖井，按设计要求位置，有防火墙堵措施	目测及尺量检查	
标志牌设立	电缆的首端、末端和分支处应设标志牌	目测检查	

表 10-50　电缆支架层间最小允许距离
（单位：mm）

电 缆 种 类	支架层间最小距离
控制电缆	120
10kV 及以下电力电缆	150～200

表 10-51　电缆支持点间距
（单位：mm）

电 缆 种 类		敷 设 方 式	
		水平	垂直
电力电缆	全塑型	400	1000
	除全塑型外的电缆	800	1500
控制电缆		800	1000

细节：电线导管、电缆导管和线槽敷设

1. 材料质量要求

电线保护管材一般包括：厚壁钢管、薄壁钢管、塑料管、软管。

厚壁钢管包括黑色钢管、热镀锌厚壁管、无缝钢管等。

薄壁钢管包括薄壁线管、薄壁镀锌钢管、套接扣压式薄壁钢管等。

塑料管包括 PVC 硬塑料管和半硬塑料管等。

软管包括塑料软管、金属软管、可挠金属线管等。

塑料管及其配件必须用阻燃材料，且管外壁应有间距不大于 1m 的连续阻燃标记和厂标。

普通碳素钢薄壁电线套管技术参数见表 10-52；焊接厚壁钢管技术参数见表 10-53；硬质聚氯乙烯管技术参数见表 10-54；半硬塑料管技术参数见表 10-55；聚氯乙烯难燃型可挠电线管技术参数见表 10-56。

表 10-52　普通碳素钢薄壁电线套管技术参数

公称口径/mm	外径/mm	外径允许偏差/mm	壁厚/mm	壁厚允许偏差/mm	理论质量/(kg/m)
15	15.88	±0.30	1.60	±0.15	0.581
20	19.05	±0.30	1.80	±0.20	0.766
25	25.4	±0.30	1.80	±0.20	1.048
32	31.75	±0.30	1.80	±0.20	1.329
40	38.10	±0.30	1.80	±0.20	1.611
50	50.8	±0.30	2.00	±0.24	2.407
70	63.5	±0.30	2.50	±0.30	3.760
80	76.2	±0.30	3.20	±0.35	5.761

表 10-53 焊接厚壁钢管技术参数

外径/mm	公称 口径		壁 厚		理论质量/(kg/m)
	基本尺寸/mm	允许偏差	基本尺寸/mm	允许偏差	
15	21.3	±0.50mm	2.75		1.26
20	26.8		2.75		1.63
25	33.5		3.25		2.42
32	42.3		3.25		3.13
40	48.0		3.25	+12% −15%	3.84
50	60.0		3.25		4.88
70	75.5		3.25		6.64
80	88.5	±1%	4.00		8.34
100	114.0		4.00		10.85
120	140.0		4.00		15.04
150	165.0		4.50		17.81

注：1. 表中的公称口径近似于内径的名义尺寸，不表示公称外径减去两个公称壁厚所得的内径。

2. 钢管理论质量计算(钢材密度为7850kg/m³)的公式为

$$P = 0.02466(D - s)s$$

式中　P——钢管理论质量(kg/m)；

D——钢管的公称外径(mm)；

s——钢管的公称壁厚(mm)。

表 10-54 硬质聚氯乙烯管技术参数

标准直径/mm	外径及允许偏差/mm	轻型管壁厚及允许偏差/mm	重型管壁厚及允许偏差/mm
15	20 ±0.7	2.0 ±0.3	2.5 ±0.4
20	25 ±1.0	2.0 ±0.3	3.0 ±0.4
25	32 ±1.0	3.0 ±0.45	4.0 ±0.6
32	40 ±1.2	3.5 ±0.5	5.0 ±0.7
40	50 ±1.7	4.0 ±0.6	6.0 ±0.9
50	65 ±2.0	4.5 ±0.7	7.0 ±1.0
70	76 ±2.3	5.0 ±0.7	8.0 ±1.2
80	90 ±3.0	6.0 ±1.0	—

表 10-55 半硬塑料管技术参数

公称口径 /mm	规格尺寸/mm			编 号	
	外径 D_2	壁厚 t	内径 D_1	PVCBY-1(普通型)	PVCBY-2(耐寒型)
15	16	2	12	HY1011	HY1021
20	20	2	16	HY1012	HY1022
25	25	2.5	20	HY1013	HY1023
32	32	3	26	HY1014	HY1024
40	40	3	34	HY1015	HY1025
50	50	3	44	HY1016	HY1026

表 10-56 聚氯乙烯难燃型可挠电线管（KPG）技术参数

直径/mm	内径 D_1/mm	内径 D_2/mm	每米质量/(kg/m)	产品供应长度/m	编　号
15	$14.3^{+0.5}_{0}$	18.7 ± 0.1	0.060	100	HSR1001
20	$16.5^{+0.5}_{0}$	21.2 ± 0.15	0.070	100	HSR1011
25	$23.3^{+0.5}_{0}$	28.9 ± 0.15	0.105	50	HSR1021
32	$29^{+0.5}_{0}$	34.5 ± 0.15	0.130	50	HSR1031
40	$36.2^{+0.6}_{0}$	42.5 ± 0.2	0.184	50	HSR1041
50	$47.7^{+0.8}_{0}$	54.5 ± 0.2	0.260	25	HSR1051

2. 质量控制要点

电线导管、电缆导管和线槽敷设的质量控制要点见下表：

项　目	质量控制要点
管材适用场所	1）硬塑管敷设场所。硬塑料管适用于室内或有酸、碱等腐蚀介质的场所的明敷。明配的硬塑料管在穿过楼板等易受机械损伤的地方，应用钢管保护；埋于地面内的硬塑料管，露出地面易受机械损伤段落，也应用钢管保护；硬塑料管不准用在高温、高热的场所（如锅炉房），也不应在易受机械损伤的场所敷设 2）半硬塑料管敷设场所。半硬塑料管只适用于六层及六层以下和一般民用建筑的照明工程。应敷设在预制混凝土楼板间的缝隙中。从上到下垂直敷设时，应暗敷在预留的砖缝中，并用水泥砂浆抹平，砂浆厚度不小于15mm。半硬塑料管不得敷设在楼板平面上，也不得在吊顶及护墙夹层内及板条墙内敷设 3）薄壁管敷设场所。薄壁管通常用于干燥场所进行明敷。薄壁管也可安装于吊顶、夹板墙内，也可暗敷于墙体及混凝土层内 4）厚壁管敷设场所。厚壁管用于防爆场所明敷，或在机械载重场所进行暗敷，也可经防腐处理后直接埋入泥地。镀锌管通常使用在室外，或在有腐蚀性的土层中暗敷
配管	1）明配管。明配管路不得在锅炉、烟道和其他发热表面上敷设；水平或垂直敷设的管路允许偏差值如在2m以内的均为3mm，全长配管偏差不应超过管子内径的1/2；在多尘和潮湿场所的管口，管子连接处及不进入盒（箱）的垂直敷设的上口穿线后都应做密封处理；进入盒（箱）的管子应顺直，并用锁紧螺母或护口帽固定，露出锁紧螺母的螺纹为2~4扣；与设备连接时，应将管子接到设备内，如不能接入时，应在管口处加接保护软管引入设备内，并须采用软管接头连接，在室外或潮湿房屋内，管口处还应加防水弯头。敷设塑料管时的环境温度不应低于-15℃，并应采用配套塑料接线盒、灯头盒、开关盒等配件 2）暗配管。暗配管敷设要沿最近线路敷设，尽量减少弯曲；埋地管路不宜穿过设备基础，如要穿过建筑物基础时，应加保护管保护；埋入墙或混凝土内的管子，离表面的净距不应小于15mm；暗配管管口出地坪不应低于200mm；暗配管应尽量减少交叉，如交叉时，大口径管应放在小口径管下面。成排暗配管间距应大于或等于25mm。进入落地式配电箱的管路，排列应整齐，管口应高出基础面不小于50mm 3）无论明配、暗配管，都严禁用气、电焊切割。管内应无铁屑，管口应光滑
管子弯曲	1）外观。管路弯曲处不应有折皱、凹穴等缺陷，弯扁程度不应大于管外径的10%。配管接头不宜设在弯曲处，埋地管不宜把弯曲部分表露地面，镀锌钢管不准用热煨弯致使锌层脱落 2）弯曲半径。明配管弯曲半径一般不小于管外径的6倍；如只有一个弯时，则可不小于管外径的4倍；暗配管弯曲半径一般不小于管外径的6倍；埋设于地下或混凝土楼板内时，则不应小于管外径的10倍；半硬塑料管弯曲半径也不应小于管外径的6倍

（续）

项　　目	质量控制要点
配管连接	1）塑料管连接。硬塑料管采用插入法连接时，插入深度为管内径的 1.1~1.8 倍；采用套接法连接时，套管长度为连接管口内径的 1.5~3 倍，连接管的对口处应位于套管的中心。用胶粘剂粘接接口并须牢固、密封。半硬塑料管用套管粘接法连接，套管长度不小于连接管外径的 2 倍 2）薄壁管连接。薄壁管严禁对口焊接连接，也不宜采用套筒连接，如必须采用螺纹连接，套螺纹长度一般为束节长度的 1/2 3）厚壁管连接。厚壁管在 2 寸及 2 寸以下应用套螺纹连接，对埋入泥土或暗配管宜采用套筒焊接，焊口应焊接牢固、严密，套筒长度为连接管外径的 1.5~3 倍，连接管的对口应处在套管的中心
配管固定	1）明配管固定。明配管应排列整齐，固定点距均匀。管卡与管终端、转弯处中点、电气设备或接线盒边缘的距离按管径选取 2）暗配管固定。电线管暗敷在钢筋混凝土内，应沿钢筋敷设，并用电焊或软钢丝与钢筋固定，间距不大于 2m；敷设在钢筋网上的波纹管，宜绑扎在钢筋的下侧，固定间距不大于 0.5m。在砖墙内剔槽敷设的硬、半硬塑料管，须用不小于 M10 水泥砂浆抹面保护，其厚度不小于 15mm。在吊顶内，电线管不宜固定在轻钢龙骨上，而应用膨胀螺栓或粘接法固定
箱、盒安装	1）为便于穿线，对管路长度每超过 45m，无弯曲时；管路长度每超过 30m，有一个弯曲时；管路长度每超过 20m，有两个弯曲时；管路长度每超过 12m，有三个弯曲时，均应在中间安装接线盒。明配管不准使用八角接线盒与镀锌接线盒，而应采用圆形接线盒。对半硬塑料管，当管路用直线段长度超过 15m 或直角弯超过 3 个时，也应中间加装接线盒 2）在盒、箱上开孔，应采用机械方法，不准用气焊、电焊开孔，暗敷箱、盒一般先用水泥固定，并应采取有效防堵措施，防止水泥浆浸入。箱、盒内应清洁无杂物。用单只盒、箱并列安装时，盒、箱间拼装尺寸应一致，盒箱间用短管、锁紧螺母连接 3）暗配管开关箱标高一般为 1.3m（或按设计标高），离门框边为 150~200mm；暗插座箱离地一般不低于 300mm，特殊场所一般不低于 150mm；相邻开关箱、插座箱、盒高低差不大于 0.5mm。同一室内开关、插座箱高低差不大于 5mm。盒、箱标高一般采用联通管测量、定位
管路接地	1）跨接方式。套螺纹连接的薄、厚壁管在管接头两端应跨接地线。成排管路之间的跨接线圆钢截面应按大的管径规格选择。跨接圆钢应弯曲成与管路形状相近的圆弧形进行跨接。管与箱、盒间跨接线应按接入箱、盒中大的管径规格选择。明装成套配电箱应采用管端焊接地螺栓后，用导线与箱体连接；暗装预埋箱、盒可采用跨接圆钢与箱体直接焊接。由电源箱引出的末端支管应构成环形接地 2）焊缝要求。接地跨接线焊缝截面积不应小于跨接线截面。圆钢焊接时应在圆钢两侧焊接，不准用电焊定位焊束节来代替跨接线连接
补偿装置	管路在经过建筑物伸缩缝及沉降缝处，都应有补偿装置。硬塑料管沿建筑物表面敷设时，在直线段每 30m 处应装补偿装置
配线	1）导线。穿在管内的绝缘导线额定电压不应低于 500V；按标准，黄、绿、红色分别为 A、B、C 三相色标，黑色线为零线，黄绿相间混合线为接地线。为便于敷设的导线检查、更换，配线所用的铜芯软线最小线芯截面不小于 1mm²，铜芯绝缘线最小线芯截面不小于 7mm²，铝芯绝缘线最小线芯截面不小于 2.5mm²。在管内导线不得有接头和扭结，在导线出管口处，应加装护圈 2）垂直导线固定。敷设在垂直管路中的导线当导线截面分别为 50mm²（及其以下）、70~95mm²、120~240mm²，横向长度分别超过 30m、20m、18m 时，应在管口处或接线盒中加以固定 3）管径选择。管内导线总截面积（包括外护层）不应超过管截面积的 40%。同一交流回路的导线必须穿在同一根管内。电压为 65V 及以下的回路，同一设备或生产上相互关联设备所使用的导线，同类照明回路的导线（但导线总数不应超过 8 根），各种电机、电器及用电设备的信号、控制回路的导线都可穿在同一根配管中。穿管前，应将管中积水及杂物清除干净

（续）

项　目	质量控制要点
导线连接	1）绝缘层。在割开导线绝缘层进行连接时，不应损伤线芯；导线的接头应在接线盒内连接；不同材料导线不准直接连接，分支线接头处，干线不应受到来自支线的横向拉力。绝缘导线除芯线连接外，在连接处应用绝缘带（塑料带、黄蜡带等）包缠均匀、严密，绝缘强度不低于原有强度。在接线端子的端部与导线绝缘层的空隙处，也应用绝缘带包缠严密，最外层处还得用黑胶布扎紧一层，以防机械损伤 2）铝芯线连接。单股铝线与电气设备端子可直接连接，多股铝芯线应采用焊接或压接接线端子后再与电气设备端子连接，压模规格同样应与线芯截面相匹配 3）铜芯线连接。单股铜线与电气器具端子可直接连接。截面超过2.5mm² 多股铜线连接应采用焊接或压接端子再与电气器具连接，采用焊接方法应先将线芯拧紧后，经搪锡后再与器具连接。焊锡应饱满，焊后要清除残余焊药和焊渣，不应使用酸性焊剂
防腐	钢管内外均应刷防腐漆。明敷薄壁管应刷一度水柏油；顶棚内配管有锈蚀的应刷一度水柏油；明敷的厚壁管应刷一度底漆，一度面漆；暗敷在墙（砖）内的厚壁管应刷一度防腐漆（红丹）；暗敷在混凝土内配管可不刷漆；埋地黑铁管应刷二度水柏油进行防腐。埋入有腐蚀性土层内的管线，应按设计要求确定。镀锌钢管镀层剥落处应补漆；电焊跨接处应补漆；预埋箱、盒有锈蚀处应补漆；支架、配件应除锈、干净，刷一度防腐漆、一度面漆

3. 质量检查与验收

（1）主控项目　电线导管、电缆导管和线槽敷设的主控质量标准及检验方法见表10-57。

表10-57　电线导管、电缆导管和线槽敷设的主控质量标准及检验方法

项 目 名 称	合格质量标准	检 验 方 法	检验数量
金属导管、金属线槽的接地或接零	金属导管和线槽必须接地（PE）或接零（PEN）可靠，并符合下列规定： 　1）镀锌的钢导管、可挠性导管和金属线槽不得熔焊跨接接地线，以专用接地卡跨接的两卡间两线为铜芯软导线，截面积不小于4mm² 　2）当非镀锌钢导管采用螺纹连接时，连接处的两端焊跨接接地线；当镀锌钢导管采用螺纹连接时，连接处的两端用专用接地卡固定跨接接地线 　3）金属线槽不做设备的接地导体，当设计无要求时，金属线槽全长不少于两处与接地（PE）或接零（PEN）干线连接 　4）非镀锌金属线槽间连接板的两端跨接铜芯接地线，镀锌线槽间连接板的两端不跨接接地线，但连接板两端不少于两个有防松螺母或防松垫圈的连接固定螺栓	目测检查或查阅导通测试记录	抽查10%，少于10处，全数检查
金属导管的连接	金属导管严禁对口熔焊连接；镀锌和壁厚小于等于2mm的钢导管不得套管熔焊连接	目测检查或者查阅施工记录	
防爆导管的连接	防爆导管不应采用倒扣连接；当连接有困难时，应采用防爆活接头，其结合面应严密		
绝缘导管在砌体上剔槽埋设	当绝缘导管在砌体上剔槽埋设时，应采用强度等级不小于M10的水泥砂浆抹面保护，保护层厚度大于15mm	查阅施工记录或用适配工具抽测	

（2）一般项目　电线导管、电缆导管和线槽敷设的一般质量标准及检验方法见表10-58。

表 10-58　电线导管、电缆导管和线槽敷设的一般质量标准及检验方法

项　目	合格质量标准	检验方法	检验数量
电缆导管的弯曲半径	电缆导管的弯曲半径不应小于电缆最小允许弯曲半径，电缆最小允许弯曲半径应符合表10-45的规定	查阅施工记录或用适配仪表抽测	按导管类型、敷设方式各抽查10%，少于5处，全数检查
金属导管的防腐	金属导管内外壁应做防腐处理；埋设于混凝土内的导管内壁应做防腐处理，外壁可不做防腐处理	目测检查或查阅施工记录	
柜、台、箱、盘内导管管口高度	室内进入落地式柜、台、箱、盘内的导管管口，应高出柜、台、箱、盘的基础面50~80mm	拉线尺量	抽查10%，少于5处，全数检查
暗配管的埋设深度、明配管的固定	暗配的导管，埋设深度与建筑物、构筑物表面的距离不应小于15mm。明配的导管应排列整齐，固定点间距均匀，安装牢固。在终端、弯头中点或柜、台、箱、盘等边缘的距离150~500mm范围内设有管卡，中间直线段管卡间的最大距离应符合表10-59的规定	目测检查或查阅施工记录	按导管类型、敷设方式各抽查10%，少于5处，全数检查
线槽固定及外观检查	线槽应安装牢固，无扭曲变形，紧固件的螺母应在线槽外侧	目测检查	抽查10%，少于5处，全数检查
防爆导管的连接、接地、固定和防腐	防爆导管敷设应符合下列规定： 1）导管间及与灯具、开关、线盒等的螺纹连接处紧固，除设计有特殊要求外，连接处不跨接接地线，在螺纹上涂以电力复合酯或导电性防锈酯 2）安装牢固顺直，镀锌层锈蚀或剥落处做防腐处理	目测检查或查阅施工记录	按导管类型、敷设方式各抽查10%，少于5处，全数检查
绝缘导管的连接和保护	绝缘导管敷设应符合下列规定： 1）管口平整光滑；管与盒（箱）等器件采用插入法连接时，连接处结合面涂专用胶合剂，接口牢固密封 2）直埋于地下或楼板内的刚性绝缘导管，在穿出地面或楼板易受机械损伤的一段，采取保护措施 3）当设计无要求时，埋设在墙内或混凝土内的绝缘导管，采用中型以上的导管 4）沿建筑物、构筑物表面和在支架上敷设的刚性绝缘导管，按设计要求装设温度补偿装置		
柔性导管的长度、连接和接地	金属、非金属柔性导管敷设应符合下列规定： 1）刚性导管经柔性导管与电气设备、器具连接，柔性导管的长度在动力工程中不大于0.8m，在照明工程中不大于1.2m 2）可挠金属管或其他柔性导管与刚性导管或电气设置、器具间的连接采用专用接头；复合型可挠金属管或其他柔性导管的连接处密封良好，防液覆盖层完整无损 3）可挠性金属导管和金属柔性导管不能作接地（PE）或接零（PEN）的接续导体	尺量和目测检查	
导管和线槽在建筑物变形缝处的处理	导管和线槽，在建筑物变形缝处，应设补偿装置	目测检查	全数检查

表 10-59 管卡间最大距离

敷 设 方 式	导 管 种 类	导管直径/mm				
		15 ~ 20	25 ~ 32	32 ~ 40	50 ~ 65	65 以上
		管卡间最大距离/m				
支架或沿墙明敷	壁厚 >2mm 刚性钢导管	1.5	2.0	2.5	2.5	3.5
	壁厚 ≤2mm 刚性钢导管	1.0	1.5	2.0	—	—
	刚性绝缘导管	1.0	1.5	1.5	2.0	2.0

细节：电线、电缆穿管和线槽敷线

1. 材料质量要求

电线、电缆应符合下列规定：

1）按批检查电线、电缆的合格证，合格证上有生产许可证编号，按《额定电压 450/750V 及以下聚氯乙烯绝缘电缆》（GB 5023.1 ~ 5023.7—2008）标准生产的产品应有安全认证标志。

2）外观检查：包装完好，抽检的电线绝缘层完整无损，厚度均匀。电缆无压扁、扭曲，铠装不松卷。耐热、阻燃的电线、电缆外护层有明显标识和制造厂标。

3）按制造标准，现场抽样检测绝缘层厚度和圆形线芯的直径；线芯直径误差不大于标称直径的 1%，常用的 BV 型绝缘电线绝缘层厚度应不小于表 10-60 的规定。

表 10-60 BV 型绝缘电线的绝缘层厚度

序 号	1	2	3	4	5	6	7	8	9	10	11	12	13	14	15	16	17
电线芯线标称截面积/mm²	1.5	2.5	4	6	10	16	25	35	50	70	95	120	150	185	240	300	400
绝缘层厚度规定值/mm	0.7	0.8	0.8	0.8	1.0	1.0	1.2	1.2	1.4	1.4	1.6	1.6	1.8	2.0	2.2	2.4	2.6

4）对电线、电缆绝缘性能、导电性能和阻燃性能有异议时，按批抽样送有资质的试验室检测。

2. 质量控制要点

电线、电缆穿管及线槽敷线应按以下程序进行：

1）接地（PE）或接零（PEN）及其他焊接施工完成，经检查确认，才能穿入电线或电缆以及线槽内敷线。

2）与导管连接的柜、屏、台、箱、盘安装完成，管内积水及杂物清理干净，经检查确认，才能穿入电线、电缆。

3）电缆穿管前绝缘测试合格，才能穿入导管。

4）电线、电缆交接试验合格，且对接线去向和相位等检查确认，才能通电。

3. 质量检查与验收

（1）主控项目 电线、电缆穿管和线槽敷线的主控项目质量标准与检验方法见表 10-61。

表 10-61　电线、电缆穿管和线槽敷线的主控项目质量标准

项　目	合格质量标准	检 验 方 法	检 验 数 量
交流单芯电缆不得单独穿于钢导管内	三相或单相的交流单芯电缆，不得单独穿于钢导管内	目测检查	
电线穿管要求	不同回路、不同电压和交流与直流的电线，不应穿于同一导管内；同一交流回路的电线应穿于同一金属导管内，且管内电线不得有接头	目测检查或查阅施工记录，对照工程设计图纸及其变更文件检查	抽查 10%，少于 10 处，全数检查
爆炸危险环境照明线路的电线、电缆选用和穿管	爆炸危险环境照明线路的电线和电缆额定电压不得低于 750V，且电线必须穿于钢导管内	目测检查或查阅施工记录	

（2）一般项目　电线、电缆穿管和线槽敷线的一般项目质量标准与检验方法见表 10-62。

表 10-62　电线、电缆穿管和线槽敷线的一般项目质量标准与检验方法

项　目	合格质量标准	检 验 方 法	检 验 数 量
电线、电缆管内清扫和管口清理	电线、电缆穿管前，应清除管内杂物和积水。管口应有保护措施，不进入接线盒（箱）的垂直管口穿入电线、电缆后，管口应密封	目测检查	抽查 10%，少于 5 处（回路），全数检查
同一建筑物、构筑物内电线绝缘层颜色的选择	当采用多相供电时，同一建筑物、构筑物的电线绝缘层颜色选择应一致，即保护地线（PE 线）应是黄绿相间色，零线用淡蓝色；相线用：A 相——黄色、B 相——绿色、C 相——红色		
线槽敷线	线槽敷线应符合下列规定： 1）电线在线槽内有一定余量，不得有接头。电线按回路编号分段绑扎，绑扎点间应大于 2m 2）同一回路的相线和零线，敷设于同一金属线槽内 3）同一电源的不同回路无抗干扰要求的线路用隔板隔离，或采用屏蔽电线且屏蔽护套一端接地		

细节：槽板配线

1. 质量控制要点

1）槽内所敷设的导线应有合格证，并符合设计要求。

2）槽板通常用于干燥较隐蔽的场所，导线截面积不大于 10mm^2；排列时应紧贴着建筑物，整齐、牢靠，表面色泽均匀，无污染。

3）底板宽狭槽连接时应对口，分支接口应做成 T 字三角叉接；盖板接口和底板接口应错开，距离不小于 100mm；直立线段槽板应用双钉固定。

4）木质槽板应用干燥、无节、无裂纹的木材制作，槽内应光滑无毛刺，内外均应涂绝缘漆作阻燃处理；塑质槽板应无扭曲、变形，表面应有阻燃标识。

5）木槽板进入木台时，应伸入台内 10mm；穿过楼板时，应有保护管，并离地面高度大于 1200mm；穿过伸缩缝处，应用金属软保护管作补偿装置，端头固定，管口进槽板。

6）槽板内敷设导线应一槽一线，槽内导线不得有连接头，同一条槽板内不准嵌入不同回路的导线，敷设导线的额定电压不得低于 500V。导线穿过墙、梁时应有保护管，保护管端伸出墙面 10mm。

2. 质量检查与验收

（1）主控项目　槽板配线的主控项目质量标准与检验方法见表 10-63。

表 10-63　槽板配线的主控项目质量标准与检验方法

项　　目	合格质量标准	检验方法	检验数量
槽板配线的电线连接	槽板内电线无接头，电线连接设在器具处；槽板与各种器具连接时，电线应留有余量，器具底座应压住槽板端部	目测检查	抽查10%，少于10处，全数检查
槽板盖板、底板的接口设置和连接	槽板敷设应紧贴建筑物表面，且横平竖直、固定可靠，严禁用木楔固定；木槽板应经阻燃处理，塑料槽板应有阻燃标识		

（2）一般项目　槽板配线的一般项目质量标准与检验方法见表 10-64。

表 10-64　槽板配线的一般项目质量标准与检验方法

项　　目	合格质量标准	检验方法	检验数量
槽板的盖板和底板固定	木槽板无劈裂，塑料槽板无扭曲形。槽板底板固定点间距应小于 500mm；槽板盖板固定点间距小于 300mm；底板距终端 50mm 和盖板距终端 30mm 处应固定	目测检查和拉线尺量	抽查10%，少于10处，全数检查
槽板盖板、底板的接口设置和连接	槽板的底板接口与盖板接口应错开 20mm，盖板在直线段和 90°转角处应成 45°斜口对接，T 形分支处应成三角叉接。盖板应无翘边，接口应严密整齐		
槽板的保护套管和补偿装置设置	槽板穿过梁、墙和楼板处应有保护套管，跨越建筑物变形缝处槽板应设补偿装置，且与槽板结合严密	目测检查	

细节：钢索配线

1. 工程质量控制要点

1）应采用镀锌钢索，钢索的钢丝直径应不小于 0.5mm，外观不应有扭曲和断股等缺陷。产品应有合格证，应符合设计要求。

2）使用的绝缘导线的规格、型号必须符合设计要求，并有产品合格证。外观不应有绞扭、死弯及绝缘层损坏等缺陷。

3）选用圆钢作钢索时，在安装前应调直、预伸和刷防腐漆；不得使用含油芯的钢索；敷设在潮湿或有腐蚀性的场所的钢索应使用塑料护套钢索。

4）钢索中间固定点的间距不应大于 12m，中间吊钩应使用圆钢，其直径不应小于 8mm。

5）钢索在终端固定时，钢索卡不应少于二个。钢索的终端头应用金属线扎紧。钢索配线敷设后的弛度不应大于100mm。

2. 质量检查与验收

（1）主控项目 钢索配线主控项目质量标准与检验方法见表10-65。

表10-65 钢索配线主控项目质量标准与检验方法

项 目	合格质量标准	检验方法	检验数量
钢索的选用	应采用镀锌钢索，不应采用含油芯的钢索。钢索的钢丝直径应小于0.5mm，钢索不应有扭曲和断股等缺陷		
钢索端固定及其接地或接零	钢索的终端拉环埋件应牢固可靠，钢索与终端拉环套接处应采用心形环，固定钢索的线卡应不少于2个，钢索端头应用镀锌铁线绑扎紧密，且应接地(PE)或接零(PEN)可靠	目测检查	抽查5条（终端），少于5条（终端），全数检查
张紧钢索用的花篮螺栓设置	当钢索长度在50m及以下时，应在钢索一端装设花篮螺栓紧固；当钢索长度大于50m时，应在钢索两端装设花篮螺栓紧固		

（2）一般项目 钢索配线一般项目质量标准与检验方法见表10-66。

表10-66 钢索配线一般项目质量标准与检验方法

项 目	合格质量标准	检验方法	检验数量
中间吊架及防跳锁定零件	钢索中间吊顶间距不应大于12m，吊架与钢索连接处的吊钩深度不应小于20mm，并应用防止钢索跳出的锁定零件	拉线尺量	抽查5条，全数检查
钢索的承载和表面检查	电线和灯具在钢索上安装后，钢索应承受全部负载，且钢索表面应整洁、无锈蚀	目测检查	
钢索配线零件间和线间距离	钢索配线的零件间和线间距离应符合表10-67的规定	拉线尺量	按不同配线规格各抽查10处，少于10处，全数检查

表10-67 钢索配线的零件间和线间距离 （单位:mm）

配线类别	支持件之间最大距离	支持件与灯头盒之间最大距离	配线类别	支持件之间最大距离	支持件与灯头盒之间最大距离
钢管	1500	200	塑料护套线	200	100
刚性绝缘导管	1000	150			

细节：电缆头制作、接线和线路绝缘测试

1. 质量控制要点

电缆头制作、接线和线路绝缘测试的质量控制要点见下表：

项　目	质量控制要点
电缆泄漏电流与耐压试验	1) 泄漏电流对粘性油浸纸绝缘电缆，其三相不平衡系数不大于2。但对10kV及其以上电缆的泄漏电流小于$20\mu A$及6kV及其以下电缆泄漏电流小于$10\mu A$时，其不平衡系数可不作规定。橡胶、塑料绝缘电缆的不平衡系数也可不作要求 2) 电力电缆直流耐压试验应符合表10-68要求。表中V为标准电压等级的电压
电缆终端头和电缆接头	1) 制作电缆终端头和接头前应检查电缆绝缘纸受潮及相位连接情况；所使用的绝缘材料应符合要求；配件应齐全；制作过程须一次完成；不得受潮。电力电缆的终端头与电缆接头的外壳与该处的电缆金属护套及铠装层均应接地良好，接地线应采用其截面不小于$10mm^2$的铜绞线 2) 电缆剥切时不得伤及线芯的绝缘层。电缆终端头和电缆接头的金属（瓷）外壳灌胶前应经过预热去潮，避免灌胶后有气隙缺陷。环氧树脂电缆终端头或电缆接头所用的环氧复合物应搅拌均匀，以防止灌胶时有气泡产生，形成质量问题 3) 电缆头固定应牢固，卡子尺寸应与固定的电缆相适应，单芯电缆、交流电缆不应使用磁性卡子固定。塑料护套电缆卡子固定时要加垫片，卡子固定后要进行防腐处理 4) 控制电缆头制作时，其头套（花兰电缆头）应与其外径相配合
电线连接	1) 割开电线绝缘层进行连接时，不应损伤线芯；电线的接头应在接线盒内连接，不同材料电线不准直接连接；分支线接头处，干线不应受到来自支线的横向拉力 2) 单股铜线与电器具端子可直接连接。截面超过$2.5mm^2$多股铜线连接应采用接续端子后再与电器具连接，或连接前先将线芯拧紧、经搪锡后再与器具端子连接，焊锡应饱满，焊后要清除残余焊药和焊渣，不应使用酸性焊剂。用压接法连接，压模的规格应与线芯截面相符 3) 单股铝线与电气设备端子可直接连接，多股铝芯线应采用压接端子后再与电气设备端子连接，压模规格同样应与线芯截面相符 4) 绝缘电线除芯线连接外，在连接处应用绝缘带（塑料带、黄蜡带等）包缠均匀严密，绝缘强度不低于原有强度。在接线端子的端部与电线绝缘层的空隙处，也应用绝缘带包缠严密，最外层处还得用黑胶布扎紧一层，以防机械损伤

表 10-68　电缆直流耐压试验表

电缆类型及额定电压/kV	粘油纸绝缘	不滴流油浸纸绝缘		橡胶、塑料绝缘	
标　　准	3 ~ 10	6	10	6	10
试验电压/V	6	5	3.5	4	3.5
试验时间/min	10	5	5	15	15

2. 质量检查与验收

（1）主控项目　电缆头制作、接线和线路绝缘测试的主控项目质量标准与检验方法见表10-69。

表 10-69　电缆头制作、接线和线路绝缘测试的主控项目质量标准与检验方法

项　目	合格质量标准	检 验 方 法	检 验 数 量
高压电力电缆直流耐压试验	高压电力电缆直流耐压试验必须按《建筑电气工程施工质量验收规范》（GB 50303—2002）第3.1.8条的规定交varound试验合格	查阅试验记录或试验时旁站	全数检查

（续）

项　目	合格质量标准	检验方法	检验数量
低压电线和电缆绝缘电阻测试	低压电线和电缆，线间和线对地间的绝缘电阻值必须大于 0.5MΩ	查阅试验记录或试验时旁站	抽查10%，少于5个回路，全数检查
铠装电力电缆头的接地线及其截面积	铠装电力电缆头的接地线应采用铜绞线或镀锡铜编织线，截面积不应小于表10-70的规定	目测检查或查阅施工记录	
电线、电缆接线	电线、电缆接线必须准确，并联运行电线或电缆的型号、规格、长度、相位应一致	目测检查	抽查10个回路

表10-70　电缆芯线和接地线截面积　　　　（单位：mm²）

电缆芯线截面积	接地线截面积	电缆芯线截面积	接地线截面积
120 及以下	16	150 及以下	25

注：电缆芯线截面积在16mm²及以下，接地线截面积与电缆芯线截面积相等。

（2）一般项目　电缆头制作、接线和线路绝缘测试的一般项目质量标准与检验方法见表10-71。

表10-71　电缆头制作、接线和线路绝缘测试的一般项目质量标准与检验方法

项　目	合格质量标准	检验方法	检验数量
芯线与电气设备连接	芯线与电气设备的连接应符合下列规定： 1）截面积在 10mm² 及以下的单股铜芯线和单股铝芯线直接与设备、器具的端子连接 2）截面积在 2.5mm² 及以下的多股铜芯线拧紧搪锡或接线端子后与设备、器具的端子连接 3）截面积大于 2.5mm² 的多股铜芯线，除设备自带插接式端子外，接线端子后与设备或器具的端子连接；多股铜芯线在与插接式端子连接前，端部须拧紧搪锡 4）多股铝芯线端连接接线端子后与设备、器具的端子连接 5）每个设备和器具的端子接线不多于两根电线	目测检查并核对设计文件及其变更文件或查阅施工记录	抽查10%，少于10处，全数检查
电线、电缆的芯线连接金具	电线、电缆的芯线连接金具（连接管和接线端子），其规格应与芯线的规格适配，且不得采用开口端子	目测检查	
电线、电缆回路标记和编号	电线、电缆的回路标记应清晰，编号准确		抽查5个回路

细节：普通灯具安装

1. 质量控制要点

普通灯具安装的质量控制要点见下表：

项　　目	质　量　要　求
安装一般要求	根据灯具的安装场所及用途，引向每个灯具的导线线芯最小截面积应符合表 10-72 的规定 灯具不得直接安装在可燃构件上。当灯具表面高温部位靠近可燃物时，应采取隔热、散热措施 室外安装的灯具，距地面的高度不宜小于 3m。当在墙上安装时，距地面的高度不应小于 2.5m 灯具安装时，每个灯具固定用螺钉或螺栓不应少于两个，当绝缘台直径在 75mm 及以下时，可用 1 个螺钉或螺栓固定。同一室内或场所成排安装的灯具，其中心线偏差不应大于 5mm。当吊灯灯具重量大于 3kg 时，应采用预埋吊钩或螺栓固定，当软线吊灯灯具重量大于 1kg 时，应增设吊链 螺口灯的相线应接在中心触点，零线应接在外壳端子上。软线吊灯的软线两端应作保护扣，两端芯线应搪锡。吸顶灯安装位置应正确，有木台的应装在木台中心，且不得漏光。吊链灯具的灯线不应受力，灯线应与吊链编叉在一起。吊顶上的灯具应有单独的吊链，不得直接装在龙骨上。用钢管作灯具的吊杆时，其管内径不应小于 10mm，壁厚不小于 1.5mm。固定在移动结构上的灯具，其导线宜敷设在移动构架的内侧。灯具安装时，导线不得有外露现象 灯具及其附件应符合产品技术要求且应配套使用。在危险性较大及特殊危险场所，当灯具距地面高度小于 2.4m 时，应采用电压为 36V 及以下的照明灯具，或采取其他保护措施 大型花灯吊装时，其吊钩宜用圆钢，圆钢直径不小于灯具吊挂销、钩的直径，且不得小于 6mm。大型花灯的固定及悬吊装置，应按灯具重量的两倍做过载试验
大型灯具固定	1）大型灯具的挂钩不应小于悬挂销钉的直径，且不得小于 10mm，预埋在混凝土中的挂钩应与主筋相焊接；如无条件焊接时，也需将挂钩末端部分弯曲后与主筋绑扎，固定牢固。吊钩的弯曲直径为 φ50，预埋长度离平顶为 80～90mm 2）防松、防振装置。吊杆上的悬挂销钉必须装设防振橡胶垫及防松装置。吊灯的安装高度离地坪不得低于 2.5m
灯具安装	1）嵌入顶棚的装饰灯具应固定在专设的框架上，电源线不应贴近灯具外壳，灯线应留有余量，固定灯罩的边框、边缘应紧贴在顶棚面上；矩形灯具的边缘应与顶棚的装饰直线平行，如灯具对称安装时，其纵横中心轴线应在同一条直线上，偏斜不应大于 5mm。荧光灯管组合的开启式灯具，灯管排列要整齐，金属隔片不应有弯曲扭斜等缺陷 2）一般灯具的安装高度应高于 2.5m。灯具安装应牢固，灯具通过圆木木台与墙面楼面固定，用木螺钉固定时，螺钉进木榫长度不应少于 20～25mm，固定灯具用螺栓不得少于两个，木台直径在 75mm 及以下时，可用一个螺钉或螺栓固定。现浇混凝土楼板，应采用尼龙膨胀栓，灯具应装在木台中心，偏差不超过 1.5mm。灯具重量超过 3kg 时，应固定在预理的吊钩或螺栓上。吸顶灯具与木台过近时应有隔热措施 3）每一接线盒应供应一灯具，门口第一个开关应开门口的第一只灯具，灯具与开关应相对应。事故照明灯具应有特殊标志，并有专用供电电源，每个照明回路均应通电校正，做到灯亮，开启自如 4）采用钢管灯具的吊杆，钢管内径一般不小于 10mm；吊链灯具用在小于 1kg 的灯具上，灯线不应受到拉力，灯线应与吊链编叉在一起。软线吊灯软线的两端应作保险扣。荧光灯与高压水银灯及其附件应配套使用，安装位置便于检查。室内成排安装灯具，中心偏差不应大于 5mm。弯管灯杆长度超过 350mm 时，应加装拉攀固定。变配电所高低压盘及母线上方不得安装灯具 5）花饰灯具的金属构件，应做好保护接地或保护接零。花灯的吊钩应采用镀锌件，并要作 5 倍以上灯具重量的试验。一般情况下采用型钢做吊钩时，圆钢最小规格不小于 φ12mm；扁钢不小于 50mm×5mm 6）在吊顶夹板上开孔装灯时，应先钻成小孔，小孔对准灯头盒，待吊顶夹板钉上后，再根据花灯法兰盘大小，扩大吊顶夹板眼孔，使法兰盘能盖住夹板孔洞，保证法兰、吊杆在分格中心位置 7）凡是在木结构上安装吸顶组合灯、面包灯、半圆球灯和荧光灯具时，应在灯爪与吊顶直接接触的部位，垫上 3mm 厚的石棉布(纸)隔热，防止火灾事故发生

（续）

项　目	质 量 要 求
各种转、接线箱、盒的口边抹口	1）各种转、接线箱、盒的口边最好用水泥砂浆抹口。如盒、箱口离墙面较深时，可在箱口和贴脸（门头线）之间嵌上木条，或抹水泥砂浆补齐，使贴脸与墙面平齐 2）对于暗开关、插座盒子沉入墙面较深时，常用的办法是垫上弓子（即以ϕ1.2~1.6mm的铁丝绕一长弹簧），然后根据盒子的不同深度，随用随剪

表 10-72　导线线芯最小截面积　　　（单位：mm²）

灯具安装的场所和用途		线芯最小截面积		
		铜 芯 软 线	钢　　线	铝　　线
灯头线	民用建筑室内	0.5	0.5	2.5
	工业建筑室内	0.5	1.0	2.5
	室外	1.0	1.0	2.5

2. 质量检查与验收

（1）主控项目　普通灯具安装的主控项目质量标准与检验方法见表10-73。

表 10-73　普通灯具安装的主控项目质量标准与检验方法

项　目	合格质量标准	检 验 方 法	检 验 数 量
灯具固定	灯具的固定应符合下列规定： 1）灯具重量大于3kg时，固定在螺栓或预埋吊钩上 2）软线吊灯，灯具重量在0.5kg及以下时，采用软电线自身吊装；大于0.5kg的灯具采用吊链，且软电线编叉在吊链内，使电线不受力 3）灯具固定应牢固可靠，不使用木楔。每个灯具固定用螺钉或螺栓不少于两个；当绝缘台直径在75mm及以下时，采用一个螺钉或螺栓固定	目测检查或查阅施工记录	抽查10%，少于10套，全数检查
花灯吊钩选用、固定及悬吊装置的过载试验	花灯吊钩圆钢直径应不小于灯具挂销直径，且应不小于6mm。大型花灯的固定及悬吊装置，应按灯具重量的两倍做过载试验	目测和尺量检查和查阅过载试验记录	全数检查
钢管吊灯灯杆检查	当钢管做灯杆时，钢管内径应不小于10mm，钢管壁厚度应不小于1.5mm	尺量检查	抽查10%，少于10套，全数检查
灯具的绝缘材料耐火检查	固定灯具带电部件的绝缘材料以及提供防触电保护的绝缘材料，应耐燃烧和防明火	查阅材料和施工记录	
灯具的安装高度和使用的电压等级	当设计无要求时，灯具的安装高度和使用的电压等级应符合下列规定： 1）一般敞开式灯具，灯头对地面距离不小于下列数值（采用安全电压时除外）： ① 室外：2.5m（室外墙上安装） ② 厂房：2.5m ③ 室内：2m	拉线尺量	全数检查

（续）

项　　目	合格质量标准	检 验 方 法	检 验 数 量
灯具的安装高度和使用的电压等级	④ 软吊线带升降器的灯具在吊线展开后：0.8m 2）危险性较大及特殊危险场所，当灯具距地面高度小于 2.4m 时，使用额定电压为 36V 及以下的照明灯具，或有专用保护措施	拉线尺量	全数检查
灯具金属外壳的接地或接零	当灯具距地面高度小于 2.4m 时，灯具的可接近裸露导体必须接地（PE）或接零（PEN）可靠，并应有接地螺栓，且有标识	目测检查	

（2）一般项目　普通灯具安装的一般项目质量标准与检验方法见表10-74。

表10-74　普通灯具安装的一般项目质量标准与检验方法

项　　目	合格质量标准	检 验 方 法	检 验 数 量
电线线芯最小截面积	引向每个灯具的导线线芯最小截面积应符合表10-72的规定	查阅施工记录	
灯具的外形、灯头及其接线检查	灯具的外形、灯头及其接线应符合下列规定： 1）灯具及配件齐全，无机械损伤、变形、涂层剥落和灯罩破裂等缺陷 2）软线吊灯的软线两端做保护扣，两端芯线搪锡；当装升降器时，套塑料软管，采用安全灯头 3）除敞开式灯具外，其他各类灯具灯泡容量在100W 及以上者采用瓷质灯头 4）连接灯具的软线盘扣、搪锡压线，当采用螺口灯头时，相线接于螺口灯头中间的端子上 5）灯头的绝缘外壳不破损和漏电。带有开关的灯头，开关手柄无裸露的金属部分	目测检查	抽查 10%，少于 10 套，全数检查
变电所内灯具的安装位置要求	变电所内，高低压配电设备及裸母线的正上方不应安装灯具	目测	全数检查
装有白炽灯泡的吸顶灯具隔热检查	装有白炽灯泡的吸顶灯具，灯泡不应紧贴灯罩；当灯泡与绝缘台间距离小于 5mm 时，灯泡与绝缘台间应采取隔热措施	目测及尺量	抽查 10%，少于 10 套，全数检查
大型灯具的玻璃罩安全措施	安装在重要场所的大型灯具的玻璃罩，应采取防止玻璃罩碎裂后向下溅落的措施	目测并查阅施工记录	全数检查
投光灯的固定检查	投光灯的底座及支架应固定牢固，枢轴应沿需要的光轴方向拧紧固定	用适配工具做拧动试验	
室外壁灯的防水检查	安装在室外的壁灯应有泄水孔，绝缘台与墙面之间应有防水措施	目测检查	抽查 10%，少于 10 套，全数检查

细节：专用灯具安装

1. 质量控制要点

专用灯具安装的质量控制要点见下表：

项　　目	质量控制要点
应急照明灯安装	应急照明灯的电源除正常电源外，应有另一路可靠电源供电。应急照明灯在正常电源断电后，电源转换时间应为：疏散照明≤15s；备用照明≤15s（金融商店交易所＜1.5s）；安全照明≤0.5s 应急照明线路在每个防火分区应有独立的应急照明回路，线路穿越不同防火分区时，应有防火隔离措施。安装应急照明灯具和运行中温度高于60℃的灯具，当靠近可燃物体时，应采取隔热、散热等防火措施 疏散照明线路应采用耐火电线、电缆，穿管明敷或在非燃烧体内穿刚性导管暗敷。电线应用电压不低于750V的铜芯绝缘电线，导管暗敷时，其保护层厚度应不小于30mm 安全出口标志灯安装时，距地高度应不低于2m，且应安装在疏散出口和楼梯口里侧的上方。疏散标志灯应安装在安全出口的顶部，楼梯间、疏散走道及其转角处应装在1m以下的墙面上。疏散通道的标志灯间距应不大于20m（人防工程不大于10m） 安全照明应采用卤钨灯，或采用瞬时可靠点燃的荧光灯。疏散照明应采用荧光灯或白炽灯。安全出口标志灯和疏散标志灯应装有玻璃或非燃材料的保护罩，面板亮度均匀度为1：10（最低：最高）
防爆灯具安装	防爆灯具安装前，应检查灯具的防爆标志、外壳防护等级和温度组别与爆炸危险环境等是否与设计要求相一致。设计无要求时，灯具种类和防爆结构应符合表10-75的规定 检查灯具配套件，不得用非防爆零件替代灯具配件。灯具及开关的外壳应完整，无损伤、无凹陷或沟槽，灯罩应无裂纹，金属护网无扭曲变形，防爆标志应清晰 灯具安装时，其位置应离开释放源，且不在各种管道的泄压口及排放口上下方安装灯具。灯具吊管及开关与接线盒螺纹啮合扣数应不少于5扣。螺纹应无锈蚀，且应涂电力复合酯或导电性防锈酯。灯具开关安装高度应为1.3m。紧固螺栓应无松动、锈蚀，密封垫圈完好
手提式低压安全灯	手提式低压安全灯必须符合下列要求： 1）灯体及手柄必须用坚固的耐热及耐湿绝缘材料制成 2）灯座应牢固地装在灯体上，不能让灯座转动。灯泡的金属部分不应外露，不许使用带开关灯头 3）为防止机械损伤，灯泡应有可靠的机械保护。当采用保护网时，其上端应固定在灯具的绝缘部分上，保护网不应有小门或开口，保护网应只能使用专用工具方可取下 4）安装灯体引入线时，不应过于拉紧，同时应避免导线在引出处被磨伤 5）电源导线应采用软线，并应使用插销控制
危险性场所内照明设备的金属外壳	危险性场所内安装照明设备等金属外壳，必须有可靠的接地装置，除按电力设备有关要求安装外，尚应符合下列要求： 1）该接地可与电力设备专用接地装置共用 2）采用电力设备的接地装置时，严禁与电力设备串联，应直接与专用接地干线连接。灯具安装于电气设备上且同时使用同一电源者除外 3）不得采用单相二线式中的零线作为保护接地线 4）如以上要求达不到，应另设专用接地装置

（续）

项　目	质量控制要点
危险性场所的照明灯具安全防护	危险性场所的照明灯具安全防护应符合下列要求： 1）灯具安装前，检查和试验布线的连接和绝缘状况。当确认接线正确和绝缘良好时，方可安装灯具等设备，并做书面记录，作为交工移交资料 2）管盒的缩口盖板，应只留通过绝缘导线孔和固定盖板的螺孔，其他无用孔均应用铁、铅或铅铆钉铆固严密 3）为保持管盒密封，缩口盖或接线盒与管盒间，应加石棉垫 4）绝缘导线穿过盖板时，应套软绝缘管保护，该绝缘管进入盒内 10～15mm，露出盒外至照明设备或灯具光源口内为止 5）直接安装于顶棚或墙、柱上的灯具设备等，应在建筑物与照明设备之间，加垫厚度不小于2mm 的石棉垫或橡胶板垫 6）灯具组装完后应作通电亮灯试验

表 10-75　灯具种类和防爆结构的选型

照明设备种类	爆炸危险区或防爆结构 Ⅰ　区		Ⅱ　区	
	防爆型 d	增安型 e	防爆型 d	增安型 e
固定式灯	○	×	○	○
移动式灯	△	—	○	—
携带式电池灯	○	—	○	○
镇流器	○	△	○	○

注：○为适用；△为慎用；×为不适用。

2. 质量检查与验收

（1）主控项目　专用灯具安装的主控项目质量标准与检验方法见表 10-76。

表 10-76　专用灯具安装的主控项目质量标准与检验方法

项　目	合格质量标准	检验方法	检验数量
36V 及以下行灯变压器和行灯安装	36V 及以下行灯变压器和行灯安装必须符合下列规定： 1）行灯电压不大于 36V，在特殊潮湿场所或导电良好地面上以及工作地点狭窄、行动不便的场所行灯电压不大于 12V 2）变压器外壳、铁心和低压侧的任意一端或中性点，接地（PE）或接零（PEN）可靠 3）行灯变压器为双绕组变压器，其电源侧和负荷侧有熔断器保护，熔丝额定电流分别不应大于变压器一次、二次的额定电流 4）行灯灯体及手柄绝缘良好，坚固耐热潮湿；灯头与灯体结合紧固，灯头无开关，灯泡外部有金属保护网、反光罩及悬吊挂钩，挂钩固定在灯具的绝缘手柄上	目测和查阅施工记录并用互感式电流表量测	全数检查

（续）

项　目	合格质量标准	检验方法	检验数量
特殊场所灯具等电位联结以及其电源专用漏电保护装置	游泳池和类似场所灯具（水下灯及防水灯具）的等电位联结应可靠，且有明确标识，其电源的专用漏电保护装置应全部检测合格。自电源引入灯具的导管必须采用绝缘导管，严禁采用金属或有金属护层的导管	目测并进行漏电动作实验旁站或查阅试验记录	
手术台无影灯的固定、供电电源和电线选用	手术台无影灯安装应符合下列规定： 1）固定灯座的螺栓数量不少于灯具法兰底座上的固定孔数，且螺栓直径与底座孔径相适配；螺栓采用双螺母锁固 2）在混凝土结构上螺栓与主筋相焊接或将螺栓末端弯曲与主筋绑扎锚固 3）配电箱内装有专用的总开关及分路开关，电源分别接在两条专用的回路上，开关至灯具的电线采用额定电压不低于750V的铜芯多股绝缘电线	目测或检查施工记录	全数检查
应急灯具安装	应急照明灯具安装应符合下列规定： 1）应急照明灯的电源除正常电源外，另有一路电源供电；或者是独立于正常电源的柴油发电机组供电；或由蓄电池柜供电或选用自带电源型应急灯具 2）应急照明在正常电源断电后，电源转换时间为：疏散照明≤1.5s（金融商店交易所≤1.5s）；安全照明≤0.5s 3）疏散照明由安全出口标志灯和疏散标志灯组成。安全出口标志灯距地高度不低于2m，且安装在疏散出口和楼梯口里侧的上方 4）疏散标志灯安装在安全出口的顶部，楼梯间、疏散走道及其转角处应安装在1m以下的墙面上。不易安装的部位可安装在上部。疏散通道上的标志灯间距不大于20m（人防工程不大于10m） 5）疏散标志灯的设置，不影响正常通行，且不在其周围设置容易混同疏散标志灯的其他标志牌等 6）应急照明灯具、运行中温度大于60℃的灯具，当靠近可燃物时，采取隔热、散热等防火措施。当采用白炽灯，卤钨灯等光源时，不直接安装在可燃装修材料或可燃物件上 7）应急照明线路在每个防火分区有独立的应急照明回路，穿越不同防火分区的线路有防火隔堵措施 8）疏散照明线路采用耐火电线、电缆，穿管明敷或在非燃烧体内穿刚性导管暗敷，暗敷保护层厚度不小于30mm。电线采用额定电压不低于750V的铜芯绝缘电线	目测检查并查阅施工记录	电源、持续供电时间、电源切换时间全数检查，其余抽查10%

（续）

项　目	合格质量标准	检验方法	检验数量
防爆灯具的安装	防爆灯具安装应符合下列规定： 　　1）灯具的防爆标志、外壳防护等级和温度组别与爆炸危险环境相适配。当设计无要求时，灯具种类和防爆结构的选型应符合表10-75的规定 　　2）灯具配套齐全，不用非防爆零件替代灯具配件（金属护网、灯罩、接线盒等） 　　3）灯具的安装位置离开释放源，且不在各种管道的泄压口及排放口上下方安装灯具 　　4）灯具及开关安装牢固可靠，灯具吊管及开关与线盒螺纹啮合扣数不少于5扣，螺纹加工光滑、完整、无锈蚀，并在螺纹上涂以电力复合酯或导电性防锈酯 　　5）开关安装位置便于操作，安装高度为1.3m	目测并检查施工记录	抽查10%，少于10套，全数检查

（2）一般项目　专用灯具安装的一般项目质量标准与检验方法见表10-77。

表10-77　专用灯具安装的一般项目质量标准与检验方法

项　目	合格质量标准	检验方法	检验数量
36V及以下行灯变压器固定及电缆选择	36V及以下行灯变压器和行灯安装应符合下列规定： 　　1）行灯变压器的固定支架牢固，油漆完整 　　2）携带式局部照明灯电线采用橡套软线		全数检查
手术台无影灯安装	手术台无影灯安装应符合下列规定： 　　1）底座紧贴顶板，四周无缝隙 　　2）表面保持整洁、无污染，灯具镀、涂层完整无划伤		
应急照明灯具安装检查	应急照明灯具安装应符合下列规定： 　　1）疏散照明采用荧光灯或白炽灯；安全照明采用卤钨灯，或采用瞬时可靠点燃的荧光灯 　　2）安全出口标志灯和疏散标志灯装有玻璃或非燃材料的保护罩，面板亮度均匀度为1:10（最低:最高），保护罩应完整、无裂纹	目测检查	抽查10%，小于10套，全数检查
防爆灯具安装检查	防爆灯具安装应符合下列规定： 　　1）灯具及开关的外壳完整，无损伤、无凹陷或沟槽，灯罩无裂纹，金属护网无扭曲变形，防爆标志清晰 　　2）灯具及开关的紧固螺栓无松动、锈蚀，密封垫圈完好		

细节：景观照明灯、航空障碍标志灯和庭院灯安装

1. 质量控制要点

景观照明灯、航空障碍标志和庭院灯安装的质量控制要点见下表：

项目	质量控制要点
建筑物彩灯	彩灯安装时，其配线管路应按明配管敷设，且应有防雨功能。采用的建筑物顶部彩灯应为有防雨性能的专用灯具，垂直彩灯应用防水吊线灯头，下端灯头距地面应高于3m 安装垂直彩灯悬挂挑臂时，应采用不小于10号的槽钢，端部吊挂钢索用的吊钩螺栓直径应不小于10mm 悬挂钢丝绳直径应不小于4.5mm，底把圆钢直径不小于16mm，地锚采用架空外线用拉线盘，埋设深度应大于1.5m 彩灯电线导管应防腐完好，敷设平整、顺直。线管间、线管与灯头盒间应用螺纹连接，金属导管及彩灯的构架、钢索等可接近裸露导体的接地或接零应可靠
霓虹灯安装	霓虹灯安装前，应检查灯管无破裂现象，灯管应固定在专用绝缘支架上，固定后的灯管与建筑物表面的距离应不小于20mm 1）霓虹灯变压器的安装位置宜在不易被人触及的地方。霓虹灯变压器安装位置应隐蔽，不得装在吊平顶内。明装时，紧靠灯管的金属支架上固定，有密封的防水小箱保护，与建筑物间距不小于50mm。与易燃物的距离不得小于300mm。当在橱窗内时，橱窗门与变压器一次侧开关应有联锁装置，确保开门不接通变压器的电源 2）霓虹灯专用变压器的二次导线应采用绝缘支持件固定，距附着面的距离应≥213mm，固定点间距离以不大于600mm为宜，线间距离不宜小于60mm，二次导线距其他管线应在150mm以上，并用绝缘物隔离；过墙时应采用瓷管保护 霓虹灯专用变压器应采用双圈式，所供灯管长度不大于允许负载长度。专用变压器的二次导线和灯管间的连接线应采用额定电压大于15kV的高压绝缘导线。二次导线与建筑物表面的距离应不小于20mm。变压器二次侧的导线采用玻璃制品绝缘支持物固定时，水平线段支持点距离不应大于0.5m，垂直线段支持点距离不应大于0.75m 霓虹灯管路、变压器的中性点及金属外壳要与专用保护线PE可靠地相焊接。为了防潮及防尘，变压器应放在耐燃材料作的箱内
景观照明灯具	建筑物景观照明灯具安装时应符合下列规定： 1）每套灯具的导电部分对地绝缘电阻值大于2MΩ 2）在人行道等人员来往密集场所安装的落地式灯具，无围栏防护，安装高度距地面2.5m以上 3）金属构架和灯具的可接近裸露导体及金属软管的接地（PE）或接零（PEN）可靠，且有标识 景观照明灯具构架应安装牢靠，地脚螺栓应拧紧。灯具外露的电线或电缆应有柔性金属导管保护 室外绝缘导线在建筑物、构筑物上敷设与其最小间距见表10-78

表10-78 室外绝缘导线与建筑物、构筑物之间的最小距离

敷设方式		最小距离/mm	敷设方式	最小距离/mm
水平敷设的垂直距离	距阳台、平台、屋顶	2500	垂直敷设时至阳台窗户的水平距离	750
	距下方窗户上口	300	导线至墙壁和构架的距离（挑檐下除外）	50
	距上方窗户下口	800		

2. 质量检查与验收

（1）主控项目 景观照明灯、航空障碍标志灯和庭院灯安装的主控项目质量标准与检验方法见表10-79。

表 10-79 景观照明灯、航空障碍标志灯和庭院灯安装的主控项目质量标准与检验方法

项 目	合格质量标准	检验方法	检验数量
建筑物彩灯灯具、配管及固定	建筑物彩灯安装应符合下列规定： 1）建筑物顶部彩灯采用有防雨性能的专用灯具，灯罩要拧紧 2）彩灯配线管路按明配管敷设，且有防雨功能。管路间、管路与灯头盒间螺纹连接，金属导管及彩灯的构架、钢索等可接近裸露导体接地（PE）或接零（PEN）可靠 3）垂直彩灯悬挂挑臂应采用不小于10号槽钢。端部吊挂钢索用的吊钩螺栓直径不小于10mm，螺栓在槽钢上固定，两侧有螺母，且加平垫及弹簧垫圈紧固 4）悬挂钢丝绳直径不小于4.5mm，底把圆钢直径不小于16mm，地锚采用架空外线用拉线盘，埋设深度大于1.5m 5）垂直彩灯采用防水吊线灯头，下端灯头距离地面高于3m	目测和查阅施工记录并拉线尺量	钢索等悬挂结构及接地全数检查；灯具和线路抽查10%，少于10套，全数检查
霓虹灯安装检查及固定	霓虹灯安装应符合下列规定： 1）霓虹灯管完好，无破裂 2）灯管采用专用的绝缘支架固定，且牢固可靠。灯管固定后，与建筑物、构筑物表面的距离不小于20mm 3）霓虹灯专用变压器采用双圈式，所供灯管长度不大于允许负载长度，露天安装的有防雨措施 4）霓虹灯专用变压器的二次电线和灯管间的连接线采用额定电压大于15kV的高压绝缘电线。二次电线与建筑物、构筑物表面的距离不小于20mm	目测检查和查阅施工记录并拉线尺量	
建筑物景观照明灯安装	建筑物景观照明灯具安装应符合下列规定： 1）每套灯具的导电部分对地绝缘电阻值大于2MΩ 2）在人行道等人员往来密集场所安装的落地式灯具，无围栏防护，安装高度距地面2.5m以上 3）金属构架和灯具的可接近裸露导体及金属软管的接地（PE）或接零（PEN）可靠，且有标识	兆欧表测量并拉线尺量	全数检查
航空障碍标志灯安装	航空障碍标志灯安装应符合下列规定： 1）灯具装设在建筑物或构筑物的最高部位。当最高部位平面面积较大或为建筑群时，除在最高端装设外，还在其外侧转角的顶端分别装设灯具 2）当灯具在烟囱顶上装设时，安装在低于烟囱口1.5~3m的部位且呈正三角形水平排列 3）灯具的选型根据安装高度决定；低光强的（距地面60m以下装设时采用）为红色光，其有效光强大于1600cd。高光强的（距地面150m以上装设时采用）为白色光，有效光强随背景亮度而定 4）灯具的电源按主体建筑中最高负荷等级要求供电 5）灯具安装牢固可靠，且设置维修和更换光源的措施	目测、拉线尺量	

（续）

项　目	合格质量标准	检验方法	检验数量
庭院灯安装	庭院灯安装应符合下列规定： 1）每套灯具的导电部分对地绝缘电阻值大于2MΩ 2）立柱式路灯、落地式路灯、特种园艺灯等灯具与基础固定可靠，地脚螺栓备帽齐全。灯具的接线盒或熔断器盒，盒盖的防水密封垫完整 3）金属立柱及灯具可接近裸露导体接地（PE）或接零（PEN）可靠。接地线单设干线，干线沿庭院灯布置位置形成环网状，且不少于2处与接地装置引出线连接。由干线引出支线与金属灯柱及灯具的接地端子连接，且有标识	兆欧表测量和目测或查阅施工记录	抽查10%，少于5套，全数检查

（2）一般项目　景观照明灯、航空障碍标志灯和庭院灯安装的一般项目质量标准与检验方法见表10-80。

表10-80　景观照明灯、航空障碍标志灯和庭院灯安装的一般项目质量标准与检验方法

项　目	合格质量标准	检验方法	检验数量
建筑物彩灯安装检查	建筑物彩灯安装应符合下列规定： 1）建筑物顶部彩灯灯罩完整，无碎裂 2）彩灯电线导管防腐完好，敷设平整、顺直	目测	抽查10%，少于5套，全数检查
霓虹灯安装	霓虹灯安装应符合下列规定： 1）当霓虹灯变压器明装时，高度不小于3m；低于3m采取防护措施 2）霓虹灯变压器的安装位置方便检修，且隐蔽在不易被非检修人员触及的场所，不装在吊平顶内 3）当橱窗内装有霓虹灯时，橱窗门与霓虹灯变压器一次侧开关有联锁装置，确保开门不接通霓虹灯变压器的电源 4）霓虹灯变压器二次侧的电线采用玻璃制品绝缘支持物固定，支持点距离不大于下列数值：水平线段为0.5m；垂直线段为0.75m	拉线尺量和目测	全数检查
建筑物景观照明灯具的构架固定和外露电线电缆保护	建筑物景观照明灯具构架应固定可靠，地脚螺栓拧紧，备帽齐全；灯具的螺栓紧固、无遗漏。灯具外露的电线或电缆应有柔性金属导管保护	目测或用适配工具做扭动试验	
航空障碍标志灯安装距离及动作检查	航空障碍标志灯安装应符合下列规定： 1）同一建筑物或建筑群灯具间的水平、垂直距离不大于45m 2）灯具的自动通、断电源控制装置动作准确	查阅试验记录或试验时旁站及查阅施工记录	
庭院灯控制装置动作及牢固检查	庭院灯安装应符合下列规定： 1）灯具的自动通、断电源控制装置动作准确，每套灯具熔断器盒内熔丝齐全，规格与灯具适配 2）架空线路电杆上的路灯，固定可靠，紧固件齐全、拧紧，灯位正确；每套灯具配有熔断器保护	查阅试验记录或试验时旁站	抽查10%，少于5套，全数检查

细节：建筑物照明通电试运行

1. 质量控制要点

照明系统通电应在各回路绝缘电阻测试合格后方可进行，绝缘电阻值不小于 0.5MΩ。连续试运行时间内应无线路过载、线路过热等故障。

2. 质量检查与验收

（1）灯具回路控制与照明箱以及回路的标识一致，开关与灯具控制顺序相对应。

质量标准：照明系统通电，灯具回路控制应与照明配电箱及回路的标识一致；开关与灯具控制顺序相对应，风扇的转向及调速开关应正常。

检验方法：观察。

检查数量：全数检查。

（2）照明系统全负荷通电连续试运行时间

质量标准：公用建筑照明系统通电连续试运行时间应为 24h，民用住宅照明系统通电连续试运行时间应为 8h。所有照明灯具均应开启，且每 2h 记录运行状态 1 次，连续试运行时间内无故障。

检验方法：检阅试运行记录。

检查数量：全数检查。

细节：接地装置安装

1. 质量控制要点

（1）安装技术要点　接地装置材质，当设计无要求时，应为钢材，且均应热浸镀锌，其规格、尺寸与敷设位置应符合表 10-81 的规定。

表 10-81　接地装置的最小允许规格、尺寸

种类、规格及单位		地　上		地　下	
		室　内	室　外	交流电流回路	直流电流回路
圆钢直径/mm		6	8	10	12
扁钢	截面/mm²	60	100	100	100
	厚度/mm	3	4	4	6
角钢厚度/mm		2	2.5	4	6
钢管管壁厚度/mm		2.5	2.5	3.5	4.5

注：电力线路杆塔的接地体引出线的截面不应小于 50mm²，引出线应热镀锌。

角钢、圆钢及钢管接地体应垂直设置。垂直接体的长度一般为 2.5m，垂直接地体间的距离应不小于 5m，当受地方限制时，可根据设计单位的书面变更通知，适当减小距离。

接地装置安装应按以下程序进行：

1）建筑物基础接地体。底板钢筋敷设完成，按设计要求做接地施工，经检查确认后，方可支模或浇筑混凝土。

2）人工接地体。按设计要求位置开沟挖槽，经检查确认后，方可打入接地极和敷设地下接地干线。

3）接地模块按设计位置开挖模块坑，并将地下接地干线引至模块上，经检查确认后，方可相互焊接。

4）接地装置经检查验收合格后，方可覆土回填。

接地线一般采用扁钢，其截面积一般不小于100mm²，厚度不小于4mm。采用圆钢时，其直径一般不小于10mm。当地下土壤腐蚀性较强时，可适当加大其截面积。

接地线与接地体的连接应采用搭接焊，其搭接长度和焊接方法应符合规范要求。焊接时，焊缝应平整饱满，不应有夹渣、咬边缺陷，焊接后应清渣，并刷防腐涂料。

接地体严禁埋在垃圾堆、建筑物回填土等处。接地沟应及时回填夯实，回填土不应夹有石块或垃圾。

电气设备的接地装置严禁与防雷接地装置混用，两者之间应相距3~5m以上。防雷接地装置的位置，与道路或建筑物的出入口等的距离不应小于3m。当小于3m时，应采取以下措施：

1）水平接地体局部埋置深度不小于1m，且应局部包以绝缘物。

2）用沥青碎石地面或在接地装置上敷设50~80mm厚沥青层，其宽度应大于接地装置2m。

3）接地体上部装用圆钢或扁钢焊成的网格压网，网格尺寸为500mm×500mm，其边缘距接地体不得小于2.5m。

4）采用"帽檐式"压带做法。

接地装置测试点的位置和个数应符合设计要求，测试点扁钢截面积应不小于100mm²，厚4mm。当暗敷时，外墙盖板面上宜有⊥标志。

在接地线引向建筑物的入口处，应用黑色涂料标出⊥记号，在临时接地点处应涂白色油性涂料再标黑色⊥记号；中性点与接地网的明敷设接地线连接处应涂紫色带黑色的条纹作标志。

（2）工程质量控制要点

1）接地体顶面埋设深度不应小于0.6m，角钢或钢管接地体应垂直配置，为减少相邻接地体的屏蔽作用，垂直接地体的间距不宜小于其长度的两倍，水平接地体的间距应根据设计规定，不宜小于5m，局部深度应在1m以上，接地体与建筑物的距离不宜小于1.5m。

2）利用各种金属构件、金属管道等作接地线时，应保证其全长为完好的电气通路；利用串联的金属构件、管道作接地线时，应在其串联部位焊接金属跨接线；接至电气设备、器具和可拆卸的其他非带电金属部件接地（接零）的分支线，必须直接与接地干线相连，严禁串联连接。

3）接地体(线)的连接通常应采用焊接，扁钢与钢管或角钢焊接时，为了连接可靠，除应在其接触部位两侧进行焊接外，并应焊由钢带弯成的弧形(或直角形)卡子或由钢带本身直接弯成弧形(或直角形)与钢管(或角钢)焊接。焊接处应进行防腐处理。

4）螺栓连接的接触面应同母线装置一样作表面处理，连接应紧密、牢固。

5）接地保护线截面选择应符合表10-82的规定。

6）接地干线至少应在不同的两点处与接地网相连接，自然接地体至少应在不同的两点与接地干线相连接；电气装置的每个接地部分应以单独的接地线与接地干线相连接，不得在一个接地线中串接几个需要接地部分；接零保护回路中不得串装熔断器、开关等设备，并应有重复(至少二点)的接地。

表 10-82 接地保护线截面选择

干线截面积	> 相线的1/2	铜芯绝缘线	最大截面 < 25mm²
支线截面积	> 相线的1/3	铝芯绝缘线	最小截面 > 2.5mm²
铜芯绝缘线	最小截面 > 1.5mm²		最大截面 < 35mm²

7）接地线明敷时，应按水平或垂直敷设，但亦与建筑物倾斜结构平行，在直线段不应有高低起伏及弯曲等情况，在直线段水平距离支持件间距一般为 1～1.5m，垂直部分支持件间距一般为 1.5～2m，转弯之处支持件间距一般为 0.5m。同一供电系统中，不允许部分电气设备保护接零，另一部分电气设备保护接地。

8）接地线应防止发生机械损伤和化学腐蚀，在公路、铁路或管道等交叉及其他可能使接地线遭受机械损伤之处，均应用管子或角钢等加以保护；接地线在穿过墙壁时应通过明孔、钢管或其他坚固的保护管进行保护；明敷接地线敷设位置不应妨碍设备的拆卸与检修。

9）接地线沿建筑物墙壁水平敷设时，离地面宜保持 250～300mm 的距离，接地线与建筑物墙壁间应有 10～15mm 的间隙；在接地线跨越建筑物伸缩缝、沉降缝处时，应加设补偿器，补偿器可用接地线本身弯成弧状代替；接至电气设备上的接地线应用螺栓连接，有色金属接地线不能采用焊接时，也可用螺栓连接。

10）明敷的接地线表面应涂黑漆；如因建筑物的设计要求，需涂其他颜色时，则应在连接处及分支处涂以各宽为 15mm 的两条黑带，其间距为 150mm；中性点接于接地网的明敷接地线，应涂以紫色带黑色条纹；在三相四线网络中，如接有单相分支线并用其零线作接地线时，零线在分支点应涂黑色带以便识别。

2. 质量检查与验收

（1）主控项目 接地装置安装的主控项目质量标准与检验方法见表 10-83。

表 10-83 接地装置安装的主控项目质量标准与检验方法

项 目	合格质量标准	检验方法	检验数量
接地装置测试点的设置	人工接地装置或利用建筑物基础钢筋的接地装置必须在地面以上按设计要求位置设测试点	目测检查	
接地电阻测试	测试接地装置的接地电阻值必须符合设计要求	用兆欧表测量检查	
防雷接地的人工接地装置的接地干线埋设	防雷接地的人工接地装置的接地干线埋设，经人行通道处埋设深度不应小于1m，且应采取均压措施或在其上方铺设卵石或沥青地面		全数检查
接地模块的埋设深度、间距和基坑尺寸	接地模块顶面埋深不应小于0.6m，接地模块间距不应小于模块长度的3～5倍。接地模块埋设基坑，一般为模块外形尺寸的1.2～1.4倍，且在开挖深度内详细记录地层情况	查阅施工记录	
接地模块应垂直或水平就位	接地模块应垂直或水平就位，不应倾斜设置，保持与原土层接触良好		

（2）一般项目 接地装置安装的一般项目质量标准与检验方法见表 10-84。

表 10-84 接地装置安装的一般项目质量标准与检验方法

项　　目	合格质量标准	检 验 方 法	检 验 数 量
接地装置埋设深度、间距和搭接长度	当设计无要求时，接地装置顶面埋设深度不应小于0.6m。圆钢、角钢及钢管接地极应垂直埋入地下，间距不应小于5m。接地装置的焊接应采用搭接焊，搭接长度应符合下列规定： 1）扁钢与扁钢搭接为扁钢宽度的2倍，不少于三面施焊 2）圆钢与圆钢搭接为圆钢直径的6倍，双面施焊 3）圆钢与扁钢搭接为圆钢直径的6倍，双面施焊 4）扁钢与钢管，扁钢与角钢焊接，紧贴角钢外侧两面，或紧贴3/4钢管表面，上下两侧施焊 5）除埋设在混凝土中焊接接头外，有防腐措施	查阅施工记录	抽查10处，少于10处，全数检查
接地装置的材质和最小允许规格、尺寸	当设计无要求时，接地装置的材料采用钢材，热浸镀锌处理，最小允许规格、尺寸应符合表10-81的规定		
接地模块与干线的连接和干线材质选用	接地模块应集中引线，用干线把接地模块并联焊接成一个环路，干线的材质与接地模块焊接点的材质应相同，钢制的采用热浸镀锌扁钢，引出线不少于两处		全数检查

细节：避雷引下线和变配电室接地干线敷设

1. 质量控制要点

避雷针一般用镀锌圆钢或焊接钢管制成，其直径不小于：

针长1m以下时：圆钢为12mm，钢管为20mm。

针长1~2m时：圆钢为16mm，钢管为25mm。

避雷针体可由若干节不同直径的镀锌钢管和底座组成。钢管插接时，插入深度应为250mm，在插接的两端用 $\phi12$mm 穿钉穿入并进行焊接。钢管与底座以及钢管插入口处均应进行四周焊接。

避雷针安装必须垂直、牢固，必要时应加缆风绳保护，其倾斜度不得大于5/1000。

避雷带安装时，其材质一般采用热镀锌扁钢或圆钢。用扁钢时，其最小截面积为48mm²，厚度为4mm；用圆钢时，其直径不得小于8mm。避雷带的支持件材质一般应与避雷带材质相同。

避雷带支持件的高度一般为100~150mm，避雷带应每隔1~1.5m有支持件固定。转角处的支持件，一般从转角中心至支持件的两端宜为250~300mm。

避雷带扁钢与扁钢搭接焊接长度应为扁钢宽度的两倍，焊接不少于三个棱边；圆钢与圆钢搭接焊接长度应为圆钢直径的6倍；焊接应两面焊。扁钢与支持件的焊接，扁钢宜高出支持件约5mm。焊接处焊缝应平整，不应有夹渣、咬边、焊瘤等缺陷，焊后应除渣并刷防锈涂料。

引下线安装应按以下程序进行：

1）利用建筑物柱内主筋作引下线，在柱内主筋绑扎后，按设计要求施工，经检查确认后，方可支模。

2）直接从基础接地体或人工接地体暗敷埋入粉刷层内的引下线，经检查确认不外露，方可贴面砖或刷涂料等。

3）直接从基础接地体或人工接地体引出明敷的引下线，先埋设或安装支架，经检查确认后，方可敷设引下线。

引下线的材质，一般为镀锌扁钢或圆钢。扁钢截面为 48mm²，厚 4mm；圆钢直径不小于 8mm。

引下线应沿最短路线引至接地体。明敷引下线离墙距离宜为 15mm，上下两端的固定距离一般为 250～300mm。引下线的支持件间距应均匀，水平直线部分为 0.5～1.5m，垂直直线部分 1.5～3m，弯曲部分 0.3～0.5m。暗敷引下线，当利用混凝土柱内主钢筋作组成时，则至少应选用 4 根柱子，且每根柱子至少应有 2 根主筋通过连接焊接组成一体。

采用多根引下线时，应设断接卡。断接卡设置高度为 1.5～1.8m，其搭接长度为：上下端至螺栓孔中心各为 20mm，两螺孔中心距为 40mm，总长度 80mm。断接卡的接地线至地下 0.3m 处应有保护措施，一般用钢管，保护管地面以上长度宜为 1.5m，地下部分不小于 0.3m。

避雷针（带）与引下线之间的连接应采用焊接。

防雷引下线距地面的 1.5～1.8m 处设置断接卡供接地电阻检测用，用螺栓连接时，接地线的接触面、螺栓、螺母和垫圈均应镀锌，出地坪处应有保护管，钢管口应与引下线定位焊成一体，以防止涡流，并封口保护。

屋顶防雷带与电气配管应相连成一体。

构架上的避雷针应与接地网连接，并应在其附近装设集中接地装置。

避雷针与接地网的连接点至变压器或 35kV 及以下设备与接地网的地下连接点，沿接地体的长度不得小于 15m。

屋顶上装设的防雷金属网和建筑物顶部的避雷针及金属物体应焊接成一个整体。

变电所的避雷针不应有接头，且还不得在避雷针构架上架设低压线或通信线。

2. 质量检查与验收

（1）主控项目　避雷引下线和变配电室接地干线敷设的主控项目质量标准与检验方法见表 10-85。

表 10-85　避雷引下线和变配电室接地干线敷设的主控项目质量标准与检验方法

项　　目	合格质量标准	检验方法	检验数量
引下线的敷设、明敷引下线外观质量及防腐	暗敷在建筑物抹灰层内的引下线应有卡钉分段固定；明敷的引下线应平直、无急弯，与支架焊接处，油漆防腐，且无遗漏	目测检查	抽查 10%，少于 5 处，全数检查
金属跨接线	当利用金属构件、金属管道做接地线时，应在构件或管道与接地干线间焊接金属跨接线		全数检查

（2）一般项目　避雷引下线和变配电室接地干线敷设的一般项目质量标准与检验方法

见表 10-86。

表 10-86　避雷引下线和变配电室接地干线敷设的一般项目质量标准与检验方法

项　目	合格质量标准	检验方法	检验数量
钢制接地线的连接和材料规格、尺寸	钢制接地线的焊接连接应符合表 10-84 中表项 1 的规定，材料采用及最小允许规格、尺寸也应符合表 10-84 中表项 2 的规定	目测检查	抽查 10%，少于 5 处，全数检查
明敷接地引下线支持件设置	明敷接地引下线及室内接地干线的支持件间距应均匀，水平直线部分为 0.5～1.5m；垂直直线部分为 1.5～3m；弯曲部分为 0.3～0.5m	拉线尺量	
接地线穿越及其保护	接地线在穿越墙壁、楼板和地坪处应加套钢管或其他坚固的保护套管，钢套管应与接地线做电气连通	目测检查	
幕墙金属框架和建筑物金属门窗与接地干线的连接及其防腐	设计要求接地的幕墙金属框架和建筑物的金属门窗，应就近与接地干线连接可靠，连接处不同金属间应有防电化腐蚀措施		

细节：接闪器安装

1. 质量控制要点

1）每一个建筑物的防雷引下线不准少于两条，防雷引下线不宜经过门口、走道和人员经常经过的地方。

2）利用建筑物主钢筋作防雷引下线时，最少要有四根柱子，每根柱子不少于 2 根，而其直径必须大于 φ12mm。钢结构筒体体壁厚大于 4mm 时，可作为接地引下线，但法兰处应加焊跨接线，筒体底部应有对称两处与接地体相连。

3）避雷针针体垂直度偏差不大于顶端针杆的直径。

4）独立避雷针及其接地装置与道路或建筑物的出入口等的距离应大于 3m，独立避雷针（线）应设立独立的接地装置，在土壤电阻率不大于 $100\Omega \cdot m$ 的地区，其接地电阻不宜超过 10Ω，接地线与独立避雷针的接地线的距离不应小于 3m。

2. 质量检查与验收

（1）主控项目　接闪器安装的主控项目质量标准与检验方法见表 10-87。

表 10-87　接闪器安装的主控项目质量标准与检验方法

项　目	合格质量标准	检验方法	检验数量
避雷针、带与顶部外露的其他金属物体的连接	建筑物顶部的避雷针、避雷带等必须与顶部外露的其他金属物体连成一个整体的电气通路，且与避雷引下线连接可靠	目测检查或做连通性测试	全数检查

（2）一般项目　接闪器安装的一般项目质量标准与检验方法见表 10-88。

表 10-88 接闪器安装的一般项目质量标准与检验方法

项 目	合格质量标准	检验方法	检验数量
避雷针、带的位置及固定	避雷针、避雷带应位置正确，焊接固定的焊缝饱满无遗漏，螺栓固定的应备帽等防松零件齐全，焊接部分补刷的防腐油漆完整	目测检查	抽查 10%，少于 10m 或 10 个支持件，全数检查
避雷带的支持件间距、固定及承力检查	避雷带应平正顺直，固定点支持件间距均匀、固定可靠，每个支持件应能承受大于 49N(5kg) 的垂直拉力。当设计无要求时，支持件间距符合表 10-86 表项 2 的规定	目测检查及拉线尺量	

细节：建筑物等电位联结

1. 质量控制要点

1）等电位联结线和等电位联结端子板宜采用铜质材料。

2）等电位联结端子板的截面不得小于所接等电位联结线的截面。

3）等电位联结用的螺栓、垫圈、螺母等应进行垫镀锌处理。

4）在土壤中，应避免使用铜线或带铜皮的钢线作为联结线，如果用铜线作联结线也应用放电间隙与管道、钢容器或基础钢筋相连接。

5）与基础钢筋连接时，建议联结线选用钢材，这种钢材最好也用混凝土保护，连接部位应采用焊接，并在焊接处做相应的防腐保护，这样与基础钢筋的电位基本一致，不会形成电化学腐蚀。在与土壤中钢管等连接时，也应采取防腐措施，如选用塑料电线或铅包电线或电缆。

6）等电位联结线采用不同材质的导体连接时，可采用熔接法进行连接，也可采用压接法，压接时压接处应进行热搪锡处理。等电位联结内各联结导体间的连接可采用焊接，焊接处不应有夹渣、咬边、气孔及未焊透现象，也可采用熔焊，在腐蚀性场所应采取防腐措施。

7）金属管道的连接处一般不需加设跨接线。给水系统的水表需加装跨接线，以保证水管的等电位联结和接地的有效。

8）等电位联结线应有黄绿相间的色标，在等电位联结端子板上应刷黄色底漆并标黑色记号，其符号为"♁"。

9）装有金属外壳的排风机、空调器的金属门、窗框或靠近电源插座的金属门、窗框以及距外露可导电部分伸臂范围内的金属栏杆、天花龙骨等金属体需做等电位联结。

10）为避免用煤气管道作接地极，煤气管入户后插入一绝缘段以与户外埋地的煤气管隔离。为防止雷电流在煤气管道内产生电火花，在此绝缘两端应跨接火花放电间隙。

2. 质量检查与验收

（1）主控项目 建筑物等电位联结的主控项目质量标准与检验方法见表 10-89。

表 10-89　建筑物等电位联结的主控项目质量标准与检验方法

项　目	合格质量标准	检验方法	检验数量
建筑物等电位联结干线的连接及局部等电位箱间的连接	建筑物等电位联结干线应从与接地装置有不少于两处直接连接的接地干线或总等电位箱引出。等电位联结干线或局部等电位箱间的连接线形成环形网络，环形网络应就近与等电位联结干线或局部等电位箱连接。支线间不应串联连接	旁站检查	抽查10%，少于10处。全数检查。等电位箱处全数检查
等电位联结的线路最小允许截面积	等电位联结线路的最小允许截面积应符合表10-90的规定	尺量检查	

表 10-90　等电位联结线路最小允许截面　　　　（单位:mm²）

材　料	截　面		材　料	截　面	
	干　线	支　线		干　线	支　线
铜	16	6	钢	50	16

（2）一般项目　建筑物等电位联结的一般项目质量标准与检验方法见表10-91。

表 10-91　建筑物等电位联结的一般项目质量标准与检验方法

项　目	合格质量标准	检验方法	检验数量
导体与支线连接可靠、导通正常	等电位联结的可接近裸露导体或其他金属部件、构件与支线连接应可靠。熔焊、钎焊或机械连接应导通正常	目测检查	抽查10%，少于10处，全数检查
需等电位联结的高级装修金属部件或零件等电位联结支线的连接	需等电位联结的高级装修金属部件或零件，应有专用接线螺栓与等电位联结支线连接，且有标识；连接处螺母紧固、防松零件齐全		

11 建筑工程质量检查与验收

细节：施工现场质量管理检查记录的填写

施工现场质量管理检查记录应由施工单位按表 11-1 填写，总监理工程师(建设单位项目负责人)进行检查，并做出检查结论。

表 11-1 施工现场质量管理检查记录 　　　　　开工日期：

工程名称			施工许可证(开工证)		
建设单位			项目负责人		
设计单位			项目负责人		
监理单位			总监理工程师		
施工单位		项目经理		项目技术负责人	
序　号	项　目			内　容	
1	现场质量管理制度				
2	质量责任制				
3	主要专业工种操作上岗证书				
4	分包方资质与对分包单位的管理制度				
5	施工图审查情况				
6	地质勘察资料				
7	施工组织设计、施工方案及审批				
8	施工技术标准				
9	工程质量检验制度				
10	搅拌站及计量设置				
11	现场材料、设备存放与管理				
12					

检查结论：

总监理工程师

(建设单位项目负责人)　　　　　　　　　　　　年　　　月　　　日

细节：工程质量验收基本规定

建筑工程施工质量应按下列要求进行验收：

1) 建筑工程施工质量应符合建筑工程施工质量验收统一标准和相关专业验收规范的规定。

2）建筑工程施工质量应符合工程勘察、设计文件的要求。

3）参加工程施工质量验收的各方人员应具备规定的资格。

4）工程质量的验收均应在施工单位自行检查评定的基础上进行。

5）隐蔽工程在隐蔽前应由施工单位通知有关单位进行验收．并应形成验收文件。

6）涉及结构安全的试块、试件以及有关材料，应按规定进行见证取样检测。

7）检验批的质量应按主控项目和一般项目验收。

8）对涉及结构安全和使用功能的重要分部工程应进行抽样检测。

9）承担见证取样检测及有关结构安全检测的单位应具有相应资质。

10）工程的观感质量应由验收人员通过现场检查，并应共同确认。

检验批的质量检验，应根据检验项目的特点在下列抽样方案中进行选择：

1）计量、计数或计量—计数等抽样方案。

2）一次、二次或多次抽样方案。

3）根据生产连续性和生产控制稳定性情况，尚可采用调整型抽样方案。

4）对重要的检验项目当可采用简易快速的检验方法时，可选用全数检验方案。

5）经实践检验有效的抽样方案。

在制定检验批的抽样方案时，对生产方风险（或错判概率 α）和使用方风险（或漏判概率 β）可按下列规定采取：

1）主控项目：对应于合格质量水平的 α 和 β 均不宜超过5%。

2）一般项目：对应于合格质量水平的 α 不宜超过5%，β 不宜超过10%。

细节：建筑工程质量验收的划分

根据《建筑工程施工质量验收统一标准》（GB 50300—2001）的要求，建筑工程质量验收应划分为单位（子单位）工程、分部（子分部）工程、分项工程和检验批。现代化的办公环境，要求建筑物内部设施越来越多样，按建筑物的重要部位和安装专业划分的分部工程已不适应要求；为此，建筑工程的质量验收又增设了子分部工程。实践表明：工程质量验收划分愈加明细，愈有利于正确评价工程质量。

具体划分见下表：

项　目	具　体　内　容
单位（子单位）工程的划分	单位（子单位）工程的划分应按下列原则确定： 1）具备独立施工条件并能形成独立使用功能的建筑物及构筑物为一个单位工程 单位工程通常由结构、建筑与建筑设备安装工程共同组成。如一栋住宅楼，一个商店、锅炉房、变电站，一所学校的一栋教学楼，一栋办公楼、传达室等均应单独为一个单位工程 2）建筑规模较大的单位工程，可将其能形成独立使用功能的部分划分为一个子单位工程 子单位工程的划分一般可根据工程的建筑设计分区、结构缝的设置位置，使用功能显著差异等实际情况，在施工前由建设、监理、施工单位共同商定，并据此收集整理施工技术资料和验收。例如一个单位工程由塔楼与裙房共同组成，可根据建设单位的需要，将塔楼与裙房划分为两个子单位工程 一个单位工程中，子单位工程不宜划分得过多，对于建设方没有分期投入使用要求的较大规模工程，不应划分子单位工程

（续）

项　目	具　体　内　容
分部(子分部)工程的划分	分部(子分部)工程的划分应按下列原则确定： 1）分部工程的划分应按专业性质、建筑部位确定 　　建筑与结构工程划分为地基与基础、主体结构、建筑装饰装修和建筑屋面4个分部工程。其中，地基与基础分部工程包括了房屋相对标高±0.000以下的地基、基础、地下防水及基坑支护工程；在某些设计有地下室的工程中，在其首层地面以下的结构工程也属于地基与基础分部工程中。但地下室的砌体工程等可纳入主体结构分部工程。在《建筑工程施工质量验收统一标准》(GB 50300—2001)中，将门窗、地面工程均划分在建筑装饰装修分部之中；因此，地下室的门窗，地面工程也应划分在建筑装饰装修分部工程。其他抹灰、吊顶、轻质隔墙等也应纳入建筑装饰装修分部工程 　　建筑设备安装工程划分为建筑给水排水及采暖、建筑电气、智能建筑、通风与空调及电梯5个分部工程 　　2）当分部工程较大或较复杂时，可按材料种类、施工特点、施工程序、专业系统及类别等划分为若干子分部工程 　　在建筑工程的分部工程中，将原建筑电气安装分部工程中的强电和弱电部分独立出来各为一个分部工程，称其为建筑电气分部工程和智能建筑(弱电)分部工程 　　当分部工程量很大且较复杂时，可将其中相同部分的工程或能形成独立专业系统的工程划分为若干子分部工程，这样，愈划分明细，对工程施工质量的验收更能准确判定
分项工程的划分	分项工程应按主要工种、材料、施工工艺、设备类别等进行划分，如模板、钢筋、混凝土分项工程是按工种进行划分的 　　根据《建筑工程施工质量验收统一标准》(GB 50300—2001)的要求，建筑工程的分部(子分部)工程、分项工程可按表11-2划分
检验批的划分	分项工程可由一个或若干检验批组成，检验批可根据施工及质量控制和专业验收需要按楼层、(SHI)工段、变形缝等进行划分 　　所谓检验批就是"按同一生产条件或按规定的方式汇总起来供检验用的，由一定数量样本组成的检验体"。分项工程划分成检验批进行验收有助于及时纠正施工中出现的质量问题，确保工程质量，也符合施工实际需要。多层及高层建筑工程中主体分部的分项工程可按楼层或施工段来划分检验批，单层建筑工程中的分项工程可按变形缝等划分检验批；地基基础分部工程中的分项工程一般划分为一个检验批，有地下层的基础工程可按不同地下层划分检验批；屋面分部工程中的分项工程不同楼层屋面可划分为不同的检验批，其他分部工程中的分项工程，一般按楼层划分检验批；对于工程量较少的分项工程可统一划分为一个检验批。安装工程一般按一个设计系统或设备组别划分为一个检验批。室外工程统一划分为一个检验批。散水、台阶、明沟等含在地面检验批中 　　对于地基基础中的土石方、基坑支护子分部工程及混凝土工程中的模板分项工程，虽不构成建筑工程实体，但它是建筑工程施工不可缺少的重要环节和必要条件，其施工质量如何，不仅关系到能否施工和施工安全，也关系到建筑工程的质量，因此将其列入施工验收内容是应该的
室外工程的划分	室外工程可根据专业类别和工程规模划分单位(子单位)工程 　　根据《建筑工程施工质量验收统一标准》(GB 50300—2001)的要求，室外单位(子单位)工程、分部工程可按表11-3采用

表 11-2　建筑工程分部(子分部)工程、分项工程划分

分部工程	子分部工程	分项工程
地基与基础	无支护土方	土方开挖、土方回填
	有支护土方	排桩，降水、排水、地下连续墙、锚杆、土钉墙、水泥土桩、沉井与沉箱，钢支撑及混凝土支撑
	地基处理	灰土地基、砂和砂石地基、碎砖三合土地基，土工合成材料地基，粉煤灰地基，重锤夯实地基，强夯地基，振冲地基，砂桩地基，预压地基，高压喷射注浆地基，土和灰土挤密桩地基，注浆地基，水泥粉煤灰碎石桩地基，夯实水泥土桩地基
	桩基	锚杆静压桩及静力压桩，预应力离心管桩，钢筋混凝土预制桩，钢桩，混凝土灌注桩(成孔、钢筋笼、清孔、水下混凝土灌注)
	地下防水	防水混凝土，水泥砂浆防水层，卷材防水层，涂料防水层，金属板防水层，塑料板防水层，细部构造，喷锚支护，复合式衬砌，地下连续墙，盾构法隧道；渗排水、盲沟排水，隧道、坑道排水；预注浆、后注浆，衬砌裂缝注浆
	混凝土基础	模板、钢筋、混凝土、后浇带混凝土，混凝土结构缝处理
	砌体基础	砖砌体，混凝土砌块砌体，配筋砌体，石砌体
	劲钢(管)混凝土	劲钢(管)焊接，劲钢(管)与钢筋的连接，混凝土
	钢结构	焊接钢结构、栓接钢结构，钢结构制作，钢结构安装，钢结构涂装
主体结构	混凝土结构	模板，钢筋，混凝土，预应力、现浇结构，装配式结构
	劲钢(管)混凝土结构	劲钢(管)焊接，螺栓连接，劲钢(管)与钢筋的连接，劲钢(管)制作、安装，混凝土
	砌体结构	砖砌体，混凝土小型空心砌块砌体，石砌体，填充墙砌体，配筋砖砌体
	钢结构	钢结构焊接，紧固件连接，钢零部件加工，单层钢结构安装，多层及高层钢结构安装，钢结构涂装，钢构件组装，钢构件预拼装，钢网架结构安装，压型金属板
	木结构	方木和原木结构，胶合木结构，轻型木结构，木构件防护
	网架和索膜结构	网架制作，网架安装，索膜安装，网架防火，防腐涂料
建筑装饰装修	地面	整体面层：基层，水泥混凝土面层，水泥砂浆面层，水磨石面层，防油渗面层，水泥钢(铁)屑面层，不发火(防爆的)面层；板块面层：基层，砖面层(陶瓷锦砖、缸砖、陶瓷地砖和水泥花砖面层)，大理石面层和花岗岩面层，预制板块面层(预制水泥混凝土、水磨石板块面层)，料石面层(条石、块石面层)，塑料板面层，活动地板面层，地毯面层；木竹面层：基层、实木地板面层(条材、块材面层)，实木复合地板面层(条材、块材面层)，中密度(强化)复合地板面层(条材面层)，竹地板面层
	抹灰	一般抹灰，装饰抹灰，清水砌体勾缝
	门窗	木门窗制作与安装，金属门窗安装，塑料门窗安装，特种门安装，门窗玻璃安装

（续）

分部工程	子分部工程	分项工程
建筑装饰装修	吊顶	暗龙骨吊顶，明龙骨吊顶
	轻质隔墙	板材隔墙，骨架隔墙，活动隔墙，玻璃隔墙
	饰面板（砖）	饰面板安装，饰面砖粘贴
	幕墙	玻璃幕墙，金属幕墙，石材幕墙
	涂饰	水性涂料涂饰，溶剂型涂料涂饰，美术涂饰
	裱糊与软包	裱糊、软包
	细部	橱柜制作与安装，窗帘盒、窗台板和散热器罩制作与安装，门窗套制作与安装，护栏和扶手制作与安装，花饰制作与安装
建筑屋面	卷材防水屋面	保温层，找平层，卷材防水层，细部构造
	涂膜防水屋面	保温层，找平层，涂膜防水层，细部构造
	刚性防水屋面	细石混凝土防水层，密封材料嵌缝，细部构造
	瓦屋面	平瓦屋面，油毡瓦屋面，金属板屋面，细部构造
	隔热屋面	架空屋面，蓄水屋面，种植屋面
建筑给水、排水及采暖	室内给水系统	给水管道及配件安装，室内消火栓系统安装，给水设备安装，管道防腐，绝热
	室内排水系统	排水管道及配件安装，雨水管道及配件安装
	室内热水供应系统	管道及配件安装，辅助设备安装，防腐，绝热
	卫生器具安装	卫生器具安装，卫生器具给水配件安装，卫生器具排水管道安装
	室内采暖系统	管道及配件安装，辅助设备及散热器安装，金属辐射板安装，低温热水地板辐射采暖系统安装，系统水压试验及调试，防腐，绝热
	室外给水管网	给水管道安装，消防水泵接合器及室外消火栓安装，管沟及井室
	室外排水管网	排水管道安装，排水管沟与井池
	室外供热管网	管道及配件安装，系统水压试验及调试、防腐，绝热
	建筑中水系统及游泳池系统	建筑中水系统管道及辅助设备安装，游泳池水系统安装
	供热锅炉及辅助设备安装	锅炉安装，辅助设备及管道安装，安全附件安装，烘炉、煮炉和试运行，换热站安装，防腐，绝热
建筑电气	室外电气	架空线路及杆上电气设备安装，变压器、箱式变电所安装，成套配电柜、控制柜（屏、台）和动力、照明配电箱（盘）及控制柜安装，电线、电缆导管和线槽敷设，电线、电缆穿管和线槽敷设，电缆头制作、导线连接和线路电气试验，建筑物外部装饰灯具、航空障碍标志灯和庭院路灯安装，建筑照明通电试运行，接地装置安装
	变配电室	变压器、箱式变电所安装，成套配电柜、控制柜（屏、台）和动力、照明配电箱（盘）安装，裸母线、封闭母线、插接式母线安装，电缆沟内和电缆竖井内电缆敷设，电缆头制作、导线连接和线路电气试验，接地装置安装，避雷引下线和变配电室接地干线敷设

（续）

分部工程	子分部工程	分项工程
建筑电气	供电干线	裸母线、封闭母线、插接式母线安装，桥架安装和桥架内电缆敷设，电缆沟内和电缆竖井内电缆敷设，电线、电缆导管和线槽敷设，电线、电缆穿管和线槽敷线，电缆头制作、导线连接和线路电气试验
	电气动力	成套配电柜、控制柜（屏、台）和动力、照明配电箱（盘）及控制柜安装，低压电动机、电加热器及电动执行机构检查、接线，低压电气动力设备检测、试验和空载试运行，桥架安装和桥架内电缆敷设，电线、电缆导管和线槽敷设，电线、电缆穿管和线槽敷线，电缆头制作、导线连接和线路电气试验，插座、开关、风扇安装
	电气照明安装	成套配电柜、控制柜（屏、台）和动力、照明配电箱（盘）安装，电线、电缆导管和线槽敷设，电线电缆导管和线槽敷线，槽板配线，钢索配线，电缆头制作、导线连接和线路电气试验，普通灯具安装，专用灯具安装，插座、开关、风扇安装，建筑照明通电试运行
	备用和不间断电源安装	成套配电柜、控制柜（屏、台）和动力、照明配电箱（盘）安装，柴油发电机组安装，不间断电源的其他功能单元安装，裸母线、封闭母线、插接式母线安装，电线、电缆导管和线槽敷设，电线、电缆导管和线槽敷线，电缆头制作、导线连接和线路电气试验，接地装置安装
	防雷及接地安装	接地装置安装，避雷引下线和变配电室接地干线敷设，建筑物等电位连接，接闪器安装
智能建筑	通信网络系统	通信系统，卫星及有线电视系统，公共广播系统
	办公自动化系统	计算机网络系统，信息平台及办公自动化应用软件，网络安全系统
	建筑设备监控系统	空调与通风系统，变配电系统，照明系统，给水排水系统，热源和热交换系统，冷冻和冷却系统，电梯和自动扶梯系统，中央管理工作站与操作分站，子系统通信接口
	火灾报警及消防联动系统	火灾和可燃气体探测系统，火灾报警控制系统，消防联动系统
	安全防范系统	电视监控系统，入侵报警系统，巡更系统，出入口控制（门禁）系统，停车管理系统
	综合布线系统	缆线敷设和终接，机柜、机架、配线架的安装，信息插座和光缆芯线终端的安装
	智能化集成系统	集成系统网络，实时数据库，信息安全，功能接口
	电源与接地	智能建筑电源，防雷及接地
	环境	空间环境，室内空调环境，视觉照明环境，电磁环境
	住宅（小区）智能化系统	火灾自动报警及消防联动系统，安全防范系统（含电视监控系统、入侵报警系统、巡更系统、门禁系统、楼宇对讲系统、住户对讲呼救系统、停车管理系统），物业管理系统（多表现场计量及与远程传输系统、建筑设备监控系统、公共广播系统、小区网络及信息服务系统、物业办公自动化系统），智能家庭信息平台

（续）

分 部 工 程	子分部工程	分 项 工 程
通风与空调	送排风系统	风管与配件制作，部件制作，风管系统安装，空气处理设备安装，消声设备制作与安装，风管与设备防腐，风机安装，系统调试
	防排烟系统	风管与配件制作，部件制作，风管系统安装，防排烟风口、常闭正压风口与设备安装，风管与设备防腐，风机安装，系统调试
	除尘系统	风管与配件制作，部件制作，风管系统安装，除尘器与排污设备安装，风管与设备防腐，风机安装，系统调试
	空调风系统	风管与配件制作，部件制作，风管系统安装，空气处理设备安装，消声设备制作与安装，风管与设备防腐，风机安装，风管与设备绝热，系统调试
	净化空调系统	风管与配件制作，部件制作，风管系统安装，空气处理设备安装，消声设备制作与安装，风管与设备防腐，风机安装，风管与设备绝热，高效过滤器安装，系统调试
	制冷设备系统	制冷机组安装，制冷剂管道及配件安装，制冷附属设备安装，管道及设备的防腐与绝热，系统调试
	空调水系统	管道冷热(媒)水系统安装，冷却水系统安装，冷凝水系统安装，阀门及配件安装，冷却塔安装，水泵及附属设备安装，管道与设备的防腐与绝热，系统调试
电梯	电力驱动的曳引式或强制式电梯安装	设备进场验收，土建交接检验，驱动主机，导轨，门系统，轿厢，对重(平衡重)，安全部件，悬挂装置，随行电缆，补偿装置，电气装置，整机安装验收
	液压电梯安装	设备进场验收，土建交接检验，液压系统，导轨，门系统，轿厢，对重(平衡重)，安全部件，悬挂装置，随行电缆，电气装置，整机安装验收
	自动扶梯、自动人行道安装	设备进场验收，土建交接检验，整机安装验收

表 11-3 室外工程划分

单 位 工 程	子单位工程	分部(子分部)工程
室外建筑环境	附属建筑	车棚，围墙，大门，挡土墙，垃圾收集站
	室外环境	建筑小品，道路，亭台，连廊，花坛，场坪绿化
室外安装	给水排水与采暖	室外给水系统，室外排水系统，室外供热系统
	电气	室外供电系统，室外照明系统

细节：建筑工程质量验收程序和组织

为了方便工程的质量管理，根据工程特点，把工程划分为检验批、分项、分部(子分部)和单位(子单位)工程。工程质量的验收均应在施工单位自行检查评定的基础上，按施工的顺序进行：检验批→分项工程→分部(子分部)工程→单位(子单位)工程。

1. 检验批和分项工程验收

检验批及分项工程应由监理工程师(建设单位项目技术负责人)组织施工单位项目专业质量(技术)负责人等进行验收。

检验批和分项工程是建筑工程质量的基础,因此,所有检验批和分项工程均应由监理工程师或建设单位项目技术负责人组织验收。验收前,施工单位先填好"检验批和分项工程的质量验收记录"(有关监理记录和结论不填),并由项目专业质量检验员和项目专业技术负责人分别在检验批和分项工程质量检验记录中相关栏目签字,然后由监理工程师组织,严格按规定程序进行验收。

1)施工过程的每道工序、各个环节每个检验批的验收,首先应由施工单位的项目技术负责人组织自检评定,符合设计要求和规范要求后提交监理工程师或建设单位项目技术负责人进行验收。

2)监理工程师拥有对每道施工工序的施工检查权,并根据检查结果决定是否允许进行下道工序的施工。对于达不到质量要求的验收批,有权并应要求施工单位停工整改、返工。

在对工程进行检查后,确认其工程质量符合标准规定,监理或建设单位人员要签字认可,否则,不得进行下道工序的施工。如果认为有的项目或地方不能满足验收规范的要求时,应及时提出,让施工单位进行返修。

3)所有分项工程施工,施工单位应在自检合格后,填写分项工程报检申请表,并附上分项工程评定表。属隐蔽工程,还应将隐蔽工程检验单报监理单位,监理工程师必须组织施工单位的工程项目负责人和有关人员严格按每道工序进行检查验收,合格者签发分项工程验收单。

4)检验批的质量检验,应根据检验项目的特点在抽样方案中进行选择。

2. 分部(子分部)工程验收

分部(子分部)工程应由总监理工程师(建设单位项目负责人)组织施工单位项目负责人和技术、质量负责人等进行验收。

1)工程监理实行总监理工程师负责制,因此分部工程应由总监理工程师(建设单位项目负责人)组织施工单位的项目负责人和项目技术、质量负责人及有关人员进行验收。

2)地基与基础、主体结构分部工程的勘察、设计单位工程项目负责人和施工单位技术、质量部门负责人也应参加相关分部工程验收。因为地基基础、主体结构的主要技术资料和质量问题是由技术部门和质量部门掌握,所以规定施工单位的技术负责人、质量部门负责人参加验收是符合实际的。

3)由于地基基础、主体结构技术性能要求严格,技术性强,关系到整个工程的安全,因此规定这些分部工程的勘察、设计单位工程项目负责人也应参加相关分部的工程质量验收。

4)至于一些有特殊要求的建筑设备安装工程,以及一些使用新技术、新结构的项目,应按设计和主管部门要求组织有关人员进行验收。

3. 检验批、分项、分部(子分部)工程验收程序关系

检验批、分项、分部(子分部)工程验收程序关系见表11-4。

表 11-4　检验批、分项、分部(子分部)工程验收程序关系对照表

序号	验收表的名称	质量自检人员	质量检查评定人员		质量验收人员
			验收组织人	参加验收人员	
1	施工现场质量管理检查记录表	项目经理	项目经理	项目技术负责人、分包单位负责人	总监理工程师
2	检验批质量验收记录	班组长	项目专业质量检查员	班组长 分包项目技术负责人 项目技术负责人	监理工程师(建设单位项目专业技术负责人)
3	分项工程质量验收记录表	班组长	项目专业技术负责人	项目技术负责人 分包项目技术负责人 项目专业质量检查员	监理工程师(建设单位项目专业技术负责人)
4	分部、子分部工程质量验收记录表	项目经理 分包单位 项目经理	项目经理	项目专业技术负责人 分包项目技术负责人 勘察、设计单位项目负责人 建设单位项目专业负责人	总监理工程师(建设单位项目负责人)

4. 工程质量验收意见分歧的解决

参加质量验收的各方对工程质量验收意见不一致时,可采取协商、调解、仲裁和诉讼四种方式解决。

1)协商是指产品质量争议产生之后,争议的各方当事人本着解决问题的态度,互谅互让,争取当事人各方自行调解解决争议的一种方式。当事人通过这种方式解决纠纷既不伤和气,节省了大量的精力和时间,也免去了调解机构、仲裁机构和司法机关不必要的工作。因此,协商是解决产品质量争议的较好的方式。

2)调解是指当事人各方在发生产品质量争议后经协商不成时,向有关的质量监督机构或建设行政主管部门提出申请,由这些机构在查清事实,分清是非的基础上,依照国家的法律、法规、规章等,说服争议各方,使各方能互相谅解,自愿达成协议,解决质量争议的方式。

3)仲裁是指产品质量纠纷的争议各方在争议发生前或发生后达成协议,自愿将争议交给仲裁机构做出裁决,争议各方有义务执行的解决产品质量争议的一种方式。

4)诉讼是指因产品质量发生争议时,在当事人与有关诉讼人的参加下,由人民法院依法审理纠纷案时所进行的一系列活动。它与其他民事诉讼一样,在案例的审理原则、诉讼程序及其他有关方面都要遵守《中华人民共和国民事诉讼法》和其他法律、法规的规定。

上述四种解决方式,具体采用哪种方式来解决争议,法律并没有强制规定,当事人可根据具体情况自行选择。

5. 分部(子分部)工程验收记录

分部(子分部)工程质量验收应在施工单位检查评定的基础上进行,勘察、设计单位应在有关的分部工程验收表上签署验收意见,监理单位总监理工程师应填写验收意见,并给出"合格"或"不合格"的结论。

根据《建筑工程施工质量验收统一标准》(GB 50300—2001)的规定,有关分部(子分部)工程质量验收应按表 11-5 和表 11-6 的要求填写。

表 11-5 _____ 分部(子分部)工程验收记录

工程名称		结构类型			层数	
施工单位		技术部门负责人			质量部门负责人	
分包单位		分包单位负责人			分包技术负责人	

序号	分项工程名称	检验批数	施工单位检查评定结果	验收意见
1				
2				
3				
4				
5				
6				
	质量控制资料			
	安全和功能检验(检测)报告			
	观感质量验收			

验收单位	分包单位		项目经理	年 月 日
	施工单位		项目经理	年 月 日
	勘察单位		项目负责人	年 月 日
	设计单位		项目负责人	年 月 日
	监理(建设)单位	总监理工程师: (建设单位项目专业技术负责人) 年 月 日		

表 11-6 单位(子单位)工程质量竣工验收记录

工程名称		结构类型			层数/建筑面积	/
施工单位		技术负责人			开工日期	
项目经理		项目技术负责人			竣工日期	

序号	项 目	验 收 记 录	验 收 结 论
1	分部工程	共 分部,经查 分部 符合标准及设计要求 分部	
2	质量控制资料核查	共 项,经审查符合要求 项,经核定符合规范要求 项	
3	安全和主要使用功能核查及抽查结果	共核查 项,符合要求 项,共抽查 项,符合要求 项,经返工处理符合要求 项	

（续）

序号	项目	验收记录			验收结论
4	观感质量验收	共抽查　项，符合要求　项，不符合要求　项			
5	综合验收结论				
参加验收单位		建设单位	监理单位	施工单位	设计单位
		（公章）	（公章）	（公章）	（公章）
		单位(项目)负责人	总监理工程师	单位负责人	单位(项目)负责人
		年　月　日	年　月　日	年　月　日	年　月　日

　　单位(子单位)工程质量控制资料核查记录、单位(子单位)工程安全和功能检验资料核查及主要功能抽查记录、单位(子单位)工程观感质量检查记录应按表11-7、表11-8、表11-9的要求进行填写。

表 11-7　单位(子单位)工程质量控制资料核查记录

工程名称		施工单位				
序号	项目	资料名称	份数	核查意见	核查人	
1	建筑与结构	图纸会审、设计变更、洽商记录				
2		工程定位测量、放线记录				
3		原材料出厂合格证书及进场检(试)验报告				
4		施工试验报告及见证检测报告				
5		隐蔽工程验收记录				
6		施工记录				
7		预制构件、预拌混凝土合格证				
8		地基基础、主体结构检验及抽样检测资料				
9		分项、分部工程质量验收记录				
10		工程质量事故及事故调查处理资料				
11		新材料、新工艺施工记录				
12						
1	给水排水与设备	图纸会审、设计变更、洽商记录				
2		材料、配件出厂合格证书及进场检(试)验报告				
3		管道、设备强度试验、严密性试验记录				
4		隐蔽工程验收记录				
5		系统清洗、灌水、通水、通球试验记录				
6		施工记录				
7		分项、分部工程质量验收记录				
8						

（续）

工程名称			施工单位			
序号	项目	资 料 名 称		份数	核查意见	核查人
1	建筑电气	图纸会审、设计变更、洽商记录				
2		材料、设备出厂合格证书及进场检(试)验报告				
3		设备测试记录				
4		接地、绝缘电阻测试记录				
5		隐蔽工程验收记录				
6		施工记录				
7		分项、分部工程质量验收记录				
8						
1	通风与空调	图纸会审、设计变更、洽商记录				
2		材料、设备出厂合格证书及进场检(试)验报告				
3		制冷、空调、水管道强度试验、严密性试验记录				
4		隐蔽工程验收记录				
5		制冷设备运行调试记录				
6		通风、空调系统调试记录				
7		施工记录				
8		分项、分部工程质量验收记录				
9						
1	电梯	土建布置图纸会审、设计变更、洽商记录				
2		设备出厂合格证书及开箱检查记录				
3		隐蔽工程验收记录				
4		施工记录				
5		接地、绝缘电阻测试记录				
6		负荷试验、安全装置检查记录				
7		分项、分部工程质量验收记录				
8						
1	建筑智能化	图纸会审、设计变更、洽商记录、竣工图及设计说明				
2		材料、设备出厂合格证书及技术文件及进场检(试)验报告				
3		隐蔽工程验收记录				
4		系统功能测定及设备测试记录				
5		系统技术、操作和维护手册				
6		系统管理、操作人员培训记录				
7		系统检测报告				
8		分项、分部工程质量验收报告				

结论：

总监理工程师

施工单位项目经理　　年　月　日　　　（建设单位项目负责人）

年　月　日

表 11-8 单位(子单位)工程安全和功能检验资料核查及主要功能抽查记录

工 程 名 称			施工单位			
序号	项目	安全和功能检查项目	份数	核查意见	抽查结果	核查(抽查)人
1	建筑与结构	屋面淋水试验记录				
2		地下室防水效果检查记录				
3		有防水要求的地面蓄水试验记录				
4		建筑物垂直度、标高、全高测量记录				
5		抽气(风)道检查记录				
6		幕墙及外窗气密性、水密性、耐风压检测报告				
7		建筑物沉降观测测量记录				
8		节能、保温测试记录				
9		室内环境检测报告				
10						
1	给水排水与采暖	给水管道通水试验记录				
2		暖气管道、散热器压力试验记录				
3		卫生器具灌水试验记录				
4		消防管道、燃气管道压力试验记录				
5		排水干管通球试验记录				
6						
1	建筑电气	照明全负荷试验记录				
2		大型灯具牢固性试验记录				
3		避雷接地电阻测试记录				
4		线路、插座、开关接地检验记录				
5						
1	通风与空调	通风、空调系统试运行记录				
2		风量、温度测试记录				
3		洁净室洁净度测试记录				
4		制冷机组试运行调试记录				
5						
1	电梯	电梯运行记录				
2		电梯安全装置检测报告				
1	智能建筑	系统试运行记录				
2		系统电源及接地检测报告				
3						

结论:

施工单位项目经理　　　　年　月　日

总监理工程师
(建设单位项目负责人)

　　　　　　　　年　月　日

注:抽查项目由验收组协商确定。

表 11-9 单位(子单位)工程观感质量检查记录

工程名称			施工单位											
序号		项目	抽查质量状况									质量评价		
												好	一般	差
1	建筑与结构	室外墙面												
2		变形缝												
3		水落管,屋面												
4		室内墙面												
5		室内顶棚												
6		室内地面												
7		楼梯、踏步、护栏												
8		门窗												
1	给水排水与采暖	管道接口、坡度、支架												
2		卫生器具、支架、阀门												
3		检查门、扫除口、地漏												
4		散热器、支架												
1	建筑电气	配电箱、盘、板、接线盒												
2		设备器具、开关、插座												
3		防雷、接地												
1	通风与空调	风管、支架												
2		风口、风阀												
3		风机、空调设备												
4		阀门、支架												
5		水泵、冷却塔												
6		绝热												
1	电梯	运行、平层、开关门												
2		层门、信号系统												
3		机房												
1	智能建筑	机房设备安装及布局												
2		现场设备安装												
		观感质量综合评价												

检查结论	施工单位项目经理　　　年　月　日	总监理工程师 (建设单位项目负责人)　　　年　月　日

注: 质量评价为差的项目,应进行返修。

细节：建筑工程质量的验收

1. 建筑工程质量验收的划分

1）建筑工程质量验收应划分为单位（子单位）工程、分部（子分部）工程、分项工程和检验批。

2）单位工程的划分应按下列原则确定。

① 具备独立施工条件并能形成独立使用功能的建筑物及构筑物为一个单位工程。

② 建筑规模较大的单位工程，可将其能形成独立使用功能的部分为一个子单位工程。

3）分部工程的划分应按下列原则确定：

① 分部工程的划分应按专业性质、建筑部位确定。

② 当分部工程较大或较复杂时，可按材料种类、施工特点、施工程序、专业系统及类别等划分为若干子分部工程。

4）分项工程应按主要工种、材料、施工工艺、设备类别等进行划分。

5）分项工程可由一个或若干个检验批组成，检验批可根据施工及质量控制和专业验收需要按楼层、施工段、变形缝等进行划分。

6）室外工程可根据专业类别和工程规模划分单位（子单位）工程。

2. 建筑工程质量验收要求

建筑工程施工质量应按下列要求进行验收：

1）建筑工程施工质量应符合《建筑工程施工质量验收统一标准》（GB 50300—2001）和相关专业验收规范的规定。

2）建筑工程施工应符合工程勘察、设计文件的要求。

3）参加工程施工质量验收的各方人员应具备规定的资格。

4）工程质量的验收均应在施工单位自行检查评定的基础上进行。

5）隐蔽工程在隐蔽前应由施工单位通知有关单位进行验收，并应形成验收文件。

6）涉及结构安全的试块、试件以及有关材料，应按规定进行见证取样检测。

7）检验批的质量应按主控项目和一般项目验收。

8）对涉及结构安全和使用功能的重要分部工程应进行抽样检测。

9）承担见证取样检测及有关结构安全检测的单位应具有相应的资质。

10）工程的观感质量应由验收人员通过现场检查，并应共同确认。

3. 检验批合格条件

检验批质量合格应符合下列规定：

1）主控项目和一般项目的质量经抽样检验合格。

2）具有完整的施工操作依据、质量检查记录。

检验批是工程验收的最小单位，是分项工程乃至整个建筑工程质量验收的基础。检验批是施工过程中条件相同并有一定数量的材料、构配件或安装项目，由于其质量基本均匀一致，因此可以作为检验的基础单位，并按批验收。

4. 主控项目和一般项目的质量经抽样检查合格

（1）主控项目检验

1）主控项目验收内容：

① 建筑材料、构配件及建筑设备的技术性能与进场复验要求。如水泥、钢材的质量；预制楼板、墙板、门窗等构配件的质量；风机等设备的质量等。

② 涉及结构安全、使用功能的检测项目。如混凝土、砂浆的强度；钢结构的焊缝强度；管道的压力试验；风管的系统测定与调整；电气的绝缘、接地测试；电梯的安全保护、试运转结果等。

③ 一些重要的允许偏差项目，必须控制在允许偏差限值之内。

2）主控项目验收要求：主控项目的条文是必须达到的要求，是保证工程安全和使用功能的重要检验项目，是对安全、卫生、环境保护和公众利益起决定性作用的检验项目，是确定该检验批主要性能的。主控项目中所有子项必须全部符合各专业验收规范规定的质量指标，方能判定该主控项目质量合格。反之，只要其中某一子项甚至某一抽查样本检验后达不到要求．即可判定该检验批质量为不合格，则该检验批拒收。换言之，主控项目中某一子项甚至某一抽查样本的检查结果若为不合格时，即行使对检验批质量的否决权。

（2）一般项目检验

1）一般项目验收内容：一般项目是指除主控项目以外，对检验批质量有影响的检验项目，当其中缺陷（指超过规定质量指标的缺陷）的数量超过规定的比例，或样本的缺陷程度超过规定的限度后，对检验批质量会产生影响；包括的主要内容有：

① 允许有一定偏差的项目，而放在一般项目中，用数据规定的标准，可以有允许偏差范围，并有不到20%的检查点可以超过允许偏差值，但也不能超过允许值的150%。

② 对不能确定偏差值而又允许出现一定缺陷的项目，则以缺陷的数量来区分。

③ 其他一些无法定量而采用定性的项目。如碎拼大理石地面颜色协调，无明显裂缝和坑洼等。

2）一般项目验收要求：一般项目也是应该达到检验要求的项目，只不过对少数条文也不影响工程安全和使用功能可以适当放宽一些，有些条文虽不像主控项目那样重要，但对工程安全、使用功能，重点的美观都是较大影响的。一般项目的合格判定条件：抽查样本的80%及以上（个别项目为90%以上，如混凝土规范中梁、板构件上部纵向受力钢筋保护层厚度等）符合各专业验收规范规定的质量指标，其余样本的缺陷通常不超过规定允许偏差值的1.5倍（个别规范规定为1.2倍，如钢结构验收规范等）。具体应根据各专业验收规范的规定执行。

检验批的合格质量主要取决于对主控项目和一般项目的检验结果。主控项目是对检验批的基本质量起决定性影响的检验项目，因此必须全部符合有关专业工程验收规范的规定。这意味着主控项目不允许有不符合要求的检验结果，即这种项目的检验具有否决权。鉴于主控项目对基本质量的决定性影响，从严要求是必需的。

5. 具有完整的施工操作依据和质量检查记录

检验批合格质量的要求，除主控项目和一般项目的质量经抽样检验符合要求外，其施工操作依据的技术标准尚应符合设计、验收规范的要求。采用企业标准的不能低于国家、行业标准。质量控制资料反映了检验批从原材料到最终验收的各施工工序的操作依据，检查情况以及保证质量所必需的管理制度等。对其完整性的检验，实际是对过程控制的确认，这是检验批合格的前提。

只有上述两项均符合要求,该检验批质量方能判定合格。若其中一项不符合要求,该检验批质量则不得判定为合格。

有关质量检查的内容、数据、评定,由施工单位项目专业质量检查员填写,检验批验收记录及结论由监理单位监理工程师填写。

根据《建筑工程施工质量验收统一标准》(GB 50300—2001)的规定,检验批质量验收记录应按表11-10的格式填写。

表11-10 检验批质量验收记录

工程名称			分项工程名称				验收部位			
施工单位					专业工长			项目经理		
施工执行标准名称及编号										
分包单位				分包项目经理			施工班组长			
	质量验收规范的规定		施工单位检查评定记录				监理(建设)单位验收记录			
主控项目	1									
	2									
	3									
	4									
	5									
	6									
	7									
	8									
	9									
一般项目	1									
	2									
	3									
	4									
施工单位检查评定结果		项目专业质量检查员:						年 月 日		
监理(建设单位)验收结论		监理工程师(建设单位项目专业技术负责人)						年 月 日		

细节:单位工程的划分原则

分项工程质量合格条件:

1. 分项工程质量合格要求

分项工程质量验收合格应符合下列规定：

1）分项工程所含的检验批均应符合合格质量的规定。

2）分项工程所含的检验批的质量验收记录应完整。

分项工程的验收在检验批的基础上进行。一般情况下，两者具有相同或相近的性质，只是批量的大小不同而已。因此，将有关的检验批汇集构成分项工程。分项工程合格质量的条件比较简单，只要构成分项工程的各检验批的验收资料文件完整，并且均已验收合格，则分项工程验收合格。

2. 分项工程质量验收要求

分项工程是由所含性质、内容一样的检验批汇集而成，是在检验批的基础上进行验收的，实际上分项工程质量验收是一个汇总统计的过程，并无新的内容和要求；因此，在分项工程质量验收时应注意：

1）核对检验批的部位、区段是否全部覆盖分项工程的范围，有没有缺漏的部位没有验收到。

2）一些在检验批中无法检验的项目，在分项工程中直接验收。如砖砌体工程中的全高垂直度、砂浆强度的评定等。

3）检验批验收记录的内容及签字人是否正确、齐全。

3. 分项工程质量验收记录

根据《建筑工程施工质量验收统一标准》（GB 50300—2001）的要求，分项工程质量应由监理工程师（建设单位项目专业技术负责人）组织项目专业技术负责人等进行验收，并按表11-11记录。

表11-11 ＿＿＿＿分项工程质量验收记录

工程名称		结构类型		检验批数	
施工单位		项目经理		项目技术负责人	
分包单位		分包单位负责人		分包项目经理	

序号	检验批部位、区段	施工单位检查评定结果	监理（建设）单位验收结论
1			
2			
3			
4			
5			
6			
7			
8			
9			
10			
11			
12			

（续）

序号	检验批部位、区段	施工单位检查评定结果	监理（建设）单位验收结论
13			
14			
15			
16			
17			

检查结论	项目专业 技术负责人： 年　月　日	验收结论	监理工程师： （建设单位项目专业技术负责人） 年　月　日

细节：分部工程的划分原则

分部（子分部）工程质量验收合格应符合下列规定：

1）分部（子分部）工程所含分项工程的质量均应验收合格。

2）质量控制资料应完整。

3）地基与基础、主体结构和设备安装等分部工程有关安全及功能的检验和抽样检测结果应符合有关规定。

4）观感质量验收应符合要求。

分部工程的验收在其所含各分项工程验收的基础上进行。首先，分部工程的各分项工程必须已验收合格且相应的质量控制资料文件必须完善，这是验收的基本条件。此外，由于各分项工程的性质不尽相同，因此作为分部工程不能简单地组合而加以验收，尚需增加以下两类检查项目。

涉及安全和使用功能的地基基础、主体结构、有关安全及重要使用功能的安装分部工程应进行有关见证取样送样试验或抽样检测。关于观感质量验收，这类检查往往难以定量，只能以观察、触摸或简单量测的方式进行，并由各个人的主观印象判断，对于"差"的检查点应通过返修处理等补救。

1. 分部（子分部）工程所含分项工程的质量均应验收合格

在工程实际验收中，这项内容也是统计工作，在做这项工作时应注意以下三点：

1）要求分部（子分部）工程所含各分项工程施工均已完成；核查每个分项工程验收是否正确。

2）注意查对所含分项工程归纳整理有无漏缺，各分项工程划分是否正确，有无分项工程没有进行验收。

3）注意检查各分项工程是否均按规定通过了合格质量验收；分项工程的资料是否完整，每个验收资料的内容是否有缺漏项，填写是否正确；以及分项验收人员的签字是否齐全等。

2. 质量控制资料应完整

质量控制资料完整是工程质量合格的重要条件。在分部工程质量验收时，应根据各专业工程质量验收规范的规定，对质量控制资料进行系统地检查，着重检查资料的齐全，项目的完整，内容的准确和签署的规范。

质量控制资料检查实际也是统计、归纳工作，主要包括三个方面资料：

1）核查和归纳各检验批的验收记录资料，查对其是否完整。

有些龄期要求较长的检测资料，在分项工程验收时，尚不能及时提供，应在分部(子分部)工程验收时进行补查。

2）检验批验收时，要求检验批资料准确完整后，方能对其进行验收。

对在施工中质量不符合要求的检验批、分项工程按有关规定进行处理后的资料归档审核。

3）注意核对各种资料的内容、数据及验收人员签字的规范性。

对于建筑材料的复验范围，各专业验收规范都作了具体规定，检验时按产品标准规定的组批规则、抽样数量、检验项目进行，但有的规范另有不同要求，这一点在质量控制资料核查时需引起注意。

3. 地基与基础，主体结构和设备安装等分部工程有关安全及功能的检验和抽样检测结果应符合有关规定

这项验收内容，包括安全检测资料与功能检测资料两部分。有关对涉及结构安全及使用功能检验(检测)的要求，应按设计文件及各专业工程质量验收规范中所作的具体规定执行。抽测其检测项目在各专业质量验收规范中已有明确规定，在验收时应注意以下三个方面的工作：

1）检查各规范中规定的检测项目是否都进行了测试，不能进行测试的项目应该说明原因。

2）查阅各项检验报告(记录)，核查有关抽样方案、测试内容、检测结果等是否符合有关标准规定。

3）核查有关检测机构的资质、取样与送样见证人员资格、报告出具单位责任人的签署情况是否符合要求。

4. 观感质量验收应符合要求

观感质量验收是指在分部工程所含的分项工程完成后，在前三项检查的基础上，对已完工部分工程的质量，采用目测、触摸和简单量测等方法所进行的一种宏观检查方式。分部(子分部)工程观感质量评价是 GB 50300—2001 新增加的，原因在于：其一，现在的工程体积越来越大，越来越复杂，待单位工程全部完工后再检查，有些项目看不见了，发现问题要返修的修不了；其二，竣工后一并检查，由于工程的专业多，检查人员不可能将各专业工程中的问题一一全都看出来。而且有些项目完工以后，各工种人员纷纷撤离，即便检查出问题来，返修起来也耗时较长。

分部(子分部)工程观感质量验收，其检查的内容和质量指标已包含在各个分项工程内，对分部工程进行观感质量检查和验收，并不增加新的项目，只不过是转换一下视角，采用一种更直观、便捷、快速的方法，对工程质量从外观上做一次重复的、扩大的、全面的检查，这是由建筑施工特点所决定的。在进行质量检查时，注意一定要在现场将工程的各个部位全部看到，能操作的应实地操作，观察其方便性、灵活性或有效性等；能打开观看的应打开观看，全面检查分部(子分部)工程的质量。

对分部(子分部)工程进行观感质量检查，有以下三个方面作用：

1）尽管分部(子分部)工程所包含的分项工程原来都经过检查与验收，但随着时间的推移，气候的变化，荷载的递增等，可能会出现质量变异情况，如材料收缩、结构裂缝、建筑物的渗漏、变形等；经过观感质量的检查后，能及时发现上述缺陷并进行处理，确保结构的安全和建筑的使用功能。

2）弥补受抽样方案局限造成的检查数量不足和后续施工部位(如施工洞、井架洞、脚手架洞等)原先检查不到的缺陷，扩大了检查面。

3）通过对专业分包工程的质量验收和评价，分清了质量责任，可减少质量纠纷，既促进了专业分包队伍技术素质的提高，又增强了后续施工对产品的保护意识。

观感质量验收并不给出"合格"或"不合格"的结论，而是给出"好、一般或差"的总体评价，所谓"一般"，是指经观感质量检验能符合验收规范的要求；所谓"好"，是指在质量符合验收规范的基础上，能达到精致、流畅、匀净的要求，精度控制好；所谓"差"，是指勉强达到验收规范的要求，但质量不够稳定，离散性较大，给人以粗疏的印象。

观感质量验收中若发现有影响安全、功能的缺陷，有超过偏差限值，或明显影响观感效果的缺陷，不能评价，应处理后再进行验收。

评价时，施工企业应先自行检查合格后，由监理单位来验收，参加评价的人员应具有相应的资格，由总监理工程师组织，不少于三位监理工程师来检查，在听取其他参加人员的意见后，共同做出评价，但总监理工程师的意见应为主导意见。在作评价时，可分项目逐点评价，也可按项目进行大的方面综合评价，最后对分部(子分部)做出评价。

参 考 文 献

[1] 国家标准. 质量管理体系 基础和术语(GB/T 19000—2008)[S]. 北京：中国标准出版社, 2009.
[2] 国家标准. 质量管理体系 要求(GB/T 19001—2008)[S]. 北京：中国标准出版社, 2009.
[3] 国家标准. 质量管理体系 业绩改进指南(GB/T 19004—2000)[S]. 北京：中国标准出版社, 2004.
[4] 国家标准. 质量和(或)环境管理体系审核指南(GB/T 19011—2003)[S]. 北京：中国标准出版社, 2003.
[5] 国家标准. 地下工程防水技术规范(GB 50108—2008)[S]. 北京：中国计划出版社, 2009.
[6] 国家标准. 建筑地基基础工程施工质量验收规范(GB 50202—2002)[S]. 北京：中国计划出版社, 2002.
[7] 国家标准. 混凝土结构工程施工质量验收规范(GB 50204—2002)[S]. 北京：中国建筑工业出版社, 2002.
[8] 国家标准. 钢结构工程施工质量验收规范(GB 50205—2001)[S]. 北京：中国计划出版社, 2001.
[9] 国家标准. 屋面工程质量验收规范(GB 50207—2002)[S]. 北京：中国建筑工业出版社, 2002.
[10] 国家标准. 地下防水工程质量验收规范(GB 50208—2002)[S]. 北京：中国建筑工业出版社, 2002.
[11] 国家标准. 建筑装饰装修工程质量验收规范(GB 50210—2001)[S]. 北京：中国建筑工业出版社, 2001.
[12] 国家标准. 建筑给水排水及采暖工程施工质量验收规范(GB 50242—2002)[S]. 北京：中国建筑工业出版社, 2002.
[13] 国家标准. 建筑工程施工质量验收统一标准(GB 50300—2001)[S]. 北京：中国建筑工业出版社, 2001.
[14] 国家标准. 建筑电气工程施工质量验收规范(GB 50303—2002)[S]. 北京：中国建筑工业出版社, 2002.
[15] 行业标准. 民用建筑电气设计规范(JGJ 16—2008)[S]. 北京：中国建筑工业出版社, 2008.
[16] 行业标准. 建筑桩基技术规范(JGJ 94—2008)[S]. 北京：中国建筑工业出版社, 2008.

读者调查问卷

亲爱的读者：

感谢您对机械工业出版社建筑分社的厚爱和支持，并再次对您填写并寄出（或传真或 E-mail）下面的读者调查问卷表示由衷地感谢！

请邮寄到：北京市百万庄大街 22 号机械工业出版社　建筑分社　收　邮编 100037

电话或传真：010-68994437　　E-mail：cmpjz2008@126．com

读者调查问卷

<table>
<tr><td colspan="2">姓名</td><td></td><td colspan="2">性别</td><td>□男</td><td>□女</td><td>年龄</td><td></td></tr>
<tr><td rowspan="6">有效联系方式</td><td colspan="2">地址</td><td colspan="4"></td><td>邮政编码</td><td></td></tr>
<tr><td rowspan="3">电话</td><td>手机/小灵通</td><td colspan="2"></td><td rowspan="3">网络</td><td>Email</td><td colspan="2"></td></tr>
<tr><td>住宅</td><td colspan="2"></td><td>QQ/MSN</td><td colspan="2"></td></tr>
<tr><td>办公室</td><td colspan="2"></td><td>其他即时方式</td><td colspan="2"></td></tr>
<tr><td colspan="2">现从事专业</td><td></td><td colspan="2">从事现专业时间</td><td></td><td>所学专业</td><td></td></tr>
<tr><td colspan="2">现有职称</td><td colspan="7">□建筑师　□建筑工程师　□土木工程师　□结构工程师　□建造师　□公用设备工程师
□咨询工程师　□房地产估价师　□城市规划师　□设备监理师　□造价工程师
□电气工程师　□安全工程师　□房地产经纪人　□化工工程师　□其他</td></tr>
<tr><td colspan="2">教育程度</td><td colspan="7">□初中以下　□技校/中专/职高/高中　□大专　□本科　□硕士及以上</td></tr>
<tr><td colspan="2">个人平均
月收入（元）</td><td colspan="7">□1000 以下　□1000～2000　□2000～3000　□3000～5000
□5000～8000　□8000～12000　□12000 以上</td></tr>
<tr><td colspan="2">购书名称</td><td colspan="7"></td></tr>
<tr><td colspan="2">本书购买决定</td><td colspan="7">□书店　□网上书店　□邮购　□上门推销　□其他</td></tr>
<tr><td colspan="2">促使您决定
购买直接原因</td><td colspan="7">□内容　□书名　□封面　□现场人员推荐　□报纸/期刊广告
□电视/网络广告　□同事/同行/朋友推荐　□其他</td></tr>
<tr><td colspan="5">您愿意收到与您职业/专业相关图书的信息</td><td colspan="4">□愿意　□不愿意</td></tr>
<tr><td colspan="9">您有何建议？</td></tr>
</table>

注：1. 可选择项目用笔在□划"√"即可。

　　2. 对信息填写完整的读者，我们将努力为您的职业发展提供更多量身定做的贴心服务（如提供相关职业图书信息,机械工业出版社及其合作伙伴的信息或礼品等）。

—同类书推荐—

《《民用建筑电气设计规范（强电部分）》应用图解》

本书主要根据JGJ 16—2008《民用建筑电气设计规范》，选取其中强电部分具有典型和应用广泛的条文做系统阐述，收录与其相关的设计示例和参考数据供读者参考。全书共分12章，包括：概论、术语、供配电系统、配变电所、继电保护及电气测量、自备应急电源、低压配电、配电线路布线系统、常用设备电气装置、电气照明、民用建筑物防雷、接地和特殊场所的安全防护等。

（书号 28833,定价 59.00元）

《建筑施工裂缝防治图解与案例精选》

本书以现行规范为依据，通过大量的建筑施工裂缝实际工程维修案例，重点从裂缝的现象、形成原因、预防措施、维修措施、工艺标准、验收要求等多方面进行细致分析并总结，穿插了大量的实际施工工艺及维修图片。实际的工程维修案例及大量图片是本书的重点。

（书号 30007,定价 35.00元）

《土木工程图识读》

本书是依据最新国家标准和规范编写的，全书共分为两篇12章，就识图的基本知识和土木工程图的识读两部分进行了讲解。本书通过列举大量的工程实例图并辅以简洁明晰的解读，以使读者能在较短的时间内掌握识图的基本知识并学会如何快速读懂图中所传递的信息。在编写中贯彻了以图为主，以文为辅，用语简洁精练、通俗易懂的编写思路。

（书号 30469,定价 35.00元）

《混凝土结构简易计算》

全书共分为十一章，内容包括：一般构造计算，受弯构件计算，受压构件计算，受拉、受扭、受冲切和局部受压计算，其他结构构件计算，正常使用极限状态验算，模板工程施工计算，钢筋工程施工计算，预应力混凝土工程计算，混凝土工程施工计算，冬期施工计算。

（书号 30525,定价 48.00元）

《钢管混凝土拱桥施工全过程与关键技术》

本书科学、系统地阐述了在钢管混凝土拱桥施工过程中，施工方案的选择、拱肋吊装与线型控制、混凝土灌注、施工稳定性分析、施工阶段抗风分析、施工监测监控、成桥荷载试验等影响钢管混凝土拱桥施工安全、施工进度和经济性的关键技术问题，及其分析方法和解决措施。

（书号 30565,定价 49.00元）

《建筑钢结构工程施工技术与质量控制》

本书系统地介绍了钢结构的加工制作、钢结构的连接、钢结构的涂装与储运、钢结构的安装等内容。书中着重介绍了施工操作和施工方法，对钢结构施工中出现的质量问题及解决措施给予了详尽的介绍。

本书可供工程施工、监理、质监人员使用，也可供大专院校相关专业师生参考。

（书号 29944,定价 69.00元）

《建筑绘图基础》

本书浓缩精华，以相关的现行建筑制图标准、规范与计算机软件应用为基础，以建筑图形的绘制为主线，简明扼要地介绍了手绘、机绘建筑图形的方法和一些常用技巧，可以作为建筑设计以及相关专业的读者学习建筑图形表现的参考资料。

（书号 30329,定价 49.00元）

《暖通空调设计禁忌手册》

本书将暖通空调设计中涉及到的常见问题，以"禁忌"的提示方法进行归纳，内容包括：室内外计算参数禁忌，采暖设计禁忌，通风工程设计禁忌和空气调节设计禁忌，并分析原因及采取相应的改正措施，引用了规范、规程的有关规定。本书适于建筑结构设计人员及采暖、通风工程设计人员使用，也可供相关专业大专院校师生参考。

（书号 30473,定价 39.00元）

《铁路与城市轨道工务》

随着中国经济的不断强大，交通基础设施建设不断加快，铁路及城市轨道交通进入了大发展阶段。本书追踪我国铁路发展前沿，充分吸收新知识、新技术，对铁路与城市轨道工务由浅入深地展开介绍，既注重技术，又重理论与实践的充分结合。

（书号 30554,定价 36.00元）

《建筑工程施工图审查常见问题详解——建筑专业》

本书就设计人员在建筑施工图设计各个环节中的"常见病"和"多发病"等一些共性问题进行了归纳和分析，从施工图审查的角度对标准规范在审核实际中的应用，结合大量的实际建筑工程施工图，给出了一些适用的原则、方法和技巧，以便年轻的工程设计人员从中了解、掌握设计过程中的疏漏、错误和不明之处，从而提高今后的设计工作质量，较快地适应工作。

（书号 30652,定价 28.00元）